OS SEGREDOS DO CLUBE BRIAR

Da mesma autora de:

A caçadora
A rede de Alice
O código da rosa
A dama da morte

OS SEGREDOS DO CLUBE BRIAR

KATE QUINN

Tradução de
Cecília Camargo Bartalotti

1ª edição

BERTRAND BRASIL
Rio de Janeiro | 2025

CIP-BRASIL. CATALOGAÇÃO NA PUBLICAÇÃO
SINDICATO NACIONAL DOS EDITORES DE LIVROS, RJ

Q64s Quinn, Kate
Os segredos do Clube Briar / Kate Quinn ; tradução Cecília Camargo Bartalotti.
- 1. ed. - Rio de Janeiro : Bertrand Brasil, 2025.

Tradução de: The Briar Club
ISBN 978-65-5838-407-6

1. Ficção americana. I. Bartalotti, Cecília Camargo. II. Título.

25-99668.0 CDD: 813
CDU: 82-3(73)

Carla Rosa Martins Gonçalves - Bibliotecária - CRB-7/4782

Texto revisado segundo o Acordo Ortográfico da Língua Portuguesa de 1990.

EDITORA BERTRAND BRASIL LTDA.
Rua Argentina, 171 — 3º andar — São Cristóvão
20921-380 — Rio de Janeiro — RJ
Tel.: (21) 2585-2000,
que se reserva a propriedade literária desta tradução.

Para todas as mulheres da minha vida que fazem parte do meu Clube Briar, as que levam comida, vinho e boas palavras umas para as outras sempre que necessário. As que não pestanejariam em agir diante de um corpo no chão. Vocês sabem quem são.

Prólogo

DIA DE AÇÃO DE GRAÇAS, 1954
Washington, D.C.

Se estas paredes pudessem falar... Bem, elas podem até não falar, mas com certeza estão ouvindo. E observando.

A Briarwood House é bem antiga. A casa de quatro andares, frente de tijolos, ligeiramente dilapidada, eleva-se diante da praça lá embaixo há cinquenta e quatro anos. Já viu três guerras, dez presidentes e inúmeros inquilinos... mas, até esta noite, nunca um assassinato. Agora, suas paredes têm cheiro de peru, torta de abóbora e sangue, e a casa está abalada até os alicerces.

E, além disso, um pouco empolgada também. Esta foi a coisa mais emocionante que aconteceu na Briarwood House em *décadas*.

Assassinato. Assassinato, aqui no coração da sonolenta Washington, D.C. e suas cerquinhas brancas de madeira! E bem no Dia de Ação de Graças. Não que a casa esteja terrivelmente surpresa com isso; ela já abrigou festas suficientes para saber que, quando se reúne aquela família toda e se mistura com ponche de rum e antigos ressentimentos, é provável que haja derramamento de sangue. Mas a cena que irrompeu esta noite e espalhou sangue da porta da frente até o sótão...

Minha nossa, que caos.

Há um corpo no chão do segundo apartamento do sótão, jorrando um lago de sangue pelo corte profundo na garganta. No saguão da frente no andar de baixo há um detetive que escreve em seu bloco de notas. Na cozinha, dezessete pessoas estão agrupadas em diferentes estágios de choque: velhos e jovens, homens e mulheres, alguns chorando, alguns em silêncio. E quase todos, a casa sabe — porque viu a coisa toda explodir desde o início chocante até o fim mais chocante ainda —, nutrem motivos para temer que venham a terminar a noite algemados.

O detetive de polícia entra na cozinha e fala com a proprietária da Briarwood House, mas ela está muito ocupada ficando histérica. A casa balança suas cortinas, range uma ou duas portas, dá mais uma espiadinha na cena do crime no último andar. As paredes verdes daquele apartamento específico estão pintadas com uma enorme e intrincada trepadeira florida, mas seria bem difícil identificar quais são os tipos de flores sob os respingos de sangue. Foi um assassinato bastante entusiástico, a casa reflete. Não houve momento de hesitação da mão que manejou *aquela* lâmina.

— Ainda não identificamos o corpo, sra. Nilsson — diz o detetive à proprietária enquanto a atenção da casa se volta para a cozinha. — Nenhum documento foi encontrado.

— Espero que não esteja querendo que eu olhe! Do jeito que são meus nervos... — Ela rejeita o copo d'água oferecido por seu filho adolescente, magro e comprido.

— Temos relatos preliminares de que a morte ocorreu entre seis e sete horas da noite. Parece-me que a senhora não estava em casa no horário, correto, sra. Nilsson?

— Eu estava no meu clube de bridge. Sempre vou ao meu clube de bridge nas noites de quinta-feira.

— Até no Dia de Ação de Graças? — O detetive parece desconfiado. *Se tivesse visto tantas festas acabarem mal quanto eu já vi*, a casa tem vontade de dizer a ele, *ficaria surpreso por não estar* todo mundo *fugindo delas*.

— Um baita desperdício, esse Dia de Ação de Graças. Eu ofereço peru no almoço para minhas inquilinas, mas isso não é suficiente para *certas* pessoas. — A sra. Nilsson funga e olha para o filho, que ainda está ali, segurando o copo d'água. — Este aqui não move uma palha para ajudar a mãe na cozinha, mas basta Aquela Mulher dizer que vai fazer um peru inteiro no *meu* fogão Stratoliner...

A Briarwood House não gosta da sra. Nilsson. Desde a primeira vez que ela entrou pela porta vestida de noiva, reclamando, antes mesmo de ter tirado o arroz do cabelo, que os corredores eram muito estreitos (*Os meus corredores! Muito estreitos!*), e continua não gostando dela vinte anos depois. Ninguém mais nesta cozinha gosta, a casa sabe muito bem disso. Não é *tão* difícil decifrar as pessoas.

— O corpo foi encontrado no apartamento do quarto andar, aquele que tem paredes verdes. — O detetive está conferindo as anotações, então não percebe a primeira pista: os olhares tensos e rápidos feito uma sombra que as outras dezesseis testemunhas trocam entre si. Ou *suspeitos* seria uma palavra melhor?, a casa se pergunta. Porque ela sabe de uma coisa que o detetive não sabe.

O assassino ainda está bem aqui, neste aposento.

— Poderia nos informar quem aluga aquele apartamento no último andar, sra. Nilsson? — o detetive insiste, totalmente no escuro.

A proprietária dá outra fungada e a casa se acomoda alegremente para escutar.

— A sra. Grace March.

QUATRO ANOS E MEIO ATRÁS

JUNHO DE 1950

Capítulo 1

Pete

Querida Kitty,

O nome "Briarwood House" parece auspicioso? É o que vamos ver!

Queria que você estivesse aqui.

— Grace

O sol de junho se derramava sobre a rua, os sons do jazz de um saxofone vinham da casa ao lado; em algum lugar em Capitol Hill o senador McCarthy brandia listas de comunistas americanos infiltrados, e uma nova inquilina tinha chegado ao pensionato Briarwood. Sua sombra pairou sobre Pete, que estava ajoelhado na varanda da frente martelando um prego na porta de tela que havia se soltado. Ao olhar para cima, viu uma mulher alta com uma boina vermelha sobre cabelos castanho-claros ondulados.

— Olá — disse ela, com um leve sotaque do Meio-Oeste, indicando com a cabeça a placa na janela. — Pelo visto, vocês têm quartos para alugar, certo?

Pete se levantou depressa, deixando cair o martelo. Ele achava que estava ligado em tudo, vigiando a rua por cima da caixa de ferramentas, com olhos de águia para qualquer sinal de tumulto. Não que costumasse haver muito tumulto na praça, mas nunca se sabia. E se algum mau-caráter da gangue dos Warring invadisse a tiros o Amber Club logo ali ao lado e fugisse com um saco de bufunfa? Se isso acontecesse e os federais viessem farejando, o disse me disse na vizinhança ia logo apontar para a figura obscura do outro lado da rua. *Se quer saber a parada toda, é só falar com o olho-vivo ali na Briarwood House. Nada passa pelo Pete Pistola.* E, então, Pete se levantaria, dando um peteleco no cigarro e ajeitando na cabeça o velho chapéu de feltro...

Mas, em vez disso, uma mulher o abordara enquanto Pete pregava a tela e ele quase derrubou o martelo em cima de seus sapatinhos com laços de fita.

— Mickey Spillane — disse ela, fazendo um gesto com a cabeça para o livro *Eu, o júri* que ele tinha deixado de lado na varanda quando sua mãe apareceu para lembrá-lo da porta de tela. — É seu favorito?

— Eu, ahn... É, sim, senhora. Meu nome é Pete — acrescentou, depressa. — Pete Nilsson.

A boca larga da mulher se ergueu nos cantos e ela se abaixou para pegar o martelo.

— Então talvez você possa me dizer como uma moça faz para conseguir um quarto aqui, Pete Martelo.

E assim, num piscar de olhos, Pete se apaixonou. Ele vinha se apaixonando muito desde que completou treze anos, às vezes pelas meninas de sua classe na Gompers Junior High, mas principalmente por Nora Walsh do 4A, com suas suaves vogais irlandesas, ocasionalmente por Arlene Hupp do 3C e seu rabo de cavalo saltitante, mas esta dama de boina vermelha era especial. Devia ter uns trinta e cinco anos (idade suficiente para ter um passado interessante), uma mala gasta que balançava em uma das mãos e um casaco bege com um cinto envolvendo o tipo de corpo que o detetive Mike Hammer (herói de Pete) teria descrito como um quilômetro de curvas da autoestrada da Pensilvânia.

E ela o chamou de *Pete Martelo*, brincando com o nome Hammer de seu herói. Ele descartou *Pete Pistola* na hora, desejando puxar de lado o chapéu de feltro na cabeça e falar lentamente "Venha que lhe mostro o lugar, madame", mas, infelizmente, ele não estava com um chapéu de feltro, só com o velho boné do Senators, e, de dentro da casa, a voz de sua mãe soou zangada:

— Pete, com quem está tagarelando aí? Já acabou de consertar a porta?

— Uma pessoa veio perguntar do quarto, mãe. A senhora... — Ele olhou de volta, percebendo que não tinha perguntado o nome da mulher.

— March. — Outro daqueles sorrisos lentos e divertidos. — Senhora. Grace March.

A mãe de Pete apareceu, o rosto vermelho e irritado sobre o roupão acolchoado, e deu uma olhada de cima a baixo na recém-chegada enquanto se apresentava.

— Você disse *senhora*? — Claramente tentava avaliar se havia uma aliança de casamento por baixo da luva branca da sra. March. — Meu pensionato é só para mulheres. Se a senhora e seu marido...

— Eu fiquei viúva no ano passado. — A sra. March parecia notavelmente serena em relação ao fato, Pete pensou.

— Filhos? Porque é um quarto pequeno, sem espaço para mais do que...

— Não, apenas eu. — A sra. March ficou ali, balançando a mala, e Pete sentiu que a mãe não estava gostando muito de ser meia cabeça mais baixa do que a possível inquilina.

— Pois bem, pode deixar sua bagagem na cozinha e subir para ver o quarto.

Havia um certo tom na voz da mãe que Pete ouvia muito, entre relutante e ávida: relutante porque não confiava em gente nova, ávida porque novas inquilinas significavam dinheiro. E ele sabia que não deveria nutrir pensamentos críticos sobre a mãe, mas desejou que ela falasse de um jeito um pouco mais... *acolhedor* quando convidava alguém para entrar na casa deles. "Não quer que as pensionistas gostem de você, mamãe?", perguntou ele certa vez, ao escutá-la dar uma bronca na inquilina do

3B por ter deixado poças de água na pia, e sua mãe fez pouco-caso: "Só bobos se preocupam se os outros gostam de nós, Pete. O que importa é se pagam o aluguel no dia certo." Ele ficou sem palavras. Ou melhor, achou mais conveniente não responder. Se tivesse respondido o que estava pensando, a mãe ia apenas contra-atacar com um lacônico "Parece até seu pai quando fala desse jeito". Pete Martelo estava à altura de qualquer caso difícil na cidade, mas bastava um único *parece-seu-pai* para ele se encolher como se tivesse levado um tapa na cara.

— Gostaria de um café, senhora? — perguntou ele, abrindo a porta para a sra. March, e sua mãe lhe lançou um olhar severo.

— Que gentil... — Outro sorriso da recém-chegada. — Mas acho que só vou ver o quarto mesmo.

Nem chega a ser bem um quarto, ele teve vontade de lhe dizer enquanto ela seguia sua mãe escada acima. Um quartinho de depósito no alto da velha casa de pedras marrons, no patamar da escada do quarto andar: a mãe de Pete decidiu naquele ano que poderia espremer uma inquilina ali dentro e Pete passou a última folga removendo a tralha, pregando tábuas soltas no chão e carregando para cima a minúscula caixa térmica para que ela pudesse anunciar que havia uma pequena cozinha ali. Mas ele era incapaz de acreditar, sinceramente, que alguém fosse querer morar naquela lata de sardinha.

— Ela vai ficar — disse a mãe dez minutos depois, descendo os degraus corada e radiante. — Seis meses de adiantamento pagos, e ela parece uma lady. Não que se possa afirmar nada, hoje em dia. Espera um pouco antes de levar pra cima... — interveio, abrindo os fechos da mala de Grace March.

— Mãe! — sussurrou Pete, sentindo as orelhas esquentarem. — Eu detesto quando você faz isso...

— Não me venha com esses melindres. Você quer uma drogada ou uma prostituta no sótão? Ou uma *comunista*. Melhor dar uma fuçada agora antes que ela se acomode lá em cima.

A sra. Nilsson revirou, com dedos rápidos e experientes, as blusas e saias ordeiramente dobradas, espiou dentro de um grande frasco de vidro aparentemente cheio de meias-calças, examinou os artigos de toalete. Pete ficou mordendo o lábio, lembrando-se de como a professora de inglês da Gompers Junior High tinha dito que a raiz latina da palavra *mortificação* era "morrer" e ele podia entender o motivo, pois se sentia tão mortificado naquele instante que queria cair morto ali mesmo, no linóleo surrado da cozinha. *Por favor, não encontre nada*, ele rezou, vendo-a remexer as roupas íntimas da nova inquilina (peças de seda cor-de-rosa e pêssego, ele não pôde deixar de notar com um calor de vergonha). O aposento do quarto andar já havia quase sido alugado para uma solteirona de aspecto agradável e sotaque de Jersey, mas, quando a mãe inspecionou a mala dela, encontrou uma embalagem do que chamava de Aquelas Coisas (o tipo de coisas de látex que os meninos da Gompers se vangloriavam de roubar dos irmãos mais velhos) e houve uma cena horrível antes que a mulher fosse expulsa, sem nem mesmo ter chegado a se instalar, e sem receber de volta o dinheiro de depósito que tinha acabado de pagar.

Pete já estava torcendo para a sra. Grace March ficar ali por um tempo.

— Muito bem, pode levar lá pra cima. — A sra. Nilsson fechou a mala, parecendo meio decepcionada por não ter encontrado nada mais sinistro do que um estojo de agulhas cor-de-rosa. — E trate de voltar depressa. Preciso que arranque as ervas do canteiro de tomates depois que levar sua irmã à biblioteca.

— Tá bom, mãe. — Pete suspirou.

— Você é um bom filho — disse ela, dando uma apertadinha na orelha do filho enquanto ele puxava a mala para o primeiro dos três lances de escada.

A PORTA DO LADO DIREITO DO PEQUENO PATAMAR DO QUARTO ANDAR estava entreaberta, mas Pete bateu mesmo assim.

— Sra. March?

— Ah, pelos céus, chega dessa história de *sra. March* — a voz dela flutuou porta afora. — Eu sempre olho em volta procurando minha sogra quando ouço isso, e não ter mais sogra é uma das poucas vantagens de ser viúva.

— Sim, sra. M… Hum, sra. Grace.

Ele arrastou a mala para dentro, constrangido outra vez pelo tamaninho do quarto. Uma cama estreita encostada na parede, uma pequena cômoda capenga que também fazia as vezes de mesa de centro, uma poltrona velha… e sua mãe podia até chamar aquilo de *pequena cozinha*, mas não passava de uma caixa térmica do tamanho de um engradado, com um fogareiro elétrico equilibrado em cima. O pior de tudo eram as paredes: lascadas, inclinadas para dentro sob o telhado, pintadas de um verde desbotado, mas ainda cor de vômito. *Você topou morar aqui?*, pensou ele… mas a sra. Grace ignorou tudo isso. Ela havia pendurado o casaco bege e desamarrado os laços dos sapatos. Naquele momento, andava pelo quarto com uma velha saia de estampa floral e o que parecia uma camisa masculina amarrada na cintura, e estava abrindo a vidraça da janela no fim do quarto para olhar a praça lá embaixo.

— Minha mala foi aprovada na inspeção? — perguntou ela, sem se virar, e Pete quis morrer de novo, mas ela lhe lançou um sorriso travesso por cima do ombro. — Tem um frasco de vidro no meio das minhas roupas íntimas. Se eu o pegar, você me diz onde encher? — Ela olhava o quarto, que visivelmente não tinha pia.

— O banheiro fica no patamar da escada. Bom, tem uma pia lá e... um vaso sanitário. — Ele sentiu as orelhas ficarem vermelhas outra vez ao dizer "vaso sanitário" para uma dama. — Se quiser tomar banho, tem que ir ao terceiro andar. — Onde três mulheres já competiam pela banheira e pelo espelho entre as sete e oito da manhã. — Um conselho — ele se pegou dizendo. — *Não* se meta entre a Claire do 3B e a Arlene do 3C quando elas começarem a discutir de quem é a vez de usar o banheiro.

— Vou me lembrar disso. — Depois de abrir a mala, a sra. Grace tirou o frasco do meio de um monte de meias-calças e blusas. — Será que você se importaria de encher isto para mim? Água quente, por favor.

Quando ele voltou trazendo o frasco cheio até a boca, ela havia desenterrado de suas coisas um punhado de saquinhos de chá, que foram de imediato para a água, junto com o conteúdo de uma dúzia de pequenos envelopes de açúcar claramente surrupiados de um restaurante.

— Chá de sol — explicou, vendo a expressão intrigada de Pete quando ela levou o frasco até a janela e o empurrou com cuidado para o parapeito de pedra ensolarado. — A gente deixa em infusão numa varanda ou parapeito de janela quente por três horas e fica a melhor coisa que você já tomou. Velha receita rural de Iowa.

— Você é de lá? De Iowa?

— Originalmente. — Ela recuou, admirando o chá que reluzia no frasco, mas não disse mais nada. — Quem é o músico? — perguntou, indicando com a cabeça o melodioso solo de saxofone de "Sentimental You" que entrava flutuando pela janela na brisa quente.

— É o Joe Reiss, da casa ao lado. Ele toca no Amber Club ali mais adiante. Está sempre ensaiando.

— Quantas pensionistas moram aqui?

— Oito, se minha mãe tiver a casa cheia. — Ele enfiou as mãos nos bolsos, com um sorriso hesitante. — Vai encontrá-las no café da manhã. É entre as sete e as sete e meia todos os dias — informou ele. — O café da manhã está incluído no aluguel. Se bem que muitas das nossas pensionistas preferem comer no Crispy Biscuit, do outro lado da praça — ele se sentiu compelido a acrescentar, com toda a sinceridade. A mãe tentava fazer o melhor que podia, é claro, mas seus ovos mexidos grudados e o bacon mal cozido (colocados na mesa da sala de jantar às sete horas em ponto e retirados às sete horas, vinte e nove minutos e cinquenta e oito segundos) não eram exatamente… bem, as panquecas no restaurante da rua Briar eram imbatíveis, apenas isso.

— Você é bem-informado, né? — A sra. Grace pegou um maço de Lucky Strike e o balançou para tirar um cigarro.

— Minha mãe não deixa fumar aqui dentro — Pete não conseguiu deixar de dizer.

— Eu sei. — Calmamente, a sra. Grace riscou um fósforo, acendeu o cigarro, deu uma longa tragada e soltou a fumaça pela janela aberta. — O que os olhos não veem o coração não sente.

— Minha mãe vê tudo — disse Pete, comovidamente. Nunca se ouvia quando ela chegava; naqueles seus chinelos de casa, ela podia surgir das sombras como um boneco que pula de dentro de uma caixa mágica. "Sempre quando a gente deixou o casaco no chão, ou só está *pensando* em pôr os pés no sofá", Pete tinha ouvido uma das pensionistas dizer. Nora Walsh do 4A, a moça bonita com o cabelo castanho-claro que brilhava ao sol. E Nora não estava errada: um casaco no chão ou uma marca de sapato no sofá era o tipo de coisa que a mãe de Pete não suportava. Roíam seus nervos, Mickey Spillane teria dito. — Minha mãe teve uma vida difícil — disse ele, leal. — Ela só fica um pouco tensa na questão das regras. Com esses tempos difíceis e tudo mais. — Os tempos eram difíceis mesmo: a guerra estava apenas começando a ficar no passado, a bomba atômica esperando para mandar o mundo para o espaço, e agora os comunistas criavam problemas por toda parte. Pelo menos era o que o senador McCarthy dizia.

— Vai ser nosso segredo. — A sra. Grace bateu as cinzas do lado de fora da janela, sorrindo. Até os olhos dela entravam no sorriso: olhos castanho-dourados como o cabelo, e tinham um jeito de ficar semicerrados, como se ela estivesse olhando para tudo com um ar de diversão sonolenta. — Por que este lugar se chama Briarwood House?

— Porque estamos na esquina da Briar Avenue com a Wood Street. — "Fica mais refinado", disse a mãe quando escreveu à mão a placa: BRIARWOOD HOUSE: PENSIONATO PARA MULHERES. "Vamos conseguir uma classe melhor de pensionistas assim." Mas a casa era só uma casa, Pete pensou. Uma casa alta e estreita de pedras marrons na área mais agradável de Foggy Bottom, e não uma mansão de campo saída de um livro, como aqueles de mistério de Lord Peter Wimsey que ele havia lido no verão passado.

— Há quanto tempo vocês recebem pensionistas aqui?

Pete olhou para os sapatos.

— Desde que meu pai foi embora. — Ele esperou que ela se surpreendesse com isso. Os adultos sempre se surpreendiam. Mas a sra. Grace só deu mais uma longa tragada em seu Lucky Strike, olhando em volta para a nova casa: pintura verde-limão, teto inclinado, assento de janela minúsculo. — Não é grande coisa — Pete se sentiu compelido a se desculpar, mas ela balançou a cabeça.

— Tudo isto… — Ela gesticulou com o cigarro, abrangendo o peitoril ensolarado da janela, o jazz, o barulho de pés na escada — tem seu potencial.

— Tem? — Pete sentiu que ouvia muito essa palavra, em geral quando adultos lhe diziam por que você não podia fazer alguma coisa *agora*, mas talvez *mais tarde*. Olhar para a penugem no queixo no espelho e imaginar o potencial de que um dia você talvez precise fazer a barba; olhar para os carros passando e imaginar o potencial de um dia dirigir um. Para Pete, a palavra *potencial* parecia significar, na verdade, *daqui a muito tempo*. Talvez *nunca*.

— Esta casa inteira tem potencial — disse a sra. Grace, parecendo muito confiante. — E você também, Pete Martelo. — Ela abriu outro sorriso, apagando o cigarro no peitoril de pedra da janela ao lado de seu frasco. — Agora dá o fora. Volte daqui a umas três horas. Aí eu já vou ter arrumado minhas coisas e você vai tomar um copo de chá de sol e jurar que está no céu.

Mas Pete tinha certeza de que já estava lá. Ele saiu do 4B assobiando e não parou nem mesmo quando espiou pela porta entreaberta do banheiro no patamar da escada e se viu de relance no espelho sobre a pia. *Pete Martelo…* talvez quando ele fosse o detetive mais durão da cidade levasse um martelo no cinto: o martelo que arrebentou a gangue Warring, eliminou a maior família de criminosos da cidade. Então ele teria 30 anos, não 13; teria uma barba robusta por fazer em vez de espinhas; teria um chapéu de feltro surrado inclinado sobre uma testa angulosa e cruel, não um boné de beisebol do Washington Senators.

Sim, quase dava para enxergar isso. Porque ele tinha *potencial*. Foi a nova pensionista que disse.

Chá de sol da Grace

6 a 8 saquinhos de seu chá preferido
1 limão em fatias finas
Mel ou açúcar

1. Encha um recipiente de vidro com 4 litros de água fria, de preferência fervida.
2. Acrescente os saquinhos de chá, cubra e ponha o recipiente em uma varanda ou parapeito de janela ensolarado. Deixe sob a luz direta do sol por 3 a 5 horas.
3. Descarte os saquinhos de chá e adoce a gosto com mel ou açúcar. Acrescente as fatias de limão e refrigere.
4. Desfrute em um dia de verão com um novo amigo, enquanto ouve "If I Knew You Were Coming I'd've Baked a Cake", de Eileen Barton com os New Yorkers.

Querido papai, Pete escreveu. Ele deveria estar fazendo a lição de casa na mesa do saguão e ajudando a irmãzinha com a leitura dela — sua mãe o obrigava a ficar plantado ali todos os fins de tarde a fim de entregar a correspondência quando as pensionistas chegassem em casa —, mas Lina vivia desviando a atenção do livro e, embaixo de sua lição de matemática, Pete rascunhava uma carta para o pai. Tentava, pelo menos. *A Lina não para de ouvir* As aventuras de Ozzie e Harriet *no rádio no máximo volume. É por isso que você não vem pra casa?*

Ele riscou isso. *Lina está ouvindo* Ozzie e Harriet *e praticando leitura. Ela está ficando muito boa!*

— O que está escrito aqui? — Lina pôs o dedo sujo na terceira linha do livro.

— Leia em voz alta, Lina-kins. A-m-a-r-e-li-. O que está escrito? E o aí o resto: n-h-a.

Ela projetou o lábio inferior. Nove anos, e lia no nível de uma criança de sete. Não colaborava o fato de ter olho preguiçoso — *estrabismo*, Pete se lembrou de que era como deveria dizer —, mas não era *tão* grave, um pequeno desvio para fora do centro de seu olho esquerdo. Óculos podiam ajudar, o médico disse, mas a mãe recusou. Caros demais.

— Vou dar uma dica — Pete incentivou, enquanto Lina continuava a fazer beicinho. — É uma brincadeira, e você brinca disso o tempo todo. E aí: *amareli...* E o resto?

— Eu não seeeeeei...

— Fiquei sabendo que temos uma nova pensionista! — Felicity Orton, do 2A, entrou toda dançante em um farfalhar de crinolina sob a saia rosa-pink, equilibrando uma tigela de cozinha apoiada em um quadril e a bebê Angela no outro. Eram suas pensionistas mais recentes; a mãe de Pete tinha dito que elas pareciam ter saído praticamente direto da maternidade para cá. — O 4B finalmente foi alugado?

— Foi, sim, sra. Fliss. — *Fliss* era o apelido inglês para *Felicity*, ela havia contado a Pete em seu primeiro dia ali, o sotaque inglês um pouco disfarçado depois de quase sete anos nos Estados Unidos, mas ainda muito exótico e de princesa para Pete. *Pelo menos agora é sra. Fliss.* "Imagina quando eu era solteira e me chamavam de Miss Fliss, era terrível!" Pete ficou lá tentando se lembrar daquela citação sobre uma rosa, qualquer que fosse o nome, que cheirasse tão doce, mas, quando conseguiu, ela já tinha ido embora. — Quer pegar sua correspondência? — perguntou Pete, procurando nas pilhas que havia separado mais cedo. — Carta de San Diego.

Ela sorriu ao ver a letra do marido no envelope e ajeitou a posição da bebê para conseguir enfiá-lo no bolso.

— Eu queria era usar o forno de vocês! — Tudo que ela dizia parecia vir acompanhado de pontos de exclamação e covinhas profundas. — Pensei em fazer um prato de boas-vindas para a recém-chegada. Acha que ela gosta de biscoitos doces? Cookies — corrigiu-se. — Vocês ianques dizem *cookies*, não *biscoitos*.

A cabeça de Lina apareceu por cima do livro.

— Eu gosto de cookies — declarou, os olhos colados na sra. Fliss.

— O primeiro cookie é seu! — prometeu a sra. Fliss, mas Pete ouviu o pequeno suspiro por baixo da alegria borbulhante. Quando Lina grudava em alguém, era bem capaz de *permanecer* grudada pelo resto do dia e ficar zangada e de mau humor caso tentassem afastá-la. Mas a sra. Fliss sorriu de orelha a orelha, e as covinhas reapareceram nas laterais dos lábios com batom cor-de-rosa. — Eu já misturei a massa, só preciso de dez minutos a cento e noventa graus. Não, trezentos e setenta e cinco — corrigiu-se com um suspiro. — Todos esses anos e ainda penso em graus Celsius. Posso...?

Teoricamente, as pensionistas não tinham permissão para usar a cozinha, mas a mãe de Pete às vezes flexibilizava as regras para Fliss, que nunca fazia sujeira e sempre deixava cookies em agradecimento.

— Pode ir — disse Pete, botando a língua para fora e fazendo um barulhinho para arrancar uma risada da pequena Angela. A bebê estava sempre linda e rosadinha, com seus gorrinhos rendados; a sra. Fliss era ainda mais bonita, com o cabelo jovial de pontas viradas para fora e saias esvoaçantes... Era casada, claro (o marido era médico do Exército, terminando o período de serviço na base de San Diego, e era por isso que ela estava no pensionato), mas cheirava a açúcar e canela e era sempre legal com Pete, então ele continuou olhando-a com ar sonhador quando ela seguiu para a cozinha, os sapatos fazendo toc-toc-toc no piso.

Querido papai. Você viria pra casa se a mamãe fosse um pouco mais parecida com a sra. Fliss? Saltitante, perfumada e sem nunca gritar?

Franzindo a testa, Pete deixou a carta temporariamente de lado e se voltou para a lição de álgebra. Para que ele precisava de álgebra, afinal? Mike Hammer por acaso gastava seu tempo se preocupando com a + b = c quando algum canalha jogava sujo com ele? Claro que não.

Algo na cozinha se espatifou no chão.

— Fique um pouco mais para trás quando abrimos a porta do forno, Lina...

Pete ouviu a irmã murmurar:

— *Não* tive culpa, sra. Fliss...

— Soube que a casa abocanhou uma nova vítima. — Claire Hallett do 3B entrou toda desenvolta, a bolsa jogada sobre um dos braços. Claire trabalhava na equipe de secretárias no gabinete de algum senador no Capitólio: olhos afiados, língua afiada, grande e estridente, o busto forçando a blusa recatada, os quadris forçando a saia recatada, brilhantes cachos ruivos forçando para escapar dos grampos recatados. — Quem sua mãe engambelou para se enfiar naquela lata de sardinha do quarto andar?

— Ninguém foi engambelada — respondeu Pete, com lealdade. — A sra. Grace disse que o quarto tem *potencial*.

— Potencial de quê? Risco de incêndio? — desdenhou Claire.

— Não vá se entusiasmando — resmungou Pete, empurrando a correspondência para ela, e ela se foi desenvolta como chegou, passando na escada pela velha sra. Muller que descia do 2B. A mulher com a saia roída de traças e o rosto fechado como um punho pegou sua correspondência com um grunhido, rosnando um brusco *Nem* quando Pete perguntou se ela estava tendo um bom dia. Isso era "não" em húngaro, Pete agora sabia. Reka Muller raramente falava uma palavra em inglês, e qualquer palavra que dizia em húngaro geralmente era *não*. E então veio Arlene Hupp do 3C, que trabalhava para o HUAC, o Comitê de Atividades Antiamericanas, e sempre tinha as últimas fofocas sobre quem estava suando nos interrogatórios, delatando pessoas.

— Comunistas, Pete. — Arlene sacudiu a cabeça, o rabo de cavalo saltitando, o último número do boletim *Counterattack* aparecendo em sua bolsa. — Hollywood está *infestada* deles. Você tinha que *ver* o relatório que acabou de ser divulgado no *Red Channels*; vou deixar uma cópia com sua mãe. Meu Deus, alguém está fazendo cookies? E eu comecei um novo regime: sem açúcar, sem pãezinhos…

Ouviu-se um estrondo de panelas na cozinha enquanto Arlene pegava as cartas e se retirava depressa. E a voz de Fliss, parecendo um pouco impaciente:

— Tudo bem, Lina, nós vamos refazer essa fornada…

O murmúrio choroso de Lina:

— Eu não tive culpa!

A porta da frente se abriu outra vez e, louvado seja, ali estava ela. Pete endireitou a postura, controlando a vontade de ajeitar o cabelo. Claire Hallett tinha 30 anos e a sra. Fliss tinha 24, e mesmo sua nova paixonite, a sra. Grace, devia estar perto dos 35, mas Nora Walsh do 4A era a pensionista mais jovem da casa: só 20 anos, e uma diferença de sete anos para ele não era *tanta* diferença assim, certo? Em algum momento, a pele dele finalmente se livraria das espinhas e então Nora, que trabalhava nos Arquivos Nacionais e deslizava com a quietude de uma pomba e a graça de uma artista de cinema pela vida de Pete em uma série de terninhos elegantes, perceberia que ele não era apenas o Pete da sra. Nilsson, que levava o gelo escada acima para abastecer as caixas térmicas das pensionistas; que ele era, na verdade, um ***homem***. "Deixe de srta. Nora; me chame de Nora", ela ia sussurrar...

O que aconteceria depois, Pete não sabia muito bem. Mulheres tinham se tornado infinitamente fascinantes nos últimos tempos, mas eram mais para se sonhar do que para jogá-las em um sofá, como o detetive Mike Hammer fazia. (E depois de jogá-las?)

— Oi, Pete. — Nora tirou o chapéu de palhinha de verão e deu aquele sorriso que deixava Pete todo arrepiado. Ela não tinha as covinhas fundas da Fliss ou as cores vivas da Claire. Era uma moça alta com olhos castanhos discretos e cabelo castanho também discreto. Mas seu sorriso tinha um jeito travesso suave que o derretia como manteiga. E aquele cabelo, sempre em um coque banana perfeito na nuca, tinha brilhos dourados como a areia da praia que reluzia quando uma onda passava. — Lição de álgebra? Nas férias?

— Fui mal no último ano — confessou Pete. — Meu professor disse que eu deveria fazer uns exercícios durante o verão para praticar. — Nora fez uma careta e Pete criou coragem para perguntar: — Você também detestava álgebra?

— Com todas as forças. — Ela baixou a voz. — A nova pensionista, a sra. March... ela está bem na minha frente no quarto andar. Você sabia que ela tem uma televisão?

— Não! — Pete arregalou os olhos com entusiasmo. A casa tinha uma antena, mas sua mãe não queria nem ouvir falar de televisão. Muito caro, dizia.

— Uma televisão? — Lina olhou da cozinha, o nariz sujo de açúcar. — Posso ver?

— Você tem que terminar sua leitura, Lina-kins — Pete a lembrou. — Pare de perturbar a sra. Fliss, agora. — De cara feia, Lina se jogou na cadeira ao lado dele e abriu o livro. — Vá pronunciando as palavras uma por vez — Pete a incentivou, mas Lina só olhou para ele com a mais vazia das expressões, o cabelo liso escapando da presilha de plástico.

— Continue com a álgebra, Pete — disse Nora, com mais um de seus sorrisos, enquanto pegava a correspondência. — Você pode acabar virando engenheiro um dia. Eu vi você construir aquela cerca do jardim no quintal, sem falar no balanço da Lina. Você leva jeito.

Pete corou. Primeiro a sra. Grace disse que ele tinha potencial; agora a srta. Nora achava que ele *levava jeito*. Queria que ela ficasse e conversasse mais, porém o objeto de seus afetos já estava subindo a escada naquelas pernas longas e esguias... A sra. Fliss saiu afobada da cozinha logo depois, equilibrando a bebê, dois pratos de cookies e a carta do marido. Ele quase lhe perguntou o que havia acontecido, mas ela já estava pondo um dos pratos sobre a mesa e se afastando depressa outra vez.

— Uma dúzia para a sua mãe, Pete, do jeitinho que ela gosta!

O recorte de um jornal de San Diego escapou do envelope que ela havia acabado de enfiar no bolso e Pete o pegou: "Coreia do Sul e Coreia do Norte em guerra", gritava a manchete. "Nação patrocinada pelos EUA invadida pelas Forças Vermelhas..."

— Sra. Fliss — chamou Pete, mas ela já desaparecia escada acima. Ele suspirou. Tinha achado que poderia brincar de bater palminha com a bebê Angela e perguntar se o marido de Fliss tinha visto alguma estrela de cinema na Califórnia, um assunto muito mais interessante que a Coreia, onde quer que *isso* fosse. Mas a sra. Fliss já tinha ido embora e Pete suspirou outra vez, enfiando três cookies distraidamente na boca. Nenhuma das pensionistas jamais parava para conversar. "Olá" no corredor, um "bom-dia" enquanto comiam os ovos no café da manhã, mas, fora isso, eram só encontros de passagem. A Briarwood House não parecia ser o tipo de lugar onde as pessoas se sentiam *conversadeiras*.

Mais uma hora e sua mãe entrou apressada com as compras. Três costeletas de porco; Pete notou com tristeza como elas pareciam pequenas. Sua mãe era precisa; ela, Lina e Pete recebiam exatamente a mesma quantidade no prato do jantar, e isso era justo, claro. Mas ele ficava com muita *fome* o tempo todo desde que espichara sete centímetros nos últimos três meses. Achava que poderia comer aquelas três costeletas de porco sozinho. Sua mãe diria que ele estava sendo guloso; claro que estava. De alguma maneira ele havia conseguido comer metade dos cookies sem nem perceber.

Querido papai... Você ainda faz almôndegas suecas? Eu lembro quando você fazia uma panela enorme todas as noites de quinta-feira quando a mamãe ia para o clube de bridge, e a gente as colocava em cima do macarrão com manteiga... Claro que também houve noites com o pai que não eram tão boas. As noites em que ele ficava sentado olhando pela janela e não havia como fazê-lo voltar a atenção para o jornal, ou a lição de Pete, ou o que quer que fosse. *Nem sempre era bom quando ele estava em casa*, Pete lembrou a si mesmo, mas, de qualquer modo, tudo em que conseguia pensar naquele momento era na noite das almôndegas suecas do pai.

— Pete, você limpou o canteiro de repolhos? — Sua mãe contou os cookies no prato, fazendo Pete se retrair, culpado. — Só seis? Ela costuma deixar doze...

— Colhi meia cesta de repolhos — interrompeu ele, depressa. — Podemos fazer sopa de repolho? — Ele não gostava tanto assim de repolho, mas talvez o satisfizesse o suficiente para afastar aquela sensação de garras apertando o estômago.

— Deixe de ser ridículo. Leve esta cesta para o restaurante e veja se o sr. Rosenberg quer comprar. Ele não se opõe a fazer um estoque de verduras de vez em quando e um bom repolho cultivado numa horta caseira sai por seis centavos cada meio quilo. Vê lá se ele não vai convencer você a deixar por cinco, hein? Depois, passe pela Moonlight Magnolias

— acrescentou a sra. Nilsson, enquanto tirava as compras da sacola. — Conversei com o florista lá sobre um emprego pra você.

— Um emprego?

— Varrer a loja, entregar flores, esse tipo de coisa. Vão ter que reduzir as suas horas quando a escola recomeçar, lamentavelmente, mas isso já vai trazer algum pra casa.

Pete olhou para os exercícios de álgebra que uma hora antes ele estava louco para deixar de lado.

— Não vou ter tempo de terminar isso antes do jantar se tiver que ir ao restaurante e depois ao florista — resmungou.

— Bom... — A mãe deu de ombros. — E daí?

— Pode ser que eu precise de álgebra um dia. — Porque talvez ele *fosse* ser engenheiro. Pete não era idiota; sabia que não ia de fato ser o detetive mais fodão a oeste do Potomac quando crescesse, e provavelmente não ia jogar na segunda base com os Washington Senators (sua outra fantasia). — O papai sempre dizia que, quando eu fosse para a Johns Hopkins que nem ele...

— Ah, meu querido. Você não vai para a *faculdade*. — Ao ver a expressão no rosto dele, sua mãe se aproximou e afagou seu ombro. — Acha mesmo que eu teria condições de financiar isso? Uma mulher sozinha? São tempos difíceis.

— O papai trabalhou enquanto estudava. Eu poderia... — Pete tentou. O pai *sempre* disse que ele poderia fazer isso. Que poderia fazer qualquer coisa.

— Vamos precisar de você aqui, Pete. Em casa, ajudando com as pensionistas. Eu conto com você. — Sua mãe lhe deu um beijo no rosto. — Ainda bem que você pode largar a escola aos 16 anos. Ou é aos 15? — perguntou-se ela, virando-se para a cozinha e desligando Ozzie e Harriet no rádio. Lina começou a choramingar. — Lina, você está acabando com meu *último nervo*...

Pete ficou ali sentado por um tempo, depois, recolheu em silêncio sua lição não terminada. *Trate de se mexer*, disse a si mesmo em sua voz mais firme de Mickey Spillane, *ou eu arranco você daí com um belo tapa nesse seu queixo penugento.* Ele foi pegar os repolhos, mas não sem rabiscar uma última linha na carta.

Papai... Você vai voltar pra casa um dia?

JUNHO JÁ IA DANDO LUGAR A JULHO, O SENADOR MCCARTHY CONTInuava brandindo suas listas por toda a capital e Pete carregava gelo para o quarto andar, sua última tarefa da noite, pensando se trocar Steve Nagy por Elmer Singleton com o San Francisco seria um bom negócio para as chances do Senators no fim da temporada, quando ouviu um barulho: o som de uma televisão.

— Sra. Grace? Srta. Nora? — As portas dos dois apartamentos estavam abertas e as duas mulheres estavam de pé diante do aparelho de televisão no quarto da sra. Grace. Ela a havia encaixado sobre a minúscula cômoda e o presidente Truman aparecia na tela, sério e de terno, os óculos reluzentes. *No domingo, 25 de junho, forças comunistas atacaram a República da Coreia...*

— Entre, Pete. — A sra. Grace acenou para ele, distraída. Tinha o cabelo amarrado com um lenço, usava um macacão e uma velha camiseta na qual se lia Iowa State e estava de testa franzida para a TV. — Talvez você já tenha lido que estamos em guerra, mas o presidente acabou de tornar a notícia oficial.

— Não estamos exatamente em guerra — discordou Nora, espirrando em um lenço. — Eles estão dizendo que é uma ação policial. — Ela não tinha ido trabalhar e passara o dia todo em casa, gripada; normalmente, Pete teria ficado empolgado por vê-la de roupão de algodão com o macio cabelo castanho solto, mas não conseguia tirar os olhos do presidente Truman. Só um homenzinho de óculos, o homem que ninguém queria de fato, porque por tanto tempo a palavra *presidente* esteve automaticamente associada a *Roosevelt...*

Por suas ações na Coreia, os líderes comunistas demonstraram seu desprezo pelos princípios morais básicos em que estão fundamentadas as Nações Unidas...

— Ele pode chamar de ação policial, se quiser. Todos nós sabemos o que é uma guerra quando vemos uma. As pessoas morrem do mesmo jeito, seja uma guerra ou uma ação policial que as tenha matado. — A sra. Grace pegou um copo na prateleira sobre a cômoda e serviu chá de sol do frasco. — Beba isto aqui, Nora, você vai parar de fungar rapidinho...

— É a televisão que eu estou ouvindo? — uma voz falou do patamar do terceiro andar. — Sobre o que o Truman está tagarelando agora?

— Suba aqui — chamou a sra. Grace, e logo a ruiva Claire Hallett estava de pé ao lado de Nora franzindo a testa para o aparelho, e Arlene Hupp, com seus olhos perfurantes e rabo de cavalo preso com fita, e até a velha sra. Reka Muller subiu a escada para se juntar a elas, enrolada em xales com estampa de folhas estilizadas, o cabelo grisalho preso em um nó malfeito.

A invasão comunista foi lançada em grande força, com aviões, tanques e artilharia. O tamanho do ataque, e a velocidade com que teve seguimento, deixam perfeitamente evidente que havia sido tramado com muita antecedência.

Pete estremeceu. Lembrava-se vagamente de ver manchetes sobre a Coreia nas últimas semanas, mas estivera mais ocupado com a escalação de arremessadores do Senators, com seu novo emprego varrendo folhas de samambaia e restos de flores mosquitinho na Moonlight Magnolias, com dar um jeito de contornar a lista interminável de tarefas de verão de sua mãe. Nem sabia direito onde *ficava* a Coreia, e agora o presidente estava na televisão com uma expressão preocupada por causa daquele país. Pete teve uma súbita e viva lembrança de ouvir sobre o ataque a Pearl Harbor no rádio. Ele tinha só 4 anos; não se lembrava de fato do que havia sido dito, só que interrompera um programa que seu pai estava escutando. O pai tinha ficado terrivelmente pálido, sentado ali em sua cadeira, apertando Pete com tanta força que ele se lembrava de ter se contorcido. Apenas duas semanas depois, partiu com os fuzileiros navais, e sua mãe dizia: *Ele não via a hora de nos deixar! Se não tivesse sido a guerra, teria sido outra desculpa...*

Pete estremeceu outra vez, e Nora pôs o braço sobre seus ombros, mas ele estava inquieto demais para aproveitar a sensação.

O governo soviético disse muitas vezes que quer paz no mundo, mas sua atitude em relação a esse ato de agressão contra a República da Coreia...

— Soviéticos. — Arlene bufou. — É claro que tinha que ter dedo dos Vermelhos nisso!

A sra. Grace lhe fez um sinal para ficar quieta, enquanto enchia copo atrás de copo de chá de sol e os ia passando. A sra. Fliss bateu na porta aberta, a bebê Angela chorando, irritada, em seu ombro.

— Trouxe jammy dodgers — disse, em seu sotaque britânico, apresentando um prato cheio de biscoitos amanteigados recheados de geleia, e então o quarto inteiro ficou repleto das mulheres da Briarwood, todas bebendo chá de sol e comendo biscoitos enquanto observavam a luz refletir nos óculos do presidente Truman.

O povo americano está unificado em sua crença na liberdade democrática. Somos unidos em detestar a escravidão comunista... o presidente Truman entonou, parecendo resoluto, e o nó na garganta de Pete cresceu.

Quando finalmente terminou e uma música de estúdio substituiu a transmissão presidencial, todos ficaram se entreolhando.

— *Szar* — disse a velha Reka Muller de repente, e Pete não tinha ideia do que aquilo significava, mas achou que podia imaginar.

— Concordo totalmente — disse Grace. Ela tateou embaixo de sua cama estreita e tirou dali uma garrafa fechada de gim. — Dada a ocasião — comentou, despejando cerca de metade no frasco de chá de sol.

Todos tornaram a encher seus copos, até Arlene Hupp, que sempre dizia a qualquer um que perguntasse (e a quem não perguntasse também) que ela nunca *tocava* em bebidas alcoólicas. Foi Arlene que inclinou a cabeça para trás e disse, com uma confiança presidencial:

— Os russos vão usar isso como desculpa para invadir.

— Ah, claro. — Claire revirou os olhos. — Ivans e Pyotrs caindo do céu por todo Foggy Bottom.

— Você ri, mas eles estão se preparando há anos. Eles têm a Bomba e estão com os dedos coçando para usá-la. Assim que a Coreia virar vermelha — afirmou Arlene, ameaçadora —, eles vão voltar os olhos para nós.

— Nós não temos como saber disso — protestou Nora, espirrando em seu lenço sujo.

— Você pode até viver com o nariz enterrado em velhos documentos bolorentos, mas eu trabalho para o HUAC...

— Ah, sim, trabalha para o HUAC — zombou Claire. — Você e o senador McCarthy são confidentes íntimos, tenho certeza.

— ...e você não *acreditaria* nas coisas que eu ouço — concluiu Arlene, o rabo de cavalo balançando. — Se eu tivesse permissão para repetir o que os homens no trabalho me dizem...

— Eu tenho uma política de nunca acreditar em mais do que um terço do que os homens me dizem — comentou a sra. Grace, com seu sorriso divertido de olhos semicerrados. — No trabalho ou em qualquer lugar. Quem quer um sanduíche? Paranoia é um bom estimulante do apetite.

— Você não vai chamar de paranoia quando o pobre Pete tiver que fazer simulações de abaixar-e-se-proteger na escola neste outono — protestou Arlene.

Mas, de alguma maneira, a sra. Grace conseguiu enfiar Arlene em sua minúscula área de cozinha para lambuzar pães de véspera com manteiga de amendoim e geleia, e Pete estava de olho no último dos jammy dodgers (que nome era esse para um biscoito amanteigado?) quando a sra. Grace voltou, deu uma pilha de lenços para Nora e se virou para a sra. Fliss.

— Você está muito pálida. Deixe-me pegar a bebê.

— E se meu Dan for mandado para a Coreia? — desabafou Fliss. — Ele vai sair em mais quatro meses. A gente planejou *procurar uma casa...*

— É bobagem se preocupar por antecipação. — Pete não pôde deixar de se impressionar com a calma da sra. Grace, fazendo Angela arrotar em um ombro enquanto removia a garrafa de gim da velha sra. Muller, que a estava virando direto do gargalo. — Reka, já chega agora. — Como ela já sabia o nome de todo mundo e falava com tanta autoridade natural? Ela só estava ali havia poucas semanas.

— *Kurva* — resmungou a velha senhora, com um olhar bravo para a sra. Grace, mas largou a garrafa. Os passos pesados de Lina soaram pela escada e ela entrou na frente de Pete quando ele estendeu a mão para pegar o último jammy dodger. A cabeça dele estava agitada e ele não sabia por quê.

— Eu quero um biscoito — Lina choramingou assim que viu o prato, abrindo a caixa térmica bem na hora errada e espalhando gelo por todo lado.

Pete lembrou que tinha deixado o saco de gelo no patamar da escada do lado de fora e provavelmente estava tudo derretido àquela altura. Sua mãe ia esfolá-lo por isso. Ele sentiu os olhos arderem.

— Eu quero um *biscoito* — insistiu Lina, esbarrando no pão e derrubando-o no chão. — Posso pedir para a sra. Fliss? Posso, posso, posso, posso, posso?

— Lina, talvez você não tenha notado que *a guerra acabou de começar* — respondeu Pete com rispidez. Sua irmãzinha olhou para ele com irritação e foi grudar na sra. Grace.

— ...todas sendo *inteiramente* displicentes quanto a isso — protestava Arlene, enquanto trazia os sanduíches da área da cozinha. — Vocês acham mesmo que os russos não vão invadir? Os comunas estão se preparando há *anos*. Eles estão em nossas escolas, estão infestando Hollywood para poder enfiar propaganda em nossos filmes. Vocês viram a lista que saiu no *Red Channels*? Se Orson Welles e Leonard Bernstein são comunistas, *qualquer um* poderia... Ah, não, eu não vou pegar um sanduíche. Jurei que não ia comer pão, uma garota tem que cuidar da silhueta.

— Ah, pelo amor de Deus — murmurou Claire, devorando um sanduíche de pasta de amendoim e geleia. A sra. Grace estava servindo um copo de chá de sol para Fliss com uma das mãos enquanto balançava a bebê; Nora tinha ligado o rádio ao som de Red Foley cantando "Chattanoogie Shoe Shine Boy"; a sra. Muller espalhava migalhas de pão e palavrões em húngaro; e a bebê Angela tinha parado de chorar nos braços de Grace. Era o tipo de reunião que Pete sempre sonhara ver acontecendo ali na Briarwood House, mas que nunca tinha acontecido.

E ele não conseguia aproveitá-la naquele momento, nem um pouco.

— Ah, por favor, Pete, você não tem que fazer isso — exclamou a sra. Grace quando a última migalha tinha sido comida, o último gole de chá de sol bebido, a última pensionista descido a escada até o próprio quarto. Pete havia carregado todos os pratos para o banheiro no patamar da escada e os estava lavando na pequena pia. — Não acredito em lavar pratos logo depois de uma festa. Destrói o clima rápido demais.

— Tipo estranho de festa — murmurou ele, entrando com um carregamento de pratos molhados. — Ver o presidente declarar guerra.

— Ação policial. — A sra. Grace abriu seu sorriso sonolento, espalhando uma toalha para os pratos secarem em cima. — E você está errado, Pete. São tempos de crise que produzem as *melhores* festas. Quem sabe quando eu conseguiria juntar todas as minhas colegas pensionistas aqui sem uma TV e o sr. Truman? Nossa, aquela Arlene Hupp é rabugenta, mas, se ela é uma dessas mulheres que vivem de regime, consigo entender por quê. Jurar não comer pão, isso é suficiente para deixar qualquer um de mau humor...

Para o horror de Pete, ele começou a chorar. De pé ali, no meio da lata de sardinhas de paredes verdes da sra. Grace, *soluçando*, com as mãos no rosto como um bebê.

Se ela tivesse tentado abraçá-lo, ele teria morrido ali mesmo. Teria se afundado pelo assoalho e morrido. Mas ela apenas o conduziu gentilmente para a única poltrona e, em seguida, retirou-se para a área da cozinha, onde ele ouviu vagamente a caixa térmica se abrindo. Quando finalmente parou de soluçar e levantou o rosto vermelho de vergonha e molhado de lágrimas, ela estava de pé com um cigarro em uma das mãos e mais um prato de sanduíches na outra.

— Tome — disse ela. — Meninos da sua idade vivem com fome.

Ela havia feito uns doze sanduíches. Ele não tinha conseguido comer na festa improvisada, mas, de repente, estava faminto. Pegou o prato, murmurando:

— Minha mãe diz que sou guloso.

— Você não é guloso, está em fase de crescimento. Coma. — Ele esperava que ela não fosse começar a fazer perguntas: quando um adulto o fixava com aquele olhar de preocupação penetrante, era quase certo. Mas ela se virou para o outro lado e deu uma tragada no cigarro enquanto ele avançava nos sanduíches. Era como se fosse a primeira vez que conseguia encher o estômago em meses. Mas, quando a comida acabasse, ele teria que levantar a cabeça, provavelmente se explicar, e sentiu as faces devidamente coradas outra vez.

— Desculpe — murmurou, ainda com a boca cheia de atum.

— Pelo quê? — respondeu a sra. Grace, aparentemente examinando a parede verde ao lado da janela.

— O detetive Mike Hammer nunca chora. — Pete passou a mão pelos olhos. — Mesmo quando seu melhor amigo é morto com um tiro à queima-roupa.

— Humm. Eu não acho que o detetive Mike Hammer seja o *melhor* exemplo a se seguir, sabe? Em vários sentidos. Ao contrário do que o bom detetive pensa, muitas mulheres na verdade não gostam de ser chamadas de *donas*, e um homem continua sendo um homem se derramar umas lágrimas de vez em quando. Talvez você possa fazer uma pausa no sr. Spillane e experimentar Monsieur Dumas, o que acha? — Ela bateu a mão sobre uma brochura de *Os três mosqueteiros* que estava em cima da pequena cômoda e então recuou, ainda examinando a parede. — Estas paredes verdes não seriam tão horrorosas com um pouquinho de decoração. Sabia que estudei para ser artista? Não sou nenhum Monet, mas sei desenhar. Achei que seria ilustradora de livros infantis ou algo assim. Não sei se ainda estou com meus velhos lápis de desenho... — Ela apagou o cigarro e foi remexer embaixo da cama. — Não acho que você esteja chorando desse jeito por causa da ameaça comunista na Coreia — disse, virando o rosto para ele. — O que está atormentando você, Pete Martelo?

Ele baixou os olhos para o prato vazio. Sem nem saber como, havia devorado toda aquela pilha enorme de sanduíches.

— A guerra arruína tudo.

— Que sábio de sua parte perceber isso. A maioria dos meninos ainda mal saiu da fase de brincar de nazistas *versus* aliados com armas imaginárias. — Ela tirou alguns lápis de desenho de uma caixa de sapatos. — O que foi que a guerra arruinou para Pete Nilsson da Briarwood House?

— Meu pai — disse Pete em voz baixa.

A sra. Grace foi até a faixa estreita de parede ao lado da janela, acomodou-se de pernas cruzadas no chão e começou a desenhar direto na pintura verde biliosa perto do rodapé. O som de um saxofone entrava pela janela; na casa vizinha, Joe Reiss tocava solos de jazz outra vez, apesar do adiantado da hora.

Pete continuou quase sem querer, caçando algumas migalhas pelo prato.

— Meu pai foi ferido em Saipan... Ele melhorou depois da guerra, mas não de verdade. Ficava sentado olhando pela janela e, quando não estava fazendo isso, estava faltando ao trabalho. Ele e minha mãe viviam gritando, até que, dois anos atrás, ele foi embora. Simplesmente foi embora e arrumou um emprego em Nova Jersey. E tudo começou a dar errado.

O lápis da sra. Grace nunca parava de se mover, flic-flic sobre a parede verde, delineando algo longo e sinuoso.

— O quê, por exemplo?

Pete nem sabia como pôr em palavras. O café da manhã se transformando de bacon e panquecas em volta de uma mesa da família para aqueles horríveis ovos mexidos borrachentos numa mesa cheia de desconhecidas. Uma lista de tarefas na letra dura de sua mãe, que nunca diminuía, não importava quantas ele fosse riscando como concluídas antes de ir para a escola. Lina se transformando de uma menina alegre em uma pessoa lerda, mal-humorada e grudenta que mal conseguia ler o rótulo de uma lata de sopa de tomate Campbell's, quanto mais um livro. O plano de sua mãe de que ele largasse a escola dali a poucos anos para ser o faz-tudo na Briarwood House. Nada de time de beisebol no colégio, nada de Johns Hopkins.

Nenhuma noite de quinta-feira na cozinha ajudando o pai a fazer almôndegas suecas.

Nenhum futuro.

Ele tentou dizer algo disso, falando com o rosto voltado para o colo, mal elevando a voz acima das escalas do saxofone. A sra. Grace não olhou para ele nenhuma vez, graças aos céus. Só continuou desenhando na parede, ficando de joelhos conforme as linhas iam subindo, depois de pé.

— Você é muito novo para concluir que não vai ter nenhum futuro — disse ela por fim, quando ele gaguejou e parou.

— Não — disse Pete. Ele não falou *Minha mãe vai garantir que seja assim*, mas pensou, ah, se pensou. Faz-tudo da Briarwood House, assistente de florista, provavelmente mais um terceiro emprego assim que abandonasse a escola. Ele via tudo isso, a culpa apertando seu estômago, porque queria amar a mãe e, às vezes, o que pulsava por dentro dele chegava terrivelmente perto do ódio. — Minha mãe fica planejando nossa vida como se tudo fosse definitivo e nós já fôssemos velhos e já tivéssemos vivido aqui para sempre. E tudo bem por mim — ele conseguiu dizer, contornando o nó na garganta. — É na Lina que eu fico pensando. Ela não tem amigas na escola. Com aquele estrabismo dela, todo mundo a chama de Vesga, e ela tem dificuldade em todas as matérias, e as pessoas não gostam de meninas que não são bonitas. Se elas não são bonitas, têm que compensar sendo inteligentes, ou charmosas, ou... — Tentava encontrar a palavra. — Mas ela não é. Ela fica de mau humor e faz cara feia e gruda tanto nas pessoas que todos têm vontade de arrancar ela de perto como se fosse um pedaço de chiclete. Ela quer uma família de verdade, uma família Ozzie e Harriet Nelson, e não tem isso. Então ela *precisa* da escola. Precisa de pessoas que se importem com ela, e tudo que tem sou eu, porque nossa mãe é muito ocupada. E, quando a Lina largar a escola também, porque a mamãe acha que pode poupar dinheiro se a Lina arrumar as camas das pensionistas e se fizer os ovos mexidos de manhã, ela vai... desabar. Vai desmoronar de vez. E eu não sei se vou conseguir segurá-la. E tenho que fazer isso, certo? Porque sou o irmão mais velho. Mas e se eu não conseguir?

E se o mundo explodir por causa da bomba atômica? Porque esse era o mundo em que viviam agora, onde tudo poderia desaparecer numa nuvem em forma de cogumelo a qualquer momento. E, de certa forma, Pete não podia deixar de pensar que talvez tudo pudesse ser solucionado — Lina, a Briarwood House, a bomba — se o pai voltasse para casa. O que era uma idiotice, porque será que ele queria mesmo a versão do pai sentado olhando pela janela e fazendo disputas de gritos com a mãe?

Seria melhor do que nada, Pete pensou, ou talvez apenas tivesse essa esperança. Mas nem fazia sentido, porque o pai não tinha respondido a uma única das cartas de Pete em dois anos, não tinha dado um único telefonema, e sua mãe não hesitava em dizer para ele e Lina que não tinha enviado nenhum dinheiro também. "Seu pai não se importa", repetia toda hora, e nisso, pelo menos, Pete tinha que concluir que ela provavelmente estava certa.

Ele engoliu em seco, ainda olhando para o prato sujo de migalhas de sanduíches, e finalmente se permitiu dizer em voz alta. Permitiu-se dizer a coisa que ele tinha medo até de pensar.

— Meu pai nunca vai voltar pra casa.

— Talvez não — disse a sra. Grace.

Ele chorou outra vez por alguns minutos, baixinho. A sra. Grace continuou desenhando na parede. Era uma trepadeira, Pete viu entre as lágrimas que lhe nublavam os olhos. Uma trepadeira fantástica e sinuosa que subia verticalmente junto à janela, depois viajava ao longo da borda do teto inclinado ao lado dela. A sra. Grace teve que subir na cama para desenhar a parte mais alta.

— Vou estender a trepadeira até o outro lado do quarto — decidiu ela. — Arrumar umas aquarelas, fazer uma cascata de flores de todas as cores... A vida realmente não foi muito justa com você, Pete. Eu sinto muito por isso.

— Minha mãe diz que a vida não é justa e ponto final.

— Sua mãe diz isso para justificar o fato de que *ela* não está sendo justa com você — disse a sra. Grace disse, calmamente. — Que é o que as pessoas quase sempre querem dizer quando falam "a vida não é justa". De fato não é, e é por isso que as pessoas deveriam tentar ser *mais* justas umas com as outras, não menos.

Pete ficou pensando sobre isso. A sra. Grace continuou, fazendo o contorno de uma folha ondulada no desenho da trepadeira.

— Não é justo que seu pai tenha ido embora, que você esteja sobrecarregado de trabalho numa casa cheia de estranhas, ou que você aparentemente esteja disposto a deixar a própria vida ser jogada no lixo desde que o mesmo não aconteça com sua irmã. Não é justo. Mas é o que você tem.

— Obrigado — disse Pete, contrariado. Em termos de discursos motivadores, aquele estava sendo um zero à esquerda.

— Mas tenho que lembrar uma coisa a você.

— O quê?

Grace March olhou para ele de cima da cama, sorrindo.

— Você não está sozinho.

— Eu me sinto sozinho — comentou Pete, o nó voltando à garganta. — Eu me sinto sozinho o tempo inteiro. — E talvez essa fosse a pior parte. Ele estava prestes a ir para o ensino médio, onde seria um peixinho em um grande lago hostil, um calouro com espinhas, que ia servir apenas para ser enfiado em armários e ignorado na cantina. E, ali na Briarwood House, ele era o único menino numa casa cheia de estranhas que não prestavam atenção nem umas nas outras na maior parte do tempo, quanto mais nele. — As pessoas nem *conversam* umas com as outras aqui.

A sra. Grace desceu da cama.

— Talvez a gente possa dar um jeito nisso.

TODA NOITE DE QUINTA-FEIRA, DESDE QUE PETE SE ENTENDIA POR gente, sua mãe saía para o clube de bridge às seis horas. As mulheres apostavam moedas e sua mãe era um demônio nas cartas, então nunca perdia a chance de trazer para casa um saquinho cheio de trocados. Ele entrou correndo pela porta da frente às 17h48, vindo em disparada pela rua desde a Moonlight Magnolias, onde o florista gostava de mantê-lo até o último minuto, embrulhando buquês e varrendo restos de folhas.

— Você está atrasado — sua mãe o repreendeu, já de casaco e chapéu. — Tem um cozido para você e a Lina; por favor, tente esquentar sem queimar desta vez. Eu volto às nove. O que é isso? — perguntou ela, olhando para o pequeno ramalhete de cravos ligeiramente murchos.

— O sr. Winston me deixou pegar as flores de ontem. — Pete as havia amarrado com um pedaço de fita da cor malva favorita de sua mãe. Achava que não vinha sendo um filho muito bom ultimamente, ressentido e ingrato, mesmo que só dentro da própria cabeça. Então, ofereceu as flores para ela, sorrindo. — Pra você, mamãe.

— Ah. Isso foi muito simpático. — Ela olhou as flores, depois as pôs nas mãos dele outra vez. — Arrume um vaso ou alguma outra coisa, eu vou me atrasar... — E lá se foi ela, os saltos dos sapatos soando pelo chão. Pete suspirou, encontrou a velha caneca de cerveja do Washington Senators de seu pai para enfiar as flores dentro, abriu o forno para dar uma cutucada no cozido, que praticamente chiou ao toque, e tirou *Os três mosqueteiros* da sra. Grace do bolso de trás. Havia acabado de chegar ao caso dos diamantes da rainha, e quem poderia saber no que *isso* ia dar, com Milady de Winter e suas tramas, quando a sra. Grace apareceu na cozinha quase como se estivesse esperando a porta fechar atrás da mãe de Pete.

— Pete, me desculpe, mas preciso da sua ajuda lá em cima. Estou em um apuro terrível.

Ele subiu a escada às pressas, desejando ser o homem que resolvia um apuro terrível na hora da necessidade. Mas, quando chegou ao apartamento da sra. Grace, só viu uma pilha de ingredientes — pacotes de carne moída, uma garrafinha de leite, uma enorme cebola — e um homem de pé. Magricela, de ombros largos, talvez uns 30 anos, cabelo loiro-acinzentado e pregas de riso nos olhos.

— Não tenho a menor ideia do que fazer com tudo isso, Gracie — disse ele, quando Grace entrou com Pete. — Você é o especialista, colega?

— Hum — disse Pete, reconhecendo Joe Reiss, que morava em cima do restaurante Rosenberg's Deli na casa ao lado. A mãe de Pete sempre torcia o nariz para Joe, porque ele andava com jeans azuis gastos e camisetas velhas (desleixado!), porque tocava em um trio de jazz no Amber Club com um baterista negro e um baixista negro (antinatural!) e porque os três viviam ensaiando com as janelas abertas (barulhento!). Mas Pete gostava do jazz, que ele podia imaginar o detetive Mike Hammer ouvindo de braço dado com uma dona, então sorriu hesitante para Joe antes de lembrar. — Ahn, visitantes homens não são permitidos, sra. Grace. Não nos quartos. Só na sala no horário entre cinco e seis e meia — recitou.

— Certo. Nós sabemos a regra, agora vamos ignorá-la. — A sra. Grace passou a Pete uma colher de pau e se virou para a pilha de ingredientes. — Então… almôndegas suecas. Vamos fazer um jantar e você é o chef.

Pete arregalou os olhos.

— Eu tenho um cozido para esquentar lá embaixo.

— De quê?

— Atum, fatias de batata e sopa de cogumelos. — Rápido e barato, uma das especialidades de sua mãe.

A sra. Grace o encarou, aqueles olhos castanho-dourados sonolentos se abrindo por completo.

— Pete. Os Pais Fundadores não criaram nossa grande nação para que nós os decepcionássemos combinando atum em lata com sopa instantânea de cogumelos. Isso não é um cozido, é um crime de guerra. Vá lá embaixo e jogue aquilo no lixo imediatamente, depois traga a Lina para cá. Esta noite, vocês dois vão comer almôndegas suecas... se você puder nos mostrar como fazê-las em um fogareiro elétrico.

— Eu não posso... — começou Pete. Mas ele *se lembrava* de como fazer almôndegas suecas. Afinal, não tinha visto seu pai fazê-las todas as noites de quinta-feira durante anos? *Comece com uma cebola bem picadinha*, era como se ouvisse o pai dizer. *Uma cebola bem picadinha deixa quase tudo melhor, Peterino, a não ser que esteja assando um bolo. Era o que a sua* farmor *dizia, e ela já fazia isso em Malmö antes de eu nascer...* Devagar, Pete pegou uma faca e picou desajeitadamente a cebola, depois um pouco de alho. Sua mãe não usava nenhum tempero além de sal e pimenta ("Isso é para estrangeiros", ela desdenhava), mas a *farmor* punha fé no alho, ou pelo menos era o que seu pai dizia.

— *Meu Jesus Cristinho*, quem está cozinhando? — Nora apareceu à porta, ainda em seu elegante terninho cinza-escuro, depois de um dia nos Arquivos Nacionais. No momento, Pete estava adicionando manteiga à panela sobre o fogareiro. A sra. Grace amassava pedaços de pão fatiado e leite em uma tigela até que ficassem bem pastosos, seguindo as instruções dele.

— Entre — chamou a sra. Grace. — Precisamos de alguém para misturar a carne de boi e de porco. É só fazer como o Pete mandar.

— Às suas ordens, senhor. — Nora sorriu, entrando no quarto descalça, só de meias, e o coração de Pete deu uma cambalhota. Joe saiu para o corredor para abrir espaço, pegou o violão que tinha deixado ali e começou a dedilhar algo que parecia "Summertime" de Gershwin. Lina tinha colado ao lado dele, os olhos arregalados como pires.

— Quem está tocando? — A voz inglesa da sra. Fliss flutuou para cima. — E o que é esse cheiro? — Naquele momento, Nora estava misturando a carne moída com o pão amassado com leite sob a direção tímida de Pete e, sem que se dessem conta, o quarto estava cheio. Claire, com o cabelo ruivo explodindo sobre os ombros rechonchudos, a viúva do 3A que Pete quase nunca via, Fliss com Angela nos braços implorando a Joe "Por favor, não pare de tocar, a bebê estava choramingando havia horas e agora finalmente está ficando com sono!". Ele resmungou um "Muitíssimo obrigado!", mas de um jeito amistoso, mudando de Gershwin para Duke Ellington. Logo a linda e implicante Arlene surgiu à porta exclamando: "Você não *pode* receber homens aqui em cima, eu poderia contar para a sra. Nilsson!", mas a sra. Grace a convidou para entrar mesmo assim.

— Achei que você não gostasse da Arlene — sussurrou Pete, enrolando a carne em bolas e colocando-as na frigideira quente, e a sra. Grace só sussurrou de volta:

— Um jantar bem-sucedido precisa de apenas uma pessoa que todos os outros detestem, Pete. Isso dá algo contra o qual todos se unam.

Pete acabou sorrindo quando Arlene parou de reclamar sobre regras da casa e grunhiu:

— O que é esse *cheiro*? Eu não posso comer carne vermelha no meu novo regime...

— Dietas talvez sejam boas para a silhueta, mas não para o temperamento — aconselhou Grace. — Coma a carne vermelha, meu docinho.

— Bom, só desta vez...

Três vivas para a receita da *farmor* de Malmö. A velha sra. Reka Muller apareceu com uma garrafa de schnapps, e a sra. Grace abriu uma pequena paleta de aquarelas e começou a espalhar flores azuis de modo bem aleatório pelo desenho da trepadeira, que agora se estendia por toda a extensão do quarto.

— E aí, não está se sentindo bonita agora? — perguntou ela à parede, antes de passar o pincel para Nora. — Ponha uma flor também, que tal? — Então, a garota irlandesa começou a volutear algumas pétalas na parede.

Talvez esse não fosse o mais natural dos grupos; nenhuma das mulheres, exceto a sra. Grace, parecia inteiramente à vontade entre si; a expressão da sra. Muller poderia azedar leite; Arlene e Claire resmungavam uma com a outra. Mas o ar estalava e pipocava de um jeito que raramente acontecia na atmosfera da Briarwood House. Ele *dançava*, repleto do cheiro das almôndegas de quinta-feira à noite da família Nilsson.

— Esse molho precisa ferver — anunciou Pete, abrindo uma frestinha da tampa da panela sobre o fogareiro. — Quinze minutos… — E ele sacudiu seu pano de prato para o coro de gemidos femininos protestando que *não iam conseguir* esperar tanto tempo.

— Quietas aí, pessoal — disse a sra. Grace, em seu sotaque de Iowa. — Pete Martelo é o cozinheiro *e* o homem da casa, portanto, no que se refere ao jantar desta noite, o que ele disser é lei.

Pete corou e fugiu para o patamar da escada, onde Joe Reiss ainda estava dedilhando seu violão.

— Não era saxofone que você tocava? — indagou Pete, meio hesitante.

— Saxofone, violão, clarinete, eu toco de tudo. — Ele terminou com um arpejo rápido e elaborado. — Sempre sax tenor no Amber Club.

— É verdade que lá é um clube de gângsteres? — Pete não conseguiu deixar de perguntar. Todos sabiam que a família Warring mandava em Foggy Bottom; na verdade, em boa parte da cidade, e ouviam-se coisas sobre onde (e como) eles faziam negócios. Os jogos de apostas, crime organizado, venda ilegal de bebidas… Pete tinha uma fantasia de longa data em que limpava Foggy Bottom com muito ferro frio e chumbo quente e jogava todos os irmãos Warring numa cela à espera da cadeira elétrica. Essa fantasia geralmente terminava com ele e uma dona que se parecia com Nora na cidade, ela vestida de vison e ele com uma tipoia no braço em decorrência do tiroteio final.

Joe deu de ombros.

— Gângsteres dão gorjetas melhores do que senadores, e eu já toquei para ambos.

Pete sabia que estava arregalando os olhos.

— Que sorte a sua, sr. Reiss.

— Por Deus, me chame de Joe. Quando escuto *sr. Reiss* começo a olhar em volta à procura do meu pai me dizendo para deixar de ser um vagabundo tocador de jazz e ir vender bombas de drenagem na loja de ferragens de Fort Wayne, Indiana. E quem tem sorte é você, colega. — Joe indicou com a cabeça o pequenino quarto de paredes verdes de Grace, com o cheiro de almôndegas e de café quente. Claire estava acendendo um Lucky Strike, a velha sra. Muller estava de cara azeda balançando a bebê Angela em seu colo coberto de xales, a viúva do 3A acrescentava uma flor amarela disforme à trepadeira pintada na parede. — Crescendo numa casa cheia de mulheres? Você vai saber *tudo* sobre o belo sexo quando tiver idade para namorar.

Pete arregalou os olhos. Ele nunca tinha pensado nisso.

— Você tem uma gaita? — As mãos de dedos longos de Joe fizeram um dedilhado rápido nas cordas do violão. — Acho que vi você brincando com uma este verão.

— Sei tocar um pouco.

— Leve lá em casa qualquer hora; a gente pode tocar juntos. Algumas músicas precisam de um pouquinho de gaita.

— Minha mãe não…

— Aprenda a fazer algumas coisas escondido — aconselhou Joe. — Isso você também vai ter que saber quando tiver idade para namorar. — Ele começou a tocar de novo, improvisando com "Now's the Time". Pete voltou para dentro do quarto, um tanto atordoado. Fazer uma "jam session" com um trio de jazz, na hora que quisesse. Sua mãe não ia gostar… Bem, ela não precisava saber, certo?

— Como foi tudo por aqui? — perguntou sua mãe algumas horas depois, tirando o casaco. Ela olhou em volta com os olhos afiados de sempre, mas a casa estava quieta, a cozinha impecável, Lina na cama.

Pete, estufado de almôndegas, jazz e conversa, pensando no cozido que a irmã e ele haviam escondido alegremente no fundo da lata de lixo sem esquentar, deu um largo e inocente sorriso.

— Tudo na maior paz, mamãe.

Almôndegas suecas do Pete

- 3 xícaras de pão amanhecido em cubos, de preferência de fermentação natural
- 1/2 xícara de leite integral
- 1/2 quilo de carne de boi moída
- 1/2 quilo de carne de porco moída
- 1/2 quilo de carne de carneiro moída
- 1/2 colher de chá de pimenta-da-jamaica
- 1/2 colher de chá de alho em pó
- 1/4 de colher de chá de noz-moscada
- 1 colher de sopa de tomilho moído
- Uma pitada de sal
- 1/2 xícara de cebola branca bem picada
- 1 ovo
- 1 gema
- 1 colher de sopa de pimenta-do-reino moída na hora
- 2 colheres de sopa de farinha de trigo
- 4 colheres de sopa de manteiga sem sal
- 1 xícara de vinho branco
- 1/2 xícara de creme de leite fresco
- 1 colher de chá de molho de soja ou pasta de anchova

1. Ponha o pão em cubos numa tigela grande, adicione o leite lentamente e mexa bem, até ficar pastoso. Se necessário, acrescente um pouco do creme de leite para obter uma consistência de mingau.
2. Acrescente a carne moída de boi, de porco e de carneiro, pimenta-da-jamaica, alho em pó, noz-moscada, tomilho e sal na tigela com a mistura pão/leite e misture bem. Adicio-

ne a cebola, o ovo, a gema e a pimenta-do-reino e polvilhe com uma colher de sopa de farinha de trigo. Mexa tudo até a textura ficar uniforme e ser possível formar almôndegas com as mãos sem que a massa se desfaça. Acrescente um pouco mais de farinha para dar liga se necessário, depois refrigere a mistura de carne por 20 minutos.

3. Enquanto a carne resfria, derreta 3 colheres de sopa da manteiga numa frigideira grande em fogo médio-baixo. Reduza o fogo para não queimar. Remova a mistura de carne do refrigerador, molde-a em bolas de 2,5 a 4 centímetros e arrume-as numa assadeira grande.
4. Ponha cerca de 10 almôndegas na frigideira e cozinhe em fogo médio-baixo, virando-as na manteiga para garantir que dourem de todos os lados. Quando as almôndegas estiverem douradas e mantendo seu formato, cubra a frigideira com uma tampa e cozinhe por mais 20 minutos, destampando a cada 5 minutos para mexer brevemente e acrescentar um pouquinho de vinho branco se a frigideira parecer seca, tampando de novo. Isso ajudará as almôndegas a cozinharem por inteiro no vapor.
5. Corte uma das almôndegas no meio para testar o cozimento. Se estiver firme ao toque e ligeiramente rosada por dentro, remova o restante da frigideira para uma tigela e repita os passos 4 e 5 com as almôndegas cruas. As almôndegas continuarão a cozinhar depois de serem removidas do calor.
6. Depois que todas as almôndegas estiverem cozidas e transferidas para uma tigela, reduza o fogo sob a frigideira. Raspe o fundo para remover resíduos queimados e adicione o restante do vinho branco, da manteiga e da farinha, o creme de leite fresco e o molho de soja. Misture bem até ficar homogêneo, cozinhando em fogo baixo a médio-baixo até que o molho engrosse e cubra o dorso de uma colher.

7. Sirva como entrada no jantar, com geleia de mirtilo e muitos palitos, ou com macarrão na manteiga ou purê de batatas como prato principal, enquanto ouve "I Wanna Be Loved" das Andrews Sisters.

— Leve essas pra casa com você, Pete — o florista da Moonlight Magnolias resmungou, indicando um maço enorme de rosas cor de pêssego que estavam sobre o balcão num cone de papel branco. — Elas são para a garota irlandesa na casa da sua mãe, a srta. Walsh.

Pete deu uma olhada no cartão, mas estava em branco, a não ser por um grande *X* inclinado. Por um momento, sentiu-se tentado a jogar fora o cartão e dar as flores a Nora como se ele tivesse comprado, mas Athos de *Os três mosqueteiros* jamais faria algo tão dissimulado e covarde, então Pete levou as rosas para casa e observou Nora corar até a ponta das orelhas quando as entregou a ela. Teria dado um rim para saber como deixar uma garota com ar tão sonhador, porque sabia que era mais do que apenas um buquê de rosas caras. Talvez isso fosse algo que ele ia descobrir, se realmente viesse a saber tudo que havia para saber sobre mulheres. Calculou que tinha uns poucos anos pela frente antes de convidar garotas para sair, então era melhor começar a prestar atenção.

Havia a lista habitual de Faça Isto, Faça Aquilo de sua mãe: limpe os canteiros, varra a varanda, passe esfregão na cozinha, envernize os corrimãos. Mas tinha algo a fazer primeiro. Algo que vinha adiando. Respirando fundo, ele se sentou à mesa do saguão com uma folha de papel em branco e escreveu:

Querido papai,

Eu não vou mais escrever para você. Acho que você não está interessado em saber de mim, pois não escreve de volta. Eu queria que você voltasse pra casa, mas acho que não está interessado em fazer isso também. Treze anos é um pouco cedo para começar a ser o homem da casa, mas isso não significa que eu não consiga. Não é justo, mas posso fazer isso. Não estou sozinho aqui.

Pete tentou pensar no que mais escrever, mas não parecia de fato haver nada mais a dizer. Então, assinou a carta e a selou, escreveu o endereço de Nova Jersey pelo que achava que seria a última vez e a pôs para ser enviada pelos correios. Seu coração batia forte como se ele tivesse corrido, mas também se sentia estranhamente, melancolicamente, satisfeito. Não sabia o que sentir. Só sabia que tinha dado um fim naquilo.

— Peeeeeeeete... — Lina veio correndo da cozinha com luvas térmicas nas mãos e algo numa assadeira, soltando fumaça. — O que eu fiiiiiz?

Pete inspecionou os montinhos queimados.

— Lina-kins, não acho que cookies de pasta de amendoim precisem ser grelhados.

— Achei que assim eles ficassem prontos mais depressa — ela choramingou.

— Mas por que você está fazendo cookies?

Ela deslizou um dos pés pelo chão.

— Eu me ofereci para levar na escola dominical, porque...

— Porque...?

— Ninguém gosta de mim lá — sussurrou. — Eles me chamam de *zarolha* e de *vesga*. Achei que, se eu levasse cookies... Mas não consigo ler a receita muito bem e, se eu pedir para a mamãe, ela vai dizer que não tem tempo e para eu deixar isso pra lá. E aí eles vão me odiar *mesmo* na escola dominical.

A raiva perfurou Pete como o florete do caolho Rochefort em *Os três mosqueteiros*. Certo, sua irmã não lia muito bem. E sua mãe *ia* mesmo dizer a ela que desistisse da ideia, e aqueles pirralhos da escola dominical iam continuar botando apelidos. E ela começaria a acreditar nisso, e esse era o primeiro passo para ela desmoronar de vez, aquilo que ele não tinha percebido que temia tanto até conseguir articular hesitantemente para a sra. Grace.

— Lina-kins — disse ele, projetando o queixo em um ângulo que esperava que fosse resoluto e mosqueteirístico. — Faça outra fornada e baixe o forno para 180 graus. — Ele não tinha a menor ideia se aquela era a temperatura certa ou não. Por que eles não tinham um livro de receitas decente como se supunha que todas as casas tivessem, com a moça sorridente na capa? Betty Alguma-coisa. — Nós vamos fazer cookies de pasta de amendoim perfeitos, nem que leve o dia inteiro. E, enquanto eles assam, vamos praticar leitura — negociou ele, aproveitando a oportunidade. — Porque, se você não consegue ler receitas, como vai aprender a cozinhar?

Ele esperava um sorriso, mas ela só choramingou.

— *Peeeeeete*, você é *mandão.*

No entanto, ela voltou pesadamente para a cozinha e foi mexer nos controles do forno, e ele aceitaria isso, aceitaria de qualquer forma. Talvez o pai nunca mais fosse voltar para casa e talvez o mundo acabasse numa nuvem em forma de cogumelo, mas Lina estava tentando de novo e ele ia cuidar para que, desta vez, as coisas dessem certo para a irmã. Pete pegou o segundo buquê que tinha trazido para casa da Moonlight Magnolias e o levou, decidido, para cima.

— A Lina pode trazer a sobremesa para a próxima noite do clube do jantar? — perguntou ele, quando a sra. Grace atendeu a porta.

— Claro! A Fliss vai fazer para nós uma especialidade britânica chamada *bubble and squeak*. Borbulha e chiado? Nem ousei perguntar o que era aquilo. Tenho certeza de que vai ser tão perfeito quanto os jammy dodgers dela. Como uma mulher com uma bebê consegue se manter bonita e animada *e ainda* assar grandes fornadas *e* manter o quarto impecável, eu juro que não entendo.

— Só para deixar claro, os cookies da Lina serão horríveis — advertiu Pete. — Nós temos que ajudá-la a melhorar. Nós *temos.*

— Nós vamos deixá-la pronta para o Pillsbury Bake-Off num piscar de olhos, Pete Martelo.

A sra. Grace fez uma pequena saudação. Estava usando uma das camisas de Joe Reiss amarrada na cintura sobre a saia floral, e então Pete se deu conta, com certa emoção que misturava choque e vontade de rir, de que *eles eram amantes.* Choque porque já podia ouvir a mãe proclamando *VAGABUNDA*, e vontade de rir porque o magricela Pete Nilsson tinha passado por uma mudança e tanto nos quase dois meses desde que a sra. Grace March se mudara para a Briarwood House. Ele não só estava fazendo todo tipo de constatações avançadas sobre coisas que aconteciam entre homens e mulheres (na sua própria casa!), como já sabia que não ia dedurar a sra. Grace. Porque ele não achava que Grace March era uma vagabunda e a mãe ia discordar e pôr ela pra fora, e isto era algo que ele sabia com toda certeza: que sua mãe às vezes estava totalmente, terrivelmente, inteiramente errada e ele não precisava concordar com ela quando era o caso.

Também não precisava brigar com ela. Podia apenas... contorná-la. Já estava tentando pensar em como fazer isso, não só nas coisas pequenas como tarefas, mas em coisas maiores, como aqueles óculos especiais de que Lina precisava. Talvez ele pudesse encontrar um jeito de obtê-los. E poderia garantir que Lina concluísse a escola, de alguma forma. Talvez não conseguisse contornar a determinação de sua mãe de que *ele* largasse a escola assim que fosse possível, mas de jeito nenhum permitiria que ela fizesse o mesmo quando chegasse a hora da irmã.

— A Lina pode trazer qualquer horror culinário que quiser — dizia a sra. Grace. — Nós vamos todas enchê-la de beijos. — Em seguida, cheirou o ar. — Tem alguma coisa queimando?

— Provavelmente. — Pete mostrou o buquê que estava escondendo nas costas: três cravos vermelhos, apenas ligeiramente ressecados, em um maço de avencas. — É seu, sra. Grace — disse ele, tirando um chapéu imaginário da cabeça, inclinando-se sobre um pé estendido em sua imaginária bota de mosqueteiro com laço no alto. — "Diga-me que rainha tem um servo mais ardente" — entoou ele, no melhor estilo Dumas.

— Meu Deus — respondeu a sra. Grace, pegando as flores e levando-as ao nariz. — Você está *mesmo* aprendendo depressa.

E Pete correu escada abaixo, gritando:

— Tá quente esse forno aí, Lina? — E sorrindo de orelha a orelha.

DIA DE AÇÃO DE GRAÇAS, 1954
Washington, D.C.

A Briarwood House se lembra do momento em que Grace March desenhou aquela primeira flor pintada na parede verde do Apartamento 4B. *E aí*, ela havia perguntado, *não está se sentindo bonita agora?* Ninguém fazia uma pergunta para a casa havia um tempão. Levara um minuto enferrujado para deixar de lado as décadas de desatenção, alongar um pouco as fundações há muito sedentárias, semicerrar os olhos para aquela parede do sótão que fora de um verde bilioso desde 1900 quando aquelas mesmas fundações tinham sido despejadas, mas que ninguém, nem uma pessoa sequer em todas aquelas décadas, jamais tinha pensado em decorar.

Sim, a casa pensou com algum espanto, examinando a trepadeira na parede. *Sim, eu* me sinto *bonita.* E tinha se decidido a prestar atenção desde então, sempre que sentisse o roçar amistoso daquele pincel na mão de Grace.

Aquele foi o momento em que, por assim dizer, a casa começou a acordar. Assim como as pessoas, casas adormecem se estiverem entediadas, e as coisas tinham sido entediantes na Briarwood House por muito tempo. Nada na última década além de água sanitária, o cheiro rançoso de sopa Campbell's e o arrastar de pés desanimados, e que casa digna de seus rodapés e tijolos de chaminé vai permanecer motivada com *isso*? Mas as coisas tinham começado a ficar interessantes outra vez, a soar interessantes, a cheirar interessantes. A casa não tinha se dado conta de quanto sentia falta de *cheiros*, de cheiros de verdade, como almôndegas suecas e cookies de pasta de amendoim. Não dá para chamar a si própria de lar sem o cheiro habitual da boa comida...

O cheiro que está se infiltrando pela Briarwood House neste momento é sangue. A casa não está inteiramente descontente com isso. Uma pitada de sangue no assoalho acrescenta um certo *je ne sais quoi*, como aqueles *chateaux* franceses arrogantes do outro lado do mar diriam, aqueles tipos com ar de castelo que ostentavam alguns séculos sob suas fundações, sem falar nos ocasionais cercos por exércitos ou revoluções para dar um tempero extra. *Ninguém pode dizer que Briarwood é entediante agora*, a casa pensa, com uma agitadinha irreverente de suas cortinas enquanto os policiais se preparam finalmente para remover o corpo da cena do crime.

Na cozinha embaixo, dezessete pessoas olham para o teto conforme uma série de batidas e rangidos anuncia o avanço do corpo, carregado para baixo por três intermináveis lances de escada. Dezessete rostos, muitos manchados de sangue — aquele apartamento de paredes verdes é tão pequeno, os respingos do assassinato voaram por *todo lado*. A casa conhece cada um desses rostos a esta altura, e certamente sabe quais estão escondendo culpa, mas o detetive não sabe. Ele observa todos com olhos ansiosos, tentando detectar quem parece nauseado, ou indiferente, ou encurralado, enquanto a vítima do assassinato deixa a Briarwood House para sempre.

— Qual deles você chuta? — pergunta o parceiro do detetive, e a casa se aquieta para ouvir a resposta.

— Um dos homens — responde o detetive. — A garganta da vítima foi cortada pela frente. Os olhos do matador nos olhos da vítima no momento da morte, isso indica um tipo determinado de assassino. Esse modo de cortar a garganta... a maioria das mulheres não tem essa frieza.

Sempre que a casa ria, as luzes oscilavam, só uma piscada rápida nas lâmpadas enquanto os prismas no candelabro da sala de jantar faziam uma momentânea dança de cristais. A Briarwood House está rindo tanto agora que precisa acalmar as lâmpadas e o candelabro, ou as pessoas vão achar que tem um poltergeist ali. Algumas das mulheres de Briarwood olham para cima, com os ouvidos atentos, mas o detetive está ocupado demais avaliando os poucos homens no aposento. Os olhos se demoram por mais tempo no homem forte de cabelo escuro encostado na pia, a única pessoa que olha de volta para o detetive.

As coisas que eu poderia contar sobre esse aí, a casa pensa. *Já que você não está interessado em ouvir do que as mulheres são capazes.*

— Você sabe quem ele é, certo? — murmura o parceiro do detetive.

O homem forte de cabelo escuro acende um Lucky Strike, ainda sem remover o olhar calmo dos dois policiais. O detetive baixa a voz para um sussurro.

— Há quanto tempo alguém como *este aí* tem frequentado este lugar?

A primeira vez? A casa pensa, fazendo o candelabro da sala de jantar ressoar de novo. *Quatro anos atrás, fim de 1950. E que noite memorável foi aquela!*

QUATRO ANOS ATRÁS

NOVEMBRO DE 1950

Capítulo 2

Nora

Querida Kitty,

Aparentemente, tem um covil de gângsteres aqui logo adiante da Briarwood House! Uma turma irlandesa. Eu me sento junto à janela na esperança de ver metralhadoras e carros em fuga. Minha janela dá vista para a praça inteira; o melhor lugar para observar pessoas. Apesar de minhas colegas de casa já oferecerem diversão de sobra! Será que a velha sra. Muller vai sorrir algum dia? Quem será que está mandando essas flores caríssimas para Nora Walsh?

Queria que você estivesse aqui.

— Grace

O Dia de Ação de Graças tinha vindo e passado, todos andavam alvoroçados por causa do iminente julgamento do caso Rosenberg, e Nora Walsh estava subindo na vida.

— Você está muito elegante. — Enrolada em um roupão muito gasto, bordado com dragões chineses, e esperando no patamar do quarto andar com a escova de dentes na mão, Grace March olhou com admiração quando Nora saiu apressada do banheiro que elas compartilhavam. — Essa roupa é nova, não é?

— Hecht Company, liquidação. — Nora deu uma puxadinha satisfeita em seu casaco de gabardine azul-fumê. Foram necessárias muita economia e garimpada de liquidações para conseguir uma aparência cara com um orçamento limitado como o dela, mas valeu a pena. Havia nos Arquivos Nacionais quem achasse que a srta. Walsh era pouquíssimo refinada, excessivamente *Foggy Bottom*, para ter sido promovida da sala de arquivos a secretária *pessoal* do sr. Harris, diretor-executivo dos Arquivos. A srta. Walsh havia decidido que, mesmo não tendo sido criada para ser elegante, frequentar uma universidade ou ser da alta sociedade, ninguém jamais saberia disso só de olhar para ela. Podia morar em um quarto de pensionato do tamanho de um ovo e trabalhar como garçonete no restaurante do bairro nos fins de semana, mas, no momento em que se dirigia aos Arquivos Nacionais, seu batom era impecável, suas roupas, de última moda, e sua voz, isenta das vogais irlandesas.

— Muito bom, Tipperary. — Grace tinha dado esse apelido a Nora desde que soube que a família dela viera do condado de Tipperary em seu país de origem e isso sempre fazia Nora sorrir. — Gabardine de qualidade a gente logo percebe — continuou, esfregando o punho de Nora entre os dedos. Para uma viúva de uma cidade pequena em Iowa, Grace tinha um olhar muito aguçado para roupas. — Vem para o jantar hoje?

— Eu não perderia por nada.

O jantar habitual de Nora era uma caneca de sopa aquecida em seu fogareiro elétrico, parte da economia já mencionada. Os jantares de quinta-feira eram a melhor refeição de Nora a semana inteira, que todos os santos abençoassem Grace March e seu Clube Briar das noites de quinta. (Chamadas assim por Pete, com uma adorável solenidade que fez todas as mulheres morderem as bochechas em um esforço para não rir. Bem, exceto Arlene Hupp, que riu alto só para ver a cara de constrangimento de Pete. "*Mil* perdões, Pete, mas você é *tão* engraçado!" Claire Hallett derrubou na mesma hora uma xícara de chá de sol fervente no conjunto de cashmere de Arlene, o que Nora achou um pouco excessivo, mas Claire tendia a estender suas garras um pouco demais às vezes.)

— Vi você escrevendo um cartão-postal ontem, Grace — prosseguiu Nora, pegando sua bolsa. — Quer que eu ponha na caixa de correio quando sair, para a Crocheteira Nilsson não xeretear? — *Crocheteira* era como Grace chamava a proprietária (quando Pete não estava por perto), por causa daquelas toalhinhas horrivelmente engomadas que ela passava o tempo crochetando e colocando sobre todas as superfícies possíveis.

— Ainda não terminei de escrever, obrigada. — Grace abriu seu sorriso semissonolento e desapareceu dentro do banheiro, passando a mão pelo cabelo. Nora não tinha visto Grace receber nenhuma carta nos cinco meses desde que viera morar na Briarwood House, nem postar nenhuma, nem mencionar uma única pessoa da família. Para uma mulher que tinha um jeito acolhedor de escutar as histórias de outras pessoas, ela era pouco comunicativa em relação à própria vida.

Nora gostava disso. Ela também não falava de sua família.

A praça começava a despertar quando ela saiu pela porta da frente da Briarwood House, vestindo suas luvas limpíssimas remendadas nas pontas dos dedos. A farmácia do outro lado da rua já havia aberto e o funcionário varria os degraus; a barbearia do Dave na esquina em frente já tinha um cliente que entrava gritando: "Apare os lados e deixe a parte de cima!" Na porta ao lado, o sr. Rosenberg estava nos degraus da frente de seu restaurante afixando uma plaquinha na vitrine: NENHUMA RELAÇÃO COM JULIUS & ETHEL ROSENBERG.

— Acha que isso vai funcionar? — perguntou ele para Nora quando ela passou. — Do jeito que as pessoas agora estão de olho nos Vermelhos, não quero saber de nenhuma bobagem sobre ser o primo comunista dos Rosenberg.

— Ah, ninguém pensaria isso, sr. Rosenberg. Ninguém que faz bagels como os seus poderia ser um espião. — Nora acenou e continuou andando, virando a esquina e passando pelo Crispy Biscuit, onde fazia turnos de fim de semana, e pelo Amber Club do outro lado da rua, onde Joe Reiss tocava seis noites por semana até as três da manhã. O sol estava dourado, o ar, frio e revigorante, e quarteirão a quarteirão as ruas ligeiramente decaídas de Foggy Bottom foram saindo de cena e dando lugar a cortinas rendadas, até que Nora chegou ao Washington Circle e virou na Pennsylvania, onde, de repente, a capital da nação começava a se levar realmente muito a sério. Talvez sua cidade natal não tivesse a agitação de Nova York ou o brilho de Hollywood (não que Nora já tivesse visto qualquer uma das duas), mas onde mais seria possível encontrar um lugar com o charme lento de uma cidadezinha sulina e a sensação eletrizante de que tudo realmente importante neste país estava acontecendo bem *ali*? Quase cinco quilômetros de caminhada para o trabalho todos os dias, mas Nora não trocaria aquilo por nada: a sensação de que, todas as manhãs, sua cidade se desenrolava à sua volta, reluzente de promessas.

Como, finalmente, sua vida também, depois daquela série horrenda de golpes que haviam caído como granadas quando ela se graduou no colégio.

Descendo a Pennsylvania Avenue e passando pela Casa Branca, para onde Nora enviou boas vibrações endereçadas ao sr. Truman, depois um trechinho da Nona até a Constitution, e ali estava: o prédio dos Arquivos Nacionais, imponente em granito, história respirando silenciosamente por cada pilar e frontão. Nora vinha para cá desde os 18 anos, a mais nova das meninas dos arquivos. O prédio ainda a fazia prender a respiração e ficar um pouco mais ereta em seus lustrosos sapatos de couro preto.

Quando tinha tempo, gostava de entrar pelo portão frontal e passar pela Rotunda e pelo mostrador onde a Declaração de Direitos estava reverentemente exposta. Mas, naquele dia, seus pés diminuíram o passo ao chegar ao alto dos degraus, e toda a sua disposição matinal se azedou. Porque, encostado em uma das enormes colunas, estava um homem num imaculado uniforme azul de polícia, o cabelo brilhante do mesmo castanho-claro que o de Nora.

— Olá, *deirfiúr bheag*.

— Quase 21 anos já é muito para eu ser *pequena* qualquer coisa, Timmy — disse Nora com frieza, sentindo o coração começar a bater apressado. — E eu não me vejo mais como sua irmã.

O sargento Timothy Walsh pôs a mão no coração como se tivesse levado um tiro.

— Que isso, querida, por quanto tempo vai guardar ressentimento?

Ele não havia atenuado o sotaque irlandês como a irmã. Não precisava, pois metade de seu distrito policial ressoava com pronúncias de Cork, Mayo e Meath, e o nome *Walsh* já estava fortalecido, pois o pai o consolidou da ronda policial até a mesa de detetive. Ninguém tinha aberto os caminhos para Nora.

— Eu já lhe disse como tenho orgulho de você, trabalhando num lugar como este? — Ele ergueu a cabeça e olhou para a vasta extensão de colunas. — A pequena Nora de Foggy Bottom, se enturmando com todos os figurões dos Arquivos...

Como se você sequer soubesse o que é um arquivo ou tivesse algum interesse em pôr o pé numa biblioteca desde o tempo do colégio. Nora segurou a bolsa com mais força, soltando o ar. Seu irmão sabia exatamente como irritá-la, sempre soube, e não adiantava nada ficar brava, porque ele só ia se divertir mais com isso.

— Timmy, estou atrasada para o trabalho.

— Se você pudesse dar um jeito de me emprestar alguma coisinha... O aniversário da Catriona é esta semana e o Timmy Junior precisa ir ao médico por causa do ouvido. Eu tenho despesas.

— Não — disse Nora, curta e grossa. Ele tinha um bom salário e não havia motivo para estar de bolso vazio a não ser o fato de que gostava das cartas e de corridas de cavalos e de um trago extra no Dailey's em New Hampshire e Virgínia. — Não vou te dar um centavo...

Mas ele já havia arrancado a bolsa do ombro dela, rápido com um batedor de carteiras. Nora a puxou de volta, sibilando "*Tim...*", mas ele a estava remexendo e ela não queria causar tumulto. O que era a razão de ele tê-la abordado *ali*, bem nos degraus da frente dos Arquivos Nacionais, onde as pessoas os olhariam com expressões curiosas. O porteiro, que era o maior fofoqueiro do prédio, e a sra. Halliwell, que chefiava a sala dos arquivos e tinha sido a voz mais estridente em oposição à promoção de Nora para o escritório do sr. Harris... O que eles viam, uma garota dos arquivos metida a importante conversando com um policial de rondas, ou uma dupla de irlandeses que não pertenciam àquele lugar? O que eles iam pensar se Nora gritasse com Tim e arrancasse a bolsa das mãos dele?

Nora *tinha* feito uma cena antes, na primeira vez que o irmão a assediara no caminho para o trabalho e arrancara a bolsa de seu braço. Tudo o que conseguiu foi acabar com uma alça de bolsa partida e a carteira vazia. Tim era maior que ela; ele sempre ganharia se ela tentasse resistir. Ele sabia disso, e Nora também.

— Eu vou devolver. Semana que vem, prometo. — Ele nunca devolvia, e todos os dólares de sua carteira já tinham ido para o bolso dele. Ele se inclinou e beijou o rosto de Nora, ou pelo menos tentou, porque Nora recuou um passo. — Você é um amor. Não vou me esquecer disso.

— Nem eu — retrucou Nora, sentindo o sangue pulsar em uma raiva impotente. — É difícil esquecer quando seu irmão *rouba* você.

— Não seja assim, *deirfiúr bheag*. Nós sentimos sua falta em casa. A mamãe queria que você fosse visitar. A Siobhan também.

Siobhan sente minha falta porque agora não tem ninguém para olhar as crianças por ela, Nora pensou, sem pena da esposa de seu irmão. Era para isto que uma cunhada solteira servia: olhar os bebês, cuidar da sogra, passar os uniformes de policial, ser grata. E não para ter um emprego chique na capital e começar a usar terninhos e falar bonito.

— Estou trabalhando em uma coisa nova — continuou ele, tirando um grão de pó invisível do distintivo. — Os federais estão querendo pôr as mãos nos irmãos Warring, a gangue de Foggy Bottom, acabar com o esquema das apostas...

— Boa sorte tentando livrar a cidade dos Warring, Tim. Eles estão aqui desde antes da Lei Seca. E você não joga pôquer com o Rags Warring todo sábado no Dailey's? — Enquanto coletava sua propina semanal, Nora poderia ter acrescentado, mas nem se deu ao trabalho. Metade dos policiais locais aceitava suborno.

Tim deu de ombros, sorrindo.

— O que não significa que não vou ajudar os federais a pegá-los, se isso me garantir uma boa promoção.

Polícia e ladrão, Nora pensou. Todas as crianças em Foggy Bottom brincavam de polícia e ladrão. Quando se era de uma família como a de Nora, com missa todos os domingos, fotografias de Primeira Comunhão na sala e uma boa quantidade de policiais na árvore genealógica, ficava-se do lado da polícia nessas brincadeiras. Quando se vinha de uma família como os infames Warring, em que o esquema de apostas era passado de pai para filho (assim como o alambique nos fundos da casa e o moonshine no tempo da Lei Seca), jogava-se do lado dos bandidos. O que a maioria das pessoas ainda não havia percebido era que ambos os lados faziam parte do mesmo esquema. Ambos, na experiência de Nora, entendiam o jogo.

— Cai fora, Timmy — Nora conseguiu dizer sem alterar a voz e entrou nos Arquivos Nacionais, passando por seu irmão mais velho, os saltos golpeando o chão como facas. Logo mais, já sentada à sua mesa, classificando a correspondência com eficiente velocidade, preparando a xícara de café de seu chefe ("Bom dia, sr. Harris, não se esqueça do compromisso às dez horas, e aqui está aquele relatório que o senhor pediu sobre o novo mostruário de preservação para a Declaração de Direitos..."), a calma interior de Nora já quase correspondia à sua compostura externa outra vez.

E daí que você ainda tem a mão da família se enfiando em sua bolsa de vez em quando?, pensou, assumindo seu posto junto à mesa reluzente. *Você ainda está no caminho certo.*

E, depois do que acontecera aos 18 anos, ela jamais pretendia ser tirada desse caminho.

AS FLORES ESTAVAM ESPERANDO POR NORA NA MESA DO SAGUÃO DA sra. Nilsson no meio da manhã de sábado: um buquê de lírios perfumados enviados da Moonlight Magnolias, do outro lado da esquina da Wood e Briar. Sem nenhum bilhete, como sempre. Só o cartão com o grande *X* escrito à mão.

— Não são nada baratas — comentou a sra. Nilsson, avaliando as flores.

Nora sorriu. Os buquês eram sempre caros, e sempre diferentes. Ele jamais caía no velho e batido padrão de uma dúzia de rosas vermelhas. Era sempre algo incomum: girassóis amarelos combinados com lavandas roxas; frésias em laranja e vermelho exuberantes; uma única enorme amarílis cor-de-rosa pendendo de seu talo. Isso dizia a Nora que ele havia escolhido as flores, em vez de telefonar e fazer uma encomenda rápida.

Ela escondeu o sorriso nos lírios, inspirando a fragrância. Era exatamente do que precisava para refrescar seu quartinho abafado; ele devia ter se lembrado de quando ela reclamou tristemente de como a casa fechada cheirava a gordura de cozinha e meias velhas no inverno…

— Que lindas — Arlene Hupp arrulhou em seu sotaque texano, vendo os lírios ao vir em passos rápidos da sala de café da manhã. Seu sorriso era grande e doce, os olhos aguçados e perfurantes. Sempre que A Hupp recebia flores de um namorado, ela as exibia pela casa até ficarem murchas. — *Quem* é o admirador secreto, Nora?

— Eu nunca disse que ele era secreto — respondeu Nora delicadamente, levando as flores para cima. Quando voltou para baixo vestindo o uniforme recém-passado para seu turno no Crispy Biscuit, Arlene tinha ido embora, mas a sra. Nilsson esperava para dar o bote.

— Eu não gosto de pressionar, minha querida, mas o aluguel…

— Vence daqui a dois dias, sra. N. — Nora manteve o sorriso nos lábios, com plena consciência de que o dinheiro do aluguel agora estava residindo no bolso de Timmy, a caminho do jogo de pôquer semanal do distrito policial. — Prometo à senhora que vou pagar no prazo. — Se as gorjetas no Crispy Biscuit forem boas...

— Muito bem, então. Confio na sua palavra. — A sra. Nilsson sorriu. — Uma lady até o último fio de cabelo como você! Mesmo fazendo esse trabalho de garçonete. A maioria das garotas de escritório acharia que isso não está no nível delas, mas não você! Economizando para o enxoval, não é? — De olho nas flores.

— Ah, não há como esconder nada da senhora! — Nora pegou o casaco e saiu depressa antes que tivesse que se esquivar de mais alguma pergunta. Bem melhor estar nas graças da Crocheteira Nilsson junto com Arlene (asseada, bonita) e Fliss (mais asseada, mais bonita) do que ser agrupada com Claire (bagunceira, de moral duvidosa), a sra. Muller (estrangeira, desagradável) ou, substituindo a viúva que antes estava no 3A, a nova mulher de cabelo preto que tinha um aparelho ortopédico no joelho (grandalhona, barulhenta). Cair nas graças da sra. Nilsson significava um dia extra de prazo para o aluguel de vez em quando.

Meu Jesus Cristinho, que as gorjetas sejam boas hoje.

Nora trabalhava do meio-dia à meia-noite no Crispy Biscuit aos fins de semana, servindo bolinhos com molho, hambúrgueres e fritas, *root beer* com sorvete e banana splits. Sempre de olho, o tempo todo, na mesa do canto com seu vinil vermelho. Todos sabiam que a mesa tinha que estar vazia depois das duas e meia.

Ela estava concentrada na limpeza da máquina de refrigerantes quando ele entrou. Quando Nora saiu de trás do balcão, ele já estava sentado, um dos braços estendido sobre o encosto do banco, calmamente bebericando uma xícara de café. Seus olhos estavam firmes sobre a borda da xícara. Nora deixou seu sorriso se abrir em resposta, limpando as mãos no avental, sustentando o olhar dele enquanto anotava o pedido sem trazer um cardápio. Ele sempre comia um sanduíche de bacon e tomate com batata-doce frita e um pratinho separado apenas com um hambúrguer, e era sempre Nora quem o servia. Essa era a regra tácita.

— O de sempre — disse ela, trazendo os pratos.

— Você me acompanha? — perguntou ele. Como sempre. Ela sorriu, pôs o sanduíche na mesa, depois se inclinou e pousou o pratinho com o hambúrguer na frente do enorme dogue alemão que repousava sob a mesa do restaurante com a dignidade de um diplomata. Cães não eram permitidos no Crispy Biscuit, mas o Duke do sr. Byrne era a exceção. Nora passou um tempinho afagando as orelhas dele e lhe perguntando se era um bom menino. (Ele era.) Depois, endireitou o corpo, tirou o avental e se sentou à mesa na frente dele.

Essa era a outra regra tácita: Nora tirava seu intervalo de almoço quando o sr. Byrne chegava, e o intervalo de almoço de Nora durava o tempo que o sr. Byrne permanecesse à mesa.

Ele empurrou uma xícara de café para ela, já adoçado com dois cubinhos de açúcar, do jeito que Nora gostava.

— Quer mais alguma coisa? — perguntou ele, como sempre fazia.

— Não, obrigada, sr. Byrne.

— Me chame de Xavier. — Ele sempre pedia isso também.

Ela sorriu.

— Não.

— Srta. Walsh, você é uma provação para mim.

— Sr. Byrne, melhor comer antes que seu sanduíche esfrie.

Ele nunca começava a comer até que ela o convidasse. Era um restaurantezinho barato e ele havia pagado o almoço, mas sempre se comportava como se a mesa fosse dela e ele fosse um convidado que nem sonharia em começar sem o aval de sua anfitriã. Nora bebeu o café enquanto ele comia, tirando o pé do sapato sem salto e passando-o pelo dorso largo de Duke sob a mesa. O dono do cachorro finalmente empurrou o prato e eles olharam um para o outro. Ela sentiu os olhos escuros dele a percorrerem, os fios soltos de seu cabelo que haviam escapado do rabo de cavalo, os lugares em que ela roía as cutículas quando estava preocupada com dinheiro, e permitiu que seus olhos o percorressem também. Xavier Byrne: trinta anos, ombros largos e corpo forte, cabelo escuro que descia formando um pequeno V no meio da testa alta. Rosto de traços definidos, ligeiramente moreno. Negro irlandês, sua mãe o chamaria. Xavier Byrne em um terno de três peças de lã cinza impecável com caimento de um milhão de dólares, e que provavelmente custava isso. Xavier Byrne, com seu nariz adunco e lábios que não sorriam, seu dogue alemão e sua tranquilidade aparentemente imperturbável, que vinha lhe enviando flores havia quatro meses.

— Como vão os Arquivos Nacionais? — perguntou ele, e ouviu enquanto ela lhe contava sobre os esforços para impedir a deterioração do pergaminho da Declaração de Direitos, os relatórios que vinha compilando e lendo para o chefe sobre a possibilidade de caixas de vidro com hélio serem de fato o melhor meio de preservação. Percebeu que suas mãos começavam a se agitar com entusiasmo enquanto falava e riu. — Isso realmente interessa a você, efeitos de gases na preservação de um pergaminho de séculos atrás?

Os olhos dele continuavam firmes.

— Se interessa para você, interessa para mim.

— Sabe, a maioria das pessoas pergunta como alguém como eu — disse ela, indicando com um gesto o uniforme de garçonete — arrumou um emprego nos Arquivos Nacionais. Uma garota aqui da cidade, sem curso universitário…

— Eu também não tenho faculdade. — O modo de falar dele não era exatamente grosseiro, mas era puro Foggy Bottom. — E daí?

— Eu teria gostado de ir para a faculdade — admitiu Nora. — Mas há algo que faz a gente subir os degraus mais depressa do que um diploma universitário, e eu sei disso porque passei por cima de algumas garotas da Bryn Mawr quando o sr. Harris me escolheu como secretária pessoal.

— E o que é?

Nora sorriu.

— Ser o tipo de pessoa que só precisa ouvir uma vez para aprender.

Xavier quase nunca sorria. Quando eles se conheceram, Nora o achou taciturno. Agora, sabia encontrar aquele movimento quase imperceptível no canto de sua boca.

— Se eu tivesse seis pessoas como você, srta. Walsh, poderia comandar a cidade.

Embaixo da mesa, Duke apoiou sua enorme cabeça sobre o sapato de Nora. Ela abaixou para afagar suas orelhas e Xavier girou a xícara de café sobre o pires.

— O que há no menu do Clube Briar? — Ele sabia tudo sobre Grace March e seus jantares de quinta-feira. Nunca se esquecia de nada que Nora lhe contava.

— Quinta que vem é a vez de Joe Reiss cozinhar, o que significa que vai ser algo saído de uma lata. Comida de solteirão, pode-se dizer. Do tipo que só é bom quando se come muito tarde da noite ao lado de um amante, como diz a Grace.

O movimento do canto da boca desapareceu.

— É isso que o Joe é?

— Claro. — Nora deixou os olhos cintilarem sobre a borda da xícara de café. — Quer dizer, amante da Grace. — Em seguida, viu o movimento da boca reaparecer. — E como está o clube?

— Um certo drama. Que também tem a ver com o sr. Reiss. — Xavier era o proprietário do Amber Club em frente; depois do almoço tardio no Crispy Biscuit, ele atravessava a rua e administrava o local das seis da tarde às duas da manhã. — Um senhor do Mississippi protestou contra o nosso trio de jazz. Não gostou de ver brancos e negros tocando no mesmo palco.

— E o senhor…?

— Eu o mandei ir para o inferno — respondeu Xavier calmamente. — Pago os melhores músicos que consigo encontrar, negros, brancos, marrons ou verdes. Eles ficam.

No dia em que ela conheceu Xavier Byrne, ele disse quase a mesma coisa. Especificamente para o patrão de Nora ali no restaurante. Ela era uma garçonete novata, ainda aprendendo o serviço; ao encher a xícara de café do homem muito silencioso com o dogue alemão (*Sr. Byrne*, eram os sussurros, *ele sempre deixa a gorjeta de um dólar para um almoço de oitenta e cinco centavos!*), o gerente apressado esbarrou nela por trás, derrubando café quente no punho de Nora. A mão larga do sr. Byrne voou com velocidade surpreendente e pegou o bule antes que virasse sobre a mesa, depois segurou o braço de Nora. Já estava pedindo gelo antes que ela terminasse seu primeiro suspiro de dor. O gerente ignorou o gelo e despejou mil desculpas pelo café que havia espirrado no terno caro do sr. Byrne, murmurando furiosamente para Nora: "Qualquer uma tão desastrada assim no primeiro dia vai para o olho da rua."

— Ela fica — disse o sr. Byrne, sem levantar a voz nem meio tom, mas, de algum modo, todos no restaurante ouviram. — Seu café é quente demais e ela tem sorte de não ter sofrido queimaduras de segundo grau. Pegue a droga do gelo. — Nora terminou seu turno na mesa do sr. Byrne, com um pano de prato com gelo pressionado no punho e um aumento de cinquenta centavos em seu salário por hora. Ele pediu que ela o atendesse no dia seguinte, porque, aparentemente, vinha todos os dias às três da tarde para almoçar, e, quando ela se sentou, disse sem preâmbulos: — Almoce comigo. Amanhã, Martin's Tavern.

Era o restaurante em Georgetown onde senadores, presidentes e jogadores de beisebol visitantes costumavam comer. Nora sorriu.

— Não posso, senhor. Estou sempre trabalhando na hora do almoço. Aqui nos fins de semana e nos Arquivos de segunda a sexta.

— Não posso levá-la para jantar; trabalho de noite. — Foi então que ela descobriu que ele era o dono do Amber Club e levantou uma sobrancelha por dentro. De alguma maneira, ele tinha percebido. — O que foi, não é respeitável ser proprietário de um bottle club?

— Não tenho certeza se sei exatamente o que é um bottle club. — O que ela sabia do Amber Club era que as pessoas vinham de toda a cidade, às vezes de lantejoulas e black tie e em carros *muito* chiques, pela música, e que a Crocheteira Nilsson reclamava do barulho que às vezes atravessava a praça quando o lugar fechava às duas da manhã.

— Um bottle club não tem licença para vender álcool — respondeu Xavier. — Os clientes trazem a própria bebida, se quiserem. Nós fornecemos gelo, copos, ingredientes para misturar, o melhor jazz da cidade e mesas para se sentar e ouvir a música. Mas, se alguém fica bêbado e perturba o meu pessoal, vai para fora sem conversa. Essa é a vantagem de um bottle club: a música, a companhia, a dança, mas não os bêbados. Mais interessante que um restaurante, menos confusão que um bar.

— E o senhor nunca tira uma noite de folga do seu bottle club?

— Não. Eu sustento muita gente; o que significa muito trabalho. Você nunca tira um dia de folga dos Arquivos?

— Não. Só sustento a mim mesma, mas não tenho ninguém para me ajudar com isso. O que significa ainda mais trabalho.

— Que pena. Eu gostaria de lhe comprar um casaco de vison e levá-la para sair na cidade.

— Gostaria, não é? — Ele estivera examinando o punho dela ainda enfaixado; através da faixa, Nora sentiu a pressão de um anel na mão esquerda dele. — Acredito que deve haver uma sra. Byrne que não gostaria muito.

Ele levantou a mão. Nora viu que o anel estava no dedo mínimo, não no anular, e ele o girou para mostrar uma grande pedra arredondada. Definitivamente não era uma aliança. Parecia quase um solitário feminino.

— É da minha mãe — disse. — Ela me fez prometer usá-lo até eu encontrar uma mulher para ficar com ele.

— E o senhor usa a pedra virada para dentro? — Era um diamante de quatro ou cinco quilates, se Nora não se enganava. Arlene Hupp teria acertado imediatamente com uma diferença de no máximo um quarto de quilate.

— Só um cafetão de rua de Las Vegas ostenta um diamante no dedo mínimo — retrucou Xavier calmamente, girando de novo o anel para a pedra ficar escondida. — Se eu não posso levar você para jantar, e você não está disponível para o almoço, posso ter seu endereço para enviar flores? — E o primeiro buquê chegou no dia seguinte, ensolaradas rosas amarelas com o cartão contendo apenas *X*.

Mais de quinze buquês depois, ali estavam eles. Ele nunca tocou nada além da mão dela, nunca tentou apalpá-la. Só a olhava do jeito que estava olhando no momento, quieto, absorvendo tudo.

— Viaje comigo um fim de semana — disse ele. — Tenho um chalé em Colonial Beach. Um ancoradouro, um barco. Venha conhecer.

Nora sentiu o coração bater forte.

— Para que precisa de um chalé, se está sempre trabalhando?

— Eu tenho o chalé, mas não tenho uma pessoa especial para levar lá. Se eu tivesse, iria com mais frequência.

— Ah, mas eu pareço o tipo de mulher que vai passar o fim de semana no chalé de um homem?

— Eu sei o tipo de mulher que você é. Que tem classe, da cabeça aos pés. Não importa onde você passe os fins de semana.

Meu Jesus Cristinho, Nora pensou. Daria tudo para dizer sim. Seu quarto no último andar da Briarwood House era muito monótono, o silêncio era *ensurdecedor*.

— Quatro meses e eu ainda mal o conheço — disse ela, deslizando um dedo pela borda da xícara de café. — Você sabe praticamente tudo o que há para saber sobre mim. Lembra os nomes de todos os meus sobrinhos e sobrinhas, mesmo eu só tendo mencionado uma única vez; poderia fazer uma lista de todas as minhas vizinhas no pensionato e conhece todos os projetos em que estou trabalhando nos Arquivos. Mas não diz praticamente nada sobre si mesmo.

Ele deu de ombros.

— Não tem muito a dizer.

— Lá vem você se esquivando. Me faz pensar se não há mesmo uma esposa em algum lugar...

— Não há. Eu não minto. Não para você. — A garçonete veio recolher os pratos; ele a ignorou, os olhos fixos nos de Nora. — Pode confiar nisso, Nora Walsh.

— Talvez não minta, mas não me conta muito. — Nora apoiou o queixo na mão, encarando-o de volta. — O que eu sei de fato sobre você?

— Xavier W. Byrne, 30 anos. Fuzileiros navais na guerra, campanha na Sicília. Sem esposa. Sem filhos. Grande família em Foggy Bottom, tios e primos por toda parte. Sou proprietário de um bottle club, estou bem de vida, quero que você vá passar um fim de semana em Colonial Beach. — O olhar dele era firme. — O que mais precisa saber para dizer sim?

Nora soltou o ar.

— Um jantar em algum lugar — disse ela. — Tire uma noite de folga. Deixe-me fazer perguntas. Responda-as.

Ali estava aquela insinuação de sorriso outra vez.

— Está bem.

— VOCÊ ACHA QUE O SR. ROSENBERG DO RESTAURANTE TEM RELAÇÃO com *os* Rosenberg? — Arlene conjeturou.

— Meu docinho, existe mais de um Rosenberg nos Estados Unidos — Grace a lembrou. Nora já havia observado que Grace só mandava um *meu docinho* para agradar pessoas de quem não gostava. Arlene era sempre meu docinho. A sra. Nilsson era às vezes meu docinho, quando Grace precisava usar o forno da cozinha. Nora nunca era meu docinho; nem Fliss, nem mesmo a pequena e irritante Lina.

— Foi só um *comentário* — respondeu Arlene, empertigada. — Há uma intersecção significativa entre judeus e Vermelhos, sabia? O Harland diz... sabe, o Harland Adams do FBI... — Uma pausa aqui, para que elas pudessem perguntar ansiosamente quem era *Harland*, aquele nome que ela vinha soltando de vez em quando no último mês. Ninguém perguntou. Arlene prosseguiu, um pouco mal-humorada. — O Harland diz...

Nora passou por cima das pernas magras de Pete para alcançar o fogareiro e despejar um pouco mais da carne moída com batatas em sua tigela. Impressionante quanta comida Grace conseguia produzir naquele único fogareiro equilibrado sobre a pequena caixa térmica, e quantas pessoas ela conseguia alimentar naquele minúsculo apartamento. Naquele momento, eram dez em um quarto pouco maior que um armário: Fliss e a bebê Angela entre Claire e Grace, todas sentadas na cama estreita com as costas voltadas para a parede, Pete no chão encostado na cômoda frágil, Joe sentado de pernas cruzadas na entrada, a velha sra. Muller, carrancuda, plantada na única poltrona como uma deusa da morte, Arlene empoleirada no assento da janela, a garota de cabelo preto recém-chegada ao 3A de pé junto ao aquecedor, porque dizia que seu joelho enfaixado doía quando ela se sentava. Parecia estar se divertindo em seu primeiro jantar no Clube Briar. Os pratos descombinados de Grace estavam espalhados por toda parte, o cheiro de carne e batatas impregnava o ar, e a trepadeira pintada na parede verde agora florescia por toda a extensão do quarto. De tempos em tempos, alguém pegava a pequena paleta de tintas de Grace e acrescentava uma flor em um galho. A qualidade das flores variava consideravelmente, pensou Nora. As de Grace eram artísticas, tão graciosas quanto ela. As de Nora eram todas tulipas, a única flor que ela conseguia desenhar com alguma segurança. As de Pete eram grandes borrões entusiasmados. As de Fliss eram sempre, *sempre* cor-de-rosa.

— Prontos para o pão de ló? — perguntou Fliss, naquela borbulhante voz inglesa. — Não, podem ficar sentados, eu vou pegar! — E, em pouco tempo, ela já estava saltitando pelo quarto, distribuindo pratos de sobremesa. Tudo em Fliss era animado, cheio de energia: seu cabelo perfeitamente ondulado, suas saias perfeitamente rodadas, o chantili em espirais perfeitas em seu bolo. Nora ficava cansada só de olhar pra ela;

como uma mulher com uma bebê de menos de um ano podia parecer tão bem-arrumada e cheia de entusiasmo? Nora tinha infinitas lembranças das várias mães de sua família, a esposa de Tim, todas as primas, e de suas antigas amigas do colégio, e elas tendiam a adotar vestidos de casa sem graça e expressões irritadas. Fliss parecia ter saído de um filme de Doris Day: um batonzinho rosa recém-aplicado, roupas primorosamente passadas, toda aquela ânsia de *ajudar*... Tudo que Nora conseguia fazer no fim de cada dia era rastejar de seus terninhos finos até um roupão de algodão, soltar o cabelo e se aconchegar em sua cama estreita com uma xícara de chá de sol da Grace. — O que foi? — perguntou Fliss, vendo o sorriso de Nora.

Minha família queria ter uma filha mais como você, Nora pensou. *Mesmo você sendo uma* sassenach.

— Pegue o restante da comida, Nora — disse Grace no fim da noite, depois que os outros se retiraram para os próprios aposentos. A garota de cabelo preto do 3A, que se chamava Bea, tinha sido a última a descer, pulando com sua perna boa e dispensando ajuda. — Sobrou demais só pra mim — prosseguiu Grace, estendendo o prato.

Nora o pegou, perguntando-se se Grace desconfiava de como os armários de sua vizinha eram vazios. Ela era uma mulher que percebia as coisas.

— Tem filhos? — perguntou Nora, sem mais nem menos.

— Minha nossa, por que a pergunta? — Grace riu.

— Você está sempre alimentando as pessoas. É algo que as mães fazem. — Até mesmo a mãe de Nora, sempre insistindo com todos: *Um pouquinho mais de colcannon*.

— Não, sem filhos — respondeu Grace. Mas Nora ficou na dúvida. Ela havia acreditado em Xavier quando ele disse que não mentiria para ela; havia aquele traço de ferro correndo por dentro dele que não parecia se prestar à maleabilidade constante de um mentiroso. Mas Grace March tinha jeito de quem poderia mentir bem na sua cara e sorrir doce como mel enquanto o fazia.

Nora admirava aquilo. Era difícil ser uma mulher da classe trabalhadora com um passado e não saber como contar uma boa mentira quando fosse conveniente. Nora havia passado a infância no confessionário da igreja de Saint Polycarp, angustiando-se caso a mais insignificante invenção passasse por seus lábios. Agora, se encurralada em um canto, podia mentir na cara dura.

— Boa noite, Grace.

— Boa noite, Tipperary. Sua vez de cozinhar na próxima quinta, não se esqueça.

— Não se preocupe. E espero que gostem de poundies e pão de soda. — Nora exagerou o forte sotaque irlandês da sua avó enquanto pegava o casaco e descia a escada em direção ao frio de dezembro.

Só uma caminhada curta em volta do quarteirão até o Crispy Biscuit. O gerente não se importava em fazer o pagamento dos salários na quinta-feira à noite, caso o funcionário estivesse disposto a ir pegá-lo depois que o movimento do jantar terminasse. Nora virou a esquina da Wood e Briar tremendo de frio, pensando no comentário casual de Xavier sobre lhe comprar um casaco de vison. Não que ela fosse aceitar um presente desses, mas será que vison era *mesmo* quente? Não importava; se ela fosse resiliente o bastante até a primavera, poderia conseguir um casaco novo nos balcões de liquidação quando as roupas de inverno fossem remarcadas...

Nora tinha se esquecido da rapidez, da *assustadora* rapidez, com que a violência podia acontecer. Do outro lado da rua, as portas duplas do Amber Club se abriram e um homem saiu cambaleando, com sangue escorrendo do nariz. Ele caiu no meio-fio e se levantou cambaleando de novo, tropeçou e caiu na rua, e, quando o brilho amarelo da luz do poste incidiu sobre seu rosto estreito e moreno, o mundo inteiro de Nora se abalou. *George*, pensou, muito lucidamente até, considerando as circunstâncias. George, que ela não via fazia mais de um ano. Por um instante, escutou o sussurro grave da voz dele em seu ouvido, sentiu o estalo agudo do golpe contra sua testa e levou um momento que foi como um longo grito interior para se dar conta de que ele não estava vindo atrás dela. Nem a tinha visto. Estava ocupado demais sendo espancado.

Um homem desagasalhado de cabelo escuro saiu do Amber Club atrás de George, caminhando sem pressa, seguido por um fluxo de garçons e clientes curiosos segurando garrafas de cerveja e copos de uísque. O homem de cabelo escuro os ignorou, agarrou a mão oscilante de George no momento em que ele estava se levantando e a quebrou com um puxão rápido e eficiente dos dedos em direções opostas. George gritou, caindo para trás, e o agressor deu um soco em seu rosto. Ele se apoiou sobre um joelho e continuou dando socos. Essa era uma surra sendo aplicada como tinta numa parede. O homem parou em certo ponto para girar um anel no dedo, e ela viu o brilho de um diamante antes que ele o usasse como soco-inglês para afundar o nariz de George Harding em um estilhaço de cartilagem. Foi quando seus olhos turvos registraram que, sim, era Xavier Byrne. Xavier, que comprava um hambúrguer todo dia no almoço para o cachorro; Xavier, com quem ela havia combinado de jantar no Martin's na semana seguinte, quando ele tinha uma noite de folga no clube. Xavier, que já estava de pé na beira da calçada, George Harding sangrando no chão a seus pés, e falava naquela voz calma que chegava com uma autoridade sem esforço até o outro lado da rua.

— George — disse ele, um pé apoiado no punho estendido do homem —, sai da porra do meu clube. Nenhum Warring jamais vai te empregar outra vez. E se você puxar mais uma carta marcada que seja em qualquer mesa de jogo em qualquer clube de um Warring na cidade, pode encomendar o caixão. — E ele pegou o revólver nas costas (um calibre .22, o pensamento automático gaguejou na mente de Nora; ela era filha de policial, conhecia armas de fogo), calmamente encostou o cano no dedo mindinho da mão não ferida de George e disparou um único tiro.

Ele gritou.

— Você vai perder o dedo — disse Xavier, recuando. — Fique esperto para não perder mais nada além disso.

George Harding continuou gritando. Havia muita surpresa na voz dele, Nora pensou. Ele nunca tinha esperado sentir dor. Era ele quem infligia dor, nunca quem a recebia. Mas estava em agonia no momento, apertando as duas mãos contra o peito e se contorcendo, e Nora deveria ter se alegrado com isso. Havia o suficiente do velho medo e raiva trancados bem no fundo dela, mais do que suficiente para querer ver George Harding sofrer. Mas o choque ainda a apertava, entorpecendo seus olhos, seus ouvidos, mesmo enquanto gritinhos reativos se espalhavam pelo ambiente e as pessoas começavam a se dispersar ao som do tiro, mesmo enquanto Xavier limpava o revólver com um lenço e o guardava de volta nas costas.

— Chefe... — Um homem o estava puxando pelo cotovelo, e Nora ainda não havia fugido; seus pés pareciam pregados na calçada gelada, então ela ouviu cada palavra. — Alguém chamou a polícia. Saia daqui. Vamos limpar tudo, enfiamos ele num táxi...

— Levem ele para um hospital — disse Xavier. — Se ele bancar o espertinho com qualquer um de vocês, podem jogá-lo no rio. — Nora ouviu isso também.

— Entendido. Só cai fora daqui, tá? — As testemunhas já estavam se afastando; claramente, ninguém queria encrenca. — Vamos dizer para a polícia que foi um fogo de artifício ou qualquer coisa assim. Rapazes, peguem uma mangueira, lavem tudo isto...

— Não tenho nada a esconder. — Xavier já estava se virando para voltar ao clube, parecendo tranquilíssimo, quando viu Nora. Algo complicado se espalhou pelo rosto dele enquanto estavam ali parados, e então ele atravessou a rua em passos longos, rápidos e silenciosos. Já havia sirenes de polícia soando à distância quando ele a segurou pelo cotovelo e a virou para afastá-la do Amber Club, de volta em direção à Briarwood House. — É melhor conversarmos — disse. — Me leve até sua casa.

ELA DEVERIA TER RECUSADO, NORA PERCEBEU TARDIAMENTE. DEVERIA ter puxado o braço e mandado Xavier ir para o inferno. Só que tudo aconteceu muito depressa: quando sua voz destravou na garganta e seus ouvidos pararam de zumbir, eles já tinham entrado pela porta dos fundos da Briarwood House e subiam apressados a escada, enquanto a sra. Nilsson entrava ruidosamente pela porta da frente, toda falante e entusiasmada por conta dos quatro dólares e trinta e oito centavos que tinha ganhado no jogo de bridge. E então já era tarde demais, Nora sabia, porque, se começasse a gritar com Xavier ali, seria expulsa da casa na mesma hora por deixar um homem entrar fora do horário de visitas. *Eu na verdade não o quero aqui, sra. Nilsson, é só que ele atirou em uma pessoa e precisa de um lugar para se esconder* teria muito peso como desculpa.

Então ela puxou Xavier Byrne escada acima o mais silenciosamente possível, rezando para que nenhuma das portas se abrisse. *Meu Jesus Cristinho, se a Arlene puser a cabecinha venenosa para fora da porta agora...* Mas ninguém apareceu, e Xavier entrou sem ser visto no aposento de Nora no quarto andar, quieto como o vento. Ele parou no meio do quarto, pôs as mãos nos joelhos e soltou o ar longamente, e ela sentiu a tensão saindo dele em ondas. Os dedos dele estavam sujos de sangue, assim como o diamante de sua mãe. Se é que era mesmo de sua mãe. Se alguma coisa que ele já tinha dito fosse verdade. Se...

Mecanicamente, ela trancou a porta e soltou um suspiro antes de se virar, os braços cruzados e bem apertados sobre o peito. Falou em voz baixa, cuspindo as palavras como balas de cristal.

— Quem você é afinal, *porra?*

Ele arregalou os olhos ao ouvi-la dizer um palavrão. *Ainda acha que eu tenho classe da cabeça aos pés?*, Nora pensou. *Bem, nenhum de nós é exatamente o que o outro pensou.*

— Eu disse que não minto — respondeu Xavier por fim. — Não. Não pra você.

— Como é que eu vou acreditar nisso? — Nora deu uma risada curta. — Não estou pondo muita fé na minha capacidade de identificar mentirosos.

— Eu ainda sou Xavier W. Byrne. Trinta anos, fuzileiros navais na guerra, campanha na Sicília...

— Acho que você deixou alguma coisa de fora. — Nora tirou o casaco e caminhou, irritada, até o rádio, ligando a música para encobrir suas vozes. Se alguém escutasse, tudo o que ouviria era Sammy Kaye cantando "Harbor Lights". — Como o "W" no seu nome. Como essa grande família em Foggy Bottom que você disse que tinha, tios e primos por toda parte... — Ela ouviu a própria voz subindo e a engoliu de volta. — *Que* família?

— A família Warring. — Ela sentiu a pressão do olhar dele em suas costas. — Acho que você já ouviu o nome.

Os Warring, que vinham operando os esquemas ilegais em Washington desde antes de Nora nascer. No tempo de seu pai, era o contrabando de bebidas alcoólicas. Agora, eram os jogos de apostas. Dois irmãos no controle de tudo, um exército de primos e sobrinhos cuidando dos negócios.

— Os irmãos Warring, eles são...

— Meus tios.

Nora piscou com força, tentando clarear os olhos.

— Parente dos chefões, que bom pra você.

— Sinto muito. — A voz dele era baixa. — Achei que você já soubesse.

— Seu sobrenome é *Byrne*. Como eu...

— Minha mãe era uma Warring. Isso não é segredo. Você é uma garota de Foggy Bottom, filha de policial. Caramba, seu irmão está na nossa folha de pagamento. Achei que você soubesse.

Eu tento não falar com meu irmão, Nora queria dizer. *Ele pega meu dinheiro e eu fecho meus ouvidos.* Mas as palavras ficaram presas na garganta. Ela não conseguia parar de olhar para Xavier Byrne, que parecia a mesma pessoa e ao mesmo tempo totalmente diferente do homem da mesa de canto no Crispy Biscuit. O mesmo terno cinza-carvão, só que sem o paletó e o colete e com as mangas da camisa ofuscantemente branca enroladas, exibindo punhos fortes e braços musculosos. As mesmas mãos que pousavam delicadamente sobre a cabeça de seu cachorro e tinham segurado gelo em seu punho queimado, só que agora essas mãos estavam machucadas e sujas de sangue. O mesmo ar de força tranquila, só que crepitando como um fio elétrico partido. Parecia o homem que lhe enviava flores havia quatro meses. Também parecia um gângster.

Ele finalmente pareceu notar o sangue em seus dedos.

— Você tem água aqui?

— Se vira.

— Seu banheiro é fora do quarto. Quer que eu fique entrando e saindo onde suas colegas possam ver?

Nora pegou uma vasilha no armário, saiu pisando duro até o banheiro a fim de enchê-la na pia e voltou pisando duro. Ele havia se sentado ao lado de sua mesa frágil e colocado cubos de gelo da caixa térmica em um pano de prato. Ela pôs a vasilha em cima da mesa, ele jogou o gelo dentro, depois mergulhou os dedos inchados na água. Recostou-se na cadeira de espaldar reto e procurou no bolso a conhecida cigarreira.

— Você se importa se eu fumar?

— Pode ficar à vontade. — Nora ouviu sua voz sair sinistramente cortês. — Eu só me importo quando você atira nas pessoas.

Ele acendeu um Lucky Strike habilidosamente com apenas uma das mãos e ofereceu a cigarreira a Nora. Ela fez que não com a cabeça, puxando a cadeira do outro lado da mesa e se sentando com as costas retas, como se uma professora fosse chamá-la na escola. Xavier soltou uma longa nuvem de fumaça, e ela ouviu o estalo nauseante que havia ressoado pela Wood Street quando ele arrebentou o nariz do homem.

— Por que você espancou o G… aquele homem? — Mal evitou o nome a tempo. — Por que atirou no dedinho da mão *dele*?

— Para ele pensar duas vezes antes de tentar trapacear em qualquer mesa de jogo da cidade — respondeu Xavier. — Odeio trapaceiros.

— É isso que você é de verdade, um jogador? O Amber Club é uma fachada?

— Ele não é fachada para nada. É um bottle club com um dos melhores grupos de jazz da cidade. Eu também organizo um jogo de pôquer lá todas as noites das nove às duas. — A voz dele era tranquila. — É um jogo correto e pôquer é legalizado.

— Assim como tudo o mais que você faz? — Nora levantou as sobrancelhas, esperando ver o olhar dele oscilar, mas a resposta veio sem hesitação.

— Quer saber o que eu faço? Dirijo o clube; meus tios recebem uma porcentagem. Administro o jogo, apostas altas. Todas as tardes recolho as receitas das apostas do dia no jogo de números. Faço coisas para os meus tios quando eles precisam. Nada sinistro. Você acha que sou um gângster? Isto aqui não é Nova York ou Las Vegas, e os Warring não são mafiosos. Nós só prestamos serviços, serviços que as pessoas querem. São negócios.

— São negócios *ilegais*. — O som do tiro ressoou de repente na cabeça de Nora e ela estremeceu. — Por que você atirou nele? Você já o tinha espancado; já tinha deixado clara a sua posição. Por que perdeu o controle e arrancou o dedo dele?

— Eu não perdi o controle de forma alguma. Quando fico bravo, não deixo dúvidas. Eu estava ensinando uma lição a ele.

— Você *já tinha ensinado*. O nariz dele estava quebrado, a outra mão também!

— Não era suficiente para um homem como George Harding. Traiçoeiro feito uma cobra, mais impulsividade do que bom senso. Se eu o deixar só com uns ossinhos quebrados, ele vem atrás de mim com uma faca. Esta noite garanti que ele não faça isso.

Nora não podia negar que George era traiçoeiro feito uma cobra, mas dizer isso deixaria claro que o conhecia. Ela omitiu o fato e mudou o rumo da conversa.

— Você já matou alguém?

— Claro. Na campanha da Sicília, usando o uniforme do Tio Sam.

— Não foi isso que eu quis dizer e você sabe muito bem.

Ele fez menção de dizer algo, depois olhou para o próprio cigarro.

— Tem um cinzeiro? Não quero derrubar cinzas no seu tapete.

Nora empurrou na direção dele um pires da xícara de café daquela manhã. O prato de comida de Grace estava ao lado. Fazia mesmo só uma hora que o Clube Briar tinha se separado e Grace a mandara de volta para o quarto com as sobras do jantar?

— Nora. — Xavier bateu as cinzas no pires, sem tirar os olhos dos dela. Era a primeira vez que usava seu primeiro nome. — Quando as pessoas querem coisas, elas vão atrás, não importa o que a lei diga. A Lei Seca veio e tornou o álcool ilegal. Não deveria, porque nenhuma lei impede as pessoas de querer uma bebida. Meus tios forneceram algo que a lei nunca deveria ter tornado ilegal, para início de conversa. O mesmo agora com o jogo de apostas. Nenhuma lei impede as pessoas de querer tentar a sorte em um jogo de loteria. Não vai machucar ninguém, então nós fornecemos.

— O que mais vocês fornecem? — Nora sabia sobre *outros* tipos de esquemas. Armas, drogas, prostitutas. — Você pode dizer que ninguém se machuca nesses outros negócios paralelos?

— Minha família não mexe com esses. E eu nunca matei ninguém fora da guerra. Porque não sou um gângster.

— Então o que você é?

— Um empresário. O que eu faço pode até não ser legal, mas não é errado. Não deveria nem ser ilegal, para começar.

— Você não pode se colocar acima da lei dessa maneira.

— Você fala como se a lei nunca estivesse errada.

— Eu sei que a lei às vezes está errada. Mas existem formas de mudar a lei, e essas formas nunca envolvem uma arma.

Xavier pegou o revólver calibre .22 nas costas e o pôs em cima do rádio, que no momento tocava "Mona Lisa", do Nat King Cole.

— Eu queria que você não tivesse visto aquilo.

— Eu também — disse Nora, sem pensar. — Eu gostava mais quando o homem que estava me cortejando não era um criminoso.

— Eu não sou um criminoso.

— Você suborna policiais, administra um jogo de loteria ilegal e acabou de *atirar em um homem*. — Ela bateu a mão na mesa, com força. — Sim, você é um criminoso.

— Você se incomoda tanto assim por eu ter dado uma surra num trapaceiro? Alguém que gosta de prejudicar pessoas inocentes? — Ele fez uma pausa. Nora desviou o olhar. — Eu nunca passei um dia sequer atrás das grades, Nora. Isso não muda nada.

— Isso muda *tudo*. Por que você estava tentando me… conquistar, afinal? Achou que eu poderia, sei lá, lhe dar informações? Dizer quais policiais você poderia subornar? — Todos aqueles almoços, o jeito como ela sabia que seu rosto brilhava quando ele lhe pedia que se sentasse à mesa. Que papel de *idiota* ela havia feito. Sentiu o rosto corando.

— Já sei quais policiais subornar. Estava tentando conquistá-la porque eu queria você. Ainda quero. — Ele bateu as cinzas do cigarro. — E você me quer.

— Não importa o que eu quero. — Nora se levantou. — Eu não saio com gângsteres.

— Eu sou um empresário. — A voz dele era calma, mas havia algo nela subindo também. — Isso não é suficiente para a filha de um policial? Você quer um bom moço de uniforme azul?

— Muitos dos bons moços de uniforme azul são bandidos também. Eu não quero nada com nenhum de vocês. — Nora passou por ele, foi até a janela e abriu as cortinas. Sua janela dava para a viela atrás da casa; não dava para ver a Wood Street, mas definitivamente havia luzes azuis piscando e refletindo nos telhados. Carros de polícia.

— Ainda não foram embora?

— Não. — Ela soltou a cortina. — Eles não vão procurar você? Toda uma multidão de gente viu o proprietário do Amber Club dar aquele tiro.

— Toda uma multidão de gente não viu absolutamente nada. George foi tirado de lá muito antes que os policiais chegassem e as pessoas que viram tudo não vão delatar.

— Você parece bem seguro disso.

— Bastante seguro. — Ele tirou a mão da vasilha de água gelada. — Mas, se você quiser que eu vá embora, eu vou agora.

— Se você for pego saindo daqui, vou ser expulsa da casa por trazer um homem para o quarto. Sinceramente, pouco me importa se a polícia te pegar ou não... — Ela não sabia se isso era verdade, mas disse mesmo assim, com a voz dura. — Mas eu não posso perder o meu quarto, então, por favor, fique até que todos na casa estejam dormindo.

— Se você perder este quarto por minha causa, vou estar te fazendo um favor. — Os olhos dele percorreram o minúsculo apartamento e Nora viu, com outra explosão aguda de humilhação, como o lugar era deplorável. O espaço apertado em que mal cabiam a cômoda velha e a cama estreita, o fogareiro elétrico e a caixa térmica, a mesinha. A única coisa bonita no quarto era o buquê de lírios de Xavier, perfumando o ar viciado com sua fragrância delicada. — Você poderia viver melhor do que isto. Eu sei o seu salário nos Arquivos.

— Como é que você sabe? — Nora ergueu o queixo.

— Eu perguntei. Queria saber se estavam lhe pagando o que você merece. Estão.

— E se não estivessem, o que você teria feito?

— Pediria educadamente que lhe dessem um aumento — respondeu ele, com mansidão. — As pessoas tendem a fazer as coisas quando a gente pede com educação.

Aquela leve insinuação de sorriso estava de volta ao canto de sua boca. Nora sentiu algo se torcer em suas entranhas como um anzol. Não remoeu a sensação. Teve medo de fazer isso.

— Tem alguma coisa para beber? — Ele girou o anel de diamante para a pedra ficar do lado de dentro e flexionou a mão contundida.

— Não.

— Por Deus, Nora. — Ele balançou a cabeça. Uma fina corrente de prata em seu pescoço emitiu um reflexo da luz. — Você se permite ter uma única comodidade que seja nesta lata de sardinha?

— Eu trabalho. Eu economizo. Janto todas as quintas-feiras no apartamento da Grace. Essa é a minha vida. Sinto muito que um gângster não a considere adequadamente luxuosa ou empolgante.

— Empresário. Não tem ninguém para cuidar de você?

— Por acaso parece que estou me afogando? — Nora pegou seus sapatos de salto gatinho de onde os havia deixado separados para polir e tirou um pano de um saco. — Eu cuido de mim mesma. Sempre cuidei.

— Está vendo só? É por isso que eu quero você, Nora Walsh. Essa aparência quietinha, mas por baixo puro aço. Eu vi no primeiro dia. — Aquele sorriso na voz dele outra vez. — Isso, e o fato de que meu cachorro adora você.

— Cachorros adoram qualquer um que lhes faça carinho. Eu não sou um cachorro. — Nora se sentou na cama, os sapatos no colo, e começou a polir a parte da frente deles.

Ele parecia achar divertido.

— Por que está polindo seus sapatos?

— Estou matando tempo até você poder ir embora. — Nora examinou os saltos. Gastos. — E vou fazer um trato com você. Não conto a ninguém o que vi na frente do Amber Club, porque não quero confusão. E você para de falar comigo no Crispy Biscuit e vai procurar alguma... sei lá... corista.

— Você tem visto filmes demais. Eu não quero coristas, quero você.

Nora cometeu o erro de levantar os olhos. De olhar para seu hóspede indesejado, sentado com os braços de fora em sua cadeira de cozinha de espaldar reto, os cotovelos apoiados nos joelhos, o cigarro queimando entre dois dedos fortes, pires de cinzas ao seu lado. Aquele olhar sombrio, direto.

— Deixe-me levá-la para jantar no sábado — disse ele. — No Martin's Tavern, como planejamos.

— Não. — Ela voltou aos sapatos, polindo-os com mais força.

— Se você quer um lugar discreto, eu a levo para meu chalé em Colonial Beach. Quer gritar e bater em mim, pode fazer isso lá.

— Eu não quero nada com você. Não saio com gângsteres.

— Eu não sou um gângster. Sou um empresário.

— Ah, cala a *porra* dessa boca — Nora grunhiu.

— É verdade. Vou repetir até você acreditar em mim.

— Isso não vai acontecer. — Ela levantou os sapatos, examinando o brilho, mas não o vendo de fato. — Sabe por quê?

— Por quê?

— Eu avisei para você que eu era o tipo de pessoa que só precisa ouvir uma vez para aprender. — Nora deixou os sapatos de lado e se levantou. — Você é o segundo canalha que disse que me queria. Aprendi com o primeiro.

— Eu não sou um canalha — disse Xavier, sem levantar a voz. — Tenho um bottle club, tenho um cachorro, pago meus impostos. Nunca machuquei nenhuma mulher em minha vida.

— Foi o que ele disse também. Com uma bofetada para reforçar.

Xavier apagou o cigarro no pires e se levantou. Ele havia ocupado o quarto inteiro; todo o espaço girava em torno dele como um sol escuro.

— Quem era ele?

Um corpo esguio, um belo rosto moreno. Nora bloqueou a imagem depressa.

— Ninguém — disse, indo para a janela e espiando através da cortina. Não havia mais reflexo de luzes de carros de polícia. Ela observou um tempo, até ter certeza. — A polícia já foi embora.

— A casa está em silêncio.

Ela precisava passar por ele para chegar à porta. Ele não tentou ficar no caminho, não tentou encostar em seu braço enquanto ela passava. Suas mangas roçaram. As Andrews Sisters cantavam "I Can Dream, Can't I?" *Não,* Nora pensou, *não sonhe, Nora. Fique de olhos abertos e mantenha-os à sua frente. Não saia dos trilhos agora.*

Ela pôs a mão na maçaneta e escutou através da porta. Apenas silêncio do lado de fora. Xavier podia sair, descer a escada sem fazer barulho e escapar pela porta dos fundos sem ninguém perceber. Nora podia trancar a porta quando ele saísse. Largar o emprego no Crispy Biscuit. Não ter nenhuma razão para vê-lo outra vez. Só que ele ainda saberia onde encontrá-la...

— Nora. — Xavier estava parado atrás dela, suficientemente perto para sua respiração mover-lhe o cabelo. — Preste atenção. Você me diz para ir embora, eu vou. Você me diz para nunca mais olhar para você, eu não olho. Você quer que eu suma, eu sumo.

Ela entreabriu os lábios, mas as palavras não saíram. Sua mão estava na maçaneta, mas não a virava.

— Absolutamente tudo o que sou na sua vida é você quem decide. Me diga para ir embora.

Ela não conseguia falar.

Ele a tocou na lateral do corpo com a ponta do dedo, descendo pela linha das costelas.

— Me diga para ir embora.

Nora mordeu a boca por dentro com força suficiente para doer. *Mantenha-se nos trilhos. Vire a maçaneta. Diga a palavra.*

— Me diga para ir embora. — A ponta do dedo dele passou da barra da saia, roçou a pele nua da coxa, depois inverteu o sentido e deslizou por trás da bainha. — Me diga para ir embora. — Subindo mais.

Ela não ia dizer. Estava apoiando a mão livre aberta contra a porta, equilibrando-se de pé enquanto tremia, enquanto ele a despedaçava com uma ponta de dedo circulando lentamente. Dizendo a cada afago: "Me diga para ir embora."

Nora conseguiu segurar o grito que lhe subiu no fim, com a explosão final. Conseguiu soltar a mão da maçaneta de metal, vagamente surpresa por seus dedos não terem deixado marcas. Virou, apoiou as costas na porta, olhando para ele. Ele ficou olhando de volta para ela, seus olhos escuros insondáveis. Ela ainda sentia a palavra: *Saia*. Se a dissesse, ainda agora, Xavier iria embora. Sabia disso com toda a certeza.

— Xavier — falou Nora.

Ele parou, deu meio passo para trás. Ela sentiu o anzol fisgando seu estômago outra vez. A fisgada tinha sido medo quando o viu enfiar uma bala no dedo de um homem do lado de fora do Amber Club, mas, agora, havia a pontada de algo mais no fundo que não era medo. Algo que vinha se agitando desde os primeiros almoços no restaurante, algo que floresceu enquanto eles esperavam as horas passarem naquele quartinho, algo que cresceu a um tamanho descomunal e insaciável no momento em que ele pôs o revólver de lado e disse: *É por isso que eu quero você, Nora Walsh.*

Ela estendeu a mão e segurou o colarinho desabotoado de Xavier.

— Fique.

Com um passo, ele a esmagou contra o peito, apertando a boca sobre a dela. E Nora saiu dos trilhos.

POR TRÁS DAS CORTINAS, O CÉU SE MOSTRAVA EM UM CINZA-ESCURO. Amanhecer. A boca inchada de Nora queimava. Xavier estava sentado na borda da cama, vestindo-se com movimentos rápidos e precisos. Ela se sentou, abraçando os joelhos sob o lençol de encontro ao peito, e o observou. Ele tinha uma enorme cruz celta tatuada nas costas, da nuca até a cintura, os braços menores da cruz se estendendo por seus ombros fortes. Quando vestiu a camisa, Nora viu a forma redonda de uma medalha de santo em uma corrente no pescoço. Já a havia sentido antes, balançando de encontro à sua clavícula quando ele lhe deu um beijo no pescoço, o gosto metálico sob os próprios lábios quando ela os desceu pelo peito dele.

— Que santo? — perguntou. Tudo que eles haviam feito ao longo da noite, de encontro à porta, no chão, na cama estreita... Seria de imaginar que ela soubesse tudo sobre ele. Mas Xavier era território desconhecido.

— São Judas. — Ele enfiou a corrente por dentro do colarinho. — Tenho um fraco por causas perdidas.

— É isso que eu sou?

— Você? — Ele sorriu, um sorriso aberto e franco, que balançou Nora até a medula. — Você é o completo oposto de uma causa perdida. Você é um puro-sangue vencedor, liderando de ponta a ponta.

Acho que estou perdida agora, Nora pensou. Em algum momento por volta das três da manhã, ela havia pensado que talvez essa única noite poria um fim em tudo; tirar aquilo de seu sangue, afastar do caminho para que ela pudesse, de visão límpida e veias desimpedidas, voltar aos trilhos. Foi então que Xavier saiu de baixo do lençol, caminhou nu até a caixa térmica e despejou o prato com as sobras de carne moída e batatas em uma panela sobre o fogareiro, com a prática de quem vivia sozinho havia muito tempo.

— Se tem uma coisa que a gente aprende com a família Warring é como dar uma nova cara a uma comida de véspera — disse ele, fritando habilmente dois ovos por cima das sobras, depois trazendo toda a mistura quente e deliciosa para a cama, onde alimentou Nora direto da panela. — Ninguém cuida de você — ele resmungou, tirando com um beijo um fio de gema de ovo que escorria do canto dos lábios dela. — Isso vai mudar. — E Nora tinha sentido algo se apertar dentro dela, um sussurro correndo por seus nervos que significava *perigo*. Xavier Warring Byrne podia causar mais danos com um café da manhã às 3 da madrugada e um olhar firme do que com um beijo, ou mesmo com o movimento preciso e devastador de uma ponta de dedo sob sua saia.

Ele atravessou o quarto, abotoando os punhos da camisa, e pegou o revólver onde o havia deixado sobre o rádio, guardando-o de volta nas costas.

— Você poderia se mudar daqui. Posso colocar você em algum lugar bom.

— Não quero ser colocada em lugar nenhum — respondeu Nora. — Vou ficar aqui.

Ele assentiu, sem discutir.

— Mas não quero que você tenha problemas com a Crocheteira Nilsson por minha causa. Na próxima vez, vamos para a minha casa.

Ele havia lembrado o apelido jocoso que davam à proprietária. Ela provavelmente o dissera uma única vez, mas ele se lembrava. Xavier se lembrava de tudo. Nora puxou o lençol sobre os ombros.

— Xavier, não vai ter próxima vez. Nem na sua casa, nem em lugar nenhum.

— Tudo bem. Mas vou estar do lado de fora dos Arquivos Nacionais hoje, porque este é um país livre. Você diz que não quer me ver e eu vou embora. Sempre que você disser não, eu saio. Mas você tem que dizer não.

Ela não disse nenhum não a noite inteira. Tinha dito sim, de novo e de novo. Nora fechou os olhos com força.

Ele foi até a cama, levantou o rosto dela, beijou suas pálpebras, suas têmporas, sua boca.

— Até mais tarde.

— Não — disse Nora. Mas só conseguiu dizer a palavra depois que ele havia saído do quarto. E soube que estava perdida.

Corned Beef Hash, prato irlandês com carne moída e batatas, do Xavier

1 lata de corned beef hash pronto, ou sobras de um jantar de carne moída e batatas

2 ovos

1. Ponha a comida numa frigideira e aqueça por completo em fogo médio.
2. Abra duas cavidades na comida, preencha cada uma com um ovo e cozinhe até os ovos estarem na consistência desejada.
3. Saboreie na cama com um(a) amante, com muitos guardanapos extras, enquanto ouve "Goodnight, Irene", de Gordon Jenkins and The Weavers.

— Você vem pra casa no Natal, Nora.

Sua mãe não fazia perguntas; ela emitia declarações e depois, com muita doçura, a desafiava a contradizê-la. Nora suspirou, virando-se para a parede revestida de madeira da reentrância onde ficava o telefone no corredor. Tinha a sensação de areia nos olhos pela noite sem dormir.

— Eu não vou pra casa, mamãe. Nem no Natal. — Ela havia conseguido manter a promessa desde que se mudara. Nenhuma visita, nem para uma xícara de chá. Não tinha conseguido cumprir a regra com telefonemas. Sabia que deveria simplesmente desligar quando a mãe ligasse, mas a culpa filial irlandesa sempre falava mais alto.

— E na missa da véspera de Natal? — Por trás da voz da mãe, Nora ouvia o barulho da casa em que havia crescido: o irmão à procura das botas recém-engraxadas, a esposa dele, Siobhan, gritando com as crianças. O ar provavelmente ainda cheirava a café fervido demais e à goma que sua mãe usava ao passar freneticamente o uniforme de polícia de Timmy. — Você tem ido à missa sempre, Nora? O padre Dominic disse que não tem visto você na confissão.

Com certeza não vou hoje, Nora pensou. Imagine recitar *Perdoe-me, Senhor, porque pequei* para o velho e trêmulo padre Dominic tendo a bolsa cheia de camisinhas enroladas em lenço de papel que ela havia tirado do cesto de lixo pela manhã para que a Crocheteira não as encontrasse...

— Eu nunca vejo você — prosseguiu a mãe de Nora, suspirando. — Você não apareceu aqui nenhuma vez desde que se mudou! Nem para rezar um terço pelo seu pai ou me ajudar a fazer pão como a gente fazia.

— Você sabe por quê — declarou Nora.

Uma pausa constrangedora.

— Você tem acompanhado o caso Rosenberg? — perguntou a mãe, animada. *Ninguém pode negar que ela merece crédito por sua persistência*, Nora pensou. — Dizem que o grande júri apresentará as acusações formais depois do ano-novo.

— Mamãe, preciso desligar.

— O homem é culpado, dá pra ver na cara dele. Não se pode confiar em judeus russos, todo mundo sabe disso. Mas a esposa, que tipo de mulher se envolve em *redes de espionagem*? Mulheres não fazem essas coisas, nem mesmo judias. Onde este mundo vai parar, redes de espionagem, bomba atômica, os Vermelhos...

Nora se espremeu contra a parede para abrir passagem quando um fluxo de colegas de pensionato inundou o corredor: Claire com a blusa para fora da saia e os cachos ruivos esvoaçantes, a caminho do gabinete de sua senadora; Fliss de olhos brilhantes e irritantemente alegre para as oito horas da manhã, indo para o parque com a bebê que balbuciava no carrinho... E Pete com sua mochila de escola, puxando Lina pela mão e parando para fazer um elaborado cumprimento para Nora com um imaginário chapéu emplumado (o garoto ainda estava fixado em Dumas, agora *O conde de Monte Cristo*.)

— Mamãe, vou desligar...

— Se você não vem para o Natal, poderia mandar alguma coisinha pelo correio? — A mãe de Nora baixou a voz. — Seu irmão está meio enrolado este mês. Ele tem que contribuir para várias obras de caridade de policiais. E as crianças precisam de sapatos novos...

— O Tim já roubou meu aluguel do mês de dentro da minha carteira — Nora a interrompeu. — E eu duvido que tenha ido para alguma viúva ou órfão.

— Você diria não para seu próprio irmão? — O fogo inflamado e protetor do temperamento da família Walsh. Todos o tinham, inclusive as mulheres. — Ele é família. É seu dever cristão.

Quantas vezes Nora tinha ouvido aquilo? *Ele é seu irmão. Ele é família. É o seu dever cristão.* E aí...

— E você não precisa pagar aluguel, Nora, meu amor. Uma menina não deveria morar fora de casa antes de se casar. Não quando tem uma família amorosa. Volte para a casa que é sua.

Nora fechou os olhos com força. E desligou.

O SR. HARRIS MANTINHA SEU GABINETE TÃO SUPERAQUECIDO QUE Nora saiu de lá assim que bateu meio-dia.

— Está tudo bem, srta. Walsh? — perguntou o sr. Harris, distraído, quando ela avisou que ia sair. — A senhorita parece preocupada.

— Estou bem, sr. Harris — garantiu Nora. *Só pensando o que vou fazer quando um gângster vier me pegar no trabalho esta noite...* e acabou dando de cara com Xavier já parado do lado de fora da entrada dos funcionários, o cigarro entre dois dedos, a aba do chapéu inclinada sobre a testa e o sobretudo balançando em volta dos joelhos na brisa fria. — Você disse que vinha à noite — ela limitou-se a dizer.

— Não aguentei esperar. — Ele a admirou de cima a baixo, do coque banana até a barra da saia marrom-chocolate de lã macia. — Você é uma visão e tanto. Gosto do seu uniforme de garçonete, mas toda arrumadinha desse jeito é como tomar um longo gole de água fresca.

Nora tocou a gola alta de sua blusa de seda creme, que ela havia tirado do cabide naquela manhã porque esconderia as marcas que ele deixara em seu pescoço na noite anterior.

Ele continuou, indicando com a cabeça o grande edifício de colunas atrás dela.

— Você já me contou um monte de coisas sobre este lugar, e eu nunca vim. E então me ocorreu: estou toda hora convidando você para jantar, para ir ao chalé, tentando fazer você entrar no meu mundo. Por que você não me faz entrar no seu, srta. Walsh? Onde você costuma almoçar?

Dê uma cortada nele e volte para dentro, pensou Nora. Mas ela já estava respondendo.

— Talvez se decepcione, sr. Byrne. Eu geralmente tiro cinco minutos para comer um sanduíche sentada nos degraus aqui, depois visito a Rotunda.

Ele descartou com um piparote a bituca do cigarro.

— Me mostra?

Os sapatos Oxford lustrosos de Xavier não fizeram nenhum som no piso de mármore quando eles entraram no espaço redondo e silencioso da Rotunda: o teto em cúpula com caixotões, os pilares enormes, os dois grandes murais nas paredes.

— Este é John Hancock ouvindo Jefferson apresentar a Declaração da Independência — explicou Nora, ao mostrar os homens de peruca pintados na parede noroeste. — E no lado nordeste temos James Madison entregando a Constituição para George Washington.

— Li sobre eles na escola. — Xavier foi andando, a cabeça levantada para olhar as figuras pintadas. Tinham a Rotunda quase inteiramente para eles; todo mundo na cidade parecia estar fazendo compras de Natal naquela tarde, em vez de passear. — Eles não me interessavam muito. Não tinham muito a ver comigo.

— Ah, mas é aí que você se engana. — Com os saltos baixos e largos soando no piso, Nora o conduziu até o mostruário no ponto alto da Rotunda. Apenas um único pedaço de pergaminho desbotado com seu título orgulhoso: *Declaração de Direitos.* — Andam dizendo que a Declaração da Independência e a Constituição vão ser trazidas da Biblioteca do Congresso e expostas aqui também — disse Nora, sentindo a empolgação que sempre lhe aquecia o peito quando ajudava a escrever um memorando sobre a questão. — Novos mostruários, preenchidos de hélio para preservar o pergaminho...

— São pedaços de papel velho poeirento — comentou Xavier. — Por que ficar tão animada com isso? — Mas a voz dele expressava curiosidade, não desdém.

— Não são só pedaços de papel velho poeirento. São as únicas coisas que os norte-americanos têm em comum como povo. As pessoas deste país vêm de toda parte... — disse, pensando no judeu sr. Rosenberg do restaurante; em Pete Nilsson, com seu nome sueco, e Reka Muller, com seus xingamentos em húngaro; no baterista e no baixista de pele escura que tocavam com Joe Reiss; em seu grande clã irlandês. — Nosso povo falava línguas diferentes, e talvez ainda fale; temos aparências diferentes; vivemos em todos os locais possíveis, de cidades grandes a vilarejos, de montanhas a planícies. Mas... — Ela indicou a Declaração de Direitos, incluindo seus documentos irmãos na Biblioteca do Congresso — ...isto nos une. Um governo estabelecido em torno de um princípio articulado, não de lealdades tribais ou linhas em um mapa.

— E isso nos fez melhores? — Os olhos de Xavier estavam atentos. — Fomos nós que fizemos uma bomba atômica e a lançamos... duas vezes.

— Você era um fuzileiro naval. Eu imaginaria que tivesse concordado com a decisão.

— Eu concordei — admitiu. — Mas isso não quer dizer que pareça bom agora, viver em um mundo em que seria só apertar um botão para tudo acabar numa única grande nuvem em forma de cogumelo. Difícil não se perguntar se não tomamos um caminho errado em algum momento. Se poderíamos ter feito melhor.

— Sempre podemos fazer melhor — retrucou Nora. — Esses papéis reconheceram desde o início que ainda não éramos suficientemente bons. "Uma união *mais* perfeita." Está bem ali em nossas fundações que não somos perfeitos, que temos mais a buscar. — Ela sorriu. — Eu sei, eu sei. Estou fazendo um discurso. Mas não é fascinante quando a gente pensa nisso? A maioria dos reinos ou nações só diz: "Nós comandamos porque somos os mais fortes" ou "Nós comandamos porque um deus lançou um raio e quis que fosse assim". Nós somos o país que disse: "Aqui estamos nós; vamos viver segundo estes princípios e tentar segui-los cada vez melhor."

Xavier inclinou a cabeça.

— Por que você ficou tão interessada em tudo isso?

— Duas razões... Primeiro, mera sorte. Consegui um lugar na equipe de estenógrafas aos 18 anos. — Nora girou em um círculo no grande espaço, absorvendo-o. — E eu quis saber tudo sobre o lugar, o que ele representava. Então, fiquei fazendo perguntas, lendo livros da biblioteca, pegando documentos públicos nos arquivos...

Geralmente, Nora notava que as pessoas começavam a bocejar quando ela tagarelava desse jeito sobre a importância da preservação de arquivos e documentos históricos. Ou a achavam engraçada: *Olha só pra você, a srta. Patriota!* Nunca conseguiu explicar muito bem que patriotismo deveria ser mais do que um simples balançar da bandeira sem pensar no que está por trás disso. Seu orgulho daquele prédio, de ser parte dele com tudo o que ele protegia... Isso estava envolto em esperança, não em uma satisfação cega. Esperança e uma dose de vergonha: *Olhe só pra mim, uma garota com um passado bem ruim, mas que o superou. Melhorou a si mesma, para poder ser parte de algo maior. Para poder viver à altura de algo mais.*

A nação poderia fazer o mesmo. Era 1950, o início de uma nova década. Nora tinha essa esperança.

— Você disse que havia duas razões para ter se interessado por tudo isso. — Xavier ainda a observava. — Qual é a outra?

A mais difícil. Nora ficou examinando o botão de falsa pérola em seu punho.

— Minha família — disse, em voz baixa. — Policiais há quatro gerações, espinha dorsal do distrito policial. Meu pai chegou até a detetive. E tantos deles não defendem *nada*. Tantos só vivem de trocas de favores, encobrem uns aos outros, jogam o jogo. Nem todos eles... — Nora sabia que havia bons policiais; podia até dizer quais eles eram em sua família: em geral, os que não eram promovidos. — Mas tem tantos que estão nos esquemas de suborno que os bons muitas vezes ficam de mãos atadas. — Ela engoliu em seco. — Quando eu era pequena, escutei meu avô bêbado conversar com um colega tarde da noite, e eles estavam se lembrando de quando enterraram alguma coisa num canteiro de obras. Eu era nova demais para entender que estavam falando de um *corpo*. Não sei onde, não sei quem. Eu gostaria de lembrar o suficiente para fazer alguma coisa, mas não lembro. Só lembro que eles falaram de como tinha sido *difícil*, e do alívio de nada ter repercutido no departamento.

Ela levantou os olhos para Xavier e não viu absolutamente nenhuma surpresa.

— Minha família é toda de policiais, mas vários deles são corruptos. Eles representam a lei, a lei que *precisa* de bons policiais, e tantos deles pouco se lixam para ela. Eu queria encontrar alguma coisa que não fosse...

— Corrupta — disse Xavier.

Nora levantou um ombro, sorriu com mais vontade do que sentia. Ele lhe deu o braço e fizeram mais uma volta na Rotunda, e ela cumprimentou com a cabeça o guarda em serviço.

— Então este é seu mundo — disse Xavier, enquanto eles saíam. — Este lugar.

— Eu o amo. — Nora deslizou as pontas dos dedos por um arabesco de mármore na decoração da parede. — Um dia, talvez, eu possa ser promovida a chefe de Prédios e Terrenos... Meu chefe já diz que sei tanto sobre o lugar quanto os homens que trabalham aqui há uma década. Eles nunca indicaram uma mulher para a posição, mas quem sabe? Vamos para a entrada da Penn Avenue — sugeriu. — É a entrada dos pesquisadores, mas eles vão deixar você passar comigo. Há quatro estátuas nas entradas. No lado da Constitution Avenue as estátuas são *Patrimônio* e *Preservação*. Eu gosto mais das que estão deste lado.

Eles saíram devagar em direção à tarde de inverno, passando entre *Futuro* e *Passado*. Xavier parou para olhar *Futuro*, que se erguia sobre os transeuntes: uma mulher jovem em calcário esculpido, olhando para fora por cima de um livro em branco onde o futuro ainda estava por ser escrito.

— Eu tenho um lugar aí? — perguntou Xavier a Nora, apontando para o livro. — No seu?

Aquele anzol se torceu nas entranhas de Nora outra vez. *Não*, ela sabia que deveria dizer. O que disse foi:

— Talvez.

— Eu dei uma volta pelo seu mundo — disse ele, estendendo a mão. — Venha andar no meu.

A NOITE QUASE COMEÇOU COM UM DESENTENDIMENTO.

— Eu não posso aceitar isso de você — protestou Nora fragilmente, no saguão da frente da Briarwood House.

— Então jogue num bueiro se quiser. Eu gosto de lhe dar coisas. O que você faz com elas é problema seu. — Xavier pôs a estola de chinchila sobre os ombros de Nora e ela não resistiu a passar os dedos no pelo cinza-prateado, sentindo o forro de cetim acariciar a pele nua. Era maravilhoso, era excessivo, e Nora já sabia que ia devolvê-la quando voltassem, mas também sabia que ia gostar de usá-la naquela noite.

— Vamos. — Ela suspirou, percebendo que a sra. Nilsson estava ouvindo atrás da escada. Não podia impedir suas pensionistas de saírem para encontros, mas podia rondar com ar de desaprovação.

Nora nunca havia estado dentro do Amber Club. O local pareceu eclodir quando eles entraram: teto baixo e íntimo, luzes sombreadas em um tom âmbar que tornava o ar dourado, cortinas de veludo âmbar brilhando atrás do palco onde Joe Reiss e seus colegas de banda já estavam apresentando uma versão sensual de "I Wish I Didn't Love You So". Mulheres em lantejoulas escutavam a música de pequenas mesas em meio a uma névoa arroxeada de fumaça de cigarro; homens pegavam as próprias garrafas de vodca e uísque enquanto garçons deslizavam de um lado para outro com copos de coquetel e água com gás. Uma seção mais elevada nos fundos, mesas maiores cobertas de fichas de pôquer, sussurros, copos tilintando e o estalar de cartas...

— Traga o que a srta. Walsh quiser — Xavier instruiu ao garçom mais próximo, puxando uma cadeira para Nora na mesa alta. Ela ajeitou a estola de chinchila sobre os ombros, sentindo-se subitamente mal-ajambrada em seu vestido azul de rayon. Gastava seu orçamento com roupas de trabalho, não vestidos de noite, e todas aquelas lantejoulas e cetins a teriam deixado envergonhada, se não fosse a estola. Talvez ele soubesse que ela se sentiria assim.

— Eu não vou ficar muito tempo — Xavier lhe disse, a mão pousada no punho dela. — É chato ficar vendo alguém jogar cartas. Só algumas rodadas e saímos. Só quero que você tenha uma sensação de tudo isto aqui.

Ah, eu estou tendo, Nora pensou. O jeito como todos ali se agitaram quando Xavier entrou. "Chefe", disse o chefe dos garçons. "Chefe", cumprimentou o crupiê nos fundos, levantando a mão. "Chefe", trovejou o porteiro robusto. Todos se viraram para ele como girassóis, esperando por seu aceno. Nora não escutou o que disseram na mesa dos fundos, mas ficaram esperando enquanto ele tirava o paletó, arregaçava os punhos da camisa e pedia um drinque.

— Eu quero a mesma coisa que o sr. Byrne pediu — disse Nora ao garçom, curiosa, e ergueu as sobrancelhas ao provar o líquido cor de âmbar servido em uma taça de conhaque. — *Suco de maçã?*

— O sr. Byrne jamais toca em uma gota de álcool no trabalho, senhorita.

— Ah, sim.

Nora tomou seu suco, observando o modo como Xavier se mantinha totalmente concentrado durante algumas rodadas de pôquer. Ele não levantou os olhos nem uma vez, mas, de alguma forma, estava atento a tudo: fez um gesto sem erguer a cabeça quando ela terminou sua bebida; quando dois homens na mesa ao lado começaram a ficar agitados, e o segurança se aproximou para fazer uma advertência.

— Olha só pra você, Nora Walsh — disse Joe Reiss, sorrindo do palco em um intervalo, o cabelo loiro-acinzentado reluzindo. — Toda empetecada como convém a uma mulher de gângster.

— Eu não sou mulher de gângster nenhum — retrucou ela. — É isso que estão *falando*?

— Não consigo te escutar — disse ele, com ar inocente, e começou a tocar "The Lady Is a Tramp".

É assim que eles me veem, pensou Nora, com um tipo totalmente diferente de anzol se torcendo em suas entranhas. Não a srta. Walsh dos Arquivos Nacionais, vestida com esmero formal e recheada de conhecimento. Apenas uma garota de gângster em chinchila, avaliada dos pés à cabeça pelos homens daqui e observada com invejosos olhares de lado por suas namoradas com excesso de batom.

— Terminei. — Xavier se materializou de volta ao seu lado e tornou a vestir o paletó. — Costumo jogar até as duas, mas tem mais uma coisa que quero mostrar a você. Incomoda-se com um trajeto curto de táxi?

— De modo algum. — Ela respirou o bem-vindo ar frio da noite quando saíram do clube. — Você ganhou?

— Ganhei quatro notas. — Ele viu um táxi e levantou o dedo.

— Quatro dólares?

— Quatro de cem.

Nora engoliu em seco. Ao entrar no táxi, não pôde deixar de pensar no irmão, Tim, de quanto ele gostava de uma aposta nos jogos de pôquer do distrito policial. Geralmente esses eram os meses em que ele aparecia para sondar sua carteira.

— Não jogo pela emoção — disse Xavier, lendo a mente dela enquanto entrava pela outra porta do táxi. — Isso é jogatina, não jogo de cartas. Não é o que eu faço. Eu analiso o jogo, conto as cartas. Se você faz isso, trata como um trabalho e não como um jogo, não perde muito. Macomb Street — pediu ao taxista.

— E onde foi que você aprendeu a contar as cartas? — insistiu Nora.

— Com os profissionais em Las Vegas, depois da guerra. Eu sou um dos melhores jogadores de pôquer da Strip.

Ele disse isso com naturalidade, sem se gabar. Nora supôs que, quando se havia ganhado quatrocentos dólares em menos de uma hora, sem nem piscar, tinha-se o direito de se julgar bom assim. Ele segurou a mão dela e entrelaçou seus dedos sobre o banco, e Nora percebeu que o táxi havia deixado Foggy Bottom para trás. Uma área mais privilegiada, casas maiores com gramados, luzes nas varandas brilhando sobre Cadillacs conversíveis e Chevrolets Bel Air.

— Onde estamos? — perguntou ela, assim que o táxi parou na frente de uma elegante cerca branca de madeira.

Ele entregou algumas moedas ao taxista e deu a mão a ela para ajudá-la a sair do carro.

— Minha casa.

— *Esta?*

— Por quê? Você achou que eu morava em algum covil de mafioso no andar de cima do clube?

Nora olhou para a casa, ligeiramente atordoada.

— Não achei que você morasse numa casa clássica de tijolos de quatro quartos entre a Wisconsin e a Massachusetts.

Ele riu, conduzindo-a pela entrada até uma varanda de ardósia cinza e em seguida pela porta. Nora ouviu o som de patas enormes, e logo o dogue alemão já estava saltitando em volta deles, abanando o rabo com entusiasmo.

— Duke — ela o cumprimentou, abaixando-se para afagar suas orelhas, e riu quando o enorme cachorro empinou sobre as patas traseiras, apoiou as dianteiras nos ombros de Xavier e se pôs a dar grandes lambidas no rosto do dono. Xavier resistiu pacientemente, pegou uma toalha e saiu pela casa acendendo as luzes. Uma casa tranquila e graciosa com um bar de nogueira, uma cozinha básica e uma sala com poltronas de couro fundas. Xavier deixou Duke sair para o quintal, onde Nora viu canteiros de flores bem-cuidados.

— Eu plantei as rosas — a voz de Xavier soou atrás dela. — Gosto de podá-las por conta própria. Pôr as mãos na terra.

Ela se virou e o viu parado na varanda em mangas de camisa, as mãos nos bolsos.

— Este sou eu — limitou-se a dizer. — É como eu vivo. Cartas e clubes e trabalho até tarde da noite, sim, mas não é ruim. Eu brinco com meu cachorro, podo minhas rosas, conheço todos os meus vizinhos.

— E você faz outras coisas — respondeu ela, com firmeza. — Você cumpre tarefas para os seus tios, você coleta a receita do esquema de apostas todos os dias, você anda por aí armado... porque essas outras coisas são ilegais.

— Eu não sou bandido — disse ele. — Esta é a minha vida, e eu quero você nela.

Ela tirou a estola de chinchila dos ombros e a deixou sobre a cadeira mais próxima.

— Fique comigo por um tempo, é tudo o que peço. — Xavier se aproximou e a abraçou pela cintura. — Falar é muito fácil, então me deixe mostrar a você que sou o que digo. — Ele a segurava de leve; ela poderia ter se soltado com um único passo para trás. Ele estendeu a mão para o elegante coque banana no cabelo dela e puxou um grampo. — Fique por perto, Nora. — Outro grampo. — Fique. — Mais um, e o cabelo se espalhou pelos ombros. — Fique.

POSSO GANHAR UMA FOTOGRAFIA DA MINHA MULHER?, XAVIER PEDIU depois da virada do ano-novo, então Nora foi até o Huckstop's Photography, logo subindo a rua, e tirou uma foto. Alguns dias depois, quando foi buscá-la, deu de cara com Grace March.

— Imaginei que você fosse estar na Trinity Presbyterian — Nora brincou, conhecendo o amor de sua vizinha por ficar mais tempo na cama aos domingos. — Lecionando na escola dominical e levando um cozido para o pastor!

— Ah, minha querida, nenhuma igreja ia me querer. — Grace riu. Era o tipo de manhã fria e seca de janeiro, ideal para dormir até tarde e evitar todos os vizinhos que se dirigiam à St. Polycarp's ou à Trinity Presbyterian, todos discutindo se eram os católicos ou os presbiterianos que tinham direito ao estacionamento único. — Você tirou uma foto? Ah, ficou linda. Poderia até ser a prima da rainha, Tipperary.

Xavier vai gostar, Nora pensou. Sua recatada srta. Walsh numa pose de estúdio, sorrisinho delicado, coque banana e o colar de pérolas que ele lhe dera de Natal... contrastando com sua não-tão-recatada srta. Walsh que ia para a Macomb Street com o cabelo solto e deslizava sob os lençóis, nua a não ser pelas pérolas.

— Você está com um certo brilho — comentou Grace, ainda analisando a fotografia. — O brilho que uma mulher tem quando foi muito bem...

Nora levantou as sobrancelhas. Grace fez uma cara inocente.

— Apreciada — concluiu, devolvendo o retrato.

Nora não pôde deixar de rir. O jeito que Grace *dizia* coisas que todas as outras pessoas deixavam pairar no ar sem dizer.

— O que você veio fazer aqui? — indagou ela. — Para mudar de assunto, por favor! O sr. Huckstop não costuma abrir aos domingos, então...

— Eu perguntei se podia trazer um projeto especial. — Grace pegou uma fotografia em preto e branco: uma menina de uns 10 anos, dentes tortos, sorriso enorme. — Perdi o negativo, mas queria saber se ele tem algum jeito de fazer outra cópia a partir deste retrato.

— Ela é muito bonita. Sua sobrinha, ou irmã, ou...

Mas Grace a interrompeu, gritando um "oi" para Fliss, do outro lado da rua, que andava rápido em direção ao parque com o carrinho de bebê. Mancando na direção oposta vinha a nova pensionista da Briarwood House, Bea alguma coisa, a do aparelho ortopédico no joelho e cabelo preto curto.

— Eu vivo esquecendo o sobrenome dela — disse Grace. — Verotto? Veretto?

— Verretti. — Nora acenou para Bea, que acenou de volta. — Você viu que ela tem um taco de beisebol do lado de dentro da porta no quarto dela? Eu vi quando ela saiu para pedir minha pasta de dente emprestada. Um taco de beisebol...

— Caramba! Quem teria imaginado? — Grace sorriu e desapareceu dentro do Huckstop. Sem dizer nada, Nora percebeu quem era a menina na fotografia em preto e branco. A nova pensionista chamada Bea não era a única na Briarwood House com um segredo, não que Nora fosse do tipo que jogava pedras.

Só que todo mundo parece conhecer o meu segredo, ela pensou, com um certo desalento. Arlene vinha soltando comentários bem direcionados desde que pusera os olhos naquela estola de chinchila; a sra. Nilsson tinha comentado como Nora vinha passando a noite com a família *várias vezes* ultimamente. E, no dia anterior, o sr. Rosenberg estava pondo um cartaz com letras ainda maiores em sua vitrine — ABSOLUTAMENTE NENHUMA RELAÇÃO COM JULIUS E ETHEL ROSENBERG! — quando fez um gesto chamando Nora para perguntar a ela em voz baixa se poderia convencer o seu sr. Warring a fazer as pessoas pararem de assediar seu restaurante. *Os imbecis que dizem que eu devo ser um espião comunista. Ele podia pôr um fim nisso com uma única palavra.*

— O sobrenome dele não é Warring — disse Nora, direta. — E ele não é *meu*, e ele é só um empresário. — Ao ouvir as próprias palavras de Xavier saírem de sua boca, enrubesceu e conseguiu um levantar de sobrancelhas em resposta do sr. Rosenberg.

— ROSENBERG? O MELHOR PATÊ DE FÍGADO DA CIDADE? — XAVIER ainda estava de roupão de banho, tomando sua primeira xícara de café do dia, quando Nora chegou à casa dele na Macomb Street, embora já passasse do meio-dia. Ele só conseguia ir para a cama depois das três nas noites de sábado. — Claro, posso cuidar disso.

— E como exatamente isso funciona? — Nora tirou os sapatos e pegou a xícara de café que ele lhe servia. — Ele tem que pagar a você pelo favor?

— Não. Só estou sendo um bom vizinho. — Xavier, Nora já sabia àquela altura, levava "ser um bom vizinho" a um grau ligeiramente obsessivo. Ele costumava regar as petúnias da viúva da casa ao lado. Reparava nos carros da rua que precisavam de pneus novos e, com muita frequência, um novo conjunto aparecia discretamente diante da casa.

Quando o garoto do outro lado da rua teve sua pistola de ar comprimido confiscada por um policial de mau humor, Nora ouviu Xavier dar um rápido telefonema e a pistola foi devolvida em mãos vinte e quatro horas depois. Outra série de contradições do homem que a vinha chamando de "sua mulher" desde o Natal. — Ser um bom vizinho constrói boas relações — explicou Xavier, vendo o olhar de dúvida de Nora. — A gente faz coisas pelas pessoas, coisas que os policiais não fazem sem que molhem a mão deles. Significa que as pessoas que importam não querem nos ver na prisão ou expulsos da cidade.

— E os policiais não interferem? — Nora afagou Duke atrás da orelha quando ele veio babar na sua saia.

— Não desde que meu tio fez amizade com o chefe da polícia — respondeu Xavier, sorrindo ao ver a expressão no rosto dela. — As pessoas do bairro estão mesmo achando que o sr. Rosenberg é um *dos* Rosenberg?

— Uma meia dúzia de idiotas.

— Os mesmos idiotas que acham que os Vermelhos são uma ameaça, aposto.

— Eles não são? — Nora tomou um gole de seu café.

— O comunismo é o sistema mais estúpido do planeta. — Xavier voltou a encher sua xícara. — Ele ignora o maior anseio que as pessoas têm, que é querer construir alguma coisa. Primeiro para elas, depois para os filhos. Ignore esse anseio e você arruma problemas muito depressa. Pode ser que o comunismo seja perfeito em teoria para algum economista, mas não leva em conta o fato de que a humanidade prospera na imperfeição.

— Parece estar funcionando bem para os russos.

— Talvez porque os russos não tenham esse anseio... não sei; nunca conheci um russo. Mas, se eu fosse um homem de apostar, diria que eles querem as mesmas coisas que nós, bem no fundo. E é por isso que eu apostaria que os russos não vão ser comunistas para sempre, e o restante do mundo não vai virar Vermelho também, não importa o que Joe McCarthy diga a esse respeito.

— Xavier Byrne, filósofo político — brincou Nora. — O presidente Truman deveria contratar você.

— E ele não ia se arrepender. Essa aí é a sua fotografia? — Xavier viu a embalagem embaixo do braço dela e a puxou para junto de si. — Vamos ver, srta. Walsh. — Ele assobiou. — Você é um filé. O Huckstop lhe fez alguma proposta?

— Como assim?

— Ele tem um negócio paralelo, diferentes tipos de fotografias para venda. Fotografias em que as garotas não estão posando com pérolas, ou com qualquer outra coisa, na verdade.

— O sr. *Huckstop*? E como é que você sabe disso?

— Meus tios têm uma porcentagem — disse Xavier, o que fez Nora piscar. Toda vez que ela se esquecia de que ele não era precisamente ***só um empresário***, toda vez que ela pensava ***Quem sabe isto pode dar certo; quem sabe...***, algum comentário casual como aquele a trazia de volta de repente. Xavier prosseguiu, pousando os lábios logo abaixo da orelha dela. — Vou para Las Vegas no próximo fim de semana. Negócios. Vem comigo?

— Não, obrigada. — Nora tinha ido a um almoço de domingo na casa da irmã dele com uns quinhentos primos Warring, não tão diferentes do próprio lote de parentes de Nora; tinha ido com ele à Martin's Tavern em Georgetown, onde o vira apertar a mão de um deputado e de dois juízes distritais; passara a semana depois do Natal (mentindo descaradamente para a sra. Nilsson) no chalé dele em Colonial Beach, os dois conversando enquanto observavam Duke passear pela praia gelada. Mas ela não tinha voltado ao Amber Club, ou a qualquer um dos outros lugares em que ele trabalhava. Isso ainda lhe dava uma sensação profunda de desconforto no estômago. — Eu ainda não sei bem ao certo o que estou fazendo com você — comentou, com sinceridade, passando o dedo pela medalha de santo no pescoço dele. — Você traz à tona o meu lado ruim.

— Você não tem um lado ruim. Qual é o seu maior pecado, devolver um livro na biblioteca com um dia de atraso?

— Faltar à missa no primeiro domingo do ano para ficar na cama com você o dia inteiro. — Nora havia se esquivado com sucesso de ***todas*** as ligações da mãe perguntando quando ela ia aparecer. Sem sala de estar abafada; sem crianças brigando ou infindáveis fofocas da igreja;

sem insinuações maternas sobre voltar para casa; sem a necessidade de esconder sua carteira de Tim... Só a grande cama de Xavier, uma cesta do Rosenberg's ao alcance da mão, "Auld Lang Syne" tocando no rádio e Duke roendo um osso no chão.

— Eu puxaria você para a cama agora... — Xavier a beijou, algo que ainda dispersava os pensamentos dela como se uma arma tivesse disparado. — Mas a Louise vem fazer a limpeza daqui a vinte minutos. — A campainha tocou e ele baixou a xícara. — Ela chegou mais cedo. — Ele olhou pelo buraco da fechadura na porta da frente, ouviu sua faxineira dizer "Sou eu, sr. Byrne" e abriu a porta.

Mas, quando Louise entrou de olhos arregalados, ela não estava sozinha.

— Sr. Byrne... — conseguiu gaguejar, e o homem que forçou passagem atrás dela a golpeou indiferentemente com a coronha do revólver.

— E aí, chefe — disse, com um sorriso, o homem esguio de pele morena com o dedo mindinho faltando na mão que empunhava a arma, dois homens maiores entrando atrás dele com os próprios revólveres e, quando Duke começou a latir e a mão de Xavier se dirigiu rápida para suas costas, Nora congelou como se seu sangue tivesse virado gelo. — Nem tente pegar isso — advertiu George Harding, ainda sorrindo enquanto seus amigos se posicionavam dentro da sala.

A mão de Xavier voltou lentamente à vista, vazia, seus olhos faiscando.

— Nora — Xavier disse, sem alterar a voz, sem olhar para ela. — Louise. Fiquem calmas. Ninguém vai machucar vocês duas.

— Eu não teria tanta certeza. Ei, Nora. — George fez cara de espanto ao vê-la, embora Nora soubesse que ele não estava de forma alguma surpreso por encontrá-la ali. — Está fodendo com esse aí agora? Você sempre gostou de um cafajeste. — Do nada, ele lhe deu um soco na têmpora que fez toda a cabeça dela zumbir, e foi então que Nora soube. O que aconteceria, se George fosse burro o bastante para deixar Xavier vivo.

Ele era.

— Eu sei que você tem um cofre — disse ele, depois de arrancar violentamente a arma de Xavier da cintura dele. — Fica no andar de cima, eu soube que você tem pelo menos quinze mil lá e... Faça esse maldito cachorro calar a boca ou vou atirar nele.

— Nora. — Xavier falou mansamente, sob os latidos de Duke. — Leve o Duke para o porão e...

— Não. A sua puta fica.

Xavier soltou o ar. Nora nunca o tinha visto tão imóvel. Parecia uma estátua de cera, as mãos rígidas e com os dedos abertos ao lado do corpo.

— Louise — disse ele, mais mansamente ainda, olhando para a faxineira, que estava encostada na parede com sangue na têmpora e lágrimas descendo pelas bochechas. — Por favor, leve o Duke para o porão e o tranque lá.

E se tranque com ele, Nora pensou em um grito silencioso. George não gostava de pessoas negras; achava que elas estavam tirando empregos de irlandeses trabalhadores. Louise pegou Duke pela coleira, o grande cachorro ganindo e latindo, e o levou para o porão. Ela devia ter pensado a mesma coisa que Nora, porque entrou depressa atrás dele e fechou a tranca do outro lado antes que qualquer um dos homens pudesse se mover. O revólver de George tremeu e Nora sentiu aquele movimento em seu corpo inteiro. Como ela se lembrava de ficar atenta àquele tremor dele, com medo de que ele *surtasse*...

— George — Xavier começou, mas o revólver apontou de novo para ele.

— Cala a boca. Suba até aquele cofre que eu sei que você tem no seu quarto e abra ele. Você vai me pagar por ter me custado um emprego e um dedo. Você vai me pagar hoje, ou eu estouro a porra da sua cabeça.

— Vá em frente — disse Xavier, calmo.

Resposta errada, Nora pensou.

George deu de ombros, virando o revólver para Nora.

— Então eu estouro a cabeça dela. Você escolhe.

Xavier fez um movimento mínimo, deixando os três intrusos tensos.

— Amarre a puta — ordenou George a um de seus amigos. Fique aqui embaixo com ela, enquanto o sr. Chefão e nós dois subimos.

Nora mal sentiu as mãos sendo agressivamente amarradas para trás com um pano de prato. Só olhou para Xavier, mesmo enquanto enfiavam um pano em sua boca, e se concentrou nele com toda a força que podia: *Não reaja.*

Ela não achava que era a única que sentiu diminuir a pressão inimaginável na sala, como se um vulcão pronto para entrar em erupção tivesse apenas roncado e emitido uma nuvem de fumaça. Xavier fez um movimento quase imperceptível com a cabeça e se deixou ser empurrado escada acima.

Pareceu demorar uma eternidade: os passos no quarto; o som da voz intimidadora de George. O homem que George tinha deixado com Nora nem sequer olhava pra ela; ele andou pela sala procurando objetos de valor, balançou a cabeça decepcionado e abriu a geladeira.

— Tem Coca-Cola aí? — perguntou, aparentemente sem lembrar que ela estava com um pano na boca. Nora só ficou olhando para o homem.

No andar de cima, George riu. Estava drogado; Nora sabia pelo tom da risada. Drogado o suficiente para deixar um ressentimento passar por cima do bom senso; deixar uma ideia espetacularmente péssima como esta — *roubar um Warring na própria casa* — parecer uma ação plausível. Ele disse mais alguma coisa inaudível, para provocar. Xavier devia ter respondido, porque desceu a escada de volta com o nariz e a têmpora ensanguentados. George estava exultante, admirando o anel de diamante de seis quilates agora em seu dedo mínimo, e o amigo trazia uma mochila recheada.

— Largue isso — ordenou George para o homem com Nora, que, obediente, colocou a garrafa de Coca-Cola sobre a bancada. — Amarre o sr. Chefão aqui também.

Xavier não protestou enquanto seus braços eram amarrados. Era de novo uma estátua de cera. Nora estremeceu.

George se aproximou, tirou o pano de sua boca e a beijou. Ela sentiu o cheiro de creme Brylcreem, uísque e de alguma coisa forte que deixou as pupilas dele tão dilatadas. Ela manteve os lábios fechados. *Ponha essa língua na minha boca que eu a arranco com os dentes.* Mas ele se afastou e deu uma batidinha no rosto dela com o cano do revólver. — Eu levaria você comigo se pudesse, garota Nora — comentou, arrancando o colar de pérolas do pescoço dela com um puxão e colocando-o no bolso. — A melhor foda que já tive.

George foi embora rindo, seus amigos com ele, alguém dizendo: "Isso encerra o assunto." E Nora pensou: *Ah, seus idiotas, isso é apenas o começo.*

PARECIA A PRIMEIRA NOITE DELES NO QUARTO DELA NA BRIARWOOD House: os dois em lados opostos do cômodo, a tensão no ar. Louise tinha ido embora. Assim que Xavier se soltou, desamarrou Nora, absorveu o silencioso sinal negativo que ela fez com a cabeça em resposta a seu rápido "Você está machucada?", chamou a faxineira e o cachorro de volta do porão, afagou as costas de Louise enquanto ela chorava, remexeu nos frascos de condimentos em busca de um maço de dinheiro e colocou-o na mão dela.

— Vá cuidar desse corte na sua cabeça — disse-lhe. — Depois, volte para casa e tire a semana de folga. Se os policiais aparecerem, você não sabe de nada. — Xavier acompanhou Louise até a porta, chamou um táxi e a ajudou a entrar nele como se ela fosse feita de porcelana, entregando outro maço de dinheiro para o taxista. — Leve-a para o hospital mais próximo que atenda negros, espere até ela terminar e depois a leve para casa, está entendido? Por mais tempo que demore, você vai esperar. — Quando tornou a entrar, ele se abaixou e segurou a grande cabeça de Duke entre as mãos, enfiando o rosto por um momento no pescoço sedoso do cachorro.

Quando endireitou o corpo, a expressão em seus olhos fez toda a espinha de Nora se contrair. Ele não disse nada. Só pôs um punhado de gelo no pano de prato que tinha amarrado suas mãos e segurou-o gentilmente de encontro à têmpora inchada de Nora.

— Deixe comigo. — Ela segurou o gelo. — Pegue um para você.

Ele ignorou o sangue em seu nariz, foi até a mesinha lateral e serviu duas grandes doses de uísque. Pondo um dos copos na frente de Nora, ele se sentou no banquinho com o mesmo controle lento e Nora uma vez mais teve a impressão de um vulcão dormente soltando fumaça.

— Aqueles homens com George. Quem são? — perguntou ela.

— Gente de fora da cidade, provavelmente. Eles não são nada.

— Quanto você perdeu? Do cofre…

— Uns vinte e cinco.

— Dólares?

— Mil.

— Meu Deus — disse Nora, baixinho. Embaixo da bancada, Duke ganiu e se pressionou contra as pernas deles.

— Não importa.

— Vinte e cinco mil dólares não *importam*?

— Não é tudo que eu tenho. E dinheiro é recuperável. — Xavier virou metade do uísque em um só gole. — Eu preciso saber uma coisa, Nora. George Harding machucou você antes de hoje?

— Você quer saber se o que ele disse é verdade. — Os lábios de Nora pareciam entorpecidos. — Se eu transei com ele.

— Isso não me interessa. Tive mulheres antes de você; não me importo se você teve homens antes de mim. Eu sei quem você é, o que você é…

— Classe da cabeça aos pés? — A voz de Nora era ácida.

— Exato. — O olhar de Xavier não se alterou. — Eu não me importo se ele transou com você. Preciso saber se ele machucou você.

Nora soltou o ar, sentindo o inchaço em sua cabeça latejar. Xavier esperou. Ele esperaria para sempre, ela sabia. Se Nora não contasse, ele ia descobrir. Nem seria tão difícil. Tinha aparecido nos malditos *jornais*.

— Eu tinha 18 anos, recém-saída do colégio. — Ela se fortaleceu com um gole de uísque que desceu queimando. — Tentando encontrar um trabalho, tentando fugir da minha mãe que queria que eu namorasse todos aqueles ótimos jovens policiais que meu irmão vivia trazendo pra casa. Sabendo que preferia morrer a ser mulher de policial. Então, o que eu acabo fazendo? Corro direto para um "bad boy". George "Cachorro Louco" Harding, olha só o nome, como um clichê saído das páginas de um dos livros de Mickey Spillane do Pete. George, novo na cidade, com seus ternos elegantes e abotoaduras de esmeralda, apareceu no Dailey's um dia quando eu estava arrastando meu irmão para fora de um jogo de cartas. Saí com George por seis semanas e gostei de cada segundo. Eu gostava que ele me levasse para sair pela cidade, gostava de rolar no banco traseiro de seu carro conversível e, ah, eu gostava de como a minha mãe ficava enfurecida. — Nora tirou o gelo do rosto, sem olhar para Xavier. — Garota idiota. Mas não tão idiota quanto eu poderia ter sido. George bateu na minha cara só uma vez, depois de ter perdido feio nas corridas de cavalos, e aí para mim foi a gota d'água. Eu lhe disse que nunca mais me procurasse.

— E?

— George não gosta de ouvir *não*. — Ela sentiu a boca se contorcer. — No dia em que voltei para casa depois da minha entrevista de emprego nos Arquivos Nacionais, me sentindo nas nuvens porque eles disseram que eu tinha sido contratada para começar na sala de arquivos, George parou do meu lado naquele conversível e me puxou pra dentro. Durante as três horas seguintes, dirigiu comigo por toda a capital, bêbado, falando que ia se casar comigo e batendo na minha testa com a coronha do revólver sempre que eu contestava. — Nora virou o restante do uísque. — No fim, eu já estava tonta, e ele me deixou no hospital. Que cavalheiro. Fui internada com uma concussão e ele voltou naquela noite com bombons e rosas. Eu acordei e o encontrei segurando a minha mão…

Respira, respira. Xavier nem parecia estar respirando.

— Eu me afastei gritando que ia fazer uma denúncia contra ele. O barulho atraiu as enfermeiras e ele fugiu. Mas não pôde fugir das acusações. Saiu até nos jornais: "Tática de conquista de homem das cavernas leva a processo criminal." Ele acabou cumprindo pena de prisão por agressão e porte de arma sem licença. — Por fim, Nora se forçou a olhar para Xavier. — Eu nem sabia que ele tinha sido solto até ver você com ele na porta do Amber Club.

Xavier estava sentado feito uma estátua, as grandes mãos grossas em volta do copo. Lembrou-se dele dizendo antes que, se ficasse realmente bravo, ela logo saberia. Podia sentir a raiva dele no momento, enchendo a sala em ondas lentas e geladas, deixando o ar espesso.

— E isso é tudo? — perguntou ele por fim, o tom neutro.

— É — Nora mentiu, olhando-o direto nos olhos.

Xavier chegou mais perto, segurou a cabeça dela em suas mãos. Beijou o inchaço em sua têmpora, depois beijou sua boca, e Nora tremeu, porque era como se algo estivesse sendo posto em movimento. Uma rocha equilibrada na borda de um penhasco, balançando antes de uma longa queda; uma montanha levantando os ombros.

— É melhor você ir pra casa — disse ele, afastando-se, a mão ainda na nuca de Nora. — Ligue para os Arquivos amanhã dizendo que está doente; tire algum tempo para descansar. Você precisa de um médico; diga para mandarem a conta pra mim. Se a polícia aparecer, você não sabe de nada.

— Como a Louise? — Nora se levantou, enquanto Duke pressionava o corpo contra suas pernas. — Xavier…

— Não vou ver você por um tempo — interrompeu ele. — Vou deixar você fora disso. Você terá notícias minhas. — Ela estava sendo levada para fora daquela casa de onde tinha a própria chave, e onde tinha as próprias gavetas para camisola e maquiagem, as pontas dos dedos de Xavier em suas costas leves como borboletas, sua respiração regular agitando o cabelo dela como um vento feito de pura raiva. Apenas um dia de inverno comum numa área comum de Washington, mas o ar no saguão de entrada estalava e Nora sentia cheiro de sangue.

Ela se virou antes de sair, envolveu-o nos braços e falou diretamente em seu ouvido.

— A cama no dia de ano-novo — disse ela. — Bagels, salmão e champanhe, Duke roncando aos nossos pés. Não jogue isso fora. Não faça isso.

Ele não disse nada; só chamou um táxi e ficou abraçado com ela até o momento de colocá-la dentro do carro. Sua respiração era muito calma. Não adiantava mais, Nora pensou.

A ENTREGA CHEGOU PARA NORA TRÊS SEMANAS DEPOIS: 31 DE JANEIRO de 1951, o dia em que as manchetes estavam cheias da notícia de que os Rosenberg tinham sido indiciados. Um rapaz magro em um terno elegante a esperava do lado de fora dos degraus dos Arquivos Nacionais no horário de almoço dela, um rapaz que Nora tinha certeza de ter visto chamar Xavier de "chefe" dentro do Amber Club.

— Srta. Walsh — disse, passando para ela o que parecia ser um punhado de jornal amassado.

Ela o alisou e se viu olhando para o *Evening Star*, página 1, a manchete tão fresca que só podia ter acabado de ser impressa: "George 'Cachorro Louco' Harding morto em ataque com arma de fogo no After-Hours Club." A visão de Nora se embaçou quando ela viu que a página tinha sido enrolada em torno de um muito conhecido anel de diamante de seis quilates. Havia uma mensagem rabiscada a lápis na margem da manchete chamativa.

Eu mantive você fora disso.

Casa comigo quando eu sair?

Nora olhou para o homem que tinha feito a entrega.

— O sr. Byrne passou o pacote para seu advogado, para entregar à senhorita — disse o homem. — Ele vai ser indiciado por homicídio qualificado.

— VOCÊ ESTÁ ACOMPANHANDO O JULGAMENTO?

Nora levantou os olhos de sua mesa com um susto violento.

— O quê?

— O julgamento dos Rosenberg! — disse uma morena desmiolada do grupo de estenógrafas dos Arquivos Nacionais. — Você viu que Julius Rosenberg vai testemunhar na própria defesa? Mal posso *esperar!*

— Esse julgamento — disse Nora, forçando os dedos a relaxarem em volta do arquivo que ela havia pegado para o sr. Harris. — Não, não vi. — Por ter estado um pouco preocupada demais com outro julgamento marcado para começar no fim de março.

Eu não vou, Nora prometeu a si mesma. Mas havia absorvido os detalhes a respeito mesmo assim: que Xavier tinha se declarado inocente, que o clã Warring tinha contratado Charlie Ford para liderar sua defesa e que o que andavam dizendo em Foggy Bottom era que *Se Ford é seu advogado, é 3 para 1 que você é culpado e 6 para 5 que será absolvido.* Nora tinha passado noites longas e agitadas pensando se uma probabilidade de 6 para 5 era suficientemente boa quando a pena era a cadeira elétrica. E se perguntado se tinha o direito de ter esperança de que um homem fosse absolvido quando era totalmente culpado.

Mas ela pôs isso de lado e foi até a sala do chefe.

— O relatório que o senhor pediu sobre os efeitos do hélio no pergaminho em mostruários de preservação, sr. Harris. E, embora ainda não tenha havido nenhum comunicado oficial da Biblioteca do Congresso quanto à transferência da Declaração...

— Este assunto pode esperar, srta. Walsh. — Seu chefe normalmente alegre parecia subitamente sério, quase austero. — Por favor, feche a porta e sente-se.

Foi uma conversa muito breve. Quatro minutos, no máximo. Nora saiu mecanicamente, sem sentir de fato os pés. Alinhou um lápis sobre a mesa e fingiu transcrever uma pilha de taquigrafia, mas seus dedos ficavam se atrapalhando.

— Você está bem, Nora? — perguntou a sra. Halliwell, que havia se oposto à promoção de Nora e tinha um brilho ávido nos olhos naquele momento. Como se ela soubesse que não, Nora não estava bem, e exatamente por quê. Normalmente, Nora teria gorjeado *Ah, você sabe que está tudo ótimo, sra. H!*, mas, hoje, tudo que podia fazer era tentar manter as lágrimas fora dos olhos. Não estava em condições de *gorjear*.

— OI, NORA! — EXCLAMOU FLISS, BORBULHANTE, BATENDO NA PORTA dela naquela noite. Será que todas as mulheres inglesas *borbulhavam* assim como ela? — É quinta-feira. Você deve ter ouvido todos nós subindo! A Grace fez estrogonofe e estamos trabalhando na trepadeira da parede; o Pete pegou a escadinha de mão para a gente poder estendê-la pela parte inclinada até o teto. A Lina vai trazer brownies...

Fliss continuou tagarelando, as covinhas cintilantes, o cabelo cintilante, até a bebê em seu quadril era cintilante. Do outro lado do patamar da escada, atrás dela, escapavam as habituais risadas e a música pela porta semiaberta do quarto de Grace. Nora fechou melhor o roupão gasto, sentindo-se murcha, azeda e inútil.

— Não vou jantar esta noite — conseguiu dizer, e começou a fechar a porta.

— Ah, tadinha, está doente? Quer que eu traga um prato? Eu trouxe uma torta...

— Não, obrigada. Não quero dar trabalho. — Ainda tentava fechar a porta.

— Não é trabalho algum! Eu só vou cortar um pedaço pra você...

Nora gritou sem querer.

— Eu não quero droga de torta nenhuma, Fliss, vá *embora*!

O sorriso de Fliss vacilou por um momento como uma lâmpada piscando, e voltou em seguida.

— Vou guardar alguma coisa para mais tarde — disse ela, enquanto Nora batia a porta.

Não sabia quanto tempo havia se passado quando a voz de Grace soou do patamar da escada.

— Eles já foram — chamou ela. — Quer um pouco de chá de sol? Mais ou menos metade é gim.

Nora abriu a porta, mais pelo sorriso na voz da vizinha do que pelo gim. Grace estava em seu velho roupão com os dragões chineses desbotados; era leve demais para a noite fria de março, mas ela nunca parecia sentir frio.

— Venha até aqui — convidou, oferecendo o copo. — Acrescente uma flor à minha muito estendida trepadeira na parede e eu te conto todas as fofocas que você perdeu esta noite.

— Eu magoei a Fliss, não foi? — disse Nora, resignada, atravessando o corredor para o apartamento ao lado.

— Humm, com os ingleses, é difícil saber. O verniz exterior de boas maneiras tem um quilômetro de profundidade. Talvez dois quilômetros naquela ali. — Grace fechou a porta, seu quarto pequenino no estado usual de bagunça depois de um jantar de quinta-feira: copos espalhados, bitucas de cigarro em um velho pires que servia de cinzeiro. — Na verdade, as fofocas esta noite foram todas sobre você.

Nora ficou tensa.

— Foi mesmo muita gentileza sua não vir, porque a pobre Arlene pôde enfim deixar de lado o assunto de sua dieta mais recente para falar do seu anel. Ela estava quase morrendo por ter que ficar no mesmo aposento com um diamante daquele tamanho e não falar sobre ele. Principalmente porque o Harland dela, seja lá quem ele for, ainda não lhe deu um.

Constrangida, Nora virou o diamante para o lado de dentro do dedo do jeito que Xavier fazia.

— Eu não estou noiva. Eu só... é que ele não está por aqui para eu devolver e não posso deixar isto jogado em qualquer lugar.

— Uma pedra desse tamanho? Claro que não. — Grace lhe deu seu sorriso de olhos sonolentos. — Mas você não precisa usá-lo nesse dedo específico.

Nora ficou em silêncio.

— Cheguei a te contar que tenho um homem novo na minha vida? — Grace se virou para a janela e levantou a vidraça. — Ele é meio solitário, mas deve estar no clima de aparecer a esta hora... Ah, sim, aqui está ele.

Um gato ruivo e magro veio serpenteando pela saliência do lado de fora e entrou pela janela, descendo até o chão em um pulo bem treinado.

— A Crocheteira Nilsson vai esfolar você — avisou Nora. — Não são permitidos animais de estimação.

— Mas esta casa precisa de um bichinho. Todas as casas precisam, para ser um lar de verdade. — Grace se abaixou para afagar o gato, que estava se enroscando pelos tornozelos dela com um "miau" rouco. — Que se dane a Crocheteira. O que os olhos não veem o coração não sente.

— Esse é o lema da sua vida?

— Tem funcionado até aqui. — Grace despejou leite em um pires para o gato, que o lambeu rapidamente e depois saiu rebolando pela janela sem nem olhar pra trás. — Eu gosto de um homem que vai embora sem deixar bagunça — comentou Grace. — Raridade no sexo masculino. Pensei em chamá-lo de Vermelho, o que acha?

Nora se sentou de repente na beira da cama estreita de Grace.

— Eu estou me roendo por dentro por causa de um gângster e não tenho ideia de como parar com isso.

Grace pegou o copo da mão de Nora, tornou a enchê-lo da jarra na caixa térmica, despejou mais uma dose de gim e o entregou de volta.

— Ah — disse ela, acomodando-se em sua poltrona velha como o seu gato.

— Você não parece exatamente surpresa. Todo mundo sabe? — Nora não pôde deixar de perguntar. — Fliss? A sra. Nilsson?

— Não... Eu juntei dois mais dois. Aquela estola linda que apareceu com você, e todas aquelas visitas para passar a noite com a família. E o Pete disse alguma coisa sobre o homem que foi à Moonlight Magnolias comprar flores para você. "*Ele* tem uma testa angulosa e cruel", foi como Pete o descreveu, com um pouquinho de inveja. Ele ainda tem uma quedinha por você, claro.

— Não vai ter por muito tempo, quando ficar sabendo. Até meu *chefe* sabe — Nora explodiu. — Ele me chamou na sala dele hoje... Não sei como descobriu, o Xavier manteve meu nome fora de tudo nos jornais, mas o sr. Harris sabia. Homens do governo, eles falam entre si. Ele deve ter ouvido de um advogado ou de alguém na polícia. Ele *sabia*.

Grace soou preocupada.

— Você foi demitida?

— Eu vou ser — respondeu Nora, com a voz trêmula — se causar qualquer constrangimento para os Arquivos Nacionais.

— Meu Deus, eles podem fazer isso?

— É claro que podem. Mesmo meu trabalho e minha conduta nunca tendo sido menos que exemplares. Mesmo não sendo da conta deles com quem eu saio na minha vida particular. Mesmo sendo inimaginável que eles perguntassem a um homem com quem ele está saindo em suas horas vagas. — A fúria fervilhava em seu estômago ao se lembrar da expressão de censura do sr. Harris enquanto lhe fazia sua preleção. O *potencial* dela; as *responsabilidades* com os Arquivos. Que vontade ela sentiu de se levantar e lhe dizer que não era nenhuma adolescente rebelde que precisava levar um tapinha na mão e ser mandada de castigo para o quarto, que era uma mulher adulta e ele podia pegar sua preleção e enfiar onde quisesse.

Mas o emprego. O emprego que ela se empenhou tanto para conseguir; o emprego que a estava levando lenta, mas seguramente, para fora de Foggy Bottom.

— Eu poderia perder tudo — disse ela, a voz tão baixa que mal conseguia ouvir a si mesma. — Porque, sim, poderá ser visto como um *constrangimento* se a secretária pessoal do diretor-executivo dos Arquivos Nacionais continuar em um relacionamento com um homem que está sendo julgado por homicídio qualificado.

E, quando isso era dito dessa forma, a preleção do sr. Harris parecia inteiramente justificada, não? Os fatos eram tão nítidos, quando não estavam todos embaralhados com o jeito como Xavier conseguia derreter seu coração ao se abaixar para brincar de luta com Duke, o jeito como ele escutava quando ela falava, como se estivesse memorizando cada palavra, como ele a desmontava inteira só de subir um dedo lentamente pelas suas costas. Nada disso importava. Ele era um homem sendo julgado por homicídio e ela estava usando o anel de diamante dele na mão esquerda, e não sabia como tinha se deixado chegar tão fundo.

— Fui tão cuidadosa... — murmurou em seu copo de chá de sol. — Eu me queimei uma vez... e disse que nunca mais. E aqui estou eu, bem no meio de mais uma maldita fogueira.

— Você deve gostar do calor — comentou Grace.

— Eu me sinto como se estivesse drogada — explicou Nora. — Ele entra no quarto e sobe pelas minhas veias como fumaça. Mesmo sendo um assassino.

— Homens cometem assassinatos por muitas razões. — As unhas pintadas de vermelho de Grace tamborilaram em seu copo. — Ele pelo menos teve um bom motivo?

— Uma pessoa me machucou. Mas isso não é desculpa. O que *ele* fez, tomando a lei nas próprias mãos, isso me machuca também.

— Você tem uma grande fé na lei.

Nora pensou na Declaração de Direitos, que ela via em exposição todos os dias.

— A lei não é perfeita, mas é aperfeiçoável. Se zombarmos disso, vamos estar cuspindo em nossas próprias fundações.

— Deixe de ser pomposa, Tipperary. Você é jovem demais para isso.

— Tá, isso pode até parecer pomposo. Mas ainda é no que eu acredito. Porque, sem a lei, o que resta é a força. E, então, as mulheres *sempre* saem prejudicadas, em vez de apenas *quase sempre* — concluiu ela, com amargura.

— Então... o seu gângster às vezes é um homem violento. Mas ele é mau? É fraco?

— Não — declarou Nora. — Se fosse, eu poderia ir embora sem nem olhar para trás. — Como ela fizera com George. Que agora estava morto, e ela não conseguia lamentar. Só o jeito que aconteceu. Ela fechou os olhos antes que as lágrimas transbordassem. — Não precisa fingir que não está com desgosto de mim — falou. — Eu tenho desgosto de mim mesma.

— Eu estaria mais inclinada a sentir desgosto se você estivesse perdidamente apaixonada por um homem *fraco* — respondeu Grace. — Homens violentos, bem, eles têm seu uso. Nações tendem a se formar com homens violentos.

— Elas não...

— Elas sim — Grace revidou. — As fundações de leis como as que você louva tanto; elas foram estabelecidas por quem? Homens que não têm medo de sujar os dedos de sangue ou jogar chá no mar em portos. Esta nossa nação decidiu deixar de lado seu início violento, pelo menos em alguns aspectos, e tentar estabelecer a base de nosso futuro em algo mais racional. Mas isso não significa que não tenham sido homens violentos que puseram em movimento esse experimento norte-americano.

Nora admitiu que ela poderia ter razão.

— Por acaso você é professora de história agora?

— Apenas uma mulher que já pensou muito nas suas origens. Na minha, e na da minha nação, e nos homens violentos que participaram de ambas. E posso lhe dizer... — Grace passou um dedo em volta da borda do copo. — Homens violentos que também são inteligentes e fortes não são completamente causas perdidas. Eles podem aprender modos diferentes de agir, se quiserem. São os *fracos* que causam mais danos. Nada produz mais estragos que um homem fraco. Porque eles nunca aprendem, então só vão seguindo alegremente, deixando dor e destruição por onde passam.

— Meu irmão é assim.

— Interessante. — Grace inclinou a cabeça, um punhado de cachos descendo sobre um ombro. — Você me contou que estava apaixonada por um gângster antes mesmo de me dizer que tinha um irmão.

— Porque eu o desprezo — disse Nora, sem levantar a voz. — Meu irmão e boa parte da minha família.

— Por quê?

Ela não havia contado a Xavier essa parte. Não tinha ousado. Não sabia por que estava contando para Grace naquele momento. Talvez fosse o gim no chá de sol, que começava a esquentar seu estômago... mas as palavras foram saindo, hesitantes, roucas. George Harding; o caso com ele aos 18 anos. A *tática de conquista de homem das cavernas* que a fez parar no hospital.

— Havia coisas piores à minha espera quando cheguei em casa — disse Nora, em uma voz monotônica. — Minha mãe à minha espera, Timmy ao lado dela. Ela queria saber se o George tinha me engravidado. Eu achava que não... Fui burra de me envolver com ele, mas não burra o suficiente para deixar ele se deitar comigo sem usar... você sabe. — Nora já não era mais exatamente uma boa garota irlandesa, mas ainda não sabia como fazer sair alguma das palavras para *preservativo*.

— Ainda bem — comentou Grace.

— Eu disse para a minha mãe que tinha tomado cuidado, mas ela não acreditou em mim. E não quis esperar para ver se minha menstruação viria, porque sua moral estava em jogo. — O horror instintivo; o pecado mortal. — Então, sua rota de fuga foi que nós íamos garantir logo, antes que qualquer coisa acontecesse. Garantir que eu não estivesse grávida, que eu não ia desgraçar a família. Ela pôs uma caneca de um chá horroroso na minha frente e, quando eu me recusei a beber, Timmy começou a gritar. A me dizer que nosso pai estava se revirando no túmulo, me dizer que eu era uma prostituta e uma desgraça. Eu perguntei qual era a maior desgraça, ser uma prostituta ou ser um policial corrupto que vai atrás das prostitutas escondido da esposa e, quando minha mãe começou a vir em defesa dele e dizer que eu não tinha moral para falar nada, eu disse que pelo menos não estava pregando a sacralidade da vida enquanto enfiava um chá abortivo pela garganta da filha. E foi quando minha mãe me disse que, se eu não bebesse aquela caneca inteira, ela ia me pôr para fora de casa naquela mesma noite, e o Timmy a apoiou.

Grace estava em silêncio. Nora se concentrou em respirar. Inspira, expira. Inspira, expira.

— Eu não tinha para onde ir — prosseguiu ela, baixinho. — Sem dinheiro, sem amigos que fossem ficar do meu lado contra a minha família. Então eu bebi. Não estava grávida, sabia que não estava, então aquilo só me deixou terrivelmente doente por uma semana. Passei aquela semana inteira planejando quando eu poderia me mudar dali. Minha mãe não entendeu quando desci com minha mala poucos meses depois, quando consegui economizar o suficiente do meu salário nos Arquivos Nacionais para pagar um mês de aluguel adiantado por este quarto. Ela ficava me perguntando por que eu estava fazendo um drama, afinal, ela e o Tim não tinham ficado do meu lado? Eu disse que nunca mais queria falar com ela, mas ela ainda telefona e joga a culpa em cima de mim. E, mais ou menos a cada mês, o Tim aparece e leva embora meu dinheiro do aluguel quando a carteira dele esvazia. E está tudo bem pra ele, e está tudo bem para a minha mãe também, porque "meninas ajudam seus irmãos, *deirfiúr bheag*".

Inspira, expira. Inspira, expira.

— Sabe o que é mais engraçado? — Nora virou o restante do chá. — Eu poderia contar isso para o Xavier e ele daria um jeito. Ele tiraria minha família da minha vida em um piscar de olhos. Espancaria o Tim até deixá-lo no chão e ameaçaria mandá-lo para a prisão por corrupção se ele ou minha mãe tentassem falar comigo outra vez. — Ela finalmente se permitiu encontrar o calmo olhar castanho-dourado de Grace. — E, Mãe de Deus, como às vezes eu me senti tentada a contar.

— Você foi traída por um homem fraco do lado certo da lei, daí procurou um homem forte do lado errado dela. — Grace inclinou a cabeça. — Por que *não* deixar ele dar um jeito no seu irmão? Ou pelo menos dar um bom susto nele.

— Porque a gente não deve acreditar na lei só quando nos convém. — Nora recostou-se, traçando com um dedo a trepadeira pintada na parede. — E porque o Xavier é como uma bomba atômica. Quando explode, não dá para ter ideia do dano. Eu preciso de um bisturi aqui, não de uma bomba. Preciso lavar minha própria roupa suja.

— Sua roupa suja está no momento roubando seu dinheiro do aluguel — Grace a lembrou.

E meu namorado pode estar indo para a cadeira elétrica, Nora pensou.

Como se estivesse lendo sua mente, Grace disse:

— Ele pode ser absolvido. Sair limpo.

Nora olhou para o enorme diamante em seu dedo.

— Mas ele é *culpado*, Grace.

— Mesmo assim, você não quer que ele morra.

— Não, não quero que ele morra. Mas não sei o que *mais* querer. Está um turbilhão aqui dentro de mim. — Nora olhou para Grace, sentada ali, tranquila. — Queria ser mais como você — ela se ouviu dizendo. — Toda controlada e autossuficiente.

— Levei muito tempo para chegar aqui, Tipperary. Tive minha cota de turbilhão. — Grace dobrou um joelho e apoiou o cotovelo nele. — O que você vai fazer se ele sair?

A pergunta ecoou dentro do crânio de Nora.

— Não sei.

— Quando ele vai a julgamento?

— Fim de março.

— Bem — disse Grace, levantando-se. — Você não é uma pessoa hesitante, Nora Walsh. Sugiro fortemente que tenha uma decisão tomada quando os jurados tomarem a deles.

Nora pôs seu copo vazio de lado, incapaz de não pensar em voz alta:

— Por que nada disso choca você, Grace? *Nada* choca você?

— Muito pouco. — Grace sorriu sobre seu ombro, com um sorriso de lado. — Nos dias em que eu não era tão controlada e autossuficiente, eu também me envolvi com minha cota de homens fracos... e homens violentos.

NORA LAMENTAVA PELOS ROSENBERG, SINCERAMENTE. MESMO SE fossem culpados, não havia como ver seus rostos assustados e abatidos nos jornais e não sentir pena. Mas, ao mesmo tempo, ela agradecia que o julgamento deles consumisse todos os jornais da cidade. Porque, no dia em que os jurados pronunciaram o veredicto de culpados para os Rosenberg, oito homens e quatro mulheres entravam em um tribunal diferente para ouvir as acusações contra Xavier Warring Byrne... E ninguém, felizmente, estava prestando atenção nisso.

Eu não vou ao julgamento, Nora havia prometido a si mesma, e isso se manteve nos sete primeiros dias. Não era notícia de primeira página; esta continuava dedicada a especulações sobre qual seria a sentença que o juiz ia determinar para os Rosenberg, mas as páginas internas do *Evening Star* e do *Washington Post* traziam atualizações suficientes para dar uma boa ideia do avanço do julgamento. "Os jurados ouviram que o tiro matou à queima-roupa." E "'Eu tive que fazer isso', diz Byrne; Ameaça feita por Harding relatada por garçonete." E, por fim, "Julgamento de Byrne por homicídio deve se estender pela próxima semana".

Eu não vou, Nora repetiu. Mas, na manhã depois de ter lido "Byrne vai testemunhar em sua própria defesa", ela se viu alegando gastroenterite nos Arquivos Nacionais, parecendo tão pálida e doentia que nem a sra. Halliwell se mostrou cética, e seguiu para o tribunal.

Felizmente, estava lotado, então ela conseguiu entrar despercebida e ficar no fundo, à sombra de uma mulher com um chapéu enorme. Pela volta da aba do chapéu, viu um grupo de homens de terno escuro na frente, alguns rostos conhecidos do Amber Club. Quanto aos dois homens de rosto impassível na frente, ela não teve dificuldade de identificar: os tios de Xavier.

O juiz, calvo, de expressão feroz como um galo de briga; os jurados, doze borrões sem rosto em sua banca, tudo era embaçado até Xavier subir à tribuna. E Nora teve que baixar a cabeça depressa e engolir a fisgada visceral em suas entranhas que a visão dele ainda produzia nela.

Ele estava fazendo o juramento; estava jurando dizer a verdade, somente a verdade, nada mais que a verdade, em nome de Deus. *Seu mentiroso,* pensou Nora. Parecia mais magro, inescrutável, nenhuma insinuação de sorriso no canto da boca. Sentou-se em seu terno azul, recostou-se na cadeira, à vontade.

— O júri já ouviu que George Harding o seguiu pela escada até o segundo andar à uma e cinquenta da madrugada do dia em questão — começou, enfim, o advogado de Xavier, com um jeito benevolente. — Poderia nos contar por que o senhor subiu a escada?

— Eu tinha visto George Harding entrar no clube e ouvi que ele estava querendo me matar. — Xavier falava com perfeita tranquilidade, respondendo a uma pergunta por vez. Nenhuma menção ao roubo em Macomb Street; tudo aquilo sido varrido para baixo do tapete. Apenas um homem agindo em autodefesa, sacando a arma quando um ex-funcionário ressentido apontou para ele primeiro.

— Quantas vezes o senhor disparou o gatilho? — indagou o advogado.

— Três.

— Por que três?

— Na Marinha, nós aprendemos a mirar o centro e atirar até o alvo cair.

Xavier falava como se estivesse pedindo um sanduíche de bacon e tomate no Crispy Biscuit. Calmo como água gelada. Ninguém naquele júri jamais acreditaria que um homem como aquele poderia jogar uma bola de tênis incontáveis vezes para seu cachorro, ou ler o jornal da manhã com a cabeça da namorada em seu colo, brincando distraidamente com uma mecha de seu cabelo…

Houve um intervalo antes do exame cruzado, e a mulher mais velha sentada ao lado de Nora parecia indignada.

— É bom que não peguem pesado demais com ele. O sr. Byrne é uma pessoa importante em Foggy Bottom! Não seria o mesmo sem ele e aquele cachorro nas vizinhanças, de olho nas coisas.

— Ele não é...? — Nora indicou com a cabeça o bloco de homens Warring na frente. — A senhora sabe.

— Pode ser, mas ele fez mais pelo bairro do que qualquer um desses promotores e juízes. — A mulher fungou. — Não estou dizendo que é certo violar a lei, mas alguns dos que fazem isso são melhores do que essas fraudes de terno chique que não bebem, não fumam, não jogam, mas não lhe dariam um centavo do próprio bolso ou um minuto do próprio tempo. Só porque um homem vai contra a lei não quer dizer que ele não possa ser bom. *E* vice-versa.

Nora pensou de passagem em Timmy com o uniforme da polícia, enfiando a mão em sua carteira.

Exame cruzado. As perguntas eram disparadas como balas. Não era verdade que o sr. Byrne andava armado muito antes da noite em questão?

— Sim. Mas eu nunca tive nenhuma intenção de atirar em George Harding.

— No entanto, o senhor atirou nele, não? — vociferou o promotor.

— Sim. — Ali estava o sorriso, o gume de faca no canto da boca, que desapareceu tão rápido que seria preciso conhecê-lo muito bem para ter visto. Nora viu. — Eu atirei.

E, no dia seguinte — no dia em que todas as manchetes bradavam "Rosenberg sentenciados à morte; Julius & Ethel enfrentam a cadeira elétrica" —, Nora encontrou a notícia na página quatro, dizendo: "Júri absolve Byrne de homicídio; condena por acusação secundária."

Colcannon da Nora

6 batatas, cortadas em pedaços de 2 centímetros
6 colheres de sopa de manteiga sem sal, e mais para servir
1 xícara de creme de leite fresco
1/3 a 1/2 xícara de bacon cozido e fatiado grosso (opcional)
Sal e pimenta-do-reino moída na hora
3 xícaras de couve-toscana (kale) cozida e picada

1. Coloque os pedaços de batata numa tigela grande, cubra com água e deixe descansar por pelo menos uma hora para remover o amido. Isso melhorará a textura.
2. Encha uma panela grande (pelo menos 7,5 litros) com água e ponha no fogo até ferver. Acrescente as batatas e ferva por cerca de 15 minutos. Quando a batata puder ser facilmente furada com um garfo, remova a panela do fogo. Deixe descansar por 2 minutos e escorra a água. Volte as batatas para a panela.
3. Adicione 3 a 4 colheres de sopa de manteiga e um punhado de creme. Amasse as batatas com um espremedor ou mixer, acrescentando lentamente o restante da manteiga e do creme até obter a consistência desejada. Adicione o bacon, se for usar, reservando um pouco para decorar, depois tempere com sal e pimenta a gosto.
4. Adicione a couve-toscana e metade das cebolinhas. Bata com força com uma colher de pau, incorporando tanto ar quanto possível na mistura.
5. Transfira a mistura para um prato de servir e abra uma cavidade no centro. Coloque 1 ou 2 punhados de manteiga, o restante das cebolinhas e o bacon reservado, se estiver usando.
6. Saboreie sozinha em um dia difícil, com goles de uísque Jameson, enquanto ouve "If", de Perry Como.

O Dia de São Patrício era a maior das festas para a família Walsh. Naquele ano, foi celebrado com atraso: a catapora tinha se espalhado dos filhos de Tim para todos os primos, portanto, o enorme almoço familiar, o barril de cerveja verde, as fitas coloridas e os trevos foram adiados até que todos parassem com as crostas e as coceiras. Dois dias depois que Xavier foi sentenciado a um ano de prisão por porte de arma letal, Nora foi até a casa de sua família levando uma grande panela de colcannon.

Ela pensou em usar a estola de chinchila de Xavier e o batom mais vermelho que encontrasse, e chegar lá com cara de mulher de gângster, já que sua família havia, sem dúvida, ouvido histórias. No fim, acabou pondo seu velho vestido verde de estampa de raminhos e sapatos bicolores de cadarço e chegou com cara de filha de sua mãe; da *deirfiúr bheag* de Timmy.

— Nora! — a esposa de Tim, Siobhan, a cumprimentou à porta. — Não vejo você há séculos. Pega o bebê pra mim?

— Desculpe — disse Nora, equilibrando a panela. — Mãos ocupadas! — Ela foi passando pelo meio da confusão de tias e tios, primos e primos e mais primos, até a mesa que já rangia sob o peso da comida. Exceto pelo grande número de distintivos policiais, parecia muito um almoço da família Warring.

Nora pegou um copo da cerveja verde que o irmão tinha trazido do Dailey's e encontrou um canto para se sentar, de pernas cruzadas. Normalmente, esperava-se que uma filha Walsh fizesse as rondas no Dia de São Patrício: fosse falar com todos os parentes e os deixasse perguntar por que ela ainda não estava casada; brincasse com qualquer bebê que fosse colocado à sua frente; levasse para a cozinha os pratos sujos que qualquer homem Walsh lhe entregasse. Desta vez, Nora ficou sentada no seu canto como Xavier, bebendo sua cerveja, respondendo aos vários olhares curiosos com a piscada fria e lenta dele, observando os olhares se afastarem depressa. Como Xavier, estava esperando que seu alvo viesse até ela.

— Nora, querida, você finalmente voltou! — Tim veio até ela de braços abertos, as bochechas já coradas de uísque. Parecia felicíssimo por vê-la. Era sempre assim. Nora se perguntou se ele de fato não se lembrava dos nomes pelos quais a havia chamado. *Puta, prostituta, vagabunda*. Se ela mencionasse o assunto, ele provavelmente faria cara de magoado e diria algo como *Águas passadas, certo?*.

Tim lhe contou as fofocas da família, e Nora assentiu e sorriu, esperando que ele começasse a soltar insinuações sobre quando ela ia voltar para casa, dar uma mãozinha a Siobhan com as crianças... seria só até Nora se casar, claro.

— Imagino que você não tenha um rapaz decente para trazer para o almoço de domingo, tem? — perguntou Tim, por fim. — Porque nós ouvimos coisas...

— Não tem nada para ouvir, Tim — disse Nora. Ela dissera o mesmo no dia anterior para o sr. Harris, garantindo-lhe que não havia nada e ninguém em seus relacionamentos que fosse trazer constrangimento para os Arquivos Nacionais. Disse isso com um tom frio que o fez enrubescer. Assim, ele pensaria duas vezes antes de se meter nos assuntos pessoais de uma subordinada outra vez.

— Escuta, Nora… — Tim baixou os olhos para sua cerveja verde. — Já que você está aqui…

Nora olhou para a escada, enlaçada em papel crepom verde e trevos de papel.

— As crianças fizeram um belo trabalho na decoração este ano.

— Não é? Escuta, me empresta alguma coisinha até meu próximo pagamento? Eles fizeram uma vaquinha no distrito para um colega que está de licença com a perna quebrada. Não dá pra ser mão de vaca em horas como essa…

— Ou quando chega a hora de apostar cinco pra um em um cavalo que ainda está correndo para trás em algum lugar em Pimlico? — Nora pousou seu copo de cerveja.

Tim lhe deu aquele seu charmoso sorriso de lado.

— Eu nunca fui capaz de enganar você, *deirfiúr bheag*. Mas, vamos lá, só uns dólares, uma nota de cinco, se você tiver uma aí…

Nora esperou até ele estender a mão para a bolsa que ela havia deixado aberta em seu colo. Então, bateu o fecho de metal nos dedos dele, com força.

— Ai! — Ele recuou com um resmungo surpreso. — Ah, Nora, por favor…

— Cala a boca. Agora você vai me escutar, Timmy. Eu nunca mais vou te dar um centavo, ouviu bem? Você nunca mais vai aparecer nos Arquivos Nacionais ou na Briarwood House. Se aparecer, eu não vou hesitar em fazer um escândalo. — Havia coisas piores, Nora tinha aprendido, do que um escândalo em público. — Você nunca mais vai me roubar. Ou, Deus é testemunha, vai lamentar a porra do dia em que tentar fazer isso.

O linguajar dela claramente o chocou mais do que qualquer outra coisa.

— O que deu em você?

Nora sorriu o sorriso de Xavier, como o brilho de um gume de faca no inverno.

— Diga. Diga que vai me deixar em paz. Ou…

— Ou o quê? Aquele mafioso no seu bolso vai…

— Eu não tenho um mafioso no meu bolso, Tim. Tenha medo de *mim*. Porque eu posso fazer você ser expulso da polícia sozinha. Todas as coisas que você fez, os subornos e as propinas? Tente enfiar essa sua mão na minha carteira outra vez e vou lavar sua roupa suja na frente de todo *mundo*. — Ameaças como aquela não funcionariam com George Harding, que logo teria dado um soco em Nora que a mandaria para o outro lado da sala, e não teriam funcionado com muitos dos outros homens Walsh também, aqueles que não se incomodavam de soltar a mão na cara das esposas e o cinto nas costas dos filhos.

Mas ameaças funcionariam com Tim. Porque ele era fraco, e Nora tinha aprendido algumas coisas sobre homens fracos. Sobre homens fracos e sobre como ser aterrorizante.

— Caramba, Nora. — Ele parecia muito magoado, os olhos cheios de *Como você tem coragem?*.— Eu sou da família. Isso não…

— Quer dizer nada? — Nora se levantou, sentindo a cabeça um pouco tonta. — Não quer dizer absolutamente nada, Timmy. Você garantiu que fosse assim. — Então, ela passou a alça da bolsa por um braço e se encaminhou para a porta sem olhar para trás. Sentia os olhos perplexos dele às suas costas.

— Já vai embora, Nora? — Sua mãe a cercou junto à mesa abarrotada da cozinha, com o rosto vermelho e reprovador. — Eu estava contando com você para me ajudar a assar a carne, e depois ficar com o bebê da sua prima Deirdre. E, por falar em bebês, o Timmy Junior não está cabendo mais nas roupas e seria muito útil para o seu irmão só um pouquinho…

Nora sorriu o sorriso de Xavier para a mãe, viu quando ele a atingiu e baixou a voz.

— Mãe, saia de trás de mim. Pare de telefonar, pare de encher, pare com *tudo*. E se você ou o Timmy tentarem mais uma vez pegar meu dinheiro do aluguel, eu vou denunciá-lo para o *Washington Post* por estar na folha de pagamento da família Warring.

Nora continuou e passou pela mesa, mas não tão rápido a ponto de não ver o rosto da mãe empalidecer.

— Você não tem nenhuma prova — a mãe sibilou, estendendo depressa a mão para segurar o cotovelo de Nora. Nem um pouco chocada porque Tim recebia suborno; todos faziam isso. Só chocada por isso poder se tornar público. — Você não tem nada!

Nora a olhou nos olhos. Não podia mentir para Xavier, assim como ele não podia mentir para ela, mas não tinha nenhum problema em mentir para o sangue do seu sangue. E Tim poderia esquecer o que ela disse hoje, mas sua mãe nunca esquecia nada.

— Eu tenho provas, mamãe. E não me incomodo se ele for para a cadeia. Então, fiquem fora da minha vida.

NORA SE SENTOU À MESA DA SALA DE VISITAS, DOBRANDO PRECISAmente as mãos à sua frente. Ela havia passado por todas as barreiras, ouvido todas as regras dos guardas do lado de fora. Os olhos de Xavier a saborearam, do coque banana aos sapatos de bico fino, demorando-se no diamante em seu dedo. Ele sorriu, depois apontou em silêncio para o teto. Ela assentiu. Era tolice pressupor que ninguém estivesse ouvindo.

— Suponho que um dos seus tios tenha conseguido esta visita privativa — disse ela. — Foi o que me trouxe até aqui?

Xavier confirmou com a cabeça. Parecia tão relaxado na roupa da prisão quanto em um de seus ternos caros de três peças.

— O que achou dele?

Baixo, magro, energético, duro como granito, sem fazer nenhuma pergunta a ela durante o breve trajeto. O tio que Xavier descrevia como o cérebro da família, o que dirigia tudo.

— Acho que ele é uma prévia tolerável de você daqui a alguns anos. — De fala baixa, respeitoso, leal. No mínimo uma pena de prisão. Nenhuma brandura. O homem que comandava a cidade, ou pelo menos as partes sombrias. — Ele me disse que você vai cumprir a pena inteira aqui — continuou Nora, conseguindo limpar a garganta. — Um ano parece muito só por portar uma arma letal.

— O juiz fez questão de que eu pegasse a pena máxima. — Seu namorado não parecia bravo ou ressentido. *Ele é do tipo que pode enfrentar bem um tempo na prisão,* o tio de Xavier tinha dito no caminho, com aprovação. — *Não vai afetá-lo em nada.* Nora não imaginava mesmo que fosse afetar.

— Os Rosenberg vão pegar a cadeira elétrica — disse ela. — Eu… fico feliz que não tenha sido assim pra você.

— Você veio me ouvir depor.

— Você me viu?

— Sempre. — Xavier hesitou. — Sinto muito por você ter tido que ouvir aquilo.

— Ouvir você mentir?

— Eu não minto. Não pra você. — O rosto dele era impassível. — Eu disse que não tinha nenhuma intenção de atirar em George Harding, e não tinha mesmo.

Você só fez correr a notícia de que ele era um homem morto para que ele viesse atrás de você, Nora pensou, olhando seu namorado nos olhos. *Não precisou* ter intenção *de nada. Foi só planejar as coisas para poder atirar nele em autodefesa.*

Exato, os olhos de Xavier disseram de volta. Mas ele mudou de assunto.

— Vou estar em casa daqui a um ano. Talvez menos, por bom comportamento. O Duke está com a minha irmã, mas ela não é muito chegada em cachorros. Eu preferia deixá-lo com você.

— A sra. Nilsson não permite animais.

— Ela vai permitir, se eu mandar um punhado de dinheiro. Mas ele é cachorro demais para aquele seu quartinho. — Xavier fez uma pausa. — Você poderia ficar na minha casa em Macomb Street. As contas já estão pagas, a Louise cuida da casa. Minha família, eles vão lá ver se está tudo...

— Xavier...

— ...e daqui a um ano eu estarei de volta. — Ele estendeu a mão sobre a mesa, tocou o dedo anular dela. Um toque muito suave. — E aí nós vamos oficializar as coisas.

— E você vai voltar para o Amber Club.

— É onde eu trabalho. Sou um empresário.

Nora inclinou a cabeça.

— E se... *isto*... acontecer outra vez, algo como isto? Você faria de novo?

Nenhuma resposta.

— Você não é só um empresário, Xavier. — Nora tirou o grande diamante redondo do dedo e o colocou sobre a mesa. — Eu te amo. Mas jamais mentiria em um tribunal por você. Não é da minha natureza. E você tem como me garantir que isso nunca mais vai acontecer, enquanto você estiver nesse negócio?

Ele continuou em silêncio.

— Eu agradeço sua sinceridade. — Ela pôs o anel no bolso para entregá-lo ao tio dele, se levantou, dirigiu-se para a porta.

— Nora.

Ela se virou de volta. Olhos escuros em cavidades cansadas, ainda fazendo sua espinha formigar. Ainda o anzol em suas entranhas. Ela achava que isso não passaria nunca. Ainda o sentia enchendo suas veias como uma droga.

— Estou fora daqui em um ano — disse. — Deixe-me tentar fazer você mudar de ideia então.

— Na nossa primeira noite, você disse que iria embora quando eu te dissesse para ir. E disse que tinha um fraco por causas perdidas. — Nora abriu a porta, falando sem se virar para ele. Teve que engolir em seco para dizer as palavras, mas elas saíram firmes. — Eu não sou causa perdida de ninguém. E estou dizendo para você ir embora.

***

— Sra. Muller — disse Nora, ao chegar de volta à Briarwood House, quase colidindo com a velha senhora no saguão. — A senhora estará no quarto da Grace quinta-feira? Talvez possa acrescentar uma flor à trepadeira na parede...

— Não — respondeu Reka Muller, falando inglês pela primeira vez, que Nora se lembrasse. — Não, absolutamente não, nunca.

— Ahn, está bem — disse Nora, surpresa, e subiu para o quarto, planejando um jantar sozinha, com sobras de batatas amassadas com manteiga e couve-toscana comidas direto da panela. Sozinha, mas não solitária. Ela era a srta. Walsh dos Arquivos Nacionais, possivelmente a futura chefe de Prédios e Terrenos, a primeira mulher promovida a essa posição em todos os tempos. Ela ia testemunhar um dia, logo mais, a Declaração da Independência e a Constituição serem trazidas para a Rotunda: seis páginas de pergaminho protegidas em caixas de vidro preenchidas com hélio, escoltadas da Biblioteca do Congresso pela Banda do Exército, o Corpo de Tambores e Clarins da Força Aérea, um veículo blindado de transporte de pessoal do Corpo de Fuzileiros Navais, pelas avenidas Pennsylvania e Constitution. Terminaria trocando um olhar de cumplicidade, estonteante prazer, com uma jovem funcionária negra vestida com orgulho em um uniforme de gala que havia sido parte do cordão de escolta nos degraus da biblioteca; ouviria o presidente Truman falar enquanto os documentos fossem colocados em seus lugares; esperaria até a Rotunda estar vazia e ela poder olhar as caixas de vidro sozinha, admirando suas fundações. As fundações de todos os demais, mas também só dela. Sairia da Rotunda, pregando um sorriso sobre aquela fisgada em suas entranhas, a fumaça sedutora em suas veias.

Srta. Walsh. De coração partido. Mas dona de si.

Dia de Ação de Graças, 1954
Washington, D.C.

A Briarwood House está ficando impaciente. O corpo foi removido do apartamento de Grace e transportado para o necrotério; a polícia andou por toda parte tirando fotos de tudo; as testemunhas foram agrupadas na cozinha. Quando será que as coisas vão começar a ficar interessantes? Isto não foi de forma alguma como *Dragnet*, pensa a casa com desaprovação. O sargento Joe Friday já teria uma teoria a esta altura, teria dito "Apenas os fatos" pelo menos uma vez. (A casa ficou viciada em *Dragnet* desde que Pete começou a ver o programa na TV de Grace no ano passado.) Mas este detetive careca e seu parceiro claramente não são Joe Friday e o agente Smith.

Talvez seja melhor assim, a casa pensa. Afinal, há muita coisa em jogo esta noite. Não é só quem vai sair daqui algemado. É muito, muito mais.

— Eu aposto no ex-condenado — diz o detetive para o parceiro, ainda de olho em Xavier Byrne, que está encostado na pia da cozinha, olhando à sua volta com perfeita calma. Ele não está calmo, claro; a casa sabe disso e faz uma pequena brisa refrescante passar pela cozinha sufocantemente quente a fim de tentar suavizar um pouco o clima. A Briarwood House nunca se meteu muito com a paixão dos outros até Xavier aparecer para derrubar Nora de cima de seus sapatinhos elegantes. Céus, aquela primeira noite no 4A havia deixado a casa tão excitada que a caldeira superaqueceu por uma semana. — Todos os outros estão morrendo de medo de ir contra ele — o detetive continua. — É por isso que ninguém fala.

A casa reviraria os olhos, se os tivesse. Joe Friday não estaria se concentrando no ex-namorado de Nora ou em por que ele está aqui esta noite ou por que ele não está tão calmo quanto finge estar. Não, Joe Friday estaria mais interessado em por que o grupo reunido na cozinha ainda parece tão tenso, e não é porque Xavier Byrne está lá. Joe Friday estaria perguntando por que tantas das mulheres neste aposento estão com pingos de sangue secos no corpo, como se tivessem se sentado em um círculo para assistir ao assassinato lá em cima… e, no entanto, nenhuma dessas mulheres está gritando ou apontando o dedo umas para as outras.

— Vamos lá, é hora de separar esse grupo — o detetive finalmente diz. — Ter algumas respostas, fazê-los falarem. — Ele avança para a cozinha, alvo imediato de todos os olhares e, por pura maldade, a casa enruga a ponta do tapete e ele tropeça. — Pois bem, pessoal…

O gato ruivo de Grace está escondido embaixo da mesa da cozinha, as orelhas baixas. A casa faz um afago não corpóreo em seu dorso. Grace estava certa quando disse que este lugar precisava de um bichinho de estimação. Os passos leves das patas de um gato nos ladrilhos da cozinha, a batida da cauda de um cachorro em um corrimão: essa é outra daquelas coisas, junto com o cheiro de boa comida no forno, que realmente *faz* uma casa. Torna-a mais do que apenas um conjunto de alicerces e paredes. A casa sussurra uma sugestão para o gato, e gatos nem sempre são cooperativos (nem um pouco impressionados por gesso e tijolos, ou por quase nada, na verdade), mas o Vermelho de Grace boceja e sai de baixo da mesa enquanto o detetive continua sua fala maçante acima dele. Sai da cozinha, segue pelo corredor, passa por cima da bengala de Reka onde ela havia caído na confusão e agora ficara esquecida (pobre Reka) e empurra e abre a porta para a sala de visitas…

De onde um certo cheiro conhecido imediatamente começa a emanar.

A casa se recosta para assistir, satisfeita, quando o policial mais próximo dá uma olhada pela porta e empalidece no mesmo instante. Outro conjunto de olhares tensos ricocheteia como balas de revólver entre os dezesseis suspeitos na cozinha. O detetive interrompe sua preleção.

— O que tem na sala? — pergunta ele, irritado.

O segundo corpo, pensa a Briarwood House. E se prepara.

TRÊS ANOS ATRÁS

OUTUBRO DE 1951

Capítulo 3

Reka

Querida Kitty,

Um ano me recuperando do mais novo aborrecimento já basta: tenho um emprego! Guardar livros nas estantes da Biblioteca Smoot aqui perto, com a velha sra. Muller. Eu achei que poderia conhecê-la melhor, mas ela me ignora, a não ser para me chamar de vagabunda em húngaro quando eu pus Karl Marx em Contos de Fadas.

Queria que você estivesse aqui.

— Grace

Era um tipo especial de inferno, Reka Muller sempre pensava, ser velha como ela e ter que viver entre todas aquelas mulheres jovens. Mulheres velhas eram praticamente invisíveis no vasto mundo e, de modo geral, ela não se importava. Quando se é invisível, se é ignorada, e isso significava que se podia fazer o que lhe desse na telha. Mas mulheres jovens a *notavam*. Muitas vezes, com uma espécie de desgosto supersticioso, antecipatório, que fazia Reka ter vontade de gargalhar como a *Vasorrú bába* de nariz de ferro e sibilar dramaticamente: *Cuidado! Como eu sou, vocês um dia vão ser… sim, você, Arlene Hupp. Você também, Nora Walsh. Velha, enrugada e com os joelhos rangendo!*

Se não era desgosto, era compaixão: *Ah, tadinha, por que será que ela nunca sorri?* Fliss Orton, que morava no 2A, na frente de Reka do outro lado do corredor, era especialmente propensa a esse tipo de olhar; não havia nada a fazer senão ser desagradável em resposta até a compaixão se transformar em antipatia. Havia levado bem um ano para conseguir a antipatia de Fliss. Se as pessoas não gostavam de você, elas a deixavam em paz.

Mas, embora Reka desgostasse de quase todo mundo, não conseguia de fato desgostar de Grace March, que nunca fazia cara de pena, nunca torcia o nariz em desgosto, e não era barulhenta. Quer dizer, ela fazia perguntas, mas não ficava irritada se não recebesse respostas. E Reka raramente respondia o que quer que fosse.

— Vai fazer uma visita? — perguntou Grace, enquanto as duas guardavam livros. Trabalhar como servente; era tudo que a qualificação de Reka permitia. *Sem nenhum diploma nem nada, é só o que posso lhe oferecer*, a bibliotecária tinha dito ao contratar Reka cinco anos antes. — Vi que trouxe uma maleta para o trabalho esta manhã — continuou Grace. — E o rapaz do balcão disse que você tirou meio dia de folga hoje.

Reka grunhiu, ficando na ponta dos pés para empurrar um volume de Proust para a prateleira superior. Proust, esse era um belo de um moleirão. Não conseguia escrever se não estivesse sentado num quarto revestido de cortiça para acalmar o medo de germes! Filósofos tinham que ser mais fortes, Reka pensou, ou sua filosofia não valia grande coisa. A vida não ia mimar a maioria das pessoas em um quarto revestido de cortiça enquanto elas enfrentavam seus demônios.

— Vamos sentir sua falta no Clube Briar hoje à noite — prosseguiu Grace, esticando-se com facilidade por cima da cabeça de Reka. — A Arlene está insinuando que vai trazer aquele namorado dela. Acho que ele é um agente júnior do FBI...

Fala, fala. Reka se desligou, sem interesse de ouvir, mesmo quando a bibliotecária-chefe apareceu e começou a tagarelar sobre a hora da história.

— Será que você pode assumir hoje, Grace? A Reka termina com esses livros, não é? Termina... com... os... livros — repetiu a bibliotecária, acompanhando as palavras com gestos. Cinco anos que Reka trabalhava ali e a mulher ainda se comportava como se ela mal falasse a língua. Morava naquela cidade havia mais de dez anos, mas nunca tinha perdido seu sotaque de Berlim-Budapeste por mais que tentasse, e os americanos faziam muito alarde sobre "Dai-me os vossos cansados, os vossos pobres, as vossas massas amontoadas", mas a maioria deles definitivamente preferia um tipo determinado de imigrante: o tipo sem sotaque.

E com gratidão. Muita gratidão.

— Até amanhã — disse Grace ao meio-dia, com mais um de seus sorrisos fáceis.

— Espero! — grunhiu Reka, pegando sua mala velha e saindo batendo os pés. Seu coração pulsava forte no peito e ela quase sorriu. *Minha casa*, pensou, *indo pra casa*... ou pelo menos o mais perto disso que tinha, depois de ter partido de Berlim.

NINGUÉM OLHOU DUAS VEZES PARA REKA QUANDO ELA EMBARCOU no trem. Apenas uma mulher na casa dos 70 anos com um rosto escuro e enrugado, um emaranhado de cabelos grisalhos desgrenhados, ombros curvos e uma pequena barriga de que ela não conseguia se livrar mesmo nas semanas magras em que só comia uma vez por dia. Uma velha com um casaco feio da cor de uma calçada suja e uma mala de pano aos seus pés como um cachorro cansado. Às vezes pessoas deixavam moedas aos pés de Reka como se ela fosse uma pedinte, e podia imaginar Otto balançando a cabeça em desaprovação quando ela as pegava.

— O que tem? — perguntou a ele agora, no aconchegante e rápido húngaro que sempre falavam em casa. — Dez centavos não é para se desprezar. Paga uma xícara de sopa no Crispy Biscuit.

A mulher à sua frente no compartimento do trem olhou para Reka com desconfiança por sobre uma pilha de cobertores de bebê, claramente pensando *Agora a velha estrangeira esquisita está falando sozinha*. Reka exibiu seus dentes manchados de chá e disse em húngaro:

— Diga uma palavra e eu como o seu bebê.

A mulher desviou o olhar depressa.

Só um pouco mais de três horas, de Washington a Nova York. Reka desceu na Penn Station, abrindo caminho com os cotovelos. Normalmente, iria manquitolando até o albergue onde alugava um quarto para a noite, mas naquele dia estava ansiosa demais. Entrou direto no banheiro feminino e tirou da mala a única peça fina que ainda tinha: um chapéu de veludo verde-jade, uma peça delicada com aba estreita curvada para cima e um grampo de strass. Otto o havia comprado em Viena quase trinta anos atrás; dissera que destacava o cabelo dela. Claro, seu cabelo era castanho-avermelhado na época, descendo até abaixo da cintura... Cuidadosamente, Reka ajeitou o chapéu sobre o coque grisalho, inclinando a aba sobre um dos olhos. Era um outono quente, quente demais para a gola destacável de pele de raposa de seu casaco, mas ela a tirou da mala e a prendeu no lugar mesmo assim. Não era tão luxuosa quanto a estola de chinchila de Nora (*Como ela conseguiu uma coisa daquelas?*, Reka se perguntou; uma empertigadinha como ela não ia deixar um homem entrar na sua *bugyi* por uma estola de pele, mas o que mais fazia um homem bancar uma chinchila?), mas a pele avermelhada de raposa ainda trazia uma luz para as bochechas de Reka. Dava ao seu andar algo da antiga autoconfiança.

— Professora Muller — disse Leo Castelli quando Reka pegou um catálogo na porta da loja decrépita na esquina da Sixtieth East com a Ninth Street. — Eu sabia que íamos ver a senhora.

— Soube que você torrou setenta dólares para montar a exposição aqui. — Reka olhou para a pensão deteriorada que atualmente abrigava a mais revolucionária exposição de arte em Nova York. — Eu diria que eles superfaturaram uns 65 em cima de você.

— Sem dúvida. E cada um daqueles *bastardi* imprestáveis resmungando que não tem a luz certa para suas pinturas imprestáveis. Por que eu vivo me metendo com artistas?

— Não pelo dinheiro. Alguma venda?

— Algumas pessoas vindo ver o Pollock.

— O Jackson ficou insuportável desde aquele artigo na *LIFE*. "Seria ele o maior pintor vivo nos Estados Unidos..."

— Ele certamente acha que é — comentou Leo, abrindo passagem para ela entrar. Reka respirou fundo e segurou o ar. O cheiro de uma galeria: o chiado de velhas luminárias, o cheiro forte de tinta a óleo, tela, terebintina e vinho barato. Galerias mais chiques cheiravam a perfume caro, charutos cubanos e notas de cem dólares, mas Reka preferia galerias improvisadas como aquela: prédios deteriorados a um passo de ser condenados, em que o pó de gesso tinha que ser varrido todas as manhãs e os ratos enxotados dos depósitos. Galerias como aquela não cheiravam a clientes; cheiravam apenas a *arte*.

Fim de tarde no meio da semana. Reka tinha o espaço quase todo para si, lâmpadas nuas sem cúpula brilhando cruamente do teto. Ela vagueou entre as pinturas em silêncio, absorvendo-as. Um Kline, *Study for Ninth Street*, pinceladas pretas ousadas como um kanji japonês. Apenas uma obra modesta em cartolina, mas dizia-se que ele a estava reproduzindo ampliada em uma tela grande. Os trabalhos de Kline eram todos velocidade e espontaneidade; mesmo em óleo, ele trabalhava como se só tivesse momentos antes que secasse; Reka percebia a rapidez e a segurança das pinceladas... Jackson Pollock, claro: *A Loba*, o lobo rosnando pela tela em linhas pesadas, sobrepostas em hieroglifos. Óleo, guache e gesso. Reka nunca havia trabalhado com gesso, nunca gostara do peso, mas, texturalmente, Jackson tinha algo ali, sem sombra de dúvida. Mesmo ele sendo *insuportável*... Ah, um dos murais de Lee Krasner, blocos de cores sobrepostos como uma ilusão de óptica... Reka se aproximou para ver as camadas de tinta.

— Aí está você, professora Muller. — O tom afetuoso da voz de Betty Parsons soou atrás dela. — Quando é que vai voltar à *minha* galeria? Não a vejo desde minha exposição de Rothko.

— Vou voltar quando você exibir alguém mais interessante que Rothko. — Reka endireitou o corpo, passando a mão pela gola de raposa. — Traga de volta aquele sujeito de Dakota do Norte, Clyfford Still. Eu nunca vi alguém aplicar uma espátula a uma tela do jeito que ele faz. Dakota do Norte finalmente produziu algo além de milho e vacas.

— Até Still aparecer, eu nem sabia direito que Dakota do Norte *existia*. — Betty Parsons riu: uma galerista de cabelo na altura do queixo e os olhos mais afiados de Nova York, na opinião de Reka. As duas haviam se conhecido em 1948, quando Reka veio a uma exposição de algum jovem artista que explicava seriamente por que seu trabalho não era *cubismo*, era *cubismo revolucionário*. Quando Betty perguntou educadamente à velha senhora de chapéu verde o que ela achava daquele trabalho, Reka respondeu: "Ele não sabe que já faz tempo que o cubismo não é mais revolucionário, e não sabe desenhar." Betty retrucou: "Mas o que lhe falta em talento ele compensa com pretensão", e a amizade brotou.

— Algo novo na cena? — Reka quis saber. A pergunta que ela fazia em todas as viagens a Nova York. O mundo da arte era como um tubarão; mantinha-se em movimento, sempre em movimento, ou morria.

— Helen Frankenthaler está fazendo experimentos com óleos. Diluindo-os com terebintina; diz ela que o óleo *derrete* na tela.

— Ou escorre para fora dela.

— Ela joga tudo direto no espaço de trabalho, deixa embeber e acumular. Diz que isso cria um efeito enevoado, funde-se com a tela não preparada... — A conversa se tornou técnica; quando as duas já estavam gesticulando e falando com entusiasmo quase uma por cima da outra, Betty olhou seu relógio. — Que tal uma cerveja no Cedar Tavern?

Para Reka, o Cedar era o melhor bar de Nova York: as bebidas eram baratas, a decoração, horrenda, as fofocas do mundo da arte, de primeira linha. Ela e Betty viraram grandes goles de uma cerveja de dez centavos cada uma em bancos pegajosos, enquanto trocavam alegremente as mais recentes novidades: Pollock tinha mesmo arrancado uma porta de banheiro das dobradiças e atirado em Kline aqui na semana passada? De Kooning tinha urinado num cinzeiro? Peggy Guggenheim ia voltar de Veneza para reabrir sua galeria? Reka sentia as veias cantando, tinta correndo por suas válvulas em vez de sangue.

— Você está sendo desperdiçada no Distrito Federal, Reka — comentou Betty, fazendo um gesto para pedir mais uma rodada. — Cidadezinha sonolenta cheia de sulistas com cabeça de Klan e senadores corruptos. Otto se foi; o que está segurando você lá?

Reka esfregou dois dedos um no outro no gesto universal.

— Você pode ser falida em Nova York tanto quanto em D.C. — disse Betty com uma risada. — Você falou que lecionava em Berlim. Poderia lecionar aqui.

— Eu era uma professora horrível. — Muito temperamental, muito inclinada a divagações. Ela sempre dava atenção demais aos alunos talentosos, não o suficiente aos que chegavam tarde com ar de preguiça e esboços a lápis apáticos cheirando a dinheiro do papai. *Você estaria lecionando na Bauhaus se conseguisse controlar seu temperamento*, Otto a repreendera, mas com carinho; ele mesmo tinha sido demitido de dois jornais consecutivos por dizer ao editor que ele era um idiota cabeça de vento que deveria se limitar à página de socialites. Não, Reka nunca tinha chegado à Bauhaus, mas tinha ensinado por quase duas décadas numa daquelas pequenas escolas de arte explosivas que brotavam em toda parte nos dias inebriantes da República de Weimar. Bons tempos.

Não tão bons, lembrou a si mesma. Não havia sido engraçado nem pitoresco, aqueles dias em que se precisava levar um carrinho de mão carregado de marcos à padaria só para comprar um único saquinho de *Kartoffelhörnchen* com sementes de gergelim.

Mas, caramba, as *ideias*. A cor, as tintas, a alegria estonteante do novo. Elas corriam desenfreadas pela cidade como uma torrente. Reka *comeria* um carrinho de mão daqueles marcos desvalorizados de Weimar só para sentir o cheiro daquela torrente outra vez.

Terminou sua cerveja querendo outra, mas sabendo que não deveria. Ela não era a mulher de antes, que virava uma garrafa de absinto e uma garrafa de vodca num cabaré e acordava na manhã seguinte de olhos brilhantes e pronta para descer o pau nas naturezas-mortas de mais de trinta estudantes dadaístas. Atualmente, podia ficar bêbada com três cervejas e, quando ficava bêbada, ela se deprimia. *Não fique deprimida*, röslein, podia ouvir Otto dizendo, mas ele mesmo havia ficado um bocado deprimido no fim, não?

— Melhor eu ir — disse Reka a Betty, recusando os inevitáveis protestos. Se ela fosse naquele momento, poderia pegar o último trem de volta a Washington, poupar o valor quase irrisório de um quarto numa pensão para passar a noite. — Eu já fiz o que vim fazer aqui, que era ver a exposição.

Seis horas em um trem num só dia para uma única exposição de arte. Reka pagava esse preço todo mês que juntava dinheiro suficiente.

— E quando é que eu vou fazer o que vim fazer aqui, sua velha bruxa? — perguntou Betty, sorrindo. — Otto vivia se gabando do seu trabalho naquele tempo. Retratos em blocos de cores, não era? Eu gostaria muito de dar uma olhada, se você tiver alguma coisa guardada.

— Umas imitações baratas de Picasso — disse Reka, com pouco-caso. — Eu não pego em um pincel há anos... — E saiu do Cedar Tavern antes que começasse a chorar, ou antes que tivesse que admitir que não tinha dinheiro para comprar telas, ou tinta a óleo, ou o que quer que fosse.

O trem de volta estava congelante, escuro, com cheiro de urina. Com seu chapéu verde-jade e a gola de pele de raposa na mala, Reka podia sentir as costas se arqueando de volta à sua curva de concha de caracol, aquela segunda cerveja se revolvendo no estômago vazio.

— Olha só aquela velha, ela está bêbada — Reka ouviu dois meninos falarem com uma risadinha enquanto passavam para os seus assentos. Não mais *Professora Muller*; apenas *a velha.* Otto começara a envelhecer no dia em que percebeu que um diploma da Universidade de Pécs não valia ali nem o papel em que estava impresso; que um jornalista com uma experiência de três décadas em filosofia política ia terminar a vida esvaziando latas de lixo num uniforme de faxineiro.

Se ao menos tivéssemos os esboços, Reka pensou, mas interrompeu a linha de raciocínio antes que ela pudesse se transformar em raiva. Não valia a pena. Não valia a pena.

— Você não pode desrespeitar as regras do horário de entrada desse jeito — resmungou a sra. Nilsson, pondo a mão nos bobs em seu cabelo quando Reka tocou a campainha um pouco antes da meia-noite. — Dormiu no parque como uma mendiga? — Se Reka fosse jovem, ia ouvir uma bronca daquelas; a velha Crocheteira imaginaria que ela estivera com algum homem aprontando o que não devia. Mas ninguém jamais pensaria que uma velha estaria aprontando o que não devia. *Você devia ter me visto nos meus melhores dias*, Reka pensou, dando uma olhada rápida para si mesma no espelho do saguão. Seu reflexo a enfureceu. Quando ela pararia de ficar surpresa por tanto tempo ter se passado? Quando deixaria de pensar *que merda* foi essa que aconteceu?

O que tinha acontecido com a ágil Reka Takács de cabelos castanho--avermelhados, que podia comer o próprio peso em *halušky* e discutir política a noite inteira à base de café de Budapeste e cigarros franceses, que tinha tinta a óleo sob as unhas e beijava rapazes pintados que dançavam de espartilho e meia arrastão nos palcos de cabaré? *Para onde você foi?* Reka às vezes queria gritar. Para onde foi sua juventude e quem era essa bruxa velha de nariz de ferro?

Não era da pele macia que ela sentia falta, necessariamente, ou mesmo dos joelhos que não estalavam. Era do andar alegre e despreocupado das jovens, saltitando por um caminho largo e aveludado em direção a um futuro que elas presumiam ser só rosas. Na verdade, seguindo em direção a um moedor de carne, mas elas não sabiam disso, e olhavam para Reka como se ela sempre tivesse sido velha e azeda, como se nunca tivesse saltitado por um caminho largo e aveludado também, com a mesma autoconfiança alegre.

Esperem até vocês chegarem ao moedor de carne, Reka pensou, subindo a escada com dificuldade, seus pés inchados e doloridos, passando pela porta fechada do quarto de Fliss, ouvindo Claire e Arlene se movimentando no andar de cima. *Esperem.*

REKA SE RECUSAVA A ADMITIR QUE FREQUENTAVA OS JANTARES DO Clube Briar todas as quintas-feiras pelas risadas, pelas fofocas ou pela música. *Eu só vou pela comida*, dizia a si mesma. Uma lata de qualquer coisa — beterraba, milho, atum — era o ingresso não oficial e isso era barato para um prato cheio de comida feita em casa. A caixa térmica de Reka em seu quarto no segundo andar tendia a ser tão frugal quanto uma galeria de arte minimalista.

Na quinta-feira seguinte, a movimentação e o barulho habituais encheram o quarto de paredes verdes de Grace e vazaram para a escada. Nora se acomodou no chão com as costas apoiadas naquele cachorro gigante que ela havia arrumado sabe-se lá como, aquele que ocupava quase o tapete inteiro e comia como um cavalo (embora, no jantar da quinta-feira anterior, para o prazer de Reka, ele tivesse se recusado terminantemente a tocar nos restos da salada Red Crest de Arlene, de tomates e picles cortados misturados com gelatina de morango). Na porta, a garota italiana Bea conversava com Pete sobre as chances dos Giants na World Series de beisebol. Reka abriu caminho entre eles para poder acrescentar sua lata à pirâmide reluzente que Grace havia empilhado sobre a caixa térmica, os rótulos todos muito limpos e voltados para fora. Havia certa obsessão de Grace March em relação a comida, Reka pensou. Os jantares, as latas, o jeito que ela guardava até a menor migalha de sobras… embora fosse difícil dizer quando uma mulher tinha um comportamento estranho com comida e quando apenas havia lido dicas demais sobre dietas em revistas femininas, como Arlene, que sempre dispensava a sobremesa e cobiçava a fatia de torta dos outros com olhos semicerrados. Uma vantagem de ser velha: não precisar mais se espremer numa silhueta da moda, recusar pãezinhos e se enfiar numa cinta elástica.

— Infelizmente é a Arlene quem vai cozinhar hoje — murmurou Grace para Reka. — Acho que ela está tentando provar que é um anjo doméstico. O misterioso Harland vem jantar, finalmente! Não que ela goste da ideia de violar as regras da casa sobre visitantes do sexo masculino, mas a Claire foi um pouco explícita demais na semana passada ao perguntar se Harland seria imaginário…

— Ele é imaginário — Claire desdenhou, entregando um copo para Reka. — Eu aposto um dólar que ela vai nos dizer que ele teve que trabalhar até tarde.

Reka a ignorou (Claire Hallett era uma *kurva* barulhenta e irritante, e havia derramado chá de sol na blusa de Reka) e olhou para a trepadeira pintada que florescia ao longo da parede. No momento, já subia até o teto, e as primeiras gavinhas tinham começado a transbordar para a parede do patamar da escada do lado de fora, onde Grace havia substituído a velha lâmpada por uma nova cúpula que produzia uma luz suave. A cada semana havia mais flores na trepadeira, belas margaridinhas e botões de rosa desajeitados que seriam adequados para uma caixa de bombons, e Reka desaprovou. Se a ideia era só jogar tinta numa superfície para fazer algo *bonito*, aquilo se assemelhava mais à propaganda do leite Carnation, com suas florezinhas bobas nos rótulos.

— Cookies de coco — anunciou a pequena Lina, se enfiando no meio do grupo com um prato de grumos marrons pouco apetitosos. Todos estenderam o braço para pegar um e mastigaram heroicamente. Reka achou que sentiu um molar estalar.

— ...só um pouco mais de açúcar na próxima vez, Lina-kins — disse Pete, engolindo com esforço.

— E um pouco menos de tempo no forno — sugeriu Nora diante da testa franzida de Lina, limpando as mãos para disfarçar o fato de que estava habilmente dando a outra metade do seu cookie para o dogue alemão.

— Talvez mais coco — disse Grace, afagando o cabelo liso de Lina.

Reka chutou o cookie descartado de baixo do focinho de Duke para o meio do quarto, pois o cachorro se recusou a comê-lo.

— Ou desistir de uma vez — resmungou, derivando uma pequena injeção de prazer rancoroso do beicinho amuado de Lina em resposta. Cookies queimados e flores pintadas melosas e crianças irritantes (a bebê de Fliss estava se esgoelando de novo); às vezes Reka conseguia ignorar essas coisas, as coisas que a importunavam, e às vezes elas retumbavam dentro de seu crânio até ela não conseguir mais se controlar para não rosnar.

— Ah, sra. M, a senhora não quis dizer isso — falou Fliss, aquele cabelinho loiro com as pontas viradas para fora balançando sobre a blusa cor-de-rosa. — Seja boazinha!

— Por quê? — revidou Reka, com brusquidão. *Por que* ela precisava ser boazinha? A Reka Takács de cabelo castanho-avermelhado nunca havia sido boazinha; ela era irreverente, irrefreada, não maternal e atrevida. Por que tinha que se tornar carinhosa, doce, *boazinha*, só porque estava velha? Ser velha já não era ruim o suficiente sem ter que forçar um sorriso angelical quando Claire era insuportável e Fliss era irritante e Bea não parava de tagarelar sobre o Red Sox?

— Esta congregação de pulcritude feminina deve ser o Clube Briar — uma voz masculina soou da porta, e o namorado de Arlene não era imaginário, afinal, porque ali estava ele: Harland Adams do FBI, entrando no quarto com o chapéu na mão, esguio e de traços marcantes, um leve sotaque da Virgínia adoçando a voz. Reka o examinou com um olhar crítico de artista. Rostos eram o que sempre a havia fascinado, quando ela pintava. Seu trabalho tinha sido essencialmente retratos abstratos, as complexidades de rostos humanos transformadas em formas torcidas ou fantásticas com pequenas variações de perspectiva. Cada pessoa tinha um traço que a resumia, algo que se podia destacar deixando os outros traços em segundo plano. O de Claire era o exuberante cabelo ruivo jorrando em cachos crespos; o de Nora era aquele queixo delicado, agudo como uma ponta de flecha de sílex sob a pele lisa... O agente federal de Arlene tinha uma astúcia nos olhos; algo vigilante. Lembrou a Reka um colega de Berlim, um pequeno escultor de traços fortes de Potsdam que bebia champanhe como se fosse leite e sabia trabalhar bronze fundido para produzir as formas mais delicadas imagináveis, como se estivesse moldando vento entre os dedos, e não metal obstinado. Teria sido ele o que foi espancado na rua pelos camisas-pardas, ou...

Pare, Reka disse a si mesma, *pare*.

— Bem na hora, Harland! — Arlene veio requebrante da área da cozinha, um avental decorativo sobre a saia listrada, para poder conduzir seu namorado pelo quartinho como um cachorro em exposição. — Esta é a sra. Muller — falou Arlene com entusiasmo, forçando as vogais texanas. — Reka, querida, vou te arrumar um xale, você está sentada bem nessa corrente de ar! — Toda solícita do jeito que garotas fazem quando estão tentando impressionar homens: *Está vendo como sou amorosa, como vou cuidar de sua mãe com tanto carinho quando ela for minha sogra?*

— Minha sogra me disse que eu era uma vadia magiar que nem sabia fazer *schnitzel* — falou Reka a Arlene em húngaro. — Eu respondi que o filho dela fodia divinamente e sabia muito bem o que fazer com as tetas de uma mulher.

— Quer dizer que você é um homem do FBI — disse Nora, quando Arlene se afastou com ar tímido em direção à caixa térmica, dando antes um aperto de despedida na mão de Harland. — É verdade que o sr. Hoover tem uma sala cheia de objetos ligados a John Dillinger?

— A antessala de seu gabinete. — Harland sorriu, passando a mão pelo cabelo brilhantinado. *Jamais confie em um homem com óleo no cabelo*, Reka pensou. — Uma cópia em gesso da máscara mortuária de Dillinger, o charuto que estava em seu bolso na noite em que o FBI o baleou...

— O charuto é apenas um charuto? — Claire deu uma risadinha, balançando um dedo. — Ou representa alguma outra coisa para o sr. Hoover?

Harland franziu a testa.

— O sr. Hoover é um grande homem. Há muito trabalho a ser feito neste país se não quisermos entregá-lo aos cães.

— Melhor os cães que os Vermelhos — disse Fliss, balançando o onipresente embrulho de cobertores cor-de-rosa. Felizmente a bebê tinha parado de gritar. — Não é isso que o sr. Hoover diz?

— Ele diz, e eu também. — Harland tomou um gole de seu copo. — Você não ia querer comunistas na diretoria da sua escola e na vigilância de seu bairro, ia?

— Para mim, tanto faz — retrucou Reka, e teve o prazer de ver o namorado de Arlene engasgar com seu chá de sol.

— Acho que não sabe muito bem o que está dizendo com isso, sra. Muller — Harland disse. — A ameaça para nossas crianças...

— Ah, quem liga para as crianças? — Reka o interrompeu, sentindo prazer por dentro com isso. O problema com homens como Harland Adams era que eles não haviam sido suficientemente interrompidos quando começavam a discursar sobre o país, a lei, *as crianças*. — Parem de se esconder atrás das crianças. Elas não correm perigo algum com os comunistas, porque a maioria deles é tão perigosa quanto um caracol de jardim. São só garotos universitários que acham que citar Marx e beber vodca faz deles rebeldes. Prendam todos por entediarem as pessoas até a morte, mas não os prendam *pelas crianças*.

— Eu lhe garanto, sra. Muller, que comunistas *são* perigosos. Se a senhora tivesse tido alguma experiência real com as práticas insidiosas deles…

— Eu tive — respondeu Reka, sabendo que não deveria, mas sem se importar muito. Às vezes se cansava de só ficar sentada feito um calombo em um tronco naqueles jantares, esperando o prato chegar para comer e ir embora. — Eu fui membro de carteirinha do Partido Comunista na Alemanha antes da guerra, meu jovem. — Ela o viu empalidecer e teve vontade de revirar os olhos. Não era nenhum *crime* na época, pelo amor de Deus. Não era nem mesmo excepcional. Metade de Berlim flertava com a esquerda naquela época. — Boa parte deles eram idiotas pretensiosos citando Lenin e falando sobre o proletariado enquanto esperavam que alguém pagasse a conta — disse Reka. — Mas também havia muitos jovens que achavam que talvez *as crianças*, essas que você está brandindo como uma bandeira agora, as que estavam passando fome nas sarjetas na época, mereciam uma fatia maior do bolo do que estavam recebendo.

Sinceramente, Reka ainda não sabia o que havia de errado nessa ideia. Não havia sido tudo cabarés e absinto, cubismo e rapazes dançando de meia-calça naqueles dias em Berlim. Havia fome, fome real, e uma fúria real contra aqueles que não estavam famintos, mas se recusavam a compartilhar comida.

Fliss e Nora pareciam ansiosas, como sempre ficavam quando vozes se elevavam. Claire se recostou, apoiada nos cotovelos; sempre gostava de uma esgrima verbal.

— Ora essa, Reka. — Grace riu de mansinho, sem zombaria, apenas parecendo achar divertido. — Olha só para você. Uma incendiária no coração.

— Esse é um delito passível de prisão atualmente, se homens como o sr. Adams aqui puderem fazer do seu jeito — retrucou Reka.

— Ah, por favor, espero que não. Incendiários são bons para o país, ou pelo menos sempre achei que fossem — refletiu Grace, ignorando os expletivos de Harland. — Incendiários fazem perguntas, e uma nação em que não se pode fazer perguntas está indo ladeira abaixo.

— Perguntas que fazem concessões aos comunistas são uma questão diferente. — No momento, Harland estava com o rosto *muito* vermelho, para diversão de Reka. — A ameaça que o Partido Comunista representa...

— Você sabe para quem nós realmente representávamos uma ameaça? Herr Hitler — disse Reka. — Quem você acha que foram algumas das primeiras pessoas que ele perseguiu e prendeu? Os comunistas e socialistas, foram essas as pessoas. As que diziam a todos que ele e seus camisas-pardas eram uma ameaça na época em que garotos como *você* estavam dizendo *A América em primeiro lugar* e *Pelo menos esses fascistas fazem os trens saírem no horário!*. Um pouquinho de história para você, sr. Adams.

— Eu conheço a história — disse ele, rígido.

Reka poderia apostar que ele não conhecia essa parte da história. Socialistas e comunistas presos e espancados, enviados para campos de concentração junto com os judeus, os romanis e os homossexuais. E, por alguma razão, socialistas e comunistas *ainda* eram o inimigo ali, na terra da liberdade, ainda eram os que estavam sendo presos e levados embora por rapazes certinhos como Harland Adams.

— A senhora não é mais membro do Partido, é? — perguntou ele, como se Reka fosse enfiar a mão por baixo do cardigã e tirar uma foice e um martelo.

— Se eu quisesse ser comunista nos Estados Unidos, entraria para uma igreja. — Reka se divertiu com a expressão confusa dele. — Que tipo de princípios você acha que Cristo e seus discípulos estão incorporando? Viver juntos em espírito comunitário, compartilhar tudo igualmente entre todos... Lenin aprovaria.

— Jêisus, Maria e José — disse Nora no sotaque acentuado que costumava tirar da manga para fazer todos rirem. — Eu tinha que dizer isso pra minha mãe só para ouvir o grito.

Ela estava tentando aliviar a tensão no quarto, Reka sabia. Mas ela mesma não estava muito a fim de deixar o namorado de Arlene escapar do anzol.

— Não precisa ficar com essa cara assustada, sr. Adams, eu não sou membro do Partido Comunista *nem* de nenhuma igreja atualmente. Quando você viver tanto tempo quanto eu já vivi, vai perceber que, quer a organização em que você deposita sua fé ostente uma Bíblia ou um *Das Kapital*, os *que têm* naquela organização raramente estão interessados em dividir com os *que não têm*. — Além do mais, ser membro de um partido significava reuniões, e se havia uma coisa que Reka odiava eram reuniões. Quase tanto quanto odiava presunção. Pelo menos ela havia arrancado aquele pedantismo forçado do rosto asperamente bonito de Harland Adams naquela noite.

E, então, ele a surpreendeu:

— Foi por isso que saiu da Alemanha, sra. Muller? Por suas… crenças políticas?

— Eu saí para não me matarem. — Saí, fugi, emigrei… muitas palavras para isso, aquela pressa de pânico para deixar seu país enlouquecido antes que a bala, o carro de boi, o campo de concentração fizessem com você o que já estavam fazendo com seus amigos e a transformassem numa palavra muito mais simples e contundente: *morta*.

— A senhora saiu de lá e este país a acolheu — prosseguiu Harland, girando o copo entre as mãos. — Então talvez um pouco menos de desdém pelos nossos valores fosse apropriado, sra. Muller.

— Sim, este país me acolheu — reconheceu Reka. — E é o meu país agora, sim. Mas por acaso isso significa que fique isento de críticas para sempre, mesmo quando está errado? Isso não iria contra a liberdade de expressão e todas essas coisas? — Depois de enfrentar a Berlim de Hitler, Reka nunca mais deixaria algo como liberdade de expressão ser desvalorizado, ou não utilizado, mesmo que fizesse dela uma incendiária.

— A senhora está distorcendo minhas palavras — começou Harland.

— Ah, vá pôr mais alguns astros do cinema na cadeia — Reka revidou. — Talvez você ganhe uma medalha… — Arlene entrou no meio, então, com um largo sorriso falso e olhos lançando faíscas.

— Meu Deus, você está *mesmo* combativa hoje, minha querida. Espero que seu apetite esteja igualmente animado! — E logo uma série de pratos descombinados de Grace apareceram e Arlene colocou o maior deles nas mãos de Harland com um floreio. — Salada de Vela — ela arrulhou. — Minha especialidade.

Por um momento, todos ficaram olhando para seus pratos: uma folha de alface em cada um, uma fatia redonda de abacaxi com uma metade de banana ereta encaixada no meio, uma cereja na ponta com um rastro de chantili...

Grace contraiu os lábios, Reka viu distintamente, e o rosto de Nora se fez completamente neutro, deixando claro que estava contendo o riso. Mas tudo teria passado (Arlene já estava tagarelando sobre como apresentações divertidas como a da Salada de Vela faziam crianças comerem frutas e verduras; expondo suas credenciais de mãe perfeita para o futuro Harland Adams Jr.), se Reka não tivesse pensado *que se dane* e cedido à gargalhada que lhe subia desde o estômago.

— É um *pöcs* — ela ofegou, lembrando-se do *pöcs* de Otto balançando entre suas pernas quando eles nadavam nus no azul gelado de Grundlesee em sua lua de mel. A banana tinha até uma ligeira curvatura para a esquerda como o de Otto, e Reka estava uivando de rir agora.

— É uma *vela* — disse Arlene, o rosto vermelho. — A banana é a vela, a cereja é a chama...

— Definitivamente uma vela circuncidada — comentou Claire com um risinho, e isso foi a deixa para todo mundo. Era impossível haver um grupo mais diferente de mulheres do que o Clube Briar, Reka sempre pensava, mas, depois de tantos jantares juntas, elas haviam, de alguma forma, desenvolvido um humor em comum, uma maneira de se instigar mutuamente que tornava a risada contagiosa quando a piada certa caía no meio delas. Fliss mal conseguia conter o riso enquanto soltava um *Tenho certeza de que está delicioso, Arlene!*, mas Nora estava rendida sobre o ombro de Pete, e a garota de cabelo preto chamada Bea tinha virado para a parede com os ombros balançando.

— É uma *vela* — Arlene continuava sibilando, e isso só punha mais fogo ainda em todos.

Por fim, Reka se levantou.

— Estou velha demais para comer *pöcs* no jantar — declarou, deixando seu prato no colo de Harland. Verdade seja dita, ele estava fazendo todo o esforço do mundo para não rir do constrangimento da namorada, ou da pornografia culinária que ela havia produzido. — Foi um prazer conhecê-lo, homem do governo — ela falou, e então desceu coxeando para o seu quarto, ainda rindo muito.

Quando terminou de preparar uma xícara de café instantâneo Sanka, mordiscar alguns salgadinhos Crax amolecidos da caixa de biscoitos e se acomodar em sua poltrona velha, eram quase nove horas e Arlene estava esmurrando sua porta. Harland devia ter ido embora; ela nunca ia soltar aquele guincho agudo esganiçado se um homem candidato a marido estivesse por perto para ouvir.

— Sua *bruxa* velha, como você *ousa* falar com o Harland daquele jeito, ele deve estar achando que eu sou alguma *vagabunda esquerdista* agora...

Reka nem se deu ao trabalho de abrir a porta, só riu e se afundou mais na poltrona, envolvendo a xícara lascada com as mãos enrugadas. E, depois de um tempo, as risadas pararam e ela só ficou olhando para o quarto quase vazio.

A Reka Takács de 20 anos talvez o tivesse achado romântico. Uma cama estreita, uma caixa térmica e paredes sujas não importavam quando se era jovem, quando tudo tinha um verniz de glamour boêmio e era só um degrau para coisas maiores. Quando se era velha, parecia apenas triste. Quando Otto era vivo, espaços como aquele tinham parecido insuportavelmente apertados, os dois tentando manobrar seus corpos envelhecidos em volta um do outro e das baratas. Tentando não sentir tanta saudade de seu apartamento em Berlim, com as cortinas bordô e a divisória chinesa, o cheiro de tinta de Otto escrevendo noite adentro, terebintina e óleo de linhaça do cavalete de Reka no canto; a caminhada de dezoito minutos até o Opernplatz onde eles entraram na fila para ver a estreia de *Wozzeck*; onde, oito anos depois, tinham ficado parados de mãos dadas, como duas crianças emudecidas e aterrorizadas, vendo os livros serem queimados. Sabendo, naquele momento, que seu tempo em Berlim estava encerrado.

— Nós escapamos, Otto — sussurrou ela, mal percebendo que Arlene tinha parado de bater na porta do lado de fora e ido embora bufando de raiva. — Nós escapamos. — Talvez não fosse muito, essa vida. O quarto e seu cheiro de óleo de cozinha velho da cozinha embaixo, seu ocasional luxo barato em forma de cerveja ruim e uma passagem de trem para Nova York comprada com dinheiro economizado para se lembrar de que havia galerias com cor e vida e aquele tão saudoso cheiro de tinta a óleo e acrílico. Mas era uma vida, e qualquer vida era melhor que estar morta. Se Reka pudesse entrar outra vez pelas portas daqueles velhos cabarés berlinenses agora, eles estariam povoados de fantasmas: os menos afortunados, tantos deles que tinham morrido marcados com triângulos rosa, triângulos vermelhos, estrelas amarelas e todos os outros emblemas de ódio.

Ainda assim, em algum ponto no caminho do envelhecimento, a gratidão começou a correr lado a lado com o desânimo. Sim, ela não estava morta... e daí? Estava guardando livros em estantes por um salário de fome quando no passado havia ensinado uma geração de artistas a desafiar os limites das bordas de suas telas. Dormindo numa cama vazia porque o jornalista impetuoso que costumava dividi-la tinha morrido de frustração e vergonha tanto quanto de velhice, mirrando em inutilidade no momento em que percebera que a vida nos Estados Unidos não guardava nada para ele além de um esfregão de faxineiro.

Pelo menos você escapou. Essas palavras tinham sido atiradas sobre Reka antes, em ácida amargura por berlinenses que haviam perdido famílias inteiras para as garras da suástica. Mas a pergunta que ela não podia deixar de contemplar no momento, olhando para o futuro: *Nós escapamos para quê?* Ninguém tinha uma resposta para isso. Nem um jovem e eficiente agente do FBI que acreditava em seu Deus, sua bandeira e seu distintivo; nem Grace March e seu chá de sol e seus jantares semanais; nem este país com sua Senhora Liberdade e suas falsas promessas de *dai-me as vossas massas amontoadas.*

Não, Reka pensou, não querendo ser injusta nem mesmo dentro de sua cabeça. *Não são promessas falsas.* A Senhora Liberdade a acolhera, afinal, e a muitos outros, e Reka nunca perderia a profunda gratidão por isso. Só queria que tantas das massas amontoadas que este país acolhera não se vissem tratadas como um recurso: destituídas do pouco que haviam trazido consigo para dá-lo a alguma outra pessoa, alguém em melhor situação de vida. Comunismo ao contrário. *Eu não estava pedindo para receber tudo em uma bandeja de prata quando cheguei aqui*, Reka pensou, ainda se dirigindo à Senhora Liberdade. *Eu sempre estive disposta a pagar a minha parte, a fazer por merecer a minha cota. Então por que você teve que me acolher com uma das mãos e tirar tudo o que me restava com a outra?*

Reka, édesem, ela ouviu Otto a repreendendo. *Não pense nos esboços. Não serve de nada.* A não ser para que ela tivesse mais uma noite insone, remoendo a própria raiva, olhando para o lugar na parede em que seu futuro deveria estar pendurado. O futuro que tinha sido roubado de suas mãos.

Não pense nisso, disse Otto outra vez.

Mas a raiva estava sempre ali, sempre fervilhando. E, naquela noite, de barriga vazia, ela achou que poderia muito bem deixá-la ficar.

Salada de Vela (Candle Salad) da Arlene

Alface-americana

Fatias de abacaxi em lata

1 banana firme para cada dois convidados do jantar

Chantili

Cerejas ao marrasquino

1. Ponha uma folha de alface em um prato de salada, com uma fatia de abacaxi em cima.
2. Corte as bananas ao meio no sentido do comprimento e fixe uma metade da banana no buraco no centro da fatia de abacaxi, deixando-a estendida para cima.

3. Acrescente um pouco de chantili no alto da banana para ser a "cera da vela" e uma cereja na ponta da banana para ser a "chama".
4. Coma sem rir, se puder, enquanto ouve "The Thing", de Phil Harris.

Outubro deu lugar a novembro, o Halloween tinha chegado e ido embora (aquele maldito cachorro enorme da Nora uivou como se o mundo fosse acabar quando os meninos lançaram fogos de artifício na rua), a colheita de outono de pastinacas e beterrabas da sra. Nilsson amadureceu na horta doméstica embaixo da placa NÃO É PARA PENSIONISTAS DA BRIARWOOD HOUSE! e Reka estava parada no último degrau da Biblioteca Smoot, boquiaberta.

— Demitida? — repetiu, estupidamente.

— Exatamente, sra. Muller — disse a bibliotecária-chefe, de cara fechada. Nem deixou Reka passar pela porta; saiu direto com a mão estendida como um policial de trânsito assim que viu Reka mancando pelos degraus do lado de fora. — Lamento, mas não posso empregar gente do *seu tipo* na Biblioteca T. Nealey Smoot.

— Meu tipo? — repetiu Reka, sem entender nada. Que tipo era esse, mulheres velhas e feias? *Você mesma não é exatamente uma franguinha bonita, srta. Sexton.*

— Foi trazido ao meu conhecimento que você é... — a voz da srta. Sexton baixou — ...*simpatizante do comunismo.* Deve compreender que, como um santuário dos ideais norte-americanos, um lugar onde *crianças* se reúnem... bem, nós não podemos empregar tal pessoa.

— Eu não sou membro de partido *nenhum* há quase vinte anos — disse Reka, mas já sabia que seria inútil, pelo jeito que os óculos de gatinho da srta. Sexton faiscavam como lâminas. — Quem lhe disse que sou simpatizante do comunismo? A sra. March?

Grace, que também trabalhava guardando livros nas prateleiras dali, que a tinha ouvido discutir com Harland Adams diante de Saladas de Vela. Grace pareceu mais divertida do que chocada com a ideia de que sua vizinha havia balançado a bandeira comunista algumas décadas atrás... mas, se havia algo que Reka tinha aprendido com a Berlim de Hitler era que nunca se podia saber qual de seus vizinhos ia entregá-la.

— Não importa, sra. Muller. — A mão da srta. Sexton se agitou como se ela estivesse enxotando um gato vadio. — Você tem sorte de eu não a denunciar para as autoridades! A Biblioteca T. Nealey Smoot estaria totalmente no seu direito.

Ela não vai fazer isso, Otto desdenhou. *Nem o HUAC nem o FBI vão se preocupar com uma pequena funcionária de uma biblioteca de bairro,* édesem. Mas havia um medo profundo em Reka que pôs seus pés em movimento mesmo assim, a fez coxear de volta pelos degraus com o coração batendo loucamente. O medo arraigado do refugiado, que nunca desaparecia de fato. A sensação de que poderiam pedir que ela mostrasse os documentos, que se justificasse, que *fosse embora.* Uma sensação que a fez fugir depressa da biblioteca, de cabeça baixa, um gosto metálico na boca.

Ah, como a Reka mais jovem teria zombado dela...

Cale a boca, Reka disse para seu eu pueril. Estar sem emprego aos 21 anos era moleza. Manhãs para dormir até mais tarde, fazer piadas sobre gastar seus últimos marcos com schnapps, sempre confiante de que outro emprego estaria ali logo virando a esquina. Aos 71, a ideia a fez cambalear sem forças para o Prospect Park ao lado da biblioteca, a respiração saindo em arfadas. Sem emprego. Sem dinheiro, nem mesmo o salário de fome que ela recebia por hora na biblioteca. Tinha o valor talvez de dois aluguéis em um envelope embaixo do colchão, economizado moeda por moeda para um dia ruim. Bem, em uma tarde de céu claro em que o sol brilhava sobre a absurda estátua de bronze do congressista T. Nealey Smoot sorrindo, do outro lado do lago dos patos, para a biblioteca que levava seu nome, nuvens de tempestade tinham se juntado sobre a cabeça de Reka Muller.

Dois meses de aluguel. E depois?

Quem iria contratar uma mulher de 71 anos? Ela não podia fazer turnos de dez horas no Crispy Biscuit como Nora; não tinha as habilidades de datilografia para entrar para uma equipe de estenógrafas como Claire; não podia dar aulas em um colégio como a garota italiana Bea.

Dois meses de aluguel. Todas as economias de Reka.

Seria muito mais. Se...

Otto a alertou que não pensasse nisso, mas ela não conseguia ouvir Otto com o rugido em seus ouvidos. Atravessou o Prospect Park e seguiu pela Briar Avenue, sabendo exatamente para onde estava indo, sabendo que não deveria ir lá de novo. *Você prometeu a si mesma que não iria. Você prometeu a Otto.* Mas seus pés continuavam se movendo enquanto ela puxava o casaco para se proteger melhor da brisa cortante de novembro.

Impressionante como Georgetown era perto de Foggy Bottom, como os que *têm* estão de fato tão perto dos que *não têm.* Só atravessar o Canal C&O, passar pela Rua M, a Rua N, o alfabeto caindo e a renda subindo. Sutherland morava em uma graciosa casa de tijolinhos vermelhos, com frontões, pórticos com colunas e aço forjado rendilhado subindo pelos degraus.

— Vim falar com o sr. Sutherland — disse Reka com determinação para a empregada que atendeu a porta. Suor escorria por suas costas por baixo da blusa, apesar do frio; os pés doíam e ela sentia uma pontada de lado como uma adaga. Até mesmo pouco mais de um quilômetro era uma caminhada muito longa em um dia frio de outono quando se tinha mais de 70 anos. A menos que se estivesse tão furiosa a ponto de nem ligar para a dor. — Sr. Barrett Sutherland.

— Ele está no escritório, senhora...?

— O senador Sutherland, então. — O pai tinha uma graciosa casa de colunas brancas na Virgínia, mas, nos dias úteis, ficava com mais frequência na casa do filho, mais perto do Capitólio *e* dos martínis na Martin's Tavern, ele costumava brincar. Anos de ódio concentrado por todo o clã Sutherland haviam ensinado muito a Reka sobre os movimentos deles. — Eu falo com o senador, se ele estiver.

A empregada pareceu hesitante. Devia ser nova; a empregada anterior teria simplesmente fechado a porta na cara de Reka.

— A senhora marcou uma reunião com ele?

— Ele roubou de mim. — Reka espiou atrás da empregada e viu a conhecida faixa de um luxuoso tapete persa, o candelabro de cristal. Algumas vezes, havia chegado até a sala de estar, mas em geral aquela imponente porta com aldrava de bronze se fechava em sua cara antes que ela tivesse chance de pôr um dedo para dentro. Reka viu alguém se mover no fundo do saguão e elevou a voz. — O senador roubou algo de mim. Eu quero o que é *meu*...

Reka, Otto suplicou, mas ela não conseguia parar. Talvez uma vez por ano, ficava suficientemente furiosa para vir e fazer uma cena. Inútil, idiota. Mas ela não conseguia parar.

— Eu quero o que é meu — repetiu ela, a voz subindo, tentando forçar passagem pela empregada, olhando para o saguão obscurecido. Seriam as costas do senador ali, ou de seu filho? Ela não via nenhum dos dois havia anos, exceto à distância. O filho com seu queixo de Clark Gable, cabelo brilhantinado, o terno risca de giz; o pai igual, porém mais velho, o cabelo escuro grisalho, a barriga atrás do mesmo colete e o lenço de bolso agora solidificado em firme e satisfeita prosperidade. — Ele pegou o que é meu e eu preciso de volta.

Preciso. Era por isso que Reka estava aqui, supunha ela. Não era mais uma questão de propriedade e justiça; era uma questão de aluguel e comida.

— Trudy? — Uma voz feminina soou do saguão, jovem, leve, um sotaque britânico. — Quem está aí?

— Só uma pedinte, sra. Sutherland.

— Não sou nenhuma *pedinte*. — Reka se irritou. — Pergunte ao senador ou ao seu filho se eles conhecem a *Professora Muller*; eles sabem. Eles sabem...

A empregada fez um gesto para Reka como se estivesse espantando uma mosca e começou a fechar a porta. Reka pôs um pé na fresta e elevou a voz para um grito outra vez.

— *Eu quero falar com o sr. Sutherland*...

— Ele não está. — A empregada se afastou quando uma mão esguia e enfeitada de anéis abriu a porta de novo e Reka viu uma mulher jovem e alta. Elegante, cabelo preto, um pescoço sem fim enrolado em pérolas e pernas sem fim em meias de seda sob a saia verde-menta sofisticada que Reka imaginou ser um conjunto Chanel. — Obrigada, Trudy — continuou, em sua voz suave com sotaque britânico. A empregada desapareceu e a mulher voltou-se para Reka. — Meu marido está presidindo uma reunião de comitê até tarde esta noite e meu sogro está na Virgínia. Será que eu posso ajudá-la em vez deles?

A esposa. Reka nunca a tinha visto antes, embora soubesse que o Sutherland mais jovem tinha esposa e filho. Metodicamente escolhida em algum lugar depois da Faculdade de Direito de Yale, onde quer que as esposas de políticos fossem preparadas, em alguma incubadora de libras esterlinas para que a foto de família estivesse completa quando chegasse o momento de concorrer a um cargo eletivo. Era assim que essas famílias de Washington faziam. Reka olhou para o grande diamante quadrado na mão da mulher apoiada na porta e disse sem meias-palavras:

— Seu sogro é um ladrão e seu marido sabe disso.

O mais rápido estremecimento no rosto da mulher, desaparecido antes que Reka pudesse interpretá-lo.

— O que acha que o senador pegou da senhora? — perguntou ela, como se essa fosse uma conversa perfeitamente normal para ter nos degraus da frente de uma casa em Georgetown.

— Eu não acho que ele roubou. Eu afirmo que ele fez isso. De Otto e de mim. Sabe-se lá de quantos outros. — Reka puxou o ar em uma respiração trêmula, forçando-se a se acalmar. — Eu poderia lhe pedir um copo d'água?

— É claro. Trudy, por favor…

E Reka se viu em um banco almofadado no saguão de entrada, bebendo água em um copo de cristal lapidado. Depois que estava dentro, era muito mais difícil fazê-la sair. Ela não perdeu tempo, elevando os olhos para a elegante senhora da casa que, até esse momento, tinha sido mais receptiva do que qualquer um dos homens.

— Seu sogro… O senador Sutherland se vangloria de quantos ele ajudou a salvar da Alemanha? Quantos patrocinou para virem de Berlim para os Estados Unidos na década de 1930?

— Sim, ele tem muito orgulho de...

— Ele conta que tirou deles tudo o que eles tinham? Tudo de valor, claro. Ele nos deixou ficar com os restos.

O rosto da mulher mudou de novo. Talvez pensando se Reka era judia, se era por isso que tinha fugido da Alemanha. Ou talvez pensando por que teria demorado tanto para fugir que precisou de ajuda americana? A pergunta que Reka tinha ouvido tantas vezes: *Por que vocês não saíram antes?*

Que idiotas. *Você sabe como era difícil sair de lá?*, ela queria gritar. *Sabe?* A cada semana surgia mais um documento de que se precisava para emigrar, alguma nova permissão que um presunçoso burocrata sem rosto não queria lhe conceder, alguma condição que você não estava cumprindo. Mesmo que se conseguisse obter cada um dos papéis exigidos, era quase impossível vir para os Estados Unidos sem que alguém patrocinasse. Um patrocinador americano: isso era como ser tocado pela varinha mágica da fada-madrinha.

Ou, no caso deles, um padrinho mágico.

E, quando seu padrinho mágico lhe dizia que você devia mandar seus objetos de valor primeiro, porque era provável que forçassem você a entregar qualquer coisa preciosa que tivesse na saída de Berlim, você questionava? Não. Porque você estava acostumada demais com os bandidos de Hitler e como eles se serviam do que quisessem. Você estava entorpecida e grata demais por estar saindo do país que não era mais seu lar, o lugar onde seus amigos estavam desaparecendo e você sabia que a qualquer momento poderia ser a próxima. Então você mandava suas coisas primeiro, as mais preciosas, as que iriam te ajudar a construir uma nova vida.

Incluindo aquele pacote delgado e insubstituível.

Não vamos mandar os esboços antes, Reka tinha se oposto na época. *Eles têm que viajar conosco. Eu posso amarrá-los em volta das minhas pernas, embaixo da meia.*

E ver você despida e espancada na Lehrter Bahnhof se os guardas detectarem o menor ruído de papel?, Otto tinha argumentado. *Não podemos nos arriscar.*

Ela desejava que tivessem arriscado. Aqueles três frágeis pedaços de papel poderiam ter-lhes comprado uma vida nova nos Estado Unidos. Talvez não prosperidade, mas algum conforto. Isso poderia ter poupado, pelo menos, o profundo choque de descobrir que não havia nenhum objeto de valor esperando por eles quando chegaram a Washington. Que tinham seus vistos, e finalmente estavam do lado certo do Atlântico, mas tudo de valor, a prata da avó vienense de Otto, os brincos de esmeralda da tia-avó de Debrecen de Reka, as tapeçarias bordadas pelas quais ela e Otto tinham barganhado em Istambul quando, depois de muito economizar, realizaram o sonho de viajar no Expresso do Oriente... tudo tinha sumido. Removidos do meio das roupas e outros objetos, que depois tinham sido enfiados de qualquer jeito de volta nas caixas sem o menor esforço para disfarçar que o conteúdo havia sido remexido.

Vocês receberam a passagem e os papéis, foi-lhes dito, naquela única reunião que Otto conseguira com o senador Sutherland. Um senador júnior na ocasião, um alpinista arguto nos degraus do Capitólio, de olho nas melhores oportunidades. *Sejam gratos por isso, não acham?*

Esse foi o dia em que Otto começou a parecer velho.

— Senhora... Como disse que é seu nome? — A jovem sra. Sutherland estava olhando para o rosto de Reka com preocupação. — A senhora não parece bem.

Ela acha que você é louca, disse Otto. Reka abriu a boca para gritar, mas, em vez disso, se viu desabando, subitamente exausta. Os Sutherland não estavam ali, nem o pai, nem o filho. Se estivessem, ela teria sido firmemente escoltada degraus abaixo àquela altura.

— Eles me roubaram — repetiu, mas sua voz soava frágil aos próprios ouvidos.

— Quer um chá? Ou...

— Eu não quero sua caridade. Quero o que é meu. Eles me roubaram quando meu marido e eu estávamos fugindo para salvar nossa vida. Quando estávamos agradecidos por ter chegado à terra da liberdade. Quem faz isso? — Mas Reka não teve forças para erguer a cabeça diante daquela mulher, com seu cabelo impossivelmente brilhante e sua pele impossivelmente cara, e continuar discutindo. Ela se levantou, pousando o copo de cristal, e se virou para a porta. A empregada correu para abrir. Sapatos de salto polidos de pele de crocodilo soaram atrás dela.

— Vou chamar um táxi — disse a sra. Sutherland, segurando o braço de Reka quando ela chegou aos degraus na frente da casa.

Claro, Reka pensou, apoiando-se naquela manga de lã cara que cheirava a perfume Shalimar. *Você vai insistir para pagar a corrida e provavelmente vai me passar uma nota de cinco dólares na porta.* Era assim que os ricos fingiam que haviam feito tudo que lhes era possível fazer.

A mulher insistiu em ir junto com ela no táxi, o que surpreendeu Reka.

— Onde a senhora mora?

Mas Reka não ia deixar os Sutherland saberem onde encontrá-la.

— Pode me deixar ali na esquina do Prospect Park — resmungou ela, vendo Fliss sair com seu passo rápido pelos portões do parque com o carrinho de bebê, e se surpreendeu novamente quando a nora do senador insistiu em ajudá-la a sair do carro.

— Claro, sra. Sutherland — respondeu Fliss, com ar de espanto, ao ser habilmente recrutada. — Eu costumo ver a senhora e seu filho na Trinity Presbyterian aos domingos. Vou acompanhar a sra. Muller em segurança. Posso cuidar dela, eu já fui enfermeira... — E a nota que Reka encontrou no bolso de seu casaco mais tarde não era de cinco, mas de cinquenta dólares.

Mas ainda era o que os ricos faziam, não era? O que os *Sutherland* faziam. Jogavam algumas migalhas, consideravam-se muito caridosos e voltavam para sua mansão em Georgetown recheada do que não era deles.

— REKA, É VOCÊ?

Reka levantou os olhos na porta do Salão de Beleza Briar Rose, ainda desabotoando seu casaco, e viu Grace March acenando do outro lado da fila dupla de mulheres que liam revistas *Photoplay* velhas e conversavam sob os capacetes dos secadores de cabelo.

— Tem pelo menos uma hora de espera. Todas as mulheres da cidade querem lavar e pentear a tempo para o Dia de Ação de Graças.

— Estou vendo — disse Reka, mal-humorada. — Volto mais tarde.

— Bobagem, venha me fazer companhia...

E Reka se viu atravessando o salão, pelo meio de donas de casa com suas unhas recém-feitas e de cabeleireiras com seus cachos moldados, até o fundo dele, onde sua colega de pensão a chamou para dentro de uma espécie de depósito.

— Eu fui contratada para repintar a placa deles — explicou Grace, mostrando o avental sujo de tinta que vestia sobre uma velha saia cor-de-rosa com estampas de pequenas folhas e sapatilhas de balé. Seus cachos estavam presos no alto da cabeça com um lenço velho e ela removeu uma bandeja de tinta para Reka poder se sentar sobre um engradado. — O proprietário daqui viu o mural que eu pintei no mês passado na seção infantil da biblioteca. Isso foi depois que você saiu. Bem bobinho, crianças de desenho animado pulando de mãos dadas embaixo de um sol sorridente e, claro, a Sexton Sem Sexo não me pagou por ele. *É pelas crianças, sra. March!* Mas pelo menos me rendeu este trabalho aqui. — Grace indicou com um gesto a placa que estava apoiada contra a parede em um cavalete, as letras velhas aparecendo como fantasmas por baixo de uma camada de primer.

— Foi você que me fez ser demitida da biblioteca? — perguntou Reka, sem rodeios e sem se sentar. Ela esperava arrancar uma resposta de sua vizinha no choque, mas Grace só lhe deu aquele seu sorriso sonolento e divertido.

— Não, tenho quase certeza de que foi Arlene Hupp. Ela ficou *muito* irritada depois que você arrumou aquela briga com o Harland.

— Aquilo não foi uma *briga*. Se um húngaro arruma uma briga com você, todos os pratos acabam quebrados e as facas enfiadas nas paredes. — Reka se sentou no engradado, sem tirar o casaco. A sala dos fundos era fria, sem a alegria das paredes rosadas do salão principal, com seus retratos emoldurados de estrelas de cinema de cabelos elaborados e pilhas de revistas *LIFE* e *Ladies' Home Journal*. Ali havia apenas caixas de bobbies, vassouras, baldes e panos velhos, a conversa do salão um zumbido de colmeia passando pela porta. — Então foi a Arlene que contou — disse

Reka para si mesma, achando que parecia de fato verdade e bastante surpresa por estar tão feliz por não ter sido Grace. — Aquela *kurva*.

— Eu comecei a chamá-la de Huppmóvel. O jeito que ela circula pelos lugares, toda eficiência e nenhuma alma... — Grace se interrompeu com delicadeza. — Você tem outro emprego?

Reka grunhiu. Ela não tinha. Aqueles cinquenta dólares da jovem sra. Sutherland haviam lhe dado algum respiro, ela se envergonhava de dizer. Conseguiria passar o Natal, mas já estava economizando terrivelmente. Viera ali só para a mais barata lavagem e corte, e *isso* só porque fizera uma porcaria tão grande cortando o próprio cabelo que parecia ter entrado embaixo de um cortador de grama. Não seria contratada em lugar nenhum se parecesse louca além de velha.

— Você podia subir para o meu quarto nas segundas-feiras também, além das quintas. A Lina e o Pete vêm toda semana desde que o novo seriado *I Love Lucy* começou e você sabe como aquele menino come. Então sempre tem sanduíches e bolo.

Era o modo de Grace de arrumar para ela mais uma refeição grátis na semana; Reka sentiu as bochechas quentes. Mas não podia se dar ao luxo de recusar, então sim, provavelmente subiria lá na segunda-feira seguinte para ficar sentada de cara amarrada, aguentando a maldita Lucille Ball e o maldito Desi Arnaz, tudo por um sanduíche e um pedaço de bolo.

— Mas fique avisada — acrescentou Grace, talvez lendo os pensamentos de Reka. — A Lina traz o bolo, então tem também esse outro lado. Eu não acho que o bolo invertido de abacaxi da semana passada começou de fato invertido.

— Você perguntou para ela?

— Ah, claro que não. Eu disse que estava maravilhoso. Aquela criança é faminta por algum elogio. — Grace estendeu o braço e tocou a placa com um dedo, para testar o primer. — Quase seco... Mais uma camada e estarei pronta para começar. — Ela desenrolou um canudo de papel que estava no bolso de seu avental. — O que acha?

Reka examinou o esboço para a nova placa. *Salão de Beleza Briar Rose* tinha uma rosa dentro dos arcos dos *as* e dos *os*, e uma trepadeira saía sinuosa da ponta do *E* para sublinhar a frase toda. Previsível; bonito. Mas as letras eram meticulosamente retas e as pétalas, perfeitamente desenhadas.

— Comercial, mas competente — avaliou.

Grace riu, de maneira nenhuma ofendida.

— É o comercial que paga as contas, Átila.

— *Átila?* — Reka levantou as sobrancelhas.

— Átila, a Húngara.

Reka deu uma risada rouca.

— Prefiro isso a Sexton Sem Sexo ou Huppmóvel. — Ela sempre se perguntara do que Grace a teria apelidado.

Grace indicou com a cabeça a placa, montada ali como uma nova tela.

— O que é que você pintaria aí? Se não fossem minhas rosinhas comercialmente competentes?

Reka se levantou do engradado com um gemido e foi até a bandeja onde um pincel descansava ao lado de um recipiente de terebintina e de uma lata de primer aberta. E alguns bastões de carvão... Sem se permitir pensar muito no que estava fazendo, ela pegou um deles e desenhou uma longa linha sinuosa no quadro preparado em branco.

Pintar e desenhar eram tanto memória muscular quanto olho e mente. Seus músculos estavam velhos, enferrujados, e ela não poderia ter feito nada novo, mas as figuras na sua mente eram tão conhecidas quanto seu rosto no espelho. Não, mais conhecidas: o rosto no espelho mudava com o tempo, mas as imagens na mente eram nítidas e eternas. Ainda que ela não as visse desde o dia em que as embalara e enviara para os Estados Unidos.

Ela não as fez em nenhuma ordem específica. Uma mulher como uma coluna, com a cabeça adornada de flores, uma taça em uma das mãos e o outro braço envolto nas linhas sinuosas de uma cobra... Um homem nu, de cabeça baixa, ombros muito magros e quadris enrugados traçados em linhas duras... Um punhado de estrelas espalhadas como um cosmo, girando em direção a um rosto nem masculino nem feminino...

Grosseiro. Ah, Deus, aquilo era grosseiro! Reka havia perdido a mão junto com tudo o mais. Mas seguiu em frente até ter preenchido o quadro inteiro e seus dedos estarem cobertos de pó de carvão, e então recuou e seu coração se apertou.

— Desculpe — disse para Grace, porque era terrível, uma artista se apossando da tela de outra pessoa. Era o tipo de coisa que resultava em sangue e espátulas voando nos estúdios. — Eu não deveria ter tomado a liberdade.

— Não se preocupe. Isso vai ficar escondido entre camadas de primer. Faça o que tiver vontade. — Grace se aproximou e examinou a mulher com a cobra. — Mas eu não gostaria de ter que pintar por cima disso. Você é boa, Reka.

— Eu era — retrucou Reka, sem presunção. *Tinha* sido mesmo, no passado. Não era um Gustav Klimt, não era um Max Ernst, mas era boa.

Grace tocou a cobra de carvão.

— Como você teve essas ideias?

— Eu não tive. — O que Reka costumava pintar eram rostos; retratos, não conceitos filosóficos abstratos. Ela fez uma careta para as figuras que havia acabado de rabiscar, tão toscas que a constrangiam. Nem um pouco como as linhas sinuosas e esfumaçadas do original. Mas aquelas tinham sido traçadas por um gênio, não por uma velha professora de artes que não tocava em tinta ou carvão fazia anos.

Ainda assim, tinha sido *bom* fazê-las sair. Às vezes ela as via pressionando suas pálpebras até se contorcerem.

— Se você não as inventou, o que elas são? — perguntou Grace, examinando um rosto de mulher semivelado por faixas do que poderia ter sido cabelo preto, ou poderia ter sido fumaça.

— Os esboços preliminares para um tríptico de pinturas de Klimt — respondeu Reka. — As Pinturas da Faculdade: *Filosofia, Medicina* e *Jurisprudência*.

Klimt. As pessoas pensavam em seu *A mulher em ouro*, em seu famoso *O beijo*. Reka reverenciava o trabalho mais estranho dele, os nus inabaláveis e espirais abstratas e bestas monstruosas. O material que não era tão belo, que flertava com o obsceno e com o pesadelo, a distorção da realidade e o tabu. *Você não se casou comigo por causa do meu* halušky *ou do meu cabelo ruivo*, Otto às vezes brincava com ela. *Você se casou comigo por causa dos meus esboços de Klimt.*

Seu halušky *e seu cabelo vêm em um segundo lugar muito próximo,* Reka lhe garantia, com uma risada.

Três esboços, o orgulho da família de Otto, passados para ele quando seu avô morreu. Três desenhos a carvão do próprio Klimt. Estudos preparatórios para *Filosofia, Medicina* e *Jurisprudência*. Já bastante valiosos na época, mas agora...

— As Pinturas da Faculdade? — Grace franziu a testa. — Nunca ouvi falar delas.

— Não me surpreendo. — Reka largou o carvão de volta na bandeja. — Elas não existem mais.

Grace ergueu as sobrancelhas castanho-douradas.

Reka limpou as mãos escurecidas de carvão no pano de proteção da tela, tentando falar com naturalidade e falhando.

— Você sabe quanta arte degenerada Hitler queimou?

— As pinturas derivadas desses esboços... elas foram destruídas?

— Primeiro confiscadas. De uma família judaica. — Os Lederer; com a maior coleção de Klimt na Europa. — Enviadas para um castelo na Áustria, Schloss Immendorf. — Reka puxou o ar em uma respiração longa e trêmula. Tinha visto os livros queimando na Opernplatz, mas só podia imaginar a riqueza de telas, painéis e pinturas crepitando e se enrolando dentro das molduras sob as chamas ardentes. A imagem queimava sua mente, muito mais obscena do que qualquer coisa que Klimt tivesse pintado na vida e que tivesse ouvido ser denunciada por pessoas pudicas como *degenerado*. — Os alemães puseram fogo no castelo com tudo o que havia dentro.

O que tornou o trio de esboços a carvão de Reka e Otto, comprados por uma bagatela na virada do século, repentinamente muito mais importante do que apenas rascunhos experimentais de um artista. Muito mais, com os originais perdidos para sempre.

— Isso me dá menos vontade ainda de pintar por cima — comentou Grace pensativa, olhando os desenhos de carvão de Reka.

Reka se virou, pegou o pincel ao lado da lata de terebintina e o mergulhou no primer. Lançou o primer em um largo arco sobre a mulher com a cobra (a deusa grega Hygeia, supostamente, dando as costas para a humanidade) e viu as gotas brancas escorrerem por cima da taça na mão da deusa. — Um toque de Jackson Pollock — disse ela, ríspida, largando o pincel na lata. — Verdade seja dita, não sei se sou fã da técnica de gotejamento. *Ele* pode fazer, mas agora cada jovem idiota que conseguir espirrar tinta com um pincel vai ficar se considerando um gênio também.

— Você disse que as pinturas foram destruídas. — Grace ainda estava examinando as figuras borrifadas de primer. — E os esboços?

— Decorando a casa de um milionário em Georgetown. Minha taxa para entrar neste país. — Reka pegou a bolsa. — É melhor eu ir ver se consigo minha lavagem e corte. Algumas daquelas morcegas velhas ali do lado devem estar fora do secador a esta altura.

— Não deixe elas te convencerem a pintar o cabelo de azul, Átila. Você precisa é de um corte reto abaixo das orelhas.

— Já estou velha demais para esse corte. Acha que estamos em 1927?

— Você é velha o bastante para cachos azuis com permanente, isso com certeza. Um corte reto — disse Grace, visualizando-o claramente — Deixe o grisalho brilhar, só dê forma e apare para fazer parecer que foi cortado com uma navalha.

— Vou pensar. — Reka se virou para sair, a mão enrugada se levantando um pouco constrangida para a nuca. Sentia-se estranhamente... bem, não nua. *Sentia-se vista.*

— Reka. — Grace esperou até ela se virar de volta. De pé ali, em sua saia estampada de raminhos, mexendo a terebintina na lata, o olhar pensativo. — Tenha cuidado.

— Por quê?

— O que quer que esteja roendo você por dentro... Isso vai envenenar o tempo que lhe resta, se você não tiver cuidado. — Por fim, ela pegou o pincel e estendeu a mão para o primer. — Deixa pra lá.

* * *

FOI FLISS, A IRRITANTE E ESFUZIANTE FLISS DE FACES ROSADAS, QUE deu a ideia a Reka.

— Você tem acompanhado as decorações de Natal que estão sendo postas em volta da praça? — tagarelou ela no saguão quando dezembro chegou. Reka tinha descido para pegar sua correspondência, a cara feia firmemente a postos, de modo que Pete, na mesa do saguão, nem se arriscou a dizer *boa tarde*. Mas Fliss, que entrava pela porta com o carrinho de bebê, era imune a caras feias. — A Angela adora o Papai Noel na vitrine da farmácia. O que você vai fazer nos feriados de Natal?

— Eu odeio o Natal — declarou Reka. Em Berlim, ela e Otto ficavam na cama o dia inteiro bebendo *pálinka* e comendo *stollen*, derrubando açúcar de confeiteiro nos lençóis e trocando presentes à meia-noite, ignorando por completo o mundo do lado de fora. Ela mantivera pelo menos a última parte da tradição.

— O que acha de ir à cerimônia na igreja com a gente? — Fliss ajeitou os cobertores cor-de-rosa felpudos em volta da filha. — As velas na Trinity Presbyterian são sempre tão bonitas. Grace, Claire, Pete e Lina vão...

Eu prefiro me afogar em pálinka, Reka quase disse, mas a ideia a atingiu como um raio. A voz de Fliss, não aquele dia, mas semanas atrás, falando com a sra. Sutherland quando esta acompanhou Reka no táxi em uma nuvem de Shalimar: *Eu costumo ver a senhora e seu filho na Trinity Presbyterian aos domingos.*

Os Sutherland. Uma família de frequentadores da igreja; como todos os políticos. Nada como um pouco de caridade pública nesta terra de Deus e de McCarthy. E, mesmo que a maioria dos políticos estivesse ocupada demais dormindo depois de ter se enchido de martínis para comparecer a todos os cultos dominicais, eles estariam na frente e no centro daqueles bancos da igreja na véspera de Natal. Uma noite em que todos os empregados estavam de folga, em que todas as famílias iam à igreja, em que quase todas as casas de Foggy Bottom a Georgetown estariam vazias.

Otto considerou essa linha de pensamento uma péssima ideia. *Reka*, disse ele, com severidade, assim que ela voltou ao seu quarto no segundo andar, tendo deixado Fliss no meio da frase no saguão. *Reka, não.*

— Alguma vez eu prestei atenção quando você me disse *não* nesta vida? — ela zombou em voz alta, jogando sua correspondência de lado. Só folhetos de publicidade.

Ou não… Uma carta com carimbo de Nova York. Reka a abriu, ignorando Otto, que no momento esbravejava em húngaro, e viu uma caligrafia firme e conhecida no cartão timbrado da Betty Parsons Gallery. *Quinta exposição do Jackson comigo*, Betty escreveu. *É melhor vir dar uma olhada antes que encerre no dia 15!*

— Eu não posso ir à exposição do Jackson, Otto — disse Reka, dirigindo-se à poltrona gasta no canto como se o marido estivesse de fato sentado nela, olhando-a furioso. — Não tenho dinheiro. Não posso pagar uma passagem para Nova York, um ingresso para a galeria, uma cerveja vagabunda de dez centavos no Cedar. Isso é a vida agora, Otto. Cada último pequeno prazer está sendo arrancado de mim, um por um.

Não é desculpa para fazer o que você está planejando, disse ele, implacável. Reka largou o cartão de Betty, pensando, estranhamente, em uma voz que não era a de Otto. A voz de Grace March, os olhos castanho-dourados de Grace. *Deixa pra lá, o que quer que esteja roendo você por dentro.*

— Está me roendo por dentro, Otto — sussurrou Reka, sentindo a dor no fundo da garganta, nos pés inchados, nas mãos artríticas. Era como se todo o seu corpo, cada articulação e dobra, estivesse contendo as lágrimas. — Eu sei que está. Mas preciso tentar, mais uma vez. E depois disso? — Ela piscou e, então, quase *pôde* vê-lo sentado ali naquela poltrona, de cabelo escuro e cheio, jovem e ainda não amargurado. — Depois disso — disse Reka devagar —, se eu falhar, deixo pra lá.

Ela já havia feito promessas como essa antes. E as quebrara. Mas achou que falava sério dessa vez.

Mais uma decepção era tudo que ainda podia caber nessa mulher velha e amarga.

VÉSPERA DE NATAL, UM RENDILHADO DELICADO DE NEVE COBRIA AS calçadas. Reka ficou parada em seu casaco velho, observando as famílias perfeitas de cartão-postal entrando na Trinity Presbyterian para o culto da noite. Menininhas em vestidos de festa de veludo, pais com um ramo de azevinho no botão da lapela, mães usando pérolas de Natal... Reka não ousava chegar perto demais, mas tinha certeza de ter visto os homens Sutherland em um turbilhão de lacaios e sobretudos caros. O senador devia ter distribuído bônus de Natal e charutos; seu filho certamente tinha brindado seus conhaques festivos com todas as pessoas importantes de Capitol Hill, fazendo planos para o ano-novo, quando concorreria ao seu primeiro mandato. Orações e política, uma fluindo em direção à outra. Era como o Distrito Federal funcionava.

Stille nacht, heilige Nacht... Cantarolando a canção de Natal quando os primeiros acordes de música flutuaram da igreja, Reka enfiou o chapéu verde sobre os cachos fortemente enrolados numa permanente (ela não teve energia para convencer a cabeleireira a fazer um corte reto) e partiu para Georgetown, sua maior bolsa balançando em um braço. Mesmo que seu objetivo fosse um assalto e não um banco de igreja, era preciso ter uma aparência apropriadamente festiva na véspera de Natal.

Você pode ir parar na cadeia, Reka, Otto avisou, mas foi uma tentativa inútil. Ele já tinha dito tudo o que havia para dizer sobre o assunto; Reka ia de qualquer maneira. Conseguiria entrar na casa dos Sutherland na véspera de Natal, o dia mais sagrado do ano, e sair de novo com seus esboços de Klimt? Provavelmente não. Não tinha nenhuma garantia de que conseguiria entrar; não tinha nenhuma garantia de que encontraria os esboços pendurados na parede ou se já teriam sido vendidos havia muito tempo. Só sabia que precisava tentar uma última vez, que isso corria por suas veias como uma insanidade. Uma última tentativa. E, dessa vez, não tentaria suplicar pelo que era dela.

Ela iria entrar e *pegar*, e que se foda.

Então, Reka não foi para a porta da frente, mas se dirigiu à porta dos fundos, por onde os empregados entravam e saíam. Trancada, mas ela tinha quase certeza de que havia uma chave sob o capacho ou dentro de um vaso por ali... Ainda assim, bateu primeiro, com uma história preparada sobre coletar dinheiro para uma ação beneficente de Natal, se os

Sutherland (malditos) realmente tivessem feito aquela pobre empregada trabalhar na véspera de Natal.

Nenhuma resposta, nenhum som vindo da casa escura. Reka soltou o ar e começou a procurar uma chave embaixo do capacho, ao longo do peitoril da janela, entre os vasos, e então ouviu passos do lado de dentro. Seu coração mal teve tempo de se apertar quando a porta se abriu.

Mas não era a empregada.

— Pois não? — disse a jovem sra. Sutherland, em sua voz arrastada.

Reka esqueceu sua história sobre a ação beneficente de Natal e só ficou olhando para ela. Normalmente, se perguntaria por que um político ambicioso deixaria a esposa em casa na hora do culto da véspera de Natal, quando o que se queria era que os futuros eleitores o vissem como um devoto homem de família. Mas Reka não precisava se perguntar nada. Nenhuma mulher com o rosto inchado, um corte no lábio e um olho roxo poderia mostrar a cara na igreja, provavelmente não antes do ano-novo.

— Eu conheço você — disse a nora do senador, semicerrando os olhos. Estava usando um cardigã velho sobre uma camisola de seda lilás, meias de lã aparecendo incongruentes embaixo, o cabelo preto escorrido em volta do rosto. — Não conheço você?

Reka enrijeceu. Havia contado que a empregada não a reconheceria, não com o chapéu elegante e o casaco com gola de raposa, tão diferente da mulher raivosa em um suéter velho que esteve na porta da frente algumas semanas antes. Mas a sra. Sutherland foi no táxi com ela, conversou com ela…

— Eu sinto muito por incomodá-la no Natal, senhora — ela começou, fazendo o possível para conter o sotaque alemão e começando a recuar. Tudo tinha dado errado; sua última tentativa tinha acabado. Mas as palavras seguintes da sra. Sutherland a paralisaram.

— Foi você que disse que meu sogro roubou algo seu.

Reka parou. Meio virada para ir embora, ela deu meia-volta.

— Ele roubou — respondeu Reka, fitando, com a boca seca, aqueles olhos inchados e contundidos.

— Faz o estilo dele. — A sra. Sutherland se virou de volta para a casa. — Aceita um drinque?

De tudo o que Reka imaginou que pudesse acontecer naquela noite, aquilo nunca foi uma possibilidade. Mas se viu seguindo a jovem mulher para dentro da casa ecoante e vazia. Nem um empregado sequer ali; todas as luzes apagadas; uma árvore de Natal escura e silenciosa numa enorme sala de estar, e Reka acompanhou os passos instáveis da mulher sob a passagem em arco. A sra. Sutherland pegou um decantador de cristal em uma mesinha lateral e serviu uma dose generosa do que quer que estivesse dentro.

— Uísque vai bem pra você? — perguntou, empurrando o copo para Reka. O sotaque britânico era muito menos acentuado, com sua boca perfeita tão inchada de um lado. — Ou talvez seja bourbon, não sei. Qual é a diferença, afinal?

Quem bateria em um rosto como aquele?, Reka não pôde deixar de pensar. Teria se enraivecido por ver qualquer mulher tão espancada, qualquer que fosse sua aparência. Mas a artista nela sentia uma dor adicional ao ver qualquer coisa bela danificada. Seria como usar luvas de boxe contra a *Mona Lisa*.

Ela esperava que a sra. Sutherland despejasse uma dose de uísque para si e, a julgar pela fala arrastada, não seria a primeira, mas a mulher fechou o decantador sem servir mais nada.

— Eu não bebo — comentou, percebendo o olhar de Reka. — Detesto bebida. Todas essas recepções a que temos que ir, eu sempre acabo despejando meu martíni na planta mais próxima. Já matei plantas em todo o Distrito. — Ela levantou os olhos e Reka revisou sua opinião de que a fala arrastada vinha da bebida. Os olhos escuros da sra. Sutherland eram só pupilas, negras e dilatadas.

— O que eles deram a você? — Reka teve que perguntar. — Alguns tapas, ou mais do que alguns, e depois chamaram o médico para um pequeno estimulante?

— Ah, ninguém tem que chamar o médico para ter remédios por aqui. — A sra. Sutherland pôs um cacho de cabelo atrás da orelha. Estava com brincos de ametista enormes, como grandes pedaços de vidro roxo. — Nós temos comprimidos à mão para essas ocasiões. Meu filhinho acha que eu caí da escada hoje à tarde. A mamãe é tão desastrada... Isso já virou parte da tradição familiar.

— Eu sinto muito. — Reka não tinha ideia do que mais dizer.

A sra. Sutherland empurrou para cima uma manga frouxa do cardigã em seu braço esguio.

— Perguntei de você ao senador. Não *você*, mas uma mulher com sotaque alemão falando alguma coisa sobre um roubo.

— Foi por essa razão que ele fez isso? — A mão de Reka se afastou do copo de uísque antes que sequer o tocasse. Se a culpa fosse dela...

— Ah, não. Meu sogro não bateria em mim. Ele é um ladrão, mas é um cavalheiro. Só disse para o filho: *Trate de manter sua mulher na linha, ela está ficando muito faladeira*, e Barrett fez o serviço por ele. Mas não isto aqui... — Ela fez um gesto hesitante para o olho roxo, o lábio cortado. — Normalmente, Barrett é muito bom em me acertar onde as pessoas não vejam as marcas. Não, *daquela* vez foi uma costela quebrada. Logo antes do Dia de Ação de Graças. Me ajudou a não comer muito. Ele me pesa toda semana, sabe, então eu sempre fico tensa perto de festas. Todas aquelas tortas...

A espinha de Reka se arrepiou tanto que parecia querer sair da pele. Ela nunca havia pensado muito no Sutherland mais jovem; era apenas uma versão júnior do homem que ela realmente odiava.

— Deixe-o — disse, asperamente. — Vá embora. Com certeza...

A mulher pareceu achar uma graça amarga.

— Você é adorável — respondeu ela, em um sotaque da Virgínia como o dos Sutherland, e descartou todo o assunto com um gesto da mão. — O que meu sogro roubou de você, afinal?

— Três esboços de Klimt. — Essa devia ser a conversa mais surreal que Reka já teve na vida, mesmo ela tendo usado ópio *e* absinto no Moulin Rouge com um grupo de pintores surrealistas em Paris. — Estudos para as Pinturas da Faculdade, *Filosofia, Medicina* e...

— Ah, não, não aquelas coisas horríveis. — A sra. Sutherland se virou da mesinha de canto, retornando pela sala escurecida em direção à escada. Reka hesitou, incerta se deveria ou não segui-la, e então aquela voz britânica veio flutuando. — Você vem ou não?

Para dentro da cova do leão, Reka pensou, claudicando escada acima. Mas não uma cova do leão, afinal; só um escritório particular com paredes de um azul aquoso.

— É meu — disse a sra. Sutherland, acendendo as luzes com ar indiferente. — Embora esteja além da minha compreensão entender por que eu preciso de um escritório se nunca escrevo mais do que um ou outro bilhete de agradecimento. — A mesa estava cheia de papéis de carta creme e pesos de papel de cristal, mas Reka só registrou essas coisas em vislumbres indiretos. Porque na parede, quase atrás da porta, ela os viu.

Três esboços feitos a carvão, cada um não chegando a 120 centímetros quadrados, cuidadosamente emoldurados e protegidos com vidro.

— Eu não os suporto. — A sra. Sutherland estremeceu. — Todos esses olhos e esses rostos torturados. Meu sogro também não gosta deles, mas diz que vão *valorizar*. O presente ideal para dar a uma noiva em seu casamento: desenhos de olhos horríveis que ficam se arrastando atrás de você pela sala e um filho que arrebenta sua boca se você diz que talvez fosse melhor ele não tomar tanto bourbon antes de ir à igreja na véspera de Natal.

Ela se lançou pela sala tão de repente que Reka estendeu a mão para segurá-la se ela se desequilibrasse, mas ela não caiu. Só apontou para as pinturas em suas molduras.

— Pegue isso aí. Leve embora.

— Não posso. — As palavras saíram espontâneas da boca de Reka. Ela queria os esboços de Otto, mas não ia levá-los à custa do corpo machucado dessa mulher.

— Barrett nunca entra aqui. Nem meu sogro. Vai levar meses até eles notarem. — A sra. Sutherland deu de ombros. — Se é que vão notar um dia.

Ela se lançou para a frente de novo, como se fosse arrancar os esboços da parede. Mais alarmada do que qualquer outra coisa, já antevendo vidro quebrado cortando o papel frágil, Reka avançou depressa e retirou as obras de Klimt com movimentos cuidadosos. O peso delas, depois de todos aqueles anos… *Eu não posso*, ela pensou de novo, mas seus braços já estavam envolvendo a pilha de molduras.

— Tenha uma história na ponta da língua caso eles notem os espaços vazios na parede — foi o que disse.

— Tenho certeza de que eles estão segurados contra roubo. Eu poderia dizer que algumas das minhas joias foram roubadas também — disse a sra. Sutherland, pensativa. — Posso penhorá-las depois.

— Faça isso — concordou Reka, com uma polidez incongruente. — Toda mulher precisa ter o próprio dinheiro. Um fundo de escape. — Porque, ainda que sua situação tivesse sido totalmente diferente, ela sabia o que significava se eriçar em autodefesa quando alguém a aconselhava a *ir embora*. Era difícil simplesmente *ir embora* quando não se tinha dinheiro. Reka respirou fundo. — Se eles machucarem você por causa disso…

— Eles já me machucam de qualquer jeito. — A sra. Sutherland deu uma risada que foi como uma tosse, e isso claramente fez doer suas costelas. — Escute, decida se vai levar os esboços ou não. Eles são seus, não são?

— São…

— Você os quer de volta, não quer?

Sim, Reka pensou. Poderia ficar com eles por um tempo, só o suficiente para sentir o prazer de estar com o que havia perdido… depois encontraria um lar para eles num museu. E, sim, dinheiro era parte dessa decisão, dinheiro que tornaria sua velhice um pouco mais fácil, mas era mais do que isso. Os esboços, com seus originais entregues às chamas pelos nazistas, mereciam estar expostos em algum lugar onde o mundo pudesse ver.

— Então pare de discutir. — A sra. Sutherland lhe deu as costas antes que Reka pudesse responder e saiu do escritório. — De nada — falou, sem se virar —, senhora... eu não me lembro do seu nome.

É melhor assim, Reka pensou, enfiando os três esboços emoldurados em sua grande bolsa. Não cabiam muito bem, mas teria que servir: se ela tirasse os esboços das molduras, o carvão delicado corria o risco de borrar. Ela realmente ia sair dali com o que era seu por direito? Seu coração batia tão forte que chegava a doer.

Isso ainda pode ser perigoso, Otto alertou. Reka sabia que ele estava certo, mas continuava descendo a escada. Como era aquela frase que o senador tinha jogado na cara do seu marido? *A posse é nove décimos da lei aqui neste país.* Bem, se a posse dos esboços agora era dela, o jogo tinha virado. Mesmo quando os Sutherland percebessem que os quadros haviam sumido, não teriam prova alguma de que ela estava envolvida.

Eles podem arrancar a história a tapa dessa pobre mulher, pensou. *Seu nome... ela pode lembrar. E, depois que tiverem acabado com ela, vão espancar* você *também.*

Mas Reka não conseguia parar, não quando estava tão perto de tê-los de volta. O pedaço de Otto, o pedaço do passado deles, o pedaço do futuro deles que havia sido furtado pelo sorriso presunçoso de um burocrata. Ela continuou, em direção à porta dos fundos. Havia tocado em alguma coisa ali além dos esboços? Não, nem mesmo no copo de uísque que a sra. Sutherland lhe serviu. Tinha seguido de um aposento a outro, mas suas mãos nem sequer haviam roçado a maçaneta...

Estava quase livre, quase passando pela porta dos fundos, quando passos leves soaram atrás, quase correndo.

— Espere!

Seu estômago deu um pulo enquanto ela se virava.

— Eu preciso trancar a porta — disse a sra. Sutherland, com a fala ainda mais arrastada. — Se Barrett a encontrar destrancada, vai demitir a pobre Trudy. Ela nunca mais conseguirá emprego em Georgetown, e ela é tão *boa*, tem uma avó em Mobile e manda dinheiro para casa...

— Boa ideia — disse Reka, gentilmente. — Tranque a porta quando eu sair. Ninguém merece ser demitido no Natal.

— Meu Deus, ainda é Natal. — A sra. Sutherland abriu a porta e fez sinal para Reka passar. Alta e bela sob os hematomas, mas parecendo uma menininha triste. — Feliz Natal.

— Feliz Natal — respondeu Reka, segurando a bolsa. E seguiu pela rua cantarolando *Stille nacht*.

DIA DE NATAL. *TEMPO DE COMEMORAR*, REKA PENSOU, COM ALGUMA determinação.

Tarde demais para muita decoração, mas ela surrupiou um pouco do festão que Grace tinha convencido a sra. Nilsson a deixá-la usar para enfeitar os corrimãos e a sala de visitas da Briarwood House e o arrumou sobre seu aquecedor como se ele fosse uma lareira. Pensou em fazer uma panela de *halušky*, o prato favorito de Otto, mas não teve energia. Em vez disso, ligou o rádio e ouviu Bing Crosby: *It's beginning to look a lot like Christmas...*

— Feliz Natal, Otto — disse ela, sua voz ecoando pelo quarto vazio. Talvez sentimentos mais festivos a encontrassem quando ela chegasse a Nova York no dia seguinte. Tarde demais para pegar a exposição de Pollock na galeria de Betty, mas, mesmo nos dias lentos depois do Natal, havia pequenas galerias mais discretas com uma ou duas preciosidades em exibição.

E, enquanto ela estivesse lá, ia pagar um cofre, com tamanho suficiente para três quadros com vidro. Até que decidisse qual museu seria o melhor lar para seus esboços de Klimt (o preço era uma consideração, mas principalmente a visibilidade, e uma completa garantia de anonimato), não queria que eles estivessem na mesma cidade que a família Sutherland.

Talvez fosse por isso que a alegria estonteante de sua vitória na véspera de Natal tivesse lentamente se escoado conforme a manhã chegava.

Reka ficou de joelhos, com uma dor dentro de si que parecia maior do que de hábito, e tirou os esboços de baixo da cama pela décima vez. Alguns traços a carvão; o rosto de Hygeia era pouco mais que um borrão... mas era possível ver genialidade naqueles traços. Ou pelo menos Reka via. E, mesmo com Bing Crosby cantando e os sons de alegria flutuando pela Briarwood House, não pôde evitar um único, seco e duro soluço que escapou de sua garganta quando ela pensou nos originais perdidos de Klimt. *Filosofia, Medicina* e *Jurisprudência*, lambidos pelas chamas, enrolando-se e estalando enquanto olhos nazistas zombavam.

Tanta coisa destruída. Tanta coisa perdida.

Reka, Otto a repreendeu. *Sem lágrimas. Você conseguiu nossos esboços de volta. Tudo que você queria!*

Mas ela não conseguia parar. Continuou chorando, os soluços rasgando-lhe a garganta em surtos descontrolados. Porque *não era* tudo que ela queria, era? Tinha os esboços agora; justiça havia sido feita; a arte preciosa seria restaurada ao público e haveria algum dinheiro para amenizar seus últimos anos.

Ela continuava não tendo Otto.

Continuava tendo as lembranças dele no fim, tão amargo e abatido.

Continuava a viver velha e sozinha.

E teve uma súbita vontade louca de enfiar os punhos naqueles quadros emoldurados até fazer o vidro estilhaçar e o papel frágil embaixo se rasgar em pedaços. Porque para que servia a arte, afinal? Para que servia *qualquer coisa*?

— Feliz Natal, Átila — a voz de Grace March chamou do outro lado da porta. — Você está aí?

Reka estava soluçando demais para conseguir mandá-la embora.

— Reka? — A porta se abriu e lá estava Grace, com um ar festivo em uma saia verde-escura e suéter escarlate ajustado sobre seu corpo curvilíneo, segurando na mão uma garrafa enrolada em uma fita. — O que aconteceu? — perguntou, com a voz suave.

— Vá embora — disse Reka, ofegante.

Grace a ignorou e fechou a porta com um calcanhar.

— Talvez o que você precise seja de uma dose de seu presente de Natal — disse ela, levantando a garrafa. — *Pálinka*, aquele conhaque de que vocês, húngaros, gostam, pelo que me disseram. Custei a encontrar. — Os sons de Grace procurando alguma coisa vieram da pequena área de cozinha de Reka, e então ela voltou com dois copos. — É a melancolia de Natal? — perguntou, e então arregalou os olhos quando chegou suficientemente perto para ver os esboços no chão. Emoldurados, inconfundíveis, as mesmas figuras que Reka tinha desenhado na placa semipreparada do Salão de Beleza Briar Rose.

Reka fez um movimento inútil e atrasado demais para empurrá-los para baixo da cama.

— Ah, minha querida — disse Grace. — Espero que você não tenha matado alguém.

Por algum motivo, isso conteve as lágrimas de Reka. Podia ter sido uma piada forçada, uma hipérbole. Mas os olhos de Grace eram calmos, observando o resto do quarto em um único movimento pragmático, como se estivesse verificando se havia sangue ou algum outro sinal de violência.

— O que você diria se eu *tivesse* matado alguém? — perguntou Reka de repente, semi-horrorizada e semifascinada.

— Geralmente precisa de duas pessoas para esconder um corpo. — Grace se acomodou no chão ao lado de Reka, à vontade como um gato. — Precisa de ajuda?

Você não hesitaria se eu precisasse. Essa mulher, Reka sentiu uma súbita certeza, entendia de violência. Entendia o suficiente para contemplar essa possibilidade sem pestanejar. *Este* era o outro lado da sra. Grace March do 4B, por trás das vogais de Iowa e do chá de sol.

Reka sentiu uma centelha de admiração. Se havia algo que apreciava em uma pessoa era a inabalabilidade.

Szar, será que essa palavra existia? Se não existisse, deveria existir.

— Eu não matei ninguém — disse para Grace, por fim. O que mais havia feito ela não ia dizer.

— Que bom — respondeu Grace calmamente, tomando um gole de *pálinka*. — Então por que motivo estava soluçando ao som de Bing Crosby no dia de Natal?

Reka tomou um gole do próprio copo, desejando sentir a bebida queimar por dentro.

— Consegui isto — disse ela, indicando os três esboços a carvão. — Mas o que mais eu tenho?

Grace fez um gesto para as quatro paredes, para a Briarwood House em volta delas.

— Tudo isto?

— Não é suficiente — gritou Reka, sabendo que parecia mal-agradecida. Ela estava ali, viva, quando poderia muito facilmente estar morta em Berlim... Mas ainda doía. Doía tanto...

— O que seria suficiente, Átila?

Reka abriu a boca. Fechou. Abriu de novo enquanto os últimos trinta anos se passavam como um flash por sua mente.

— Grace, eu nunca achei que *chegaria* até aqui.

As duas ficaram sentadas em silêncio enquanto Bing Crosby dava lugar a "Frosty the Snowman", de Nat King Cole.

— Acho que odeio esse boneco de neve da música — disse Reka, enxugando os olhos. — Sempre desejei que alguém começasse a correr atrás dele com um secador de cabelo.

— Eu acho que odeio *pálinka* — respondeu Grace. — Tem gosto de álcool desinfetante com um toque de damasco.

— É um gosto que a gente adquire.

— Felicidade também, para algumas pessoas. — Grace inclinou a cabeça, seu olhar avaliando-a, e os dedos de Reka de repente sentiram a necessidade de ter um bastão de carvão. Os olhos eram a característica a ser destacada, caso se estivesse desenhando Grace March: um rosto borrado, um punhado de cachos indistintos, tudo focado em volta daquele olhar tranquilo como o de um tigre. — Experimente — disse, por fim.

Reka arregalou os olhos.

— Experimente o quê?

— Felicidade. — Grace se levantou, ajeitando a saia. — É uma escolha tanto quanto qualquer outra coisa. Ou você poderia escolher ser brava e, se ficar brava por tempo suficiente, isso se tornará confortável, como um roupão velho. Mas uma hora você vai acabar percebendo que o roupão velho é tudo o que você tem e não há mais nada no guarda-roupa que sirva. E, a essa altura, vai estar só esperando para trocar o roupão por uma mortalha. Ou pelo menos isso é o que eu sempre achei.

Reka permaneceu imóvel, encarando os esboços. Estava, pensou ela, com um pouco de fome, no fim das contas.

— Feliz Natal! — disse Grace, e saiu.

Halušky da Reka

1 pacote de macarrão com ovos
8 tiras grossas de bacon
1 repolho pequeno, fatiado
1 cebola média, fatiada
4 dentes de alho, triturados
Sal e pimenta-do-reino moída na hora

1. Cozinhe o macarrão de acordo com as instruções na embalagem em água fervente com sal até o ponto al dente. Escorra a água e separe, reservando uma xícara da água de cozimento do macarrão.
2. Coloque uma frigideira grande em fogo médio. Cozinhe o bacon até ficar crocante, depois tire-o da frigideira e corte em pedaços de 1 centímetro. Retire uma colher de sopa de gordura do bacon se a frigideira estiver muito engordurada.
3. Ponha o repolho e a cebola na frigideira e refogue por 5 minutos. Adicione o alho e refogue por mais 5 minutos. Quando o repolho estiver mole, acrescente o macarrão cozido e o bacon à frigideira. Mexa bem, acrescentando um pouco da água de cozimento do macarrão que estava reservada para combinar os sabores.
4. Tempere com sal e pimenta e coma em um dia frio de inverno depois das festas de fim de ano, enquanto ouve "Because of You", de Tony Bennett e sua Orquestra.

— Oi, sra. Muller — disse a garota italiana alta chamada Bea quando Reka subiu até o quarto andar. O barulho usual das noites de quinta-feira vazava do apartamento de Grace: Joe dedilhando o violão, Grace na janela chamando o gato vadio cujo nome era Vermelho, Claire e Nora com os pés apoiados no dogue alemão enquanto debatiam se o mais bonito era Kirk Douglas ou Stewart Granger. — Achávamos que você ainda não tivesse voltado de Nova York — continuou Bea, passando a mão pelo cabelo preto curto.

— Voltei esta manhã — disse Reka, apoiando uma grande panela fumegante no quadril. — Está mais claro aqui, não está? — O patamar da escada sempre havia sido escuro e pouco convidativo, mas Grace tinha enfeitado o novo lustre com azevinho natalino e as paredes pareciam mais claras…

— Eu me ofereci para repintar as paredes — disse Grace, contornando Joe e aparecendo no patamar da escada atrás de Bea. — A Crocheteira Nilsson não se opõe a melhorias na casa; ela só se opõe a ter que pagar.

— Está bonito — admitiu Reka. Uma cor creme suave em vez do off-white manchado, e a trepadeira florida da parede tinha crescido do apartamento de Grace para as paredes do andar. — Como você conseguiu convencê-la a concordar com a trepadeira?

— Eu argumentei que as flores escondem as rachaduras da parede. Ela aceita qualquer coisa que disfarce o fato de que a casa precisa de um carpinteiro. — Grace deu uma batidinha brincalhona na parede e fez um gesto com a cabeça para a panela que Reka estava carregando. — O que é isso?

— Jantar. — Reka lhe entregou a panela. — É minha vez de cozinhar para o Clube Briar.

— Acho que esta talvez seja a primeira vez que você cozinhou para nós, Átila — disse Grace, e Reka se contraiu. Era, não era? Geralmente ela só trazia seu pagamento de uma lata de comida e comia tanto quanto conseguisse aguentar.

Bem, ela ia começar a fazer seu turno. Talvez até começasse a acrescentar sua cota de flores àquela trepadeira também.

— Não posso ficar esta noite, mas quis cozinhar mesmo assim. *Halušky* — Reka disse, ríspida. — Não exatamente a versão que se encontraria em Budapeste, mas ainda uma boa refeição para uma noite fria.

— Você é uma vizinha que joga em várias posições, afinal, sra. M. — Bea se entusiasmou, enquanto Grace sorria e levava a panela para dentro. Reka ia perguntar o que ela queria dizer com aquilo, mas Fliss se espremeu pela porta.

— Alguém viu minha echarpe cor-de-rosa? Eu acabei de tirar e ela desapareceu... Ah! — exclamou a inglesa. — Reka, cortou o cabelo!

— Em Nova York. — Reka passou a mão pelas pontas retas logo abaixo das orelhas.

— Ficou maravilhoso. — Fliss estava com a bebê nos braços como sempre, sacudindo e balançando. *É a bebê que seria a característica dela em um retrato*, Reka pensou. De alguma maneira a própria Fliss, seu cabelo loiro com as pontas viradas para fora, as saias rodadas em tom pastel, desaparecia atrás daquele amontoado de cobertores em uma linda mancha de anonimato materno.

— Obrigada. — Os olhos de Reka pousaram nas margaridas amarelas borradas que alguém, provavelmente Bea, que sempre pintava margaridas, tinha pintado ao longo da trepadeira na parede do corredor. Como era que todas aquelas flores pintadas, por mais que fossem mal desenhadas pelas amadoras do Clube Briar, pareciam harmonizar tão bem com o todo? Havia alguma mágica aqui.

Talvez parte dela contagiasse Reka.

SEU QUARTO EMBAIXO CHEIRAVA A *HALUŠKI*, E ESTAVA DIFERENTE. Todos os móveis tinham sido afastados das janelas e ela enrolara o tapete. Reka foi para Nova York com seus três esboços e eles ainda estavam lá, guardados num cofre oficialmente em nome de Betty Parsons, para que nada aparecesse em seu nome, e Reka voltou com outra coisa. Algumas outras coisas, para dizer a verdade: um cavalete baixo, lápis e giz de desenho, papel apropriado.

Ela parou, olhando para o cavalete.

— Esta é uma ideia idiota, Otto.

Talvez seja, ele concordou. *Melhor do que se encasular em cobertores e velhas lembranças amargas*, édesem.

Mas amargura, pensou Reka, seria um hábito difícil de descartar. Ainda estava cheia de amargura até a boca, mas sentia uma comichão também, comichão de desenhar, de criar, de fazer alguma coisa, mesmo que fosse apenas um esboço malfeito qualquer. Sabia até o que queria desenhar: retratos, sempre sua especialidade. Começar com os rostos conhecidos de suas vizinhas, talvez ligados pela trepadeira na parede de Grace... Em vez de desabrochar em flores, ela poderia desabrochar em rostos abstratos em blocos de cores.

Ficou ali parada diante do cavalete, suando no frio, aterrorizada. Inspiração não era suficiente; suas mãos de pintora estavam velhas e atrofiadas. Inúteis, provavelmente. Baixou os olhos para os lápis recém-apontados.

— Vamos lá — ela grunhiu, e rezou por um pouco de coragem.

Dia de Ação de Graças, 1954
Washington, D.C.

O cheiro de sangue está suspenso no ar outra vez e a tensão dentro da Briarwood House ficou tão carregada que se poderia cortar com uma faca. Um segundo corpo descoberto. Os policiais estão correndo de um lado para outro histericamente, torcendo as mãos e trombando entre si (nenhuma surpresa nisso, a casa pensa), e todas as mulheres na cozinha, que haviam sido descartadas no início da noite como emotivas demais para ser interrogadas por enquanto, continuam sentadas ali, sem se abalar.

Essas são as minhas meninas, a casa pensa, abanando os cheiros de peru queimado e sangue para o corredor, tirando-o do nariz delas. Quando exatamente a casa começou a gostar das pensionistas? Por décadas, mal havia se dado ao trabalho de reparar nas pessoas que entravam e saíam pela porta. Um par de pés é praticamente igual a outro. Porém, mais ou menos na época em que a trepadeira na parede começou a crescer, descendo do quarto andar, mais ou menos na época em que as decorações festivas e os cheiros de jantares apetitosos começaram a ser regra e não exceção — bem, a casa passou a prestar atenção nos diferentes passos que subiam e desciam por seus degraus gastos. Cada um diferente, na verdade. Cada pé pisando pesado ou leve, dependendo das preocupações que carregava consigo.

No momento, os pés pousados no piso da cozinha estão todos preparados para uma tragédia.

— Quando digo coisas como *vasculhem a casa*, isso significa *checar cada maldito aposento* — o detetive está bufando para sua equipe cabisbaixa. — Isso significa cada droga de canto, cada droga de armário, cada droga de fenda! Pelo amor de Cristo, como vocês podem ter sido tão idiotas e não verem *isto*? — Ele aponta pela porta aberta em direção à sala de visitas e à figura caída e ensanguentada claramente visível no tapete.

Todos começam a murmurar de imediato *Eu achei que outro de nós* e *Não foi minha culpa!*.

— Quem pode ser suspeito do segundo assassinato? — pergunta o parceiro do detetive, com um tom obsequioso, mas só recebe um olhar irritado de volta. — Isso não tem nada a ver com a morte lá em cima, certo? — o homem insiste. — No 4B havia sangue para todo lado. Coisas derrubadas, as paredes sujas...

Minha trepadeira, a casa lamenta.

— A cena aqui é mais limpa — prossegue o parceiro do detetive. — Mais calculada. O corpo no meio do chão, atingido na cabeça, um único golpe de um objeto pesado. Parece obra da mesma pessoa que saiu cortando freneticamente quatro andares acima?

Na cozinha, a sra. Nilsson está aos gritos.

— Meu tapete!

Já vai tarde, pensa a casa, que vinha tentando se livrar daquele tapete de crochê horrível (respingos de café, lama saindo prestativamente de sapatos) havia absolutamente anos. Adeus, tapete de crochê, e, depois de todos esses pés oficiais de passos pesados, a horrorosa passadeira do corredor provavelmente tinha ido também... mas a casa ainda não consegue se alegrar muito. Não com a tensão que só aumenta entre as pessoas na cozinha; todas aquelas expressões disfarçadas de fúria, luto e impotência voando pra cá e pra lá...

— A arma do crime do segundo assassinato não pode ter sido a mesma, de forma alguma — diz o detetive a contragosto, olhando em volta na sala. A arma no andar superior já tinha sido identificada e catalogada: uma foice de jardinagem de cabo curto que Pete às vezes usa para capinar no quintal. A casa pensou em esconder a foice, fazendo-a deslizar entre algumas tábuas soltas no chão, mas isso talvez tivesse criado mais problemas do que resolvido. — Este não parece... — O detetive para: o silêncio inchado na cozinha finalmente se rompe e um choro estridente corta a noite. — Droga, será que alguém pode calar a boca dessa criança?

— Ela está muito assustada! — As mulheres se agrupam em volta da menininha; a casa não sabe dizer qual delas está falando. — Angela, querida, pare de chorar...

A casa envia vários ventinhos suaves de consolo na direção de Angela em seu vestido de babados, o melhor que pode fazer em termos de afago. Mas há muito pouco que até mesmo uma casa senciente de meio século com três guerras e dez presidentes no currículo possa fazer quando uma criança decide que Chegou ao Limite, e Angela Orton muito definitivamente Chegou ao Limite, choramingando exausta com o rosto vermelho como um tomate. A tensão finalmente explodiu e ela não vai parar tão cedo.

— Entreguem ela para a mãe — diz o detetive com irritação, ficando também vermelho enquanto as mulheres só olham pra ele. — Vamos logo com isso. Cadê a mãe?

DOIS ANOS E MEIO ATRÁS

FEVEREIRO DE 1952

Capítulo 4

Fliss

> Querida Kitty,
>
> A bebê de Fliss Orton está berrando outra vez; duvido que alguém na Briarwood House tenha pregado o olho esta noite! Definitivamente um caso da "terrível fase dos dois anos", mas Fliss flutua acima de tudo serena como um veleiro, se um veleiro usasse um conjunto de saia e suéter cor-de-rosa e tiara.
>
> Queria que você estivesse aqui.
>
> — Grace

Sou uma péssima mãe, Fliss pensou, amarrando uma fita de cetim em volta de um pacote de biscoitos de gengibre. Esse era para Bea Verretti, do quarto de cima, no terceiro andar. *Péssima*. Enrolou outro pacote de biscoitos num arranjo de tule cor-de-rosa, esse para Reka, do outro lado do corredor... Era Dia de São Valentim e Fliss assou biscoitos de gengibre para todas as mulheres da Briarwood House que não tinham alguém para levá-las a um jantar romântico. (*Cookies*, Fliss lembrou a si própria; você já devia se lembrar disso.) Todas as pessoas solitárias mereciam algo bonito no Dia de São Valentim. Catorze de fevereiro não era apenas para os pombinhos apaixonados.

No chão, Angela estava sentada em seu macacão de babados, batendo dois blocos um no outro e rugindo. O tom de seus rugidos mudou de oitava abruptamente, dando uma sacudida em Fliss do outro lado da sala.

— Quer a mamadeira? — perguntou, inclinando-se com um sorriso determinado. Sorria, sorria, sempre sorria. — Um biscoito? — Mas Angela só gritava, vermelha como uma cabine de telefone londrina. — Talvez uma soneca — sugeriu Fliss, tentando levantar a filha do chão, mas Angela resistiu a ser levantada, braços e pernas estendidos rígidos como uma estrela-do-mar. Ela era um conjunto de membros duros em volta de uma boca aberta uivando e não, ela não queria a mamadeira, ou um biscoito, ou uma soneca. *Péssima mãe,* Fliss pensou: o refrão que matraqueava dia e noite, sem nunca parar, sem nunca dar uma folga, quer ela estivesse escovando os dentes ou preparando cookies ou polindo os sapatinhos reluzentes de Angela. Uma boa mãe saberia o que a filha queria. Uma boa mãe já teria descoberto.

— Tudo bem — disse, cansada —, se está com vontade de gritar, então continue gritando. — Ela prendeu um cacho sob a tiara azul em seu cabelo e voltou aos biscoitos. Sete pacotes envoltos em tule cor-de-rosa, com laços cor-de-rosa. Mecanicamente, Fliss afofou os laços, garantiu que as pontas fossem exatamente do mesmo tamanho. Afofar, afofar. Não havia desculpa para não ser perfeito. Ela não precisava trabalhar, afinal. Era muito sortuda. Afofar, afofar.

Uma batida à porta a fez endireitar o corpo, como se tivesse sido eletrocutada. Será que tinha se desligado outra vez? Vivia fazendo isso, dedicando-se focada a alguma tarefa e, de repente, percebia que havia se desligado por quinze, trinta minutos, uma hora. Quanto tempo fazia que estava de pé ali, afofando laços em um pacote de biscoitos de gengibre? E se Angela tivesse engatinhado até a cômoda e puxado uma gaveta em cima dela? *Péssima mãe*, a voz interior uivou, fazendo Fliss correr da mesa até sua filha, mas Angela continuava batendo blocos no chão e berrando. Outra batida soou na porta e Fliss sabia exatamente quem era.

— Sra. Nilsson! — disse ela, vibrante, com um sorriso de orelha a orelha, ao abrir a porta. — Precisa de alguma coisa?

— Essa bebê está chorando a tarde inteira — a proprietária disse com irritação, cruzando braços muito magros sobre o roupão esverdeado. — Você não sabe que ela precisa de uma soneca?

— Ela está se recusando a se deitar, infelizmente. — Fliss conseguiu soar pesarosa. — É uma idade difícil.

— Bobagem, os meus dois sempre caíam no sono assim que eu os colocava pra tirar uma soneca. Você disse quando se mudou pra cá que a bebê não ia dar nenhum trabalho...

Eu não achava que ainda estaria neste maldito apartamento quando Angela estivesse chegando aos 2 anos, Fliss pensou. Tudo tinha dado errado, tão errado.

— Vou conseguir acalmá-la, prometo.

— Hunf. — Os olhos da sra. Nilsson percorreram o quarto de Fliss, procurando algo para criticar. Não havia nada, Fliss sabia. Durante o dia, ela mal conseguia manter os olhos abertos, mas, à noite, não conseguia dormir e, assim que Angela pegava no sono, Fliss se levantava e fazia faxina. Na noite anterior, tinha esfregado os azulejos do banheiro com uma escova de dentes velha, limpando entre cada um deles, passando depois à área da cozinha e adormecendo por volta das quatro horas da manhã com a cabeça apoiada na caixa térmica. — Tenho que reconhecer que você mantém tudo limpo — admitiu a sra. Nilsson, e então seus olhos pousaram nos pacotes cor-de-rosa. — Cookies? Você usou meu forno?

Pete tinha dado sinal verde para Fliss quando a mãe saiu para fazer compras, abanando o cheiro com uma toalha enquanto ela se apressava tirando assadeiras do forno. Fliss suspirou, pegou um dos pacotes enfeitados com laço de fita e o colocou nas mãos da proprietária.

— Feliz Dia de São Valentim, sra. Nilsson.

Ela se desligou por mais um tempo após fechar a porta e voltou a si talvez dez minutos depois, quando o uivo de Angela mudou de tom de novo.

— Desculpe, desculpe — disse ela, enxugando distraidamente as lágrimas que caíam, e foi pegar a filha. Dessa vez, Angela se deixou ser levantada, embora tenha mantido o corpinho rígido, os punhos apoiados contra o ombro de Fliss. — Pronto — murmurou Fliss, enquanto os rugidos de Angela morriam em soluços, manobrando com uma das mãos para passar um lenço sob os olhos. As lágrimas sempre paravam tão facilmente quanto começavam; Fliss só não sabia quando estavam a caminho. — Pronto. Vamos entregar os biscoitos?

— Cookies? — disse Claire, os teimosos cachos ruivos do cabelo recém-lavado escapando de um turbante de toalha. — Claro. Não gosto do Dia de São Valentim, mas aceito os cookies. Obrigada. — E fechou a porta outra vez enquanto Fliss gorjeava "Feliz Dia de São Valentim!".

— Cookies? — perguntou Bea, de volta às muletas depois de um inverno inteiro sem elas. — Você é uma MVP, sra. O. — E enfiou dois na boca com um sorriso, enquanto Fliss se perguntava o que devia ser MVP. (Mãe Verdadeiramente Péssima?)

— Feliz Dia de São Valentim! — exclamou apenas, sorrindo ainda mais.

— Cookies? — disse Nora, ainda vestida em um de seus conjuntos elegantes dos Arquivos Nacionais ao abrir a porta. — Ah, você é uma santa! — Fliss esperava ver Duke pôr sua enorme cabeça na frente da porta, mas não havia sinal do dogue alemão no quartinho de Nora. — Ele voltou pra casa — disse ela, quando Fliss perguntou. — Seu dono saiu... bom, ele está em casa, só isso.

Fliss não perguntou quem *ele* era. Nora não estava com cara de quem ia gostar da pergunta. Seu olhar deslizou para um lado e Fliss viu um buquê maravilhoso de rosas de um laranja vibrante jogado no lixo, um cartão ainda dentro do envelope em cima. Não perguntou sobre isso também.

— Eu sinto falta de ter um cachorro aqui, mesmo o Duke ocupando metade do quarto — comentou Nora, sorrindo com um pouco de exagero. — Vou ter que me virar fazendo carinho no gato da Grace nas noites de quinta-feira.

Não havia sinal do Vermelho quando Fliss atravessou o corredor e bateu na porta do 4B. Mas certamente havia sinal de mais alguém atrás da porta semiaberta de Grace: Fliss sentiu um cheiro de charuto, e o roupão bordado de dragões frouxamente amarrado de Grace contou a própria história.

— Cookies — disse ela, afetuosa, pegando o pacote. — Perfeito para beliscar na cama em uma noite fria.

Duvido que você vá comê-los sozinha, pensou Fliss. Quando Dan estava na faculdade de medicina, ele e Fliss passavam tardes inteiras na cama com pratos de torrada com manteiga e canecas de chá, Fliss despudoradamente devorando algum jornal de escândalos de Hollywood, Danny de cabeça baixa sobre algum livro de medicina, como o *Anatomia Clínica, de Gray*. "*O plantar está localizado entre o gastrocnêmio e o sóleo*", ele lia em voz alta, imitando Mickey Mouse, com o rosto perfeitamente sério. "*Começa na parte inferior do prolongamento lateral da linha áspera e do ligamento poplíteo oblíquo da articulação do joelho.*" *Uau, Minnie, isso é de explodir a cabeça.*

Que se exploda, dr. Dan, Fliss ria, batendo nele com um travesseiro e, em geral, o livro de anatomia acabava no chão junto com as migalhas das torradas. Eles haviam gerado Angela numa dessas longas tardes preguiçosas...

— Grace, *chère...* — A voz grave de um homem soou do outro lado do 4B, com um sotaque preguiçoso da Louisiana. — Vai voltar para a cama?

Grace levou um dedo conspiratório aos lábios e Fliss fez um gesto de fechar a boca com um zíper. Como Grace nunca tinha sido pega era algo que ela não entendia; dois anos na Briarwood House e ela enfiava homens para dentro do quarto depois do toque de recolher da sra. Nilsson como uma feiticeira.

— Feliz Dia de São Valentim — falou Fliss, conseguindo deixar de fora o ponto de exclamação. Ela sabia que exclamava! Muito! Demais! E sorria demais. Reka uma vez lhe perguntou se seus molares tinham se fundido. Fliss às vezes se perguntava também. Ao vir para os Estados Unidos, ela fez um esforço especial para ser esfuziante, para as pessoas não ficarem achando que ela era uma inglesa fria e reservada. No momento, gostaria de saber como desligar isso.

— Cookies? Ah, que amor você é! — arrulhou Arlene, chegando toda dançante ao patamar da escada enquanto Fliss deixava um pacote cor-de-rosa na porta de Reka. A velha senhora com certeza estava lá;

Fliss ouvia o som de passos e sentia o cheiro de óleo de linhaça, mas ela estava em um de seus furores de pintura outra vez e não ouviria nem o teto cair, quanto mais uma batida na porta.

— Ah, para mim não, estou em um novo regime. Sem doces, sem manteiga, sem creme no café. Cuidado, você está com um pingo de cuspe de bebê bem aqui… — Arlene deu um piparote com a unha afiada na gola de Fliss. — É *tão* gentil da sua parte fazer algo no Dia de São Valentim para as velhas solteironas…

— Reka é viúva — Fliss corrigiu, balançando Angela, que estava estendendo a mão para o brinco de strass chacoalhante de Arlene.

— Bom, ela diz que é viúva. Muito conveniente nunca ter tido que de fato apresentar um marido, não é? Quem ia querer se casar com aquilo? — Arlene torceu o nariz perfeitamente maquiado, impecável em um vestido social rosa-claro de alças presas no pescoço por baixo do casaco de inverno, o cabelo penteado em ondas perfeitas. — Meu Harland vem me pegar — ronronou, balançando as anáguas sob a saia. — Ele reservou uma mesa no Longchamps. Eu realmente acho que esta noite vai ser *a* noite. Ele vem se preparando para fazer *um certo pedido*, se é que me entende…

— Boa sorte! — disse Fliss, sem saber o que mais dizer, e então: — Angela, não — quando a filha fez mais uma investida na direção do brinco de Arlene. *Péssima mãe, péssima mãe.*

— Quero — disse Angela. Era a única palavra que a filha dizia com alguma regularidade nos últimos tempos, além de não.

— Mas ela não é um amorzinho? — arrulhou Arlene, embora Fliss não achasse que Arlene gostava tanto assim de Angela. Fliss não tinha certeza nem se Arlene gostava *dela*, apesar de todos os sorrisos e as confidências cúmplices femininas.

O que ela gosta é do seu anel, Grace lhe disse uma vez, abrindo aquele sorriso sonolento e divertido. *Você conseguiu um médico jovem e bonito para lhe dar um diamante. A Huppmóvel quer saber o que você tem e se um pouco disso pode passar pra ela.* E, às vezes, Fliss via o olhar penetrante de

Arlene se fixar na aliança embaixo do diamante de Dan, aguçado como uma ave faminta: *Como você fez? O que você* fez?

— Talvez quando o seu Dan voltar pra casa a gente possa sair em casais, vocês dois e Harland e eu — sugeriu Arlene, descendo a escada saltitante. — Tenho que ir!

Quando Dan voltasse pra casa. Quando seria isso? Ele estava no Japão, quase desde que Angela nascera.

— É só uma ação policial, não uma guerra — ele lhe tinha dito pelo telefone de San Diego, quando recebeu a notícia de que sua condição de reservista estava sendo ativada, que ele seria mandado para a base hospitalar em Tóquio. — Tomara que não tenha *tantos* soldados da Coreia para eu cuidar.

— Não é justo — Fliss havia explodido, caindo no choro. Ela estremecia toda vez que pensava nisso. Fazia só dois meses que Angela tinha nascido e até um comercial de pasta de dentes no rádio era capaz de fazê-la se debulhar em lágrimas. Mas ela lamentou sem pensar, apertando o fone no ouvido. — Não é *justo*!

— É justo, meu amor. Eles pagaram a minha faculdade de medicina. Quando eles chamam, eu tenho que ir.

Não é justo pra mim, Fliss queria gritar. Tirar um marido da esposa e de uma filha de dois meses? O que havia de justo nisso?

Mas...

— Ah, Fliss, me desculpe — seu marido havia repetido, parecendo tão *desamparado* do outro lado da linha chiada que suas lágrimas secaram de imediato. Aquilo era jeito de ela mandar um homem para a guerra? Pelo menos ele não estaria nas linhas de frente; suas ordens o manteriam em um dos grandes hospitais do Exército, longe do perigo. Ela deveria estar agradecida, não protestando sobre o que era ou não *justo*.

— Você tem razão — ela conseguiu dizer, forçando aquele tom de entusiasmo na voz que havia aprendido! A fazer! Tão! Bem! nos dois anos desde então. — Não vai ser muito tempo, e pense no dinheiro que vamos economizar, Ange e eu morando aqui até você voltar. O suficiente para comprarmos uma casa quando tudo isso tiver acabado!

Só que ali estavam elas, quase dois anos depois. O período dele já deveria ter terminado, mas ele entrou em outro. *Há tanta escassez de médicos*, ele escreveu, desolado, quando ambos vinham contando os dias até ele ser supostamente liberado. *Eu deixaria todos em uma situação muito complicada se fosse embora. Está sendo insuportável ficar longe de você e da Ange, mas o pessoal está sobrecarregado aqui.* Ele havia perguntado três vezes se Fliss tinha *mesmo* certeza sobre esse segundo período, se estava *mesmo* tudo bem, e o que ela poderia responder, exceto "Claro! Tenho certeza de que vão ser só mais alguns meses! O tempo vai passar voando!".

O tempo não estava voando, de jeito algum. Mas, mesmo assim: *Nós temos sorte*, Fliss lembrou a si mesma, levando Angela de volta para seus dois quartos no segundo andar. *Temos muita sorte.* Uma filha saudável; uma poupança se acumulando pouco a pouco; um marido servindo a seu país, mas não em perigo. *Sorte!*

Ela se sentou à mesa de jogar cartas que havia transformado em escrivaninha, coberta com um pano xadrez amarelo que passara a ferro na noite anterior, às três da manhã, quando não conseguia dormir e, com uma das mãos, pegou uma folha nova de papel de carta azul-claro.

— Põe um beijo na carta para o papai? — pediu a Angela, mas a filha estava se contorcendo para ir ao chão, então Fliss a deixou voltar para os blocos. *Querido Dan*, escreveu, determinada, na linda caligrafia redonda que começava a oscilar para baixo como um bêbado quando ela estava cansada. *A Angela manda um beijo e eu tenho uma fotografia nova dela, que envio anexa. Juro que nós devemos representar metade do movimento da Huckstop's Photography!* Lágrimas começaram a descer outra vez; Fliss as enxugou no piloto automático antes que elas manchassem a carta. Escreveu sobre o funeral do rei George VI, que ia acontecer no dia seguinte em Londres, e de como a princesa Elizabeth tinha decidido assumir o nome de Elizabeth II. *Eu sei que sou mais americana agora, mas a princesa Elizabeth ainda parece mais minha do que o presidente Truman. Ela certamente tem chapéus mais bonitos!* Angela já tinha sido desfraldada; nem um único acidente em dois meses! Fliss logo mandaria um pacote com itens de primeiras necessidades…

Os rugidos de Angela mudaram para um uivo. Fliss levantou a cabeça depressa e a viu tentando escalar a frente da cômoda.

— Não, não... — pediu, correndo pelo quarto e a pegando. Angela fechou os pequenos punhos no cabelo de Fliss, raivosa, tirando a tiara do lugar. Seu rosto parecia uma romã, vermelho e furioso. Fliss ficou olhando para ela com ar distante, mesmo enquanto a balançava e cantarolava. *Péssima mãe*, pensou, colocando Angela no chão junto dos blocos outra vez. Ela se arrastou de volta para a escrivaninha e pegou a caneta, mas, depois de uma ou duas linhas sobre o tempo, percebeu que só estava rabiscando *péssimamãepéssimamãepéssimamãe*, linhas descendo pela página. Ficou olhando para a carta arruinada e, por um momento, pensou em simplesmente *enviar* assim mesmo. Deixá-lo ver. Um homem não tinha o direito de saber quando sua esposa era um fracasso desse nível?

Péssima mãe.

Sinta, Fliss pensou, fixando os olhos em Angela. A linda Angela, em seus babados rosados e meias rendadas, aquela ira cor de romã já escoada de seu rosto angelical. *Sinta.*

Mas não havia nenhum arroubo de amor materno, nenhum arrebatamento de adoração. Fliss se lembrava de como *havia* sido, a onda de alegria exausta que a invadiu quando puseram Angela em seus braços, uma recém-nascida viscosa e berrante. A felicidade. Ela se lembrava; só não conseguia sentir *no momento.* Tudo que conseguia sentir, olhando sua filhinha adorável, era uma desesperada névoa cinza de nada.

Ela viu a carta arruinada, a amassou e pegou outra folha. Lágrimas de novo. Mancha, mancha, mancha. *Querido Dan, não se preocupe com suas meninas! Nós estamos* bem*!*

FLISS VINHA FALTANDO À IGREJA ULTIMAMENTE, MAS NAQUELE DIA tinha negócios a tratar depois do culto, então passou quinze minutos enfiando Angela em seu vestido de babados de domingo. Angela se submeteu ao vestido sem grandes problemas, mas empacou na hora do lindo par de sapatinhos Mary Jane de couro que a mãe de Fliss tinha enviado no pacote de Natal de Buckinghamshire. Fliss havia escrito para ela que

Angela não estava querendo usar sapatos, absolutamente *não* aceitava, mas sua mãe respondeu que *Você só tem que ser firme com ela*, e Fliss fez o melhor que pôde de firmeza sorridente por mais dez minutos. Nesse ponto, com o culto para começar em quinze minutos e um sapatinho Mary Jane voando junto à sua orelha, Fliss desistiu de sapatos, colocou Angela no carrinho de bebê e se apressou pela Wood Street em direção à Trinity Presbyterian.

A sra. Sutherland já estava lá, causando uma agitação como de hábito enquanto se acomodava no banco da frente com seu filhinho.

— *A* família Sutherland — uma mulher à direita de Fliss sussurrou. — Dizem que ela é das Bermudas. Parece meio *escurinha*, não acha? Mas foi modelo em Londres antes que o filho do senador Sutherland aparecesse e a pegasse. Você a conheceu lá, já que é inglesa também?

Fliss queria salientar que a Inglaterra não é uma ilha *tão* pequena assim, e não era precisamente próxima das Bermudas, mas sabia que só ia receber de volta um olhar confuso.

— Não, não conheci.

— Nossa, eu bem que gostaria de ter um casaco Lanvin que nem aquele...

Fliss não foi até a sra. Sutherland quando acabou o culto. Mais tarde seria melhor, com bolo e café no salão da igreja. Ela havia mastigado uma fatia gelada de bolo de banana e sorrido para as repreensões de duas matronas da igreja ("Por que essa criança está descalça?") quando o reverendo Poolstock soltou a mão da sra. Sutherland de suas grandes patas (ele estava tentando conseguir uma nova janela de vitral para a nave) e Fliss pôde deslizar seu carrinho de bebê pelo meio da multidão de paroquianos faladores.

— Sra. Orton — a nora do senador a cumprimentou. Mais alta do que Fliss em seu sobretudo cor de ameixa, na cabeça um chapéu preto pequeno enfeitado com um broche de ametista. A imagem de uma jovem esposa da alta sociedade de Washington, naquele dia sem o marido bonito de queixo quadrado, terno risca de giz, gravata vermelha, o futuro assegurado como o terceiro Sutherland a servir ao estado da Virgínia no

Senado. Pelo menos Fliss achava que era Virgínia. Quase dez anos nos Estados Unidos e ela ainda não sabia o nome de todos eles. — Que prazer encontrá-la — prosseguiu a sra. Sutherland, naquele sotaque cristalino que a fazia parecer uma duquesa. De uma forma quase agressiva, como se alguma babá de coração de ferro tivesse esmagado cada possível sonoridade bermudense daquela voz havia muito, muito tempo. — Não foi um belo culto?

Eu não ouvi nem uma palavra, Fliss pensou. Ocupada demais tentando impedir que Angela se contorcesse e uivasse. No fim, acabou deixando Angela puxar com a força que quisesse o seu brinco de pérola, e no momento sua orelha direita queimava como um carvão quente e provavelmente estava um centímetro mais comprida do que a esquerda.

— Sim, belíssimo culto! — disse, alegre. — O sr. Sutherland não pôde vir hoje?

— Ele está numa reunião de comitê. — Em um tom natural, como se ambas não soubessem que ela nunca teria ido falar com Fliss se seu marido estivesse ali pairando ao seu lado. — Sem descanso nem aos domingos, quando se trabalha com o HUAC.

— É um trabalho muito importante — concordou Fliss, se perguntando por que os americanos entravam nesse frenesi todo por causa dos comunistas. A Inglaterra tinha um Partido Socialista e ela não se lembrava de ninguém lá ficando tão raivoso.

As duas observaram o menininho da sra. Sutherland rondando entre as mesas, atrás de mais um pedaço de bolo. Ele era mais velho que Angela, com idade suficiente para usar short justo e gravata-borboleta.

— Barrett Junior parece maior cada vez que o vejo. — O costume americano de chamar meninos pequenos de *Junior* era outra coisa que a intrigava. — Será que ele quer alguma coisinha gostosa para mais tarde? Eu fiz uns extras. — Passando a ela um pacote de biscoitos de gengibre, que por acaso continha também um certo tubinho enrolado em papel.

A sra. Sutherland deslizou o pacote para dentro da bolsa de couro.

— Obrigada — murmurou, e não estava se referindo aos biscoitos.

— De nada. — Fliss não achava que ela e a nora do senador teriam travado conhecimento no curso normal das coisas. Elas haviam se encontrado ali na igreja, claro, com o reverendo Poolstock declarando "Vocês duas já devem se conhecer, pois ambas são britânicas!", e as duas mulheres haviam trocado um olhar divertido enquanto Fliss murmurava "Bletchley, Buckinghamshire" e a sra. Sutherland dizia, "Hamilton, Bermudas", e souberam que seus caminhos não haviam nunca, *jamais*, se cruzado, por mais que os americanos achassem que duas britânicas no mesmo recinto deviam automaticamente conhecer as mesmas pessoas. A criação de Fliss tinha sido em feiras de cidadezinha e almoços em pubs; a da sra. Sutherland havia sido claramente em brisas da ilha e, depois, internatos caros em Londres; mesmo agora que ambas eram jovens mães morando na mesma cidade, ainda estavam a mundos de distância. Só haviam se encontrado em um lugar fora da Trinity Presbyterian por causa de Reka, quando a sra. Sutherland trouxe a velha senhora de volta ao seu bairro depois de encontrá-la em Georgetown, confusa e aborrecida. *Vou acompanhar a sra. Muller em segurança,* Fliss havia lhe garantido. *Posso cuidar dela, eu já fui enfermeira.*

Reka não tinha precisado de nenhum cuidado; ela só murmurou alguma coisa em húngaro e bateu a porta na cara de Fliss assim que chegaram em casa. Mas a sra. Sutherland havia procurado Fliss no primeiro culto na igreja depois do ano-novo, as mãos torcendo as caras luvas de couro, e murmurado em uma voz meio sem jeito: *Sra. Orton, já que é enfermeira...*

Eu era, Fliss corrigiu. A enfermeira mais jovem na clínica de fertilidade do Free Hospital for Women em Boston, recém-formada no Corpo de Enfermeiras Cadetes, a mão mais firme com uma agulha intravenosa e sem nenhum melindre com líquidos corporais. Claro, ela havia abandonado tudo depois de conceber Angela.

Se você era enfermeira, a sra. Sutherland perguntara, *será que pode me ajudar a conseguir uma coisa?*

— Está acabando depressa — comentou Fliss, passando Angela do carrinho para seu colo antes que ela começasse a se agitar.

— Eu nunca sei quando o Barrett vai querer... — Um dar de ombros. — Então uso todas as noites.

— Se puder, me avise com mais de uma semana de antecedência da próxima vez. Tenho que pegar do outro lado da cidade. — Porque, se Fliss comprasse gel espermicida na farmácia da esquina, a notícia ia se espalhar pela vizinhança em menos de quinze minutos: a sra. Orton está pulando a cerca enquanto o marido dela serve ao país. Ela poderia dizer adeus ao seu quarto na Briarwood House; a sra. Nilsson provavelmente jogaria todas as coisas dela pela janela no pátio lá embaixo.

— Eu sei que você acha que eu poderia ir a uma farmácia do outro lado da cidade — disse a sra. Sutherland. Era exatamente o que Fliss tinha pensado. — Eu faria isso, mas meu marido... Tenho que prestar contas de cada centavo que gasto. Se eu não tiver recibos que comprovem, e se não puder mostrar o que comprei...

Ela deixou a frase no ar, parecendo constrangida. Fliss olhou para os pés, duplamente constrangida. *Muitos maridos não aprovam métodos contraceptivos*; tio John havia lhe dito isso durante aquela sua primeira semana na clínica, seu sotaque de Boston afetuoso em vez de intimidador. *Mas as mulheres são nossas pacientes, não os maridos, e é por isso que precisamos ser discretos com o que elas nos contam.* O dr. John Rock não era seu tio, era tio de Dan, mas Fliss o adorava desde que ele a tomara sob suas asas como enfermeira iniciante, e ela não tinha família nos Estados Unidos. Fliss sabia sem sombra de dúvida o que o tio John teria dito à sra. Sutherland.

— O gel não é infalível — disse ela. — Se quiser limitar o tamanho de sua família, precisa de algo mais confiável.

— Tenho que me contentar com isso. — A mulher brincou gentilmente com o pezinho gordo de Angela em sua meia de rendinhas. — Talvez você me ache esquisita. Brincando com essa sua bebê linda e lhe dizendo que não quero mais filhos.

Péssima mãe, ligou-se o refrão automático na cabeça de Fliss.

— Não — disse ela. — Não é esquisito.

Elas estavam no meio de todo o falatório na igreja, várias mulheres em seus chapéus floridos de domingo equilibrando xícaras de café requentado e pratos de restos de bolo, vendo as crianças correrem pelo salão em vestidos engomados de organdi e roupas de marinheiro. Tantas crianças...

— Meu marido quer pelo menos quatro — disse a sra. Sutherland. — Ele e meu sogro se preocupam que possa haver alguma coisa errada comigo, acham que eu deveria consultar um especialista.

Você não deve ter amigos, Fliss pensou, *ou não estaria conversando assim com alguém como eu*. Estranho que aquela mulher linda e cintilante, envolta em Lanvin e pérolas, não tivesse ninguém a quem recorrer sem ser uma mulher da igreja com quem ela não tinha nada em comum além de um sotaque... Mas, às vezes, isso podia ser suficiente. Havia ocasiões em que Fliss ansiava por peixe com fritas, por um chá da tarde, por carros que transitassem no sentido *certo* pela rua. Falar com alguém que compreendia essas coisas já lhe dava uma sensação de volta para casa. Era tão solitário às vezes ser a Esposa Estrangeira. E a sra. Sutherland devia ser ainda mais *estrangeira*, não?

— Você deveria consultar um médico. — Fliss manteve a voz neutra, tirando um grãozinho de poeira da gola de babados de Angela. — Eu poderia lhe apresentar o tio do meu marido, o dr. John Rock. Ele é especialista em fertilidade em Massachusetts e tem feito maravilhas por suas pacientes. Você podia consultá-lo para um exame...

— Eu disse que não quero...

— Esse é o motivo da consulta que você vai alegar para o seu marido. Enquanto estiver lá, pode tirar a medida para... você sabe. — Em silêncio, Fliss fez um círculo com os dedos, como um certo pequeno anel de borracha. Não se podia dizer uma palavra como *diafragma* em um salão de igreja, com o reverendo Poolstock a menos de dez passos de distância falando sobre as Lições Cristãs para os Pobres Virtuosos.

A sra. Sutherland fez um rápido movimento negativo com a cabeça.

— Qualquer médico poderia contar para o meu marido. Eu sei que pareço boba e paranoica, mas *aconteceu* comigo antes. Pedi a meu médico algo para me ajudar a dormir e ele já estava ligando para o meu marido antes que eu saísse do consultório. Barrett ficou tão bravo comigo por não ter pedido a permissão dele primeiro…

— O dr. Rock nunca faria isso. — *Médicos como ele,* Fliss pensou, *são mais preciosos do que o Diamante Hope.*

— Mas Massachusetts… Ele é católico? Seria contra a religião dele ajudar no controle de natalidade?

— O tio John diz que acreditou nisso por muito tempo, mas que um homem muda de ideia depois de quarenta anos tratando mulheres completamente desgastadas por oito, nove, dez gravidezes em dez anos. — Fliss se lembrava dessas mulheres também, de seu tempo na clínica. Mulheres com dentes faltando aos 35 anos, abatidas até os ossos, tentando produzir aquele brilho expectante no rosto quando Fliss tinha que lhes contar que sim, elas estavam grávidas de novo. Dizendo *Puxa, que alegria!* com cara de quem tinha vontade de se atirar na frente de um trem. — Vá à clínica do Free Hospital for Women em Boston, sra. Sutherland. O dr. Rock vai tirar sua medida para o que você precisa *e* manterá a boca fechada.

A outra mulher mordeu seu batom vermelho-escuro.

— Meu marido nunca me deixaria ir a Boston sozinha… — Ela parou quando seu filho voltou, chocando-se com a lateral dela como um míssil. — É hora de levar você para casa? — perguntou ela, afagando o cabelo dele. — Seu pai disse que estaria em casa depois do almoço, a tempo de jogar um pouco de bola com você. Vá pegar seu casaco… — E, enquanto Barrett Junior corria para o cabideiro, a sra. Sutherland alisou suas luvas amassadas. — Você deve ter sido uma enfermeira muito boa, sra. Orton — disse ela, a voz leve outra vez. — Tem um jeito muito tranquilizador.

— Era o que eu sempre quis ser — respondeu Fliss. Como ela havia batalhado por isso, batalhado para entrar no Corpo de Enfermeiras Cadetes quando disseram que só estavam aceitando garotas americanas…

— Não é mais agora?

Agora eu nem posso imaginar querer ser nada. Fliss sentiu um momento de exaustão atordoada, junto com um desejo sincero de estender a mão e derrubar no chão a bandeja mais próxima de xícaras de café, só para ouvir tudo se despedaçar, mas forçou seu sorriso e travou os molares atrás para mantê-lo firmemente no lugar.

— É melhor eu levar minha anjinha pra casa, sra. Sutherland. Bom domingo!

FLISS NÃO PODIA DIZER QUE TINHA UM DIA PREFERIDO DA SEMANA — eles todos se fundiam em um interminável rio de cansaço —, mas a quinta-feira à noite era um ponto alto.

— Olá, Borbulha e Chiado — Grace a recebeu quando ela entrou no quarto de paredes verdes. Grace a chamara assim ("Você é Borbulha e sua pequenina é Chiado!") depois que Fliss cometeu o erro de *fazer* o prato chamado *bubble and squeak* para o Clube Briar e percebeu que havia algumas coisas que era melhor não tentar servir aos americanos. — Você está viçosa como uma margarida. Deixe eu pegar sua duendezinha... — E Angela foi tirada de seus braços. Grace a balançou primeiro, depois a passou para Nora e foi preparar drinques, e Fliss se largou na cama estreita que fazia as vezes de sofá. Por duas horas abençoadas, ela podia apenas *ficar sentada*, sem mãos meladas de criança se agarrando às suas pernas, sem falatório alto de criança exigindo seus olhos, seus ouvidos, cada pedaço de sua atenção. Podia comer uma refeição sem ter que pular após cada mordida para impedir que Angela caísse ou quebrasse alguma coisa. Podia tomar uma bebida sem que Angela passasse correndo e a derrubasse no chão. Grace pôs um Manhattan em sua mão, dizendo: — Desculpe servir em uma xícara de chá, estou sem copos —, e Fliss quase começou a chorar. Poderia só ficar ali sentada e saber que a filha estava bem, que as mulheres do Clube Briar haviam se agrupado em volta de Angela daquele jeito automático e abençoadamente alegre como sempre faziam, passando-a de um par de braços descansados para outro, enquanto os braços de Fliss tinham um pouco de repouso. "Não", ouviu Angela gritando com mau humor ao fundo, mas ela estava dizendo isso para *outra* pessoa.

As coisas certamente não costumavam ser assim: antes desses jantares de quinta-feira, Fliss mal sabia o nome das vizinhas, que dirá poder contar com elas para tirar a bebê um pouco de seus braços uma noite por semana. Eram apenas pessoas que passavam casualmente umas pelas outras ali, até Grace aparecer.

— Quem vai cozinhar hoje? — perguntou Fliss, tomando um gole de seu Manhattan e tossindo. Grace tinha a mão pesada no uísque.

— Claude Cormier, colega de banda do Joe Reiss — respondeu Grace. — Vocês já se conhecem? Ele toca bateria quando eles se apresentam no Amber Club.

Fliss olhou para o homem alto, de pele muito escura, em mangas de camisa e suspensórios, que mexia uma panela sobre o fogareiro.

— Grace, *chère* — ele chamou no sotaque da Louisiana que Fliss se lembrava de ter ouvido ao fundo quando veio deixar os cookies. — Você tem chili em pó?

Chère. Meu Deus, pensou Fliss. Ela sussurrou:

— Grace, eu achei, por um tempo, que você e o Joe... Ele não se importa, você e o colega dele?

— Caramba, o que é isso? Colegial? Nós somos todos adultos. Joe, leve esse saxofone para outro lugar, você está na passagem...

Joe sorriu, não parecendo nem um pouco ciumento, e começou uma versão jazzística de "Cold Cold Heart", empurrando Reka, que xingou vagamente em húngaro. Ela estava acrescentando uma flor à trepadeira pintada que agora percorria o apartamento de Grace, o patamar da escada do lado de fora e descia pela parede da escada. E o pincel de Reka ia dando o acabamento em algo surreal e cor de laranja que, de alguma forma, no espírito da trepadeira da parede de Grace, combinaria com o resto. Fliss tomou mais um gole do Manhattan de sua xícara de chá enquanto se espremia para dentro da pequena área da cozinha.

— O que está no fogo, sr. Cormier? — perguntou ao baterista de Joe (amante de Grace?!), indicando a panela, depois de se apresentar.

— Gumbo, sra. Orton. Uma especialidade da Louisiana. — Ele soou cordial e um pouco reservado, e Fliss não podia culpá-lo. Foi Grace quem o convidou, mas Arlene estava lhe lançando *olhares* do outro lado do quarto e a sra. Nilsson teria um surto se soubesse. *Eu não recebo negros na casa a não ser que estejam fazendo alguma entrega*, ela se orgulhava de dizer. *E, mesmo assim,* nunca *pela porta da frente.*

— Gumbo é algum tipo de ensopado? — arriscou Fliss, olhando para a mistura na panela.

Claude sorriu.

— Não exatamente. Gumbo começa com um bom *roux* mais a santíssima trindade: cebola, pimentão, aipo. Aí a gente adiciona frango, linguiça, às vezes camarão... — E veio mais uma meia dúzia de ingredientes. — Minha *tante* Irene me esfolaria vivo por não usar linguiça cajun de verdade, mas...

— *Gumbo* — Arlene bufou da outra parede. — Parece insalubre.

— Eu acho que está com uma cara maravilhosa — comentou Fliss. — Posso experimentar um pouco, sr. Cormier?

— Se tiver gosto por comida quente, a maioria dos britânicos não...

Angela gritou, e o olhar de Fliss voltou-se para trás, mas Claire estava pegando sua filha agora. Claire tinha a língua afiada, mas era inesperadamente boa com Angela.

— Venha aqui com a tia Claire, sua monstrinha, e eu vou te mostrar um jogo...

— Não achei que você gostasse de crianças. — Arlene empurrou o gato de Grace, o Vermelho, com um sapato de alça no tornozelo. Seu jantar de Dia de São Valentim evidentemente não havia produzido um pedido do virtuoso Harland, Fliss pensou, pois o dedo anular de Arlene continuava nu. Ela o fitava toda hora com ar feroz, como se ele a tivesse traído. — Não achei que você tivesse nem uma gota de instinto maternal no corpo, Claire Hallett.

— Eu gosto de crianças — disse Claire, mostrando a Angela um jogo complicado de bate-mãos. — Bem que elas podiam não crescer e se tornar adultos horríveis... Tente outra vez, Ange.

— Não — disse Angela automaticamente, mas continuou batendo as mãos.

— Eu sempre penso que você é nova demais para ter uma filha de dois anos *e* um diploma de enfermeira, Fliss. — Grace se espremeu para a área da cozinha e olhou para Angela atrás delas. — Como foi que conseguiu fazer isso?

Eu nunca dormia, Fliss pensou, recebendo de Claude uma colher cheia de gumbo fumegante. *E ainda não durmo.* Mas essa não era a resposta que as pessoas queriam quando soltavam um admirado *Como você conseguiu fazer isso?*. Elas queriam que a resposta fosse simples, que a mulher desse um giro em suas saias (graciosas, perfeitamente engomadas) e ajeitasse o cabelo (gracioso, perfeitamente enrolado) e dissesse *Ah, não foi nada!*.

— Apenas sorte — respondeu para Grace, engolindo a colherada da delícia picante e saborosa. — Na Inglaterra, eles me teriam feito esperar até os 21 anos para fazer treinamento de enfermeira, mas o Corpo de Enfermeiras Cadetes aqui nos Estados Unidos aceita com 17. Minha mãe se casou com um americano; ele nos trouxe pra cá em 1943 e, em julho daquele ano, eu já estava de uniforme, desmaiando na minha primeira picada de agulha!

Eu nunca desmaiei com uma picada de agulha na minha vida, ela pensou. *Por que eu falo essas coisas?*

— Delicioso — disse, virando-se para Claude e devolvendo a colher.

— Nunca vi sua mãe vir visitar — comentou Grace. — A maioria das mulheres tem que implorar para as mães lhes darem um pouco de sossego quando nascem os netos.

— Minha mãe e o marido dela voltaram para Buckinghamshire depois da guerra. Ela não estava feliz aqui. — *Será que eu estaria feliz aqui agora, se ela estivesse?,* Fliss às vezes se perguntava. O jeito como ela havia crescido, sua mãe e todas as suas tias estavam sempre indo e vindo da vida umas das outras, balançando os bebês umas das outras e ajudando-se entre si. Não inteiramente felizes, não. Havia uma boa quantidade de brigas e ressentimentos; Fliss se lembrava de como a tia Beth enlouquecera por completo no meio da guerra e jogara toda a família para o ar, saíra de casa e se recusara terminantemente a lavar mais uma fralda ou sair para comprar mais o que quer que fosse para *qualquer* uma de suas irmãs. Mas, tirando a louca tia Beth, era possível contar com toda a rede de apoio das mulheres da família de Fliss quando bebês nasciam. Ela nunca tinha visto a mãe ou as tias chorando no tanque de lavar roupas ou esfregando azulejos na cozinha com uma escova de dentes às três da manhã. Seria porque todas elas sabiam manter as aparências? Ou porque tinham redes de apoio para *ajudar*?

Você poderia pedir uma mãozinha para o Clube Briar, Fliss disse a si mesma. Grace levava jeito para convencer todas elas a se ajudarem, simplesmente se oferecendo ela mesma sem alarde até que todas as demais o fizessem também. Uma semana pegando a correspondência de Bea para que ela não tivesse que descer a escada mancando e agora Claire ou Nora adquiriram o hábito de pegá-la quando iam buscar a delas. Um mês de Grace corrigindo a sra. Nilsson toda vez que ela chamava a sra. Rosenberg da casa vizinha de "aquela judiazinha" e agora todas a corrigiam. *Eu poderia pedir ajuda*, Fliss pensou de novo, olhando para Nora, que falava sobre o episódio mais recente de *I Love Lucy*, olhando para Claire brincando com Angela e Grace quietamente pegando sua tesoura de costura para cortar um fio solto do xale de Reka... Mas o Clube Briar não era sua família, certo? Elas podiam estar bem mais amigas do que quando chegaram ali, mas um jantar semanal não dava a Fliss direito de se apoiar nelas. Ela inclinou a xícara e bebeu todo o conteúdo de uma vez.

— O jantar está pronto! — anunciou Claude, jogando um pano de prato sobre o ombro.

— Imagino que ele não vá *comer* conosco — Arlene sussurrou para Grace, suficientemente baixo para Claude não ouvir com o barulho das tigelas, mas não baixo o bastante para escapar dos ouvidos de Fliss. — Porque, francamente, eu tenho a mente muito aberta, mas...

— Meu docinho — disse Grace —, se você não gosta da companhia, sinta-se livre para comer lá embaixo.

— Só estou dizendo que este é *nosso* país...

— É do Claude também. Ele voou com os Tuskegee Airmen durante a guerra; e você, o que fez? — Grace lhe lançou um de seus longos olhares frios. — Agradeceria se você não fosse mal-educada com o *meu* convidado sob o *meu* teto, Arlene.

— O teto da sra. Nilsson! — Ainda sussurrando, dando uma olhada para Claude, que estava servindo arroz branco fumegante em tigelas. — E eu me pergunto o que ela acharia se soubesse o tipo de companhia que você...

— Tenho certeza de que ela estaria interessada em saber que você trouxe o Harland para jantar aqui na semana passada, e muito depois do horário de visitas. Também uma violação das regras da casa.

Arlene abriu a boca, mas a porta rangeu nesse instante e Bea entrou mancando com o braço em volta dos ombros magros de Pete.

— Desculpe o atraso — disse ela, ofegante. — Eu escorreguei na escada e o Pete entrou em campo para dar assistência...

— Quando precisar, srta. Bea. — Pete parecia prestes a desmaiar com o braço em volta da cintura de uma mulher viva em carne e osso.

Bea deu um beijo no rosto dele, sorrindo ao vê-lo ficar totalmente vermelho.

— Você é fera, novato. Pode me pôr em qualquer cadeira...

Lina entrou logo atrás deles, avisando:

— Eu fiz quadradinhos de chocolate! Só que eu pus muita gelatina...

Todas se apressaram com o jorro habitual de garantias de que aquelas bolhas molengas de chocolate pareciam maravilhosas, de dar água na boca. O gato de Grace rosnou e pulou para o peitoril da janela, Grace estava indicando a porta para Arlene e Fliss viu a leve inclinação do sorriso de Claude enquanto ele servia o gumbo sobre as tigelas de arroz.

— Posso ajudar a servir? — perguntou Fliss.

— Eu ficaria agradecido, senhora.

— Por favor, não precisa me chamar de *senhora* — disse ela, rindo.

Claude lhe lançou um olhar meio frio, meio achando graça, como quem dizia *Ah, tá bom*.

— Aproveite seu jantar — disse ele, e Fliss começou a passar as tigelas, as bochechas quentes como as de Pete. Este estava devorando o gumbo como se não comesse havia um ano; o que não era de admirar, já que aquela mão de vaca da sra. Nilsson não dava comida suficiente para um menino em fase de crescimento; todas as pensionistas ficavam indignadas com isso. Ele agitava a colher enquanto falava com entusiasmo sobre um artigo que tinha lido no *Collier's*, "O homem logo vai conquistar o espaço".

— Dá pra imaginar uma colônia em Marte? Pode ser que a gente tenha exploração da superfície lunar daqui a uns dez, vinte anos...

— Não — disse Angela para a colherada que Nora estava tentando lhe dar. — *Não.*

Fliss se sentou ao lado dela, pegando a colher e notando como Claude era cuidadoso mesmo naquele espaço tão apertado para não esbarrar em nenhuma das mulheres, aproximando-se, em vez disso, de Joe e Pete.

— Pete, você podia trazer aquela gaita para uma *jam session* qualquer dia desses, o que acha? — Mantendo os cotovelos e joelhos fechados, cauteloso para não roçar nem uma barra de saia. O tipo de cautela que era um hábito antigo, provavelmente ensinado a Claude Cormier por sua *tante* Irene, junto com a receita desse perfeito e saboroso gumbo.

E você acha que tem algum direito de reclamar de qualquer coisa, Felicity Orton, Fliss disse a si mesma, enquanto Angela derrubava uma colherada de arroz na frente do vestido e começava a gritar. *Você deveria era ter vergonha de si mesma.*

Gumbo do Claude

- 2 tabletes de manteiga sem sal
- 2 xícaras de farinha de trigo
- 2 pimentões vermelhos, picados em pedaços médios
- 1 cebola branca, picada em pedaços médios
- 4 talos de aipo, cortados em pedaços médios
- 3 xícaras de quiabos picados
- 2 colheres de sopa de um bom tempero Creole
- 1 colher de sopa de pimenta-do-reino moída na hora
- 1 colher de sopa de pimenta vermelha em flocos
- 1 colher de sopa de chili em pó
- 1 colher de chá de tomilho seco
- 2 a 3 colheres de sopa de alho picado

4 folhas de louro
1 jalapeño, picado
1 a 3 pimentas serrano, picadas (adicionar se quiser que fique muito apimentado!)
Sal
2 litros de caldo de galinha
700 gramas de linguiça andouille, cortada em fatias de ½ centímetro
180 a 300 gramas de mexilhões, com o líquido
1 ½ quilo de coxas de frango desossadas e sem pele, grelhadas em frigideira, douradas e bem cozidas
½ quilo de camarões, descascados, limpos e grelhados em frigideira
Molho de pimenta
Arroz branco, cozido de acordo com as instruções na embalagem

1. Em uma panela grande, derreta a manteiga em fogo baixo. Quando a manteiga estiver derretida, acrescente cerca de 1/2 xícara da farinha, mexendo vigorosamente por 1 minuto para fazer um *roux*. Acrescente lentamente o restante da farinha 1/2 xícara por vez, mexendo sempre para garantir uma consistência lisa. Continue cozinhando por 25 a 35 minutos, até o *roux* ficar marrom-escuro, acrescentando mais manteiga ou farinha, se necessário, para manter a consistência.
2. Quando o *roux* estiver pronto, acrescente pimentões, cebola, aipo, quiabo, tempero Creole, pimenta-do-reino, pimenta vermelha em flocos, chili em pó, tomilho, alho, folhas de louro, jalapeño e pimentas serrano, se estiver usando, e uma pitada generosa de sal. Mexa até misturar bem.
3. Comece a acrescentar o caldo de galinha 1 xícara por vez, mexendo bem. Quando todo o caldo tiver sido acrescentado, o molho deve estar grosso o suficiente para cobrir o dorso de uma colher, mas não com consistência de mingau.
4. Acrescente a linguiça andouille, mexilhões com o líquido e o frango. Mexa muito bem, reduza o fogo para baixo ou

médio-baixo no queimador menor e deixe fervilhar por pelo menos 60 minutos, mexendo periodicamente. Acrescente água ou mais caldo de galinha se o gumbo reduzir muito com a fervura ou começar a grudar no fundo da panela. O gumbo deve ter a textura de uma sopa espessa e derramar com facilidade da colher.

5. Cerca de 10 minutos antes de servir, acrescente o camarão e mexa bem. Acrescente molho de pimenta a gosto e mais pimentas (moídas ou frescas) se preferir mais picante, e sirva sobre o arroz.
6. Coma quando o espírito estiver abatido e os olhos molhados, enquanto ouve "Cry", de Johnnie Ray.

— Flissy! — A voz do tio John retumbou pela linha telefônica, e Fliss sorriu. O único homem na face da terra que podia chamá-la de *Flissy* e sair impune. — Como vai minha sobrinha inglesa favorita?

— Eu sou a sua *única* sobrinha inglesa.

— Mais sobrinhos meus deveriam procurar esposas na pátria-mãe. Espera um pouquinho, acabei de entrar, de volta da igreja... — Sua voz ficou abafada por um momento. Fliss o imaginou segurando o telefone sob o queixo enquanto tirava o sobretudo de tweed que usava para ir à missa todas as manhãs: dr. John Rock, um homem alto e magro de rosto quadrado em seus 60 e poucos anos, cabelo grisalho, mas sobrancelhas ainda espessas e escuras sobre olhos argutos e bondosos. Não era de admirar que pacientes mulheres o procurassem em peso: bastava olhar aqueles olhos para saber que não seriam vítimas de flerte, tapinhas nas costas ou negligência. Aqueles eram olhos que enxergavam as pessoas, olhos que diziam *estou aqui para escutar.* — Quando você vem me visitar com um de seus pães de ló recheados? — prosseguiu o tio de seu marido.

— Em breve, eu prometo. — Fliss baixou a voz, ajeitando o carrinho de bebê para impedir que a sra. Nilsson passasse pelo corredor, sem dúvida tentando escutar a conversa. Angela estava apagada como uma pequena bêbada; tinha corrido até não aguentar mais no Prospect Park, dando voltas sem fim no lago dos patos como um dervixe. — Tio John, posso lhe encaminhar uma amiga para tirar a medida de um diafragma? Discretamente?

— Sem o conhecimento do marido, você quer dizer?

— Ela tem que esconder até para usar gel espermicida. O marido quer uma ninhada e acha que métodos anticoncepcionais são contra Deus. — Fliss bufou, olhando para os pingos batendo na janela, uma chuva de fim de abril que caía forte; ela e Angela mal haviam tido tempo de chegar em casa. A luz acinzentada normalmente pareceria sombria, mas as janelas tinham cortinas novas, de um amarelo luminoso e alegre. Grace as havia feito e convencido a sra. Nilsson a deixá-la substituir as antigas desbotadas que a proprietária sempre insistira que *ainda serviam muito bem*. A Briarwood House precisava de um pouco mais de vida, na opinião de Fliss.

— Eu bem que gostaria de ter uma conversa com o marido da sua amiga — tio John dizia do outro lado da linha, com desaprovação. — Ele deveria pôr a saúde da esposa acima da doutrina religiosa.

— O seu padre aprovaria isso que você está dizendo? — Fliss brincou.

— Eu nem sonharia em contar pra ele. A religião, Flissy, é um péssimo cientista. — Movimento do outro lado da linha. — Se o diafragma não for adequado para a sua amiga, talvez ela esteja interessada nos testes de algo novo em que estou trabalhando. É revolucionário. Uma pílula para mulheres que controla a ovulação.

Os ouvidos de Fliss se aguçaram.

— Isso é possível?

— Sem inserções de aparatos no corpo ou géis, apenas um comprimido por dia junto com o café da manhã e sem preocupações de que venha o próximo bebê até você parar de tomar as pílulas. Os testes preliminares em coelhos parecem muito promissores…

Ele prosseguiu em um monólogo entusiasmado sobre *o dr. Pincus tem a teoria* e o *financiamento da sra. McCormick* e Fliss se desligou um pouco ali. Perguntando-se se isto seria possível: um comprimido todas as manhãs e não se preocupar mais depois.

— Você seria útil para mim — concluiu ele, chamando de volta a atenção de Fliss. — Se começarmos os testes com pacientes em breve, e acho que conseguiremos fazer isso, vou precisar de boas enfermeiras e você sempre foi uma das melhores para lidar com pacientes nervosas. Essa sua voz inglesa, todas achavam que você era a Mary Poppins vindo para conduzi-las. Um-dois, um-dois...

— Eu bem que gostaria, tio John — disse Fliss, com um suspiro. — Mas tenho que desligar agora. — A sra. Nilsson já estava fazendo sons de reprovação; ela não aprovava telefonemas longos.

— Mande aquela sua amiga me ver, Flissy.

— Eu sei que você vai cuidar bem dela. — Fliss desligou o telefone com um sorriso.

— Cuidar bem de quem? — perguntou a sra. Nilsson imediatamente.

— Da Angela! — Fliss disse a primeira coisa que lhe veio à cabeça. — Meu tio, o dr. Rock, ele disse que vai cuidar dela na próxima série de vacinas... — E ela manobrou o carrinho pelo corredor, pegando rapidamente sua correspondência na passagem.

Uma carta de Dan; Fliss a abriu em seu quarto assim que pôs Angela no berço para uma soneca. As cartas de Dan eram tão melhores do que as que ela conseguia produzir com muito esforço. As dela sempre saíam como se tivessem sido escritas por um robô excepcionalmente animado de uma das revistas de ficção científica do Pete, cheias de clichês, mas as de Dan de fato tinham o jeitinho dele: engraçadas, informativas, afetuosas. Ele sempre incluía alguma curiosidade para mostrar como era sua vida lá: um tíquete do jogo de beisebol dos Yomiuri Giants (*O público aqui é bem mais educado que aí — se um rebatedor tivesse errado na nona entrada desse jeito em Boston, o Fenway inteiro ia exigir a cabeça dele!*), uma flor de cerejeira de seda que ele havia comprado de um vendedor de rua (*Vou colher uma de verdade pra você quando estiver na época*), um conjunto de cartões pintados para Angela (*As crianças japonesas adoram isso!*). Ele descrevia os outros médicos com base em apelidos divertidos: *O dr. Caspa está indo para outro setor, finalmente, mas o dr. Orelhas de Jarro é uma preciosidade; não sei quando aquele homem dorme...* Fliss podia *ver* Dan, todo descabelado no fim do turno da noite, bocejando, mas dobrando aqueles seus braços compridos sobre uma mesa pequena demais para escrever algumas linhas para ela.

Braços e pernas compridos. A primeira coisa que havia notado nele, o estudante de medicina que apareceu no consultório de seu tio John em Boston. "É como uma garça", as enfermeiras riram baixinho, mas não sem muito se arrumar e desfilar na frente do jovem Daniel Orton, que logo seria médico. Aqueles braços e pernas intermináveis, e os ombros magros e o rosto alegre que não escondia nada, absolutamente nada; Dan era um livro aberto, muito aberto e feliz. *Oi*, ele disse para Fliss quando foram apresentados, fechando a mão inteira dela em sua mão grande e ossuda. *O tio John disse que você é a enfermeira mais afiada daqui*. Mas todo o seu rosto dizia *Eu gosto de você. Eu nem a conheço e já gosto de você. Posso conhecê-la, por favor?*

Um guincho vindo do berço; Angela estava recusando sua soneca.

— Uma carta do papai — Fliss tentou dizer à filha, mas Angela não queria saber da carta; queria sair do berço e correr para os seus blocos. — *Papai* — persistiu Fliss, mostrando a ela a fotografia que Dan havia mandado: ele em traje civil numa ponte japonesa, com as mãos nos bolsos. Aquelas mãos tinham tanta delicadeza. Ele gostava de percorrer a coluna dela na cama, contando as vértebras uma a uma: "Você tem as costas mais bonitas do mundo." Mas manejava um bisturi igualmente bem: *As coisas que estou fazendo aqui com amputados*, ele escreveu. *Caramba, Fliss, a gente está avançando a passos largos. Eu nunca vou dizer que esta guerra é boa em qualquer sentido, não depois de remendar tantos garotos que nunca mais vão poder correr, porém, com os avanços que estamos fazendo em cirurgia, pelo menos eles vão poder* andar *de novo. Uma década atrás, eles poderiam nem ter sobrevivido...*

Fliss se pegou chorando; distraidamente enxugando as lágrimas.

Adorei a última fotografia da Angie. Ela está ficando enorme, mal posso acreditar. Como dói em mim perder tanto da infância dela. Você sabe disso, não sabe? Não quero que fique me ouvindo falar tanto do trabalho e dos Yomiuri Giants e das cerejeiras em flor e pense que não sinto falta das minhas meninas a cada segundo, porque eu sinto. Os Yomiuri Giants e as cerejeiras e todas essas horas em cirurgia, essas são as únicas coisas que me impedem de ficar louco de saudade de você. Acordo à noite pensando que a Ange não vai nem me reconhecer quando eu voltar pra casa. Eu errei em pegar o segundo período, Fliss? Não posso dizer que eles não precisam de mim aqui, há mais pacientes do que podemos lidar, mas eu sinto tanta falta... um homem deve servir a seu país e a sua família, então, que droga, o que a gente faz quando os dois estão em conflito? Não consigo servir aqui sem sentir que estou decepcionando você...

Um ponto manchado no papel. Fliss o tocou, pensando que ela não era a única pessoa tentando evitar que lágrimas estragassem uma carta.

Não é que eu não possa me reconectar com a Angie, conquistá-la quando chegar em casa. Tenho jeito com meninas bonitas, afinal. Eu não conquistei você, a garota mais bonita de Boston? É só o que eu estou perdendo, enquanto estou preso aqui amputando membros. O que não vamos ter de volta. Eu prometo a você que estarei aí a cada segundo quando o Bebê Orton Número 2 vier, meu amor.

Então, Fliss se desligou. Por uma quantidade bastante preocupante de tempo, aliás. Quando finalmente voltou a si, as lágrimas haviam secado em seu rosto; o sol entrava oblíquo pela janela num ângulo totalmente diferente, Angela chorava num tom estridente que, pela primeira vez, falhou completamente em arrancar Fliss de dentro de si e puxá-la para fora. E uma batida estava soando na porta.

— Sra. Fliss? — veio a voz de Pete. Ele parecia já estar batendo havia algum tempo.

Mecanicamente, Fliss se levantou. Ela pegou Angela, montando aquele pequeno peso irritado em seu quadril, e tentou consertar o rosto, mas era como se fosse uma máscara. Tudo o que ela conseguia ouvir era a voz séria de Dan, dizendo *Bebê Orton Número 2*.

— Sra. Fliss! — Pete estava quase saltitando. Nos últimos meses, ele havia ultrapassado Fliss em altura; era muito estranho *levantar* os olhos para ele, aquele garoto de 15 anos, quando se lembrava do menino magricela que a havia ajudado na mudança. Ela se preparou para Pete perguntar qual era o problema, por que ela havia deixado Angela chorando por tanto tempo (*péssima mãe, péssima mãe*), mas, em vez disso, ele apenas perguntou com tom de urgência: — Você vem assistir na sra. Grace?

— Assistir? — Fliss piscou os olhos, confusa.

— Ao teste nuclear televisionado, sra. Fliss! — Pete conseguiu gritar mais alto que os uivos de Angela. — Em Nevada!

— É hoje?

— Você não vai perder, vai? Talvez mande toda a Costa Oeste pelos ares! — Pete tentou parecer preocupado com a possibilidade, mas estava em polvorosa com aquele entusiasmo adolescente que mal podia esperar para ver um grande *bum*, por mais potencialmente desastroso que fosse. — Vamos, sra. Fliss! — E Fliss foi atrás dele quase por reflexo, subindo a escada até o quarto de Grace, por que não? *Bebê Orton Número 2*...

Grace estava ajustando os botões da TV, um locutor aparecendo e sumindo. A Bea do cabelo preto estava lá, massageando o joelho enfaixado.

— Tenho consulta médica hoje — explicou ela —, então estou de licença do trabalho. — Ela dava aulas de educação física na escola Gompers Junior High, Fliss sabia, embora Bea não tivesse problemas em dizer com toda sinceridade que odiava o emprego. Nora, claro, estava nos Arquivos Nacionais aquela tarde, enquanto Arlene datilografava para o HUAC e Claire copiava os ditados de sua senadora no Capitólio...

— Eu imaginaria que um teste nuclear faria todos nós estarmos em casa, encolhidos embaixo da cama — comentou Fliss. — Quando todos ficaram tão indiferentes?

— Não sei se indiferente é bem a palavra. Você sabia que as pessoas tiram férias para assistir a testes da bomba em Las Vegas? — Grace recuou do aparelho enquanto um locutor anunciava que começaria a contagem regressiva a qualquer momento. — Dirigem centenas de quilômetros para beber Coquetéis Atômicos e dançar o boogie-woogie ao som de "Atomic Bomb Bounce" enquanto assistem às nuvens em forma de cogumelo se levantarem dos locais de teste. Em que época nós vivemos. — Ela parecia impressionada.

Que época, Fliss pensou, apertando Angela.

Pete estava saltitante outra vez, despejando estatísticas.

— ...ouvi que a bomba vai ser lançada de um Boeing B-50 Superfortress, de uma altitude de dez mil metros. Ela tem uma energia explosiva equivalente a 33 quilotons de TNT!

— Não gosta — disse Angela.

Eu "não gosta" também, pensou Fliss, concordando com a filha. Seu estômago estava enjoado demais para tomar o chá de sol de Grace; os quatro ficaram olhando para a TV quando o locutor (entusiasmado em excesso, na opinião de Fliss) começou a contagem regressiva.

— Trinta e seis segundos para o impacto — disse Pete, a voz falhando de agudo a barítono, mas ele estava concentrado demais para enrubescer de constrangimento. — Trinta e cinco segundos...

A explosão veio em *vinte*. Fliss se contraiu, esperando um estouro de luz incandescente, uma enorme nuvem de fumaça, mas houve apenas um lampejo de escuridão.

— É só isso? — Bea parecia decepcionada.

— Não *gosta* — gritou Angela, contorcendo-se contra a súbita força de aço dos braços da mãe. Fliss não conseguia tirar os olhos da tela preta, interrompida apenas por um pontinho de luz branca.

— Parece um fogo de artifício feito em casa explodindo no fim de uma estrada no campo. — Grace se inclinou para pegar o Vermelho que tinha entrado pela janela com um *miau* inquiridor. — Não muito impressionante para 33 quilotons.

Fliss não saberia dizer quanto tempo demorou para o locutor voltar, dizendo, ofegante "um espetáculo belo, tremendo e furioso..." e começar a falar sobre a nuvem de cogumelo que a câmera, teimosamente, não mostrava. O estado de espírito parecia mais de animação do que de apreensão. *Belo?* Era essa a palavra para um teste nuclear?

— A maior cara de jogo cancelado — resmungou Bea, mancando para a porta. Pete foi ajudá-la a descer a escada e Fliss saiu meio tonta atrás deles, sem saber muito bem como chegou ao segundo andar. Não parecia estar perfeitamente conectada com seus pés nos polidos sapatos boneca. *Bebê Orton Número 2. Trinta e três quilotons de TNT...*

Suas pernas cederam assim que ela fechou a porta do apartamento. Fliss desabou com as costas apoiadas na porta e deixou Angela engatinhar para longe dela. A carta de Dan ainda estava sobre a mesa. Fliss precisava responder. *Querido Dan, não haverá Bebê Orton Número 2, porque nós estamos vivendo em um mundo com testes nucleares e ninguém deveria trazer bebês para ele. Eu sinto muito por ter trazido* uma *para este mundo. Já decepcionei você o suficiente?*

Péssima mãe. Péssima mãe.

Fliss não conseguia ver motivo para se levantar, então continuou ali sentada. Angela derrubou uma mesinha e Fliss viu a perna de madeira quebrar, mas não se mexeu. Nunca tinha gostado daquela maldita mesinha mesmo. Uma coisa frágil que comprara de segunda mão, quando ficou claro que ela e Dan ainda não iam comprar uma casa, e não havia sentido em gastar dinheiro com mobília para um apartamento alugado. *Serão só alguns meses, um ano no máximo!* Só um ano, depois dezoito meses, depois dois anos, e e e e... Angela começou a uivar querendo almoço; Fliss se moveu o suficiente para pegar um pacote de wafers, jogar o pacote inteiro para Angela e se sentar novamente. Entorpecida, ficou olhando a filha comer os biscoitos direto no tapete. *Ahhhhhh, péssima mãe.* Ela riu. Agora era oficial!

O sol começou a descer no céu. Angela se aproximou e adormeceu na saia de Fliss. Ao acordar, começou a correr pelo apartamento gritando. A sra. Nilsson veio bater:

— Sra. Orton. Sra. Orton, não vai pôr essa criança na cama? — Fliss não conseguia se levantar, não conseguia atender a porta. Não conseguia. Por fim, a proprietária foi embora. Por fim, Angela veio dormir na saia dela outra vez. Fliss cochilou com a cabeça apoiada na caixa térmica. Estava tão cansada, cansada por dois anos seguidos, cansada *todo o tempo*, por que não conseguia mais do que cochilar? Ficou acordando a cada vinte minutos, a mão nas costas de Angela, vendo a luz através da cortina mudar de rosa para azul para preta. Angela chorando outra vez, irrequieta, incomodada. Outra batida na porta.

— Fliss? — Uma voz soou. Grace. Fliss não respondeu. Mas, em vez de sua vizinha apenas ir embora, a maçaneta começou a balançar, o trinco soltou e Grace entrou, seu vestido-camisa de listras amarelas um ponto brilhante no quarto escuro.

— A porta estava trancada — Fliss falou, estupidamente.

— Estava. — Grace virou na mão um grampo de cabelo fazendo um movimento de abrir fechaduras e o colocou de volta na cabeça, enquanto acendia o abajur mais próximo. Olhou para Angela aos gritos, para a saia amassada e as meias torcidas de Fliss, a mesma roupa que ela estava usando no seu apartamento ao meio-dia quando foi assistir ao teste nuclear, e apertou os lábios. — Oh, céus.

Fliss se contraiu, esperando pelo desprezo.

PéssimamãepéssimamãePÉSSIMAMÃE...

— Quer dizer que você é humana, afinal, Borbulha e Chiado. — Grace abaixou e pegou Angela com uma carícia apaziguadora. — Deixe que eu cuido da duendezinha. Vai trocar de roupa e vista algo confortável.

Fliss não achava que tinha energia para se levantar, mas lhe pareceu que precisaria de ainda mais energia para resistir a Grace. Conseguiu se lavar e vestir uma calça capri azul-clara e uma blusa xadrez, depois amarrou o cabelo loiro disforme em um lenço e veio ver Grace alimentando Angela com alguns morangos, ou pelo menos tentando.

— É cedo, mas aposto que ela dorme se a gente a puser na cama — disse Grace. — Está exausta de tanto gritar.

Fliss pegou Angela, enrubescendo meio entorpecida quando percebeu que a filha estava com um macacão e calcinha limpos. Claro que ela havia se molhado; Fliss não a levava para fazer xixi havia horas.

— Pode dizer, Grace.

— Dizer o quê?

— Que eu não sirvo pra ser mãe. — Finalmente ela havia deixado sair. Finalmente as pessoas *sabiam*. Era quase um alívio.

— Ah, minha querida. Ela está viva, está gordinha e tem pulmões para contar para o mundo inteiro o quanto detesta morangos. Você está indo bem. Não sei que ideal elevado de maternidade lhe venderam, mas vou lhe dizer: não existe nenhuma mãe que não tenha vontade de jogar o filho de 2 anos pela janela de vez em quando.

Ela parecia tão despreocupada, como se não fosse nada de mais uma mãe ter esses pensamentos. Grace nunca parecia se preocupar com nada, mesmo que todos estivessem irritados e bravos, mesmo que houvesse uma literal explosão nuclear na TV, ela só seguia calmamente em frente. *Eu queria poder ser mais assim*, Fliss pensou, com Angela no colo. *Queria ter o dom de não me preocupar.* Mas ela se preocupava o tempo todo...

— Não gosta — disse Angela enquanto Fliss a carregava para o berço pintado de branco com os cobertores cor-de-rosa fofos e a enfiava em uma camisolinha. — Não *gosta* — insistiu, mas adormeceu quase no meio da palavra. Fliss olhou para a filha, birrenta e agitada, segurando o elefante de pelúcia que Dan havia lhe comprado pouco antes de embarcar para o Japão. *Sinta alguma coisa,* Fliss implorou a si mesma, olhando para a filha. *Sinta alguma coisa. Sinta* qualquer coisa.

Ainda aquele cinza e infinito nada.

— Quando é que seu marido vai voltar? — perguntou Grace.

A resposta saiu de Fliss numa explosão, quase um grito.

— Eu não *quero* que ele volte.

Grace a conduziu para fora do quarto e fechou a porta com cuidado.

— Desse jeito, é?

Havia uma infinidade de perguntas por trás daquelas palavras aparentemente casuais. O tipo de perguntas não expressas que a própria Fliss havia pensado quando a bela sra. Sutherland disse que o marido a fazia prestar contas de cada centavo que lhe dava e esperava que os médicos contassem a ele sobre as consultas dela. *Desse jeito, é?*

— Eu quero que o Dan volte. Claro que quero. Mas ele *não pode.* — Fliss puxou uma mecha de cabelo dos olhos e tornou a amarrar o lenço. Amarrou-o do jeito certo, de modo que ambas as pontas ficassem perfeitamente iguais. — Eu não tenho como manter essa merda na frente dele. — A satisfação de dizer *merda* era visceral, violenta. — Mal consigo manter a encenação na frente do *Clube Briar* — confessou Fliss, cansada.

— Manter que encenação? — perguntou Grace.

Fliss abriu a boca, fechou. Ergueu a mão indicando o quarto, a toalha de mesa bem passada, os rodapés que ela esfregava às duas horas da manhã e a fileira de jarros perfeitamente esterilizados de purê de maçã feito em casa para Angela. A pilha de saias e blusas passadas sem uma falha com suas golas babador engomadas. As cartas caprichadas em letra curvilínea endereçadas a Dan em Tóquio e à sua mãe em Buckinghamshire, garantindo a eles que ela estava muito! Bem! Mesmo!

Só conseguiria manter a encenação de muito! Bem! Mesmo! se houvesse um oceano entre ela e as pessoas que a conheciam melhor.

— Tudo isso — Fliss finalmente gritou, só que em um sussurro, porque Angela estava dormindo e ela realmente explodiria se a filha acordasse. Ela sussurro-gritou outra vez: *Tudo! Isso!*

Fliss esperava que Grace estalasse a língua, dissesse que ela estava exagerando. Ou lhe pedisse para ver o lado positivo; será que não percebia como tinha sorte, um marido bonito e uma filha linda e tudo no mundo para ser grata? *Péssima mãe.* Mas Grace só olhou pensativa, deixando o momento se estender, e os olhos de Fliss se encheram de lágrimas.

— Sabe do que você precisa? — perguntou ela, por fim.

Ah, que maravilha. *Conselhos.* Exatamente o que ela não queria e que tantas pessoas pareciam determinadas a lhe dar mesmo assim.

— Do quê? — Fliss rosnou, esfregando os olhos.

— De uma noite de folga — disse Grace, surpreendendo-a. — Uma noite de folga, longe de bebês.

— TEM CERTEZA DE QUE ESTÁ BEM ASSIM? — PERGUNTOU FLISS.

— O vestido? Não. Parece que você está indo à final do Pillsbury Bake-Off, não para uma noite com martínis e dança. — Grace balançou a cabeça para os saltinhos finos dos sapatos, o colar de pérolas e o vestido de algodão rodado de bolinhas amarelas. — Mas vai servir — concluiu, tirando o cinto vermelho largo de couro que usava com seu próprio vestido vermelho reto e justo e prendendo-o na cintura de Fliss. — Melhor.

— Não o vestido. Deixar a Angela por uma noite.

— Nora disse que não se incomodava de ficar com ela.

— Sim, mas… — Fliss olhou de volta para os degraus da casa. *Eu não posso deixar minha bebê*, ela sabia que deveria dizer, mas as palavras não saíam. Simplesmente não saíam. Então, apenas engoliu em seco e deixou Grace segurar seu braço. — Vamos.

— Boa — disse Grace.

Fliss estava acostumada a ver a vizinha andando pela Briarwood House com saias estampadas e sapatos de sola plataforma de ráfia, mas, com aquele vestido vermelho justo e o cabelo penteado em ondas, Grace parecia inesperadamente glamourosa. Mais adequada para Hollywood do que para Foggy Bottom. Um cupê Studebaker Starlight azul-claro fez a curva para a Briar e Grace acenou para o motorista.

— Seu acompanhante? — perguntou Fliss, tentando não passar a mão no penteado alto.

— Depende das fronteiras dos estados.

Fliss ia perguntar o que isso queria dizer quando viu o motorista do Studebaker: Claude Cormier, muito elegante com um chapéu cinza.

— Grace, *chère*, você não avisou que ia trazer sua amiga inglesa — disse ele, em seu sotaque da Louisiana.

Fliss olhou para Grace, hesitante.

— Para onde nós vamos? — Porque casais inter-raciais eram uma coisa dentro de casa, mas na rua… Onde Grace e Claude poderiam se sentar juntos naquela cidade, quanto mais serem atendidos?

— Você vai ver. — Grace entrou no banco traseiro do Studebaker. — Melhor você se sentar atrás comigo, se quisermos chegar sem que parem a gente pelo caminho.

— Certo… — Fliss entrou atrás ao lado de Grace, pensando que havia algumas coisas nos Estados Unidos com que ela *nunca* se acostumaria.

Se bem que seria possível dizer que era apenas nos Estados Unidos? E a tia Beth Louca em sua cidade? Uma das coisas que a haviam cimentado como a ovelha desgarrada da família foi quando correu a notícia de que ela estava saindo com um *árabe*. "Vocês viram ele?", todas as mulheres mais jovens da família sussurravam, de olhos arregalados. "Parece um artista de cinema!" Mas isso não tinha impedido os comentários sórdidos quando eles passavam...

— Para onde nós *vamos*? — Fliss perguntou de novo, olhando a Briarwood House ficando para trás, já preocupada se Nora ia deixar Angela comer biscoitos em excesso. *Cookies*, ela se corrigiu.

— Só vamos cruzar a fronteira do Distrito Federal até Capitol Heights, em Maryland. — Grace acendeu um cigarro enquanto o Studebaker virava na praça. — Ao Chickland Club.

UM BALCÃO LONGO E RELUZENTE, UMA FILEIRA DE MÁQUINAS DE pinball, mesas pequenas aglomeradas à meia-luz, o som de Leroy Anderson cantando "Blue Tango" no jukebox: nada disso surpreendeu Fliss quando entraram no Chickland Club. O que a surpreendeu foi o público: casais negros, casais brancos e alguns inter-raciais como Grace e Claude.

— O Chickland é um dos únicos estabelecimentos sem segregação por aqui — explicou Grace, atravessando o salão muito à vontade até uma das mesinhas, o braço de Claude em sua cintura. — Tente não parecer que está numa festinha da igreja, Borbulha. E nem ouse pedir um coquetel sem álcool.

Um casal negro dançava na pequena pista de dança e um casal inter-racial juntou-se a eles. Fliss viu alguns murmúrios dos homens que se acotovelavam no balcão quando a mulher negra começou um jitterbug com seu parceiro branco. Alguns desses olhares vieram na direção de Grace também, quando ela se inclinou para perto de Claude para rir de algo que ele dissera.

— Vai ter confusão? — perguntou Fliss, apreensiva, se esforçando para enfiar a saia rodada embaixo da mesa minúscula enquanto observava o grupo de homens e suas cervejas. Havia uma aglomeração na entrada do bar também, inquieta, forçando passagem.

Claude inclinou a cabeça para trás e riu.

— Se eu quisesse ficar fora de confusão na minha vida — disse ele, como se falasse com alguém da idade de Angela —, nunca sairia de casa.

Fliss enrubesceu de novo, baixando os olhos para seu copo de martíni. Os dedos de Claude tamborilavam um ritmo rápido na borda da mesa como se ele estivesse com as baquetas nas mãos.

— Ah, vocês, músicos — disse Grace com uma risada. — Você nunca está de folga?

— Nunca. — Ele sorriu, um brilho rápido de dentes brancos. — Nós somos o que fazemos. Se você visse livros espalhados por aqui, ia começar a guardar nas estantes.

— Eu, não. Guardar livros em prateleiras e pintar placas de vez em quando é o que eu *faço*, não o que eu sou.

— Dá no mesmo — decretou Claude. — O que acha, sra. Britânica? Nós somos o que fazemos?

— Acho que sim. Eu sempre acabava tratando pessoas mesmo quando não estava no meu turno de enfermeira. — Engraçado, Fliss tinha se esquecido disso. Tinha se esquecido de trechos inteiros de sua vida que aconteceram antes de Angela, como se a exaustão tivesse apagado tudo como um apagador numa lousa. — As pessoas sabem que você é enfermeira e vêm atrás com o nariz sangrando ou o joelho esfolado.

Grace a observou, enquanto Claude se levantava e ia escolher uma música no jukebox.

— Parece uma profissão meio "suja" para alguém tão imaculadamente limpa como você.

— Quando eu tinha 15 anos, trabalhava como voluntária numa clínica perto de Bletchley — Fliss começou a contar sem pensar. — A guerra, sabe como é. Eu não fazia muito mais do que estocar suprimentos e limpar pisos, mas gostava de ver o jeito como as enfermeiras entravam numa sala onde todos estavam tendo crises e... estabeleciam a ordem.

Grace sorriu.

— Então foi isso que te motivou? Uma boa menina inglesa, certamente a ideia era você se casar e formar família, não obter um diploma no exterior.

Fliss começou sua resposta habitual sobre ter tido sorte de vir para os Estados Unidos com a mãe e o padrasto e descobrir que podia se candidatar ao Corpo de Enfermeiras Cadetes. Mas Grace fez um gesto descartando aquela explicação.

— Essa foi a oportunidade, não a motivação. Na minha experiência, se uma garota tenta uma carreira, ela precisa de mais do que uma oportunidade. Precisa de alguém que lhe dê um empurrão. — Ela sorriu. — Com muita frequência, outra mulher.

Fliss arregalou os olhos, percebendo que ela estava certa.

— Imagino que meu empurrão veio quando eu tinha 16 anos.

"Você é a filha mais velha da Edna, não é?", tia Beth tinha dito depois da igreja na vila de Bletchley em uma manhã ensolarada, enquanto a guerra ainda estava em andamento. "Felicity?"

"Sou, sim", respondera Fliss, tentando não ficar muito boquiaberta diante daquela tia que era apenas dez anos mais velha do que ela, mas que havia se rebelado de forma tão completa e deixado toda a família em polvorosa. Isso foi antes de ela começar a sair com o árabe, mas o fato de tia Beth ter mandado a própria mãe ir para o inferno, saído de casa e arrumado um *emprego* de verdade, não algo decoroso como servir em uma cantina ou enrolar curativos, mas turnos à noite trabalhando em algo incrivelmente secreto no Bletchley Park, era o suficiente para deixar a família histérica. "Sim, eu sou a Fliss. Nós não vemos o resto da família com frequência, pois a gente mora na cidade seguinte. Não que seja longe, mas..."

Fliss parou de falar. Tia Beth não parecia interessada em puxar conversa nem em fazer contato visual. Ela só assentiu e continuou parada ali, mordiscando um daqueles pãezinhos duros dos tempos de guerra, olhando distraída à distância. Ela e Fliss tinham o mesmo cabelo loiro.

— Foi você que deu um ponto no joelho da filha mais nova da Helen quando ela se machucou brincando no balanço?

— Fui eu! — Feliz pela tia se lembrar daquilo. — Eu gostaria de ser enfermeira, mas não vai ser possível.

— Por quê?

— A guerra vai acabar antes de eu ter idade suficiente. E mamãe acha que só mulheres fáceis se tornam enfermeiras em tempo de paz.

— Não peça permissão a ela —, tia Beth aconselhara, já indo embora. — Só faça. Foi o que eu fiz.

— Acho que eu ia gostar da sua tia Beth — comentou Grace, rindo, ao ouvir a história.

— Pois é, não vou dizer que foi exatamente uma conversa inspiradora, mas ficou na minha memória. — Fliss balançou a cabeça, tomando seu martíni. — E, quando minha mãe me trouxe para os Estados Unidos, eu me candidatei ao Corpo de Enfermeiras Cadetes antes que ela sequer desconfiasse.

— Quem diria que você tinha essa vocação. — Grace apoiou o queixo na mão. — Você sente falta? De ser enfermeira?

— E-eu não sei. — Fliss não tinha energia para querer *nada* nos últimos tempos.

— Volte — disse Grace —, porque essa Fliss, a que contornou a família para ter uma carreira? Eu gosto dessa Fliss. Ela me interessa. — Um sorriso e Grace se levantou para dançar com Claude quando ele voltou estalando os dedos no ritmo de uma melodia de Glenn Miller.

Fliss pediu outro martíni, e o mundo ia se tornando agradavelmente entorpecido. Pelo menos quando estava olhando para um copo tinha a *permissão* de ficar entorpecida, ela pensou. Podia permitir que o sorriso largasse seus lábios. Havia algo muito revigorante em deixar aquele sorriso persistente escoar pelo ralo… Um dos rapazes do balcão se aproximou para convidá-la para dançar; ela recusou educadamente e se espantou com o olhar raivoso que recebeu em resposta.

— Acha que é boa demais para um homem branco, como a sua amiguinha ali? — perguntou ele, apontando Claude e Grace com o queixo, que dançavam com animação e estilo.

— Eu sei que sou boa demais para um bêbado — revidou Fliss, usando seu sotaque britânico mais impecável, a voz que realmente intimidava ianques importunos.

Ele lhe lançou outro olhar raivoso antes de voltar com passos irritados na direção de seus amigos, que se acotovelavam em volta do balcão.

Claude e Grace voltaram da pista de dança, rindo.

— ...retomou desde que o sr. Byrne voltou ao Amber Club — dizia Claude. — Ninguém diria que ele passou um ano atrás das grades, ele está de volta à mesa de pôquer ganhando todas, frio e calmo como gelo.

— Ainda de coração partido por causa da...

— Ah, isso o pegou muito forte. Ela saiu do Crispy Biscuit e agora ele volta de todos os almoços de mau humor...

A multidão na área do bar estava definitivamente se tornando mais ruidosa, e maior. Já era muita gente mesmo. Um fogo de artifício explodiu em algum lugar lá fora, fazendo Fliss dar um pulo, e os homens em volta do balcão comemoraram. Foi um som desagradável, como cachorros uivando.

— Não é melhor nós irmos embora? — sussurrou ela. Já devia ser mais de onze horas. Ela viu o casal de negros na mesa ao lado trocar olhares silenciosos e pegar seus casacos.

— Por quê? — Claude tomou um longo e lento gole de sua cerveja, os olhos também fixos na multidão no balcão. — Não estamos fazendo nada errado.

Um homem de rosto vermelho com um terno xadrez forçou passagem até o fim do balcão, protegido por dois policiais musculosos, e começou a discursar para a multidão agitada e efervescente. Fliss não conseguia escutar as palavras, mas viu alguns dos bêbados turbulentos se levantarem e pegarem seus casacos, principalmente quando os policiais começaram a bater no balcão com as palmas das mãos robustas e fazer sinal com o polegar na direção da porta. O homem que havia convidado Fliss para dançar saiu discretamente com meia dúzia de amigos e Fliss podia sentir a tensão começando a se espalhar pelo recinto.

Então, veio o som alto e estilhaçado de vidro se quebrando.

Ela nunca soube ao certo o que veio primeiro: o copo de cerveja sendo empurrado do balcão para o chão ou o barulho da porta da frente sendo arrebentada a pontapés. O rugir de xingamentos e impropérios se elevou de imediato, abafando Kay Starr que cantava "Wheel of Fortune", e os homens no bar se moveram como um único organismo enorme, aos socos e empurrões. Mais homens entravam da rua, um deles com um taco de beisebol, Fliss viu com horror, e ele o ergueu acima da cabeça em um pequeno arco e arrebentou uma máquina de pinball. O homem que vinha tentando restaurar a ordem no balcão fugiu para a rua, seguido por vaias e uma garrafa de cerveja atirada em sua direção.

Claude e Grace se levantaram, já sem sorrisos.

— A cozinha — disse Grace —, vamos sair pelos fundos... — E Fliss já estava se enfiando atrás deles pelo meio da multidão de frequentadores que pareciam todos ter tido a mesma ideia. Seu coração batia ensandecido, mas parou quando as luzes se apagaram. Os dedos de Grace se fecharam em torno de seu punho, puxando-a com tanta força pela escuridão que ela quase tropeçou com seus saltos gatinho. Fachos de lanterna ricocheteavam pelas paredes e pelo teto; Fliss ouviu exclamações de *Polícia!*. Em algum lugar, uma mulher gritou. Um homem praguejou. Seu quadril bateu dolorosamente na quina de um fogão; já estavam na cozinha; ela sentiu o cheiro de óleo de fritura usado e gordura. "*Merda*" escapou muito claramente de Claude à frente, junto com um baque forte como se ele tivesse sido atingido. As luzes voltaram e Fliss viu dois homens brancos lutando com Claude, puxando-o para o chão. Um sargento de polícia apareceu na porta que dava para a viela, empurrando os clientes brancos para fora; Fliss correu até ele, gritando:

— Tire aqueles homens de cima do sr. Cormier, ele está caído...

O sargento a empurrou da sua frente, com uma expressão dura.

Grace ignorou o policial completamente, agarrando um dos sujeitos que mirava um chute em Claude e enfiando a mão no cabelo do homem. Um soco com o outro punho na garganta e um puxão rápido com o braço e ela bateu a lateral da cabeça dele com força na quina do balcão mais próximo. Fliss notou o escudo frio do rosto dela: nenhum medo enquanto ela golpeava com o cotovelo a têmpora do homem, apenas uma espécie de serenidade raivosa. Ele caiu aos pés dela como uma pilha de tijolos. Isso fez o policial intervir, carrancudo, mas Grace ligou seu sorriso como se acionasse um interruptor e desabou doce e indefesa de encontro ao braço dele.

— Senhor policial, será que poderia nos escoltar até estarmos seguros, isso é tão assustador…

Abaixou-se para ajudar Claude a se levantar, os lábios trêmulos. Relutante, o policial acompanhou os três, junto com o outro casal inter-racial que estivera dançando mais cedo, um homem branco e sua namorada de pele escura que agora chorava, até a viela nos fundos do bar.

Fliss nunca tinha dito as palavras *Puta merda* em sua vida, mas sussurrou-as então. A multidão do lado de fora gritava, turbulenta, disparando fogos de artifício que iluminavam a noite como em um Quatro de Julho fantasmagórico. A palavra *COMUNISTA* tinha sido pintada nas janelas do bar em letras vermelhas gotejantes; por uma fração de segundo, antes de perceber que era tinta, Fliss achou que pudesse ser sangue. Um Chevrolet cupê com um grupo de passageiros negros diminuiu a velocidade na rua ao ver o tumulto e recebeu uma chuva de garrafas de cerveja. O para-brisa se estilhaçou numa explosão de vidro; o carro desviou, batendo com força em um Packard estacionado, e Fliss viu uma jovem levando a mão a um corte na bochecha escura, sangue escorrendo entre os dedos. A polícia se agrupou em torno do carro antes que a multidão pudesse cercá-lo.

— Tem um ali, peguem aquele! — Um homem de rosto vermelho apontou para Claude, que estava tateando em busca de seu chapéu perdido e xingando em francês da Louisiana com o nariz ensanguentado, e Fliss e Grace o puxaram de volta para a saída da viela nos fundos do Chickland Club. Ele se agachou depressa e Fliss abriu as grandes saias rodadas de seu vestido de bolinhas para escondê-lo de vista.

— Nada para ver aqui, meu amigo — ela falou com ar de desprezo quando os homens contornaram a esquina, aprimorando seu sotaque de Rainha da Inglaterra outra vez, o sangue pulsando tão forte nas têmporas que ela imaginou que as veias poderiam estourar. Dois dos homens foram embora, correndo em direção a outro carro que tinha parado diante da agitação, mas um deles continuou vindo e Grace o agarrou pelo colarinho e o acertou três vezes embaixo do queixo, três pequenos golpes contundentes, e Fliss viu o brilho de algo metálico no punho de Grace antes que o homem se dobrasse com um grito, o sangue descendo pela camisa.

— Vamos — disse Claude, em voz baixa. — A polícia vai pegar o gás lacrimogêneo e as mangueiras, *vamos!* — E os três correram pela viela, contornaram a esquina, qualquer direção que pudessem encontrar desde que fosse para *longe* dali.

— Tire os sapatos — disse Grace, ofegante, descalçando os seus e pegando-os sem perder o passo, e Fliss fez o mesmo com seus saltos gatinho, esforçando-se só de meias para acompanhar as passadas mais largas de Grace e Claude, até que eles viraram uma esquina e deixaram o tumulto para trás, o som das sirenes de polícia apenas um silvo distante.

— Sapatos de volta — Grace disse a Fliss. — Ajeite o cabelo, recupere o fôlego. Claude, arrume o colarinho, rosto para baixo. Fliss, segure o outro braço dele. Só três pessoas que saíram para caminhar à noite, nada para ver aqui... — E eles seguiram caminhando mais devagar, distanciando-se cada vez mais do bar. Fliss sentia o braço de Claude ficar tenso a cada farol de carro, a cada sirene.

Por fim, o som do conflito ficou fora do alcance dos ouvidos e eles pararam em uma esquina bem iluminada, os carros passando em velocidade por faixas ordenadas. Os efeitos do coração galopante de Fliss se fizeram sentir e ela quase vomitou, mas se conteve e não choramingou, vendo o nariz inchado e o rosto tenso de Claude. Não era ela que tinha sido socada e chutada aquela noite; podia muito bem se controlar.

— Posso dar uma olhada nesse nariz, por favor? — perguntou a Claude, um tanto surpresa de ouvir a voz profissional de enfermeira sair de sua boca, e ele deve ter percebido também, porque deixou. Ela apertou a ponte, pegou o lenço que Grace lhe entregou e limpou o sangue o melhor que pôde sem água quente. — Não está quebrado — avaliou. — Ponha gelo assim que chegar em casa. Estou mais preocupada que você tenha fraturado alguma costela. — Fliss notou o jeito como ele corria com a mão pressionada do lado do corpo.

— Não quebrou nada — ele se limitou a dizer.

— Se eu puder dar uma olhada…

— Eu já fui chutado por um bêbado raivoso antes — rebateu Claude, abrupto. — Não estão quebradas e eu não quero uma mulher branca pondo a mão em mim numa esquina de rua, está bem? Já me arrisquei o suficiente por hoje.

Fliss recuou, quieta. Grace segurou a mão de Claude em silêncio, os dedos se entrelaçando nos dele na sombra entre seus corpos. Ele apertou a mão dela de volta, tremendo como um de seus címbalos, quase lançando faíscas de raiva e eletricidade.

— É melhor vocês pegarem um táxi — disse ele, por fim. — Eu pego outro táxi no próximo quarteirão.

— O seu carro…

— Venho buscar de manhã. Não vou de novo naquela direção agora. — Com um gesto de tocar na ponta de seu chapéu perdido para Fliss e mais um aperto na mão de Grace, ele se virou depressa e contornou a esquina.

Fliss abriu a boca, mas Grace tocou seu braço.

— Claude prefere chamar um táxi numa área onde haja mais pessoas parecidas com ele. Além disso, não quer estar junto de duas mulheres brancas no momento.

— Porque o táxi não vai parar para nós três?

— E também porque ele tem receio de que comecemos a nos lamentar sobre *o que acabamos de passar* e, vamos ser sinceras… — Grace sorriu de lado. — Nós duas não passamos por nada, em comparação com ele.

Fliss estremeceu, envolvendo-se com os braços. Tinha conseguido segurar a bolsa, mas havia perdido o casaco.

— Por que… por que alguém pintou COMUNISTA nas janelas do bar? — ela perguntou, estupidamente. — Não era um bar socialista.

— Porque *comunista* é o pior insulto que nós americanos parecemos saber neste momento — respondeu Grace. — Muito obrigada, senador McCarthy.

Ela sacudiu a cabeça e Fliss a encarou de repente.

— O que você tinha na mão? Quando socou aquele homem embaixo do queixo?

— Nada. — Grace fez uma cara intrigada, mostrando a mão vazia. — Eu sei como dar um direto no queixo, só isso. Agradeço a meus irmãos mais velhos, dos nossos tempos de criança.

Fliss pensou naquela ponta metálica que jurava ter visto entre os nós dos dedos de Grace.

— Eu tenho irmãos também, Grace. Homens não começam a sangrar daquele jeito só por causa de um ou dois socos.

— Não teve nenhum sangue. Foram só sombras.

Fliss olhou para o punho do vestido de Grace, com uma mancha escura. Grace percebeu o olhar, mas, com a calma de sempre, puxou a alça da bolsa para cima e deu o outro braço para Fliss.

— Venha. Vamos pra casa.

Eram quase duas da manhã quando elas chegaram de volta à Briarwood House. Angela estava dormindo havia muito tempo em seu berço, Nora cochilando no sofá.

— Sua duendezinha foi um amor; espero que você tenha aproveitado a noite fora — disse, e deu um abraço em Fliss antes de ir embora bocejando. Grace tinha subido para seu quarto de paredes verdes, mas Fliss não se surpreendeu de fato ao ouvi-la bater de leve na porta vinte minutos depois, com uma garrafa de uísque.

— Achei que nós duas precisávamos de mais um drinque — comentou, movendo-se pela pequena área da cozinha de Fliss em seu roupão com bordados de dragões para fazer dois hot toddies. — Acho que devo fazer um brinde ao fim do meu *affair*... Duvido que vá ter notícias do Claude por um tempo.

— Não foi sua culpa que...

— Não, mas um homem como ele fica com a vida em risco ao se envolver com uma mulher como eu. É um preço alto por um pouco de diversão. Ele pode estar pensando neste momento que é um preço alto *demais*. — Grace passou uma caneca para Fliss. — E eu não o culpo nem um pouco.

— Foi isso pra você? Diversão? — Fliss achou que talvez estivesse falando como uma terrível puritana, mas Grace não pareceu ofendida.

— O que tem de errado com diversão? O Claude é ótimo, nós tivemos um tempo ótimo. Ele vem falando sobre a cena do jazz em Nova York nos últimos tempos; tenho a sensação de que vai sair da cidade para ver como estão as coisas por lá. O que quer que ele faça, desejo que se dê bem. — Grace levantou a caneca em um brinde ao amante ausente. — Eu gosto de não levar as coisas muito a sério, Borbulha. Você criou um belo ninho aqui, mas nem todas as mulheres têm a necessidade de se aninhar. Embora eu possa mudar de ideia algum dia pelo puro luxo de ter mais espaço do que um armário de vassouras — acrescentou ela, olhando em volta para o imaculado apartamento de dois cômodos de Fliss.

— Eu nunca teria conseguido este lugar se o Dan não tivesse vindo conversar com a sra. Nilsson e a convencido de que eu realmente tinha um marido. Porque antes ela não tinha acreditado muito em mim. Uma mulher sozinha com uma bebê de poucos meses… — Fliss se interrompeu, ouvindo os sons suaves do sono de Angela vindo pela porta semiaberta do quarto. De repente, ouviu de novo o baque forte da bota de um homem acertando as costelas de Claude e estremeceu. — Às vezes eu odeio este país.

— Eu o amo muito. — Grace suspirou. — Mas somos terrivelmente retrógrados e equivocados em alguns sentidos.

— Eu não odeio de fato — Fliss se corrigiu, sentindo-se envergonhada. Era ali nos Estados Unidos que ela havia encontrado sua vocação, afinal. Encontrado sua carreira, seu marido, seu lar… — É só que... como eu não nasci aqui, às vezes percebo coisas que me deixam espantada, coisas com que mais ninguém parece se impressionar. Se Claude Cormier fosse para a Inglaterra, não estou dizendo que ele não ia ouvir coisas ruins, mas… — *Havia muitas coisas ruins na Inglaterra; bastava se lembrar dos comentários sórdidos sobre a tia Beth e seu* árabe. — Mas ele não ouviria o tipo de coisas que ouve todos os *dias* aqui — concluiu Fliss.

Grace pareceu pensativa.

— Às vezes eu acho que este país é uma eterna batalha entre nosso anjo do bem e nosso anjo do mal. Só espero que estejamos ouvindo o anjo bom com mais frequência que o mau. — Ela suspirou. — Se fizermos isso, uma mudança virá.

— Não rápido o bastante. — As duas tomaram um gole de suas bebidas. Dessa vez, Fliss não fez careta por causa da mão pesada de Grace com o uísque. Talvez tenha sido por isso que se ouviu dizendo em voz alta:
— O Dan quer outro filho, mas eu não quero trazer mais um para isto.

— Isto o quê? — Grace puxou os joelhos para cima na cadeira da escrivaninha de Fliss.

— *Isto.* — Bares explodindo em tumultos de vidro quebrado e gás lacrimogêneo porque alguns casais inter-raciais ousaram dançar ao som de Kay Starr; nuvens em forma de cogumelo desabrochando como rosas hediondas sobre locais de teste em Nevada enquanto turistas degustavam Coquetéis Atômicos. — *Nada* disto.

— O Dan sabe?

— Não. — Fliss fechou os olhos com força, ardendo. Não queria dizer, mas, por algum motivo, saiu. — Ele não sabe nem que eu não queria a Angela.

PÉSSIMA MÃE PÉSSIMA MÃE PÉSSIMA MÃE. As palavras estavam berrando dentro do seu crânio dessa vez, não sussurrando.

Foi como se Grace conseguisse ouvi-las.

— Você é uma boa mãe, Borbulha. Muito melhor do que imagina.

Fliss se encolheu na borda da cama estreita, as mãos apertando forte a caneca.

— Eu a amei no momento em que ela veio ao mundo — ela se apressou a dizer, apressou-se a passar por cima do fato de que tudo que sentia no momento, quando olhava para Angela, era um nada... — Mas eu não estava *pronta*. Nós íamos esperar até estarmos mais estabilizados. Tomávamos cuidado, só que... — Uma camisinha que furou, uma noite. Só uma vez. — Eu ia continuar trabalhando — murmurou Fliss. — Eu *queria* continuar trabalhando. Eu amava o meu trabalho.

— Eu sei. Você devia voltar.

A mera ideia de pensar nisso exigia tanta energia que Fliss tinha vontade de se encolher no chão e chorar.

— Não posso. — Mesmo com o tio John e sua oferta sedutora de que ela o ajudasse com as pacientes nos ensaios da nova pílula milagrosa, a que impedia a ovulação. — Eu tive que parar por causa da Angela, e agora...

E agora isto: intermináveis dias exaustivos, noites sem dormir. Talvez teria sido melhor se Dan estivesse ali para dividir a carga. Talvez teria sido melhor se sua mãe ainda estivesse no país para dividir a carga. Mas eles não estavam. *Dan, eu sinto sua falta...*

— Você é enfermeira. — Calmamente, Grace tomou um gole de sua bebida. — Com certeza conhecia um jeito de resolver essa situação logo no começo. Nunca se sentiu tentada?

Fliss nem sequer tentou fingir que não sabia do que ela estava falando. Deveria ter ficado chocada, mas não ficou.

— Não. Eu queria ela. Só que não *ainda*. Tentei dizer isso uma vez, antes de ficar grávida, para o meu médico em San Diego. Perguntei se havia alguma coisa um pouco mais à prova de falhas do que diafragmas ou camisinhas. — Algo como a pílula do tio John, algo que ela pudesse tomar e esquecer, sem se preocupar. — Mas o médico só me fez uma preleção de que eu deveria aceitar o que Deus mandasse. *Por quê?* — Fliss explodiu. — As mulheres precisam planejar cada momento de sua vida, de *lavar roupa às segundas-feiras, passar roupa às terças* até conseguir chegar em *descansar no domingo.* Então por que não nos é permitido planejar *isso*? Algo que tira toda a nossa vida dos trilhos, todos os outros planos...

Seus olhos se encheram de lágrimas. Ela os fixou no chão, com a respiração irregular, focando nos movimentos de Angela na terra dos sonhos no quarto ao lado.

— E agora o Dan quer outro — disse ela, baixinho. — *Bebê Orton Número 2.* — Ela engoliu o restante da bebida e se levantou. — Preciso cozinhar alguma coisa — murmurou, indo para a cozinha. Uma panela pequena, uma colher de pau, açúcar. Ela foi jogando coisas sobre a pequena bancada, sem nem saber o que queria fazer, ou nem se estava com fome. Mas não importava se estava com fome. Mães sempre tinham que estar alimentando pessoas. Seus filhos, seu marido, sua família, sempre antes delas mesmas.

Grace veio se apoiar na bancada, as mãos em volta da caneca, dragões chineses murmurando em volta das pernas.

— Minha mãe teve um bebê que mudou a vida dela — contou, parecendo reflexiva. — Nossa, como ela ficou chateada. Eu já estava crescida, ela não queria começar tudo de novo com fraldas e mamadeiras. A Kitty veio, e eu acabei fazendo a maior parte do trabalho de mãe por um tempo. Minha mãe mergulhou numa névoa, ficava olhando para o nada, mal conseguia olhar para a bebê.

Fliss estremeceu e disfarçou com uma virada rápida para ligar o fogareiro. Ficou observando a panela esquentar.

— Isso durou um tempo. Sem que minha mãe fosse capaz de cuidar dela. Pareceu um tempo enorme pra mim. Provavelmente pareceu uma eternidade pra minha mãe. — Grace tomou um gole. — Mas ela acabou saindo desse estado e a Kitty nem se lembrava. Por que lembraria? Não a prejudicou em nada. Bebês não se lembram de quando suas mães não são perfeitas.

Fliss remexeu dentro da caixa térmica à procura dos morangos cortados que Angela tinha se recusado a comer. Despejou-os na panela, jogou um pouco de açúcar por cima.

— Minha mãe não era uma mãe ruim. Só estava cansada.

Fliss baixou o fogo, mexendo a mistura de morangos amolecidos. Mexendo, mexendo. Percebeu que as lágrimas tinham começado, desciam suavemente pelas bochechas como se uma torneira tivesse sido aberta. Grace não fez nenhum comentário. *Você sabe ser muito bondosa*, Fliss pensou. *Na verdade, você é sempre bondosa.* Mas se lembrou do rosto concentrado e raivoso dela quando eles estavam fugindo do bar, quando Grace agarrou o cabelo do homem e bateu a cabeça dele na quina de um balcão.

Você me assustou um pouco, Fliss pensou. Mas, quando Grace baixou a caneca e pôs um braço em volta dos ombros dela, Fliss fechou os olhos e se apoiou no abraço como se estivesse se afogando. Porque o abraço dizia *Eu não vou deixar você se afogar.*

— O que você está fazendo, Borbulha? — perguntou Grace por fim, passando um lenço para Fliss.

Fliss olhou para a panela, enxugando os olhos com uma das mãos e mexendo as frutas borbulhantes com a outra.

— *Strawberry fool* — disse ela, assim que conseguiu confiar na firmeza de sua voz.

— E o que vem a ser *strawberry fool*?

— Morangos cozidos misturados com creme de leite ou chantili... É uma sobremesa inglesa.

— Ah, não me diga. — Grace observou Fliss procurar o creme de leite na caixa térmica.

— Eu me desligo — disse Fliss de repente, tirando os morangos do fogo, encontrando uma vasilha, despejando o creme de leite dentro. — Fico olhando para o nada e, quando dou por mim, vinte minutos se passaram. Ou uma hora. Ou mais.

Grace não fez nenhum comentário, só tomou um gole de sua bebida.

— Eu não sinto nada. — Fliss encontrou sua batedeira manual e começou a virar a manivela sobre o creme. *Bata até formar pequenos picos,* os livros de receita sempre diziam. *Bata até seus braços caírem*, era o que eles *deveriam* dizer. — Eu não sinto nada. Olho para ela dormindo, olho para ela gritando, olho para ela quando sorri pra mim e não faz diferença. Eu simplesmente não... eu não... eu...

Silêncio.

Virando a manivela. Virando, virando. O creme respingou.

— ...E se eu não a amar? — murmurou Fliss. — *E se eu não amar a minha filha?*

— Você morreria por ela? — perguntou Grace.

Fliss arregalou os olhos.

— É claro.

— Pois então. — Um sorriso de lado, gentilmente voltado para baixo. — Por que isso não conta como amor?

Strawberry Fool da Fliss

3 xícaras de morangos frescos limpos e cortados, mais morangos inteiros para enfeitar
6 colheres de sopa de açúcar
2 colheres de chá de suco de limão fresco
2 xícaras de creme de leite fresco

1. Ponha os morangos cortados e o açúcar em uma panela pequena e cozinhe em fogo médio-baixo, mexendo frequentemente. Tire do fogo quando os morangos estiverem moles e o caldo engrossado, cerca de 5 minutos. Adicione o suco de limão, mexa, depois deixe a mistura esfriar.
2. Em uma vasilha média, usando uma batedeira manual, bata o creme até pequenos picos se formarem. Ponha o creme batido em tigelas ou copos decorativos com uma colher e misture cuidadosamente os morangos resfriados, acrescentando mais creme para fazer camadas decorativas. Guarneça cada porção com um morango inteiro.
3. Coma com um bebê irrequieto enquanto ouve "(It's No) Sin", de Eddy Howard e sua Orquestra, sem receio de fazer sujeira, porque pelo menos o bebê está comendo.

— Telefone, sra. Orton.

Fliss quase gemeu quando a sra. Nilsson surgiu na frente do carrinho de bebê. Ela se atrasaria para chegar à estação de trem; Angela tinha gritado a plenos pulmões quando Fliss a vestiu com o macacão azul em vez do lilás; o último par de meias de Fliss tinha desfiado e seus brincos esmaltados haviam sumido. Angela continuava resmungando, aquele som choroso e irritado que ela podia manter sem esforço por horas, e Fliss olhou para ela com um lembrete interno de encorajamento: *Mesmo quando você está sendo insuportável, eu ainda morreria por você.* Vinha se agarrando a esse pensamento com força desde que o ouvira de Grace.

E, então, ali estava a sra. Nilsson, brandindo o receptor do telefone. Fliss *definitivamente* ia se atrasar para o trem.

— Alô? — disse, espremendo-se entre a parede e o carrinho enquanto Claire e Arlene passavam apressadas pelo corredor a caminho do trabalho, discutindo sobre quem havia monopolizado o banheiro naquela manhã. — Aqui é a sra. Orton — falou Fliss, impaciente, esperando que quem quer que fosse não lhe tomasse muito tempo. Mal conseguiu não derrubar o vaso de margaridas amarelas que Grace tinha colocado na mesinha do corredor.

Houve um estalo de estática e, então, uma voz baixinha flutuou até seu ouvido, soando como se estivesse no fim de um túnel muito longo.

— ...me ouvindo, amor?

De repente, todos os músculos de seu corpo se retesaram, cantando.

— *Dan?*

Mais estática.

— ...maldita linha — disse ele. — ...me ouvindo, Fliss?

— Estou ouvindo, estou ouvindo! — Fliss estava quase gritando; a sra. Nilsson franziu a testa, mas ela nem se importou. — Continue falando, por favor!

— ...não posso falar muito, meu amor, só consegui o telefone por dois minutos porque disse que era uma emergência...

— Uma *emergência*? — A pulsação de Fliss se acelerou. — Você se feriu, ou...

— Não, não. — A voz dele, aquela voz querida. Ela não ouvia aquela voz havia quase um ano; era raro ele poder telefonar do Japão. Sua visão embaçou enquanto ele prosseguia. — Eu recebi sua carta, Fliss. Fiquei preocupado.

A força abandonou as pernas de Fliss de repente; ela se sentou no meio do corredor, saias azul-claras e camadas de crinolina pousando à sua volta.

— Minha carta? — A que parecia fazer séculos que ela havia escrito, depois de um jantar de *strawberry fool* e uísque às três da manhã. *Eu não sei como dizer isso pra você, Dan, então só vou dizer sem enrolar. Você falou sobre o* Bebê Orton Número 2, *mas eu não quero outro bebê. Eu não quero. Tudo é tão difícil e a ideia de tornar mais difícil ainda me dá vontade de morrer.*

Ela não deveria ter enviado. Nunca deveria ter enviado...

— Eu não sabia que você estava se sentindo tão mal. Suas cartas são sempre... — Mais estática; a voz dele desapareceu por um momento, depois voltou surpreendentemente próxima, bem no seu ouvido, como se o rosto dele estivesse pressionado no seu. — ...tão alegres, eu me senti mal se *eu* pareci abatido. Não queria deprimir você. — A voz dele oscilou. — Meu Deus, tem sido difícil, Fliss. Eu morro de saudade de você.

— Eu morro de saudade de você também — sussurrou ela. Lágrimas caindo, não as gotas que desciam distraidamente e começavam e paravam por conta própria, mas um fluxo quente e violento.

— E aquilo sobre o bebê, Fliss, não se preocupe. Eu só quero as minhas duas meninas de volta; isso é tudo que eu preciso. Você não quer outra pequena Angela, está tudo bem pra mim.

Fliss tapou o fone com a mão, soluçou forte duas vezes sem que ele pudesse ouvir, depois tirou a mão.

— Dan, *ninguém* ia querer outra pequena Angela — disse ela, com uma risada trêmula. — Ela é um terror. Há apenas uma, e mesmo assim me mantém em desvantagem numérica e sitiada.

— Então é melhor não darmos nenhum aliado pra ela, ou estamos perdidos. — Uma pausa. — Amor, *conte* para mim se as coisas estiverem difíceis. Pode me contar. Está bem? Você não tem que parecer alegre para... — Ele se interrompeu por um momento. — Droga, o tempo está acabando. Eu te amo...

— Eu te amo. Eu te amo.

— ...mil vezes...

Eles conseguiram trocar mais algumas frases semigritadas em meio à estática e, então, a linha caiu e ele se foi. Fliss segurou o fone com força e chorou, os ombros subindo e descendo, sem se importar que a sra. Nilsson estivesse ouvindo.

— Ei, deixa eu te ajudar a se levantar. — Bea veio mancando da sala de café da manhã e se inclinou para puxar Fliss com uma força surpreendente. Fliss continuou chorando no ombro dela e Bea afagou suas costas. — Cai fora, enxerida — disse Bea para a proprietária, que fez um som de desdém e começou a passar o aspirador ostensivamente no saguão. Fliss continuou chorando, mas era mais alívio que tristeza. *E aquilo sobre o bebê, Fliss, não se preocupe.*

Não se preocupe. *Não se preocupe!*

— Você não ia pegar um trem? — perguntou Bea quando Fliss finalmente parou de chorar e enxugou os olhos. — Ou vai cancelar?

— Ah, estou indo. — Fliss sentiu seu sorriso se abrir, não o sorriso que travava seus molares, mas um enorme e molhado. — Vou levar uma amiga para se consultar com o meu tio em Boston. Volto à noite. — Ela pegou a bolsa, quase derrubando o vaso de margaridas amarelas outra vez; que *lindas* elas eram, uma explosão de cor que quase ofuscava seus olhos. A sra. Nilsson não aprovava flores, mas Grace de alguma forma tinha conseguido convencê-la, como tinha feito com as alegres cortinas amarelas na janela e, atualmente, este corredor que antes era tão triste e sem graça parecia um grande raio de sol. Fliss pegou uma margarida do vaso e a colocou no botão da lapela.

— Você quer mesmo arrastar esta pequena até Massachusetts? — Bea deu uma olhada para o carrinho, no qual Angela continuava expressando seu desagrado geral com o mundo. — Eu posso ficar com ela hoje, se você precisar.

— Ah, não obriga... — Fliss começou a dizer, e parou. *O Clube Briar não é família,* ela passou tanto tempo dizendo a si mesma, *portanto você não tem nenhum direito de se apoiar nelas.*

Mas as coisas não haviam mudado desde os dias em que ela se mudara pra cá e ninguém falava nada com ela além de um "oi" indiferente de vez em quando, na fila do banheiro? Muitas coisas não haviam mudado?

— Na verdade, uma ajuda *seria* boa — falou, sentindo o puro alívio de dizer isso. — Tem certeza de que não se importa de olhar a Angela até de noite?

— Eu gosto de uma sessão ocasional como babá — respondeu Bea, alegremente. — Me faz lembrar o motivo pelo qual eu não quero nenhum desses pequenos pra mim, e preciso de lembretes, porque minha mãe, Deus do céu, ela quer netos e acredita no ditado de água mole em pedra dura.

Fliss riu. Um riso trêmulo, mas um riso.

— Então minha duendezinha é toda sua. Meu conselho é levá-la ao parque e deixar ela correr até cair inconsciente.

— Não se preocupe — disse Bea, despreocupada. Despreocupada! Como se não fosse nada! E levantou o carrinho nas duas rodas traseiras. — Vamos lá, garota, fazer uns exercícios.

— Muito obrigada. — Fliss correu para a porta, mas não antes de parar e dar um abraço na desajeitada pequena Lina, que tinha acabado de sair da cozinha, arrastando os pés, com uma vasilha na mão. — Lina, quer me ajudar a fazer um verdadeiro biscoito amanteigado inglês esta noite? — Três ingredientes; nem mesmo Lina conseguiria errar com isso.

— Sério? — Lina abriu um sorriso hesitante. Minha nossa, aquele estrabismo dela estava piorando; Fliss achou que deveria conversar com Grace e ver se elas conseguiam arrumar um esquema para comprar aquelas lentes corretivas que a mãe dela se recusava a pagar.

— Sério — prometeu Fliss, e saiu voando pela porta para chamar um táxi. Bea já estava seguindo para o outro lado, em direção ao parque, com Angela. Receitas e sorrisos e ajuda com a bebê… Será que ela poderia ter obtido mais ajuda todo esse tempo das moças do Clube Briar? Será que não bastaria ter *pedido*? Angela ergueu o corpo no carrinho para acenar para a mãe, mostrando cada um dos dentinhos espaçados e pequenos, e o coração de Fliss se apertou de repente.

— SRA. SUTHERLAND, DESCULPE — DISSE FLISS, OFEGANTE, AO CHEGAR à plataforma na Union Station. — Eu não queria me atrasar.

— Está tudo bem. — A nora do senador era uma imagem de serenidade em seu traje de viagem verde-claro, a blusa rendada marfim, o chapéu pequeno com um véu diáfano, mas torcia as luvas entre as mãos como se estivesse tentando estrangulá-las.

Depois que as duas se acomodaram em um compartimento privativo no trem — nada a não ser o melhor para uma Sutherland, claro —, a sra. Sutherland disse, em voz baixa:

— O seu tio… ele não vai contar a ninguém sobre…

— Ele é um famoso especialista em fertilidade e vai examiná-la na consulta para verificar se você tem algum problema relacionado a isso — afirmou Fliss, sentando-se. Suas saias azul-claras estavam amassadas e ela percebeu que não se importava com isso. — Ele apenas aproveitará a oportunidade durante a consulta para medir você para um dispositivo anticoncepcional também. O que não é da conta de ninguém além da sua.

A jovem sra. Sutherland soltou o ar, trêmula.

— Essa foi uma ideia muito boa que você teve.

Fliss concordava.

— Você acha que poderia vir outras vezes a Boston, no futuro? Mais no fim deste ano ou no começo do próximo?

— Eu vou precisar? Achei que era necessária só uma consulta para…

— É, mas meu tio me contou sobre um teste em pacientes para uma nova pílula… — Ela explicou enquanto o trem se punha suavemente em movimento, afastando-se da Union Station. — E vai precisar de pacientes voluntárias.

— Eu não poderia ser parte de um estudo de *controle de natalidade.* — Ela baixou a voz, estrangulando as luvas outra vez. — Meu marido…

— Não será um estudo de controle de natalidade, será um estudo de fertilidade. — O que Fliss achou que era uma jogada de gênio, quando o tio John lhe explicara como estavam contornando a lei estadual de Massachusetts que bania todas as formas de contracepção. — É só para quantificar os efeitos da progesterona na fertilidade. Até onde seu marido ou qualquer outra pessoa terá conhecimento, o estudo examina as chances de concepção. Qual lado da concepção, a favor ou contra... bem, esse é um detalhe que ninguém precisa saber.

Os olhos escuros da sra. Sutherland definitivamente brilharam.

— Não, ninguém precisa.

— Vou pedir para meu tio conversar com você sobre os estudos, então.

E talvez ela pudesse ajudar nesses ensaios, Fliss pensou, recostando-se no banco enquanto os subúrbios de Washington, D.C., passavam. Talvez pudesse voltar a trabalhar na clínica. Não achava que Dan iria se opor. E Angela também não se importaria, ela era pequena; será que se lembraria se sua mãe havia estado ao seu lado a cada instante durante os primeiros anos de vida? Fliss desligou-se um tempo, então, em outra tela branca de cansaço, mas só por uns cinco minutos, e isso não era tão ruim. Ainda estava exausta, com os olhos à beira das lágrimas de novo, mas Fliss se viu dando um trêmulo, pequeno sorriso.

DIA DE AÇÃO DE GRAÇAS, 1954
Washington, D.C.

Há duas discussões sussurradas acontecendo na Briarwood House: uma sobre a arma do crime e outra sobre algo muito mais importante. A casa está bisbilhotando avidamente quando um dos policiais procura algo sob o sofá da sala de visitas e anuncia:

— Parece a segunda arma do crime, senhor, está toda coberta de sangue… — mas aí outra conversa atrai a atenção da casa de volta para a cozinha.

— Eu posso fazer um chá, mãe — diz Pete, dando palmadinhas de afago no ombro da mãe, que está sentada um pouco afastada das pensionistas, mas ela afasta a mão dele.

— Chá! Como se alguém pudesse tomar chá com sangue *secando nas paredes*; você não tem o menor tato, a menor noção…

— Achei que poderia ajudar seus nervos — explica Pete, bravamente, mas pouco agradecimento ele vai receber por ser atencioso, a casa pensa.

— A única coisa que ajudaria meus nervos é sair desta casa! — sibila a sra. Nilsson. — E estou lhe dizendo, nós *vamos* sair desta casa. Como se eu fosse continuar morando num lugar em que dois assassinatos foram…

— Vamos ficar num hotel por alguns dias — concorda Pete. — Boa ideia…

— Um hotel? Um *hotel*, você acha que sou feita de dinheiro? — A sra. Nilsson endireita as costas na cadeira de cozinha de espaldar reto. — Não, não. Nós vamos nos livrar desta casa assim que pudermos. Eu já tinha recebido ofertas antes, mas agora estou pensando em…

— O quê? — Pete parece tão horrorizado quanto a casa. — Mãe, você não pode vender, é a nossa casa.

— …tive uma oferta da McTurney & Sons no mês passado, os homens dos móveis, eles estão procurando espaço para uma loja. Abrir as paredes aqui dentro para fazer um showroom, e eu disse que não estava interessada, mas agora estou pensando em ligar para eles. Vai ser difícil encontrar pensionistas que queiram morar num lugar onde aconteceram dois assassinatos, eu teria que *baixar o aluguel*...

Todo um grupo de policiais e detetives se juntou na sala de visitas agora, em volta da segunda arma do crime, mas a casa mal percebe, pensamentos rodopiando como os cristais do candelabro da sala de jantar. Não vai mais existir o pensionato Briarwood para mulheres?

Cinco anos atrás, você nem teria notado, a casa pensa. Mergulhada demais numa sonolência por muito tempo, indiferente demais para prestar atenção em quem entra e sai por essas portas. Agora a casa sente suas persianas se fechando, as paredes estalando e querendo se arquear para dentro. Não mais sra. Nilsson, isso não seria tão ruim: não mais voz intimidadora, não mais balde de alvejante tirando lascas das paredes, não mais cozidos borrachudos que fazem a cozinha inteira cheirar a cimento queimado. Mas não mais sra. Nilsson também significa não mais Pete — polindo orgulhosamente a prateleira sobre a lareira da sala, não mais Pete levando seu martelo até a porta de tela sempre que ela precisa ser consertada. Não mais Lina fazendo a cozinha cheirar a açúcar e manteiga. Não mais pensionistas, não mais passos alegres e infindáveis até o quarto andar toda quinta-feira à noite. Não mais debates sobre os episódios mais recentes de *Dragnet*; não mais flores sendo pintadas na parede de Grace...

Iam pintar *por cima* da trepadeira na parede, a casa percebe com um estremecimento que faz as janelas balançarem. Tudo seria arrancado, modernizado, transformado em um showroom amplo em que conjuntos rígidos de mobílias de sala de estar seriam dispostos, mas onde ninguém de fato... viveria.

Uma casa que não contém mais uma família, mas uma loja, bem... não pode de fato ser chamada de casa.

— Nós não podemos simplesmente pôr todas as pensionistas pra fora depois de uma coisa assim — Pete está discutindo com a mãe, indicando a movimentação da polícia, mas ela insiste, "*Vamos falar sobre isso mais tarde*", e a casa se sente de repente estranhamente indisposta. De uma hora pra outra, o que está em jogo depois deste interminável Dia de Ação de Graças tornou-se algo ainda maior.

Não me deixem, a Briarwood House pensa, encolhendo-se em busca de proteção em volta de sua cozinha cheia de mulheres. *Não me deixem, por favor.*

Mas elas não conseguem ouvir.

A casa mal presta atenção quando o detetive entra na cozinha, sentindo-se doente até suas fundações. Mas as mulheres se sentam mais eretas, cada conversa sussurrada se interrompe quando a segunda arma do crime é apresentada, coberta sinistramente de sangue pegajoso e ressecado.

O detetive lança um olhar penetrante em volta do aposento.

— Alguém quer me contar quem nesta casa tem um taco de beisebol?

DOIS ANOS ATRÁS

JANEIRO DE 1953

Capítulo 5

Bea

Querida Kitty,

Um dia ainda morro de curiosidade: quase dois anos que moro na Briarwood House com Bea Verretti e ainda não faço a <u>menor</u> ideia de por que ela deixa um taco de beisebol do lado da porta! Fugindo da Máfia? Vivendo com medo de um marido violento? Medo do escuro? Será que um dia vou descobrir?

Queria que você estivesse aqui.

— Grace

Bea escorregou no gelo no dia seguinte à posse do presidente Eisenhower e, quando caiu, quando a pontada de dor atravessou seu joelho ruim, e cada nervo gritou do topo da cabeça até a ponta dos dedos dos pés, ela percebeu o que provavelmente deveria ter percebido anos antes: estava acabada. Ela nunca, nunca mais ia voltar.

— A srta. Verretti está chorando? — sussurraram as meninas de sua aula de educação física das onze horas da manhã, mas elas logo voltaram para dentro do ginásio. Bea vinha tentando convencê-las a sair para um jogo de basquete, mas *Está frrrrrio, srta. Verretti* e *Eu estou naqueles dias, srta. Verretti*, e agora ali estava ela, sentada de bunda no asfalto rachado, chorando, enquanto sua turma entrava para lixar as unhas e conversar sobre o episódio mais recente de *I Love Lucy*, em que Lucy deu à luz *ao mesmo tempo* que Lucille Ball deu à luz, e não tinha sido lindo demais? As pessoas diziam que mais espectadores tinham sintonizado para ver "Lucy vai para a maternidade" do que para a posse presidencial no dia seguinte, Bea se lembrava de ter ouvido no rádio. Certamente seu lote de garotas de 13 anos se enquadrava naquilo, essas pequenas senhoritas esnobes que se recusavam a suar em suas roupas de ginástica e aparentemente menstruavam três semanas por mês.

Eu nunca vou sair daqui, Bea pensou, enxugando os olhos, massageando o joelho, que ainda gritava para ela como um árbitro de beisebol de ressaca pós-temporada. *Eu nunca vou voltar para onde é o meu lugar. Vou ser professora de educação física na Gompers Junior High até apodrecer.*

Você podia vir pra casa e se casar, a voz de sua mãe soou de imediato. *O Artie Aliberti terminou com a Rosa Conti e ele sempre esteve de olho em você!* Ah sim, voltar para o North End em Boston e começar a produzir bebês, trocando lembranças com todas as outras mulheres sobre o tempo em que o altar tinha sido montado na North Square para uma procissão em homenagem a Santa Rosália, *che bellissima*. Bea preferia bater com o taco na própria cabeça.

Ela conseguiu entrar mancando quando o sinal tocou e sua turma correu para o vestiário. Hora do almoço. Bea tinha um sanduíche de presunto embrulhado em papel-manteiga, mas ela o ignorou e foi até a sala do diretor. A secretária dele tinha a mesa do lado de fora da sala e estava ausente no cabeleireiro (*a única coisa que a faria tirar a bunda daquela cadeira*, Bea pensou), então não havia ninguém controlando o telefone. Bea fez a ligação para um subúrbio em Kalamazoo, sorrindo mesmo sem querer quando a voz sem preâmbulos veio do outro lado da linha:

— Bea Verretti, sua vagabunda preguiçosa, como vai?

— Vou indo, sua vaca de boca mole. — Quase conseguia ouvir o sorriso de Elizabeth Bandyk, que fizera os testes de Chicago em 1943 com Bea, as duas com 18 anos e sangue nos olhos. No fim da primeira temporada, Elizabeth Bandyk era conhecida como a Fera de South Bend, e Bea Verretti, o Furacão Siciliano. — Se preparando para os treinos de primavera? — perguntou Bea, apoiando o quadril na mesa para tirar o peso do joelho.

— Mantendo o braço solto, trabalhando no meu slider. Ainda cai como uma bomba no home plate, mas eu tenho que pôr gelo no cotovelo por uma hora depois. — Elizabeth deu aquela risada alta e rouca, que soava tão incongruente vinda de uma loirinha tão delicada. Foi a aparência de Elizabeth, tanto quanto sua bola rápida e matadora, que a fez entrar no South Bend Blue Sox com Bea naquele primeiro ano em 1943, onde ela permaneceu enquanto Bea passava por vários outros times. A All-American Girls Professional Baseball League, AAGPBL, a Liga Feminina de Beisebol americana, queria que suas jogadoras tivessem uma determinada *aparência*, além de jogar de determinada maneira. Bea e Elizabeth não se importavam; elas estavam ali só pelo jogo. — Quando foi que ficamos velhas? — perguntou Elizabeth. — A cada primavera eu vejo essas garotas novatas saídas dos cueiros, todas as articulações novinhas em folha...

Bea olhou para seu joelho inchado. Apenas um joelho de 28 anos; como poderia ter falhado com ela assim? Vinte e oito anos não era velha!

— Liz, eu não vou estar no treino de primavera.

Uma pausa do outro lado. Não uma pausa surpresa, Bea pensou.

Ela segurou o fone com mais força.

— Você não parece chocada.

Elizabeth suspirou.

— Bea, aquela fratura foi feia.

— Não, não foi. — Um jogo de fim de temporada contra as Rockford Peaches, uma deslizada forte para a segunda base numa bola baixa. Bea tinha feito uma jogada como aquela centenas, milhares de vezes, desde o mais básico beisebol em campo de areia quando criança até seus anos na liga com o South Bend Blue Sox, as Racine Belles, as Fort Wayne Daisies. Por que aquela deslizada tinha sido diferente, seu joelho esquerdo cedendo com um estalo audível tão alto quanto uma bola curva batendo no cabo de um taco? — Eu deveria estar jogando na temporada seguinte.

— Você achou isso, Bea. — Silêncio. — Todos os outros sabiam que você estava fora.

Bea estremeceu.

— Não seja babaca. — As pessoas ficariam surpresas ao ouvir o linguajar das mulheres da liga. Elas sabiam como se apresentar, cabelos cuidadosamente cacheados sob o boné de beisebol, batom vermelho, uniformes de saia impecáveis e apertos de mão recatados, saídos da escola de beleza de Helena Rubinstein, mas, no campo e no vestiário, eram capazes de xingar como marinheiros.

— Eu não estou sendo babaca. Estou sendo realista. Tentei dizer a você, o médico também, e seu empresário também. Você não quis ouvir.

Bea passou a mão no cabelo, o cabelo preto que ela começou a deixar crescer novamente em preparação para os treinos de primavera; as jogadoras da liga tinham que ter cabelos compridos.

— Eu tinha certeza de que voltaria este ano — disse ela, baixando a voz. O Furacão Siciliano, de volta ao jogo. Nem siciliana ela era, mas o apelido tinha pegado. Porque, com um taco na mão, ela era imparável; podia mandar a melhor bola rápida da liga até a maldita *lua*.

E, no momento, seu taco estava encostado na porta do quarto da Briarwood House.

— Você teve oito anos, Bea. Foi um bom tempo.

Não foi o suficiente, ela queria gritar.

— Eu esperava ter mais um — conseguiu dizer, numa tentativa de fazer graça.

— Mais um pode ser tudo que qualquer uma de nós terá. — Elizabeth hesitou do outro lado da linha. — O público não é mais o mesmo. Há boatos sobre encerrar a liga.

— Eles dizem isso desde o começo — zombou Bea.

— É, mas desta vez parece sério. Não é só a velha reclamação de *meninas não deveriam jogar*, é cortar equipamentos, são cortes no orçamento...

Ela continuou falando, e Bea se esqueceu da dor no joelho. Encerrar a liga? Embora tenha sido uma agonia nas duas últimas temporadas saber que suas amigas estavam jogando sem ela, pelo menos sabia que elas estavam *jogando*. Os mandachuvas iam realmente dispensar todas aquelas mulheres?

Sem liga. Sem vestiários espremidos, andando de sutiã e shorts do uniforme, pondo gelo em hematomas e fofocando sobre o time adversário. Sem as conversas dentro do campo, balançando de um pé para o outro à espera de uma bola rasteira. Sem o sacolejo do ônibus do time entre os jogos fora de casa, sem remendar meias e limpar manchas das saias do uniforme em quartos de hotel improvisados, sem se esgueirar para fugir das supervisoras e sair para beber depois do toque de recolher. Sem as novas identidades: "Eu sou uma Daisy", "Eu sou uma Peach", "Eu sou uma Belle."

Se Bea não fosse nenhuma dessas coisas, o que ela seria?

A porta da sala do diretor rangeu, trazendo os pensamentos agitados de Bea de volta ao presente.

— Preciso desligar — sussurrou para Elizabeth. — Continue trabalhando nesse slider, enquanto deixarem você jogar... — Por fim, pousou o fone bem a tempo.

— Beatrice — murmurou o sr. Royce. — O que posso fazer por você hoje? — O diretor da Gompers pôs a mão no ombro dela do jeito que sempre fazia, para ficar um pouco mais perto do que seria confortável. Seus olhos brilhavam de antipatia. Bea não saberia dizer o que ele queria mais: enfiar a mão por baixo da blusa dela ou demiti-la.

— Nada, sr. Royce — respondeu, deslizando da mão dele e esticando o corpo. Bea era mais alta que o chefe, e sabia que ele odiava isso. — Só passei para pegar uma coisa emprestada com sua secretária.

— Um batom? — O sr. Royce riu. — Vocês, moças, e seus produtos de beleza!

— Um Band-Aid. Eu estava mostrando às meninas como fazer um lançamento "moinho de vento" no softbol — explicou, demonstrando, com o movimento apenas suficiente do cotovelo, para forçá-lo a recuar um passo —, bati a unha do polegar e arranquei metade fora. Sangue por todo lado, olha só aqui...

— Isso não será necessário. — Ele recuou um pouco mais.

— Nem perto do que costumava acontecer nos meus dias da liga! Já lhe contei sobre a vez que quebrei meu taco na bola rápida de uma arremessadora das Kenosha Comet e uma lasca atravessou meu antebraço? Corri até a terceira base com uma rebatida tripla, espirrando sangue por todo o caminho…

— Espero que você não conte essas histórias tenebrosas para suas alunas. E, para falar a verdade, softbol não precisa fazer parte do currículo das meninas da Gompers. Algo mais delicado. Tênis, talvez.

Você já ouviu como as tenistas grunhem?, Bea pensou. *Delicadas como ninguém!*

— Sim, sr. Royce — respondeu ela.

— Eu já lhe disse antes, pode me chamar de Eugene — ele a repreendeu. — Pelo menos quando não houver alunos por perto! E você precisa trocar o short por uma saia depois da aula, Beatrice, já conversei com você sobre isso. O código de vestimenta para as mulheres de nossa equipe…

— Eu sou da educação física, sr. Royce. Preciso ser capaz de demonstrar qualquer tipo de exercício.

— E nós queremos de fato que nossas mocinhas sejam *atléticas*? — Risada, risada. Bea apenas ficou olhando, com vontade de enfiar o prendedor de gravata no nariz dele. Se fizesse isso, sem dúvida seria demitida, mas o quanto ela queria esse emprego, afinal? E até onde ela *conseguiria* enfiar aquilo no nariz dele? Pelo menos uns sete centímetros até atingir o túnel de vento que ele tinha no lugar do cérebro?

Você não tem qualificação para trabalhar em nenhum outro lugar, ela lembrou a si mesma. Nem tinha terminado o último ano do ensino médio quando largou a escola para jogar como interbases na liga. Não, se perdesse esse emprego, teria que voltar para casa, para Boston, para os planos casamenteiros de sua mãe.

— Ah, Beatrice? — A mão do sr. Royce desceu sobre seu ombro novamente, úmida. — Vamos precisar de você para substituir a srta. Ferguson na aula dela à tarde, agora que ela vai se casar. Vocês, moças, dão uma escapada assim que põem esse anel no dedo! — Risada, risada.

— Não posso negar que ela nos deixou com falta de pessoal, mas você vai se sair bem durante o semestre da primavera.

Bea piscou.

— Eu, dar aula?

— Relaxe, minha querida. — Um aperto em seu ombro, os dedos pousados sobre sua clavícula. — Não estou lhe pedindo para dar aula de álgebra!

Bea sentiu um embrulho no estômago.

— ...Aula de quê?

— ECONOMIA DOMÉSTICA? — GRACE FEZ UMA PAUSA, COPO DE CHÁ de sol na mão, depois deu uma gargalhada.

— Não é engraçado — protestou Bea, porém tarde demais: o senso de humor coletivo do Clube Briar tinha sido acionado. Nora ria no pescoço do gato de Grace, Fliss disfarçava a risada no macacão de babados de Angela, até Arlene riu por trás dos dedos. Claire caiu de costas onde estava sentada no chão.

— Socorro! — anunciou Claire. — Bea Verretti lecionando economia doméstica!

— Vocês estão todas mortas pra mim — declarou Bea, e isso fez todo mundo explodir em risos outra vez.

— Tenho certeza de que a srta. Verretti vai se sair bem — Harland, o namorado do FBI de Arlene, disse da área da cozinha em seu sotaque da Virgínia. Arlene ainda não tinha conseguido um anel, mas os dois pareciam bem. Bea não podia imaginar outro motivo para um homem chegar ali e se *oferecer* para cozinhar para as colegas de residência da namorada. Ele estava junto ao fogareiro, sem o paletó, com as mangas arregaçadas, fritando frango com surpreendente destreza. — Você fez economia doméstica no colégio, não fez? — perguntou ele a Bea.

— Eu não prestava atenção. Eu quase nem *ia*. — Ocupada demais matando aula para fazer treinos de rebatidas, ou fugindo da escola para assistir ao Red Sox no Fenway. — O que as pessoas aprendem em economia doméstica, afinal? — perguntou Bea, um pouco desesperada. Ela teria que começar a substituir a srta. Ferguson na segunda-feira.

— A costurar, claro — disse Nora. — Como fazer uma blusa ou saia simples em sua Singer...

— Tarefas de casa — acrescentou Claire, com uma imitação dramática de vomitar. — Como tirar manchas das coisas, polir prata...

— Contabilidade doméstica? — sugeriu Grace. — Como se manter dentro do orçamento?

— O que há para aprender sobre não ter dinheiro? — indagou Bea. — A gente não tem dinheiro, então compra o pouco que dá, não é complicado. Por que tem uma *aula* disso?

— Ah, minha querida, economia doméstica é onde se aprendem os *refinamentos* de ser uma esposa — arrulhou Arlene. — Como se vestir bem, dar uma festa, arrumar uma mesa corretamente. Imagine como você ficaria envergonhada se não soubesse onde colocar o prato de pão e o garfo de bolo se o chefe do seu marido viesse jantar na sua casa? — Olhar de soslaio para Harland: *Estou aqui! Uma excelente esposa prontinha, bem aqui!*

Bea grunhiu, tirando uma garrafa de cerveja Schlitz da caixa térmica de Grace.

— Já pode me pôr fora de jogo de uma vez, acabou pra mim.

— Você consegue ensinar a parte da cozinha pelo menos, não consegue, srta. Verretti? — Harland baixou a última coxa de frango enfarinhada na panela de óleo quente com uma pinça. — Com este clube de jantares que vocês organizam há... quanto tempo mesmo? Quase três anos?

— Você sabe o que o Clube Briar come quando é a minha vez de cozinhar? — Bea tirou a tampa da garrafa batendo-a na borda da mesa. — Sanduíches de pasta de amendoim e geleia. Eu não sei cozinhar nada.

O virtuoso Harland fez cara de desaprovação. Provavelmente achava que todas as mulheres saíam do útero já sabendo cozinhar. Bea sorriu e tomou um gole da cerveja direto do gargalo, certa de que ele não aprovaria isso também. Ou o fato de ela estar de calça comprida, ou seu cabelo curto. Um homem que usava aquelas camisas absurdamente engomadas e falava com tanto respeito de J. Edgar Hoover sem dúvida gostava de mulheres bem-arrumadas e de cabelos cacheados. Mas qual era a vantagem de ter um jovem agente do FBI todo certinho por perto se não fosse para chocá-lo?

— Está muito bom, homem do governo — disse Bea, roubando um pedaço crocante da bandeja do frango já arrumado, apetitoso e dourado, ao lado do fogareiro. — De repente você poderia ensinar economia doméstica no meu lugar.

— Bea! — disse Arlene, com aquele tom áspero de *nem se atreva a atrapalhar minha vida*. Bea lhe mostrou a língua, sentindo-se infantil, e foi até a janela. Grace a havia deixado aberta, apesar do frio; o quarto de paredes verdes estava sempre quente nas noites de quinta-feira, com tanta gente amontoada ali. Na calçada abaixo, a sra. Nilsson saía apressada para o clube de bridge das quintas-feiras, parando para desaprovar com um muxoxo o som suave do saxofone que vinha da janela de Joe Reiss ao lado. Joe ia à maioria dos jantares do Clube Briar; devia ter se distraído com algum ensaio. *Entocado*, ele dizia: *Tenho que me entocar para uma música nova*.

— O quê? — perguntou Bea, na primeira vez que ele disse aquilo.

— Ué — respondeu ele, com um encolher dos ombros magros —, se entocar e trabalhar com o instrumento.

— Eu não sabia que música era trabalho.

— Você era paga pra jogar aquele joguinho bobo e eu aposto que contava como trabalho. — Joe era o único que sabia que ela havia jogado na liga. No começo, ela não falava sobre o assunto porque a sra. Nilsson era do tipo que achava que jogadoras de beisebol eram vagabundas, não passavam de garotas que saltitavam pelos campos mostrando as pernas nuas para multidões de homens, o que também era o que a *mãe* de Bea achava, e pareceu melhor se apresentar apenas como professora de educação física na Gompers Junior High em vez da ex-interbases das Fort Wayne Daisies com uma média de rebatidas na carreira de 0,282. E Bea não achava que ficaria ali por muito tempo mesmo, apenas o suficiente para seu joelho se recuperar e, aí, de volta ao treino de primavera...

E agora fazia mais de dois anos que estava vindo jantar com essas mulheres e elas nem a conheciam. Bea Verretti, a faísca que impulsionava o time e que conhecia cada hematoma, coração partido e segredo de suas companheiras de equipe enquanto jogava.

— ...esperando a Reka hoje? — perguntava Nora, servindo-se de mais um pouco do chá de sol de Grace.

— A Reka vai passar uma semana em Nova York. — Grace prendeu para cima um cacho de cabelo castanho-dourado que tinha escapado de sua bandana xadrez azul. — Alguma coisa a ver com um museu. Ela saiu com um casaco novo muito bonito.

— Eu queria saber onde ela arrumou dinheiro para um casaco com gola de vison — especulou Arlene.

— Eu só fico feliz por ela ter um pouco de dinheiro de novo — comentou Bea. Coletivamente, o Clube Briar havia se preocupado bastante com a situação financeira de Reka. Fliss vivia arrumando desculpas para levar tigelas de sopa pra ela, e Bea tinha consertado o caixilho de sua janela para que não ficasse tão frio no inverno. Mas Reka vinha apresentando em seu modo de andar um verdadeiro entusiasmo de começo de treinos e tinha colocado cinco libras no pote para a compra dos novos óculos corretivos de Lina sem olhar para a carteira daquele jeito preocupado de quem está com a conta bancária vazia. — Você também deveria estar contente de ver as coisas melhorando pra ela, Arlene — acrescentou Bea. — Já que foi você que a fez ser demitida do emprego na biblioteca.

— Eu, não!

— Você, sim. Você falou para a bibliotecária que Reka era comunista.

— Eu só comentei que ela era simpatizante, o que é *verdade*, portanto não estava mentindo. Não imaginei que ela ia ser demitida, e eu *disse* isso pra ela — insistiu Arlene, com mau humor. — Pedi desculpas *duas vezes*.

— Talvez isso seja suficiente para a Reka. — A velha senhora tinha dado de ombros na ocasião; disse que tanto fazia pra ela se Arlene começasse a se enfiar de volta nos jantares de quinta-feira à noite com um cozido e um sorriso adulador, mas o resto do Clube Briar ainda estava inclinado a receber a Huppmóvel com frieza, Bea também. Ela acreditava em nutrir rancores; era sua natureza italiana. — Dois pedidos de desculpas não significam que não foi uma coisa muito ruim, Arlene...

— Qual é a discussão? — perguntou Harland, vindo com uma bandeja cheia.

— Nada — Arlene cortou depressa, mas Bea a ignorou.

— A Arlene não contou essa história pra você em alguma conversa de travesseiro? Como ela fez a sra. Muller ser demitida da Biblioteca Smoot sob a suspeita de ser comunista? Chocante. Opa, vou querer um pouco disso. — Bea cravou os dentes em um peito de frango frito enquanto Arlene e Harland começavam a sussurrar e discutir um com o outro e o restante do Clube Briar mordiscava e se esforçava ao máximo para tentar ouvir disfarçadamente. Foi tudo muito satisfatório, mas Bea se sentiu um pouco desanimada enquanto lambia os últimos deliciosos resíduos fritos dos lábios. Acabou escapando do quarto na movimentação da chegada dos jovens Nilsson ("Desculpem, tive que ajudar a Lina a terminar os muffins de milho", disse Pete, ofegante, segurando a porta para a irmãzinha entrar com uma assadeira recém-saída do forno, as lentes dos óculos novos todas embaçadas), e Bea pegou alguns enquanto os contornava e desceu a escada.

— Você está perdendo — disse ela, quando Joe Reiss abriu a porta de seu apartamento no segundo andar da casa vizinha. — O agente do FBI da Arlene fez frango frito e agora, se eu não estiver enganada, está terminando com ela.

— Eu estava testando um novo baterista. — Joe apoiou um cotovelo no batente da porta, o saxofone tenor pendurado no pescoço. — Não posso culpar o Claude por ter ido para a Big Apple, mas ainda não encontrei um cara que saiba manter o ritmo.

Bea deu uma grande mordida no muffin de milho quente.

— Quer companhia?

— Depende. — Ele inclinou a cabeça para trás e olhou para ela. Assim como o sr. Royce, ele era mais baixo que Bea; ao contrário do sr. Royce, Joe não se incomodava com isso. — Você trouxe mais desses muffins? Ou são da Lina? — ele acrescentou, pensando melhor.

Bea jogou um para ele de baixo para cima, como se estivesse arremessando uma bola para a primeira base.

— São, mas estão muito bons. A Lina finalmente parou de confundir fermento com bicarbonato. Acho que são os óculos novos. Ela não conseguia ler os rótulos antes, pobrezinha. — Foi Grace quem levou Lina ao oftalmologista sem a mãe dela saber, depois passou o chapéu pelo Clube Briar para pagar a conta. Bea estava bem falida naquela semana depois de uma viagem para casa em Boston, mas ainda assim contribuiu com seus poucos últimos dólares. *O seguro cobriu os óculos*, Grace disse para a Crocheteira mais tarde, de olhos arregalados. *Não é maravilhoso? O experimento americano em ação!*

— Humm. Gostoso — disse Joe mordendo o muffin, e puxou Bea com um braço em volta da cintura. O quarto dele tinha partituras e palhetas de reserva espalhadas por todo lado e cheirava a bagels frescos e café da Rosenberg's Deli do andar de baixo. — Entre, Fort Wayne. — Ele sempre a chamava assim desde que a ajudara a subir a escada com seu colchão quando ela se mudara para a casa ao lado e ficou sabendo que ela jogava com as Daisies na cidade onde ele havia crescido. — Só há uma coisa a fazer quando se cresce num lugar como Fort Wayne, Indiana — disse ele —, e é se mudar para o leste no minuto em que se aprende a ler uma bússola. — Bea vaiou, e eles rolavam em cima daquele colchão praticamente desde que o colocaram na horizontal sobre o estrado.

— Ninguém mais vai vir aqui hoje, vai? — brincou ela, depois de recuperar o fôlego do longo beijo. Sabia que Joe saía com muita gente, mas ela também. Por que não? Eles não estavam namorando e nunca estiveram. A única diferença era que Joe podia ficar com todas as mulheres que quisesse, e Bea tinha que ser discreta quanto a isso. Mas, depois de ter aprendido a contornar as supervisoras de olhos afiados contratadas para manter as garotas da liga em suas camas de hotel à noite (hahaha!), contornar a sra. Nilsson era mais fácil do que pegar uma bola alta na área do infield. — Eu detestaria atrapalhar sua agenda lotada...

— A única coisa na minha agenda hoje é tocar no Amber Club às dez. — Os dedos de Joe desceram levemente pela coluna dela, como se estivesse apertando teclas do saxofone. — Temos tempo.

Foram boas duas horas, e isso ajudou Bea a se distrair por um tempo. Nada como suar um pouco quando se precisava parar de pensar. Mas, enquanto voltava para a porta ao lado cantarolando "I Got Rhythm" e se sentindo tão bem tocada quanto o sax de Joe, a sensação de desânimo voltou. Seu quarto no terceiro andar, seu taco favorito encostado na porta, sua velha luva de beisebol Rawlings na gaveta... No fundo da cômoda, embrulhado em papel de seda como um vestido de noiva, seu uniforme de saia e boné. E, em cima da cômoda, o livro de economia doméstica que ela vinha folheando sem entusiasmo para segunda-feira. Ela o abriu ao acaso em um diagrama sobre como pôr uma mesa, bem no espírito da preleção de Arlene. — Colher de sobremesa acima do garfo de bolo — Bea leu em voz alta. — Prato de pão à esquerda, acima do garfo de salada e do garfo de jantar, faca de manteiga colocada na posição de dez horas sobre ele.

O relógio bateu alto e sua voz se apagou. Lá embaixo, a sra. Nilsson estava chegando de seu jogo de bridge, repreendendo Pete por ter deixado uma panela em cima do fogão. O balbucio dele: *Desculpe, mamãe...*

A voz de Bea assustou ela própria quando disse alto:

— Tenho que cair fora deste lugar.

Frango frito do Harland

- 2 ½ quilos de pedaços de frango, de preferência carne escura ou peitos cortados no meio
- 1 a 1 ½ litro de buttermilk (leitelho)
- 2 litros de óleo vegetal
- 4 xícaras de farinha de trigo
- 2 colheres de sopa de sal
- 4 colheres de sopa de páprica
- 4 colheres de sopa de alho em pó
- 4 colheres de sopa de pimenta-do-reino
- 4 colheres de sopa de pimenta-branca
- 1 colher de sopa de pimenta-de-caiena
- 1 colher de sopa de cebola em pó
- 1 colher de sopa de amido de milho
- 1 colher de sopa de fermento em pó

1. Ponha os pedaços de frango em uma vasilha grande, cubra com o leitelho e deixe na geladeira pelo menos por 1 hora.
2. Em uma frigideira grande e funda, ponha 5 centímetros de óleo e aqueça em fogo baixo. Não deixe o óleo fumegar.
3. Combine a farinha e todos os ingredientes restantes em uma vasilha grande e misture bem. Prepare uma área para pôr o frango enfarinhado, geralmente uma assadeira grande, e um recipiente para o frango quando ele estiver frito.
4. Remova um pedaço de frango do banho em leitelho, tire o excesso e passe-o na mistura de farinha e condimentos, depois use pinças de cozinha para colocá-lo na assadeira. Repita até que todos os pedaços estejam cobertos de farinha e de volta à temperatura ambiente.
5. Quando o óleo atingir 180°C em um termômetro de cozinha, ou quando um pedaço de frango dourar ao ser mergulhado no óleo quente, torne a passar 1 pedaço de frango na farinha para garantir uma cobertura uniforme e coloque-o no óleo quente. Se houver respingos excessivos, remova a frigideira depressa do calor e baixe o fogo por alguns minutos. O óleo deve chiar, não respingar.
6. Deixe o frango cozinhar por cerca de 4 minutos de cada lado, um pouco mais para pedaços maiores. Quando estiver pronto (ele deve sair fácil de um garfo), remova-o para o recipiente preparado para descansar e manter-se quente. Repita com todos os outros pedaços de frango. Não deixe que o frango esfrie demais (se ele esfriar, torne a fritar rapidamente em óleo), mas o frango deve descansar pelo menos 10 minutos antes de ser servido.
7. Coma entre amigos, sem se importar se a mesa tem garfos de bolo ou pratinhos de pão, desde que haja muitos guardanapos e Eddie Fisher cantando "Wish You Were Here" no rádio.

— Merda... de... *março* — murmurou Bea no caminho do trabalho para casa. Fevereiro já tinha sido suficientemente ruim: a época do ano em que seu corpo começava a ansiar de fato por atividade, ansiar por jogar de lado o casaco de inverno e agarrar bolas rasteiras. A ansiar, em resumo, pelos treinos de primavera. E agora era março e, no Meio-Oeste, as outras Fort Wayne Daisies estavam se preparando para a temporada: aperfeiçoando movimentos enferrujados de queimada dupla, praticando tacadas na gaiola de rebatidas, correndo em volta do campo com o entusiasmo primaveril de um corpo que havia descansado todo o inverno, se livrado da distensão incômoda no ombro ou da rótula machucada da temporada anterior e voltava pronto e ansioso por jogar.

O corpo de Bea ainda não havia aprendido que ela não ia para os treinos de primavera, que toda a sua energia febril não tinha para onde ir.

— E aí, srta. Bea! — gritou Pete, animado, quando ela passou pelo portão do jardim. Estava limpando o mato da horta de sua mãe e se apoiou para trás nos calcanhares quando Bea parou antes de entrar em casa. — Já ficou sabendo? Joseph Stalin morreu!

Sorte de Joseph Stalin, Bea pensou, mal-humorada. Nesse exato momento, ela o invejava. Tinha passado seis semanas pensando *Tenho que sair daqui*, e essa ideia a havia levado exatamente a lugar nenhum; absolutamente nada sobre como uma jogadora de beisebol fracassada poderia reformular a própria vida depois que seus dias no esporte acabassem. Por que simplesmente não caía morta como o tio Joe?

— Estão dizendo que esse é um golpe devastador para os Vermelhos, enquanto o Kremlin cambaleia — disse Pete, citando claramente o rádio. — Não lembro quem eles disseram que ia ser o sucessor. Esses nomes russos são todos parecidos...

— Pete, é uma bela tarde de primavera. Vá jogar beisebol como todos os outros meninos do país e deixe os Vermelhos cuidarem de si mesmos. — Bea sabia que estava sendo chata, mas odiava todos que tivessem a possibilidade de estar jogando bola e não estavam fazendo isso. Pensando melhor, odiava os que *estavam* fazendo isso também.

— Eu tenho que plantar os tomateiros na estufa para a minha mãe. — Não era suficiente para a Crocheteira que sua velha horta de guerra ocupasse a maior parte do jardim; ela havia posto Pete para trabalhar três semanas inteiras depois do Natal montando uma pequena estufa nos fundos para que ela pudesse fazer suas mudas crescerem antes de todos os demais na vizinhança. Ou melhor, para que Pete pudesse fazer isso para ela. Não que ele fosse comer algum desses primeiros tomates quando eles amadurecessem, Bea pensou, ah, não. A sra. Nilsson ia vender tudo na loja da esquina naquela primavera por um preço muito maior. — O meu pai jogava bola comigo na primavera, quando as noites ficavam mais longas — disse Pete, parecendo saudoso. — Ele arremessava e arremessava por horas...

Bea sentiu seu mau humor melhorar.

— Talvez ele venha pra casa este verão para jogar um pouco — disse, tentando soar animadora.

Pete fechou a cara.

— Eu não quero que ele volte. — Ele se inclinou de novo sobre a horta e arrancou um mato com uma força desnecessária. — Faz anos que ele não aparece. Não quero que ele venha agora.

Sim, você quer, Bea pensou, mas não disse.

— Bata na minha porta quando tiver acabado com essas mudas, então. Eu vou pegar minha luva e a gente pode jogar um pouco.

— Depois da estufa eu tenho que aparar a sebe dos fundos e tirar o lixo — ele listou. — Depois, encontrar aquele prato de doces que sumiu da sala de estar, ou a mamãe vai ficar furiosa.

Pete estava realmente perdendo a partida quando se tratava dos pais, Bea pensou.

— Quer saber? Vou dizer pra sua mãe que eu perdi aquele prato e com isso você ganha algum tempo. Bata na minha porta quando tiver terminado com a horta. — Meninos da idade dele se achavam muito durões e másculos para um tapinha afetuoso no ombro, então ela lhe deu um soquinho encorajador no braço e entrou em casa.

E viu Grace March caída, totalmente bêbada, ao pé da escada.

— *Grace?* — sussurrou Bea, atônita. Nunca tinha visto Grace sequer tonta antes: aquela mulher podia deixar um estivador embriagado sem que ela mesma enrolasse uma única palavra. Mas Grace estava definitivamente bêbada, encolhida no chão em sua saia verde estampada, com as sapatilhas, a cabeça apoiada no último degrau, cheirando a conhaque. Bea correu para o lado dela. — Você caiu?

— Humm. — Grace levantou os olhos confusos. — Não... eu entrei pelos fundos para a Crocheteira não me pegar. *Hic.* Degraus demais, então resolvi tirar um cochilo...

A cabeça dela começou a baixar.

— Ah, não mesmo. — Bea a levantou pelo braço e começou a puxá-la para cima. — Se a Crocheteira pegar você fedendo a alambique, vai ser o caos. Venha...

— Ela se foi — sussurrou Grace, deixando o braço cair mole sobre os ombros de Bea. Seu rímel tinha escorrido pelas bochechas como se ela tivesse chorado. — Bea, ela se *foi*...

— A sra. Nilsson? Não importa, só suba a escada...

Bea conseguiu arrastar o peso morto de Grace até o patamar do segundo andar, quando Claire desceu só de meias, parecendo desalinhada apesar da blusa e da saia de secretária.

— Epa — ela assobiou, sentindo o cheiro de álcool. — Ela tomou um banho de Old Hennessy?

— Me ajude a levá-la para o quarto antes que a Nilsson veja.

Juntas, elas conseguiram puxar Grace pelos degraus. A escada era clara e arejada agora, em vez de sem graça e escura. Grace e Pete a tinham pintado, aquela cor creme aconchegante que a sra. Nilsson foi convencida a aprovar, e o Clube Briar foi aos poucos estendendo a trepadeira florida da parede para baixo, margaridas e violetas e rosas flutuando sobre a linha do corrimão. No momento, a trepadeira tinha crescido até pouco mais que o terceiro andar.

— Claro que ela tinha que morar no *último* andar — reclamou Claire, ofegante, enquanto subiam Grace pelo último lance de escada.

— Isso não é nada — Bea ofegou de volta, pensando no dia em que tinha carregado nas costas uma campista esquerda desacordada até o sexto andar de um hotel em Chicago sem que a supervisora desconfiasse de nada. As três desabaram pela porta do quarto de paredes verdes de Grace, Bea e Claire largando-a gentilmente sobre a cama estreita.

— Ela se foi — Grace não parava de murmurar, lágrimas vazando dos cantos dos olhos. — Ela se *foi,* e agora ele se foi...

— De quem ela está falando? — Bea se perguntou, pegando um pano de prato e indo até o banheiro.

— Vai saber. — Claire pareceu pensativa. — Nós não sabemos de fato muito sobre a Grace, não é?

Isso era verdade, Bea refletiu, torcendo o pano de prato. A anfitriã de seus jantares semanais sempre ouvia, mas nunca parecia precisar que ouvissem de volta.

— "Ela se foi" — repetiu Bea, voltando para colocar o pano molhado sobre a testa de Grace. — A Nora disse que viu a Grace com uma fotografia de uma criança uma vez, uma menina. Eu me pergunto se...

Bea parou quando Grace rolou e ficou de costas. Segurou-a pelo ombro e a virou de lado outra vez.

— É bom mantê-la de lado caso ela ponha pra fora todo esse conhaque durante o sono.

— Parece que você já teve experiência cuidando de bêbados — Claire comentou, achando um pouco de graça. Um cacho de cabelo ruivo escapou de onde havia estado enrolado e ela o prendeu de volta.

No primeiro ano em que meu time venceu o campeonato, nós todas saímos e ficamos chapadas depois do jogo, Bea pensou. Vinte e quatro mulheres alucinando pela cidade, caindo de bêbadas, até mesmo aquelas que não costumavam beber. Ao amanhecer, todas estavam segurando o cabelo umas das outras para trás enquanto vomitavam e apagavam... Puxa, aquela tinha sido uma noite e tanto! Elizabeth Bandyk subindo numa mesa para cantar a "Canção da Vitória" a plenos pulmões; uma campista central morena e tímida de Peoria tentando beijar Bea como uma píton, quase a engolindo. Bea não costumava gostar de garotas, mas retribuiu o beijo, e a beijou com força, completamente bêbada de champanhe e vitória. Que noite. Dane-se a ressaca.

— Uma de nós deveria ficar e cuidar da Grace — comentou ela, afastando as memórias quando Claire se dirigiu para a porta. — Caso ela role de novo.

— Sinta-se à vontade. Eu tenho coisas para fazer...

— Você sabe que ela pode engasgar. Vou ficar aqui por meia hora, mas depois prometi que ia ao parque com o Pete. Você reveza comigo?

Claire olhou por cima do ombro roliço.

— Eu já ajudei você a trazer ela até aqui, e isso foi só para não ter que ouvir a velha Nilsson gritando...

— Eu te espero em meia hora — interrompeu Bea. Porque a questão com Claire era que ela reclamava muito toda vez que lhe pediam ajuda, mas ainda assim tendia a aparecer e realmente *ajudar*. Ela também tinha contribuído para os óculos de Lina, como todas as outras. — Você é boa de jogo em equipe mais do que gosta de admitir, Hallett — Bea lhe disse.

— Não sou. — A voz de Claire soou de volta enquanto ela desaparecia no corredor. — Sou solitária e ando sozinha...

— Só trate de vir ficar solitária aqui em trinta minutos — Bea gritou atrás dela, depois olhou de novo para Grace. — O que foi que deu em você hoje? — ela se perguntou em voz alta.

— Ela se foi — Grace seguia murmurando, três quartos adormecida.

— Ela quem? — Bea indagou. Por que todas elas sabiam tão pouco sobre Grace? Sem visitas à família nos últimos anos; sem referências a irmãs ou irmãos ou pais; sem fotografias naquele pequenino apartamento, nem o retrato da menina que Nora afirmava ter visto, nem uma única imagem do marido morto. Alguém sabia sequer o nome dele? Bea, olhando em volta pelo quarto alegre com suas cortinas cheias de vida e o sol entrando, não sabia. Grace tornava o seu ambiente tão colorido e receptivo que as pessoas levavam um século para se dar conta de que ela também o mantinha como uma completa e absoluta lousa em branco. — Quem é *ela*, Grace?

Grace abriu os olhos devagar, piscou ainda mais devagar. Não respondeu.

Bea tentou de novo.

— Quem é *ele*, então? "Ela se foi e agora ele se foi..." Você quer dizer o seu marido?

O sorriso frágil como um sussurro de Grace cortou como uma lâmina.

— Ah, ele — ela murmurou. — Já vai tarde. — E apagou.

— SRTA. VERRETTI?

Bea se virou, enfiando a mão em seu saquinho de papel com amendoins torrados.

— Homem do governo! — ela cumprimentou Harland Adams, que parecia estar pronto para o trabalho, de gravata estreita e terno cinza, mas não estava de forma alguma no trabalho: estava ali no Griffith Stadium, presumivelmente para ver os Senators jogarem contra os Yankees. — Matando o trabalho? — perguntou Bea. — Ou caçando conspirações comunistas nas arquibancadas?

— Matando o trabalho — admitiu, tirando o chapéu de aba rígida e passando a mão pelo cabelo curtíssimo.

— Não é um dia muito bom para isso. — Bea inclinou a cabeça para trás, indicando as nuvens que se moviam lá em cima, ameaçando chuva. Um vento frio puxava seu casaco (estavam no mês de abril), mas o estádio continuava sendo uma beleza, mesmo sem sol: compacto e irregular, as arquibancadas cheirando a cascas de amendoim e goma de mascar, o campo cheirando a grama e giz. *O melhor perfume do mundo*, Bea pensou.

— Está ventando, mas eu gosto. — Harland Adams cheirou o vento como uma raposa. — O escritório fica extremamente abafado em dias de abril. Você está matando o trabalho também?

— O novo caso da Grace trabalha em alguma função com os Senators, então ela disse que ele podia me pôr para dentro na hora que eu quisesse. E com toda a minha classe de educação física aparentemente menstruada e metade das máquinas de costura da minha classe de economia doméstica fora de jogo como um cotovelo de arremessador, que se dane o trabalho. — Harland pareceu chocado com a palavra *menstruada*, e mais chocado ainda com o linguajar dela, mas Bea apenas sorriu. — Eu também estou aqui para jogar praga nos Yankees — acrescentou. — Não quero que eles ganhem o título pela quinta vez consecutiva e achei melhor começar com a energia negativa desde cedo nesta temporada. No ano passado eu esperei até o verão, e três meses agourando não foram suficientes para atrapalhar esse recorde de vitórias.

— Nossa, srta. Verretti. O que você tem contra os Yankees? — Para surpresa de Bea, ele foi caminhando junto quando ela seguiu para o assento.

— Eu cresci em Boston. North End. — Bea se virou de lado para contornar um grupo de homens que discutiam ferozmente sobre médias de rebatidas. — Quando se nasce numa área dentro de duzentos e cinquenta quilômetros quadrados do Fenway Park, o ódio pelos Yankees vem do leite materno.

— Mas você não está com o boné dos Sox. — Ele indicou o boné muito usado de Bea, com FW no centro. — Que time é esse?

— Fort Wayne Daisies — Bea disse bruscamente, e se concentrou em encontrar seu lugar. Esperava que o namorado de Arlene fizesse um gesto de cumprimento tocando o chapéu e fosse embora, mas ele continuou atrás.

— Se importa se eu a acompanhar?

— A Arlene provavelmente se importa — retrucou Bea por cima do ombro, entrando em sua fileira. — Ela não gosta quando alguém brinca com seus brinquedos.

Ele pigarreou.

— Eu… hum. Arlene e eu não estamos mais juntos.

Bea caiu na gargalhada.

— Parabéns por ter escapado!

— Ela é uma ótima moça. — Rígido. — Não estou insinuando nenhuma culpa…

— Ela é uma cascavel de salto alto e teria tornado a sua vida um inferno. — Bea se largou sobre a cadeira, apenas uma ou duas fileiras atrás do camarote presidencial, perto do banco de reservas da primeira base. Ike havia feito o primeiro arremesso daquele camarote no dia da abertura da temporada; Bea tinha escutado no rádio.

Harland olhou ao redor para a vista privilegiada.

— Srta. Verretti, é este mesmo o seu lugar?

— Quem vai me chutar de volta para as arquibancadas? O estádio está meio vazio. E pare de me chamar de srta. Verretti — acrescentou Bea. — Já basta ouvir isso na Gompers.

— Então me chame de *Harland* — disse ele, sentando-se e passando um lápis para Bea usar em seu cartão de pontuação. — Não *homem do governo*. É Masterson que está no montinho?

— Stobbs. O técnico achou que os Yankees teriam mais dificuldade com um canhoto — respondeu Bea, enquanto Chuck Stobbs fazia a preparação do arremesso e dava início ao jogo. — Olha, você não precisa ficar aqui comigo só por educação.

— Uma moça sozinha em um estádio de beisebol pode ser exposta a elementos mais rudes da sociedade... — ele começou.

— Não me venha com essa, homem do governo. Estádios de beisebol são o meu lar. — Inesperadamente, Bea sentiu os olhos arderem. *Tenho que sair daqui*, as palavras ainda ecoavam em suas veias, mas o único lugar para onde ela queria ir era um estádio de beisebol.

Os olhos dele retornaram para o boné de Bea.

— Fort Wayne Daisies — disse ele lentamente. — Um dos times da liga feminina? Você jogava?

Ela girou um taco imaginário.

— Bea Verretti, o Furacão Siciliano.

— Você é siciliana?

— Não, origem napolitana. Mas soou bem e eu realmente lançava rápido. — *E ainda lanço*, pensou.

— Você sente falta — disse Harland. Uma declaração, não uma pergunta.

— *Claro* que sinto falta. Quem não sentiria? Não jogávamos em grandes estádios como este, e não ganhávamos nem perto do que os Senators ganham, mas mesmo assim era beisebol. Mesmo assim era ser paga, todo dia, para jogar um jogo que eu amo desde os meus 4 anos. *É claro* que eu sinto falta.

Não sabia por que estava sendo ríspida com ele. Harland vinha sendo perfeitamente agradável, ainda que um pouco pedante. *Elementos mais rudes da sociedade*, fala sério. Se algum elemento mais rude viesse até Bea ali, ela pegaria o taco mais próximo e o achataria com aquele golpe curto e cruel que podia mandar uma bola rápida por cima da cerca. Ela se juntou à explosão de aplausos quando Stobbs eliminou seu terceiro rebatedor, e os Senators se dirigiram ao banco de reservas.

— Deve ter sido bom ter um emprego que você amava — comentou Harland. — A maioria das pessoas não tem tanta sorte.

— Você não ama o seu? — Bea levantou uma sobrancelha. — Prestar reverência no altar de J. Edgar Hoover?

— Ele é um grande homem — disse Harland, automaticamente. Mas girou o chapéu entre as mãos, mantendo o olhar na faixa da aba.

— Você sempre quis ser um agente do FBI? — Bea tentou imaginar o pequeno Harland Adams com um distintivo de plástico de brinquedo, cabelos claros e dentes faltando. — Numa troca de tiros com Dillinger e Pretty Boy Floyd? *Bola lenta!* — ela gritou em direção ao campo quando Eddie Lopat subiu no montinho para os Yankees.

Harland sorriu, e o sorriso produziu algo inesperado naquele rosto magro de raposa.

— O que eu realmente queria fazer era jogar na segunda base para os Senators.

— Segunda base, nada mal. Eu era interbases para as Daisies. Rebatia uma bola rasteira para a segunda base em uma queimada dupla 6-4-3 mais rápido do que qualquer outra menina da liga.

— Eu não tinha o menor talento. Zero, nulo. Tropecei nos meus próprios cadarços quando tentei entrar para o time júnior no ensino médio.

— FBI ou nada, então?

Seu sorriso desapareceu.

— Mais ou menos isso.

— E não houve muito em termos de tiroteios com gângsteres — supôs Bea, passando o saquinho de amendoins para ele.

— Mais no gênero de coletar arquivos e ficar de olho em suspeitos. — Harland fez uma pausa. — Deixa pra lá.

Bola lenta ou não, o arremessador dos Yankees passou rapidamente pela primeira base, e os Senators voltaram correndo para o campo.

— Se você não gosta do seu trabalho, então largue — sugeriu Bea, observando o grande e detestável Mickey Mantle se dirigir para a posição de rebatedor.

— Largar o FBI, certo. E fazer o quê?

— Essa é a questão, não é? — A mesma pergunta tirava o sono de Bea à noite: e agora? Mantle estava mancando um pouco, ela percebeu. Entorse, tendinite, cãibra? — Eu me pergunto se isso o persegue — ela conjeturou. — O que é que ele vai fazer quando esse corpo entregar os pontos e ele não puder mais jogar?

— Isso perseguia você quando estava jogando? — Harland inclinou o saquinho de amendoins para ela.

— Não — respondeu Bea, com sinceridade. — Nunca me ocorreu. Jogadores de beisebol são feitos para correr, pular, bater e se *mover*, e é isso que fazemos até que de repente vem do nada: o momento em que não podemos fazer mais.

— Eu sou do tipo preocupado — confessou Harland. — Passei meus primeiros seis meses no FBI com medo de nunca conseguir chamar a atenção do diretor Hoover. Bem, eu chamei. Quer saber como?

— Como? — perguntou Bea, soltando um assobio quando Mickey Mantle conseguiu uma base por bolas.

— Ele veio até minha mesa e disse: "Tire esse terno, garoto." — Um sorriso de lado. — Um grupo havia protestado que o FBI não tinha agentes negros, então, na manhã em que eles vinham até o escritório, o diretor trouxe seu motorista, disse para o homem vestir meu terno, já que éramos do mesmo tamanho, e o colocou em uma das mesas da frente como se fosse um dos principais agentes negros do FBI. Ele me disse que esperasse de cueca dentro do armário mais próximo até que todos tivessem saído, aí eu poderia me vestir novamente.

— Esse é um grande homem? — Bea não pôde deixar de perguntar. Até o beisebol tinha jogadores negros então; ela teve a sorte de ver Jackie Robinson jogar em Ebbets Field e tinha vontade até de prender a respiração diante do privilégio de vê-lo se mover, toda aquela graça fluida e postura de ferro, em suas cores do Dodger. O FBI estava realmente tão atrasado no tempo?

Harland descascou um amendoim.

— Eu provavelmente não deveria ter te contado isso — murmurou ele por fim.

— Acho que você *deveria* pedir demissão — disse Bea, e então teve que pular e gritar quando Mickey Mantle, ainda mancando, conseguiu a segunda base.

— A Arlene sempre dizia que eu deveria me aguentar por lá até fazer mais tempo de serviço — comentou Harland, depois mordeu o lábio como se não tivesse tido a intenção de dizer o nome dela. — Como ela está?

— Fazendo da vida de todos um inferno na Briarwood House — disse Bea, bem-humorada. — Gritou com a Claire ontem por ter acabado com a água quente, disse a Pete hoje de manhã que a acne fazia ele parecer ter catapora, falou para a Fliss que o marido dela devia estar flertando com prostitutas em Tóquio. Estamos todos a ponto de matá-la. Você escapou de uma boa não se casando com ela.

— Eu ainda me sinto um canalha — disparou ele, e foi aí que Bea se deu conta: por que esse sujeito que ela mal conhecia tinha colado nela, ouvindo-a insultar seu chefe e ofender sua sensibilidade ao usar calças e xingar os Yankees. Harland Adams estava se sentindo *solitário*.

Ela soltou um suspiro.

— Conte-me sobre isso. Você e a Arlene.

— Eu não posso — disse ele, que era o que os homens diziam quando estavam prestes a derramar a vida na sua orelha. Sério, os homens lidavam com desilusões amorosas *muito* pior que as mulheres. As mulheres (como Bea sabia, tendo consolado muitas companheiras de equipe em episódios de amantes infiéis e namoros rompidos) choravam tudo que podiam, comiam o bolo inteiro que suas amigas ouvintes lhes traziam e, depois, *seguiam em frente.* Os homens erguiam o queixo e insistiam que estavam bem, nada de errado, absolutamente nada, e, depois de dois meses de *totalmente bem*, estavam prontos para desmoronar sobre o ombro consolador mais próximo, pobres coitados. Então Bea vestiu sua cara de ouvinte durante os três innings seguintes enquanto os Senators e os Yankees alternavam uma corrida cada, e Harland despejou sobre ela. Como ele e Arlene se conheceram ("Uma daquelas festas de Washington, assessores de senadores, garotas datilógrafas e agentes juniores bebendo vinho branco quente e tentando fingir que são mais importantes do que de fato são"), como ele sempre pretendia propor casamento depois do primeiro ano, mas acabou nunca o fazendo ("Por que não fiz? Arlene era perfeita pra mim, o tipo de esposa que você sabe que sempre manterá a casa limpa e os filhos bem arrumados e produzirá o tipo certo de impressão em seu chefe; eles nos dizem para ficar de olhos abertos para garotas assim, é importante para a carreira de um homem"); e então a briga ("O que você disse sobre ela ter feito a velha sra. Muller ser demitida; ela insistiu que não sabia que isso ia acontecer, mas ela trabalha para o HUAC, *devia* ter imaginado. Eu não poderia me casar com alguém que arriscaria uma coisa dessas por despeito, poderia? O que isso diz sobre ela? Mas terminar com uma namorada quando vocês estão juntos há mais de dois anos, só um canalha faz isso, o que isso diz sobre mim?").

— Você transou com ela? — perguntou Bea com interesse, e viu o rosto magro dele adquirir nove tons de rosa.

— Não vou falar sobre esse assunto — disse ele, rígido. — Arlene pode não ser mais minha namorada, mas ela ainda é uma senhorita.

— Não transou — Bea adivinhou, quando Yogi Berra chegou ao home plate no quinto inning. — Porque você é do tipo que se casaria automaticamente com uma garota se passasse a noite com ela…

— *Fale baixo* — sibilou ele, levando a mão ao chapéu para evitar que voasse com a brisa fria. — Meu Deus…

— Ninguém está ouvindo, nem mesmo Ele. Então você não faria sexo com a Arlene porque é um cavalheiro e porque, em algum nível, sabia que essa era a armadilha da qual não conseguiria sair. Mas aposto que a Arlene *tentou* passar a noite com você. — Bea sorriu enquanto ele passava por todos aqueles tons de rosa outra vez, até chegar ao carmesim. — Ela tentou!

— Eu *não* vou…

— Falar sobre isso, certo. Olha — disse Bea, enquanto Yogi Berra conseguia uma base por bolas. — Você está sofrendo, homem do governo. Você namorou a Arlene por dois anos, e estava pensando na casa e na cerquinha branca e nos dois filhos chamados Harland Junior e Arlette, e como seria bom ter alguém para abraçar quando você chegasse em casa depois de um dia fazendo coisas importantes no FBI, como ficar em armários de vassouras de cueca para o diretor poder fingir que tem um agente negro na folha de pagamento. Mas você vai olhar para trás depois e ficar *feliz* por não ter se acorrentado ao tipo de pessoa que não pensa duas vezes antes de fichar uma mulher de 71 anos por puro despeito.

Harland piscou algumas vezes.

— Você já lidou com isso antes, não é?

— Eu fui capitã do time das Daisies. Sabe de quantas meninas com desilusão amorosa eu cuidei? Quando sua arremessadora principal está derretendo como um sorvete porque o amor dela parou de retornar as ligações e é o primeiro jogo do campeonato no dia seguinte e você precisa que ela faça seu melhor, você aprende a dar conselhos amorosos *muito* rápido. — Metade do tempo, é claro, as colegas de equipe de Bea choravam por namoradas em vez de namorados, porque mais da metade das mulheres da liga, mesmo com seus batons vermelhos, cabelos cacheados e uniformes de saia curta cuidadosamente desenhados para lotar as arquibancadas de homens, era o que o diretor Hoover e Joe McCarthy chamaria de *desviantes*. Mas Bea não achava que valia a pena levantar o assunto.

— Ainda acho que eu deveria ter… — Harland se interrompeu.

— Pense assim. — Bea pegou o saco de amendoins de volta. — Você acabou de escapar de se casar com Arlene Hupp, que poderia ter lhe dado um Harland Junior e uma pequena Arlette, mas que nunca, jamais, iria te abraçar e fazer você se sentir melhor sobre ter que trabalhar para J. Edgar Hoover. E você pode se sentir um pouco culpado e de coração partido agora, mas, eu garanto, você vai ficar *bem*. Elimina ele, seu bundão! — gritou ela para o arremessador dos Senators, quando Mickey Mantle pegou a bola um.

— Jesus Cristo! — exclamou Harland, olhando para ela meio horrorizado e meio apreciativo. — Essa sua boca...

— PUTA QUE PARIU! — explodiu Bea, mas ninguém olhou espantado ou com ar de crítica para ela, porque todos estavam gritando também, quando Mickey Mantle acertou com o taco uma bola rápida na altura do peito. Aquele *crack*. Se você já foi um rebatedor conheceria o som de um home run por aquele *crack* antes mesmo que a bola partisse do cabo do taco. Essa iria longe, iria fundo, o estádio inteiro sabia. Todos estavam de pé, gritando, cabeças inclinadas para trás, observando a bola subir e subir e subir. Sobre o muro do campo central esquerdo, sobre as arquibancadas do campo esquerdo, ricocheteando na placa de cerveja National Bohemia e para fora do estádio: o maior home run que Bea Verretti já tinha visto na vida.

Ela abraçou Harland Adams enquanto o estádio inteiro explodia.

— *Você viu isso...*

— *Eu vi...*

— *Cento e cinquenta metros pelo menos*! — Este foi para os livros de recordes, ela sentia no fundo da alma. Mantle podia ser um Yankee, mas Bea não tinha como ficar ressentida por isto: aquele home run tão alto era de uma beleza perfeita, o maior feito do beisebol que já tinha visto em toda a sua vida e, nesse nível, times não importavam. Só a beleza importava. Talvez algumas pessoas não achassem que um home run pudesse ser belo, do jeito que uma montanha nevada ou um pôr do sol incandescente podem ser belos, mas estavam erradas. Como se poderia chamar aquilo senão de belo, um momento em que a combinação perfeita de habilidade humana, motivação e determinação fez um humilde pedaço de cortiça, lã e couro disparar para o céu como um anjo com saudades de casa?

Harland ainda a segurava acima do chão enquanto Mickey Mantle dava sua volta de home run e um estádio inteiro enlouquecia.

— Desculpe — disse ele, pousando-a finalmente, e Bea segurou o rosto dele e lhe deu um longo beijo estalado.

— Esse é o maior home run que eu já vi — disse ela, rindo. O próximo rebatedor já estava na fila, mas o restante do jogo, Bea sabia, seria não mais que um complemento. — Achei que só Babe Ruth pudesse rebater assim…

— Ele tem o recorde — disse Harland, os braços ainda em volta da cintura dela, e lhe deu um beijo de volta.

— Eu sei — disse Bea quando ele a deixou respirar. — Cento e setenta e cinco metros, Navin Field, 1921. Quer sair daqui?

— NÃO OUSE ME PEDIR EM CASAMENTO — BEA DISSE A ELE EM ALGUM momento entre a segunda e a terceira vez.

— Eu deveria — murmurou ele contra o pescoço dela, a mão enredada em seu cabelo úmido de suor, apoiando o joelho ruim dela em volta do seu quadril. — Meu Deus, eu não imaginei que a tarde tomaria este rumo…

Ela o puxou para mais perto pelo cabelo estilo governamental.

— Cale a boca, homem do governo.

POR OCASIÃO DO DIA DA CONDECORAÇÃO NO FIM DE MAIO, BEA NÃO tinha mais ideia do que fazer nas aulas de economia doméstica.

— Você me tirou de uma enrascada e tanto no nono inning — disse ela para Fliss, as duas começando a caminhada de volta da Gompers para a Briarwood House. — Eu te devo pelo menos três sessões de babá para a Angela.

— Eu nunca vou recusar isso. — Fliss riu, linda e perfeita como sempre, com seu cabelo loiro de pontas viradas para fora sob a tiara azul, a saia rodada de estampa de raminhos tão impecável como se tivesse acabado de sair da tábua de passar. As alunas de economia doméstica de Bea prestaram atenção em cada palavra daquele sotaque britânico, passando a pequena Angela de mão em mão como uma boneca enquanto Fliss lhes mostrava como fazer a bainha de uma saia nas desajeitadas máquinas Singer da escola e tirar manchas de blusas brancas para elas brilharem como em um anúncio de detergente Duz. — Como é que você vai fazer até o fim do ano? — perguntou Fliss.

— Não sei. — Bea suspirou. Quem ainda havia para pedir? Nora tinha dado uma aula sobre como renovar seu guarda-roupa com um orçamento limitado; as meninas tinham adorado seus terninhos elegantes. Claire tinha dado uma aula surpreendentemente completa sobre orçamento doméstico e como registrar sua movimentação bancária. Reka teria vindo para ensinar as meninas a fazer schnitzel e goulash, mas o diretor Royce ficou sabendo ("Nossas meninas da Gompers não podem ser ensinadas por *imigrantes*, srta. Verretti!"). Bea vinha recebendo uma boa dose de repreensões de Royce ultimamente: naquele dia, tinha sido outro sermão sobre negligenciar a troca do short por uma saia. Bea desabotoou mais um botão de sua blusa suada e agitou o decote com irritação.

— Você vai ao churrasco da Grace amanhã? — perguntou Fliss, balançando Angela entre elas enquanto viravam a esquina para a Briar. — Ela achou que deveríamos fazer um piquenique, já que é o Dia da Condecoração. Ou Memorial Day, como ouvi dizer que algumas pessoas estão chamando agora.

— A sra. Nilsson vai ficar por perto de cara feia?

— Ela vai estar fora o dia todo em um torneio de bridge, pelo que o Pete disse.

— Então estou dentro. Você sabia que ela vai tirar o menino da escola? Ela me falou que não vê por que ele deveria voltar depois deste verão! — Bea balançou a cabeça. Ela detestara cada minuto da escola, mal podia esperar ter a idade permitida para abandoná-la, mas qualquer um que tivesse olhos podia ver que Pete, o inteligente, ávido e curioso Pete, que citava de Alexandre Dumas a Wernher von Braun, deveria aproveitar todas as aulas que pudesse. — Ele vai começar a trabalhar em tempo integral na Moonlight Magnolias assim que as aulas acabarem, e é claro que ela já está fazendo mentalmente as contas com o salário dele!

— Aquela *bruxa* — Fliss concordou, brava como Bea nunca a havia visto. — Tadinho do Pete. Aquele amor de menino merece coisa melhor. — Então, as duas xingaram a proprietária durante todo o caminho para casa, onde encontraram Grace chegando também e olhando para a horta da sra. Nilsson.

— Esses tomates — disse Grace com um suspiro após cumprimentar Bea e Fliss. — Eles não são como rubis em um caule? — Graças à estufa do quintal e ao plantio precoce do Pete, a Crocheteira tinha pés de tomate crescidos quando todos os outros estavam plantando sementes, e uma primavera quente significou que os tomates já estavam maduros e pesados, vermelhos como as meias que Bea usou durante uma breve temporada como Rockford Peach.

— Eu nem gosto de cozinhar — disse Bea —, mesmo assim, tomates como esses me dão vontade de preparar um ragu. — Era seu lado italiano: de repente, quase conseguia sentir o cheiro do molho de domingo de sua mãe, a panela exalando o aroma de tomates, alecrim e salsichas grelhadas o dia todo, os cheiros dos molhos de domingo de todos os outros flutuando pela vizinhança. Aquelas donas de casa de North End podiam se tornar agressivas em relação aos ragus, discutindo se a versão bolonhesa com carne moída era melhor do que a versão napolitana com salsicha, ou se a versão veneziana sem tomates levava o prêmio. (A versão napolitana era a melhor. Obviamente.)

— Pena que nenhuma de nós vai provar esses tomates. — Grace suspirou enquanto elas passavam pela horta e entravam na casa. Bea a observou com curiosidade: tranquila como sempre depois de um dia arrumando livros na Biblioteca Smoot, uma mancha de tinta amarela em um dos dedos dos trabalhos de pintura ocasionais que ela pegava nos fins de semana. O que quer que a tivesse feito se afogar no álcool em março não havia deixado nenhum sinal desde então. Grace não dissera uma palavra, então Bea também não. Às vezes suas colegas de equipe se abriam, às vezes não.

O Dia da Condecoração amanheceu quente e sem nuvens, e a sra. Nilsson já repreendia Lina na cozinha antes mesmo que o sol subisse no céu.

— Lina, pare de brincar com essa massa de torta e limpe a mesa. Pete, colha aqueles tomates para vender ao Sr. Rosenberg amanhã…

— Eu ia no parque jogar beisebol hoje à tarde, mãe…

— Os tomates primeiro. Quero *todos* eles colhidos; você tem ideia de quanto vamos poder cobrar por tomates fora da estação?

Bea sabia, mesmo enquanto ouvia aquela voz irritada e intimidante, que a ideia que tinha acabado de surgir em sua cabeça era uma má ideia, mas agarrou essa má ideia e correu com ela como se estivesse roubando a home plate. Correu com ela assim que a sra. Nilsson saiu apressada para seu torneio de bridge que duraria o dia inteiro.

— Mas o que... — Grace se surpreendeu ao abrir a porta de seu apartamento para Bea.

— Você tem uma panela grande aí? — Bea segurava a barra do moletom, que cedia sob o peso de cada tomate maduro que tinha sido colhido de baixo da placa "NÃO É PARA PENSIONISTAS DA BRIARWOOD HOUSE!". — Vamos fazer um ragu italiano de verdade.

O PIQUENIQUE DO DIA DA CONDECORAÇÃO VIROU UMA FESTA, DESpejando-se do quarto de Grace e tomando conta da cozinha no andar de baixo, que parecia muito mais amigável do que antes. O uso constante do forno por Lina tinha deixado o espaço mais relaxado, de modo que ele cheirava mais a açúcar do que a Lysol, e Grace tinha conseguido permissão para plantar algumas floreiras do lado de fora da janela da cozinha, então agora a brisa entrava pelas cortinas com cheiro de calêndula e amor-perfeito.

— Está *bonito* aqui — disse Pete com certa admiração, ligando o rádio —, está realmente bonito... — E Bea passou um braço sobre o ombro dele.

Fliss tinha trazido uma amiga da igreja, uma mulher infinitamente alta e arrasadoramente elegante chamada sra. Sutherland, que mal disse uma palavra ("Meu marido levou nosso filho para ver fogos de artifício e eu aleguei uma dor de cabeça para não ir a um pavoroso chá patriótico para esposas de advogados"), mas amarrou um avental sobre seu vestido de linho rosa de aparência cara e lavou uma infinidade de pratos. Joe estava fazendo riffs de Gershwin no saxofone para Lina enquanto ela preparava um par de tortas de maçã de aparência deliciosa. E Bea enfim conseguiu pôr os olhos no caso mais recente de Grace, aquele que trabalhava para os Senators e era uma fonte tão conveniente de ingressos. Ele se revelou um homem alto e forte, de cabelo escuro e movimentos tranquilos chamado JD, um dos treinadores assistentes de arremessos, e Grace riu enquanto os apresentava.

— Não vá roubá-lo, Bea!

— O que você acha da equipe de arremessadores dos Senators este ano? — Bea perguntou na mesma hora, arrastando-o para a cozinha para que pudesse continuar mexendo seu ragu. — Você jogava antes? Em que posição...

— A Claire vive dizendo que o namorado dela vem, mas está *mentindo* — dizia Arlene, furiosa, chacoalhando um copo de chá de sol. — Aquela garota é *gorda* demais para ter um namorado; quem ela acha que está enganando?

— Eu conheci a Grace num jogo de pôquer — JD contava a Bea. Ele tinha uns 30 anos, definitivamente mais novo que Grace. *Bom para a Grace*, pensou Bea. — Ela ganhou vinte pratas de mim, mas eu peguei o número de telefone dela, então não tenho muito que lamentar. O rosto dela é impassível quando está blefando.

— Isso não me surpreende — comentou Bea, mexendo a comida. — Alguma chance de você montar uma grelha? Não temos nenhuma salsicha italiana, mas a Crocheteira tem uns pernis de cordeiro na geladeira...

— Posso dar uma mãozinha — disse um sotaque da Virgínia da porta da cozinha.

— *Harland* — arrulhou Arlene antes que Bea pudesse reagir, o sorriso imediatamente ligado em sua potência máxima. — Que surpresa!

Harland Adams, parado na porta com o chapéu na mão, passou por seus nove tons de vermelho habituais, mas sua voz era contrita e firme.

— É bom ver você, Arlene, mas na verdade estou aqui para ver a Bea.

Arlene ficou branca em vez de vermelha. *O branco de um punho cerrado*, Bea pensou, observando do fogão com um sorriso. Largando a colher de pau, Bea moveu o queixo para Harland em um gesto de *venha aqui*.

— É bom ver você também, homem do governo. Entre e dê uma ajudinha.

— NÃO PODEMOS LARGAR A PANELA — DISSE ELA, DEPOIS QUE A cozinha se esvaziou e ela puxou Harland para um beijo. — Senão a Arlene vai pôr estricnina nela. Mexa um pouco agora; meu braço já está mole que nem um macarrão.

Parecendo ligeiramente aborrecido, Harland pegou a colher.

— Eu nem sei por que estou aqui — disse ele, com um jeito acusador. — Você não faz meu tipo.

— Não faço — concordou Bea. — Mas sou uma *ótima* foda.

— Ah, Deus do céu!

— O que é isso, sr. Adams? Tomando o nome do Senhor em vão, um bom garoto cristão que nem você! — Ela sorriu outra vez, gostando de vê-lo. Tinha se perguntado se voltaria a encontrar Harland depois daquele jogo dos Senators seis semanas antes e praticamente descartara a possibilidade. Muito puritano, avaliou ela, com algum lamento, porque tinha sido uma noite bastante satisfatória: havia algo a ser dito sobre homens puritanos com muita coisa reprimida depois que você os arrancava de suas camisas engomadas. Ele prestara atenção em cada centímetro dela, dos arcos dos pés ao espaço macio atrás das orelhas, de uma forma que ergueu as costas dela da cama como um taco de seu suporte... — Acho que nunca vi você sem gravata antes — disse ela, olhando para a camisa azul com o colarinho desabotoado. — Nunca vi você sem ser de terno. Ou sem nada — acrescentou, apenas para ver aquele vermelhão bonito subir pelo rosto dele outra vez.

— Não consigo parar de pensar em você. — Ele fez uma expressão descontente. — É extremamente perturbador.

— E você vai se sentir culpado por isso? — perguntou Bea.

— Eu não me sinto nem um pouco culpado — afirmou ele. — E estou me sentindo culpado *por causa* disso.

— Você não vai começar a me chamar de vagabunda, vai?

— Não!

— Ótimo. Porque eu não sou. — Bea gostava de homens, eles tendiam a gostar dela, e isso não tinha nada a ver com ser vagabunda, independentemente do que pessoas como a sra. Nilsson pensassem. Além disso, não houve mais ninguém desde Harland, e antes dele só tivera uma ou outra transa com Joe, e dois amantes em um ano não era nada de mais, Bea imaginava. — Nós nos divertimos — disse a Harland, dando-lhe um soco amigável no braço. — Não analise demais, Freud. Ajude o JD lá fora, coloque esses pernis de cordeiro na grelha e sente-se para o melhor ragu que você já comeu. E, mais tarde, podemos escapar lá pra cima e nos divertir um pouco mais.

Harland olhou com mau humor para JD, relaxado e tranquilo no gramado com uma cerveja, conversando com Claire e Reka.

— Quem é ele?

Bea riu.

— Já pra grelha!

Ragu da Bea

3 pernis de cordeiro grandes, de 1 a 2 quilos cada

Sal e pimenta-do-reino moída na hora

Azeite de oliva extravirgem para fritar/grelhar

100 gramas de pancetta ou bacon em fatias grossas, cortados em quadrados de ½ centímetro

2 cenouras grandes, cortadas em pedaços pequenos

1 cebola grande, cortada em pedaços pequenos

1 pimentão vermelho médio, cortado em pedaços pequenos

1 pimentão amarelo médio, cortado em pedaços pequenos

4 cabeças de alho, bem picadas

1 a 2 xícaras de vinho tinto seco

Quatro latas de 800 gramas de tomates italianos pelados, cortados em pedaços grandes, com o sumo reservado. Use tomates frescos se puder assaltar uma horta caseira

1 xícara de caldo de galinha

3 folhas de louro

1/2 colher de chá de pimenta vermelha em flocos
2 colheres de sopa de açúcar
1/2 colher de chá de fermento em pó
Rigatoni ou espaguete, cozido de acordo com as instruções da embalagem
Queijo pecorino ou romano ralado

1. Aqueça uma grelha ou forno a 180°C. Seque os pernis de cordeiro, polvilhe-os com sal e pimenta e deixe descansar por 30 minutos.
2. Em uma panela grande, acrescente azeite de oliva suficiente para cobrir ½ centímetro e aqueça em fogo baixo.
3. Se estiver usando uma grelha, pincele os pernis de cordeiro com azeite suficiente para recobri-los com uma camada grossa, retire o excesso e coloque-os sobre o calor direto na grelha. Vire para dourar por igual dos dois lados, depois reduza o calor para baixo e mova os pernis para calor indireto, cozinhando por 20 a 25 minutos. Se estiver usando um forno, ponha os pernis no azeite que estava esquentando no fogão e doure de todos os lados, depois transfira para um recipiente que possa ir ao forno e cubra com papel-alumínio. Cozinhe no forno por 25 a 30 minutos.
4. Pressione delicadamente os pernis com o polegar. Eles devem ceder um pouco e seu polegar deve deixar uma impressão. Remova-os da grelha ou do forno, cubra e deixe descansar por 10 a 15 minutos.
5. Coloque a pancetta na panela, mexendo em fogo baixo enquanto a gordura se desprende. Adicione as cenouras, a cebola, os pimentões e o alho e aumente o fogo para médio. Mexa continuamente até os ingredientes amolecerem e começarem a dourar. Adicione o vinho tinto e mexa por 2 minutos, raspando o fundo para remover pedaços que tenham grudado.

6. Adicione os tomates, o caldo de galinha, as folhas de louro, a pimenta vermelha em flocos, o açúcar e o fermento em pó. Aumente o fogo para alto, mexendo continuamente quando o molho começar a ferver, por cerca de 5 minutos.
7. Quando o molho estiver pronto, reduza o fogo para baixo e adicione os pernis de cordeiro diretamente no molho, com osso e tudo. O molho deve apenas cobrir a carne; se não estiver cobrindo, aumente seu volume com o sumo de tomate reservado, mais vinho tinto ou água. Deixe ferver parcialmente coberto por aproximadamente 2 horas, mexendo a cada 20 a 30 minutos, até a carne começar a soltar do osso, mas não se desintegrar no molho.
8. Coloque o rigatoni ou espaguete em uma vasilha grande e despeje o molho por cima com uma colher, balançando de leve para incorporar o molho na massa. Use pinças de cozinha para remover com cuidado os ossos do pernil e coloque a carne restante sobre o molho.
9. Cubra com muito pecorino ralado e coma em um dia de verão, entre cantos da "Canção da Vitória", da All-American Girls Professional Baseball League.

O que poderia ser mais patriota para o Dia da Condecoração?, Bea pensou, olhando para as tigelas vazias sobre as toalhas do piquenique no quintal. *Cerveja, torta de maçã e uma briga por causa do comunismo!*

— Eu não estou dizendo que todos os russos são intrinsecamente maus. — Harland estava na metade de um pedaço da torta de Lina, que tinha ficado surpreendentemente saborosa. Ela vinha se tornando segura o suficiente para fugir da receita; aquela pitada extra de noz-moscada na crosta foi um toque inspirado, as mulheres da Briarwood lhe asseguraram. — Não estou pintando um país inteiro, cheio de pessoas, com o mesmo pincel; isso seria simplista. Mas, como um todo, eles são cúmplices dos males do comunismo...

— E eu estou dizendo que nem todos eles acreditam no sistema — argumentava o namorado de Grace, JD. Bea não conseguia se lembrar do que JD significava, ou qual era o sobrenome dele. Navarro, Cavarro? — Conheci muitos russos na guerra, lutei ao lado deles. Alguns odiavam Stalin mais do que nós…

— Estou cheia — comentou Claire, jogando-se de costas no cobertor. — Tem espaguete saindo pelas minhas orelhas.

— Fazia *meses* que eu não comia massa — disse a elegante sra. Sutherland, devorando sua segunda tigela de ragu. — Meu marido não aceita que seja servido à mesa em casa. Ele diz que só carcamanos e pessoas que vivem de caridade comem macarrão.

— Espaguete — corrigiu Bea —, não macarrão...

— Meu Deus, não conte a ele o que está perdendo. — Grace sugou um último fio de espaguete. — Alguém assim não *merece* uma boa massa.

Angela corria em volta das toalhas de piquenique, as bochechas sujas de molho de tomate. Reka desenhava alguma coisa em um guardanapo de papel, as mãos nodosas se movendo rápidas e hábeis. *Um bom Dia de Condecoração*, pensou Bea, olhando para o céu azul e ignorando Arlene, que observava ela e Harland com olhos que eram como pedaços de gelo cruéis. *Você não vai conseguir se livrar de mim*, ela sibilou para Bea quando as tigelas foram levadas até as toalhas de piquenique. *Nem pense nisso!*

Eu nem estou pensando em você, Bea lhe disse, com sinceridade. E nem Harland, que continuava discutindo com JD.

— Como você pode ter lutado ao lado dos russos? — indagou Harland, tirando uma cerveja do balde de gelo. — Foi em Berlim ou…

— Muito mais a leste. Escapei de um campo de prisioneiros de guerra em 1945 e dei de cara com um regimento de tanques do Exército Vermelho. Me deixaram lutar em suas fileiras…

Harland levantou uma sobrancelha.

— Essa é a história mais esquisita que eu já ouvi.

JD deu de ombros.

— Apenas fatos. Lutei com o regimento vermelho por quase um mês, e eram algumas das mulheres mais corajosas que eu já…

Harland quase deixou cair a garrafa.

— Mulheres? Agora eu tenho certeza de que você está tirando sarro de mim.

— Os Vermelhos põem mulheres em tanques. E também em ninhos de atiradoras e caças.

Uma piscada surpresa.

— E você aprova isso?

— Ei — disse Bea. — Eu sei dirigir um Buick; não me diga que eu não conseguiria dirigir um tanque se o Tio Sam tivesse me deixado tentar. — *Essa é mais uma carreira fechada para nós...*

— Mulheres não deveriam ser submetidas a campos de batalha — protestou Harland.

— Não acho que sejamos tão frágeis assim. — Grace riu. — Você tem ideia de como mulheres podem ser sanguinárias? Pergunte às donas de casa deste quarteirão se há alguém que elas gostariam de atropelar com um tanque. Você não veria nada além de sogras esmagadas por quilômetros.

— Por mais de um mês eu lutei sob o comando da capitã Samusenko e nunca a vi, ou nenhuma de suas garotas, recuar do combate — contou JD.

— Não estou dizendo que os comunistas não podem ser corajosos — Harland emendou. — Mas ainda assim são perigosos, porque o próprio comunismo é perigoso. Vai contra a natureza humana, porque nós *queremos* desfrutar dos resultados de nosso trabalho. *Queremos* construir algo para nós e nossos filhos, e não ver isso ser tirado de nós e dado para outra pessoa. Qualquer ideologia que ignore uma necessidade humana tão básica não é só perigosa, é idiota.

— Olha, os russos que eu conheci não andavam por aí citando Marx e discursando sobre o proletariado. Estavam apenas fazendo um trabalho, repelindo um inimigo que os invadiu primeiro. Eles eram nossos aliados na época...

— E agora são o inimigo — concluiu Harland. — Talvez não fossem naquela época, mas são agora.

Os olhos negros de JD se estreitaram. O homem alto e forte de Grace, Bea pensou, estava começando a ficar furioso.

— As mulheres com quem eu lutei *nunca* serão minhas inimigas.

— Não me diga que você se apaixonou por uma russa...

— E daí se eu me apaixonei? Ela dirigia um tanque para a capitã Samusenko, o nome dela era Vika, ela apagava seus cigarros na sola de uma velha sapatilha de balé. O que você vai fazer, me denunciar?

— Eu provavelmente deveria...

— E de que combate você participou? Dirigir uma mesa não conta.

— Escuta aqui, você...

— Muito bem. — Bea se levantou, limpando o short. — Podemos ficar discutindo sobre o perigo crescente da Ameaça Vermelha ou podemos digerir um pouco desse espaguete. Todos de pé.

As pessoas começaram a se levantar, preguiçosas, Harland e JD ainda trocando olhares sombrios.

— Para onde vamos?

— Para o campo de beisebol do Prospect Park.

Olhares surpresos.

— Ela jogava nas ligas femininas — disse Harland. — Profissional. Vocês não sabiam?

Pete ficou boquiaberto. Grace arqueou as sobrancelhas.

— *Isso* explica o taco — murmurou. Bea sorriu, mãos nos quadris.

— Um jogo só, homens contra mulheres. Quem está dentro?

— FORA! — GRITOU ARLENE, APONTANDO UM DEDO PARA O CÉU.

— Salvo por um quilômetro! — protestou Pete, levantando-se do chão depois de ricochetear no protetor peitoral de Claire.

— FORA! — Arlene berrou de novo. Bea tinha imaginado que um jogo seria um jeito de se livrar de Arlene, mas ela continuava ali por puro despeito, apenas para se divertir com os olhares constrangidos de Harland. Então, Bea deu de ombros e a colocou como árbitra. Afinal, o árbitro era a única pessoa no campo que permanecia limpa, e todo mundo o odiava. Papel perfeito para a Huppmóvel.

Pete balançou a cabeça, mas voltou para o banco de reservas de bom humor. O time masculino (Pete, JD e Harland, completado com alguns jogadores que estavam por lá e Bea tinha convencido a participar da brincadeira) aplaudiu quando Harland veio para rebater e Nora disparou um arremesso "moinho de vento" matador no montinho. Tendo crescido numa família de policiais irlandeses, os jogos de domingo entre uma centena de primos meninos faziam com que até as meninas aprendessem a arremessar com movimento lateral. Bea aprovou. Harland tentou uma rebatida, e as mulheres vaiaram quando ele errou. Mas ele não era tão ruim quanto havia afirmado no Griffith Stadium; acertou no segundo arremesso e disparou uma rebatida rasteira decente na direção de Bea.

Não bom o suficiente para passar pela melhor interbases da liga, Bea pensou, correndo para apanhá-la no movimento. Ela emendou um segurar-girar-pular, ainda no ar quando lançou a bola através do diamante em direção a Reka na primeira base. *Nossa, como senti falta disso*, Bea pensou, pousando quase sem nenhuma dor. Talvez seu joelho não aguentasse uma temporada inteira, mas aguentava um joguinho informal.

— TERCEIRO FORA! — gritou Arlene. Ela precisava de uma desculpa para tirar o sorriso doce da cara e gritar com mais frequência, Bea pensou. Talvez *todas* as mulheres precisassem.

— Reka, foi um bom 6-4-3 — comentou ela, quando todas vieram do campo. Tecnicamente, era preciso alguém na segunda base para lançar um 6-4-3, mas Bea jogou como interbases e segunda base ao mesmo tempo. — Grace, Fliss, sra. Sutherland, apenas se lembrem no próximo inning: uma bola vem em sua direção, vocês jogam pra mim. — Ponha a dona de casa de Iowa que não jogava e as duas inglesas que não sabiam diferenciar beisebol de críquete na área externa, onde ninguém ia rebater nada. — Lina, você foi ótima na terceira base, muito boa. — Ninguém tinha rebatido nada para a terceira base, felizmente; Lina ajustou os óculos e sorriu. — Claire, bom trabalho bloqueando aquele home plate.

— Claro, coloque a garota gorda no papel de receptora e a faça ficar agachada — resmungou Claire.

— A gente não põe a garota gorda como receptora, a gente põe a mais durona de todas como receptora — retrucou Bea, e isso fez Claire sorrir. Todas estavam sorrindo no momento, até mesmo a elegante sra. Sutherland, que tinha pegado emprestado um short de Grace para jogar e manuseava sua luva de defensora como se fosse uma xícara de chá do Palácio de Buckingham.

— Eu não entendo esse jogo — ela dizia para Grace, com seu suave sotaque britânico. — Simplesmente não entendo nada, mesmo já morando aqui há tanto tempo.

— Ah, querida, eu também não entendo, e olha que nasci aqui…

— Vamos lá, moças — Bea gritou quando os homens voltaram ao campo. — Vamos acabar com eles! — Podia não ser um jogo de verdade, tinham apenas dois tacos e exatamente seis luvas para dividir entre os dois times; ninguém estava assistindo a não ser algumas pessoas que haviam trazido suas cestas de vime e toalhas xadrez para o gramado para um piquenique de Dia da Condecoração, mas Bea quase conseguia ouvir o barulho de uma multidão, o estalo do chiclete do técnico, a voz do locutor: *Eeeeee agora apresentando nosso time da casa, as Briarwood Belles!*

— Você vai pra fora, srta. Verretti — Harland lhe disse enquanto Bea passava por ele em direção à caixa do rebatedor.

— Pago pra ver — disse ela, tocando a ponta do boné das Fort Wayne Daisies. Pete mantinha um contínuo *Ei rebatedorrebatedorrebatedor* da terceira base enquanto JD se preparava para arremessar. Ele tinha uma bola rápida linda ("Devia ter visto antes de eu estourar meu ombro quando caí de paraquedas na França", disse ele. "Eu chegava a 150 por hora em um dia lento"), mas Bea já tinha pegado o timing dele agora, e seu movimento começou nos calcanhares e viajou todo o caminho pelos ombros até o taco como um raio. Ela acertou a bola com um *crack* sentido até os dedos dos pés, e talvez não fosse a mais de 160 metros como o tiro na lua de Mickey Mantle no Griffith Stadium, mas estava indo bem longe. Ela virou o taco com um floreio e matou a saudade de seu trote de home run e, caramba, como era bom.

— Nunca vi você tão iluminada — comentou Grace, enquanto Bea saía do meio dos high fives de suas colegas de time no home plate. — Como se Edison tivesse equipado você com lâmpadas especiais.

— Foi assim que eu sempre me senti jogando — respondeu Bea, pegando seu taco no chão para Reka, que era a próxima. — Iluminada. — Ela nunca entendeu por que as pessoas queriam ficar bêbadas. Nenhuma vertigem de gim era tão boa quanto essa, a vertigem de fazer o que se adorava.

— Talvez você consiga voltar. — Grace bateu palmas junto com o restante das Belles (Bea sabia que ia pensar em suas colegas pensionistas como Belles dali em diante) quando Reka entrou na caixa do rebatedor, murmurando insultos em húngaro para JD no montinho improvisado. — Não jogando, mas alguma outra coisa. Será que você poderia ser técnica de um time?

Bea balançou a cabeça.

— Os técnicos sempre foram homens, mesmo nos times femininos.

— Supervisora dos times, então?

— Eu era a que *quebrava* regras, não a que as aplicava. *Mire no home plate, que tal?* — gritou, quando o arremesso seguinte de JD saiu muito aberto.

— Com certeza deve haver algum lugar em que você possa se encaixar — Grace persistiu, passando um braço em volta de Lina e despenteando seu cabelo. — Acho uma pena deixar toda essa experiência ser desperdiçada.

— Pelo menos eu pude ter a experiência. A liga está morta. Conseguiu sobreviver depois da guerra, mas agora está quase no fim. — Bea ligou para Elizabeth Bandyk outra vez, pegando-a entre jogos em casa, e Liz nunca pareceu tão melancólica. Arquibancadas cada vez mais vazias, sem propaganda, todo mundo ficando em casa para assistir aos jogos masculinos pela TV; conversas desanimadas entre as mulheres sobre mudar para times de softbol se essa fosse a única maneira de continuarem... Bea balançou a cabeça. — Eu pude jogar por oito anos. Não foi o suficiente, mas pelo menos foram oito anos. E todas as meninas que me viram jogar pensaram *Eu quero fazer isso* e, agora que têm idade suficiente, não há mais liga? Só times universitários, times de empresas e times de softbol? — Ela esfregou as mãos lentamente no short. — Eu tive sorte.

E, pela primeira vez, apesar do joelho ruim, ela sentiu isso.

Reka acertou com o taco o arremesso seguinte (JD definitivamente lançando mais leve pra ela) e saiu mancando até a primeira base. Pete pegou a bola e a jogou para a primeira base, mas seu arremesso foi para fora, e Reka chegou salva na base, bufando como uma bruxa da Disney, cabelos grisalhos eriçados como um palheiro.

— Ei, Pete! — gritou Bea. — Não desça sobre o joelho pra pegar a bola baixa, tente pegá-la no movimento. Assim... — E ela demonstrou.

— Eu acho que vocês, moças, trapacearam — declarou Harland no fim de nove innings barulhentos e uma vitória de 3 a 1 para as mulheres.

— Uma Briarwood Belle não trapaceia — entoou Bea, apoiando o taco sobre um ombro. — Ou, se trapaceia, nunca é pega. — Estavam todos voltando pra casa, empoeirados e cansados, acenando para os jogadores que tinham completado as lacunas no time masculino.

— Você definitivamente tinha a árbitra do seu lado — acusou Harland.

Bea sorriu.

— Ei, eu fui eliminada naquela jogada na segunda base quando estava totalmente parada. Ela não decidiu nada a seu favor nem a meu!

Ele pegou a mão dela, entrelaçando os dedos.

— Eu aceito isso desde que *você* decida a meu favor.

— Talvez. Se você não começar a falar da Ameaça Vermelha de novo.

— É o meu trabalho no momento me preocupar com a Ameaça Vermelha, Bea. Não posso evitar. Se você escolhe servir, seja no Exército, na Marinha, no FBI, o que for, não pode escolher para onde é enviado ou quais são suas diretrizes.

— E você se sente bem assim? — perguntou, genuinamente curiosa. — E se forem as diretrizes erradas?

— Então há canais para lidar com isso, e precisa haver pessoas na equipe que *vão* lidar com isso, não só dar de ombros. — Harland esfregou a palma da mão no cabelo curto, parecendo incomodado. — O FBI não é perfeito, eu sei. Caramba, a *nação* não é perfeita. Isso não quer dizer que ainda não valha a pena dedicar uma vida a serviço de ambos. Melhorar ambos. Acreditar em ambos, no que eles têm a oferecer. — Ele suspirou. — Você vai me dizer que eu pareço pomposo, não vai?

— Não. Romântico, talvez. Não pomposo — disse Bea, e começou a cantarolar a "Canção da Vitória" da liga. Não sentiu necessidade de desinflar Harland; na verdade, ficou bastante tocada com ele. Um idealista, afinal, sob a camisa engomada e a gravata... Embora ele não estivesse de gravata no momento. Ela teve uma tarde inteira para apreciá-lo se movendo à vontade e relaxado por um campo de beisebol, o suor brilhando na cavidade da garganta. — Sua casa ou a minha? — perguntava ela, quando Pete surgiu como um cachorrinho ávido ao seu lado.

— Srta. Bea? Obrigado por me mostrar como fazer aquela pegada... Olha só, eu jogo aqui com um time de verão à noite, só por diversão. Você acha que poderia vir mostrar algumas coisas para o pessoal?

— Claro — disse Bea, e seus olhos se iluminaram como o Natal. Valeu a pena, esse dia inteiro, valeu a pena, valeu a pena, valeu a pena, mesmo enquanto voltavam para a Briarwood House ao som da sra. Nilsson gritando "*Meus tomates!*".

— Foi a Bea, sra. Nilsson — disse Arlene na mesma hora, dedurando Bea com prazer. — Foi *ela* quem pegou seus tomates...

— E você comeu à vontade, sua vaca linguaruda — retrucou Bea. Arlene deu um tapa nela, Bea deu um tapa de volta com o braço inteiro, e Arlene caiu sentada sobre o traseiro na horta colhida, a sra. Nilsson continuou gritando, e mesmo assim tudo tinha valido a pena.

Nós somos da All-American League,
Viemos de cidades próximas e distantes...

— ÚLTIMA AULA DE ECONOMIA DOMÉSTICA! — BEA EMPURROU AQUELE livro didático odioso sobre a mesa como se fosse radioativo, com seus diagramas odiosos de arrumações de mesa próprios de uma dama e arranjos de flores próprios de uma dama. — Obrigada pela ajuda, Grace. — Bea não devia a ela apenas pela aula; se não fosse a conversa doce e rápida de Grace no Dia da Condecoração, a sra. Nilsson certamente teria expulsado Bea da Briarwood House em vez de ficar satisfeita com um pagamento três vezes maior do que o mercado por cada tomate. (E, ai, isso doeu como ser perfurada por uma bola rápida. Ainda assim, melhor desembolsar um pouco de dinheiro do que ter que procurar um novo lugar para morar... Bea se surpreendeu pelo tanto que ficou feliz com isso, considerando que havia começado a temporada dizendo a si mesma que tinha que sair de lá.)

— Eu prefiro ajudar você em vez de ir pra casa e ficar ouvindo a Crocheteira reclamar daquele prato de doces de cristal que sumiu — disse Grace, virando as páginas do livro. — Além disso, é melhor suas meninas aprenderem a fazer salada de frango e ovos cozidos do que... — Franzindo o nariz, ela parou numa seção intitulada Jantares da Empresa. — Pseudojambalaia? Arroz instantâneo, camarão enlatado, salsicha vienense... Ah, querida, não.

As duas riram. A luz do sol entrava pelas janelas e a sala cheirava a giz e suor de adolescentes. Último dia de aula amanhã; os alunos faziam barulho pelos corredores do lado de fora da sala como se merecessem um título de campeonato só por terem chegado ao fim do ano. Talvez merecessem, pensou Bea. Tinha sido um ano infernal. Sua última aula de educação física pelo menos terminou com uma nota alta: ela finalmente tinha conseguido arrancar alguma agressividade das meninas, e elas jogaram uma partida absolutamente feroz de hóquei de campo, terminando com o cabelo todo emaranhado de suor e os joelhos esfolados. "Gostam dessa sensação?", ela lhes perguntou. "Agarrem-se a ela. Uma mulher precisa saber como ser feroz, como ser durona, ir fundo de verdade. Lembrem-se disso." E houve sorrisos, e ela pensou que talvez as adolescentes não fossem todas umas mimadinhas arrogantes, afinal.

Mesmo assim.

Eu não vou voltar, Bea pensou. *Não pra cá*. Ela já sabia que não jogaria mais beisebol, mas não ia passar mais meses como professora de educação física e substituta de economia doméstica. Tinha que haver algo além da Gompers Junior High.

Estava até começando a ter algumas ideias do que poderia ser.

Grace estava comentando algo sobre a execução dos Rosenberg; todos tinham ficado grudados no julgamento alguns anos antes e agora estavam grudados na cobertura da execução; eles iam mesmo mandar uma *mulher* para a cadeira elétrica, ainda que fosse uma espiã vermelha?! Mas ela parou, parecendo sentir que a mente de Bea tinha viajado um milhão de quilômetros para longe de espiões comunistas sendo levados para a cadeira elétrica em Sing Sing.

— Para onde você foi, Campeã? — Grace tinha começado a chamar Bea assim desde o home run no jogo do parque.

— Estava pensando no que vai ser agora. — Bea passou a mão pela borda da mesa de professora. Nunca se sentira nada além de uma fraude sentada ali.

Grace sentou na beirada da carteira de aluno mais próxima, a saia verde rodada se abrindo sob seu bolero.

— O *que* vai ser agora?

— Alguma coisa no jogo — disse Bea lentamente. — Alguma coisa sem ser jogar. — Por tanto tempo ela tinha sido tão fixada em jogar, mas havia mais no beisebol do que aquilo que acontecia dentro do campo. Veja o amigo de Grace, JD: ele seguia uma carreira como arremessador, mas a guerra a tirou dele e agora ele era treinador de arremessadores. Ela se perguntou se ele teria se amargurado por causa disso. Se alguém teve que dizer a ele, do jeito que Grace disse a ela no campo de beisebol, *Deve haver algum lugar em que você possa se encaixar*. Ou seja, algum *outro* lugar.

Mas…

— O beisebol sempre significou beisebol *feminino* pra mim — disparou Bea. — Sempre. Mas se eu quiser…

Ela parou.

— Se você quiser continuar no jogo — concluiu Grace, ao ver que Bea não ia dizer as palavras —, muito provavelmente significará beisebol masculino.

Bea engoliu aquilo e não gostou muito do sabor. Imaginou que talvez pudesse se envolver com o softbol feminino ou com os vários times semiprofissionais, o que não tinha um gosto muito melhor. Mas ficar totalmente de fora do jogo nos últimos anos, bem, ela *realmente* não tinha achado bom o gosto daquilo.

Portanto: ficar por aí se amargurando ou tentar conquistar um lugar no mundo de que ela queria fazer parte outra vez?

Grace inclinou a cabeça.

— Então, em que está pensando? Não jogar, obviamente. Não como técnica, não como assistente…

— Tem um garoto que venho observando no Prospect Park nas últimas semanas — disse Bea, devagar. — O Pete joga com uns amigos à noite, a maioria deles apenas brincando, fingindo ser Mickey Mantle. Mas tem um defensor externo, um garoto alto e sardento que estuda na Anacostia High… ele tem algo a mais. — Mesmo em um jogo de brincadeira, Bea conseguia ver: a vivacidade, a motivação, aquela pequena faísca extra que elevava um garoto talentoso a um *atleta*. — Ontem à noite, depois do jogo, eu pedi pra ele me fazer uma demonstração. — Um braço que era um canhão e podia disparar um one-hopper da direita para o home plate com total precisão, e fazer um dos giros mais bonitos que Bea já tinha visto. — Ele tem 18 anos e quer jogar. Quer tanto que já sente o gosto. Eu poderia detectar isso a um quilômetro de distância.

— Caçadora de talentos. — Grace pôs o termo na mesa. — Isso é algo que você poderia fazer, Campeã?

— Nas ligas principais, chamam de olheiro. — E, sim, Bea imaginava que era algo que poderia fazer. Desde seu primeiro treino de primavera aos 18 anos, olhando em volta para todas as garotas que estavam lá a fim de tentar a liga, ela havia conseguido identificar as melhores. As arremessadoras com um pouco mais de gás em sua bola rápida, as roubadoras de base com os pés realmente ligeiros que venceriam qualquer marcação, as rebatedoras com aquele sexto sentido de onde viria o próximo arremesso. Mesmo brincando naquele jogo com as Briarwood Belles, ela soube avaliar suas colegas e decidir onde posicioná-las. Ela sempre tivera olho. Foi por isso que tinha sido líder em todos os times em que entrara.

Nunca tinha ouvido falar de um time da liga principal que empregasse uma olheira mulher. Quem ia escutar se uma ex-interbases da liga feminina dissesse que tinha um jovem defensor externo da Anacostia em que eles deveriam dar uma olhada?

Bea olhou para Grace, sentada ali com sua saia verde esvoaçante, sorrindo de leve enquanto calçava luvas brancas; Grace, que conseguia arrancar qualquer coisa de qualquer um. Bea sempre teve uma tendência a irromper pela vida como uma bola rápida, indo direto de onde estava para onde queria ir a 150 quilômetros por hora. Grace, ela pensou, era uma bola lenta e imprevisível, dançando no vento, tomando um caminho menos ortodoxo para o home plate, mas chegando lá do mesmo jeito. Havia, Bea refletiu, algo a ser admirado nisso. Definitivamente algo a ser aprendido.

— Eu já devo a você — ela começou. — Por ajudar com a aula, e ainda mais por persuadir a Nilsson a não me expulsar por causa dos tomates. Mas se eu pedisse ajuda com mais uma coisa…

— Peça — disse Grace. — Você é da família.

Família. Elas eram, o Clube Briar? Bea sorriu, enquanto explicava o que queria.

Os olhos de Grace brilharam.

— Eu só preciso de um telefone.

— Srta. Verretti — o diretor Royce a repreendeu quando ela virou uma esquina no corredor vazio e quase colidiu com ele. Sua voz ecoou da fileira dupla de armários, o prédio completamente vazio no momento. Grace teve que correr para o trabalho na biblioteca; Bea tinha ficado para recolher suas últimas coisas. — O que eu lhe disse sobre trocar para uma saia depois da aula de educação física? — Royce continuou, pondo a mão úmida no ombro dela. — Isso não define o tom certo para as jovens da Gompers. Nossas professoras devem dar o exemplo…

— Posso lhe dizer uma coisa, Royce? — Bea sorriu para ele, para seus olhos ressentidos e o sorriso malicioso flutuando nos lábios. — Como chefe, você realmente se superou.

Ele sorriu, o polegar se movendo um pouco mais perto da clavícula dela.

— Ora, obrigado...

— Não, você *realmente* se superou. Barulhento, chato, mesquinho, rancoroso e úmido. Você é um verdadeiro chefe de cinco ferramentas, como dizemos dos jogadores no beisebol. — Bea tirou a mão dele de seu ombro e a afastou. — Eu ia fazer isso daqui a alguns meses, antes do início do próximo semestre, mas que se dane. Estou pedindo demissão.

Ela esperou o suficiente para ver o queixo dele cair.

— Beatrice — ele começou, mas ela apenas o contornou e continuou saltitante pelo corredor, saindo da Gompers Junior High para sempre, um papel dobrado bem seguro na sua mão. Nele estavam as informações que Grace havia extraído depois de quarenta minutos ao telefone no escritório principal da Gompers, informações que não deveriam ter caído nas mãos dela, mas que conseguiu mesmo assim depois de encantar uma telefonista, uma secretária júnior, uma secretária sênior e uma assistente pessoal muito presunçosa.

O endereço do escritório particular e a agenda semanal pessoal de um sr. Clark Calvin Griffith, proprietário do Washington Senators.

— EU FUI CHAMADA! — GRITOU BEA, ENTRANDO ÀS PRESSAS NA MARTIN'S Tavern em Georgetown. Harland mal se levantou do banco a tempo de segurá-la pela cintura enquanto ela jogava os braços em volta do pescoço dele. — Eu fui chamada! Eu consegui!

— Chamada pra quê? — perguntou ele, pondo-a no chão. — Conseguiu o quê?

— Uma entrevista de emprego! — Bea tirou o bolero verde que havia pegado emprestado de Grace, combinado com uma blusa de renda emprestada de Nora, uma saia rodada de Fliss e um chapéu preto de Claire. Feminina e chique; Bea sabia por experiência própria que se uma mulher quisesse entrar no mundo dos homens, ela não podia correr o risco de parecer masculinizada. Bea jogou o chapéu sobre o banco da cabine de painéis de madeira e deslizou para o assento. — Fiquei de tocaia no escritório do sr. Griffith por três horas seguidas, depois do almoço, quando ele tinha uma folga na agenda. — *Sempre aborde um homem de negócios depois do almoço*, Grace aconselhou, as duas analisando a agenda à procura do melhor ponto para Bea atacar. *Se você tiver sorte, ele estará com três martínis na cabeça e se sentindo tranquilo. E a secretária disse que é quando ele mantém uma hora livre para examinar a correspondência e revisar estatísticas. Essa é sua oportunidade, Campeã.*

— Eu disse ao sr. Griffith que queria falar sobre as perspectivas para o time, e ele me disse que não podia me receber, mas, depois de duas horas e meia, quando ficou claro que eu não ia embora, ele disse que me daria cinco minutos na quarta-feira. Ele só quer se livrar de mim — Bea sorriu —, mas não vai. Eu vou *deslumbrá-lo* na quarta-feira. Sei todas as estatísticas dos seus dias de jogador *e* de treinador, posso diagramar todas as categorias de base… — Ela ficou sem fôlego e se recostou no assento. — Portanto, a entrevista real é na quarta-feira. Essa é a minha chance.

Tudo de que ela precisava era de uma pequena chance; ela a agarraria com ambas as mãos e percorreria as bases. Quanta chance ela tinha de chegar ao South Bend Blue Sox aos 18 anos? Pegou emprestado o dinheiro para a passagem de trem com o irmão mais velho, empacotou seus tacos e viajou metade do país por essa oportunidade, e valeu a pena.

— Algo para comemorar? — indagou o garçom, aproximando-se para anotar os pedidos.

— A moça pode estar prestes a conseguir o emprego dos seus sonhos — disse Harland, pedindo dois martínis Bea olhou em volta no restaurante, reluzente com painéis de madeira antigos e cabines privadas, posicionado na Wisconsin Street como um receptor experiente protegendo o home plate.

— Este é seu lugar favorito? — perguntou ela.

— É o lugar favorito da maioria das pessoas de Washington — respondeu ele. — Metade do Congresso entra e sai daqui, e metade da Máfia também. Aquele ali é um juiz, sentado num engradado de leite puxado para aquela cabine de canto com o senador Sutherland… Aquele é Xavier Byrne em seu almoço diário; ele comandava metade do jogo de apostas da cidade para a gangue Warring... Cabine número três, esse é o senador júnior de Massachusetts... — Harland viu o olhar desinteressado no rosto de Bea e sorriu. — Está bem. Billy Martin fundou este lugar, e ele jogou como interbases para o Boston Braves no seu tempo.

— Ah, agora sim. — Bea virou metade do seu martíni quando o garçom o serviu na mesa. — Você sabia que já houve uma mulher olheira antes? Eu não fazia ideia! Edith Houghton, para os Phillies. Ela só deixou o posto no ano passado, recrutou jovens jogadores por toda a área da Filadélfia...

Harland recostou-se, brincando com a haste do copo, o outro braço no encosto do banco.

— Isso é a vida pra você, não é?

— Se eu conseguir a chance. — Pegar trens para onde quer que houvesse algum sinal de talento, avaliar arremessadores das categorias de base em Baltimore e interbases nos colégios de Gaithersburg. Assistir a jogos, conversar com garotos ávidos e suas famílias cautelosas. *Me mostre o que você sabe, garoto.* Defender em reuniões da equipe aqueles em quem ela acreditava. Ver a próxima geração de talentos seguir carreira nas ligas principais, de olhos brilhantes e grandes sonhos de fazer home runs de 150 metros como Mickey Mantle. Fazer da Briarwood House sua base... Porque Bea percebeu que, afinal, não tinha nenhum desejo de deixá-la. Nem a casa, que havia se tornado um lar, nem os jantares de quinta-feira de Grace, nem as Briarwood Belles, que, de alguma forma, haviam se tornado uma família. Ela sorriu, erguendo o copo. — E eu torço para conseguir.

— Então eu torço também. — Eles brindaram no momento em que o garçom voltava para anotar seus pedidos. — Que movimentação é aquela? — perguntou Harland, indicando a onda de pescoços esticados na direção da cabine nº 3.

— Parece que estamos testemunhando um pedido de casamento. — O garçom baixou a voz. — O senador júnior de Massachusetts está, acredito, propondo casamento à srta. Jacqueline Bouvier.

— É mesmo? — Bea esticou o pescoço também, sem pudor, para dar uma olhada na morena miúda de vestido justo amarelo-claro e pérolas, e no homem de terno despreocupadamente amassado que segurava as mãos dela sobre a mesa. — Bonito — Bea apreciou, observando o grande sorriso branco e o rosto bronzeado. — Como é o nome dele mesmo?

Um som de comemoração se elevou e ondulou pelo local, enquanto o jovem senador erguia o corpo, parecendo exultante.

— Suponho que a srta. Bouvier disse sim. — O garçom sorriu e se afastou depressa pelo salão para ser o primeiro a oferecer champanhe ao casal de noivos por conta da casa.

Parecia um dia para brindes.

— Ao casal feliz! — propôs Bea. Ela virou o resto do martíni e, ao baixar o copo, viu Harland olhando fixo pra ela, seu rosto magro de raposa parecendo estranha e abertamente concentrado.

— Vamos fazer a Martin's Tavern registrar dois pedidos em 24 de junho de 1953 — disse ele. — Case-se comigo.

Bea riu.

— O quê?

— Estou falando sério.

— Não, não está. O que deu em você?

— Não tenho ideia. Case-se comigo.

— Você está bêbado? — Tirando o copo da mão dele e colocando-o na mesa. — Eu sou *totalmente* errada pra você.

— Eu não discuto isso. Você é totalmente errada pra mim. Para falar a verdade, você provavelmente é a pior candidata a esposa de um agente do FBI que eu posso imaginar. Case-se comigo.

— Mas eu não quero ser esposa de um agente do FBI. — Bea abriu outro sorriso para ele, mais gentil. — Eu quero ser a primeira mulher olheira dos Senators de Washington. Eu preferia que fosse o Red Sox, mas...

— Você pode fazer as duas coisas. Quem disse que não pode fazer as duas coisas?

— Eu não quero fazer as duas coisas. Mesmo estando muito lisonjeada com o pedido, homem do governo, considerando que você fica terrivelmente horrorizado com tudo o que eu faço, visto e digo. — Bea se inclinou sobre a mesa e lhe deu um beijo demorado.

— Você me deixa mesmo horrorizado — ele murmurou junto aos lábios dela. — Mas não vou retirar meu pedido.

— Eu não vou *aceitar* seu pedido.

Ele semicerrou os olhos.

— Você não tem ideia de como eu posso ser paciente, Beatrice Maria Verretti.

— Vai ter que ser, Harland Custis Adams. Porque eu tenho quilômetros a percorrer e muito a fazer, e estou doida para começar. — Bea se levantou da cabine, pendurando o chapéu preto emprestado de Claire em um braço e procurando na bolsa o amuleto de boa sorte que trouxera para ficar esperando no escritório do sr. Griffith esta manhã: seu desbotado boné de beisebol das Fort Wayne Daisies. — Você tem uma hora livre? Vamos para o Prospect Park fazer uns arremessos.

Dia de Ação de Graças, 1954
Washington, D.C.

Não me deixem, a Briarwood House implora em silêncio às suas pensionistas. *Prometam que não vão me deixar.*

A casa não tem mãos para torcer, mas com certeza está torcendo as cortinas com a ideia de perder suas moças. De ser vendida pela sra. Nilsson e transformada em um showroom de móveis. Como pode ser isso? Todo esse primeiro andar provavelmente será esvaziado, despojado do assoalho gasto que lhe dá charme, do lustre que foi instalado quando Roosevelt assumiu o *primeiro* mandato, do corrimão elaborado pelo qual Pete e Lina escorregavam quando crianças (sem a mãe ver). Despojado para exibir *conjuntos de sala de estar*, pelo amor de Deus. *Nada tão abominável como um showroom cheio de conjuntos de sala de estar*, pensa a casa, virando a ponta da passadeira do corredor só para fazer os policiais tropeçarem em suas idas e vindas. Um showroom é um fac-símile da vida, móveis mortos em que nenhum casal de amantes jamais se beijou, em que nenhuma criança jamais se jogou com um pacote de chocolate Baby Ruth e o último gibi do Super-Homem, nenhum gato jamais se enroscou e ronronou. Se este lugar se tornar um showroom, a casa morrerá. Ela sabe disso. Ela sabe até seus rodapés.

A Briarwood House morrerá quando deixar de ser um lar.

Não deixem que aquela vaca da Nilsson me venda, ela implora ao Clube Briar, mas elas não têm controle sobre isso e, além do mais, estão muito tensas de medo pelo próprio futuro. Os detetives estão entrevistando um de cada vez agora, chamando-os um por um para a sala de estar a fim de responder perguntas.

— Isto é maior do que apenas prisão — sussurra um deles para outro no caminho pelo corredor até o banheiro. — Pode significar cadeira elétrica. Para *todos* nós.

— Não faça drama...

Mas o medo é palpável.

Se a casa podia morrer, bem, as pessoas nesta casa que sabem o que realmente aconteceu aqui esta noite também podiam. E a Briarwood House faz o melhor que pode para acalmá-las, mas a casa está trêmula, profundamente, em suas fundações, assim como todas as mulheres na cozinha. *Eu vou cuidar de vocês*, a casa gostaria de prometer, mas a promessa é inútil e a casa sabe disso, pensando, sem forças, naquele primeiro assassinato dentro das paredes de trepadeiras verdes do 4B, aquele que deu início a tudo.

O corpo com seu cabelo ruivo cercado por um halo de sangue.

UM ANO E MEIO ATRÁS

JULHO DE 1953

Capítulo 6

Claire

Querida Kitty,

A guerra na Coreia continua firme, mas em pura selvageria o conflito não se compara com as Guerras do Banheiro travadas todas as manhãs na Briarwood House. Acho que Claire vai apunhalar Reka até a morte com uma escova de dente algum dia.

Queria que você estivesse aqui.

— Grace

Claire Hallett tinha aprendido três coisas cedo na vida: amor era para otários, sorte era uma ilusão e nunca havia um banheiro disponível quando realmente se precisava dele.

— *Reka* — gritou, batendo na porta com seu nécessaire —, levante esse seu traseiro enrugado daí!

— Espere — Reka grunhiu de dentro do banheiro. — Leva tempo para fazer xixi na minha idade.

Claire fechou a cara. Ainda não tinha tomado café, uma Nora de roupão estava mudando o peso de um pé para o outro atrás dela e, nesse ritmo, todas elas iam perder o café da manhã. A Crocheteira Nilsson sempre tirava até o último farelo de ovos mexidos e bacon borrachudo da mesa no andar de baixo às sete horas, vinte e nove minutos e cinquenta segundos, sem desconto para os que ficavam presos no fim da fila do banheiro.

— Se vocês pusessem o alarme para meia hora mais cedo, não teriam *problemas* — arrulhou Arlene, perfeitamente arrumada em um conjunto de saia e suéter azul-claro, desfilando em direção à escada com sua bolsa. — Deus ajuda quem cedo madruga, sabiam? Ajuda a pegar o banheiro também!

— Você pode dar uma batidinha na porta da Bea, por favor? — pediu Claire, docemente. — Ou ela vai se atrasar para o trabalho. Ela ficou fora até tão tarde com o Harland de novo que deve ter dormido demais.

Nora riu, e o sorriso de Arlene azedou.

— Eu não vejo *você* saindo muito ultimamente. — Seus olhos desceram até os quadris largos e o busto ainda mais largo da Claire. — Pouca surpresa. Embora *pouca* não seja de fato a palavra…

— Eu já tenho o Sid. — Claire deu um tapa no próprio quadril, que balançou. — Que me ama *inteira*, muito obrigada.

— Ninguém nunca conheceu esse seu Sid — disse Arlene. — Acho que é invenção sua.

— Não é! Quer ver uma foto? — Claire estava com a carteira no bolso do roupão, porque ela nunca ficava sem sua carteira, mesmo numa ida matinal ao banheiro: ela pegou a foto muito manuseada de Sid e a mostrou para todas.

— Bonito — Nora aprovou. — Nariz de Clark Gable.

— Só vou acreditar quando o conhecer — disse Arlene com um bufo de desdém, e desceu a escada. Reka saiu brava do banheiro, com o exuberante roupão acolchoado de seda cor de fogo que ela disse ter comprado em sua última viagem a Nova York.

— *Kurva* irritante — resmungou a velha senhora quando Claire passou voando por ela.

— Velha mula teimosa — Claire retrucou e bateu a porta. Entrou no chuveiro e saiu de novo, é *claro* que a água quente já tinha acabado; quando ela tivesse a própria casa, teria uma banheira daquelas com pezinhos, do tamanho de Rhode Island, e água quente para dias... Enquanto enrolava os cachos vermelhos úmidos em um turbante, Claire viu um pingente de gota de jade nos ladrilhos. De Reka, também daquela última viagem a Nova York. Claire o colocou cuidadosamente no bolso e se contorceu para se enfiar numa cinta e nas meias, com uma blusa que abria sobre o busto (por que, *por que* as blusas não tinham botões mais próximos?), sua segunda saia mais antiga e um par de mocassins que precisavam de uma sola nova.

— Alguém viu um pingente de jade por aí? — Reka perguntou lá embaixo na sala de jantar, enquanto a sra. Nilsson mandava Lina largar seu café da manhã e começar a tirar os pratos.

Claire pegou a última fatia de bacon do prato de Lina.

— Não — respondeu ela, e saiu. Gostava de suas colegas de casa; cozinhava para elas quando era sua vez nas noites de quinta-feira, contribuiu para os óculos de Lina e passava uma hora cuidando de Angela quando Fliss precisava. Mas seus interesses sempre estavam em primeiro lugar.

— ESTÁ ATRASADA, CLAIRE. — MAS A CHEFE DE CLAIRE SORRIU enquanto dizia isso, ao sair de seu escritório para a reunião das dez horas: senadora Margaret Chase Smith, do Maine, 56 anos, cabelos grisalhos, olhos argutos, pérolas em volta do pescoço.

— Desisti de tentar chegar cedo, porque a senhora é sempre a primeira a chegar — respondeu Claire, pensando, como tantas vezes fazia: *Eu trabalho para a mulher mais ingênua de Washington.* — Eu teria que passar a noite aqui pra chegar primeiro!

— Imagino que sim — disse a senadora, rindo. — Está com a minha rosa? — Ela pegou a flor que Claire lhe entregou e a enfiou no discreto tubo que prendia na lapela. Era trabalho de Claire, como assistente júnior das secretárias do gabinete, trazer a rosa fresca que era marca registrada da senadora todas as manhãs, despesa pela qual ela era reembolsada toda sexta-feira. Claire vinha conseguindo rosas grátis com Pete desde que ele começara na Moonlight Magnolias e guardava o dinheiro do reembolso havia meses. Ninguém saberia a diferença, certamente não a senadora, que saía com o queixo erguido em cima daquela flor. Ela não ia a nenhum lugar muito importante, de qualquer modo: tinha se tornado inimiga do senador McCarthy alguns anos antes e excluída de todos os comitês e funções primordiais no Capitólio desde então. *Ou seja, a mulher mais ingênua da cidade*, pensou Claire. A senadora Smith deveria saber que esse seria o resultado se ela tentasse competir com Tail Gunner Joe.

— Claire — chamou a srta. Wing —, será que você poderia cuidar deste arquivo...

— Sim, srta. Wing. — Qualquer um que achasse que o trabalho no governo era glamouroso nunca tinha ido ao Old House Office Building do outro lado da Independence Avenue, na frente do Capitólio, pensou Claire, pegando a pilha de documentos e se espremendo entre o labirinto de mesas, cadeiras e estantes em direção aos móveis de arquivos. Congressistas e suas equipes eram amontoados nesse labirinto de escritórios como toupeiras, só que toupeiras trabalhavam menos horas. A senadora Smith do Maine tinha direito a três salas no conjunto 329, que tinha uma bela vista do Capitólio e uma foto da linha costeira do Maine na porta, e não mais que isso. Além da sala da frente e do gabinete da senadora, as secretárias e suas três assistentes apertavam-se em um cubículo do tamanho de um armário de vassouras. *Sabe quem são as únicas pessoas no sistema federal com menos espaço do que os congressistas?*, a srta. Wing brincou com Claire no dia em que ela foi contratada. *Prisioneiros.*

Claire deu de ombros mentalmente. Era só um emprego: digitar, grampear, arquivar. Não era uma funcionária dedicada por toda a vida como a srta. Wing ou a srta. Haskell, os peitos magros inchados de orgulho quando falavam sobre estar com a senadora desde seu primeiro mandato no Congresso, claramente planejando ficar *com a senadora* até serem carregadas para fora do Conjunto 329 de pés juntos dentro de um caixão. Não, Claire Hallett só estava ali pelo salário, e ela não ficaria ali para sempre. Assim que sua poupança chegasse a oito mil, daria o fora.

Oito mil. O número mágico, e ela estava *perto*, estava pertíssimo. Sua caderneta bancária mostrava sete mil, seiscentos e vinte e oito dólares e setenta e dois centavos. Ela a pegou e olhou enquanto enfiava os arquivos no móvel. Não que não soubesse de cor seu saldo de poupança até o último centavo, mas aliviava o aperto sempre presente no peito conferir aquelas linhas cuidadosamente preenchidas a lápis, virar as páginas que tinham ficado gastas de tanto manuseio, checar os números e determinar que, sim, seus cálculos estavam corretos. Sete mil, seiscentos e vinte e oito dólares e setenta e dois centavos, economizados ao longo de quase vinte anos. Ela estava quase lá.

— Claire, leve este estêncil para o mimeógrafo no Departamento de Serviços do Senado; a senadora precisa de cem cópias depois do almoço.

— Sim, srta. Wing.

Quando Claire voltou, ouviu a senadora ao telefone em seu gabinete privativo.

— Aquele homem! — sussurrou a srta. Wing para a srta. Haskell; suas seguidoras fiéis nem diziam o nome dele. — Ele está *dando um sermão* nela outra vez.

— Senador McCarthy — veio a voz calma da chefe de Claire pela porta entreaberta. Mesmo dali, era possível distinguir os sons intimidatórios vindos do outro lado da linha telefônica. — Senador, fique quieto um minuto, por favor? Eu não disse nada enquanto o senhor falava, agora é minha vez de falar e sua vez de ficar quieto.

A srta. Haskell e a srta. Wing puxaram o ar. Claire balançou a cabeça, penalizada, largando sua pilha de cópias sobre a mesa mais próxima. Joe McCarthy era dono de Washington, e era metido a valentão. A gente não enfrenta valentões e cospe no olho deles; a gente os deixa passar reto sacudindo suas listas de inimigos e comunistas e o que mais for. A gente se mantém fora do caminho deles e segue o *nosso* caminho, com os olhos baixos e a caderneta bancária com suas linhas perfeitamente pautadas. Era assim que se sobrevivia. Alguém deveria ter dito isso à senadora do Maine, mas não seria Claire. Se havia outra coisa que ela tinha aprendido desde cedo era *não brinque com fogo*.

— VOCÊ ESTÁ ATRASADA — DISSE A GOVERNANTA DO SEGUNDO EMprego de Claire, ao atender a porta. — A sra. Sutherland está esperando.

— Bonde lento — mentiu Claire. Tinha parado em uma casa de penhores nos limites de Georgetown para penhorar o pingente de jade de Reka; o mesmo lugar para onde tinha levado o prato de doces de cristal da sra. Nilsson, um par de brincos esmaltados de Fliss e vários outros artigos diversos da Briarwood House ao longo dos anos. — O que a patroa tem pra mim hoje? — perguntou, tentando dar um sorriso cativante.

— A sra. Sutherland quer que você leve estes vestidos para a lavanderia, leve este bracelete ao joalheiro para consertar o fecho e pegue um chapéu para ela na Hecht's.

— Tudo bem se eu pegar o chapéu amanhã? — Cumprir tarefas para mulheres ricas: uma maneira confiável de ganhar um dinheirinho onde quer que se estivesse, porque todas as cidades tinham mulheres ricas e todas as mulheres ricas que não trabalhavam estavam *convencidas* de que nunca tinham tempo suficiente para fazer as próprias tarefas. Claire tinha marcado a elegante sra. Sutherland assim que a vira dando uma carona para Fliss em um domingo chuvoso no início da primavera; vinha fazendo tarefas para ela desde então.

— Você pode entregá-lo no sábado — disse a sra. Sutherland do corredor, claramente de saída para algum lugar com luvas impecáveis e um terninho de linho cor de marfim. — E aí poderia ficar e olhar meu filho por umas duas horas à tarde? — continuou ela, prendendo um enorme brinco de pérola em um lóbulo da orelha. — É o Quatro de Julho e nossa babá estará de folga para visitar a mãe. Deixe o chapéu para sábado, então, e meu marido pode lhe pagar tudo de uma vez.

— Claro, sra. Sutherland. — Claire dobrou os vestidos (Chanel, Lanvin, Dior) sobre o braço, pegou o bracelete de ouro com a governanta e o pôs no bolso sem nenhum olhar de desejo. Um bom ladrão sabia onde *não* roubar, e uma casa como aquela era estritamente proibida.

— Obrigada, isso é tudo. — A sra. Sutherland saiu rapidamente em uma nuvem de perfume Joy.

Deve ser bom ser rica, pensou Claire, partindo em direção ao seu terceiro emprego do dia.

— Está atrasada — resmungou o sr. Huckstop quando Claire entrou apressada, passando pela placa de Fechado na porta da frente da Huckstop's Photography. — Tire a roupa rápido, estou com o horário apertado. Tenho muito trabalho na câmara escura esta noite.

— Tudo bem. — Claire largou a bolsa, deixou os vestidos de Paris da sra. Sutherland sobre o encosto da cadeira mais próxima e começou a desabotoar a blusa. — A ogiva de novo?

— Desde que a Miss Explosão Atômica foi coroada em Las Vegas, elas saem das prateleiras como água. — O sr. Huckstop ajustou a câmera enquanto Claire tirava a saia, a blusa e a cinta, enfiava uma meia arrastão preta barata sobre suas meias de náilon e trocava seus sapatos confortáveis por um par de saltos agulha bem vulgares que ele mantinha à mão para essas pequenas sessões de fotografia depois do expediente. Durante o dia, quando o local estava aberto, ele tinha um estúdio montado com flores artificiais e cortinas de bom gosto para casais que queriam tirar fotos e pais que queriam comemorar o aniversário de um filho. Quando a noite caía e as cortinas eram fechadas, um conjunto diferente de acessórios aparecia.

Claire subiu no tubo de papel machê que o sr. Huckstop havia produzido para parecer uma ogiva nuclear, com fumaça de algodão e nariz cônico.

— Peitos de fora?

— Peitos de fora. — Ele começou a mexer nas luzes, sem prestar a menor atenção em Claire enquanto ela jogava o sutiã de lado. Uma coisa podia ser dita em favor do sr. Huckstop: ele era um sujeitinho ordinário, sempre tentando pechinchar o que devia a ela, mas nunca a ficava devorando com os olhos e nunca tentou provar a mercadoria. — Lábios entreabertos, queixo na mão, você sabe o que fazer… — Claire se inclinou sobre a ogiva de papel machê, umedeceu os lábios e fez o possível para parecer excitada. — Bom… Perfeito…

— Por que uma mulher nua estaria sentada numa ogiva, e ainda mais ficar excitada com isso? — Claire havia perguntado com desdém em sua primeira sessão de fotos.

— Não tenho a menor ideia, menina, mas elas vendem como água. — Tinha sido o sr. Huckstop que a procurara: *Estaria interessada em trabalhar como modelo depois do expediente? Eu faço uns trabalhos fotográficos clandestinos... você é meio carnuda, mas alguns sujeitos gostam disso, e você tem uns bons peitos.* Claire nem piscou. Pagava melhor do que arquivar papéis ou fazer tarefas na rua.

— Acha que aquela outra garota da sua pensão estaria interessada? — perguntou ele, enquanto clicava. — Aquela cheia de classe.

— Nora? — Claire mudou para uma nova pose, cruzando uma perna com meia arrastão sobre a outra e pondo os peitos para a frente. — Improvável.

— Não, a inglesa. A que está aqui o tempo todo tirando fotos da filha.

Claire caiu na gargalhada.

— Fliss, a certinha?

— Pare de rir, seja sensual. — *Clique clique clique.* — Eu posso fazer alguma coisa com uma inglesa certinha. A garota recatada em pérolas, os homens gostam de fantasiar sobre isso.

Claire se deitou sobre a ogiva, levantando as pernas no ar, tornozelos cruzados.

— Homens são tão estranhos...

— Garota, você não está errada.

Pelo menos havia muitas oportunidades de ganhar dinheiro com a esquisitice deles, Claire pensou.

— Eu não sou uma mulher recatada em pérolas, então sou o quê?

— O tipo generoso de mulher. Macia, acolhedora. Alguém mais atento ia ver que você tem olhos cortantes como sílex, mas não é nos seus olhos que eles estão prestando atenção. — Clicando. — Conhece algum homem bonito que possa estar interessado em posar?

— O que, numa ogiva? — Inclinando a cabeça pra trás, Claire sentiu seus cachos se espalharem sobre a fumaça de algodão da ogiva.

— Talvez inclinado sobre uma motocicleta, entende? Eu tenho uma cromada que não anda, mas fica bem sob um mocinho de braços bonitos, vestindo uma camiseta regata justa e não muito mais que isso. Tem mais sujeitos de terno do que você imagina que querem olhar para Marlon Brando em vez de Marilyn Monroe quando eles… — Um certo gesto sugestivo. — Você ficaria surpresa.

— Não tão surpresa — disse Claire. — Terminamos?

— Sempre um prazer, Hallett.

Claire desceu da ogiva e estendeu a mão.

— Então pague.

JÁ PASSAVA DAS OITO QUANDO CLAIRE SUBIU A ESCADA ATÉ SEU QUARTO na Briarwood House. As paredes eram amarelo-mostarda e as cortinas de chintz desbotadas estavam nas janelas desde que ela se mudara. Claire nunca viu sentido em decorar algo temporário. Nunca tinha pretendido ficar ali por tanto tempo, mas Grace tinha chegado e, de alguma forma, com o Clube Briar, os jantares de quinta-feira e tudo mais, o lugar havia se tornado muito mais agradável do que pensões baratas costumavam ser, na experiência de Claire… Ela tirou os sapatos, se jogou na cama e contou o punhado de notas que tinha conseguido no dia: do sr. Huckstop, da casa de penhor pelo pingente de Reka, até mesmo as moedinhas que pegou disfarçadamente da mesa da srta. Wing no gabinete da senadora. Claire fez a soma e anotou o novo total em sua caderneta bancária. Ela passaria no banco no dia seguinte antes do trabalho e depositaria tudo.

Alcançando sua caixa debaixo da cama, adicionou cuidadosamente o recorte que havia tirado do *Washington Post* na hora de almoço: um anúncio triangular e elegante de uma casa recém-pintada em um quadrado de grama mais elegante ainda. *Magnífica casa colonial moderna em Hillcrest! Aberta hoje, das 12h ao anoitecer!*

Claire pegou um pacote de wafers Nabisco enquanto lia. Teto estilo catedral de cinco metros, sala de estar com revestimento em pinho, armários com portas de correr, cozinha General Electric completa…

"Nada mal", disse em voz alta. Nunca teria uma casa tão grande, levaria mais trinta anos para economizar tudo isso, mas oito mil comprariam algo compacto e aconchegante do outro lado da fronteira do estado, em Maryland. Oito mil era a quantia que Claire havia calculado fazia muito tempo, cheia de uma raiva dura como sílex, os ombros encurvados numa postura defensiva por causa de muitos golpes traiçoeiros. Oito mil equivaliam a um *lar*. Não uma casa grande, não uma mansão em Georgetown como a da sra. Sutherland, nem mesmo uma modesta casinha colonial com revestimento de pinho e uma cozinha General Electric, mas um lar.

Mesmo assim, gostava de colecionar fotos de palácios. Virando-se de lado e mastigando outro wafer, ela revirou sua caixa de recortes. *A mais nova casa de Marilyn Monroe em Hollywood! Quatro quartos, quatro banheiros e um lavabo, garagem para dois carros, piscina e spa nos fundos...*

É muita casa para uma pessoa só. Claire imaginou Sid rindo, olhos escuros apertados nos cantos. *O que você faria com quatro quartos?*

— Te jogaria no chão em cada um deles — disse Claire em voz alta para as paredes com a doentia cor de mostarda. Os pés de Sid sempre estavam frios; ela sentia falta daqueles dedos gelados enlaçados nos dela. *Este fim de semana*, pensou, sentindo-se sorrir involuntariamente. Estava ficando um pouco sentimental em relação a Sid, para ser sincera consigo mesma. Teria que garantir que isso fosse cortado pela raiz, porque Claire Hallett não se sentia assim com ninguém ou nada, nunca. — Cores vivas e um telhado branco dão luz às linhas simples desta casa na Flórida — ela leu em voz alta de outro recorte, banindo Sid da mente. — Três quartos, um banheiro e um lavabo, garagem coberta e terraço de lajotas...

— VEM COM A GENTE COMER CACHORRO-QUENTE NO PARQUE? — Grace deu um de seus sorrisos fáceis, parando no patamar da escada quando Claire saiu do quarto. — A Lina fez uma torta de cerejas e, se a Bea voltar daquela viagem a Bowie como olheira, tenho a sensação de que vai nos pegar para outro jogo de beisebol. Vai ter fogos de artifício também.

— Não posso, tenho que trabalhar. — Claire trancou seu quarto. A maioria das mulheres da Briarwood House nem pensava nisso, mas Claire nunca deixava nada ao acaso, à boa sorte ou à honestidade das outras pessoas. Além disso, a Crocheteira era uma bisbilhoteira.

— Trabalhar? No Quatro de Julho? — Grace se surpreendeu, patrioticamente festiva em um vestido vermelho de cintura alta e sapatos de salto gatinho azuis. — Se isso não é um sacrilégio, eu não sei o que é.

— Não é meu feriado favorito — disse Claire, afastando algumas lembranças particularmente ruins. Costumava ser seu dia favorito do ano, mas isso tinha sido há muito, muito tempo, e então ela desceu a escada e saiu da Briarwood House antes que Grace tivesse chance de sondar mais. Claire gostava da Grace; aquela mulher tinha um dom positivo de trazer a luz do sol até para o ambiente mais sombrio; mas que mantivesse aqueles olhos preguiçosos e curiosos cuidando da própria vida, muito obrigada.

— Srta. Hallett, correto? — O homem da casa levantou os olhos com um sorriso quando a governanta conduziu Claire para a sala de estar. (Quando uma casa passava de trinta mil dólares e quinhentos metros quadrados, um *estúdio* se transformava em uma *sala de estar*. Seus estudos de anúncios de residências lhe haviam ensinado isso.) — Você vai cuidar do meu homenzinho hoje enquanto levo a patroa para ouvir as bandas militares e os discursos no Mall?

— Sim, senhor. — Era apenas a segunda ou terceira vez que punha os olhos nele, mas ele se lembrava do seu nome. Ela não tinha dificuldade para lembrar o dele, mas isso era esperado: não se esquece um nome como Barrett Sutherland, advogado de Yale, ex-tenente do Exército, Estrela de Bronze, quarta geração de sua família a servir em Washington. Preparando-se para sua primeira candidatura à Câmara dos Representantes, ou pelo menos era o que se dizia, com vistas a assumir a cadeira de seu pai no Senado algum dia. Ele não seria o homem mais bonito do Congresso, porque este continuaria sendo o senador júnior de Massachusetts; Claire tinha visto na *LIFE* as fotos do noivado de John F. Kennedy e sua futura esposa morena. Mas o sr. Sutherland era bonito daquele jeito alto, bronzeado e dentuço que os meninos herdeiros sempre pareciam ter. Claire não conseguia deixar de pensar neles como *meninos*, mesmo quando eram mais velhos que ela.

— Srta. Hallett! — Barrett Junior entrou correndo na sala: short impecável, camisa abotoada e um laço redondo patriótico vermelho, azul e branco igual ao do pai preso na camisa. — Podemos ir ao parque?

— Claro, garoto. — Claire queria bagunçar o cabelo dele, que tinha sido meticulosamente penteado. Ele era um bom menino, pelo menos no momento. Mais tarde, provavelmente se tornaria igual ao pai, e então teria uma voz alta e iria para Yale e falaria sobre o problema dos negros enquanto tomava martínis com outros homens como ele, então era bom ela aproveitar enquanto a fase *boa* durasse.

— Querido, eu sinto tanto... — A sra. Sutherland entrou apressada na sala de estar com um lindo vestido azul Balmain e pérolas. — Veio um dia antes, simplesmente no *pior* momento. Meu fluxo mensal... — Ela parou de falar, corando, ao ver Claire na porta em frente. — Desculpe, srta. Hallett, não vi que estava aí.

Claire deu um sorriso educado de *pessoas-como-você-nunca-veem-pessoas-como-eu*. O sr. Sutherland franziu a testa.

— Meu pai está esperando nós dois para o seu discurso.

A sra. Sutherland baixou a voz.

— Você sabe que o dr. Rock disse para eu ficar deitada o máximo possível durante as minhas regras. Para otimizar nossas chances... Por que você não leva o Bear no meu lugar? — Ela sempre chamava seu filho de Bear em vez de *Barrett* ou *Junior*. — Pai e filho no Dia da Independência; não imagino uma imagem mais perfeita do que essa no discurso do seu pai.

— Papai, *por favoooooor*.

O vinco entre as sobrancelhas do sr. Sutherland se demorou por um tempo, depois se desfez.

— Ok, campeão. Vamos ver seu avô. Um dia você vai assistir ao seu pai fazendo o discurso do Dia da Independência, e um dia ainda mais adiante será você...

Uma movimentação, em seguida: a sra. Sutherland pegando casacos e chapéus para eles, contando que tinha acabado de dispensar a governanta para seu dia de folga, o sr. Sutherland entregando umas notas para Claire ("Um pequeno extra pela amolação, desculpe você ter vindo para nada"; ele era sempre generoso, isso ela podia dizer a seu favor). Claire pegou a bolsa, seguiu em direção à porta, disse algo sobre ter se esquecido de deixar o chapéu que tinha pegado na Hecht's para a patroa, voltou até a sala de estar... Onde ela e a sra. Sutherland ficaram paradas, esperando o som do Hudson Hornet do sr. Sutherland desaparecer do alcance dos ouvidos.

— Sua menstruação realmente veio um dia mais cedo? — perguntou Claire.

Um sorriso grande e lento.

— Não.

Claire fez um sinal com o dedo.

— Venha aqui, Sid.

Sydney Sutherland caiu em seus braços, dobrando aquele longo pescoço como o de um cisne para que seus lábios se encontrassem. Aquele pescoço foi a primeira coisa que fascinou Claire, antes mesmo dos cílios pretos infinitos e da boca curva e macia. "Seu pescoço parece de *girafa*", ela disse na primeira vez que se beijaram, tendo que ficar na ponta dos pés como se estivesse abraçando um homem alto. "Um pescoço de girafa, e suas pernas chegam aos meus ombros... você é mesmo real?"

Sydney Zuill das Bermudas e Londres, agora Sydney Sutherland de Washington, D.C., tinha dado aquela risada característica que nunca deixou que seu marido, seu sogro ou os eleitores deles ouvissem. "Eu sou muito real, srta. Hallett."

Ela agora estava rindo daquela maneira, suave e notavelmente perversa, a risada que fazia coisas nas entranhas de Claire.

— Eu estava torcendo na quinta-feira para você entender minha dica sobre trazer o chapéu hoje...

— Sutil como um acidente de trem, Sid. — Trabalhando com os dedos na fileira de botões daquele vestido azul Balmain. — Mas você não deveria ter se esquivado do Quatro de Julho. Importante demais para ele...

— Se eu tivesse que ficar de pé no sol quente o dia inteiro, ouvindo bandas marciais, discursos patrióticos e fogos de artifício em vez de me deitar em lindos lençóis frescos com você, eu ia enlouquecer. — Sydney afastou os lábios dos de Claire, desalinhada, corada pelo beijo e perfeita. — Vamos subir. Meu marido só vai voltar com o Bear depois que anoitecer.

* * *

QUEM SEDUZIU QUEM? OLHANDO PARA TRÁS, CLAIRE NÃO TINHA certeza. Era sempre uma dança delicada, olhar para uma mulher e se perguntar se os olhos dela estariam dispostos a se desviar dos machos da espécie. Claire nunca teve dificuldade de se aproximar do homem que desejasse; ela empinava o peito e deixava os olhos brilharem do jeito que fazia para a câmera quando subia numa ogiva de papel machê, e isso costumava ser suficiente. Mulheres, no entanto... Era enlouquecedor ficar imaginando: *Será que ela retribuiu o meu olhar por um tempo um pouco mais longo? Ela de fato se demorou tocando minha mão? O que ela quis dizer mesmo?* Sabendo que, se errasse, se avançasse com a mulher errada, sairia com um bofetão no rosto e um grito de *PERVERTIDA!* ecoando nos ouvidos, rezando a Deus que não chamassem a polícia.

— Fiquei de olho em você desde o começo — contou Sydney. — Na primeira vez que vi você na porta da Briarwood House quando trouxe a Fliss da igreja. Você tinha a expressão muito séria, mas seu cabelo saía dos grampos e sua blusa estava com um botão aberto e era como se você estivesse explodindo por toda parte. Todo aquele cabelo, aquela pele rosada, você tenta conter, mas não consegue. Desde o começo, eu queria provar.

— Mas fui eu que beijei você primeiro — protestou Claire. — Na terceira semana em que eu estava trabalhando pra você, quando passei aqui pra deixar as luvas que você tinha mandado consertar e você se desequilibrou no sapato. — Uma insanidade momentânea; ela vinha dizendo a si mesma, com severidade, que *não* deveria fazer nem mesmo o menor dos avanços com essa esposa de político de Georgetown superalongada e superprivilegiada, mas tudo se desfez em um único instante: o tornozelo fino de Sydney oscilou no sapato de couro de salto alto, jogando seu corpo longo contra o de Claire; seu braço sobre o ombro de Claire para ela se equilibrar; sua boca com batom vermelho de repente ao alcance... Claire nem pensou; ela simplesmente mergulhou naquela boca e a sentiu se abrindo sob a dela como uma flor.

— O velho truque de cair do salto — comentou Sydney, assentindo com ar de sabedoria. — Sempre funciona.

— Você me enganou? — A indignação de Claire era apenas meio fingida. Quem enganava uma trapaceira tão boa quanto ela? E ela sabia que era boa.

— Minha Morango, eu fiz desfiles de moda em Londres por três anos com saltos de dez centímetros quando trabalhava como modelo. Acha que eu ia cair de um salto se não fosse minha intenção?

E talvez tenha sido aí que Claire começou a sentir algo a mais por Sydney Sutherland, não apenas desejando suas pernas longas e a pele rosada. Porque essa esposa de político de Georgetown, superalongada e superprivilegiada, também era uma trapaceira, à sua maneira.

— O que está acontecendo na Briarwood House? — Uma hora rolando felizes pelo edredom de cetim pêssego no quarto de paredes rosadas de Sydney e, agora, Sydney estendia aquelas pernas infinitas para enlaçar seus pés gelados nos de Claire, fazendo um pequeno movimento *vai falando*. — Conte-me tudo. A sra. Nilsson ainda se recusa a mandar o Pete de volta para a escola? Bea conseguiu aquele emprego de olheira nos Senators?

— Por que está tão interessada nas minhas colegas de casa? — indagou Claire, apoiando-se em um cotovelo no ninho de lençóis. — Elas são só *mulheres*, totalmente comuns.

— Eu dividia um apartamento com três outras modelos em Londres — disse Sydney. — Sinto falta daqueles dias, passando garrafas de gim entre nós quando alguém tinha algo para comemorar, discutindo sobre quem pegava emprestada a estola de vison de quem para um encontro importante. Desde que me casei, não tem nada além de homens: meu marido, meu sogro e todos os bajuladores em volta deles. Reizinhos tristes de pequenas montanhas tristes... Até o Bear, nada além de menininhos correndo pela casa, quando os amigos vêm aqui. A maioria das esposas de políticos é mais velha do que eu, e, com as que não são, não tenho nada em comum. — Ela deu de ombros. — Enfim, eu gosto da sua turma da Briarwood House.

— Você não deveria ter ido lá no Dia da Condecoração. Uma tarde inteira sem poder trocar um olhar. Por que acha que isso valeu a pena?

— Claire não acreditava em olhares ardentes do outro lado da sala. Sinceramente, todo aquele piquenique, ver Sydney sugar fios de espaguete, vê-la correr desajeitada atrás de uma bola de beisebol com o short emprestado de Grace, tinha sido uma tortura.

— A Fliss me convidou depois da igreja na semana anterior. Além disso... — Sydney afagou o dorso da mão de Claire com uma unha esmaltada perfeita — ...eu queria ver você. Sem falar em todas as suas amigas do Clube Briar.

— Quantas das minhas colegas pensionistas você já conhece? — Claire se recusava a chamar esse sentimentozinho irritante de ciúme, porque isso seria ridículo.

— A Reka, primeiro... Ela veio aqui em casa uma ou duas vezes por causa de um problema antigo com meu sogro. Não pergunte; é assunto *dela*. E, por causa dela, eu conheci a Fliss, aí quando soube que Fliss era enfermeira, ela me ajudou com... — Um gesto silencioso para a barriga. — Nunca vou poder agradecer a ela o suficiente por isso.

— O Barrett ainda não desconfia? — Outro dos pequenos e discretos atos clandestinos que Claire admirava em Sydney: o subterfúgio eficiente com o qual ela estava fechando seu corpo para o plano do marido de criar uma flotilha de pequenos Sutherland.

— Bem, ele está começando a achar que o dr. Rock é um charlatão, considerando que fico indo e voltando de Boston para esse *estudo de fertilidade* e nenhum resultado ainda saiu. — O lindo rosto de Sydney ficou imóvel por um momento. — Em algum momento ele vai insistir que eu consulte outra pessoa, mas espero poder prolongar isso por mais um ano.

Claire desceu a mão pelo comprimento flexível e infinito das costas nuas de Sydney.

— Bem, se você quer fofocas da Briarwood House, posso dizer que os doces da Lina realmente melhoraram — disse ela, o tom deliberadamente leve. — Todas nós a elogiamos muito para incentivar o progresso. E a Reka está pulando entre aqui e Nova York quase a cada duas semanas agora, para ver essa e aquela exposição de arte... Ela ganhou algum dinheiro, mas não fala sobre isso. E a Bea *conseguiu* o emprego de olheira nos Senators e metade dos homens no ramo está tentando forçá-la a desistir, o que mostra que não a conhecem. Nora recebe um buquê de flores enorme toda semana com um cartão que diz apenas "X" e ela dá as flores para alguém ou joga no lixo.

— Não! Quem está enviando isso para ela?

— Nem imagino. Ela é a srta. Arquivos Nacionais, só pensa em trabalho. Acho que eu nunca a vi arrumada para um encontro. O Pete fez suas almôndegas suecas outra vez para a última reunião do Clube Briar...

Sydney grunhiu.

— Não me fale em almôndegas. Eu não como um grama de carne há duas semanas. Tenho que perder um quilo e meio; é só café preto e saladas...

— Você *não* precisa perder um quilo e meio!

— O Barrett diz que eu preciso — Sydney respondeu simplesmente.

— O Barrett que vá se foder — retrucou Claire, mas Sydney olhou para ela e ela parou. Esse era o ponto silencioso entre as duas: Barrett Landry Sutherland, os pequenos hematomas que Claire às vezes via na pele acetinada de Sydney, o fato de que ela podia comprar a crédito roupas requintadas e almoços caros por toda a cidade, mas nunca tinha mais do que uma moeda de cinquenta centavos em dinheiro. *Por que você se casou com ele?* Claire foi tola o suficiente para perguntar uma vez, talvez no segundo ou terceiro encontro, e Sydney lhe lançou um olhar marcadamente desdenhoso.

Porque ele era o melhor que eu poderia ter, e eu fui criada para me casar, *Claire. Porque ele era muito charmoso e muito gentil, e disse que me levaria embora de Londres, que era tão cinza, horrível e bombardeada. Porque ele nunca me deu um único tapa até estarmos casados há seis meses e, a essa altura, ele tinha todas as cartas na mão.*

O que Claire *não* perguntou, nem na ocasião nem agora, foi *O que você vai fazer?* Porque não era da sua conta; porque isso que elas tinham só existia ali, dois corpos entrelaçados sobre um edredom de cetim cor de pêssego, e era assim que ela queria que continuasse.

Sydney estava mudando de assunto no momento, perguntando algo sobre a senadora Smith.

— ...tão incendiária quanto eu ouvi que ela é?

— Incendiária? — Claire pensou na mulher para quem trabalhava, com seus olhos rápidos e sorriso firme. — Ela não é uma incendiária. É só mais uma senadora republicana de cabelos grisalhos.

— Eu gosto dela, mesmo que seja só por causa das dores de cabeça que ela causa no pai do meu marido. — Sydney riu, rolando para o lado. — Você tinha que ter ouvido como ele ficou furioso quando ela fez o discurso contra o McCarthy. Disse que ela era uma vergonha para o Partido Republicano e que ele ia fazer com que ela fosse expulsa de Washington coberta de alcatrão e penas. Ele está *muito* na mão do McCarthy, o meu sogro. Acha que ele está certo sobre os comunistas.

Claire deu de ombros. Não se importava muito com os comunistas. Quem realmente *conhecia* algum Vermelho, afinal? Isto era Washington, não Moscou; ela não pensava nem por um instante que houvesse marxistas escondidos embaixo de cada pedra, por mais listas que algum maluco de Wisconsin mostrasse. Se alguma coisa em McCarthy alarmava Claire eram os comentários sobre *rapazes lilás no Departamento de Estado* e *pervertidos sexuais infiltrados no governo*. Porque todo mundo sabia que *pervertidos sexuais* não significava os homens de família de rosto corado que beliscavam o traseiro de suas secretárias todos os dias, ah, não. Significava aqueles como Claire e Sydney. Embora, felizmente, as mulheres tivessem mais facilidade de esconder esse tipo de coisa que os homens. No ano em que Claire começou a trabalhar para a senadora Smith, todos estavam fofocando sobre como 91 gays tinham sido forçados a se demitir do Departamento de Estado: apenas duas dessas pessoas eram mulheres. Claire se sentia mal pelos 89 homens que tinham ficado na mira, realmente se sentia, mas não ia reclamar do fato de que as moças lilás tinham mais facilidade de se esconder do que os rapazes lilás. As mulheres tão raramente tinham qualquer coisa mais fácil do que os homens que ela aproveitaria sempre que encontrasse.

— Meu sogro acha que o McCarthy também está certo sobre os gays — disse Sydney, como se lesse a mente dela, inclinando-se para beijar o ombro sardento de Claire. — Ele diz que qualquer homem contra Tail Gunner Joe ou é comunista ou é veado. Fica todo vermelho e começa a bater na mesa. *Esses desviantes representam um perigo tão letal para a segurança da nossa nação quanto os Vermelhos...*

— Eu simplesmente não entendo essa lógica — protestou Claire.

— Querida, você acha que tipos como McCarthy são tão fortes assim em lógica?

— Não, estou falando sério. De que jeito alguém como eu é uma ameaça à segurança da nação? Não quero derrubar o Congresso. Quero comprar uma casa e poder tomar café da manhã na cama todas as manhãs em paz.

— Ah, mas os homossexuais no Capitólio estão mais sujeitos a chantagem e, por isso, são alvos para os espiões russos — Sydney recitou em um tom grave pomposo. — Tudo que um agente do Kremlin precisa fazer é descobrir quais são os gays e ameaçar expô-los que eles simplesmente vão se render e começar a vender segredos de Estado.

— Ah, fala *sério*...

— Sério como um ataque cardíaco. Espero que as batidas na mesa e os rugidos do meu sogro o presenteiem com um em breve.

Claire ergueu as sobrancelhas.

— Você está tão ansiosa assim para se livrar dele?

— Não suporto o velho canalha — respondeu Sydney, com franqueza. — Sempre me dizendo para parar de usar óleo bronzeador, querida, *para não ficar mais escura do que já é*. Ele não imagina que eu fico na mesa de jantar de domingo olhando pra comida no prato e sonhando com o que vou vestir no enterro dele.

A voz dela era frágil sob o ar de frivolidade e Claire procurou outro assunto.

— *Sydney* — refletiu ela, passando os dedos pelo cabelo preto da amante. — Acho que nunca perguntei por que você tem esse nome, Garota das Bermudas. Seu pai era da Austrália?

— Não, de Londres. Sydney Barclay-Jones, Esquire, um verdadeiro tipo Eton-e-Oxford, foi para Hamilton beber gim-tônica e escrever suas memórias... Em vez disso, ele conheceu minha mãe. Ela me deu o nome de Sydney por causa dele; era para eu ser um menino, Sydney Barclay--Jones II. Ambos ficaram decepcionados, mas, se ele não me deu seu sobrenome, pelo menos pagou para eu frequentar a escola na Inglaterra.

— É por isso que você fala como a princesa Margaret Rose?

— Naturalmente, querida — Sydney exagerou o sotaque. — Minha mãe me batia com uma vareta nos nós dos dedos se eu deixasse as vogais derraparem. Ela sempre dizia que era a voz que me levaria aos lugares, até mais do que as pernas. Uma voz inglesa correta, uma voz *educada*, e ela estava certa. — Fazendo uma careta. — Eu sabia ligar o botão, ser a senhorita inglesa perfeita na escola, ir para casa e deslizar de volta para minhas antigas vogais e ser uma garota da ilha outra vez. Não consigo mais fazer isso. Mamãe ficaria orgulhosa.

Claire enrolou os fios de cabelo preto em seus dedos.

— Você a vê com frequência?

— Uma vez por ano, quando o Barrett nos leva para a casa de praia perto de Hamilton.

— Vocês têm uma casa de praia nas Bermudas? — Claire se jogou de costas com um grunhido. — Claro que têm.

— Ela é verde-clara e branca; parece um bolo de casamento na beira da água. Você nunca viu água tão azul na vida. — O rosto de Sydney se contraiu. — Eu queria poder te mostrar... As casas são todas de cores diferentes lá, como um sorvete de arco-íris, amarelo-limão, verde-menta e rosa-coral, mas todos os telhados são de um branco ofuscante e inclinados como escadas. E as crianças lá aprendem a nadar antes de aprenderem a andar, e todos entram e saem do mar o verão inteiro para se refrescar... — Ela suspirou. — O Barrett nos deixa passar duas semanas lá todo verão, pelo menos. Eu sempre dou um jeito de escapar e encontrar minha mãe para um café.

— Por que você tem que *escapar* para ver sua mãe?

— Ela nunca achou que seria sensato se encontrar com o Barrett — disse Sydney, com naturalidade. — Ela é mais escura do que eu... dizia que isso atrapalharia minhas oportunidades.

A mão de Claire se enrolou de novo naquele cabelo preto.

— Sid...

— Shh — Sydney disse, firme. — Shh... — Ela rolou e se apertou contra Claire.

Claire tinha que beijá-la com tanto cuidado; não podia deixar nenhuma marca na pele acetinada de Sydney que seu marido pudesse ver, mas Sydney não tinha essas restrições: ela beijou o pescoço de Claire como se estivesse bebendo até o fundo de uma garrafa de ambrosia. Claire fechou os olhos, arqueando as costas enquanto os lábios de Sydney viajavam pela curva de sua cintura, descendo mais, e mordeu com força a lateral da própria mão para não gritar no final. Gritos de paixão não deveriam vir daquela casa quando o marido estava fora, e Claire sabia exatamente o quanto elas precisavam ser cautelosas. Não era algo de que pudessem se esquecer, mesmo fora de órbita, tontas e se afogando em prazer.

— Me lembre — murmurou Claire, vendo estrelas atrás das próprias pálpebras — de enviar um bilhete de agradecimento para aquele seu internato inglês. O que quer que eles ensinem às meninas, é *muito* superior ao currículo de qualquer escola americana.

Sydney deu aquela sua risada perversa novamente.

— Prenda um monte de garotas adolescentes juntas, e elas vão experimentar!

— Eu sempre fui uma firme defensora do método científico. — Claire rolou e prendeu Sydney na cama com nada mais do que um beijo leve como uma pena em sua garganta. — Minha vez de fazer alguns experimentos...

Por fim, elas desceram à cozinha, Claire de blusa e calcinha, Sydney em um de seus belos robes de cetim lilás que a faziam parecer Ava Gardner.

— Eu cozinharia pra você — disse Claire, com um olhar duvidoso para o fogão brilhante —, porque você precisa se alimentar, sua magrela. Mas não sei cozinhar nada, então...

— Você se senta, eu cozinho. Normalmente é muito difícil eu ter *permissão* para isso, e olha esta cozinha enorme! — Sydney pegou algumas bananas maduras e um pacote de açúcar mascavo, procurou algo sob uma prateleira no fundo e tirou de lá uma garrafa de rum Black Seal.

— Rum das Bermudas de verdade — ela aprovou. — A única coisa para fritar bananas em açúcar mascavo e comer direto da panela. Minha mãe fazia pra mim de sobremesa às vezes. O Barrett diz que é muito *nativo*, e eu disse que não era tão diferente das bananas Foster, que ele não parava de comer em sua viagem para Nova Orleans, e ele não gostou muito de eu dizer isso. — Ela massageou um pouco o maxilar sem pensar. — Eu não me atrevo a comer mais do que um pedacinho, mas vou fazer bastante pra você. Mamãe sempre disse que *só* se faz bananas fritas no rum e açúcar para alguém que a gente ama.

Claire sentiu o estômago revirar. Ela olhou para sua blusa, mexendo no botão que estava se soltando sobre o busto.

— Não precisa — disse, com firmeza, sem levantar os olhos. — Os vizinhos vão ficar intrigados com o cheiro de comida quando você deveria estar deitada na cama! Outro dia, Sid... — E ela começou a falar sobre ir embora, ignorando o pequeno lampejo de mágoa no lindo rosto de Sydney. Ela não tinha nada que se sentir magoada, não por uma tarde com um pouco de diversão ilícita sobre cetim cor de pêssego. Porque era apenas isso.

Feliz Quatro de Julho.

Bananas fritas com rum das Bermudas e açúcar mascavo da Sydney

4 colheres de chá de manteiga sem sal

2 colheres de chá de açúcar mascavo em pacote

4 bananas, descascadas e cortadas ao meio no comprimento

6 colheres de sopa de rum Black Seal das Bermudas

1/8 de colher de chá de pimenta-da-jamaica

1/4 de colher de chá de canela

Uma pitada de pimenta-do-reino moída na hora

Uma pitada de noz-moscada

Sorvete de baunilha

1. Derreta a manteiga em uma frigideira grande em fogo médio, mexendo constantemente até começar a dourar.
2. Polvilhe metade do açúcar sobre as bananas e coloque-as na frigideira, o lado plano para baixo. Aumente o fogo para médio-alto e cozinhe por cerca de 2 minutos, até as bananas amolecerem e uma crosta fina se formar em sua parte inferior. Mova as bananas na frigideira com uma colher de pau para evitar que elas grudem e tenha cuidado para o açúcar não queimar.
3. Remova a frigideira do fogo, salpique as bananas com o restante do açúcar mascavo e despeje o rum por cima. Volte a frigideira para o fogo e continue movimentando gentilmente as bananas enquanto o rum e o açúcar se combinam em um molho, por 1 a 2 minutos.
4. Transfira as bananas para tigelas de servir e coloque 2 colheres de sopa de água, pimenta-da-jamaica, canela, pimenta-do-reino e noz-moscada na frigideira, mexendo bem até o molho engrossar levemente e recobrir o dorso de uma colher. Cubra as bananas fritas nas tigelas com sorvete de baunilha e o molho da frigideira.
5. Coma com seu amor, de preferência na cama, enquanto ouvem "Don't Let the Stars Get in Your Eyes" de Perry Como.

Ninguém sabia que a guerra tinha terminado até Fliss entrar correndo no fim de julho, balançando nas mãos o *Evening Star* do fim da tarde e berrando.

— Acabou, acabou! — gritou, com lágrimas escorrendo por seu rosto pálido e bonito. — Essa merda acabou! — e Claire viu a manchete no jornal que ela jogou na mesa do saguão. "Tiros param na frente coreana; cessar-fogo interrompe 37 meses de guerra."

— Legal. — Claire deu de ombros, não tendo pensado muito no conflito na Coreia durante todos aqueles 37 meses, e continuou examinando sua correspondência. Mas Grace começou a soltar exclamações, descendo do banquinho onde estava pendurando pequenos enfeites de vitral nas janelas para refletir a luz do sol, e Pete (que estava com uma mania de filmes de guerra desde que vira *Inferno número 17*, penteando o cabelo como William Holden e tentando andar com passo de soldado) pegou depressa o jornal e começou a ler.

— "A assinatura da trégua traz uma paz nervosa para a Coreia..." "3.313 ianques serão libertados no acordo de prisioneiros de guerra...".

— Não entendo por que tanto alvoroço. — Arlene se inclinou sobre o ombro dele para ler. — Foi só uma ação policial, não uma guerra real!

— Real o suficiente para aqueles que morreram — protestou Pete. — Escute isto: "Custo da guerra para os EUA: a vida de 22.000 mais 15 bilhões."

— Eu achei que ouviríamos mais movimentação nas ruas com isso. — Grace se inclinou sobre o ombro esquerdo dele para ler, com um enfeite de vidro azul ainda balançando em uma das mãos. — Quando as notícias chegaram em 1945 sobre o fim da guerra na Europa, todos correram para as ruas para comemorar. Gritando, dançando e abraçando completos estranhos. Alguém se importou com esta guerra se não tivesse alguém conhecido nela?

— "Conflito entre EUA e Reino Unido quanto a um assento na ONU para os Vermelhos chineses" — leu Arlene em voz alta, com o rabo de cavalo saltitando. — A questão toda não era eliminar os Vermelhos, e agora estamos falando de admiti-los na ONU?

— Quem *liga*? — Fliss explodiu em um grito totalmente não Fliss. — *O Dan vem pra casa!* — Ela começou a soluçar, pegando Angela no colo e chorando em seu vestidinho de babados. — Seu papai está voltando pra casa! Sim, ele está…

— Pois muito bem — disse Grace, rindo enquanto dava um abraço em Fliss —, hoje pode não ser quinta-feira, mas isso pede uma festa.

— Eu cozinho! — Arlene se ofereceu depressa. — Vou fazer minha famosa Torta da Vitória que fiz para o Dia V-J!

Na verdade, foi tudo culpa da Torta da Vitória, Claire refletiu mais tarde. As bebidas tendiam a fluir nas festas no quarto de Grace, mas geralmente todos permaneciam pelo menos *um pouco* na vertical. Mas, quando Arlene passou fatias generosas da Torta da Vitória nos pratos lascados de Grace — "Minha massa de torta folhada do Texas, recheada com salada de frango misturada com queijo ralado, abacaxi triturado e lascas de amêndoas, coberta com maionese e chantili, decorada com rodelas de cenoura!" — todos recorreram ao chá de sol com gim e simplesmente não pararam mais.

— Eeeeei, olha icho. — Bea estava definitivamente falando arrastado enquanto pegava o jornal amassado que tinha sido passado de mão em mão, e em que àquela altura já haviam sentado em cima, derramado chá e usado como guardanapo. Estava escuro lá fora. Seriam oito, nove horas? A impressão era de ser meia-noite. — "O presidente Eisenhower vai comparecer a um jogo beneficente em prol da Cruz Vermelhaaaaa." — Ela leu. — Entre Washington e Boston! Deverá ser a primeira vez que o rebatedor Ted Williams de Boston aparecerá no uniforme do Red Sox desde seu retorno do serviço como piloto de caça na Coreia! — Bea caiu de costas no tapete trançado de Grace. — Ted Williams de volta ao campo! Já posso morrer.

— *Chega* desse papo de beisebol — resmungou Arlene, enquanto Claire dizia "Você está bêbada" e tirava a jarra de chá de sol de perto de Bea para se servir de outra dose. Estava caindo como uma bala de canhão em seu estômago vazio, mas e daí? As secretárias do gabinete da senadora Smith não iam nem notar se ela estivesse de ressaca no dia seguinte. Aquelas solteironas provavelmente nunca tinham bebido na vida.

— Todas nós estamos bêbadas — declarou Grace. Mas sem falar muito arrastado, Claire pensou. Bem arrumada como sempre, acomodada no assento da janela com seu gato no colo, olhando para o resto do Clube Briar que se esparramava em um círculo preguiçoso pela cama, pelo chão e pelas cadeiras ou com as costas apoiadas nas paredes.

— Se nós estamos *bêbadas*, isso quer dizer que é hora de um *jogo* — afirmou Arlene, com o rosto rosado e os olhos brilhantes. Ela andava cada vez mais entusiasmada com a ideia de *todos aqueles soldados voltando da Coreia*, homens de uniforme ansiosos para construir uma família com a mulher de seus sonhos. — Chama-se Tabu, e eu brincava disso com minhas amigas quando era mais nova. Qual foi a coisa mais *chocante* que você já fez? Sem mentir!

— Eu não vou ser a primeira — disse Claire, porque esse tipo de jogo parecia uma armadilha. Pegar os podres das pessoas para usá-los depois. Mas Reka já tinha se virado da trepadeira da parede onde estava desenhando uma flor laranja-magenta um pouco torta e grunhiu:

— Roubo. Roubo descarado e despudorado. — E ela deu um sorriso de bruxa, as pontas retas e grisalhas de seu cabelo curto balançando.

— Olhe só pra você, Átila — comentou Grace, acariciando o gato ruivo. — Roubar dos ricos para alimentar os pobres, que nem Robin Hood?

— Não exatamente — respondeu Reka, e se virou outra vez para a parede.

— Detalhes — implorou Fliss, mas Reka agitou a mão.

— Nós dissemos que íamos contar, não que íamos contar tudo! Eu já fiz o meu, agora é a vez de outra pessoa.

— Eu digo pra minha mãe que leio os versículos da Bíblia que ela manda — Bea falou, com um soluço. — Mas nunca leio nada além da página de esportes.

— Isso não é exatamente chocante, Bea. — Nora riu.

— Tá bom, e você, srta. Arquivos Nacionais?

Nora ajeitou de lado suas longas pernas calçadas de meias, como uma dama, com as mãos cruzadas recatadamente no colo.

— Estou apaixonada por um criminoso profissional, e já acabou há séculos, mas não consigo esquecer — disse ela, e soltou um soluço.

O Clube Briar pulou sobre ela.

— Aquelas flores…

— O dogue alemão…

— Nora, que caixinha de surpresas você é…

— É *só* isso que vou dizer — declarou Nora, e tomou o restante do seu chá de sol. — Meu Jesus Cristinho, como estou tonta… — E desabou para o lado, apoiando a cabeça no ombro de Pete.

Pete parou brevemente de tentar parecer William Holden e pareceu apenas empolgado. Ele sorriu quando todos começaram a gritar *Sua vez, sua vez* e passou a mão pelo cabelo.

— Enfiei o Chipped Beef De Luxe da minha mãe no fundo da lata de lixo e falei pra ela que nós tínhamos comido. Olhei bem nos olhos dela e menti na cara dura.

— Fez muito bem, Pete Martelo. Somos cidadãos da terra da liberdade e, como tal, não somos obrigados a comer Chipped Beef De Luxe — disse Grace. — Fliss?

— Às vezes eu olho para a Angela e só me sinto cansada. — Fliss suspirou. — Só isso, *cansada*. Não está acontecendo mais com tanta frequência, mas ainda acontece…

As confissões estavam correndo soltas àquela altura, Claire observou, recostando-se no estreito sofá-cama de Grace com os tornozelos cruzados. Algo no escuro aveludado do lado de fora da janela, o gim, os estômagos vazios, as faces coradas e o fim de uma guerra fazia com que todos desejassem se sentir mais próximos. Ela tomou o último gole de seu chá de sol.

— Minha cidade natal no Texas foi invadida por um exército comunista — falou Arlene. — E eu transei com o inimigo.

Todos olharam pra ela.

— Acho que você já bebeu o suficiente desse gim — disse Grace, movendo-se para pegar o copo de Arlene.

— Estou falando sério! Foi uma simulação de guerra feita na minha cidade. "Manobras do Exército e da Força Aérea dos EUA para simular como frustrar uma invasão e se recuperar de um ataque" — disse Arlene, claramente citando de algum lugar. — Soldados saltaram de paraquedas, fazendo o papel dos comunistas invasores. Outra força chegou e nos "libertou" dezoito dias depois, mas, por mais de duas semanas, foi como viver em *Moscou* ou algo assim.

— Não acredito que tenha acontecido uma coisa assim tão idiota — protestou Bea.

— Aconteceu! Toque de recolher imposto na cidade, igrejas fechadas, filmes de propaganda exibidos no cinema local, postos de controle armados. A gente ia para casa à noite e via as armas dos tanques aparecendo no meio dos arbustos...

— E as pessoas só deixaram acontecer? Elas não encenaram uma revolta? — Pete se surpreendeu, claramente imaginando a si mesmo/William Holden tomando de volta a cidade dos Vermelhos invasores.

— Está brincando? Foi a coisa mais empolgante que aconteceu em Lampasas em anos. — Arlene ajustou a faixa em seu rabo de cavalo cacheado. — Uma cidade como aquela, a gente cresce conhecendo todos os homens de cada rancho em um raio de 150 quilômetros e, de repente, há milhares de homens novos na cidade, garotos do Exército bonitos fingindo ter sotaque russo. Todas as garotas do colégio requebravam pra cá e pra lá levando tortas para os soldados...

— Simulações de guerra... — Reka cuspiu as palavras como se fossem um xingamento. — *Szar.* Esses generais e coronéis precisam de umas mulheres mais velhas nessas reuniões para ter alguém que diga: "Essa é a ideia mais idiota deste mundo todo."

— Não foi idiota! Foi uma *simulação.* Eu não preciso imaginar como seria se os Ivans invadissem. — Arlene olhou em volta. — Porque eu sei.

— Meu docinho — disse Grace —, se os Ivans um dia tomarem Lampasas, no Texas, acredite em mim: você não vai ficar levando tortas para os invasores.

— Não sei, talvez ela levasse. — Claire sorriu, sentindo-se cruel. — Você começou essa história dizendo *Eu transei com o inimigo.* Qual Ivan entrou na sua calcinha, Arlene?

— Eu fiz sexo com um paraquedista que chegou como membro das forças invasoras. Todas as garotas estavam fazendo isso. Soldados recebem pensões; se você se casar com um deles, é uma passagem só de ida para fora desse fim de mundo. Então eu transei com ele. — Havia um brilho sinistro nos olhos de Arlene, e o Texas estava vazando fortemente em suas vogais, não o sotaque meloso de beldade sulista que ela usava sempre que havia homens bonitos por perto, mas um sotaque plano, duro, de zona rural. — Dezoito dias depois, ele vai embora quando a cidade é libertada, sem nem olhar para trás. Então eu me mudei pra cá e agora faço todos os homens com quem saio acreditarem que sou virgem. Bem feito pra eles.

— Que coisa é essa que os homens têm com virgindade? — Grace se perguntou. — Virgindade é tão supervalorizada…

Claire se levantou para devolver o copo à área da cozinha. Grace tinha deixado um batom na beirada da mesa, Revlon Certainly Red. Claire o colocou no bolso e voltou para a pequena sala de estar. Aparentemente, todos já haviam deixado pra trás a história de Arlene sobre as invasões russas em sua cidade natal.

— …sua vez, Grace! — insistia Bea, balançando seu copo de chá de sol com gim, que respingou na cama. — Qual foi a coisa mais chocante que você já fez?

Claire se apoiou na porta, cruzando os braços sobre os seios.

— É, conta pra nós.

Grace afagou seu gato ruivo das orelhas ao rabo; ele se arqueou e ronronou em sua mão.

— Ataque e agressão? — disse ela, como se nada fosse. — Ou... ah, não sei... canibalismo é mais chocante? Ou o fato de que roubei a receita de torta de cereja da minha vizinha em Iowa e nunca contei a ela...

Isso produziu uma grande risada. Claro que sim, Claire pensou, conhecendo todos os truques que alguém poderia usar para escapar de perguntas que não tinha intenção de responder. Primeiro desorientar, depois fazer uma piada, depois redirecionar a pergunta para outra pessoa. Então, ela não ficou surpresa quando Grace disse:

— Agora vamos ouvir a sua, Claire.

A coisa mais chocante que eu já fiz?, ela pensou, os braços ainda cruzados. O fato de que ela posava para fotos pornográficas, roubava tudo que não estivesse fixado em algum lugar, ou rolava nua na cama com uma mulher casada? O fato de que trocou seu corpo aos 16 anos por um jantar com bife e um lugar para passar a noite, e que essa não foi a única vez? O fato de que não havia realmente *nada* que ela não faria para não ter que voltar para onde estava aos 16 anos?

Fechou com força aquela caixa de memórias antes que elas pudessem sair. Mesmo assim, um ou dois tentáculos deslizaram sob a tampa, valsando pela superfície de suas lembranças com um silvo seco.

— Eu nunca vou me casar com Sid — disse ela, por fim. — Mas isso não significa que não nos encontramos sempre que podemos para dançar um tango na horizontal.

A melhor maneira de responder a uma pergunta que não se queria responder, ainda melhor do que a rotina de desorientação-piada-redirecionamento de Grace? Responder com o máximo de verdade possível, mas deixar de fora os detalhes importantes. Todos insistiram para ver a foto de Sid, então ela a mostrou; tinha tirado de uma pequena moldura de prata que roubara de uma loja de antiguidades; penhorou a moldura, mas ficou com a foto porque, quando se gostava de sair com mulheres, era bom ter a foto de um homem na carteira para evitar suspeitas.

Depois disso, o relógio bateu dez horas e todas começaram a resmungar sobre a ressaca que teriam no dia seguinte e se dirigiram à escada. Pete quase teve que carregar Nora para o quarto dela ao lado.

— Você poderia trazer esses copos para mim, por favor? — pediu Grace sorrindo, enquanto limpava a bagunça de sua sala de estar. — Obrigada, Claire... Você está bem? Estava com uma expressão estranha quando o jogo chegou em você.

— Perfeitamente bem. — Claire deixou os copos sobre o balcão improvisado enquanto Pete voltava para dar um boa-noite sonolento e ia embora na ponta dos pés, o último dos convidados a sair. — Juro por Deus.

— Humm. Tem certeza?

— Ah, Grace. — Claire ergueu as sobrancelhas. — Pare de sondar. Eu sei que todo mundo nesta casa já chorou no seu ombro e contou todos os segredos, mas eu não vou fazer isso. Não deixei passar despercebido que todos contam tudo pra você, mas você nunca conta nada pra ninguém. Eu admiro isso, na verdade. — Levantando seu copo vazio em um brinde. — Mas você não me engana.

Grace sorriu, nem um pouco desconcertada. O gato ruivo veio passando pelo tapete e ela o pegou e o aconchegou sob seu queixo, onde ele ronronou como uma estola de pele viva.

— Boa noite então, Claire.

Claire calçou suas sapatilhas e se dirigiu à porta.

— Ah, a propósito — Grace chamou. — Você se importaria de deixar aquele batom em cima do móvel? Certainly Red é minha melhor cor.

Claire deu de ombros.

— A minha também. — Então, enfiou a mão no bolso, largou o batom sobre o móvel e desceu a escada.

— ONDE É O INCÊNDIO? — CLAIRE CHEGOU À CASE'S SANDWICH SHOP na Rua F, ofegante. — Tive que vir andando do Edifício Hoover.

— O que você está fazendo lá? O Congresso está em recesso. — Sydney levantou os olhos em seu banco na cabine mais próxima da porta, tomando uma root beer num copo alto, fria como sorvete de morango em um terninho de linho rosa-claro e chapéu de palhinha branco de verão. — Não me diga que sua senadora está mantendo você na correria em agosto?

— Ela está no Maine, então estou fazendo um extra no grupo de estenografia do Departamento de Comércio este mês. — Claire deslizou para o banco em frente, fazendo uma ligeira careta diante dos olhares que elas estavam recebendo. Sydney com suas pérolas, luvas imaculadas, uma pilha de sacolas de compras da Jelleff's e da Peck & Peck já se destacava nessa multidão de office boys suados e secretárias na hora do almoço pegando seus hambúrgueres de 1,15 dólar no balcão. Quando se estava tendo um caso, principalmente um caso com uma mulher, mais ainda uma mulher com um marido explosivo, não era bom chamar atenção.

— O que foi? Seu marido… — Claire procurou hematomas no rosto da amante. Sydney sempre descartava qualquer pergunta sobre esse tipo de coisa; dizia que não era tão ruim assim, mas…

— Não é nada disso. Tenho uma coisa pra você, só isso. — Procurando nas suas sacolas de compras. — Quer pedir um hambúrguer? Você pode muito bem pedir um enquanto eu fico olhando com tristeza.

— Tenho que voltar em dez minutos, Sid. Não tenho tempo para um hambúrguer. — Claire roubou um gole da root beer de Sydney. — Tenho uns seis meses de digitação pendente para fazer para o sr. Morrow. Ele é o consultor negro do Departamento de Comércio e nenhuma das outras secretárias quer trabalhar pra ele.

O rosto de Sydney amoleceu.

— Mas você quer.

É mais porque eu quero o dinheiro do que por estar em alguma cruzada, pensou Claire. Aquela expressão nos olhos de Sydney a deixou um pouco envergonhada e um pouco gananciosa, sabendo que não merecia, mas ainda assim querendo mais.

— Você disse que tinha algo pra mim? — perguntou, cortando o assunto.

Sydney empurrou uma sacola sobre a mesa.

— Feliz Natal.

— Estamos em *agosto.*

— Deixe de ser chata!

Claire olhou para a etiqueta na sacola.

— Jelleff's? Um pouco fora do meu mundo. Não é onde todas as primeiras-damas compram?

— Quer calar a boca e abrir?

Claire afastou o papel de seda e espiou discretamente. Malha de náilon vermelho-vivo, botões decorativos brancos…

— Um maiô?

— Um duas-peças Claire McCardell. — Os olhos de Sydney cintilavam. — Você vai ficar um maravilhoso morango maduro.

Claire pensou em seu velho e laceado maiô azul-marinho de lastex. Quando fora a última vez que havia tirado um dia de folga daquela repetição contínua em sua cabeça, a repetição de *dinheiro dinheiro dinheiro*, para ir nadar?

— Bem — disse ela por fim, colocando o papel de seda de volta em cima de todo aquele tecido vermelho maliciosamente franzido. — Obrigada.

— Pensei que talvez nós pudéssemos ir para North Beach em Maryland neste fim de semana quando meu marido levar o Bear para uma viagem de caça. — Sydney não estendeu a mão sobre a mesa para pegar a mão dela, mas sua mão na luva branca se moveu um centímetro para mais perto. — É só uma hora de carro, e poderíamos ter um dia inteiro. A praia, um piquenique, sair para algum lugar pelo menos uma vez. Eu sei o que você está pensando, não seria seguro — disse ela, a voz diminuindo abaixo do burburinho da hora do almoço na lanchonete. — Mas duas amigas juntas na praia, as pessoas não suspeitam disso. Se tomarmos cuidado…

— Mas para quê? — questionou Claire, rápida e incisiva, antes que pudesse pensar duas vezes. — Nós não somos amigas que vão à praia. Somos amigas que… — *Fodem*, ela completou com um movimento silencioso dos lábios. — Nós só precisamos ir a algum lugar para ficar sozinhas e matar a vontade, só isso.

Ela não parou para ver a expressão no rosto de Sydney. Já podia imaginar, portanto não precisava ver, portanto não olhou. Pegou sua bolsa, pegou a sacola da Jelleff's, murmurou "Obrigada pelo maiô…" e saiu da lanchonete o mais rápido possível.

Você tem feito muito isso ultimamente, não tem? A voz na cabeça de Claire soou desconfortavelmente como a de Grace.

MACOMB STREET, 3.900, UMA CASA CLÁSSICA DE TIJOLOS DE QUATRO quartos entre a Wisconsin e a Massachusetts. *Aberta hoje, das 12h ao anoitecer!*, dizia o anúncio no jornal de sábado, então Claire apareceu por lá um pouco antes do crepúsculo. O corretor se mostrou desconfiado de mostrar a casa para uma mulher sozinha, mas Claire exibiu a aliança de casamento barata que punha no dedo sempre que achava conveniente se passar por casada e comentou algo sobre seu marido ter sido chamado ao escritório, os homens não eram simplesmente *horríveis* por trabalhar no fim de semana? Mas ele lhe pediu que fosse dar uma olhada no lugar mesmo assim, ver se era o que estavam procurando...

— Um bairro maravilhoso — disse o corretor, acompanhando-a para dentro. — Varanda de ardósia cinza, quintal cercado para churrascos no verão. Lugar perfeito para criar os filhos! — Mas ele logo saiu apressado para atender o outro casal que já estava examinando a sala de jantar e deixou Claire sozinha, que era como ela gostava quando ia a uma casa em exposição. Olhar tudo, planejar como sua casa dos sonhos seria um dia.

Bem, não sua casa dos sonhos. Sua casa dos sonhos, se dinheiro não fosse um problema, provavelmente seria como o palácio à beira-mar de Sydney nas Bermudas: uma casa verde-clara como um bolo de casamento, um cais levando a um deslumbrante oceano turquesa e um telhado branco subindo em direção ao céu, uma mulher de biquíni acenando no cais... Mas Claire era realista; não teria uma casa de praia nas Bermudas (e nem todo o resto). Uma de três quartos com uma cerquinha branca, no entanto? Sim. Então, ela gostava de ir a casas em exposição e mobiliá-las mentalmente: *sim* para aquele elegante aparador com frente de vidro; ela teria um igual a esse; *não* para aquelas cortinas pesadas de veludo, ela teria cortinas transparentes que deixassem entrar toda a luz do sol...

Esse lugar era bonito. A casa de um homem solteiro, dava pra perceber: aquele bar de nogueira, a saleta com suas poltronas de couro fundas, a ausência de vasos ou toques decorativos. Quartos grandes e quadrados; janelas amplas; molduras de teto... Juntar dinheiro para comprar uma casa desde os 16 anos fazia de alguém uma especialista em coisas como molduras de teto. Claire entrou na cozinha, esperando ver um daqueles novos fogões General Electric.

Quem quer que fosse o solteiro dono da casa, claramente não cozinhava muito. Aquele era o domínio de alguma governanta diária, das cortinas com estampas de cerejas aos potes decorativos de farinha e açúcar. Claire pensou se conseguiria enfiar o menor deles em sua bolsa grande... E então viu o descanso de panela de ferro na bancada e ficou dura como uma pedra.

Não é o da mamãe, ela tentou dizer a si mesma. *Não é o da mamãe.* Mas parecia exatamente o da mamãe, um descanso de panela de ferro fundido na forma da bandeira americana ondulando ao vento. Claire podia ver sua mãe erguendo uma panela fumegante do fogão e colocando-a sobre o descanso de panela para que o óleo não esquentasse demais antes que ela terminasse de ralar as batatas para o *placki ziemniaczane.* Sua mãe sempre foi impaciente; ela esquentava o óleo cedo demais, depois ficava resmungando sobre como era demorado ralar as batatas, e nisso ela quase sempre acabava ralando uma ou duas pontas de dedos e gritando: *Michael, não me importa o quanto você gosta delas, eu nunca mais vou fazer panquecas de batata!* E papai vinha com Band-aid para as pontas dos dedos esfolados dela e a fazia se sentar com um gim-tônica enquanto ele placidamente terminava de ralar as batatas e as prensava em bolinhos para o óleo quente...

E então o descanso de ferro ia para o meio da mesa de jantar, e a bandeira protegeria a toalha da bandeja quente de panquecas de batata enquanto todos se serviam. Conversando, os três, sobre o seu dia.

Claire saiu cambaleando da cozinha, para longe daquele horrível descanso em forma de bandeira (sua mãe se recusava a deixá-lo; insistia em carregá-lo de pensão em pensão, de quarto alugado em quarto alugado, era como se ela se recusasse a admitir que nunca mais teriam uma cozinha para fazer panquecas de batata). Para o quintal, respirando ofegante o ar da noite e o cheiro da fileira de árvores perenes junto à cerca. Claire não estava sentindo o cheiro de óleo de cozinha e batatas fritando; ela *não estava*.

Um focinho frio se pressionou contra sua mão e ela gritou. Um grande cachorro escuro, orelhas em pé, rabo abanando, quase do tamanho de um pônei...

— Duke? — disse, sem nem pensar. Era exatamente como aquele cachorro que Nora teve por um tempo, o grande e amistoso dogue alemão. Por um ano inteiro, o Clube Briar usou suas longas costas como apoio para os pés no quarto de Grace.

— Quieto, Duke. — Uma brasa de cigarro brilhou nas sombras sob as árvores perenes e um homem se aproximou, estalando os dedos. O cachorro saltou obediente de volta para o seu lado. — Você está bem? — perguntou ele a Claire.

Ela percebeu que seu rosto estava molhado e o esfregou furiosamente.

— Estou, eu… sim. Esta casa é sua?

— Cheguei em casa mais cedo. Estou esperando os últimos possíveis compradores saírem. — Ele era forte, cabelo escuro, observador, mangas arregaçadas e paletó jogado sobre um ombro. — Você conhece o Duke?

— Ele esteve com minha colega de casa por um tempo. Você deve ser o dono que estava fora do país? É por isso que está vendendo a casa? — Se Claire tivesse uma casa como aquela, nunca se desfaria dela.

— De certa forma. Algumas lembranças ruins aqui. Virando uma nova página. — Ele a olhou como se estivesse consultando um arquivo mental. — Você é uma das moças da Briarwood.

— Nós nos conhecemos? — Claire estava começando a se arrepender de ter ido ver a casa. Primeiro, objetos de cozinha trazendo memórias indesejadas, agora, homens intrometidos.

— Não. Eu sei quem são as vizinhas de Nora, só isso.

Claire de repente se lembrou daquele jogo de Tabu no quarto de Grace, Nora muito bêbada de chá de sol com gim: *Estou apaixonada por um criminoso profissional, e já acabou há séculos, mas não consigo esquecer.*

— Tenho que ir — disse Claire, tomando a direção do terraço.

— Cabelo ruivo — disse ele, assentindo enquanto acabava de folhear aquele arquivo mental. — Claire Hallett. Eu lembro porque você era a única que usava um nome falso.

Claire congelou. Duke se aproximou e pressionou o focinho em sua mão outra vez.

O homem de cabelo escuro parecia... contrariado? Impaciente? Difícil dizer; ele tinha um daqueles rostos morenos imóveis.

— Olha, não estou tentando te assustar. Eu fico de olho na Nora. Ela tem uma daquelas famílias problemáticas, por isso fico atento a quem entra e sai de perto dela, se alguém é uma ameaça. Ela não me quer por perto, então não apareço, mas faço o que posso para mantê-la segura. Seu nome acendeu uma luz vermelha porque não é seu nome real, mas não dou a mínima para o motivo de você tê-lo mudado, está bem? Desde que não pretenda fazer mal a Nora.

— Eu não pretendo — Claire conseguiu dizer.

— Ótimo. — Ele jogou fora a ponta do cigarro com um piparote. — Então, podemos ser amigos.

— Não sei se quero isso, mas definitivamente não quero ser sua inimiga.

Ele riu, acendendo outro cigarro. *Sr. X*, Claire pensou. Aquele que enviava flores para Nora com um cartão.

— Faz tempo que não tenho uma conversa como esta. Qual é seu nome verdadeiro?

— Clara — Claire se ouviu dizendo. — Clara Halecki.

Os Halecki têm sorte. O pai de Claire lhe disse quando ela era pequena. *Meu avô nunca teve uma casa própria na Cracóvia, e olhe para nós agora!* Indicando com um gesto as paredes em volta deles, a casinha asseada nos subúrbios de Annapolis. *É um grande país, Clara. O maior do mundo, porque, se você trabalhar duro aqui, sempre terá sorte.* Ele acreditava na sorte, e a pequena Clara também. Por que ela não acreditaria? Tinha um pai contador que estava sempre cantando junto aos seus livros contábeis, qualquer coisa desde Cole Porter até as antigas canções de ninar polonesas de sua avó, e uma mãe amorosa que escovava os cachos de Claire todas as noites e lhe dizia que seu cabelo ruivo era o mais bonito, por isso não dê ouvidos ao que as pessoas dizem sobre loiras. *Claro* que Clara Halecki acreditava na sorte. Ela era a menina mais sortuda do mundo, vivendo no melhor país do planeta.

Até 1929, quando tudo desmoronou, quando o país inteiro *quebrou*. Quando todos de repente tiveram que apertar os cintos, quando a firma de contabilidade teve que reduzir o quadro de funcionários, e seu pai chegou em casa no meio do dia com sua pasta, parecendo repentinamente velho.

Não faz mal, a Clara de 9 anos se lembrava de ouvi-lo dizendo à sua mãe, tentando não a deixar preocupada. *Logo vou encontrar outra coisa, não se preocupe. Vivemos na terra da oportunidade, lembre-se!*

— Você está bem? — O sr. X olhava para Claire; ela percebeu que tinha os olhos marejados outra vez.

— O descanso de panela na sua cozinha. — Ela olhou para o céu para que as lágrimas não transbordassem de suas pálpebras. Quase escuro, vagalumes começando a dançar pelo gramado em faíscas brilhantes. — É exatamente como o da minha mãe.

Querida mamãe, tão orgulhosa da casa. Tão feliz de cuidar da casa, porque ela *amava* aquela casa: o jardim com as roseiras, as cortinas sempre bem passadas nas janelas da cozinha, o aparador imaculado com a prataria de sua avó. A prataria foi uma das primeiras coisas penhoradas quando as contas se acumularam e o pai de Clara não encontrou um novo emprego tão rápido quanto imaginava. A prataria da família, depois a porcelana boa, depois o Packard reluzente que seu pai lavava todas as tardes de domingo com tanto orgulho... *Não se preocupe, Clara. Algo vai aparecer a qualquer momento.*

Mas não apareceu, não a tempo de salvar a casa. A casa que Clara achava que era *deles*, mas, de alguma forma, não era, de alguma forma ela era do banco. E então a mamãe estava chorando enquanto embrulhava o descanso de panela de ferro e alguns itens de cozinha essenciais, porque os quartos alugados para onde estavam se mudando não acomodariam nem metade de suas coisas, e as mulheres que tinham sido amigas de sua mãe percorreram a casa na venda dos bens como se nunca tivessem vindo fofocar em sua cozinha e dizer que ela fazia o melhor bolo de limão da cidade. *Vou levar estes castiçais*, disse a mulher da casa ao lado, enquanto Clara ficava ali parada com a raiva crescendo tão vermelha quanto seu cabelo, vendo-as esvaziar sua casa.

— Eu comecei a adotar o nome *Hallett* quando fui trabalhar — Claire se ouviu dizendo em voz alta, afagando a cabeça do dogue alemão. —

Para nunca ser preterida por ter um nome de polaca suja. — Ninguém os chamava de polacos sujos quando eles tinham prata no aparador, mas, quando se estava na fila do pão, os nomes apareciam. *Nenhuma filha minha terá que deixar a escola para trabalhar*, dissera seu pai, mas Claire estava varrendo cinemas por trocados aos 12 anos, e foi então que o cabelo ruivo dele começou a ficar grisalho. De cinemas a escritórios aos 13 anos; não era legalmente permitido, mas ela já tinha peitos e bunda e podia passar por 15, e portanto as pessoas fechavam os olhos e fingiam que ela tinha 16 se com isso pudessem lhe pagar menos. Ela trabalhava como balconista em lojas, estocava prateleiras, fazia qualquer coisa que trouxesse um pouco de dinheiro pra casa, mesmo que isso significasse ser apalpada pelo gerente. E ainda não era o suficiente, o maldito país inteiro se arrastando com fome e frio, a pequena família de Clara se arrastando junto. Arrastando-se de pensão para quarto alugado, cada um mais pobre que o anterior. *Nossa sorte está para mudar*, dizia o pai. *Esta ainda é a terra da oportunidade!* Só que agora Clara e a mãe viravam o rosto quando ouviam isso.

— Você quer o descanso de panela? — perguntou o sr. X. — Pode ficar com ele, se quiser. Eu nem sei o que é um descanso de panela.

— Não, obrigada. — A mãe de Claire o havia colocado no bolso grande de seu sobretudo quando Clara tinha 15 anos, enchido o outro bolso com pedras e pulado de uma ponte. Claire se perguntou por que ela se deu ao trabalho de pôr pesos nos bolsos: estava tão magra àquela altura, tão exausta, que teria deslizado inerte para baixo d'água sem opor resistência. *Vocês vão se virar melhor sem mim*, foi o único bilhete que ela deixou para Clara e o marido, na cozinha alugada do tamanho de um armário que cheirava a gordura, onde eles tinham que espantar ratos da despensa.

Seu pai se foi um ano depois, no Quatro de Julho. Acidente no porto, porque o único emprego que ele conseguiu nos Estados Unidos de Hoover — seu pai gentil e educado, com diploma universitário, certificado de contador e os sapatos lustrados com carinho — foi como faxineiro de um escritório no cais, trabalhando até mesmo em um feriado federal, e um engradado suspenso se soltou e o esmagou. O homem que acreditava que eles viviam na terra da oportunidade morreu no Quatro de Julho.

E Clara Halecki enterrou o pai em uma cova de indigente, tirou suas coisas do quarto alugado porque ia ser despejada em dois dias e foi até o gerente de 35 anos da loja em que trabalhava e lhe disse que foderia com ele por um jantar com bife e um lugar para dormir. E, assim que ele começou a roncar, ela roubou sua carteira, seu relógio, um peso de papel de prata de sua mesa e todas as colheres de prata da gaveta de talheres e partiu para Washington, D.C., onde se apresentou como Claire Hallett. Claire Hallett, que faria qualquer coisa, roubaria qualquer coisa, transaria com qualquer coisa se isso significasse comida no armário e dinheiro na mão. Claire Hallett, que sabia que *não* estava vivendo na terra da oportunidade, que sabia que o amor era para otários, que a sorte era uma ilusão e que nada na Terra importava a não ser segurança.

Claire Hallett, que um dia teria uma casa, uma casa como aquela, sólida e com cerquinhas brancas, como a de sua mãe, só que ela a compraria à vista para que ninguém nunca, *jamais,* pudesse tirá-la. E estava quase lá! Quase vinte anos juntando dinheiro, e estava quase lá: oito mil dólares, o número mágico.

Se não jogasse tudo fora, ficando sentimental com coisas que não importavam. Amigas que lhe serviam copos de chá de sol. Mulheres de cabelo escuro com olhos feridos.

— Diga para Nora que eu mandei um oi — pediu o sr. X, vendo Claire abotoar seu sobretudo.

— Não — disse Claire —, acho que não. — E foi embora com os olhos secos, o rosto como pedra.

— Ei, srta. Claire! O sr. Huckstop disse que tirou uma foto sua recentemente.

Claire parou de descer a escada no mesmo instante e olhou para Pete no patamar acima.

— O que ele disse? — Aquilo que a preocupara, que alguém pudesse reconhecê-la naquelas fotos sem roupa. Huckstop jurou que não vendia para pessoas da vizinhança...

Mas Pete não estava olhando para o chão ou enrubescido, como certamente estaria se a tivesse visto com os peitos de fora montada numa falsa ogiva.

— Eu fui pegar umas fotos para a sra. Fliss, as mais recentes da Angela, e o sr. Huckstop perguntou se eu já tinha pensado em fazer umas fotos minhas. *Eu teria bom uso para algumas fotos de um rapazinho*, ele disse, e me pediu para passar lá qualquer noite dessas. Ele disse que você às vezes ia, para tirar uma foto para o seu namorado?

O rosto sardento de Pete estava reluzindo de sinceridade, daquele jeito que fazia o estômago de Claire se contorcer de culpa. Ele tinha quantos anos, 16? Jovem demais para lidar com um fotógrafo com negócios clandestinos e sem muitos escrúpulos.

— Pete...

— Ele disse que eu poderia ganhar algum dinheiro — prosseguiu Pete, parecendo um pouco intrigado.

— Olha só, Pete — começou Claire, sentindo-se desconfortável, mas a sra. Nilsson chamou do quintal e ele saiu correndo antes que ela pudesse terminar seu alerta, e então a voz de Lina soou.

— Correio, srta. Claire. E você poderia experimentar um destes? — disse Lina, levantando uma enorme bandeja de brownies.

Claire se preparou enquanto selecionava um; Lina tinha melhorado muito, mas um de seus brownies duros como telhas quebrara uma coroa dela no ano anterior, e isso consumiu parte de suas economias. Mas estava inesperadamente delicioso: grandes pedaços de chocolate, e aquilo eram cerejas secas?

— Muito bom, Lina.

— Eu quero entrar na divisão júnior do Pillsbury Bake-Off — Lina contou. — Será que isto serviria? Os melhores doceiros do país entram, e é preciso ter *pelo menos* 12 anos para se qualificar para a divisão júnior, mas eu vou ter 12 no ano que vem...

Claire olhou com ar de dúvida para Lina: ainda parecendo 10 anos no máximo, uma criança não muito atraente com seus olhos ligeiramente vesgos e uma expressão de *por-favor-goste-de-mim*. Mas todo o Clube

Briar tinha assumido a missão de incentivar Lina sempre que possível, então Claire disse:

— Claro que você pode, garota. — E roubou outro brownie antes de ir pegar sua correspondência na mesa do saguão. Deu uma espiada nos folhetos de propaganda e estava começando a subir a escada outra vez quando a campainha da porta da frente tocou.

— Poderia atender, srta. Claire? — a voz de Lina veio da cozinha. — Estou com massa até os cotovelos...

Claire deu de ombros e foi abrir a porta. Uma noite quente de sábado em setembro; quem estaria ali àquela hora? Mas sua boca secou completamente quando percebeu quem era.

— *Sid?*

Não parecia nada com a sua Sid. Essa mulher encolhida com os braços em volta do corpo, caída contra o batente da porta, sem bolsa, sem luvas, sem chapéu. Os nós dos dedos machucados e arranhados. O cabelo caindo sobre o rosto sem esconder o fato de que ambos os olhos estavam roxos.

O que ele fez?, Claire pensou em horror total. *O que ele fez?*

— Oi, Morango — Sydney falou arrastado, levantando a cabeça com esforço. Tinha marcas de dedos em volta do longo, longo pescoço, acima da gola rasgada da blusa, Claire viu no momento horrorizado e infinito antes que aquele corpo alto e magro colidisse com o seu, enquanto Sydney sussurrava: *Socorro.*

— ELE ME CONTOU COMO GANHOU SUA ESTRELA DE BRONZE. — SYDNEY ficava repetindo isso, sem parar, enquanto Claire a levou para o terceiro andar sem que a velha Nilsson visse, a colocou na cama, tirou seu casaco e a blusa. — Ele me contou como ganhou sua Estrela de Bronze...

Claire olhou para as costelas de Sydney, totalmente perplexa. Tinha pensado meio atordoada em bolsas de gelo e uma bebida calmante, mas isso...

— Eu já volto — murmurou, o coração palpitando na garganta, apertando as mãos frias de Sydney. — Não saia daqui, querida. Por favor, promete que não vai sair daqui?

— Ele me contou como ganhou sua Estrela de Bronze — sussurrou Sydney, o olhar fixo no tapete. Claire interpretou isso como um sim, saiu correndo e desceu a escada até o quarto de Fliss. Ela era enfermeira, ela saberia o que fazer... mas ninguém atendeu suas batidas frenéticas. Droga, se Fliss estivesse no parque, ela poderia passar horas com Angela correndo em volta do lago... Claire hesitou apenas um instante antes de correr direto para o último andar.

— Grace — falou, ofegante, quando a porta se abriu —, preciso de ajuda.

Por que Grace?, Claire se perguntou, tardiamente. Seria porque Grace dava a impressão, apesar do sorriso, dos cachos e da trepadeira de flores, de ser mais decidida do que qualquer outra ali? Se não se podia ter uma enfermeira treinada em uma emergência, o que se queria era alguém decidida. Alguém que não tremesse ou exigisse explicações, mas fizesse exatamente o que Grace de fato fez: descesse a escada sem dizer uma palavra, desse uma longa olhada em Sydney e nem piscasse quando Claire gaguejou:

— Eu n-não estou enganada, estou? Isso são marcas de *sapato*. Ela foi *chutada*...

E então a garganta de Claire se fechou por completo e ela sentiu o pânico subindo, a própria determinação cuidadosamente cultivada derretendo de vez, mas Grace só pegou um cobertor e o desdobrou sobre os ombros trêmulos de Sydney, dizendo:

— Vamos te aquecer, está bem, Comprida?

— C-Comprida? — Sydney batia os dentes.

— Porque você é bem alta. Acho que sua mãe pegou você pela cabeça e pelos calcanhares quando era bebê e te esticou como um elástico. Não resista a esses tremores; você está em choque. Que tal um chá? — ofereceu, aquecendo a chaleira no fogareiro de Claire e falando naturalmente naquela voz acolhedora de Iowa. — Muito açúcar, isso é bom para o choque. Claire, você tem algum conhaque, uísque...

Claire voou para pegar a garrafa de uísque Virginia Gentleman que mantinha escondida no cesto de roupa suja, longe dos olhos curiosos da sra. Nilsson, sentindo-se inútil. Ela já havia sido agredida: o ladrão que roubara sua bolsa no ano anterior e a empurrara contra uma parede quando ela lutara a fim de pegá-la de volta; um olho roxo do gerente assistente que ela chupara numa escada quando tinha 18 anos e para quem tinha pedido o pagamento adiantado. Mas não tinha experiência nenhuma com algo assim. *Cheia de manchas roxas,* as pessoas às vezes falavam: *Meu Deus, o jeito que essas crianças sobem em cima mim, vou ficar cheia de manchas roxas!* Mas Sydney estava *literalmente* cheia de manchas roxas, hematomas pelo tronco, seu rosto, os braços longos, os tornozelos. Ela claramente tinha ficado no chão se protegendo de socos e chutes...

Claire correu para o banheiro do corredor e vomitou. *Controle-se,* disse com raiva, passando a mão na boca. Como ousava ficar nauseada com isso, não foi ela quem teve que suportar. Sydney tinha vindo aqui à sua procura. *Controle-se, por ela.*

Sid estava sentada mais ereta quando Claire voltou, uma das mãos em volta da caneca de chá açucarado com uma dose de uísque, a outra segurando uma bolsa de gelo sobre o pior dos seus olhos roxos. Grace estava apalpando suavemente sua caixa torácica.

— Talvez algumas dessas costelas estejam trincadas — disse. — Mas nada quebrado. Nem as costelas, nem o nariz, nem as órbitas oculares... — Terminando seu exame cuidadoso da barriga de Sydney: — Dói aqui? Aqui?

— Não muito. Ele foi... No fim, foi cuidadoso. Chutou meus braços. Meus quadris. Não o centro.

Grace se recostou.

— Então você está em apuros, Comprida.

— Jura? — Uma explosão de risadas semi-histéricas irrompeu de Claire. — Você acha mesmo? *Jura*?

— Pense bem. — A habitual expressão divertida de Grace tinha desaparecido por completo. — Ele fez questão de não quebrar costelas ou danificar órgãos. Ele fez tudo isso — disse, um gesto com a mão mostrando os ferimentos de Sydney —, mas estava suficientemente controlado para tomar esse cuidado.

— Mas ele não estava controlado — protestou Sydney. — Ele nunca foi assim, nunca é mais do que um tapa, um beliscão…

— Mas é, sim — Claire se ouviu dizendo. — Ele já usou o punho antes, você disse…

— Raramente em qualquer lugar que alguém possa ver. Hoje foi diferente.

— Tenho certeza disso. Hoje ele não se importou com lesões que as pessoas pudessem ver. — Grace examinou os olhos roxos, as marcas de dedos em volta daquela garganta comprida. — Mas ele teve cuidado suficiente para você não ter ferimentos internos e precisar ir para um hospital.

Sydney olhou para sua caneca. Os lábios de Claire estavam secos.

A voz gentil de Grace era implacável.

— O que vai acontecer quando ele finalmente parar de tomar esse cuidado?

— Eu não vou irritá-lo — Sydney sussurrou. — Eu sei como é. Eu não deveria ter perguntado...

— Como ele ganhou sua Estrela de Bronze? — Claire terminou a frase.

Sydney olhou para a caneca outra vez e contou a elas.

— TUDO COMEÇOU COM UMA DAS LONGAS TARDES DELE NA MARTIN'S Tavern — disse ela. — Apertando mãos, pagando rodadas de bebida e falando de política… *Tem que socializar com os mandachuvas se você quer aquele assento na Câmara*, é o que o pai do Barrett diz pra ele, e ele quer muito. Horas e horas de uísque, mas não é o uísque. Ele aguenta bem a bebida, pode beber meio litro e nunca enrolar nenhuma palavra. Mas ele não fica livre junto com esses homens, esses que ele precisa impressionar. Tem que pesar cada palavra, então aí chega em casa e precisa falar.

Uma longa pausa, mordendo o lábio.

— Ficaram insistindo com ele a tarde inteira para contar a história de como ele ganhou sua Estrela de Bronze. Quando sua companhia foi emboscada por uma patrulha alemã na investida na França e ele salvou todo mundo. Ele sabe como contar, os olhos baixos, os *Ah, não foi nada de mais*. Eu não sabia que havia mais alguma coisa nisso, mas ele estava tão bêbado quando chegou em casa... Acho que sentiu que precisava contar a verdade para *alguém*.

Claire não ia perguntar, mas Grace perguntou, a voz firme:

— Qual era a verdade?

— Ele salvou mesmo seus homens. Essa parte foi real. Mas é o que eles fizeram com os soldados alemães depois. — A voz de Sydney era inexpressiva. — No relatório, todos os inimigos tinham sido mortos em uma troca de tiros. Não foi isso que aconteceu. Houve sete soldados alemães que foram tomados como prisioneiros, só que Barrett não os levou como prisioneiros. Ele os alinhou na beira da estrada e deu ordens para matá-los com uma metralhadora. Porque eram todos nazistas e as regras não se aplicavam.

No silêncio, Claire ouviu o som de uma buzina na praça do lado de fora. As vozes de meninas na calçada abaixo, cantando uma rima sem sentido de amarelinha.

— Essa foi a primeira vez. — Sydney ergueu a cabeça, seus olhos roxos vazios. — Quando ele viu que podiam escapar impunes, disse que já nem sempre se preocupavam em fazer prisioneiros. Eles estavam simplesmente... avançando pela França, embriagados do terror da vitória. Abatendo tudo que podiam. Para a maioria deles, se algo se movesse, morria. O Barrett disse que ele mesmo costumava manejar a metralhadora. *Não que eu quisesse*, ele falou. *Mas eu tinha que dar o exemplo. Um bom oficial assume a liderança.*

Alemães, Claire tentou dizer a si mesma. Alemães, que foram os vilões em tudo por tanto tempo. Os demônios de chapéu preto que mereciam tudo o que lhes acontecera.

— Ele não sabe ao certo quantos... — A pausa de Sydney foi tão longa dessa vez que Claire se perguntou se ela continuaria a falar. — Mas eles escreviam os relatórios para fazer parecer certo, e ninguém se importava de fato. Eles eram os vencedores, os heróis, cada um deles um Gary Cooper de chapéu branco. Ele disse que foi o melhor tempo de sua vida. *Todos os chucrutes mortos, e todas as mulheres francesas agradecidas depois.*

E aí ele acrescentou algo sobre como às vezes as mulheres não estavam *exatamente* agradecidas, mas não havia ninguém para quem elas pudessem reclamar, então dava no mesmo. Na verdade, ninguém se importava.

As meninas lá fora estavam brigando por causa daquele jogo de amarelinha agora, Claire pensou, paralisada. Gritos exaltados de *Isso não é justo!* e *Claro que é!* subindo pela janela.

— Eu deveria ter deixado ele capotar — sussurrou Sydney. Seu chá já estava reduzido a restos frios e açucarados, mas ela ainda o olhava como se fosse um espelho mágico com todas as respostas. — Mas eu comecei... a gritar. *Como você pôde fazer isso? Como você pôde?* Saí furiosa e comecei a jogar coisas em uma sacola para o Bear e para mim. Eu disse que não passaríamos nem mais uma noite numa casa com um *criminoso de guerra*. E ele enlouqueceu.

Em silêncio, Grace substituiu o gelo semiderretido da bolsa de gelo de Sydney por uma nova remessa de cubos da geladeira, enrolados em uma toalha limpa. Sydney os pressionou sobre o outro olho.

— Sabem a pior parte depois disso? — As palavras dela estavam começando a ficar arrastadas, fosse pelo choque ou pelo uísque. — O Bear entrou no fim. Meu garotinho, me vendo no chão tentando proteger o rosto de ser chutado. E ele veio correndo, para se colocar no meio, e o Barrett simplesmente... desligou. Apagou como um interruptor de luz, toda aquela fúria, e ele pegou o Bear no colo e andou com ele de um lado para o outro, abraçando-o e lhe fazendo afagos nas costas enquanto ele chorava e eu... encolhida ali, sangrando. E então ele sentou o Bear na beirada da cama quando ele parou de chorar, sentou-o onde ele não podia me ver, e explicou muito delicadamente que há momentos em que os papais têm que disciplinar as mamães, e que isso é apenas parte de ser adulto. *Como quando eu tenho que te dar uma surra quando você se comporta mal. O papai não gosta, mas é o que o homem da casa faz, ok? Você vai aprender isso um dia*. E ele o levou do quarto para pegar sorvete na cozinha, e eu fiquei ali no chão pensando: *Meu filho vai crescer igual ao pai.*

Sydney olhou de Claire para Grace e de volta. Claire sentia a boca grossa, como se alguém a tivesse enchido de algodão.

— Você não pode voltar — ela se ouviu dizer, mas Sydney balançou a cabeça em um gesto reflexivo e instintivo.

— Não me diga que é porque você ainda o ama — falou Grace, mas Sydney balançou a cabeça em uma negativa para isso também.

— Como eu posso ir embora? — disse ela, simplesmente. — Não tenho nem cinco dólares em dinheiro, nem cartão de crédito no meu nome, ou um único parente neste país. Para onde eu iria? O que eu faço?

— Você não pode voltar — repetiu Claire, com o coração doendo, impotente, mas Sydney seguia balançando a cabeça.

— Não há chance de eu escapar…

— Sempre haverá uma chance — disse Grace, com calma. — Esta é a terra das segundas chances. Você pode encontrar a sua.

Claire tinha menos certeza. Porque Sydney ia voltar, ela já estava vendo isso. Em mais uma hora, quando ela se recompôs e restaurou alguma ordem em seu cabelo e pegou emprestado um lenço de Grace para cobrir o pescoço machucado, ela pôs um par de óculos escuros para cobrir os olhos roxos e entrou no táxi, com os lábios trêmulos.

E foi Claire quem ficou pensando *O que eu faço?* enquanto observava o táxi desaparecer em direção a Georgetown. Porque não adiantava, não adiantava nada, continuar fingindo que não amava aquela mulher desesperadamente, dolorosamente, horrivelmente, até o fim do mundo.

CLAIRE NUNCA TINHA VISTO O SENADOR MCCARTHY DE PERTO. A DIStância algumas vezes; ele sempre parecia estar se movendo numa nuvem de lacaios e puxa-sacos, apenas mais um homem mal-humorado com uma voz alta. Mas, naquela segunda-feira, quatro dias depois de ver Sydney voltar para o covil do monstro que ela precisava chamar de lar, três dias depois que um rápido telefonema sussurrado de *Estou bem; ele já chorou no meu ombro e me disse que não queria ter feito isso* pelo menos tranquilizou Claire de que sua amante não tinha sido recebida em casa com outra surra, ela viu o senador júnior de Wisconsin suficientemente perto para contar cada fio em seu queixo com a barba por fazer.

— Depressa, Claire — a senadora Smith chamou por cima do ombro enquanto apertava o botão do elevador do prédio de escritórios. — Quero pegar aquela pasta com Lewis antes de sair outra vez…

— Sim, senhora. — Claire seguiu a senadora até o elevador, segurando as atas que tinha acabado de recolher em uma reunião tão entediante que ela não saberia dizer do que havia tratado. A mão pesada de um homem segurou as portas abertas antes que elas pudessem fechar.

— Margaret — Joe McCarthy cumprimentou a chefe de Claire. O homem que brandia listas de comunistas no Departamento de Estado; o homem que dizia que o governo estava apinhado de homossexuais. Tail Gunner Joe, "atirador de cauda Joe", que provavelmente não teria chegado tão longe sem um apelido como esse. — Que bom encontrá-la aqui.

— Que bom — respondeu a senadora Smith calmamente e se virou para Claire. — Arquive as atas quando voltarmos ao meu gabinete, depois veja se a srta. Haskell precisa que algo seja datilografado. Quando eu retornar do comitê…

Claire assentiu, mais consciente do homem que entrou com passos pesados no elevador do outro lado de sua chefe. Aquele rosto, conhecido dos jornais com sua eterna barba por fazer, o colarinho amassado e a gravata torta. Ele fedia a uísque, o elevador ficou com um cheiro ruim quando as portas se fecharam. Claire podia ver as narinas da senadora Smith se contraírem, mas ela continuou falando calmamente.

— …e a reunião às cinco, mas isso eu vou pedir para a srta. Wing…

— Não sei se estive tão perto de você desde o verão de 1950, Margaret — McCarthy as interrompeu. — Primeiro de junho, não foi?

— O senhor sabe que foi, senador — respondeu a chefe de Claire.

Ele estava parado muito perto dela, pensou Claire. Quase ameaçador, com seu hálito de álcool, mãos carnudas e grandes dentes sorridentes, o homem que metade do país reverenciava e de quem a maior parte do país tinha pavor. Exceto a senadora Margaret Chase Smith, que havia se postado no plenário do Senado, olhando-o nos olhos e dizendo: *Aqueles de nós que gritam mais alto sobre americanismo ao difamar pessoas são, com muita frequência, os que, por nossas próprias palavras e atos, ignoram alguns dos princípios básicos do americanismo…*

— Eu me lembro de lhe ter feito uma pergunta naquela manhã, Margaret — continuou o senador McCarthy, claramente se divertindo. — Quando nos esbarramos no caminho para o Capitólio. Eu disse: "Você parece muito séria, vai fazer um discurso?"

O direito de criticar, pensou Claire, se perguntando por que se lembrava tão bem daquele discurso se achava que sua chefe era uma idiota por tê-lo feito. *O direito de ter crenças impopulares. O direito de protestar. O direito de pensamento independente.*

— Eu disse que sim — respondeu a chefe de Claire — e que você não ia gostar.

— Pois bem — respondeu McCarthy, enquanto o elevador descia. — Não gostei.

O exercício desses direitos, pensou Claire, seu cérebro ainda recitando desnecessariamente as palavras que haviam sido ditas no plenário do Senado naquele dia, *não deveria custar a nenhum cidadão norte-americano sua reputação ou seu direito a um meio de vida, nem ele deveria estar em risco de perder sua reputação ou meio de vida apenas pelo fato de conhecer alguém que tem crenças impopulares. Quem de nós não conhece? Ou nenhum de nós poderia chamar nossa alma de nossa.*

— Senador — disse Margaret Chase Smith calmamente —, palavras não podem descrever como eu pouco me importo que o senhor não tenha gostado.

Ele riu, o som alto e repentino no espaço apertado. Claire estremeceu.

— Você ainda acha que valeu a pena, Margaret?

Pare de chamá-la de Margaret *como se ela fosse sua secretária, cacete*, Claire pensou.

A senadora Smith manteve os olhos firmes à frente, nas portas do elevador.

— Eu acho. *Joe*. Foi por isso que fiz.

O rosto dele se turvou.

— Se você acha...

Claire derrubou sua braçada de papéis em uma chuva repentina de estêncil e papel almaço.

— Desculpe, senhora... — Ao se abaixar depressa para recolher o material, Claire conseguiu se enfiar do outro lado da senadora Smith quando se levantou, forçando McCarthy a dar um passo para trás. — Não se esqueça de seu compromisso às duas horas, senhora. Com o comitê encarregado de... — Não havia nenhum compromisso às duas horas, mas Claire inventou detalhes sobre ele até que as portas do elevador se abriram (finalmente) e elas puderam escapar do cheiro malévolo de uísque respirado em seu pescoço.

— Obrigada, Claire — disse a senadora Smith assim que o elevador foi embora. Havia apenas um mínimo tremor em sua voz que fez Claire se perguntar se ela não estava tão firmemente calma quanto parecia, presa naquele espaço pequeno demais com o maior abusador dos Estados Unidos.

O maior abusador exceto, talvez, o homem que havia deixado Sydney coberta de hematomas, que pôs as mãos em volta do pescoço dela e a sufocou quando ela disse que não passaria mais uma noite com um criminoso de guerra. O homem que muito provavelmente seria ele próprio senador um dia, como McCarthy.

— Senhora — Claire não resistiu a perguntar, corando quando o olhar límpido de sua chefe se voltou para ela. — Por que fez isso? Por que fez aquele discurso? — O discurso sobre o qual a srta. Haskell dissera com revolta, *Se tivesse sido feito por um homem, ele seria nosso próximo presidente.* — Não teve medo?

Porque, quando abusadores eram confrontados, eles não tendiam a recuar. Era mais provável que pusessem as mãos em volta do seu pescoço para sufocá-la.

— Claro que eu tive medo. — Margaret Chase Smith pareceu surpresa com a pergunta. — Eu estava com tanto frio na barriga que achei que não conseguiria chegar ao fim.

— Então por quê? Por que arriscar o pescoço assim? — *Por que* em qualquer momento *arriscar o pescoço assim?*

— Porque alguma coisa precisava ser feita a respeito daquele homem — respondeu a senadora Smith. — E ninguém mais parecia disposto a fazer.

— Mas ele ainda está aqui. Causando estragos.

— Ele não estará para sempre — disse a senadora do Maine. — Seu tempo está terminando; ele só não sabe. Agora, se você puder levar essas atas para a srta. Haskell...

Claire obedeceu, pensando que pela primeira vez ela entendia por que a srta. Haskell e a srta. Wing tinham orgulho de trabalhar ali. Porque, para cada McCarthy que o país jogava sobre você, também jogava uma Margaret Chase Smith. E, por Deus, quando se encontrava uma, era preciso apoiá-la, porque ela ia se ver em uma infinidade de apuros.

As palavras dela ecoaram na mente de Claire o dia inteiro.

Alguma coisa precisava ser feita a respeito daquele homem.

Alguma coisa precisava ser feita.

— A SRA. SUTHERLAND NÃO ESTÁ — DISSE A GOVERNANTA PARA CLAIRE quando ela chegou à casa em Georgetown com uma desculpa esfarrapada sobre luvas que haviam lhe pedido para pegar. — Ela está na casa da família na Virgínia, se recuperando de um pequeno acidente de carro.

Acidente de carro, Claire pensou. Claro que a família Sutherland precisaria de uma desculpa para Sydney estar com hematomas da cabeça aos pés. *A esposa bateu seu Packard em um poste; mulheres dirigindo, não é?* parecia muito melhor para os futuros colegas do Congresso do que *Eu a espanquei até deixá-la toda roxa quando ela descobriu que eu era um criminoso de guerra.*

Claire murmurou qualquer coisa banal e desceu aqueles degraus imaculados. Depois disso, foi quase um mês de telefonemas, um por semana, fingindo ser presidente de um clube ou secretária de uma campanha de arrecadação de fundos, até finalmente ouvir as palavras que estava esperando: "Sim, a sra. Sutherland está de volta a Washington; quer deixar recado? Ela está no parque com o filho no momento."

Sydney deveria estar em um dos belos parques de Georgetown, aqueles com grama infinitamente verde, mesmo em outubro, onde se viam mais babás empurrando carrinhos de bebê caros do que mães de fato. Mas Sydney tinha ido ao Prospect Park, do lado da Briarwood House, é claro.

Quando Claire entrou correndo pelos portões, lá estava Sid, elegante e bela em um banco com um sobretudo rodado escarlate e sapatos pretos de verniz, vendo seu filho correr atrás de patos em volta do lago. Tão linda que fez Claire parar, com a sensação de ter levado um chute no peito. *Como eu achei que seria possível te conhecer sem te amar?*

— Seja cuidadoso com esses patos, Bear! — Sydney dizia ao filho. — Seja como um ursinho de pelúcia, não um urso-pardo. Patas delicadas... — Demonstrando com um rosnado de brincadeira. Seu rosto não tinha mais nenhum sinal de hematoma, Claire viu, mas, para quem a conhecia bem, dava para perceber que se movia um pouquinho dura. Como se suas costelas ainda doessem, mesmo que não tivessem mais marcas de botas. E Claire quase se dobrou de ódio daquele canalha refulgente com suas vogais de Yale e seus dentes e sua Estrela de Bronze. Ela o teria afundado no lago do Prospect Park se pudesse, segurado embaixo d'água até que ele parasse de respirar, e nunca teria perdido o sono por isso.

Mas não ia pensar em Barrett Sutherland naquele momento. Ela respirou fundo, as mãos nos bolsos contra o frio crescente de outono, e foi até o banco onde estava Sydney.

— O que uma boa moça como você está fazendo num lugar como este?

— Procurando um canteiro de morangos. — Sydney sorriu, mas algo tinha sumido daquele sorriso, uma luz essencial e efervescente. Claire tinha vontade de chorar, de estender a mão e puxar a cabeça de Sydney para o seu peito, mas não podia fazer nenhuma dessas coisas. Em vez disso, ela se sentou no banco ao lado de Sydney.

— Senti sua falta — disse em voz baixa.

— Senti sua falta também.

Claire olhou para o colar triplo de pérolas negras em volta do longo pescoço de Sydney.

— Belas pedras.

Sydney esticou o queixo um pouco para cima como se o colar fosse um nó de forca.

— O Barrett gosta de dar seus pedidos de desculpas via Cartier — disse, sem emoção. — A esta altura, eles deveriam me oferecer uma promoção: a cada quatro surras, eu ganho brincos de graça.

— Sid...

— Acho que não deveríamos nos ver mais.

Claire respirou fundo.

— Não era o que eu esperava ouvir, devo admitir.

— A Grace tinha razão em uma coisa. — Sydney olhou para o colo, onde estava lentamente estrangulando suas luvas com acabamento de pele. — O Barrett nunca me bateu tão forte a ponto de não se importar se alguém ficar sabendo. Mas, se descobrir sobre você, ele vai fazer isso. E vai vir atrás de você. — Ela levantou os olhos, cílios infinitos brilhando com lágrimas. — Eu não suportaria se ele te machucasse também.

— Então você simplesmente vai deixar ele continuar te machucando? Pra sempre?

— Se isso for o necessário para proteger o Bear. — A voz de Sydney era tão sem entonação, tão morta… — Não sei como tirar o Bear daqui, então tenho que ficar para protegê-lo. E eu não posso proteger ele *e* você. — Sydney olhou para o lago dos patos. — É melhor você ir, Claire.

Havia uma parte pequena e mesquinha de Claire que queria fazer isso. Afastar-se dessa mulher sofrida e malfadada e dos problemas que ela trouxe em seu rastro; ser egoísta; seguir o plano a que se agarrava desde os 16 anos. Cuidar de si e de mais ninguém, porque amor era para otários e felicidade significava uma conta bancária bem abastecida e uma casa comprada à vista, não a bela incerteza do sorriso de uma mulher.

Em vez disso, ela enfiou a mão na bolsa, tirou sua caderneta bancária gasta com as linhas precisamente pautadas e a colocou na mão de Sydney.

— Fuja comigo.

Sydney a encarou.

— O quê?

— Você não pode fugir do Barrett porque não tem dinheiro. *Eu* tenho dinheiro — disse, apontando para o saldo. Tinha acabado de passar a marca dos oito mil uma semana antes. Um momento que ela esperava desde os 16 anos, mas estava aflita demais de preocupação com Sydney para qualquer coisa além de olhar com desânimo para o marco quando ele caiu em seu colo. — Vamos embora juntos, você, eu e o Bear. Pegar um trem para a Califórnia ou a Flórida, algum lugar com água azul para minha garota das Bermudas.

— Ele vai nos encontrar, ele…

— Ele *não* vai nos encontrar! Estamos em um país grande, Sid. Se adotarmos novos nomes, novas identidades, ficarmos longe dos holofotes, ele nunca vai nos encontrar. — Novos nomes e documentos não seriam baratos, mas ela jogaria todos os oito mil no fogo se isso desse segurança a Sydney. — Nós deixaremos o *país* se for preciso.

— Mesmo que ele me deixasse ir, nunca deixaria o Bear. Ele nunca pararia de procurar...

— Não é um risco que vale a pena correr, se significar que seu filho não vai crescer naquela casa e se tornar igual ao pai? — Claire não conseguiu deixar de segurar as mãos de Sydney. — Você vai se passar por viúva, e eu serei sua cunhada que foi morar com você depois que meu irmão morreu na guerra, para ajudar a criar seu filho. Ninguém vai desconfiar, acredite em mim. Nós seremos uma família. — Uma parte dela se perguntava se tinha enlouquecido de vez. Claire Hallett passou de não querer ninguém, de não precisar de ninguém, a se ajoelhar para uma mulher com um filho a tiracolo. — Vamos esvaziar minha poupança e penhorar suas joias; será o suficiente para um futuro, os três juntos.

Sydney estava balançando a cabeça.

— Você está totalmente louca.

— Não, o que é totalmente louco é ficar com esse homem até ele te matar — gritou Claire. — Você tem que sair de lá. Tem que tirar seu filho de lá. Venha *comigo.*

Talvez não desse certo. A família Sutherland tinha dinheiro e contatos; eles poderiam chamar os jornais e montar uma caçada humana. Provavelmente fariam isso. Mas com certeza havia algum canto tranquilo nesse país enorme em que duas mulheres pudessem se esconder, e viver, e amar. Certamente, com oito mil dólares no banco, elas tinham uma chance de encontrá-lo.

— Claire — começou Sydney.

— Mamãe! — Bear Sutherland veio correndo, o cabelo despenteado, as mãos em uma concha reverente. — Olha o que eu achei! O *maior* caracol que você já viu... — Ele apontou para as antenas retráteis do caracol, as faixas na concha espiralada, enquanto Claire recuperava o controle de sua respiração ofegante.

— É um caracol muito bonito, Teddy Bear — comentou Sydney, com a voz estrangulada. — Tenha muito cuidado ao colocá-lo de volta.

— Vou pôr ele nos arbustos, pra ninguém pisar. — Bear olhou para Claire com seu enorme sorriso alegre. — Oi, srta. Claire!

— Oi, colega — respondeu, conseguindo esboçar um sorriso.

— Meu pai disse que a mamãe pode me levar para pedir doces no Halloween! Eu vou de Cavaleiro Solitário... — Bear tagarelou sobre sua fantasia, enquanto a mão de Sydney afagava seu cabelo escuro e os ombros de Claire ainda se contraíam com as lágrimas reprimidas. Ele realmente era um bom menino. Quantos garotinhos teriam pegado o caracol como se fosse uma joia, em vez de pisar nele só para ouvir o barulho?

— Eu nunca vou conseguir sair — sussurrou Sydney assim que Bear se afastou correndo, ainda segurando o caracol. — Não com o Bear. Não tenho permissão para buscá-lo na escola sem a autorização do pai e, se eu o levo para passear, o Barrett quer saber exatamente quando estaremos de volta. A governanta fica de olho em mim; ela telefona para o Barrett se eu estiver demorando *em qualquer lugar*...

— Noite de Halloween — disse Claire. — Você vai levar o Bear para pedir doces; isso lhe dará algumas horas. Assim que vocês dois dobrarem a esquina e saírem de vista, chame um táxi direto para a Union Station. Eu cuido de todo o resto, só diga ao Bear que o Tonto e o Cavaleiro Solitário estão indo para uma aventura.

Por um momento interminável e agoniante, Sydney ficou em silêncio, mordendo seu batom Revlon Cherries in the Snow, olhando o filho correr em volta do lago dos patos.

— Venha comigo — Claire implorou. — Nós vamos morar em um apartamento com paredes muito finas e ter que fazer amor em completo silêncio para os vizinhos não ouvirem. Você vai aprender a cozinhar em um fogareiro e eu ensino você a fazer panquecas de batata polonesas. Nós deixaremos o Bear na escola de manhã e iremos para a praia, e talvez a água não seja tão azul quanto nas Bermudas, mas eu vou usar aquele maiô ridículo de duas peças que você comprou para mim.

— Claire... — Os olhos de Sydney estavam marejados. — Tem ideia de quem você está enfrentando? Meu marido esmagaria você se...

— E daí? — retrucou, pensando no olhar límpido da senadora Smith, no modo como ela havia enfrentado um abusador simplesmente porque *alguma coisa precisava ser feita*. Claire olhou Sydney nos olhos e disse: — Você e seu filho têm direitos. Só porque seu marido dá as cartas, não quer dizer que você não tenha o direito de protestar. O direito a ter pensamento independente. O direito de chamar sua maldita alma de sua.

As lágrimas de Sydney transbordaram.

— O direito a uma segunda chance?

— Esta é a *terra* das segundas chances, Sid! — Claire ouviu as palavras de Grace saírem de sua boca e percebeu que acreditava nelas. Podia ter perdido sua fé infantil na terra da oportunidade, mas segundas chances? Sim. Oportunidades eram coisas que caíam no seu colo, mas segundas chances tinham que ser conquistadas. E sempre era possível se reinventar neste país, caso se estivesse disposta a abrir caminho em direção a um novo rumo. Era sempre possível se reinventar, caso se decidisse que a luta valia a pena.

Por essa mulher, a luta valia a pena.

— Eu não sou grande coisa, Sid. — Claire respirou fundo. — Eu minto, trapaceio e roubo, e nem me arrependo de nada disso. Só Deus sabe o que você vê em mim. Não posso comprar vestidos Lanvin ou pérolas negras pra você, e não posso te dar uma enorme casa de praia verde-clara em uma ilha paradisíaca, mas eu te *amo*. Vou tirar você daquele canalha com quem você se casou, nunca vou te dizer que você tem que perder um quilo e meio ou deixar de usar óleo bronzeador para não ficar muito escura e nunca vou encostar um único dedo em você a não ser com amor. Então venha comigo. Venha comigo, *por favor*.

Ela ficou ali sentada, com o coração na garganta e as mãos tremendo, esperando seu mundo inteiro se despedaçar ou levantar voo. Observou quando as longas costas de Sydney se endireitaram, quando seus lábios se firmaram. Sydney olhou para ela, e ali estava, levemente reacendida: a luz naqueles olhos escuros que faziam dela muito mais do que apenas uma esposa de político mimada de Georgetown.

Sydney pôs a caderneta de volta na mão de Claire.

— Halloween. Union Station. Cinco horas da tarde.

Panquecas de batata da Claire

6 batatas médias, descascadas
2 ovos grandes
1/4 de xícara de farinha de trigo
Sal e pimenta-do-reino moída na hora
Óleo vegetal ou óleo de canola
Sour cream ou molho de maçã

1. Rale as batatas na graduação mais fina do seu ralador. Lave as batatas raladas, depois esprema-as bem para retirar o máximo de água possível e coloque-as numa vasilha grande.
2. Acrescente os ovos, a farinha e uma pitada de sal e outra de pimenta às batatas raladas e misture bem. Forre um prato com papel-toalha.
3. Coloque uma frigideira grande em fogo médio-alto, acrescente o óleo vegetal até uma profundidade de cerca de ½ centímetro, e aqueça até o óleo estar quente, mas não fumegando.
4. Ponha 1/4 de xícara da mistura de batata no óleo, achatando-a no formato de uma panqueca de cerca de ½ centímetro de espessura. Frite até dourar por baixo, 3 a 5 minutos, depois vire e repita do outro lado.

5. Remova a panqueca da frigideira, seque-a no prato forrado com papel-toalha e repita com o resto da mistura de batatas.
6. Sirva as panquecas de batata quentes com sour cream ou molho de maçã e coma com alguém que você adore, enquanto ouve "No Other Love", de Perry Como.

Panquecas de batata, refletiu Claire, eram a comida do amor. Porque eram uma dor de cabeça tão colossal para fazer que ninguém jamais se daria ao trabalho, a não ser por amor. Quando as pontas de seus dedos estivessem esfoladas de ralar, as mãos pegajosas de amido de batata e os braços salpicados de queimaduras de óleo, era melhor ter um bom estoque de amor no coração por quem quer que fosse comer aquelas pequenas pragas.

— Mas vejam só! — Grace examinou a bandeja nas mãos de Claire, com pilhas de bolinhos de batata dourados e crocantes, rendados nas bordas e fritos à perfeição. — Não achei que fosse a sua vez de cozinhar.

— Não é. Mas sei que todo mundo vai vir hoje para o Halloween, então achei que você poderia servir as *placki ziemniaczane* do meu pai. Cubra com sour cream ou molho de maçã, como quiser.

— Você não vai ficar? — Grace pegou a bandeja, inclinando a cabeça com curiosidade.

— Esta noite não. — Claire achou que era o único adeus que poderia dar ao Clube Briar. Elas tinham sido amigas, amigas de verdade, mesmo quando ela própria nem sempre fora a melhor das amigas para as outras (pensando no pingente roubado de Reka, no batom surrupiado de Grace, nos brincos de Fliss). Mas *devia* a elas: nos últimos anos, elas tinham feito da vida ali algo muito mais agradável do que Claire tinha experimentado em qualquer uma das pensões baratas que tinha chamado de lar. Aquele lugar começara tão triste quanto qualquer um daqueles cortiços sombrios, mas Grace veio com sua trepadeira pintada e seus jantares e agora, de repente, havia flores descendo pelos quatro andares da parede da escada, e mais flores em vasos em todos os cômodos, e enfeites de vitral lançando prismas de luz nas janelas do andar de baixo... E o Clube Briar, se reunindo agora não só nas noites de quinta-feira, mas no Halloween, no Quatro de Julho e no dia do fim da guerra também, tudo era desculpa para uma festa.

E, sem o Clube Briar, Claire não teria Sydney. Porque Reka trouxe Sid para a órbita da casa, e Fliss fez amizade com ela na igreja, e Bea a colocou para jogar no centro do campo em um jogo de beisebol, e então Grace fez aquilo que sempre fazia e incluiu Sid sem esforço no rebanho da casa.

Não, Claire reconheceu, ela devia muito às mulheres da Briarwood House. Só queria que houvesse mais que pudesse dar a elas além de panquecas de batata. Porque, quando notassem que ela tinha ido embora para sempre, provavelmente na segunda-feira, quando a senadora Smith também perceberia que sua assistente mais nova não tinha chegado com sua rosa da lapela, quando o sr. Huckstop percebesse que ela não ia aparecer para se sentar sobre uma ogiva de papel machê de cinta-liga e meia arrastão, Claire já estaria longe, olhando para um oceano totalmente diferente. Muito longe dessas pessoas que, de alguma forma, conseguiram fazer amizade com ela, mesmo quando ela estava se esforçando tanto para não fazer amizades.

— Feliz Halloween — disse Claire a Grace com um nó na garganta, e se virou para descer a escada.

— Pra você também, Morango. — A voz de Grace tinha aquele seu tom divertido. — Quer um conselho?

— O quê?

— Mudem-se bastante no primeiro ano, você e a Comprida. Evitem ficar no mesmo lugar mais de três ou quatro semanas. É mais seguro.

— Como você faz isso? — Claire se virou no patamar, o nó na garganta convertendo uma risada em um soluço. — Descobrir tudo sobre todos, sem revelar absolutamente *nada*?

Grace arqueou uma sobrancelha.

— Anos de treinamento?

— Qual é o seu segredo? — perguntou Claire. Porque, se não perguntasse naquele momento, nunca saberia, e, ah, como ela queria saber. — Qual é o seu segredo, Grace? Porque com certeza você tem um.

— Você nunca acreditaria em mim, mesmo que eu contasse. — Grace riu, aquele som de puro prazer que fazia todos os outros quererem rir também. Claire ia sentir falta disso. — Tem certeza de que não quer mesmo ficar, comer um pouco de *placki ziemniaczane*? — Claire notou que a pronúncia polonesa dela era impecável.

— Desculpe. — Claire recomeçou a descer a escada. — Tenho um encontro.

A RUA NO CREPÚSCULO JÁ ESTAVA LOTADA DE PEQUENOS CAUBÓIS COM chapéus de vaqueiro e revólveres de plástico, diminutas fadas com coroas de strass e varinhas, bruxinhas com chapéus pretos pontudos. Pete estava levando Lina para a rua; claro que a Crocheteira Nilsson era mão de vaca demais pra comprar uma fantasia para a filha, então Lina estava com um lençol velho com buracos nos olhos e fingia que queria ser um fantasma de novo, como nos anos anteriores.

— Vou garantir que ela consiga o máximo de doces em Foggy Bottom — disse Pete, com uma fronha extra pendurada no ombro. — Ei, quer ajuda com sua bagagem, srta. Claire?

— Não, obrigada. — Uma sacola dela e três de Sydney; Claire havia pegado as coisas dela no começo da semana em sacolas reutilizadas da Jelleff's, sob o pretexto de que vários vestidos de Sydney precisavam ser levados de volta para ajustes. *Não saia por aquela porta na noite de Halloween com nada além de sua bolsa,* Claire a alertara. *Porque isso pode te entregar. E, assim que entrar no táxi, mude* alguma coisa *na sua aparência, você e o Bear. Mesmo que seja só tirar o casaco e o chapéu e se livrar da máscara de Cavaleiro Solitário. Você não quer que ninguém consiga descrever uma mulher e uma criança chegando na estação exatamente com a mesma roupa com que vocês saíram de casa.* E Sydney assentiu, sombria como um soldado se preparando para sair da trincheira em um ataque suicida.

Ela devia estar ajudando Bear com a máscara de Cavaleiro Solitário no momento. Beijando Barrett Sutherland na porta, talvez. *Até mais tarde, querido.*

— Aproveite sua viagem de fim de semana, srta. Claire. — Pete lhe fez uma saudação, aquele seu rosto sardento tão aberto e amistoso. Nossa, como ele havia crescido. Não tinha apenas uns 12 anos quando ela chegou àquele lugar? Ali estava ele, praticamente um adulto... mas não, ainda não. Claire segurou o braço dele, lembrando-se de algo com um sobressalto.

— Fique longe do sr. Huckstop, Pete. Se ele pedir pra você ir lá depois do expediente tirar fotos, diga que não, está bem?

— Por quê?

— Porque ele está metido em coisas para as quais você é jovem demais. Fique bem longe dele, está bem? Prometa pra mim.

— E-eu prometo. — Ele ainda parecia intrigado.

— Muito bem! — Claire enfiou a última sacola de Sydney no táxi e entrou, batendo a porta. — Union Station — ela disse ao motorista. Talvez Sydney também estivesse chamando um táxi no momento. *Estamos indo para uma aventura, Bear.*

Claire fechou os olhos enquanto o táxi se afastava da Briarwood House.

— Estou indo, Sid — murmurou.

Estava com as passagens de trem, dois adultos e uma criança, até San Diego. Estava com a bagagem. Estava com seu dinheiro, cuidadosamente organizado em maços presos com elástico e enfiados no fundo de sua sacola. Tudo que Sydney tinha a fazer era vir. Conduzir seu pequeno Cavaleiro Solitário pela mão pela Union Station, estender a outra mão para Claire e agarrar o futuro.

Claire fechou os olhos e rezou.

Dia de Ação de Graças, 1954
Washington, D.C.

A Briarwood House ainda está agitando suas cortinas e rangendo seus suportes de corrimão diante da perspectiva de se tornar um showroom para conjuntos de sala de estar da McTurney & Sons, mas a frustração palpável que agora se esparrama da sala na qual o detetive se estabeleceu atrai sua atenção. Uma por uma, as testemunhas que aguardavam na cozinha foram chamadas para responder perguntas, e o detetive parece mais vermelho e irritado a cada novo depoimento.

— Mulheres nunca conseguem se controlar? — a casa o ouve reclamar com o parceiro. — Todas começam a chorar no minuto em que pergunto o que aconteceu.

— Ainda acho que é o gângster — diz seu parceiro, mas eles apertaram Xavier Byrne por quase uma hora sem resultados.

A casa sente que os policiais estavam nutrindo a imagem radiante de extrair uma bela confissão chorosa que mandaria o ex-presidiário da gangue Warring de volta para a cadeia com uma acusação de assassinato, o que resultaria em elogios fecundos para os homens que o colocaram lá, mas Xavier Byrne se recusou, de braços cruzados e voz calma, a confessar sequer uma multa de estacionamento. Portanto, a casa sabe, enquanto observa os detetives revirando papéis e testemunhas, que esse Joe Friday de meia-tigela e seu parceiro mais de meia-tigela ainda estão procurando uma nova teoria para explicar por que dois cadáveres, um de cabelo ruivo com a garganta cortada até o osso e o outro ainda mais misterioso com o crânio esmagado, estão agora esfriando no necrotério.

Até o momento, nada muito digno de elogio está se apresentando.

O detetive suspira.

— Tudo bem, tragam o agente federal.

— Deveria ter começado com ele — um dos policiais de plantão arrisca e recebe um olhar furioso.

— Você quer que um garoto do FBI entre aqui se pavoneando pelo meio do caso e tentando assumir o controle? Agora ele já teve tempo de baixar a crista e saber que não está no comando, então pode trazê-lo.

Harland Adams entra, com o rosto de linhas perfeitas em seu terno igualmente perfeito. A Briarwood House gosta de Harland; tem que gostar de um sujeito disposto a acender a grelha no seu gramado da frente e virar hambúrgueres a tarde toda, fazendo a casa cheirar e se sentir como um interminável Quatro de Julho. Mas, agora, a tensão que percorre o homem é preocupante.

Harland Custis Adams parece prestes a explodir. E a Briarwood House não gosta disso nem um pouco.

— O apartamento no sótão — começa o detetive, depois que os detalhes introdutórios são registrados. — Com as paredes verdes... pelo que sei, pertence à sra. Grace March.

Um único movimento afirmativo da cabeça. Sob a mesa, a casa vê as mãos de Harland se flexionarem.

— Quanto você diria que conhecia a moça?

Um sorriso estreito. *Não faça isso*, a casa implora em silêncio. *Não faça isso!* Mas Harland começa.

— Não muito bem.

NOVE MESES ATRÁS

MARÇO DE 1954

Capítulo 7

Grace

Foi a vista da janela que fez Grace March se apaixonar pela Briarwood House. Naquele primeiro dia, havia quase quatro anos, seu olhar passou reto pelos infinitos degraus íngremes até o quarto andar e as horrendas paredes verde-limão inclinadas do cômodo, sem falar na cara de pau da Crocheteira Nilsson de tentar chamar uma caixa térmica com um fogareiro em cima de "cozinha". Em vez disso, Grace foi direto até a janela triangular com vista para a praça e pensou *Sim*. Ali havia uma ampla saliência onde ela poderia preparar chá de sol, um assento onde poderia se aconchegar nas manhãs frias com o primeiro cigarro do dia, um lugar onde poderia levantar a janela rangente, se inclinar para fora e *observar*. Observar pessoas era, de longe, a ocupação favorita de Grace: observar o mundo passar naquele cruzamento movimentado da Briar com a Wood, a paleta infinita de humanidade disposta diante dela como uma tapeçaria em movimento... Mesmo depois de seis anos, Grace ainda achava a vida norte-americana fascinante.

Então ela se virou com um largo sorriso e disse "Eu fico com ele", já sabendo que aquela era o tipo de proprietária que imporia regras inúteis e bisbilhotaria suas coisas, mas sem se importar muito com isso. Que bisbilhotasse; não havia nada para encontrar. Grace estava bem preparada até a última etiqueta de suas roupas desde a *primeira* vez que desaparecera, e tinha feito um trabalho ainda melhor na segunda.

Querida Kitty, Grace escreveu para a irmãzinha no verso de um cartão-postal que mostrava o Monumento a Washington, enquanto tomava um ice cream soda no Crispy Biscuit naquele primeiro dia na praça, *encontrei o lugar perfeito para me esconder. Posso desaparecer aqui e eles nunca me encontrarão nem em mil anos. Só queria que você estivesse aqui também.*

Mas Kitty nunca viria se juntar a ela em Washington. Kitty era um punhado de ossos numa caixa de munição enterrada às pressas, já fazia doze anos. Estranho pensar que ela teria a idade de Nora atualmente. Grace ainda pensava nela como uma criança magrelinha de tranças castanhas. *Nunca vi você enviar nenhum desses cartões-postais que vive escrevendo*, Nora disse uma vez, e Grace apenas sorriu. Os cartões-postais iam para uma caixa de sapatos debaixo da cama; escrevê-los mantinha algo de Kitty vivo nesse novo mundo brilhante que sua irmãzinha não teve a sorte de ver com os próprios olhos.

— Não são nem oito horas — disse uma voz masculina sonolenta da cama de Grace. — Você já está de pé? Hoje é sábado...

— Eu gosto de ver a praça acordar. — Grace já havia se enrolado em seu roupão puído com os dragões chineses, ligado o fogareiro sob a chaleira e caminhado até a janela com sua xícara de chá matinal. Teria gostado de misturar uma colherada de geleia como sempre fazia quando criança, mas já havia se treinado para perder esse hábito havia muito tempo. *Isso pode entregá-los*, os instrutores disseram. *Norte-americanos põem açúcar ou mel no chá, então se acostumem.* Grace o sorveu lentamente, encolhida no assento da janela, observando o mundo lá embaixo.

Pete, correndo porta afora em direção à Moonlight Magnolias... Aquele menino deveria estar na escola, não trabalhando em período integral; ele não tinha nem 17 anos. Grace tinha algumas opiniões sobre isso, a maioria delas impublicáveis. Lá estava Nora, indo para os Arquivos Nacionais em um de seus conjuntos elegantes, trabalhando até mesmo em um fim de semana... Seu gângster ainda gostava de perguntar dela sempre que Grace se sentava à mesa de pôquer no Amber Club tarde da noite nos fins de semana (o pôquer norte-americano era um presente para a carteira de alguém que tinha sido treinada a mentir para viver). Lá estava Fliss com sua tiara azul, levando Angela pela mão, descendo a escada atrás de Nora... Fliss tinha um andar mais animado nos últimos tempos; ela estava contando as semanas para que seu Dan voltasse do Japão. E, então, Grace supôs com uma pontada de melancolia, eles iriam embora e ela teria uma nova vizinha no 2A.

Fliss e Angela viraram à direita quando chegaram à calçada: Prospect Park, então. Grace havia considerado o nome outro bom presságio ao se mudar para o bairro, embora, para ser sincera, um passeio pelo Prospect Park, com seu campo de beisebol de areia, o parquinho tranquilo, a estátua do vereador Smoot cheia de pombos, não fosse precisamente uma caminhada pela Nevsky Prospect de sua infância. (T. Nealey Smoot não era exatamente Pedro, o Grande, certo?) Grace nem precisava fechar os olhos para ver a Nevsky Prospect, de tão vívida: não como era durante a guerra, cinza e destruída, coberta por neve salpicada de fuligem e gelo implacável, mas cálida e movimentada, as infinitas fachadas amarelo-manteiga e rosa-glacê dos palácios pré-Revolução erguendo-se acima dela, comendo *chebureki* quente recheado com cordeiro moído e pimenta-do-reino, a crosta recém-frita queimando através dos dedos enluvados. Kitty andando de mãos dadas com ela, sua mãe atrás com as compras em uma sacola de barbante, gritando: *Galina, não solte sua irmã. Yekaterina, escute quando eu chamo!* Sua mãe às vezes chamava Yekaterina de *Katya* ou *Katechka*, mas apenas Grace a chamava de Kitty. *Por causa da princesa Kitty Shcherbatskaya de* Anna Kariênina, *claro!*

— Deus meu... — A voz masculina da cama de Grace soou muito mais desperta, e muito mais em pânico. — Preciso sair daqui. Cadê minha calça?

— Do lado da cômoda. — Grace sorriu e se recostou enquanto Harland Adams se apressava, frenético, pelo quartinho.

Um agente do FBI, ela podia ouvir seus instrutores aprovando. *Uma excelente fonte, veja o que você consegue tirar dele.* Mas ele não era uma fonte, era um amigo. Com um tanto de coração partido também, já que havia pedido Bea em casamento (pela terceira vez) e sido rejeitado (pela terceira vez) e saíra pisando duro da sala de visitas da Briarwood House jurando que nunca mais ia querer saber de mulheres que usavam calças e falavam palavrões e esmagavam o coração de um homem antes de simplesmente sair como se nada tivesse acontecido para *observar arremessadores em Pittsburgh*. Claramente um homem necessitado de alguém que o escutasse, então Grace o levou para cima quando a Crocheteira Nilsson virou as costas, serviu um pouco de chá de sol e escutou.

— A Bea saiu com outro olheiro na semana passada! — Harland explodiu depois do segundo copo. — Nem tentou esconder. Ela me disse que eu também deveria procurar outra pessoa para manter minha cama quente e que ela não se importaria nem um pouco com isso! — Ele estava tão angustiado que Grace achou que provavelmente conseguiria arrancar dele o segredo da fissão nuclear se ele o tivesse, portanto era bom ela estar fora do ramo da espionagem.

— A Bea nunca disse que seria sua namorada e apenas sua, então pare de tentar cortar as asas dela — Grace disse a ele rispidamente. — Ela conseguiu o emprego dos sonhos; acha que está com alguma pressa de mudar as coisas? Se você quer de fato ganhar esse jogo, faça o jogo longo. Fique por perto, deixe-a saber que você a ama, mas, pelo amor de Deus, pare de pedi-la em casamento. E você realmente *deveria* encontrar outra pessoa para se divertir um pouco enquanto espera que ela desacelere e sossegue, portanto... — E Grace se inclinou para a frente e o beijou, porque ele era mesmo um sujeito bonito, e sua cama estava vazia havia algum tempo. JD tinha se juntado à equipe de arremessadores dos Dodgers, Claude Cormier estava tocando bateria no Cotton Club no Harlem, Joe da casa vizinha estava namorando e Grace não atacava homens comprometidos.

— Eu não deveria ter passado a noite aqui — falou Harland, parecendo ligeiramente torturado, ou pelo menos tão torturado quanto um homem podia parecer enquanto pula em um pé só tentando calçar uma meia. — Eu não queria te dar a impressão errada, Grace. Não quero deixar as coisas esquisitas entre você e a Bea... não quero que você pense...

— Eu estou pensando que tivemos uma ótima noite e é só isso. — Grace se levantou, foi até o fogareiro onde a chaleira ainda estava quente e serviu uma xícara de chá pra ele. — Vamos deixar assim, está bem?

Ele não conseguiu esconder por completo o seu alívio.

— Tem certeza?

— Você tinha muito o que desabafar, homem do governo. Fico feliz que pude ajudar.

— Você não vai poder me chamar assim por muito mais tempo — revelou ele de repente, quase murmurando. — E-eu vou sair do FBI. Não é o que eu imaginava...

Querido, você não faz ideia das coisas que eu poderia te contar, pensou Grace.

— Não posso dizer que estou surpresa — disse ela, passando-lhe uma caneca lascada. — Grampear telefones para descobrir os segredos das pessoas e usá-los contra elas não parece o tipo de coisa com que um cavalheiro da Virgínia como você se sinta confortável.

— Grace, se você soubesse da metade...

Grace sabia mais que a metade. Ela e Kirill tinham enrolado um agente do FBI de férias em um bar de Los Angeles durante seus primeiros oito meses nos Estados Unidos: uma garrafa de uísque e um pouco de flerte descarado haviam rendido algumas declarações surpreendentes, algumas das quais Grace sinceramente desejava poder apagar de sua mente (a imagem de J. Edgar Hoover em uma cinta-liga?!). Mas não estava interessada em extrair informações de Harland. Ela roçou seus lábios nos dele, como camarada e não como amante, e sorriu com a ironia do *camarada*. Ele não acharia muito divertido, esse futuro ex-homem do governo, saber que tinha acabado de sair da cama da camarada Galina Stepanova da URSS.

Ex-camarada, pelo menos.

— Vamos lá — disse Grace –, vou dar uma olhada se o caminho está livre lá embaixo pra você sair sem a Nilsson te ver.

Harland parecia aflito.

— Eu sou um idiota sem consideração, Grace, nunca pensei nos problemas que você teria se eu ficasse aqui. Se nós formos pegos, você vai ser expulsa?

— Querido — disse Grace, com a total verdade –, eu *nunca* sou pega.

EM SEUS DIAS DE TREINAMENTO, TODOS SABIAM QUE APENAS OS MElhores seriam enviados. Os mais dedicados, os mais leais, os que realmente acreditavam. (*Como será que foram deixar passar alguém como eu?*, Grace às vezes se perguntava, mas nunca em voz alta.) Ninguém em sua classe cuidadosamente selecionada de recrutas jamais mudaria de lado, não quando todos tinham sido tão rigorosamente examinados, tão minuciosamente monitorados. A ideia em si era traição, falada apenas em sussurros enquanto praticavam sua pontaria, seus códigos, sua gíria americana. Não existia isso de um agente secreto que se tornasse traidor, ah, não. Apenas aqueles que eram pegos, e mesmo esses nunca iriam para uma prisão americana. A ordem era exercer a opção de suicídio antes que isso acontecesse. E, se você fosse menos do que fiel à Mãe Pátria, alguém poria uma bala em *seu* cérebro muito antes de você sequer ser enviado para o exterior.

Mas e se alguém mudasse *de lado*... Grace se lembrava de um jovem em sua classe dizendo. Ele era de Vorkuta e parecia ter vindo de Peoria, e olhou para trás antes de continuar, curvado sobre uma planilha onde estava aprendendo a contar dinheiro norte-americano. *Se alguém mudasse de lado, o que aconteceria? Que tipo de tortura?*

Nenhuma, Grace poderia ter respondido. Apesar de toda a sua lealdade da boca pra fora, ela já estava madura para abandonar o país que achava ser dono de seu corpo e alma, o país que ela nunca vira inteiramente como seu lar. Tudo que foi preciso para iniciar o processo de sua deserção, assim que ela desembarcou nessas praias, foi um supermercado americano.

— Você nunca deve parecer chocada com a abundância — seus instrutores a alertaram. Era por isso que as cidades projetadas onde os candidatos treinavam eram equipadas com marcas dos EUA; Grace passou dois anos vagando por corredores abastecidos com latas com os rótulos *Campbell's* e *Niblets* enquanto se treinava para pensar no sistema imperial em vez do métrico e aprendia um sotaque suave de Iowa com um linguista nascido e criado em Irkutsk. Estava *preparada* para os supermercados americanos quando ela e Kirill finalmente foram inseridos. Só que não: ela saiu para aquele importantíssimo ritual de dona de casa de fazer as compras à tarde, seu sorriso amistoso pronto para uso, sua apresentação ensaiada ("Betty McDowell, Bob e eu somos novos aqui!") e... bem, ela acabou andando pela loja com uma aparência exterior sóbria, mas a mente em total atordoamento. Não que ela não soubesse o que era a farinha de bolo Softasilk da Betty Crocker quando a viu na prateleira, ou um saco das vibrantes laranjas da Califórnia. Mas, em seus dias de treinamento, as laranjas eram apenas bolas de madeira pintadas e a farinha por trás do rótulo Betty Crocker era o mesmo lixo meio serragem que Grace fazia fila para comprar em Leningrado quando criança. *Ali* estava a coisa verdadeira: laranjas de verdade, farinha de verdade, empilhadas em quantidades opulentas. E qualquer um ali podia comprar essas coisas. Não havia fila de pessoas desesperadas porta afora, ninguém conferindo cartões de racionamento, ninguém se recusando a vender porque ouviu dizer que seu avô era um *kulak*. Havia o *suficiente* ali.

Mais tarde, claro, Grace entendeu que não era assim tão simples. Claire lhe contou um pouco, sucintamente e sem autopiedade, sobre as Hoovervilles, os assentamentos improvisados em que sua família ficara reduzida a viver durante os anos 1930; as filas do pão e os barracos e as pessoas desesperadas se enfileirando nas igrejas para receber ajuda. Os Estados Unidos não eram de fato, Grace sabia agora, a terra da abundância ilimitada aberta a todos. Mas, em sua primeira tarde no supermercado, parecia ser, e isso a tirou do prumo.

— É repugnante — dissera Kirill, baixinho. — Eles não compartilham nada, eles acumulam tudo para si. É tão terrível quanto os instrutores disseram que seria.

Mas o que Kirill sabia sobre terrível? Ele tinha ficado de fora da guerra, em segurança, um dos privilegiados considerados importantes demais para ser enviado para as frentes de carnificina onde os hitleristas estavam (independentemente do que a propaganda dizia) ceifando regimentos russos como trigo. Ficara sentado em um escritório da NKVD durante a guerra, e Grace duvidava que ele já tivesse passado uma noite sequer com fome, porque *acumular* não era algo que apenas os porcos capitalistas ocidentais faziam, ah, não. Grace havia sobrevivido ao cerco de Leningrado durante a guerra, e esse foi provavelmente o primeiro erro que seus recrutadores cometeram ao recomendá-la para o programa de infiltração de agentes. O segundo erro foi achar que a metade ucraniana de sua hereditariedade tinha sido de alguma forma eclipsada pela metade russa; o terceiro erro foi enviá-la junto com Kirill. Mas o primeiro erro...

Você não precisa ser inteligente para servir à Mãe Pátria, disse um de seus instrutores. *Há muitas vagas na máquina para engrenagens burras. Mas, para o* nosso *programa, esconder-se à plena vista, entre os inimigos, durante anos, sem ser detectado, para servir dessa forma é preciso ter um cérebro.* Bem, Grace tinha um cérebro. Ela também sabia o que era ter fome, tão faminta a ponto de arrancar o couro de uma cadeira e o ferver com um punhado de mato congelado para fazer uma sopa, tão faminta que os dentes amoleciam e ela via seus seios murcharem e o peso cair para quarenta quilos com um 1,68 de altura. Conhecer a fome em seus ossos, em seu sangue, como parte de sua hereditariedade.

Nunca recrute alguém que saiba o que é passar fome para ser um agente infiltrado, pensara Grace, comprando um pastrami com pão de centeio na Rosenberg's Deli ao lado da Briarwood House. Porque, se você já tivesse sido obrigada a estar na borda afiada daquele penhasco terrível, vivendo dia após dia com o conhecimento de que estava sendo lentamente arrastada para a morte, isso traçava um limite nítido dentro de sua alma. De um lado desse limite estavam as coisas pelas quais valia a pena passar fome, sofrer, morrer, e, do outro lado, estava todo o resto. Grace havia sofrido de boa vontade essas dores por Kitty, por sua família, pela sobrevivência, e faria isso de novo num piscar de olhos. Algumas coisas valiam a pena. Mas, mesmo enquanto entrava no programa para agentes infiltrados, já sabia que Joseph Stalin, o homem que, muito antes do cerco de Leningrado, havia matado de fome cada uma das pessoas da família de sua mãe em Kharkiv antes que Grace completasse 15 anos, não era uma dessas coisas.

Se você tivesse cérebro suficiente para saber disso *e* também soubesse o que era passar fome, não pensaria na palavra *Repugnante* quando visse um supermercado abastecido com tudo o que havia sob o sol e nenhuma regra para impedir ninguém de comprar o que quisesse.

Você pensava, naquele sotaque suave de Iowa que agora era natural até dentro da sua cabeça, *Eles disseram que seria terrível, mas é maravilhoso.*

Você pensava: *Eu poderia me acostumar com isso.*

E, mais importante, você pensava: *Eu me pergunto quanto mais eles mentiram sobre este país.*

Muito, de fato. Toda aquela propaganda com a qual ela havia crescido, sobre como os ocidentais venderiam os próprios filhos por um pedaço de pão e prostituiriam as filhas nas esquinas por uma caneca de cerveja, *isso* ela certamente tinha visto que também não era verdade. E, quando se começava a sair à procura das mentiras, elas eram encontradas por toda parte. Olhava-se em volta para uma terra que lhe disseram durante toda a sua vida que estava cheia de inimigos e maldade e se descobria que, em vez disso, era uma terra de abundância e paz. E aí?

Bem.

Você percebia que esse país tinha mais a oferecer do que supermercados bem abastecidos.

Você percebia que não teria coragem de causar mal às pessoas dali.

Você chegava a um ponto de ruptura.

E, quando esse ponto chegava... digamos, na tarde em que uma certa pasta de arquivo chegava às suas mãos e você entendia o que havia nela e o que isso significava para o país que agora considerava seu...

Você pegava todas as habilidades que lhe ensinaram durante o treinamento, cada truque que havia absorvido, todas as armas que lhe deram, e *as usava*. Então, um ano depois de terem sido inseridos em sua casa de fazenda na Califórnia perto da Base Aérea Edwards, a meio caminho da missão designada de conseguir que seu "marido", Bob McDowell, fosse contratado como engenheiro no programa de voo que era tão interessante para os superiores em Moscou, Bob/Kirill acordava e descobria que sua esposa, Betty/Galina, tinha sumido, sumido, sumido. Seguido para o leste com novos documentos de identificação de que seus superiores não tinham o menor conhecimento, seguido para o leste com o nome de *Grace March*, seguido para um futuro totalmente novo sem códigos, sem entregas clandestinas, sem missões.

Seguido para a terra dos livres.

NÃO QUE A TERRA DOS LIVRES FOSSE UMA TERRA PERFEITA.

— Graças *a Deus* você está aqui, Grace. — As outras datilógrafas do grupo de estenografia do Departamento de Comércio caíram em cima de Grace assim que ela entrou na segunda-feira. — Aquele Morrow quer que você faça uns *arquivamentos*!

— Céus, como ele se atreve — Grace disse, placidamente. — Eu vou lá.

Uma mão preocupada em seu ombro.

— Quer que uma de nós vá junto? É melhor estar em duplas, você sabe. Perto *deles*.

— Duvido que o sr. Morrow vá me morder — disse Grace, e saiu em direção ao escritório do tamanho de uma caixa de sapatos em que os superiores se dignaram a esconder um homem da estatura de E. Frederic Morrow, ex-redator da CBS, ex-major de artilharia, atual conselheiro do Departamento de Comércio.

— Bom dia, senhor.

Ele levantou os olhos, a luz brilhando em seu rosto escuro.

— Sra. March, que bom que veio. — Nos dias em que ela não ia, não era provável que ele conseguisse que algum arquivamento ou datilografia fosse feito. Na última vez que uma das garotas da estenografia se voluntariou ("sentindo-se impelida por um senso de dever cristão", como ele contou, secamente), ela começou a chorar na hora em que ele teve que atravessar para o lado dela na sala e fugiu correndo do gabinete. — Comece por aquelas pastas ali, por favor. E, se não se incomoda, deixe a porta aberta.

Por quê?, Grace provavelmente teria perguntado alguns anos antes. Agora ela sabia o motivo. *Ele não quer comentários sobre mulheres brancas em sua sala a portas fechadas*, era como seu ex-amante Claude teria explicado em seu sotaque da Louisiana. *Deixe a porta aberta se não quiser causar problemas pra ele,* chère. *Washington não é tão ao sul, mas é sul o suficiente.* Sair com Claude tinha sido um aprendizado profundo para uma mulher que nunca tinha visto uma placa de "Só para Brancos" antes de vir de Leningrado para a terra dos livres. Grace sentia saudades dele. *Espero que ele esteja recebendo apenas aplausos em pé no Cotton Club.*

Ela transcreveu eficientemente a pilha de pastas, ordenou uma série de arquivos, reorganizou alguns papéis.

— Mais alguma coisa, sr. Morrow?

Ele franziu a testa na primeira vez que ela o chamara de *senhor*, mas não o fez agora.

— Isso é tudo, sra. March. Muito obrigado.

— Eu acho que o senhor está sendo desperdiçado aqui, sr. Morrow.

A risada dele, enquanto ela se curvava em um cumprimento antes de sair, foi um tanto sombria.

— Eu acho que você também está sendo desperdiçada aqui, sra. March.

— Uma mulher tem que pagar as contas. — Grace não se importava muito com o que fazia para viver, desde que tivesse um pouco de dinheiro no bolso, e havia muitas maneiras de ganhar dinheiro em uma cidade cheia de políticos. O disfarce para o qual havia sido treinada era apenas de *dona de casa*, mas ela podia passar por artista também: tinha aprendido a desenhar quando criança, ensinada por sua mãe, que costumava pintar pássaros coloridos, samambaias e flores em volta das janelas de seu apartamento em Leningrado. "Como sua avó me ensinou na casa onde cresci", dizia ela, dobrando os dedos rechonchudos da pequena Grace em volta de um pincel. Grace nunca havia sonhado em fazer algo com isso como trabalho (sonhar não era exatamente encorajado na URSS), mas fora instruída durante o treinamento de agentes infiltrados a aprender mais, simplesmente porque *artista* era uma boa ocupação para disfarce.

Artistas nunca atraem atenção entrando e saindo a qualquer hora, ou por terem companhias irregulares, seus instrutores explicaram, matriculando-a em aulas de pintura quando essa sua habilidade foi descoberta. Grace não tinha o talento instintivo e extravagante de Reka com um pincel, mas conseguiu trabalhos de pintura assim que chegou a Washington: uma placa ocasional aqui ou um mural ali, complementado com qualquer outra coisa que pudesse encontrar. E, no ano anterior, descobriu o Departamento de Comércio.

— Vá lá e pergunte pelo sr. Morrow, se você tem habilidades de secretária e quer ganhar um dinheirinho — Claire lhe dissera no ano anterior, ao contar ao Clube Briar sobre seu período como substituta enquanto o Congresso estava em recesso em agosto. — Nenhuma das garotas do grupo de estenografia do escritório quer trabalhar para um homem negro e ele pagará do próprio bolso por algumas horas de datilografia e arquivamento a cada semana. — Grace se inscreveu em um curso naquele inverno e agora vinha alguns dias para o escritório do sr. Morrow. Isso complementava muito bem o trabalho na biblioteca e a pintura de placas. Em algum momento ela teria que pensar em um emprego real com um salário adequado, mas, por enquanto, estava feliz em atravessar os meses com uma coleção variada de trabalhos avulsos.

Quando se passou tanto tempo da vida apenas sobrevivendo, era um prazer deixar-se levar. Uma sensação tão estranha de ser capaz de *prosperar*.

Grace almoçou em um dos Hot Shoppes locais, um cheeseburger de 35 centavos e um delicioso *sherbet* de suco de laranja chamado Orange Freeze. Havia um restaurante Hot Shoppes quase idêntico na réplica de cidade norte-americana onde ela havia treinado, um fato que divertiu Grace imensamente. Dois anos ela passou lá, imersa com o restante de seus colegas de classe durante a doutrinação cultural, e tinha sido como viver em um set de filmagem. Os detalhes estavam todos corretos, os carros que passavam nas ruas eram Packards e Chevrolets, as placas de rua eram todas em inglês e os parquímetros cheios de moedas americanas de dez e cinco centavos, mas tudo era um pouco correto demais. Os bancos naqueles restaurantes não rangiam quando giravam, e os hambúrgueres ainda tinham gosto da carne misteriosa comum de Moscou, não de carne bovina americana. Nenhum dos assentos era afundado no meio na réplica de cinema americano que exibia *Nossa vida com papai* e *O solteirão cobiçado*. As ruas onde rapazes elegantemente vestidos se cumprimentavam com *Oi, Jim!* e *Bom dia, Bill!* com sotaques americanos impecáveis não tinham uma única pessoa acima de 45 anos, apenas aqueles jovens de olhos afiados cujos pais do NKVD e a boa habilidade linguística os haviam colocado no programa secreto. Os parques verdes com balanços imaculados não tinham crianças brincando, apenas mulheres jovens como Grace com nervos de aço e luvas brancas, aprendendo a arrulhar *Você viu o artigo na* McCall's? e *Eu vou levar um cozido de carne* como se tivessem nascido e crescido nas Rochosas, não nos Urais.

Confie nos russos, refletiu Grace, enquanto dava uma grande mordida em seu cheeseburger, para ter uma visão geral correta, mas os detalhes completamente errados. Viver numa cidade americana falsa por alguns anos não a havia preparado para viver nos Estados Unidos, nem um pouco. Porque a maior diferença entre americanos e soviéticos ela havia percebido em seu primeiro mês no país, não estava nas vogais, nas roupas ou em como se adoçava o chá. Estava nos ombros. Quando soviéticos eram esmagados pela vida, pela sorte, pelo sistema, eles se resignavam: os ombros se curvavam. Quando um americano era atingido com uma dose igual da mesma opressão, eles se enrijeciam; podia ser de raiva ou de medo, mas seus ombros e queixo se erguiam, não abaixavam. Grace viu isso até no sr. Morrow, que ia para o trabalho todos os dias com uma total falta de surpresa pelo fato de que se esperava que ele trabalhasse numa lata de sardinha sem janelas, que todos o observassem atentamente sempre que ele dirigia uma única palavra a uma mulher branca, que homens com metade de sua idade e metade de sua posição falassem *Rapaz, pegue meu casaco* quando ele saía para o horário do almoço. Ele podia não ficar surpreso com esse tratamento, mas seus ombros se enrijeciam com isso.

Um mês depois de chegar aos Estados Unidos, promovida daquela cidadezinha de merda de cenário de filme para a versão real na Califórnia, Grace começou a tentar posicionar seus ombros de forma diferente. Imaginando se isso algum dia seria natural para ela.

Puxando os ombros para trás, terminando seu cheeseburger e batatas fritas até a última gota de ketchup, com uma meticulosidade que só pessoas que passaram fome por muito tempo podiam ter, Grace pensou que certamente pretendia descobrir.

A CASA INTEIRA VINHA PARA O QUARTO DE GRACE NAS NOITES DE quinta-feira, mas quase todas as outras noites ela ouvia uma batida na porta de algum membro do Clube Briar desejando uma conversa mais privada e sincera. Naquela noite, foram Pete e Lina, os queridos.

— Você pode nos ajudar a preencher o formulário de inscrição da Lina para o Pillsbury Bake-Off? — pediu Pete, ansioso, Lina mordendo o lábio ao seu lado.

— Se vocês não se importarem em dividir minha atenção com a CBS. — Grace abriu a porta, fazendo sinal para eles entrarem. — Você sabe que eu te amo, Pete Martelo, mas Edward R. Murrow tem meu coração.

— Quem é ele?

— Deus do céu, você não assiste ao noticiário? É só o homem que está derrubando o senador McCarthy, e já não era sem tempo.

Grace vinha estando absolutamente colada ao programa dele durante todo o mês de março. *Não seremos levados pelo medo a uma era de irracionalidade. E, lembrem-se, não descendemos de homens medrosos. Esta não é a hora para homens que se opõem aos métodos do senador McCarthy ficarem em silêncio... Escutem, escutem,* pensou Grace, ligando a televisão e sorrindo ao ver o rosto magro e sério de Murrow e as longas entradas no cabelo preto e branco. Alguém, por favor, tire McCarthy para que os americanos parem de procurar espiões soviéticos embaixo de cada pedra, e *esta* espiã soviética aqui possa se assentar e viver em paz.

— Chá de sol? — perguntou Grace, já enchendo copos para Lina e Pete enquanto eles se acomodavam no chão. A receita não tinha vindo de nenhuma sogra em Iowa, mas de um livro de receitas de Betty Crocker que todas as mulheres recrutas de agente infiltrada tinham que memorizar durante a doutrinação cultural. Pete e Lina tomaram goles do chá, já falando sobre a inscrição.

— Nós temos que incluir um selo de um saco de farinha Pillsbury, Lina-kins; se fizermos isso, o prêmio pode dobrar...

Edward R. Murrow já tinha começado a falar de McCarthy, com ar sério. *O argumento dele é muito simples: qualquer pessoa que criticar ou se opuser aos métodos de McCarthy deve ser um comunista, e, se isso for verdade, então há muitos comunistas neste país.*

Alguns a mais do que você pensa, Grace refletiu, imaginando o que Kirill estaria fazendo nos últimos tempos. Duvidava muito que ele tivesse comunicado o desaparecimento dela aos superiores; havia muito risco de que ficasse sob suspeita por associação, fosse chamado de volta por seus responsáveis e fuzilado sem perda de tempo. Se ele sabia o que lhe convinha, provavelmente havia informado que ela morrera em um acidente de carro e continuado a missão sozinho, não que Grace achasse que ele teria muita chance de obter informações valiosas do programa de voo da base aérea Edwards sem ela. Kirill era um engenheiro aeronáutico de primeira linha, mas nunca tinha aprendido a ser charmoso, a soltar a língua das pessoas. Ele nunca dominara de fato o modo como os americanos falavam em contrações e não em frases precisas e completas como robôs. Foi essa a razão de Grace ter sido colocada com ele: ela sempre tinha sido mais jeitosa, com a habilidade de fazer as pessoas se abrirem.

Você extrai as informações do pessoal da força aérea e ele determina o que é útil, tinham sido as instruções dela quando eles começaram seu falso casamento. Grace havia entendido isso como uma parceria: que cada um deles tinha algo valioso para trazer a essa tarefa de farejar informações e enviá-las a Moscou, e que a parte do *casamento* era tão real quanto os retratos de casamento falsos para os quais eles posaram em um estúdio para fazer um álbum de fotos simulado. Kirill tinha entendido como algo muito mais próximo de um casamento de fato: ele daria as ordens, Grace as seguiria, ele receberia o crédito junto aos superiores. Fora isso, Grace ficaria de boca fechada, abriria os joelhos sempre que ele tivesse vontade e faria *rassolnik* exatamente do jeito que sua mãe da Udmúrtia fazia ou então sentiria a força da mão dele. Não tão diferente de um casamento norte-americano, substituindo *rassolnik* por cozido de vagem...

Pete, com voz ansiosa:

— Tem certeza de que quer entrar na competição este ano, Lina? Doze anos é a idade mínima e você só tem 11.

— Eu vou ter 12 quando a competição acontecer em Nova York...

A bela voz de Murrow ainda vinha da TV: ...norte-*americanos maduros podem participar de conversas e controvérsias, o choque de ideias, com comunistas em qualquer lugar do mundo sem se contaminarem e se converterem. Acredito que nossa fé, nossa convicção, nossa determinação são mais fortes que as deles, e que podemos competir, e com sucesso, não só na área das bombas, mas na área das ideias...*

Grace achava que ele estava certo: sua própria fé no ideal comunista havia sido nitidamente manchada muito antes de ela ter sido recrutada para esse trabalho. Fé no sistema, no coletivo, no marxismo: essas coisas podiam até ter sido a água em que ela nadava enquanto crescia, mas uma subcorrente constante nessa água havia sido a amargura de sua mãe ucraniana. *Se eu tivesse me casado com um homem na minha aldeia e tido você lá, todos nós estaríamos mortos,* Grace se lembrava dela sussurrando no ucraniano que ainda falava com os filhos quando o marido não estava por perto. *Cidades inteiras mortas de fome, cada primo que cresceu comigo... Extermínios não são feitos apenas com balas, denúncias e vans pretas à noite, Galina Pavlovna.* E ela fechava a boca com força antes que alguém pudesse ouvir, antes que alguém pudesse denunciar que a bela esposa que o camarada Stepanov havia escolhido perto de Kharkiv não era tão grata pela generosidade e sabedoria do camarada Stalin quanto deveria ser.

Camarada Stalin... Grace balançou a cabeça ao lembrar como tinha ficado bêbada quando soube que Stalin havia morrido, tão completamente embriagada que Bea e Claire tiveram que carregá-la três lances de escada. Como ela odiava aquele homem. Odiava-o e odiava o fato de que ele estava morto e ela nunca teria a chance de lhe dizer que o mundo que ele construíra fora o mundo que matou a família de sua mãe, o mundo que matou sua irmã. *Apodreça no inferno, tio Joe*, pensou Grace, e se inclinou sobre o ombro de Lina para olhar o formulário do concurso.

— Pães, bolos, tortas, cookies, pratos principais e sobremesas. Em qual categoria você vai se inscrever, Lina?

— Bolos. — Lina pareceu subitamente nervosa, mastigando uma mecha de cabelo. — Eu preciso enviar uma receita original, e... e sra. Grace, eu estava pensando...

Pete fez um gesto encorajador de *Vá em frente* para a irmã.

— Posso enviar a daquele bolo que você me ensinou a fazer no mês passado? — perguntou Lina, depressa. — O bolo de mel de oito camadas? Eu nunca vi *nada* parecido em *todos* os meus livros de receitas...

Porque foi inventado na Rússia 130 anos atrás, pensou Grace. Uma guloseima para as festas de fim de ano, quando ela era criança. Papai sempre franzia a testa para as sobremesas ucranianas da mamãe, como o *yabluchnyk*, preferindo os bons e velhos clássicos russos. Kitty era a doceira da família; com Grace trabalhando na fábrica de munição e sua mãe fazendo longas horas como intérprete, Kitty era quem corria para a cozinha compartilhada deles, sem nem mesmo tirar o lenço vermelho dos Pioneiros antes de começar a abrir a massa para fazer as camadas, regar com mel, intercalá-las com sour cream. O que Kitty ia pensar, sua irmã mais nova de cabelos castanho-avermelhados e olhos brilhantes, ao saber que uma garota norte-americana da mesma idade queria levar a receita da família para o Pillsbury Bake-Off?

Grace quase podia ouvir a vozinha autoritária de Kitty: *Diga a ela pra misturar o recheio com leite condensado em vez de creme para ficar mais doce. E esmigalhe as aparas do bolo para decorar por cima! E...*

— Claro que você pode enviá-la — Grace disse a Lina, sentindo a voz um pouco grossa.

Lina sorriu.

— Você me diz as instruções outra vez, para o formulário?

Grace baixou o volume da TV para não ter que competir com o barítono sonoro de Murrow enquanto começava a ditar a receita, mas o escutava com um ouvido mesmo assim: *...Não posso declarar que sempre* *fui certo ou sábio. Mas tentei buscar a verdade com alguma diligência...* Pete parecia pensativo, escutando.

— Ele fala bem mesmo, não é? — Passando a mão no cabelo para trás como se desejasse ter a longa entrada do apresentador. Grace se perguntou se Pete Martelo estaria prestes a adotar um novo ídolo. A fase William Holden/*Inferno número 17* tinha dado lugar à fase *Dragnet*, e as moças do Clube Briar haviam suportado Pete entoando com certa frequência "Apenas os fatos, senhora", mas essa fase também podia estar no fim...

— Como é o nome desse bolo? — Lina quis saber. — As receitas vencedoras sempre têm bons nomes.

Medovik, Grace quase disse em russo.

— Vamos chamá-lo de Bolo Nuvem de Mel de Oito Camadas — sugeriu ela. — Parece um nome vencedor, não? Sua mãe vai deixar você competir se você entrar?

O sorriso da menina sumiu e Pete respondeu, meio sombrio:

— Nós vamos travar essa batalha quando chegar a hora.

Mais tarde, quando a televisão foi desligada e Lina desceu para procurar um selo para o formulário de inscrição, Pete disse a Grace:

— Se ela conseguir entrar no Bake-Off, vai competir nem que eu tenha que levar ela pra Nova York por cima do *cadáver* da minha mãe. A Lina precisa disso.

— Ela precisa — concordou Grace. Nos últimos quatro anos, tinha visto Lina Nilsson crescer de uma criança de 8 anos singularmente sem charme e sem graça que vivia grudando nas pessoas para uma adolescente com espinhas e desengonçada que ainda mastigava o cabelo e falava aos trancos... Mas ela sabia cozinhar agora, mil cookies queimados e bolos achatados depois, e todo o incentivo generoso do Clube Briar ao longo dos anos havia resultado em, apesar das críticas de sua mãe, Lina *saber* cozinhar. Se a vida não fosse suficientemente bondosa para dar a uma menina covinhas, beleza, charme, inteligência ou qualquer uma das outras coisas que facilitavam o caminho até a vida adulta, ela precisava encontrar outra coisa para dar autoconfiança aos seus passos. Grace imaginava que uma carta de aceitação para o Pillsbury Bake-Off aos 12 anos daria a Lina o direito de se gabar até o ensino médio. — Ela vai entrar, Pete. Eu sinto isso.

— Até lá... — Pete alisou o cabelo para trás como o de Edward R. Murrow, tentando fazer uma voz de barítono em vez de um tenor adolescente, e terminou com as palavras que Murrow tinha usado no fim da transmissão daquela noite (e de todas as noites) — ...boa noite e boa sorte!

Ele saiu correndo escada abaixo e Grace sorriu, voltando para o quarto e se acomodando novamente no assento da janela. O gato ruivo e magro que ela havia semiadotado anos antes veio gingando pelo parapeito e Grace o trouxe para dentro.

— Olá, Vermelho. — O nome, sua piada particular. Kitty tinha um gato velho chamado Trotsky quando elas eram crianças, mas não se podia exatamente chamar um gato de *Trotsky* nos Estados Unidos de McCarthy. Não que fosse ser os Estados Unidos de McCarthy por muito tempo, do jeito que Murrow estava demolindo a reputação dele na CBS.

Pobre velho Trotsky, ele morreu de idade avançada e decrepitude pouco antes do início da guerra, o gato mais malvado e mal-humorado de Leningrado, e o mais sortudo também. Se ele tivesse sobrevivido ao primeiro inverno do cerco, teria acabado numa panela de sopa. Grace sentiu um aperto residual de pânico no peito e moveu Vermelho pra cima do ombro a fim de se levantar e voltar à área da cozinha. Lá ela olhou para sua pirâmide de comida enlatada, o pedágio de brincadeira que coletava de cada integrante do Clube Briar para os jantares de quinta-feira, só que na verdade não era uma piada. Ela precisava das latas para suas noites ruins, quando acordava com aquela dolorida fome arranhando seus ossos com garras fantasmas. Não adiantava passar as mãos pelo corpo e sentir carne macia e saudável em vez de ossos salientes; não adiantava passar a língua pelos dentes e sentir que nenhum deles estava mole; não adiantava comer alguma coisa e lembrar seu estômago de que ele estava cheio. A única coisa que ajudava era contar as latas. Milho enlatado, pêssegos enlatados, carne enlatada, porco e feijão, coquetel de frutas, sopa de tomate... Ela ficava lendo os rótulos, fazendo as contas em sua cabeça: 76 latas em uma pirâmide colorida junto à parede de sua pequena cozinha, todas limpas e com o rótulo voltado para fora com uma precisão fanática; 76 latas significavam quantos dias de sobrevivência divididas entre oito pessoas, entre sete, seis, cinco? Contas que Grace podia fazer sem esforço, mesmo contraída e arranhada pela fome fantasma. Aritmética de sobrevivência, a única coisa que se tinha energia para fazer com 125 gramas de pão recebidos do Estado por dia, e o que quer que se pudesse acrescentar à panela de sopa depois que o mato tivesse sido arrancado de cada fenda em cada rua, cada cadeira de couro e bota sobressalente tivesse sido fervida e cada gato de rua da cidade comido.

— Você teria acabado em um ensopado — disse ela suavemente a Vermelho, acariciando suas costas. — Eu também poderia.

O cerco de novecentos dias, como alguns o chamavam: as forças de Hitler cercando Leningrado como um colar letal, sufocando tudo. Novecentos dias, três invernos, mas toda a família de Grace se foi no primeiro. Seu pai já estava morto havia muito tempo quando o cerco começou, o que deixava oito deles amontoados para sobreviver em um apartamento de dois cômodos, encolhidos juntos para se aquecerem, juntando cartões de racionamento, bebendo água tirada de buracos de bombas na Nevsky Prospect depois que os bombardeiros alemães passavam. Oito pessoas: Mamochka, o pai de seu pai, os dois irmãos mais novos de seu pai e suas esposas, Grace e Yekaterina. Kitty manteve um diário, até o fim, embora no fim as entradas fossem apenas uma lista.

Tia Zhenya morreu em 12 de dezembro ao meio-dia, 1941.

Vovô morreu em 14 de janeiro às três horas, 1942.

Tio Leonid, 3 de fevereiro às seis horas da manhã, 1942.

Tio Josef, 10 de fevereiro às nove horas da noite, 1942.

Tia Sofka...

Mamãe...

E, por fim, a caligrafia da própria Grace: *Yekaterina Stepanova, 1º de março, pôr do sol, 1942*. Depois disso, ela jogou o diário no fogão e aqueceu seus dedos congelados na chama. Um cerco de novecentos dias, mas levou menos de noventa dias para toda a sua família morrer.

Irônico, isso. Mamãe tinha se casado com um russo para conseguir escapar da pequena vila agrícola onde nascera, depois chorou lágrimas amargas quando o Partido de seu marido matou de fome sua família e os vizinhos que ficaram lá, entre milhões de outros reduzidos a pele e ossos. Mas se consolava abraçando Grace e Kitty: "Pelo menos, tendo nascido aqui como boas meninas do Partido, vocês nunca morrerão naquele inferno." Foi por mero acaso que ela ficou sabendo do destino de sua família, preocupada, enquanto Grace crescia, ao ver que as cartas foram rareando até que pararam de chegar por completo. Só foi descobrir a verdade quando um antigo vizinho muito magro conseguiu chegar a Leningrado pouco antes que as fronteiras fossem fechadas, procurando trabalho e murmurando horrores com uma boca desdentada. "Todos eles morreram de fome", sussurrou, "enquanto a comida se acumulava em depósitos e eles não tinham permissão para chegar perto dela...", mas nunca onde alguém pudesse ouvir, porque eram dez anos nos gulags só por dar a entender em voz alta o que estava acontecendo do outro lado daquela fronteira. Foi aí, Grace se lembrou, que o cabelo de sua mãe começou a branquear... mas ela não perdeu a firmeza, segurando Grace e Kitty junto de si. "Pelo menos vocês, meninas, não terão esse destino. Nenhuma de nós terá."

Mas tiveram. Todos, exceto Grace.

Então, no momento, Grace parou na pequena cozinha, naquele apartamento que teria sido forçada a dividir em Leningrado com pelo menos duas outras pessoas, e aninhou o gato magro junto ao peito do modo como antes dormia com seus ossos curvados em volta dos ossos menores de Kitty para se aquecerem, e contou latas de comida. Contou vagens, ginjas e feijões-fradinho, contou quantos dias de sobrevivência elas lhe garantiam, até que os fantasmas de ontem se afastaram por um tempo e ela pôde se lembrar de que vivia em uma terra de fartura. Uma terra que ela havia feito sua, uma terra em que entrara como inimiga e permanecido como amiga, uma terra que ela nunca ia prejudicar e nunca, *nunca,* ia deixar.

— Boa noite e boa sorte, Kitty — disse Galina Stepanova. — Queria que você estivesse aqui.

Medovik da Kitty, Bolo Nuvem de Mel de Oito Camadas da Lina

- 3/4 de xícara de açúcar refinado
- 1/4 de xícara de mel
- 2 colheres de sopa de manteiga sem sal
- 3 ovos grandes, em temperatura ambiente, batidos com um garfo
- 1 colher de chá de bicarbonato de sódio
- 3 xícaras de farinha de trigo, e mais para abrir a massa
- 1 xícara de creme de leite fresco
- 1 quilo de sour cream
- 2 xícaras de açúcar de confeiteiro
- Morangos inteiros para decorar

1. Preaqueça o forno a 180°C. Forre uma assadeira com papel-manteiga.
2. Em uma panela média, aqueça o açúcar refinado, o mel e a manteiga em fogo médio-baixo, mexendo ocasionalmente, até o açúcar derreter, por 5 a 7 minutos. Não use fogo alto, ou a mistura pode queimar no fundo.
3. Assim que o açúcar estiver dissolvido, retire a mistura do fogo e, enquanto ainda quente, adicione os ovos batidos em um fluxo lento e constante, batendo vigorosamente até todos os ovos estarem incorporados (não pare de bater para não acabar com ovos mexidos).
4. Junte o bicarbonato de sódio e bata até não ficar nenhum grumo, depois adicione a farinha, 1/2 xícara por vez, com

uma espátula até a massa atingir uma consistência de argila e não grudar nas mãos.

5. Corte a massa em 8 pedaços iguais. Em uma superfície bem polvilhada com farinha, abra cada pedaço com o rolo em um círculo fino de 20 centímetros com cerca de ½ centímetro de espessura. Polvilhe a parte de cima com um pouco de farinha para evitar que a massa grude no rolo. Coloque um prato ou a base de uma forma de fundo falso de 20 centímetros sobre a massa aberta e trace o contorno com uma faca para fazer círculos perfeitos. Reserve as aparas para depois.
6. Transfira 2 rodelas da massa para a assadeira preparada e leve ao forno por 4 a 5 minutos, até dourar. Transfira as rodelas para uma grade de arame e deixe esfriar completamente. Repita com as rodelas restantes.
7. Depois que as rodelas estiverem assadas, ponha as aparas de massa na mesma assadeira e leve ao forno por 4 a 5 minutos, até dourar. Transfira para uma grade de arame e deixe esfriar completamente, depois esmague as aparas com um rolo de massa até obter migalhas finas.
8. Para fazer o recheio, bata o creme de leite em uma tigela média até formar picos fofos e firmes. Em uma tigela grande, misture o sour cream e o açúcar de confeiteiro. Jogue o creme de leite na mistura de sour cream e leve o recheio à geladeira até a hora de usar.
9. Para montar o bolo, espalhe cerca de 1/3 de xícara do recheio em uma rodela de bolo, depois cubra com outra rodela, alternando o recheio e as camadas de bolo até que todas as rodelas tenham sido usadas. Não economize no recheio, pois o bolo precisa absorver parte do creme para ficar ultramacio, e pressione as camadas suavemente no processo para evitar que fiquem espaços de ar. Cubra o topo e as laterais com o restante do recheio.

10. Polvilhe o topo e as laterais com as migalhas de bolo, depois cubra-o com papel-filme e deixe na geladeira durante a noite. O bolo precisa de tempo para absorver um pouco do creme e amolecer, então seja paciente.
11. Decore com morangos inteiros e coma com amigos de qualquer nação, enquanto ouve "Rags to Riches", de Tony Bennett.

Os verões norte-americanos giravam ao longo do ano como um caleidoscópio, pensou Grace. O sol e os dias mais longos formando a cada mês um novo padrão, as peças brilhantes como joias que eram as mulheres do Clube Briar encaixando-se a cada giro em novas formas.

Maio. As últimas pétalas das famosas flores de cerejeira de Washington haviam desde muito se dissipado sobre a Tidal Basin como neve rosada, os turistas se dissipando com elas. O piquenique do Dia da Condecoração, que agora tinha se tornado tradição; Harland com o braço em volta da cintura de Bea enquanto virava hambúrgueres na grelha, contando a elas que recebeu sondagens da Divisão de Organizações Internacionais.

— Que droga é isso? — perguntou Bea, tirando a tampa de uma garrafa de Coca-Cola.

— Parece a coisa mais chata do mundo — disse Grace, aproximando-se com uma Schlitz na mão. Deu a Harland um sorriso tranquilizador, caso ele estivesse preocupado quanto a ela ter dito alguma coisa a Bea sobre aquela única vez em março.

— Se parece chato, é porque é a CIA — disse Harland, um pouco melancólico. — Não sei se me encaixo com esses caras meio relaxados da inteligência. Eles são mais descontraídos que o FBI, todos eles do tipo de Yale e Harvard. O tipo que usa gravatas coloridas e escreve romances nas horas vagas. Esquerdistas e malucos, como o sr. Hoover costumava chamá-los. — Mas seu rosto estava pensativo, e Grace decidiu quebrar sua regra de não dar um empurrãozinho.

— Você não gostou da atmosfera com os federais. Por que não tentar os esquerdistas e malucos? — Ela não perguntou sobre a missão, mas ele contou mesmo assim, balançando sua espátula de hambúrgueres. Algo sobre o Congresso pela Liberdade Cultural, a montagem de projetos artísticos e intelectuais com financiamento da Agência.

— Um jeito diferente de combater a disseminação comunista, talvez. Mostrar a esses caras de Moscou que temos melhor arte e uma troca de ideias mais livre aqui...

Grace arregalou os olhos.

— Artistas modernos recebendo financiamento da CIA?

— Por que não? Pelo menos ela está *construindo* algo com fundos do governo, ao invés de destruir.

Grace achou que ele tinha um bom argumento. Todos aqueles artistas do Renascimento não tinham recebido dinheiro de papas e príncipes para pintar seus tetos e afrescos? Quem se importava com a origem daquele dinheiro, desde que se pudesse admirar a genialidade?

— Poderia ser um tipo diferente de guerra. Uma guerra das artes, em vez de uma corrida armamentista. — Harland parecia mais pensativo agora, pondo os hambúrgueres da grelha para a bandeja. — Promover os Estados Unidos acima de Moscou por meio da cultura em vez das bombas...

— Minha ideia de cultura é o poema de beisebol *Casey at the Bat* — disse Bea com uma risada, passando seu braço magro em volta do pescoço de Harland.

Que é melhor do que a maior parte da poesia soviética, Grace pensou, levando a bandeja de hambúrgueres para o grupo faminto na cozinha. Arte soviética em geral; *argh*. Todos aqueles versos poéticos pesados que nem cimento sobre a glória do trabalho, todas aquelas paisagens horríveis aprovadas pelo Estado recheadas de soldadores de fábrica heroicos. Se Grace tivesse tentado pintar sua trepadeira florida na parede de um apartamento em Leningrado, seu vizinho provavelmente a teria denunciado por sentimentalismo antissoviético. *Minhas florezinhas* Petrykivka *não estão prejudicando ninguém aqui*, sua mãe gritou quando seu pai se opôs à trepadeira que ela havia recriado na parede como a que havia em sua antiga casa em Kharkiv, mas mesmo assim ela teve que apagá-la, com a boca amarga. *Quem vai se lembrar de como fazer essas coisas quando todos os nossos artistas tiverem sido mortos de fome ou fuzilados?*, ela murmurou, enxugando os olhos. Grace se perguntou o que ela pensaria da trepadeira de sua filha no outro lado do mundo...

— Acho que você deveria ir para a CIA, homem do governo — Grace aconselhou Harland. — E aí nós encontraremos um novo apelido pra você!

O caleidoscópio do verão girou novamente, quase antes de os guardanapos do piquenique do Dia da Condecoração terem sido jogados fora, ou assim pareceu a Grace, e era junho, e ela se viu grudada nas audiências Exército-McCarthy na televisão. Vendo aquele fanfarrão de cabelo escuro, semibarbeado e de rosto suado vociferando e fazendo ameaças, pensando em como ele teria concebido tamanha obsessão pela Ameaça Vermelha quando, na verdade, poderia dar as mãos a Joe Stalin. Se alguma vez houve um homem que teria *prosperado* em um estado policial, esse homem era McCarthy.

— Ele parece um *pöcs* velho e peludo — resmungou Reka, assistindo às audiências ao lado de Grace enquanto fumavam um maço de Lucky Strike, e mais tarde ela convidou Grace para ver o retrato que havia feito: McCarthy em pinceladas abstratas selvagens em preto e vermelho, mais macaco que homem, dentes quase arreganhados do outro lado da mesa. — Vou dar o nome de *Decência* — disse Reka com seu sorriso húngaro feroz, e Grace retribuiu o sorriso. Aquele momento durante as audiências em que ambas haviam aplaudido, quando o advogado diante de Tail Gunner Joe perdeu a paciência e retrucou: "O senhor não tem mais nenhum senso de decência, afinal? Não lhe restou nenhum senso de decência?"

McCarthy está acabado, pensou Grace naquele momento de assombro televisionado. *Ele está acabado, e isso passou na televisão para o mundo inteiro ver.* Ele estava acabado, ou logo estaria. E talvez ela fosse continuar segura ali.

Outra volta caleidoscópica para julho, calor do verão e estrelinhas de Quatro de Julho e Bea, vitoriosa por conseguir um contrato para um arremessador canhoto de 19 anos nos Senators, arregimentando todas elas para o campo de beisebol para outro jogo como as Briarwood Belles.

— Não temos a sra. Sutherland para jogar no centro este ano — reclamou Bea. — Para onde ela foi, afinal?

Claire respondeu, com o rosto pálido e sério:

— No outono passado o marido dela resolveu inesperadamente se mudar com a família de volta para a Virgínia a fim de se concentrar no condado natal em sua campanha para a eleição. Eles ainda não voltaram de lá. — Grace olhava para o rosto imóvel de Claire, lembrando-se de como ela tinha se fechado em seu quarto na ocasião do Halloween e não havia saído de lá por dias. Talvez, Grace pensou, ela devesse quebrar sua regra de nunca dar um empurrãozinho e dar mais um aqui.

— Alguma notícia da bela sra. Sutherland? — ela murmurou para Claire, ajudando-a a vestir o protetor peitoral de receptora emprestado. — Espero que ela não tenha tido nenhuma recorrência dos ferimentos do outono passado. — Ela ainda pensava nas marcas de sapato naquele torso longo... Grace não achava que iria se surpreender com a ideia de maridos batendo em esposas (homens russos tendiam a ter mãos pesadas; até mesmo seu pai de bom gênio não hesitava em dar um tapa quando sua mãe criticava mesmo que vagamente a mais recente diretriz do Partido, e Kirill com certeza se sentia à vontade com seus tapas nos bastidores), mas o corpo cheio de hematomas de Sydney Sutherland a havia chocado profundamente.

— Não — disse Claire, em um tom seco. — Ela está... ela está bem, só não pode sair de lá agora. Seus sogros apareceram para uma visita de surpresa no Halloween e pela manhã todos estavam ansiosos para voltar ao condado de Loudon. E eles simplesmente foram e *ficaram*. Há um clã inteiro de Sutherland lá. Um Klan com *K* — ela murmurou, o rosto triste, e Grace fez uma anotação mental de procurar menções nos jornais sobre o jovem sr. Sutherland que estava tão favoravelmente cotado, ele e seus dentes brancos e sua Estrela de Bronze, para uma cadeira na Câmara. Ele *merecia* perder a esposa para uma trapaceira ruiva que cozinhava panquecas de batata. (Não surpreendeu Grace nem um pouco saber que Claire tinha essas inclinações particulares. Seu treinamento havia enfatizado que era preciso estar disposta a flertar com qualquer pessoa de qualquer sexo para obter as respostas que desejava. *Mulheres norte-americanas são pervertidas*, Kirill havia bufado, pessoalmente ofendido pelo fato de que uma mulher pudesse responder mais aos sorrisos de Grace do que aos dele. Grace revirava os olhos por dentro. Kirill era capaz de afastar *qualquer* mulher para sempre.)

Agosto, o calor abrasador do verão trazendo alguém novo para a casa, porque o marido de Fliss finalmente estava de volta.

— Está demorando tanto — Fliss vivia dizendo, os olhos molhados. Quase um ano depois do fim do conflito na Coreia antes que seu Dan fosse finalmente desmobilizado ou liberado ou como quer que o Exército chamasse isso, um dos últimos médicos a ser enviado para casa, do Japão para San Diego; Fliss o havia encontrado lá com Angela a tiracolo, mas voltou sozinha: — Ele foi retransferido para Balboa para substituir outro médico ferido em um acidente de carro. — Ela suspirou, passando biscoitos amanteigados ingleses para as outras pessoas no quarto de paredes verdes de Grace. — *Mais* um ou dois meses; supostamente, é o último adiamento. — Fliss enxugou as lágrimas, mas pelo menos eram lágrimas de frustração, lágrimas de raiva, não aqueles terríveis soluços pesados que a rasgavam quando Angela era menor. Melhor raiva do que desespero.

— Vocês dois vão se mudar de imediato, Borbulha? — perguntara Grace, já triste pela perda, mas Fliss fizera uma expressão quase tímida.

— Bom... eu tenho a esperança de que ele possa ficar comigo aqui até decidirmos para onde vamos. Não quero ir embora ainda... Você acha que poderia me ajudar a convencer a sra. Nilsson? — E Grace exaltou as virtudes de ter um médico em casa até que a Crocheteira repensou sua posição de *homens não*, e era como se nem tivesse passado muito tempo quando todo o Clube Briar se reuniu para ver o táxi do dr. Dan parar no meio-fio, suas pernas longas saindo do banco de trás. Ele pareceu um pouco confuso ao ser abraçado por tantas mulheres que nunca tinha visto antes, mas se recompôs para grelhar um *yakitori* japonês no fogareiro de Grace enquanto Fliss equilibrava Angela sobre um quadril e falava do futuro. — Quando a Angela estiver no jardim de infância, vou voltar a trabalhar pelo menos meio período como enfermeira... — Grace se perguntou vagamente se a garota inglesa ainda pensava naquela noite no Chickland Club, no tumulto em que Grace tinha esfaqueado um homem sob o queixo quando ele avançou sobre elas. Fliss tinha visto o brilho da pequena ponta de aço em seu punho? Uma lâmina pouco maior que um palito de dente, que Grace guardava dentro de um inocente tubo de batom no bolso. Ela não era uma assassina que podia esmagar crânios com as próprias mãos, mas havia recebido treinamento em combate corpo a corpo; sabia como ter armas escondidas e sem risco. Grace sentia a pequena ponta metálica em seu batom no bolso agora, enquanto pegava seu prato de espetos *yakitori* com o dr. Dan, afiada o suficiente para furar um olho ou rasgar uma jugular ou inserir uma gota de veneno através da manga de uma camisa. Não que ela planejasse usá-la para qualquer uma dessas coisas, mas fazia algum mal estar preparada? Ainda tinha sua velha pistola também, lubrificada e carregada, presa com fita adesiva sob uma das gavetas da cômoda...

Setembro, o grito de Lina rasgando a casa toda:

— Eu fui aceita, eu *fui aceita!* — Seus óculos embaçando quando ela desligou o telefone, jogando os braços em volta de Pete. — Eu estou no Pillsbury Bake-Off, fui convidada para ir a Nova York! — Pete a girou tão alto que os sapatos bicolores dela quase rasparam o teto, Grace recebeu o abraço seguinte, Bea saiu aos pulos e gritos, e a sra. Nilsson veio ver o que era todo aquele barulho.

— O Pillsbury Bake-Off? — Irritada. — Deixe de ser ridícula, Lina, você não vai pra *Nova York*, isso é completamente fora de cogitação.

Pete ficou vermelho como um carro de bombeiro, claramente prestes a detonar como as bombas que Grace tinha visto os Junkers alemães despejarem no centro da Nevsky Prospect como um cordão de pérolas explosivas. Ela tocou no braço dele e interveio depressa:

— Sra. Nilsson, já pensou nas vantagens envolvidas? A nossa Lina no Bake-Off, apenas cem competidores escolhidos entre todos que se candidataram no país inteiro! Sabia que o primeiro colocado entre os juniores pode ganhar três mil dólares?

O nariz da sra. Nilsson se contraiu, mas ela continuou de mau humor.

— A Lina não vai *ganhar*, ela não ganha nada.

Grace poderia ter prazerosamente enfiado a bruxa em sua própria caixa térmica e a jogado no Volga. Onde estava a polícia secreta com seus alicates e blocos de cimento quando se precisava dela?

— Mesmo que ela não ganhe, sra. Nilsson, todos os participantes recebem prêmios apenas por competir. Cem dólares em dinheiro...

— Uma batedeira Hamilton Beach — disse Nora.

— E um fogão Stratoliner de botões novinho em folha — Bea concluiu. A casa inteira já era especialista nas regras da competição Pillsbury Bake-Off. — Você não disse que queria trocar esse seu fogão velho?

Aquele nariz se contraiu de novo.

— Um Stratoliner?

— Você vai poder modernizar esta cozinha inteira por conta da sua filha! — arrulhou Grace, mantendo o sorriso firme enquanto a Crocheteira piscava. E, mais tarde naquela noite, Lina foi na ponta dos pés até o quarto de Grace, exultante.

— Ela disse que eu posso ir!

Grace beijou o topo da cabeça dela.

— Claro que sim. — *Kitty, você ficaria orgulhosa. Nunca foi para Nova York, mas o seu bolo vai...*

E então era outubro de novo, vento forte no ar e folhas começando a correr pela rua como flocos secos de ouro, e meio ano havia se passado e Grace estava sentada no parapeito com Vermelho no colo, tão fascinada quanto em seu primeiro dia ali com o que podia ver pela janela. Nunca pretendera permanecer tanto tempo, não em um quarto verde-limão bilioso do tamanho de um armário com uma proprietária bisbilhoteira. Grace achou que se mudaria para algum lugar maior, mais anônimo. Washington fora apenas a primeira e mais distante passagem de trem disponível na estação de San Diego quando ela juntou suas coisas (incluindo uma certa pasta de arquivo) e abandonou Kirill e sua missão e toda sua vida construída em torno da espionagem.

Mas ali ainda estava ela, e o Clube Briar chegaria em uma hora: era a vez de Reka cozinhar, e ela estava preparando *paprikas* no fogareiro e falando nos últimos tempos sobre um novo conjunto de retratos abstratos que vinha esboçando para uma série. Ela não era suficientemente boa para ter uma exposição própria? Reka achava que não, mas talvez pudesse ser *encorajada*, só um pouquinho, a pensar maior sobre o seu trabalho. Não que Grace gostasse de dar um empurrãozinho...

Você gosta de dar um empurrãozinho, ela se repreendeu com uma risada interior. *Você* adora *dar um empurrãozinho!* Às vezes, ela pensava em se mudar, encontrar novos horizontes, mas, se não estivesse ali, quem iria alimentar e consertar esse punhado de amigos lunáticos que ela, de alguma forma, havia juntado? Talvez esse fosse o outro efeito colateral de ter sobrevivido à fome: você sentia vontade de alimentar as pessoas, alimentá-las e consertá-las. Ela nem tinha percebido que era isso que buscava quando entrou em uma casa cheia de pessoas que não tinham nada em comum além de um endereço, mas que precisavam de alimentação e conserto.

— A mamãe está importunando tanto a Lina agora sobre o Bake-Off que me dá vontade de matar. — Pete suspirou, o primeiro a chegar, como sempre. — Ela faz a Lina praticar aquele maldito bolo dia sim dia não, e fica falando sem parar que é bom que ela fique pelo menos em terceiro lugar e pegue o prêmio de mil dólares, se não conseguir ficar em primeiro. A Lina está *tensa* com isso agora e eu quero que ela aproveite esse maldito concurso, não que desmorone por causa dele! A mamãe vai acabar com ela quando estivermos todos em Nova York.

Grace sorriu enquanto passava a ele um prato de sanduíches, cheia de amor por aquele menino doce e sincero, cheia de amor por todos.

— Deixe tudo comigo.

VENENOS NÃO TINHAM SIDO UMA GRANDE PARTE DO TREINAMENTO de Grace como espiã; ela não foi enviada para assassinar ninguém na

Base Aérea Edwards, afinal, apenas para arrancar diagnósticos e logística deles para o Bell X-2. Mas o uso de certos compostos de ação rápida para apertar as entranhas, essa era uma ferramenta padrão do ofício. Que maneira melhor de ter acesso ao escritório de um homem ou à bolsa de uma mulher do que se eles tivessem que pedir licença de repente para ir ao banheiro com o estômago embrulhado?

Foi a simplicidade em si colocar uma dose dupla no suco de laranja da sra. Nilsson no café da manhã do dia em que ela levaria Lina para Nova York.

— Nós não podemos perder esse trem — a mulher detestável lamentou através da porta do banheiro no andar de baixo, aquele que ela se recusava a deixar qualquer uma das pensionistas usar, mesmo que a fila no andar de cima fosse de cinco pessoas. Grace sorriu com o som de vômito, sem sentir um pingo de culpa. A Crocheteira já tinha feito Lina chorar naquela manhã, repreendendo-a para não franzir a testa quando estivesse misturando o bolo porque os juízes não iam dar prêmio nenhum para uma menina vesga que franzia a testa. — Se a Lina perder a inscrição hoje, ela não vai poder competir! E eu não vou ganhar aquele Stratoliner...

— Meu docinho, não se preocupe por um momento sequer — Grace arrulhou. — Pete e eu levamos a Lina.

— Ele não precisa ir a Nova York! Ele tem que trabalhar... — Palavras interrompidas pelo som de mais vômito. Claire e Bea espiaram da quina da parede com expressões de *Como está indo?*.

— Então o Pete vai ficar aqui e cuidar de você — Grace mentiu. — Você descansa e deixa tudo por minha conta em Nova York!

Mais alguma insistência simbólica do outro lado da porta, mas a verdade é que a Crocheteira não ia a lugar nenhum vomitando daquele jeito e sabia muito bem disso. Além do mais, como Grace lembrou, a passagem de trem era coberta pela Pillsbury, então ela não perderia dinheiro se ficasse.

— Rápido, antes que ela mude de ideia... — E todos saíram depressa, Grace parando apenas para pegar a agenda de telefones da sra. Nilsson em sua mesinha de cabeceira e enfiá-la na bolsa, Pete jogando a sacola de viagem de Lina sobre um ombro e descendo correndo os degraus para chamar um táxi. Seriam necessários pelo menos três táxis para levá-los até a Union Station: todo o Clube Briar (menos Arlene) ia acompanhar Lina no Bake-Off. Até Harland e Joe iam junto.

— Vocês não precisam vir — protestou Pete a princípio, embora seu rosto estivesse radiante de prazer. — É tão longe.

— Bobagem, claro que nós vamos. — Todos os competidores teriam torcidas de uma família devotada e Lina também precisava de uma, principalmente porque sua torcida não seria composta de parentes de sangue. Consanguinidade era valorizada demais, Grace pensou, ajudando Reka com uma das mãos no cotovelo da velha senhora ao saírem dos táxis em direção aos degraus da Union Station. Seu único parente de sangue que restava depois que o cerco de Leningrado terminou e a guerra chegou ao fim era o tio Tolya, que tinha uma posição muito alta no NKVD (agora KGB, Grace lembrou a si mesma), alta demais para querer saber do seu lado da família... Exceto quando ele descobriu que Grace falava um inglês quase perfeito e poderia ser útil.

— Deve ser por causa da sua mãe — disse ele, indiferente, quando apareceu sem avisar logo após o fim da guerra, sem se preocupar em oferecer condolências. — Ela era algum tipo de intérprete, não era? Útil, muito útil. Pus seu nome para triagem, habilidades linguísticas como essa são muito necessárias.

Grace, ainda se recuperando de uma pneumonia que quase a matou e pesando apenas 45 quilos, depois de seu pior peso de 40 quilos nos dias de cerco, achou que ele pretendia que ela se tornasse intérprete também. Ótimo, melhor do que trabalhar numa fábrica de munição pelo resto da vida. Ela jamais pensou que um ano de triagem e entrevistas a levaria a ser selecionada para o programa secreto. Esse convite não tinha outra resposta possível, o tio Tolya tinha deixado claro, a não ser *Eu ficarei muito feliz em servir.*

— Lembre-se, o que você fizer refletirá em mim, Galina — ele disse antes de Grace ser enviada, com um brilho de advertência nos olhos.

— Você cria uma boa imagem para mim, eu crio uma boa imagem pra você. É o jeito soviético.

Eu sou metade ucraniana, seu canalha, Grace pensou, mas não disse, *e essa é a única metade que vale a pena.* O tio Tolya já havia tido a condescendência de dizer que ela tivera muita sorte de seu lado ucraniano não a ter desqualificado desde o início. E veja só, ele provavelmente seria arrastado e fuzilado se os superiores dela descobrissem que ela havia desertado... com toda sinceridade, isso não incomodava Grace nem um pouco.

— No que você está pensando? — Nora perguntou quando se acomodaram no compartimento, em cima da hora para pegar seus assentos antes que o trem começasse a se mover pelos trilhos.

— Família. — Grace sorriu. — Do tipo adquirido.

— Meu tipo favorito — Nora concordou com franqueza, e Grace se recostou no banco enquanto o trem deixava a estação, vendo os Estados Unidos passarem pela janela.

POR SORTE REKA CONHECIA NOVA YORK COMO A PALMA DA MÃO, OU o contingente de Briarwood estaria completamente perdido.

— Sigam-me — gritou a velha senhora quando eles desceram do trem em direção ao caos da estação Grand Central, abrindo espaço com a bengala que tinha começado a usar recentemente (menos porque precisava de apoio, pensou Grace, e mais porque gostava de ter algo para bater nas pessoas). — Se alguém entrar no caminho, usem os cotovelos. Não façam contato visual; os nova-iorquinos odeiam contato visual. Como último recurso, gritem *Sai da frente*. SAI DA FRENTE! — gritou ela para o homem que a estava atrapalhando, batendo na canela dele com a bengala até ele sair. Nenhuma das mulheres da Briarwood ouviu; elas estavam todas muito ocupadas boquiabertas, incluindo Grace. Washington era uma cidadezinha sonolenta comparada àquela metrópole reluzente, cheia de arranha-céus e fervilhando de vida.

— Srta. Lina Nilsson? — Um homem calvo em um terno elegante ergueu uma placa com o logotipo da Pillsbury, e eles se dirigiram até lá. — Bem-vinda a Nova York. Queira me acompanhar. Vamos escoltar seu grupo até o Waldorf...

— Acostume-se com a boa vida, maninha — disse Pete, vendo a irmã parecer petrificada. — Aproveite!

Dois táxis os conduziram pela cidade, e Grace mal conseguia tirar o nariz do vidro, vendo aquelas torres de pedra deslizarem uma após a outra. Tudo tão *novo*, tão intacto. Dava-lhe uma pontada de tristeza comparar com a cidade onde havia nascido: a trágica e destruída Leningrado, com seus palácios saqueados, seus blocos de apartamentos em ruínas. Uma espécie de otimismo sombrio estava embutido na sociedade soviética; desde que Grace conseguia se lembrar, lhe diziam: *Olhe para o mundo à sua volta não como ele é, mas como ele será — como nós o faremos!* Mas, quando olhava para a cidade de Nova York, só conseguia pensar em como ainda era longo, tão longo, o caminho que Leningrado teria que percorrer.

Poderia ser assim um dia, ela pensou, olhando para o castelo reluzente do Waldorf-Astoria enquanto saíam de seus táxis. *Leningrado poderia ser linda, moderna e brilhante.* Assim como a faminta e oprimida Kharkiv, a outra metade de sua hereditariedade que ela nunca tinha visto, e nunca veria. Ela sabia que nunca iria para lá. Tinha dado muito sangue, derramado muitas lágrimas, enterrado muitos fantasmas para retornar ao Leste agora.

Uma agitação de atividade na longa e reluzente recepção do hotel enquanto faziam o check-in, as moças do Clube Briar discutindo quem dividiria os quartos com quem: Joe, Pete e Harland ficariam em um, mas Claire se recusou a dividir com Reka porque ela roncava e, enquanto decidiam isso, Lina ficou parada totalmente perplexa olhando o enorme saguão movimentado, os imensos vasos de flores, o logotipo da Pillsbury exibido com destaque em toda parte. Grace viu um telefone e se afastou para fazer uma ligação. Tirando a agenda da sra. Nilsson da bolsa, ela folheou até encontrar o número que queria, um número de Nova Jersey.

— Sr. John Nilsson, por favor — disse ela, séria, quando uma voz feminina atendeu.

— Ele não está no momento. Ele aluga meu apartamento de cima. Quer deixar recado?

— Sim, por favor. Informe ao sr. Nilsson que seus dois filhos estão do outro lado do rio, em Nova York. A filha dele vai competir no Pillsbury Bake-Off. Na idade dela, é uma conquista e tanto. Seria um gesto gentil da parte do sr. Nilsson se ele aparecesse e demonstrasse um pouco de apoio paternal.

Grace desligou e voltou para Lina, que estava parecendo intimidada enquanto o homem que os havia recebido na estação lhe passava informações consultando uma prancheta.

— ...oportunidade esta tarde, srta. Nilsson, de começar a conhecer seus colegas competidores. Um jantar de gala esta noite dará início aos procedimentos...

— Gala? — Lina sussurrou.

— ...e amanhã depois do café da manhã, orientação. Você poderá ver o salão de baile onde acontecerá a competição e fazer as solicitações finais para sua *mise en place...*

— Minha o quê?

— ...jantar amanhã à noite, bem como entretenimento, embora eu recomende que durma cedo, pois os cozinheiros serão esperados do lado de fora do salão de baile na manhã seguinte às oito horas em ponto.

Lina estava desligando; Grace pôde sentir isso. Pete interveio e pegou a prancheta.

— Deixe o restante da programação comigo — disse ele com firmeza, enquanto Grace se inclinava para Lina.

— O que foi? — sussurrou ela, olhando em volta no saguão. Para onde Fliss tinha ido...?

— Uma festa de gala? — Lina sussurrou de volta. — Um *jantar*? Eu não tenho nada para vestir. Mamãe disse que meu vestido de algodão velho estaria ótimo, que não precisava comprar nada novo.

— Eu sei. — Claro que a sra. Nilsson achou que seria *ótimo* mandar sua filha de 12 anos a Nova York para o maior evento de sua vida em um vestido de segunda mão curto demais. ***Sua vaca muquirana, espero que ainda esteja vomitando no vaso sanitário,*** pensou Grace. — Sobre o vestido... — ela começou.

— A questão do vestido está resolvida! — Fliss passou por um aglomerado de cozinheiros animados que faziam exclamações admiradas sobre o hotel em um sotaque da Geórgia, conseguindo não derrubar a sacola de roupas volumosa que havia trazido de Washington. Pete tinha perguntado o que havia ali e ela e Grace trocaram olhares conspiratórios. Então, ela se virou para Lina com um largo sorriso. — Grace me passou suas medidas discretamente e eu fiz uma ronda rápida por todos os primos do Dan que têm filhas quando visitamos a família dele em Boston duas semanas atrás...

— Eu sabia que podia contar com você, Borbulha — Grace aprovou.

— ...então eu tenho uma seleção e tanto pra você, Lina — concluiu Fliss, com um lampejo de covinhas.

— Seleção? — sussurrou Lina, um sorriso começando a voltar ao seu rosto.

Fliss abriu a sacola de roupas.

— Cetim rosa, tafetá azul ou organza amarela?

— ISTO É UMA AGONIA — DISSE BEA. — É PIOR DO QUE ASSISTIR A UM jogo sem nenhuma rebatida.

— Isto é pior que uma emboscada — murmurou Harland. — Pelo menos em uma emboscada alguém pode atirar.

Isto é pior que suar na triagem do NKVD, Grace pensou, mas não disse. O Clube Briar estava agrupado na lateral do salão de baile do Waldorf-Astoria, totalmente transformado de sua elegância habitual: as paredes tinham sido cobertas com bandeirinhas vermelhas, azuis e brancas, uma enorme faixa gritava "BEM-VINDOS AO SEXTO CONCURSO ANUAL PILLSBURY BAKE-OFF!", e fileira após fileira de fogões Stratoliner com refrigeradores e bancadas acompanhando ocupavam a pista de dança. Cem competidores cozinhavam freneticamente: os jantares, discursos e passeios turísticos agora estavam para trás, e o Bake-Off havia começado.

Na metade do último corredor de estações de cozinha no lado sul do salão de baile estava a Número Noventa e Dois, a concorrente mais jovem deste ano: Lina Nilsson, de Washington, D.C., batendo açúcar, mel e manteiga de maneira frenética.

— Não consigo olhar — grunhiu Nora.

— Ela saiu na frente — disse Claire, mexendo na unha do polegar. — Já está no segundo bolo. — Os competidores tinham exatamente seis horas para fazer sua receita duas vezes: uma para os jurados provarem, uma para ser fotografada.

O dr. Dan, o mais alto de todos eles e ainda mais alto com Angela empoleirada em seus ombros, tentou ver dentro do forno quando Lina o abriu para conferir.

— Boa altura nas assadeiras. Angie, querida, você consegue ver os bolos? Eles parecem marrons?

— Marrons — concordou Angela, segurando dois punhados de cabelo do pai.

— Ela vai ter boas aparas. — Joe concordou, os dedos tamborilando uma batida de jazz sincopada na coxa.

Eles eram todos especialistas no bolo nuvem de mel de oito camadas de Lina a essa altura.

— Você poderia fazer isso dormindo — disse Grace naquela manhã, quando todas as mulheres se reuniram no quarto de Lina para ajudá-la a se aprontar. Fliss a abotoou em um vestido leve de organza amarelo-claro que parecia envolvê-la numa cobertura de creme de manteiga; Claire amarrou a faixa; Nora enrolou seu cabelo; Pete ficou de lado lustrando os brilhantes sapatos de couro envernizado. Lina estava sentada no meio, parecendo tão nervosa que Reka se sentou ao seu lado com um cesto de lixo para o caso de ela vomitar o pouco café da manhã que tinha conseguido engolir, e Bea andava de um lado para o outro dizendo coisas como "Você só tem que controlar o jogo um inning por vez, Lina. Ingrediente por ingrediente, arremesso por arremesso...", até que Claire ameaçou enfiar o modelador de cachos em sua garganta.

— Você poderia fazer esse bolo dormindo — Grace continuava dizendo, com um nó na garganta. Lina não se parecia muito com sua irmã, mas como ela poderia não pensar em Kitty em um momento como esse? — Você poderia fazer esse bolo até em coma! — e Lina conseguiu parecer apenas ligeiramente petrificada enquanto a escoltavam para o salão de baile e ela ocupava seu lugar com os outros competidores. Todos eles gritaram e aplaudiram quando ela entrou, numa fila de quatro com três outros cozinheiros juniores, câmeras piscando com flashes, a banda tocando "When the Saints Go Marching In".

Mas, agora, não havia nada que pudessem fazer, a não ser assistir em agonia enquanto Lina se movimentava rápida em sua estação de trabalho como uma fada de creme de manteiga com um avental da Pillsbury Bake-Off.

— Ela deveria ter escolhido um bolo mais fácil — resmungou Reka. — Essas camadas de massa precisam ficar de um dia para o outro se ela quiser a melhor textura...

— O primeiro bolo dela já está pronto e refrigerando. — Os dedos de Claire tamborilaram na alça de sua bolsa. — É o que ela vai dar para os jurados provarem...

Todos eles gemeram quando Lina deixou cair uma das camadas, que se partiu ao meio, mas ela calmamente a remontou com recheio de sour cream enquanto o relógio marcava angustiosamente a última hora do Bake-Off.

— Ela não deixou muito tempo para a decoração — comentou Fliss, pragmática, sua voz com um forte sotaque inglês, como um locutor da BBC relatando um ataque aéreo em tempo de guerra. — Isso pode custar pontos pra ela.

— Não vai custar nada. — Pete estava andando de um lado para o outro como um cavalo numa baia. — Vamos, vamos, vamos...

O ar era uma mistura de cheiros agora, quando uma centena de pratos fragrantes chegavam às bancadas por todo o salão de baile: manteiga e açúcar, frango e chocolate, salgados e doces. As mãos de Lina voavam enquanto ela decorava o topo de seu bolo com morangos frescos. O sino tocou. "O tempo acabou, cozinheiros! Por favor, afastem-se para que suas criações possam ser coletadas." Lina empurrou um último morango para uma espiral de cobertura e desmoronou de encontro ao Stratoliner, exausta. Todos ficaram olhando como pais ansiosos enquanto os bolos de Lina eram levados aos jurados em isolamento. Não podiam entrar pelo meio do salão de baile; tinham que esperar Lina vir até eles. Ela parecia ter acabado de correr uma maratona: todos os cachos desabando em seu cabelo, farinha polvilhando as lentes de seus óculos, e aquele rostinho redondo tantas vezes marcado por linhas de mau humor absolutamente radiante.

— Eu consegui! — gritou, tirando o avental manchado de ovo e girando-o sobre a cabeça. — Vocês me viram? Eu *consegui*!

— VOCÊ NEM SE CLASSIFICOU — A SRA. NILSSON BUFOU QUANDO SUA filha e a comitiva entraram de volta pela porta da Briarwood House em triunfo total. — Todo esse trabalho e você nem se classificou?

— Eu ainda digo que ela foi roubada — falou Grace, indignada. — Aqueles Cookies Recheados de Creme de Caramelo que ficaram em segundo lugar *não* pareciam melhores que o bolo da Lina...

— E aquele Feijão Assado Teen que ficou em terceiro! — Nora bufou. — A mãe daquela menina foi a vencedora do primeiro Bake-Off, então está na *cara* que houve favoritismo! — Olhares indignados do Clube Briar, que havia detonado os jurados durante todo o caminho para casa no trem. Mas Lina estava tão serena quanto um nenúfar flutuando em um lago, segurando sua bolsa que agora continha seu avental oficial do Bake-Off, um certificado declarando que sua receita seria incluída no livro de receitas anual do Bake-Off e uma agenda de capa de couro novinha em folha comprada pra ela por Grace, em que estavam os nomes e endereços de cerca de cinquenta novos amigos. *Seu bolo parece delicioso*, a menina de 15 anos vencedora da divisão júnior, de Centralia, Kansas, lhe disse com emoção, vindo até Lina depois que os resultados foram anunciados. *Muito mais difícil do que meus Redemoinhos Rosados de Maçã! Quer se corresponder comigo e trocar receitas?*

Lina ainda estava radiante.

— Bem, pelo menos nos rendeu o Stratoliner e a batedeira Hamilton. — A sra. Nilsson suspirou, um pouco pálida depois de sua crise de vômitos, mas claramente cheia de seu azedume habitual. — E o cheque de cem dólares?

— Na verdade era apenas para os primeiros classificados — Grace mentiu docemente. Ela já havia entregado o cheque visado da Pillsbury para Pete e dito: *Deposite isto numa conta para sua irmã e não diga* nada *pra sua mãe!* Ele sorriu um pouco demoníaco e disse: *Eu já estava planejando isso.*

— Não sei por que vocês não contaram que *todos* iam para Nova York — Arlene fungou, balançando suas saias um pouco desconsolada. — Eu gostaria de ter ido! Vocês até saíram no jornal!

— A Lina guardou o recorte... — Todos se aglomeraram para ver, e Grace aproveitou o momento para tirar a agenda de telefones da sra. Nilsson da bolsa e enfiá-la embaixo de uns papéis na mesa do saguão. O pai de Pete e Lina não tinha aparecido no Bake-Off, e isso decepcionou Grace. Quando ela decidia se intrometer e dar um empurrãozinho, queria que valesse a pena. Mas não havia nada na Terra que mesmo uma espiã desertora pudesse fazer para obrigar um pai a se importar com seus filhos.

— Vou emoldurar isso para o seu quarto, Lina-kins — Pete estava dizendo. A cobertura fotográfica do Bake-Off tinha sido principalmente sobre a sra. Bernard A. Koteen, que ganhou o grande prêmio com sua Torta Abre-te Sésamo, mas um fotógrafo havia tirado uma foto de Lina abraçando Grace, ambas sorrindo muito, e a publicou com a legenda: "Grace March, de Washington, D.C., parabeniza a concorrente mais jovem do Bake-Off: Lina Nilsson, 12 anos." Grace sorriu, vendo Pete manusear o recorte com tanto cuidado. Não tinha visto o fotógrafo, que deve ter obtido seu nome com outra pessoa.

Ela sinceramente nem pensou muito sobre aquilo, aquela fotografia. Lembrou-se disso mais tarde em completo horror, de como tinha ficado feliz. E como tinha sido descuidada.

— JANTAR DE AÇÃO DE GRAÇAS PRA NOVE — DISSE GRACE, FAZENDO sua lista.

Normalmente, o Clube Briar tinha uma comemoração pequena no feriado: a sra. Nilsson servia de má vontade um almoço tardio de peito de peru seco, purê de batata enlatado e pãezinhos de pacote para Pete, Lina e as pensionistas que não tivessem ido visitar parentes, antes de sair para seu habitual jogo de bridge das quintas-feiras. Grace se perguntou, em seu primeiro ano na Briarwood House, que tipo de clube de bridge se reuniria no Dia de Ação de Graças, mas, depois, de fato *conheceu* as megeras: o grupo mais mesquinho de velhas sovinas que se podia imaginar, muito mais interessadas em ganhar alguns dólares na mesa de jogo do que em pôr um peru no forno para qualquer familiar que ainda não tivessem conseguido afastar. De modo geral, pessoas assim só se sentavam em um canto de mau humor, tornando o Dia de Ação de Graças desagradável para os demais, pensou Grace, então ela fazia questão todos os anos de garantir à Crocheteira que é *claro* que ela não deveria se privar de seu jogo habitual das quintas-feiras. E, assim que ela saía, todos subiam ao último andar da casa para comer torta de abóbora e beber cidra.

Esse ano, porém, Grace sentiu que algo mais era necessário. Quase nenhuma das pensionistas iria visitar a família no Dia de Ação de Graças de 1954, então ela começou a planejar: um jantar completo para nove pessoas. Para que mais servia aquele novo fogão Stratoliner na cozinha?

— O forno é da Lina, na verdade — Grace lembrou quando a Crocheteira reclamou da ideia de que a cozinha fosse tomada por dez pessoas, mesmo depois de lhe ser garantido que ela não precisaria fazer nenhuma compra nem cozinhar. — E a Lina disse que eu posso usá-lo. — Isso calou a mulher; ela saiu resmungando e Grace começou a calcular com um lápis o tamanho do peru de que precisariam para alimentar nove. Ela adorava o Dia de Ação de Graças. Qualquer um que tivesse sobrevivido a novecentos dias de fome durante um cerco ficaria em êxtase com um feriado que girava apenas em torno de comida. Sem necessidade de embrulhar presentes, sem necessidade de decorações, apenas devorar todas as tortas e pãezinhos Parker House que conseguisse sem explodir. — Vamos ver, seremos eu, Joe, Pete, Lina, Nora, Reka, Bea, Harland, Claire...

— Eu também gostaria de vir — Arlene se ofereceu, com ar petulante e meio triste ao mesmo tempo.

— Você não vai para o Texas no feriado? — perguntou Grace, sorridente. A Huppmóvel não era um carro que se quisesse estacionado na mesa de Ação de Graças.

— Na verdade eu não vou... desde... sabe. A invasão da cidade em Lampasas, a simulação de guerra? Eu contei a vocês sobre isso.

Grace se lembrava bem: a comemoração do fim do conflito na Coreia com um pouco de gim em excesso, o brilho desagradável nos olhos de Arlene quando ela falou de soldados americanos simulando uma invasão soviética em sua própria terra.

— Eu pensei que você tivesse achado excitante — ela não conseguiu deixar de acrescentar com um tom áspero na voz. *Acredite em mim, você não ia gostar da coisa real.*

— Bem, sim e não. Eu não me senti muito à vontade de voltar para casa desde então. — Arlene começou a roer a unha do polegar, mas se controlou depressa e deu de ombros. — Todas as garotas que conseguiram se casar com soldados daquela época simplesmente se acham melhores que *todo mundo*. E você tinha que ver quantos danos eles deixaram. Soldados correndo atrás dos perus do nosso rancho por diversão, rindo quando eles se amontoavam e começavam a enfiar as garras uns nos outros. Bons garotos americanos! Mal posso imaginar em que estado os russos de verdade teriam deixado o lugar.

Você não precisa imaginar, pensou Grace. *Basta olhar para a Polônia.*

— Mas eu tenho certeza de que agora a sua cidade natal já voltou ao normal, Arlene. Seus pais não vão sentir sua falta?

Uma breve pausa.

— Você não me quer no Dia de Ação de Graças, não é? — perguntou Arlene, sem rodeios. — Ninguém me quer.

— Mmm — murmurou Grace. — Bem, você não fez muito esforço para ser querida por aqui, fez?

— A Claire é totalmente antipática e todo mundo continua sendo amigo dela. A Reka é velha e maldosa, e as pessoas também gostam dela. — O rosto de Arlene estava tenso. Estava assim desde o Bake-Off, Grace pensou. Ao que parecia, aquela excursão divertida em grupo para Nova

York tinha deixado claro para a Huppmóvel que ninguém na casa onde ela morava havia quase cinco anos gostava dela nem remotamente. — O que há de errado *comigo*? Por que ninguém gosta de *mim*?

— Bem, você foi muito ofensiva sobre o sr. Cormier quando eu o convidei para jantar — Grace a lembrou, um tanto ácida. — E fez a Reka perder o emprego na biblioteca por despeito.

— Eu nunca disse *nada* na cara do seu amigo...

— Isso não...

— ...e eu não sabia que a Reka ia perder o emprego quando contei para a bibliotecária! Eu pedi desculpas para a Reka, *anos* atrás, e ela *odiava* aquele emprego. E mesmo assim ela não é muito simpática, e a Claire também não, e não entendo por que elas ainda conseguem ser...

— A Reka pode ser velha e rabugenta, mas ela ajudou com os óculos da Lina, e faz *paprikas* e *halušky* para todos nós, e desenhou retratos da Fliss para incluir nas cartas dela para o Dan em Tóquio. A Claire pode ser antipática, mas ela cuidou de mim quando eu estava — *bêbada*... — doente, e cuidou da Angela para a Fliss, e ajudou o Pete a montar a estufa. — Grace levantou as sobrancelhas. — Quando você ajudou alguém aqui, Arlene?

— Eu fiz a Salada Red Crest daquela vez — murmurou Arlene. — E, bom, tenho certeza de que pus 25 centavos para os óculos da Lina...

Não pôs, Grace pensou, mas acabou acrescentando o nome de Arlene à lista do jantar com um pequeno suspiro interior. Ela simplesmente não tinha coragem de deixar ninguém de fora numa festa.

— Talvez você possa trazer uma torta de batata-doce... — Jantar de Ação de Graças para dez.

E então:

— O Dan e eu não vamos para Boston no feriado, afinal — disse Fliss, parecendo aliviada. — Pelo jeito, os pais dele estão brigando, e *todos* estão arrumando uma desculpa para não ir até lá enquanto eles queimam o peru e jogam taças de martíni na cabeça um do outro. Pode nos incluir!

Jantar para treze!

E aí veio um telefonema uma semana antes do feriado.

— Sra. March? — disse uma voz rouca de homem. — É John Nilsson. Acabei de voltar de uma viagem de negócios. Perdi o recado que a senhora deixou com a proprietária sobre as crianças.

— O senhor perdeu muito mais sobre eles do que um recado — comentou Grace, friamente, olhando para o corredor para ver se Pete e Lina estavam por perto. Um no trabalho e a outra na escola, felizmente.

— Eles são crianças maravilhosas. Alugo um quarto na casa deles há quatro anos e posso garantir que os conheço muito bem. — *Melhor do que você*, dizia seu tom.

— E por que isso é da sua conta? — Irritando-se do outro lado da linha, mas só um pouco.

— O senhor deveria ter aparecido no Bake-Off, sr. Nilsson. — Pondo em sua voz aquela leve insinuação de reprovação, aquela pausa que convidava o culpado a se apressar a preencher.

Ele ficou em silêncio por um tempo, do outro lado da linha. Grace deixou o silêncio amadurecer, enrolando o fio do telefone em volta do dedo.

— Eles estão melhor sem mim — ele disse por fim, muito baixinho. — Eu... não sou uma boa influência.

Grace tendia a acreditar na palavra de um homem quando ele dizia que era um pai ruim, mas achou ter ouvido o eco das palavras de outra pessoa ali. A sra. Nilsson, talvez. E não pôde deixar de se lembrar do rosto do Pete de treze anos exultante enquanto contava como, nos anos antes da guerra, seu pai o ensinou a fazer almôndegas suecas, levava-o para brincar de arremessos de beisebol, jogava a pequena Lina no ar até ela rir.

— Sabia que sua esposa fez seu filho largar a escola?

A voz do homem mudou de ligeiramente contrita para indignada.

— *O quê?*

Grace tomou uma decisão na hora. Talvez o homem *não fosse* uma boa influência, mas quanto bem a Crocheteira estava fazendo para seus filhos?

— O que vai fazer no Dia de Ação de Graças, sr. Nilsson? — E ela desligou alguns minutos depois pensando: *Jantar para catorze!*

* * *

Manhã de Ação de Graças. Grace estava decorando a mesa da sala de jantar às nove horas, tornando a sala lúgubre de papel de parede flocado mais festiva com galhos de folhas de outono que havia coletado no Prospect Park, imaginando se poderia convencer a sra. Nilsson a deixá-la animar um pouco aquele lugar com cortinas novas e claras e flores frescas. Levou quatro anos para que ela alegrasse a escada com sua trepadeira de parede de quatro andares inspirada na *Petrykivka*, o corredor com novos vasos coloridos e tapete reformado, a cozinha com as floreiras cheias de calêndulas e a sala da frente com seus faiscantes vitrais suspensos em fios. Talvez já pudesse tentar trazer um pouco de luz para a sala de jantar também, torná-la um lugar onde as pessoas *quisessem* comer em vez de algo a ser mantido intocado. Lina começou a fazer barulho na cozinha por volta das dez, mexendo em formas de torta como uma cozinheira experiente do Crispy Biscuit.

— Eu faço qualquer coisa, exceto outro bolo nuvem de mel — disse ela, bem-humorada, quando Grace deixou a sala de jantar parecendo uma clareira de outono e voltou sua atenção para o peru. — Vou experimentar uma nova receita de massa de torta que a Helen me deu...

— Quem é Helen? — Grace olhou o peru sobre a bancada, imaginando como iria amarrar aquela coisa viscosa sem sujar seu vestido de tafetá vermelho com sangue de ave. Amarrar perus seria o tipo de coisa que se poderia empurrar para um homem? Ou os homens americanos só consentiam em ajudar nas refeições se houvesse uma grelha envolvida? Alguns costumes neste país ela *nunca* entenderia.

— Helen Beckman, de Iowa, que ficou em segundo lugar no Bake-Off na divisão júnior. — Lina vinha trocando cartas com todo um grupo de competidores do Bake-Off no último mês, para alegria de Grace. — A Helen disse que, para evitar que a crosta no fundo fique molhada...

Lina falava, Grace amarrava, Pete entrou numa rajada de vento gelado de outono, soprando as mãos.

— A mamãe foi para o jogo de bridge dela; ela me deixou levá-la de carro, já que o tempo está tão feio. Vai ser um torneio de um dia inteiro...

Grace fez uma pequena prece de Ação de Graças de gratidão. A cozinha estava realmente movimentada agora, Nora, em um vestido fino verde e sapatos com saltos recém-trocados, pegando em uma cristaleira a melhor tigela de ponche de cristal.

— Têm certeza de que não deveríamos simplesmente levar os pratos para cima e comer no chão do quarto da Grace? Não vai ser um jantar do Clube Briar sem as paredes verdes à nossa volta!

Grace pôs o peru no forno e voltou sua atenção para a panela de ensopado; Claire estava mexendo o ponche e temperando-o generosamente com rum.

— Grace, o que é isso que você está mexendo?

— Uma espécie de sopa de carne com sobras. Cevada, batatas, carne, um pouco de picles picados. Pode acreditar, é uma delícia. — Grace tinha decidido fazer o *rassolnik* da mãe de Kirill. A mulher havia produzido um filho detestável, mas seu *rassolnik* espesso e salgado era de primeira, excelente para curar ressacas, e com certeza haveria algumas amanhã.

Toc, toc. Joe chegando com uma garrafa de uísque, dando um beijo na nuca de Grace.

— Achei que você fosse passar o feriado com sua namorada — disse Grace, rindo.

— É, nós terminamos. Você está tão apetitosa quanto um pedaço de torta de cereja — disse ele, apreciando o vestido vermelho de mangas longas justas e cintura marcada, e Grace girou para que as saias rodadas voassem. Roupas estilosas; outra coisa de que ela nunca se cansaria. A emoção de ter um armário cheio de vestidos que nunca pertenceram ou foram usados por outra pessoa antes acalmava sua alma quase tanto quanto a pirâmide de comida enlatada.

Toc, toc. Harland entrando com duas garrafas de xerez, que prontamente desapareceram goela abaixo de todos eles enquanto Claire amassava batatas e Pete fazia aipo recheado.

— Alguém tire a Reka do quarto — Bea chamou, abrindo o uísque do Joe. — Ela está pintando de novo e perdeu a noção de em qual inning nós estamos.

Grace subiu a escada depressa e bateu na porta de Reka por um tempo; a velha senhora atendeu com a cara azeda de sempre e tinta verde sob as unhas.

— Já é hora do jantar? — ela rosnou. — Tudo bem, estou empacada. — Ela indicou a tela mais recente apoiada em seu cavalete e Grace fez um gesto de *Posso olhar?*. — À vontade; é terrível.

Grace examinou a tela: um borrão abstrato do Clube Briar em seu passeio por Nova York. No dia anterior ao Bake-Off, elas foram ver a Estátua da Liberdade, embora Reka tivesse resmungado sobre a previsibilidade turística cafona de tudo aquilo. Todas ficaram boquiabertas com a estátua, a serena Senhora Liberdade verde-cobre, e Grace ficara um pouco emocionada, mas também achara uma certa graça. *Dai-me os vossos cansados, os vossos pobres, os vossos espiões desertores...*

A pintura de Reka mostrava todas elas alinhadas diante da água, de costas para o observador, olhando para a audaciosa pincelada verde da estátua apontando para o céu. Grace e suas amigas desenhadas em rabiscos abstratos de tinta, mais implícitas do que retratadas, mas ela reconhecia cada uma sem dificuldade. O cabelo luminoso de Claire, o braço de Bea se dobrando como o de uma arremessadora enquanto ela lançava uma pedra na água, sua própria saia vermelha no centro... A pintura era brilhante e explícita, tanto abstrata como específica, um retrato e um instantâneo ao mesmo tempo.

— Está boa, Átila — disse Grace, sóbria.

— É um completo *szar* — retrucou Reka, mas Grace percebeu que ela gostou do elogio. Entregando a bengala à velha senhora para que ela pudesse descer a escada e fazer uma linha reta até o aipo recheado, Grace correu até Harland e o puxou de lado. Certamente *não* ia perder a chance de fazer o mais novo membro da Divisão de Organizações Internacionais da CIA dar uma olhada no trabalho de Reka para poder recomendá-lo.

— Você não disse algo sobre financiamento governamental para arte moderna, como uma espécie de protesto antissoviético? Eu vou lhe contar no que a nossa Reka vem trabalhando...

Toc, toc.

— Ahn, John Nilsson — o homem atarracado na porta disse, os olhos já buscando seus filhos atrás de Grace. Tudo indo conforme o planejado, Grace pensou enquanto fazia sinal para ele entrar. Jantar de Ação de Graças para catorze, a Briarwood House positivamente se adornando com os bons fluidos do feriado agora que o último convidado havia chegado.

E então, mais três batidas seguidas.

Rassolnik do Kirill

- ½ quilo de carne bovina magra, cortada em pedaços pequenos
- 1/4 de xícara de cevada, lavada
- 1/2 colher de sopa de sal, mais a gosto
- 1 ½ xícara de picles em cubos (cerca de 6 picles pequenos ou 3 picles grandes)
- 4 colheres de sopa de azeite de oliva
- 3 batatas médias, cortadas em cubos
- 2 cenouras, 1 em fatias finas e 1 ralada
- 1 cebola, cortada em cubos pequenos
- 2 talos de aipo, em fatias finas
- 1 colher de sopa de extrato de tomate ou ketchup
- 2 folhas de louro
- 1/2 colher de chá de pimenta-do-reino moída na hora
- 2 colheres de sopa de endro, e mais para servir (opcional)
- Sour cream

1. Em uma panela grande, leve 12 xícaras de água e a carne bovina, a cevada e o sal para ferver levemente e cozinhe, parcialmente tampado, por 30 minutos. Retire quaisquer impurezas que subam para o topo para manter o líquido claro.
2. Em uma frigideira média, refogue os picles com 1 colher de sopa de azeite por alguns minutos em fogo médio-alto. Adicione os picles, batatas e fatias de cenoura à panela da

sopa e cozinhe por mais 10 minutos enquanto faz o mirepoix, ou *zazharka*.

3. Para fazer o *zazharka*, coloque as 3 colheres de sopa restantes de azeite e a cebola em uma frigideira grande e refogue por 2 minutos. Adicione a cenoura ralada e o aipo e continue a refogar até que as cenouras estejam amolecidas, cerca de 5 minutos. Misture o extrato de tomate ou ketchup na frigideira e adicione essa mistura à panela da sopa.
4. Adicione as folhas de louro, pimenta e endro, se estiver usando, à panela da sopa. Tempere com mais sal. Continue a ferver por mais 2 minutos ou até que as batatas estejam totalmente cozidas e possam ser facilmente espetadas com um garfo.
5. Sirva com sour cream e mais endro, se desejar, e coma quando estiver de ressaca ou quando a vida estiver em perigo de implodir espetacularmente em todas as direções, enquanto ouve "Wanted", de Perry Como.

A primeira batida veio enquanto Grace falava com um Pete trêmulo junto à escada.

— ...não precisa ouvir o lado do seu pai da história — ela dizia. — Mas eu achei que talvez você *quisesse*, sem a sua mãe, enquanto nós estamos por perto se você precisar.

— Uh-huh. — O olhar dele continuava pairando por cima do ombro dela para onde o sr. Nilsson, atarracado e de rosto quadrado, torcia o chapéu entre as mãos e conversava desajeitadamente com Lina, que havia se abrigado atrás de suas tortas como se buscasse apoio moral.

— Uma coisa eu posso lhe dizer: sua mãe está mentindo quando diz que seu pai nunca mandou dinheiro para vocês. Eu dei uma vasculhada rápida na mesa dela... — Grace esperou que Pete se irritasse com essa invasão de privacidade materna, mas ele parecia chocado demais para fazer mais do que piscar. — Achei a caderneta bancária dela... Ele enviou cheques todos os meses e, acredite em mim, ela os descontou, então...

Toc, toc. Grace se interrompeu ao ouvir a batida na porta da frente, dando um empurrãozinho em Pete na direção das tortas. *Se magoar esses dois, eu mato você,* ela pensou benignamente em relação a John Nilsson, mas tinha um bom pressentimento. Era Ação de Graças, o feriado que significava coisas boas para a família. Ela abriu a porta no momento em que o homem do outro lado estava levantando o punho para bater outra vez.

— Sra. March — Xavier Byrne a cumprimentou, o sobretudo caro balançando em volta dos joelhos, os olhos tão atentos quanto ela sempre os via em uma mesa de pôquer no Amber Club. — Vim ver a Nora.

Grace arregalou os olhos. Por acaso gângsteres comemoravam o Dia de Ação de Graças? Sua doutrinação cultural não abordou essa parte.

— Nora? — E Nora estava ali, parecendo cautelosa em seu vestido fino verde, mas bebendo-o com os olhos, e ele a bebendo de volta.

— Uma bebida gelada? — sugeriu Grace, apenas para baixar a temperatura antes que as coisas pegassem fogo ali mesmo na porta.

— Dez minutos, Nora — pediu Xavier Byrne. — Se puder me ouvir por dez minutos, eu vou embora pra sempre. Ok?

Mas ele só teve três, Nora o levando silenciosamente para a sala de visitas, onde os dois desapareceram em uma conversa sussurrada, antes de outra batida soar à porta.

— Claire — Sydney Sutherland arfou, linda e de cabeça descoberta em um vestido justo de linho framboesa, parecendo ter corrido todo o caminho até aqui de seu antigo endereço em Georgetown, e naqueles saltos altos pretos. — A Claire está? — E Claire já estava empurrando Grace da frente, puxando Sydney para dentro e para um abraço violento.

— Não tenho muito tempo — Grace ouviu Sydney sussurrar nos cachos ruivos de Claire. — Ele está jogando futebol americano com uns amigos de Yale, e levou o Bear junto. Tenho talvez uma hora. Eu só precisava *ver* você, já faz tanto tempo...

Minha nossa, todos os tipos de drama acontecendo no mesmo dia, pensou Grace, discretamente conduzindo Bea e uma Arlene de olhos ávidos para a cozinha para dar um pouco de paz às pombinhas no corredor.

— Isso é peru queimando? — disse Grace, e ouviu *outra* batida, dessa vez na porta dos fundos. — O que é isso, um daqueles carros de show de palhaços? — Grace brincou com Reka, indo para a sala de jantar e passando pela mesa posta com toda a porcelana boa. — Alguém está tentando descobrir quantas pessoas cabem numa casa em um feriado? — Ela atravessou a sala de jantar enfeitada com folhas de outono em direção à entrada dos fundos, mas Fliss chegou lá primeiro e abriu a porta.

— Feliz Dia de Ação de Graças! — Grace ouviu a inglesa cantarolar em sua voz alegre. — Pois não, senhor...?

— McDowell — disse uma voz afável de Iowa. — Bob McDowell, senhora. Procurando pela sra. Grace March.

O corredor se esticou diante dos olhos de Grace, escurecendo e se alongando, de repente tão longo quanto um campo de futebol. Ela começou a correr, começou a gritar:

— NÃO, NÃO DEIXE ELE ENTRAR! — Mas o corredor só se alongava diante dela como em um pesadelo, e Fliss já estava abrindo mais a porta.

E então o sorriso acolhedor no rosto dela se transformou em um grito surpreso e ela deu um passo para trás com as mãos voando para a garganta e o sangue escorrendo entre seus dedos como rubis, e o homem do outro lado abriu a porta por completo com a lâmina na mão. Uma lâmina curva, curva como uma foice... *era* uma foice, Grace viu com clareza cristalina, a foice de cabo curto que ficava na parede do galpão no quintal, a que Pete usava para cortar o mato que crescia no verão. Só que agora estava na mão de Kirill. Uma foice para um soviético, pingando vermelho do gume, enquanto Fliss caía junto à parede.

Uma arfada soou atrás de Grace e alguém — Nora? Arlene? — deu um grito agudo. Kirill as ignorou, dando um passo em direção a Grace. Ela havia se esquecido de como ele era grande. Kirill Lensky/Bob McDowell, parecendo um jogador de futebol americano aposentado com seus ombros largos, seus olhos azuis e o queixo quadrado tipicamente americano, o cabelo ruivo da Udmúrtia cortado à escovinha, tipicamente americano. Até se ouvir o rosnado na voz dele, o rosnado de um bárbaro das margens do Volga.

— Galina — disse ele, dando um passo à frente.

E ela correu.

Ela correu em direção a ele, não fugindo dele, e o batom falso que sempre mantinha no bolso já estava em sua mão. *Machucá-lo*, o pensamento a percorria, *machucá-lo primeiro e rápido*. Ela tirou a tampa para expor a pontinha de aço, girando a agulha afiada no sentido do comprimento em sua palma entre o primeiro e o segundo dedos enquanto seu punho se fechava, e enfiou a ponta na garganta, na bochecha e no rosto de Kirill, um-dois-três. Ele uivou, dobrando-se, mas não caiu e ela realmente não pensou que ele cairia: ele era muito maior do que ela e tinham tido o mesmo treinamento; ela nunca o derrubaria por força bruta. Tudo o que podia fazer era tentar pegá-lo desprevenido.

Ela o puxou da porta pelo colarinho da camisa e o atingiu com a ponta de metal outra vez, arranhando seus olhos. Dessa vez ele gritou, reagindo e agarrando o outro punho dela. Um puxão brutal e Grace sentiu o braço todo queimar. Ela segurou o próprio grito de dor antes que escapasse entre seus dentes e seguiu a favor do movimento ao invés de contra ele, com uma lembrança estranhamente vívida de instruções para corpo a corpo dos seus dias de treinamento: *Vá junto, nunca contra, camarada Stepanova!* Ela nunca foi a melhor em luta corpo a corpo; nunca tinha sido a melhor atiradora também. Ela era a eloquente, o convencimento a sua arma em vez de instintos assassinos. E convencimento não ia salvá-la aqui, não contra Kirill, que tinha assassinato nos olhos.

Grace fez uso da torção do braço dele para livrar seu punho e se soltar. Ele já estava arremetendo de novo, mas dessa vez ela não voou pra cima dele; deu marcha à ré e correu feito louca em direção à escada, deixando seus sapatos de salto no chão nos dois primeiros passos velozes. Três pensamentos pulsavam nela.

Afastá-lo do resto da Briarwood House antes que ele pudesse ferir mais alguém.

Fazê-lo persegui-la até o alto da casa, subindo três lances de escada, contando com o vício dele de dois maços de cigarros por dia.

Obter dianteira suficiente para poder pegar a pequena pistola que mantinha lubrificada, carregada e presa com fita adesiva embaixo da terceira gaveta da cômoda.

Ela subiu a escada três degraus de cada vez, a mente disparando à sua frente. Kirill veio atrás desenfreado, derrubando Reka, cuja bengala saiu voando. Grace ouviu um homem gritar — Xavier Byrne, dr. Dan, quem poderia saber — e então ela estava no patamar do segundo andar, contornando a coluna. Ela subia esses degraus três vezes por dia havia quatro anos e só estava subindo mais rápido; atrás dela, ouvia Kirill ofegando e reduzindo a velocidade. Gritos lá embaixo, gritos do Clube Briar, mas ela não podia dedicar nem um segundo a pensar nisso naquele momento.

Como foi que ele me encontrou?

Também não tinha tempo de pensar nisso, irrompendo no patamar do último andar e pela porta de seu minúsculo apartamento. Bateu a porta atrás de si e fechou a tranca, não que isso fosse segurá-lo muito. Dois passos atravessando a sala e ela arrancou a terceira gaveta para o chão. Virou-a, buscando a pistola…

Sua porta se estilhaçou, semidestroçada.

Ela arrancou a pistola da parte de baixo da gaveta e a engatilhou. Suas mãos pareciam desajeitadas; havia quanto tempo não fazia isso? A porta estilhaçada acabou de se quebrar com um estrondo e Kirill entrou. Grace levantou a pistola e atirou, tudo em um só movimento.

Tiro seco. Um disparo falhado. Teve vontade de gritar, mas, em vez disso, falou.

— Não se aproxime. — disse rápido, antes que ele pudesse avançar sobre ela. — Você está encurralado e meu próximo tiro vai te matar. Não se mova, Kirill. Pense no que vem depois.

Ela não achou que funcionaria, mas ele parou de imediato, a foice balançando em sua grande mão. Lá embaixo, ele tinha vindo pra cima dela com uma raiva irrefletida. Agora, estava preso no último andar de uma casa cheia de gente, o que certamente não era seu plano, e Kirill nunca foi bom em improvisar quando planos davam errado. A maioria dos soviéticos não era. Seu treinamento enfatizava conformidade, obediência, não engenhosidade. Ele não pretendia ser pego ali e, no momento, tudo que sabia era que não queria que ela puxasse o gatilho de novo e também não queria que ninguém chamasse a polícia. Ele ficou ali parado, visivelmente pensativo, seu rosto e garganta sangrando. Grace podia ver que seu pequeno espinho de aço havia perfurado o canto do olho dele. Ele parecia estar chorando sangue.

— Galina, sua vadia — disse ele, por fim. — Por que você fugiu?

Ela não tinha certeza se podia se arriscar a puxar o gatilho de novo. Outro disparo falhado e ele a atacaria. *Continue falando, continue falando.*

— Como você me encontrou?

— Uma fotografia, algum concurso de culinária idiota. Eu vi por acaso. — Seu russo era desajeitado, quase forçado, como o de Grace. Nenhum dos dois o falava havia anos; essa era a primeira coisa martelada nos recrutas: *Nunca pressuponha que você está em algum lugar seguro e pode baixar a guarda. Deste momento em diante, vocês só vão usar o inglês, até que só sejam capazes de falar, pensar e sonhar em inglês.* — "Grace March, de Washington, D.C." Tendo o nome e a cidade, eu tinha você.

Grace se viu lembrando o momento em que escolheu esse nome. *March* por causa das irmãs March de *Mulherzinhas*: parte de seu treinamento tinha sido uma lista de leitura cheia de clássicos americanos. *Grace* porque... Bem, sua alma assombrada pela guerra e treinada como espiã estava desesperada por isto na época: um pouco de graça.

— A Fliss está viva? — As palavras saíram em uma explosão. — Se você matou minha amiga, Kirill...

— *Elas não são suas amigas* — ele rugiu, movendo-se em direção a ela. — São prostitutas capitalistas sujas, cadelas americanas gananciosas que...

Grace atirou. Outro tiro falhado; dessa vez ela sentiu a bala parar no cano, merda. Se tentasse de novo, a arma podia explodir em seu rosto, e ele estava quase em cima dela, aquela lâmina curva em sua mão se levantando. Mas havia alguém diante da porta quebrada atrás dele, alta e resoluta. Bea, era Bea, aquelas pernas longas de correr entre as bases de beisebol tendo-a levado escada acima antes de qualquer outra pessoa na Briarwood House. Bea com o rosto aterrorizado, entrando como um raio no quarto, as mãos apertando com força o taco de beisebol das Fort Wayne Daisies. Seu golpe cavou um arco descendente curto e cruel, enquanto um uivo saía de sua garganta.

O taco colidiu com as costelas dele com um estalo de home run. Kirill caiu como se tivesse sido ceifado, a lâmina curva voando de sua mão. Mas, mesmo enquanto gritava, ele já estava se virando, arremetendo contra Bea, e Grace não hesitou nem por um segundo. Ela pegou a foice no chão, girou-a contra a garganta de seu ex-parceiro e a enfiou com todo o peso de seu corpo.

O jato de sangue pintou suas mãos, a frente de seu vestido, Bea. Atingiu Claire, Nora, Reka e Harland, que tinham acabado de chegar à porta. Tanto sangue. Sua maré rastejante alcançou os pés de Grace enquanto Kirill sangrava ali no chão do quarto de paredes verdes, seu sangue tão mais vermelho que seu cabelo. Ela recuou da margem do líquido carmesim em seus dedos dos pés, sentindo-se como se sua cabeça fosse feita de vidro. Não conseguia largar a foice. Sabia que ele estava morto, tinha aberto a garganta dele quase até o osso, mas seus dedos não soltavam o cabo. Ela apenas ficou ali, um pouco ofegante, fitando o olhar azul vazio de Kirill. Melhor olhar para isso do que para os olhos horrorizados do Clube Briar, de seus amigos quando entenderam o que ela era. Por quatro anos, ela acolheu todos eles naquele quarto, os alimentou com seus pratos descombinados, ouviu seus segredos. Agora, eles sabiam o dela.

Grace olhou para eles, sangue pintado em seu rosto, na trepadeira na parede atrás dela. Uma mulher de vestido vermelho, uma foice gotejante na mão. McCarthy teria caído morto de um ataque cardíaco diante dessa visão: sua tão alardeada Ameaça Vermelha em carne e osso. Grace apenas sentiu uma onda de choque cansado e entorpecido.

— Bem — disse ela, largando a lâmina, que caiu com um barulho alto no silêncio espesso. — Agora vocês sabem.

***

— ...CHAMAR A POLÍCIA...

— ...não até sabermos com o que estamos lidando...

— ...com o *que* estamos lidando? Quem devemos chamar, afinal? Vocês acham que o sargento Laker do fim do quarteirão está equipado para lidar com isso, ele e seu barrigão...

Harland, Joe e Xavier Byrne estavam discutindo na porta da sala de visitas em tons baixos e ferozes, nenhum deles sabendo bem o que fazer com ela. Era, Grace supôs, um verdadeiro dilema. Ela se sentou em um banquinho diante da lareira, observando o sangue secar em suas mãos, o punho latejando onde Kirill o havia torcido, tão completamente exausta que mal podia se mover.

— Você é uma *espiã* soviética? — explodiu Claire. — O que... eu nem sei o que...

Ninguém sabia, pensou Grace. O Clube Briar postava-se ao redor dela a uma distância cautelosa de meio cômodo, em um semicírculo como um clube do livro traumatizado. Claire e Sydney estavam soldadas pelas mãos e Bea andava de um lado para outro, incapaz de ficar parada, mancando muito; a corrida escada acima tinha torcido seu joelho ruim outra vez. O sr. Nilsson desapareceu na cozinha assim que viu Grace, puxando Lina antes que ela pudesse avistar o sangue e dizendo com surpreendente autoridade: "Ela não precisa ver isso." Pete tinha ficado um pouco com eles, mas voltou para a sala de visitas, cruzando e recruzando os braços, o retorno do pai tendo oficialmente deixado de ser o evento mais perturbador da noite. Reka havia se afundado no sofá mais próximo, parecendo pequena e trêmula, xingando pelo quadril machucado de quando Kirill a derrubou no corredor. Nora estava embalando uma Angela aos choros e soluços para que o dr. Dan conseguisse pressionar uma compressa no corte no pescoço de Fliss.

Grace a indicou com a mão tingida de marrom-avermelhado.

— Estou tão feliz que você esteja bem, Borbulha. — A primeira coisa que ela tinha visto quando todos desceram a escada, incapazes de permanecer naquele quarto encharcado de sangue com um espião russo morto: Fliss na sala de visitas, seu marido frenético pressionando toalhas limpas em seu pescoço. As pernas de Grace cederam de alívio, derrubando-a no banquinho. Por todo o mal que Kirill podia ter causado... Pelo menos ele não havia assassinado uma de suas amigas.

Fliss olhou para ela, pensativa.

— Os apelidos — disse ela. — A amizade. Os jantares, os *anos*. Foi tudo uma encenação?

— De jeito nenhum — disse Grace, mas que razão eles tinham para acreditar nela?

— Seu inglês é tão... — Claire balançou a cabeça.

— Minha mãe era intérprete em Leningrado — disse Grace, cansada. — Um tio abastado a mandou para uma escola particular antes de ela se casar; ela tinha um dom para línguas. Começou a me ensinar inglês antes que eu soubesse andar.

— Onde ela está agora? — A mão direita de Bea se flexionou em volta do taco que ela parecia não conseguir largar.

— Morta — disse Grace. — Assassinada durante o cerco de Leningrado. Ela saiu para pegar nossa ração diária, que era de 125 gramas de pão por cidadão por dia, e alguém esmagou sua cabeça com um tijolo. Tudo por umas fatias de pão que eram metade serragem.

O murmúrio entre os homens parou e Harland voltou para a sala em direção a ela com passos rápidos e raivosos.

— Para que você está aqui? — perguntou, a cor subindo em seu rosto. — Para obter segredos de Estado? Está tentando se infiltrar no Congresso ou no FBI ou...

Grace riu. Ela não conseguiu evitar.

— Se eu estivesse, teria conseguido muito mais de você, não acha?

Ele corou. *Sim, você dormiu com uma espiã vermelha, homem do governo,* Grace quase disse. *Supere isso.* Mas ela não disse, porque ainda esperava que Harland e Bea pudessem se entender um dia, e que coisa para se pensar num momento como aquele, mas ela não conseguia parar de se importar com suas amigas. Chocadas e bravas ou não, elas eram sua família, a única família que lhe restava.

Não que fossem acreditar nisso agora.

— Você estava aqui para assassinar alguém? — continuou Harland, a voz se elevando. — Dar um tiro no presidente? Em Hoover, ou McCarthy, ou...

— Eu estava aqui me *escondendo*. — Grace fez um gesto para o teto, na direção de seu parceiro morto três andares acima. — Me escondendo *dele*. Tudo que eu queria era que me deixassem em paz.

— Como se fôssemos acreditar nisso! — A voz de Arlene era estridente; seus olhos brilhavam como cacos de vidro quebrado. — Você é uma espiã comunista como Ethel Rosenberg.

E o destino de Ethel Rosenberg provavelmente será o meu, pensou Grace. Julgada e sentenciada à execução, tudo por causa de uma fotografia tirada em um concurso de culinária. Um alto preço a pagar por um bolo nuvem de mel.

— Façam o que quiserem comigo — disse ela, interrompendo a voz cada vez mais alta de Arlene, as perguntas furiosas de Harland. — Eu não posso impedir vocês. Porque eu não sou uma assassina, não sou uma vilã saída dos quadrinhos de Pete que pode... sei lá... lançar kriptonita da ponta dos dedos. Sou só Grace March, e sim, eu tinha outro nome antes: Galina Pavlovna Stepanova. Recebi uma missão e fui enviada pra cá, mas não tive muita escolha. Se não aceitasse, teria levado uma bala na cabeça ou vivido o resto da minha vida em trabalhos forçados até morrer no Círculo Polar Ártico, então vim pra cá. E, sim, meu parceiro e eu passamos informações por um tempo na Califórnia. Isso era feito com criptografia e um código de identificação, tudo colocado em entregas clandestinas deixadas pela cidade para alguém que nunca víamos poder coletar e passar para Moscou. Mas nunca foi nada além de detalhes sobre programas de voo e... — Grace se interrompeu quando viu que sua voz estava se elevando. — Eu nunca machuquei ninguém — disse ela, mais baixo. — Não até hoje.

Xavier Byrne se pronunciou, muito sóbrio, seus olhos muito sérios.

— Por que você está fugindo do seu próprio povo?

Grace o olhou como se ele fosse louco.

— Porque eles *não* são meu povo. Não são de fato. Meu pai pode ter sido russo, mas minha mãe era ucraniana, e ela me contou o que os soviéticos fizeram com a família dela.

— Russa, ucraniana, qual é a diferença?

— Ah, vai se foder — Grace desabafou. — É diferente. Eu nunca estive lá, nasci em Leningrado, mas a família da minha mãe veio de Kharkiv e todos morreram de fome sob ordens de Stalin, então que maldita lealdade você acha que eu sinto por ele? Eu era esperta o bastante pra ficar de boca fechada sobre isso, apenas manter a cabeça baixa e repetir as falas do partido, porque eu não queria acabar morta ou em um gulag, mas Leningrado não era de fato meu lar. Eu nunca *tive* um lar, até vir para este país.

O silêncio era absoluto.

Grace respirou fundo.

— Quando cheguei, olhei em volta e pensei *Nunca mais quero ir embora*. Vocês também não iam querer, se estivessem vivendo em uma cidade onde um milhão e meio de pessoas morreram em um cerco de novecentos dias, onde os sobreviventes matavam uns aos outros por causa de cartões de racionamento e pão. Uma cidade onde se bebia água de crateras de bombas de quatro no chão e em que seu único tio sobrevivente trouxe pra casa um pedaço de carne dizendo para não perguntarmos o que era, e nós cozinhamos e comemos sem perguntar, porque ninguém da família comia havia quatro dias. Uma cidade onde eu tive que ver minha irmãzinha morrer de fome diante dos meus olhos e não havia *nada que eu pudesse fazer*. — Grace sentiu as lágrimas começarem a rolar. Que caíssem. Que caísse tudo. — E então eu chego aqui. E não é uma fossa de maldade capitalista do jeito que sempre me disseram a vida inteira, é um país das maravilhas. Não é um lugar perfeito, talvez, mas, em comparação com a terra arrasada infestada de polícia secreta que eu deixei, é o *paraíso*. E eu percebi que tudo que quero é ficar aqui, fazer uma vida aqui, ter um emprego e pagar *impostos* aqui, então foi o que eu fiz. Eu fiz uma vida. Me afastei de tudo o que eu era e construí um lar em torno de um quarto de paredes verdes, e chá de sol, e jantares de quinta-feira feitos em um fogareiro, e *amigos*.

Ela olhou para eles, de um rosto para outro.

— Eu tenho sido *sua* amiga — disse ela para Pete, a primeira pessoa que ela conheceu na Briarwood House. Pete Martelo com seus livros surrados de Mickey Spillane e seus rubores e gaguejadas de treze anos. — Eu tenho sido sua amiga. — Olhando para Nora, com quem dividia um banheiro havia quatro anos e a quem dera conselhos quando ela se apaixonou pelo gângster que agora tinha um braço protetor em volta de sua cintura. — Eu tenho sido sua amiga — para Reka, Átila, a húngara, carrancuda no sofá —, e sua amiga — para Fliss, que ela tirou de uma confusão em uma boate cheia de fanáticos — e sua, e sua, e sua. — Para Bea, Claire, Sydney, Harland e Joe. — Eu *sempre* fui amiga. De todos vocês.

— Se você queria ficar, por que não foi até a embaixada mais próxima e desertou? — Esse foi Joe, muito sério.

— Com McCarthy e seus discursos sobre os Vermelhos? — Grace deixou sair uma risada áspera. — Eu poderia me amarrar na cadeira elétrica e apertar o botão eu mesma.

— Você ainda poderia ter se entregado. — Harland parecia um homem tateando em busca de uma tábua de salvação. — Imunidade em troca de tudo o que você sabe...

— Eu não sei nada útil. Eles garantem que a gente não saiba. Não sei onde os outros espiões estão, ou quem coletou as informações que deixei em meu ponto de entrega clandestina. Nem sei onde fica meu antigo centro de treinamento; eles nos levavam para lá vendados dentro de caminhões...

— Você nos diz que nunca prejudicou ninguém aqui com sua espionagem, mas como podemos acreditar nisso? — Harland cruzou os braços.

Porque eu amo este país, Grace pensou. *Posso falar o que penso aqui sem ser presa; posso andar por estas ruas como uma mulher livre sem ter medo de ser arrastada para dentro de uma van; posso ganhar dinheiro e decidir por mim mesma o que fazer com ele. Por que eu não amaria este lugar? Por que eu ia querer prejudicá-lo?*

Mas eles queriam provas.

— Atrás da cômoda no meu quarto — disse Grace. — Terceira tábua do chão, aquela com a rachadura. Você vai ter que tirar os pregos. Olhe dentro. Vai ver uma pasta de arquivo.

Esperou, então. Piscou, cansada, enquanto pés subiam a escada, depois tornavam a descer. Vendo a pasta nas mãos de Harland, o rosto dele ficando cada vez mais pálido.

— Mas que... — disse ele, baixinho, virando páginas, e os outros se aproximaram, lendo por cima do ombro dele.

— O que é Skunk Works? — perguntou Nora, sem entender.

— Um departamento da Lockheed — disse Grace. — O tipo de departamento que não é divulgado. — O plano de Moscou era conseguir que Kirill fosse contratado lá. Grace encontrou um caminho pela porta dos fundos: fazendo amizade com as secretárias, as mulheres que ninguém notava e que tinham acesso a tanta coisa.

Harland estava virando páginas mais rápido agora.

— Isto é... Meu Deus, este é o plano de desenvolvimento proposto para os próximos dez anos de aeronaves supersônicas. Nomes de projetos, designs rudimentares, avanços na ciência de materiais...

— O que é um ramjet? — perguntou Bea, lendo por cima do cotovelo dele.

— Algum tipo de motor para bombardeiros ou aeronaves de ataque rápido ou...

Grace falou.

— Eu pus as mãos nesses papéis na primavera de 1950. Soube assim que os vi que não ia contar a Kirill sobre eles, não ia levá-los para o ponto clandestino de coleta, não ia entregá-los.

— Como podemos ter certeza disso? — Harland retrucou. — Você pode simplesmente ter feito uma cópia e enviado as informações; como isso prova que...

— Porque a primeira coisa que os soviéticos teriam feito com essas informações se eu as tivesse entregado em 1950 seria esfregá-las na cara do Ocidente, porque é isso que eles *fazem*. Eles sabem que estão atrasados em termos de aviação e engenharia; o Ocidente roubou seus cientistas depois da guerra. Eles estão desesperados. Se tivessem obtido isto — indicando a pasta —, eles se apressariam em alardear o quanto estavam *na frente* dessa vez. — Ela olhou em volta para o círculo. — Vocês viram uma única manchete nos jornais nos últimos quatro anos que dissesse *qualquer coisa* nesse sentido?

Olhares trocados entre o Clube Briar.

— Quando pus as mãos nesse relatório, eu fugi. — Grace se lembrou de sua frenética luta clandestina por um novo nome, nova identidade, novos documentos sem que Kirill percebesse. — Eu não sabia o que fazer com isso, se devia destruir ou tentar devolver de alguma forma, então eu só... escondi. Acho que o problema é seu agora, Harland.

— Não consigo pensar em um único governo que não pintaria as paredes de vermelho para pôr as mãos nisso — Harland disse quietamente, fechando o arquivo. Todos se afastaram da pasta como se ela fosse radioativa.

Grace olhou para seus amigos outra vez, de um rosto chocado para outro.

— Façam o que quiserem — disse ela. — Eu não posso impedi-los. Mas alguém desligue o forno. Porque o peru está queimando. — Grace March deixou seu rosto desabar, deixou suas esperanças desabarem, deixou as lágrimas desabarem. — Feliz Dia de Ação de Graças.

Capítulo 8

Arlene

Vagabunda esquerdista.

Aquele detestável velho refrão gritava na cabeça de Arlene Hupp, mas, depois de hoje, ela se perguntou se conseguiria se livrar dele. Se finalmente, finalmente, poderia silenciar essas palavras para sempre.

Os homens ainda estavam passando a pasta de arquivo de um para outro, discutindo sobre o que fazer. Típico, Arlene pensou, totalmente *típico*. Ela não tinha a menor ideia do que era *Skunk Works*, ou *Lockheed*, ou aquela coisa toda sobre aeronaves de ataque rápido, mas com certeza era óbvio o que deveriam fazer! Estava prestes a lhes dizer isso quando Bea interrompeu tudo com uma de suas típicas ferroadas.

— E se não entregarmos Grace à polícia?

Todos olharam para ela. Bea ficou ali parada, os dedos ainda tamborilando no cabo de seu taco ensanguentado, a outra mão passando pelo cabelo preto curto que Arlene odiava, tão *não feminino*. Se era por aquilo que Harland suspirava, Arlene estava satisfeita por ter se livrado dele. Talvez ele fosse um maricas.

— Vejam — Bea começou, parecendo decidida. — A Grace pode ter começado, hum... como espiã... — Gaguejando um pouco nessa palavra; todos ainda estavam em choque. — Mas eu acredito nela, que ela abandonou esse jogo no primeiro inning. Ela não entregou aquela pasta; haveria consequências. As coisas seriam diferentes para nós agora se ela tivesse entregado. E o homem lá em cima, o parceiro dela, ele veio aqui pra matá-la. Ele não teria feito isso se ela ainda estivesse espionando, ainda seguindo ordens.

Não ouse fazer isso, Arlene pensou, olhando furiosa para Bea. *Não arruíne as coisas para mim.* Esta chance: fama, fortuna e uma lembrança detestável esquecida, tudo em um mesmo pacote amarrado com um laço. Um laço *vermelho*, na forma de Grace March, sentada suja de sangue e quieta no meio deles.

— Nós não temos ideia do motivo que fez o parceiro dela vir aqui para matá-la — Arlene disse a Bea, ácida. — Ele era um comunista louco. Quem sabe por que eles fazem as coisas?

— Mas o povo de lá *investiu* nela. Quanto custa preparar alguém como ela para se infiltrar aqui sem ninguém desconfiar? — ("Muito", Grace murmurou de seu banco.) — Não se mata alguém assim sem motivo, é um desperdício de treinamento e dinheiro. Nem os Vermelhos são tão loucos. — Bea parecia estar trabalhando aquela ideia conforme ia lhe ocorrendo. — Como... como um jovem arremessador. Você não oferece um incentivo financeiro pra ele e o manda para as ligas menores e investe anos desenvolvendo sua bola rápida...

— Ah, *chega dessas metáforas de beisebol* — Claire rosnou, andando de um lado para outro.

— ...e depois se livra dele assim que ele entra no Red Sox e começa a eliminar rebatedores famosos a torto e a direito. Você tem um ativo, você o protege. A única circunstância de se jogar o ativo fora é se ele não estiver mais vestindo as suas cores. — Bea respirou fundo, finalmente apoiando o taco na parede e se endireitando sobre o joelho ruim. — Ela diz que largou esse trabalho para viver em paz. Eu acho...

— Eu acho que ela era uma vagabunda esquerdista mantendo seu disfarce conosco enquanto fazia sabe-se lá o que pelas nossas costas — retrucou Arlene. Como era bom poder jogar esse xingamento pra cima de outra pessoa pelo menos uma vez. — Ela pode ter se infiltrado na Casa Branca ou no HUAC...

— Eu não acho — disse Bea. — Ela está sempre aqui. Ela não ficava saindo escondida e desaparecendo por dias. Estava sempre na biblioteca arrumando livros, ou pintando uma placa no salão de beleza, ou aqui mesmo na Briarwood House oferecendo jantares e sendo amistosa com todos.

Nem todos, pensou Arlene.

— Tudo bem, talvez seja possível que ela estivesse espionando todas as noites em que não estava organizando jantares — Bea concluiu. — Mas nós a conhecemos há quatro anos e eu não acredito nisso. Eu simplesmente não acredito. Ela pode ter começado como Galina Sei-lá-do-quê, mas deixou isso pra trás para se tornar Grace March. — A voz de Bea baixou. — E eu não sei vocês, mas eu não quero ver a nossa Grace na cadeira elétrica.

Grace ergueu os olhos de onde estava sentada no banquinho, as mãos em concha sob os próprios cotovelos, curvada como para se proteger de golpes.

— Obrigada, Campeã — ela disse apenas, depois ficou em silêncio outra vez quando todos os olhos se voltavam para ela. Percebendo, talvez, como o som de sua voz se tornara de repente perturbador para todos eles: aquele suave sotaque de Iowa, quando lá em cima eles a tinham ouvido rosnar e grunhir em russo.

Grace March. A Grace March deles, uma espiã vermelha.

— Eu sabia que tinha algo errado com você — Arlene não se conteve. — Eu sabia desde o início!

Grace lançou a ela um olhar irritado.

— Não, você não sabia. Eu sou boa nisso. E, se você sabia, por que ficou guardando por quatro anos?

Arlene sentiu o rubor subir de sua gola de renda. Ela *não* sabia, sabia? Tinha olhado para Grace March no dia em que ela se mudara e se sentido como um cachorrinho ansioso: *Por favor, goste de mim! Por favor, goste de mim!* Uma mulher com estilo e bons modos, uma mulher que não era máscula, excêntrica ou antipática como tantas outras na Briarwood House. Uma mulher que tinha sido casada, que podia contar a Arlene como havia feito isso, tomá-la sob seus cuidados. Arlene se *contraiu*, lembrando-se de como tinha bajulado essa mulher. Indo àqueles jantares do

Clube Briar como um cachorro que se recusava a ficar do lado de fora, mesmo quando os outros deixavam claro que a odiavam. Grace não tinha sido amiga de Arlene, mas não tinha fechado totalmente aquela porta, então Arlene continuou voltando, abanando o rabo. *Por favor, goste de mim! Ou, pelo menos, me diga por que ninguém mais gosta?*

Porque ela não sabia. Ela não sabia por que ninguém *nunca* gostava dela, mesmo quando (desde o que ela pensava como O Incidente) ela se vestia como as revistas concordavam que uma garota deveria se vestir, e tinha o tipo de emprego que as pessoas concordavam que uma garota poderia ter antes de se casar, e dizia o tipo de coisas que todos concordavam que uma garota deveria pensar.

Arlene afastou tudo isso da cabeça, no entanto, porque havia um problema maior aqui: eles tinham uma espiã comunista na sala, pega literalmente com sangue nas mãos, e Bea tinha acabado de sugerir que a deixassem em paz, e as pessoas não estavam protestando contra ela.

— Ela fez mais do que ser nossa amiga. — Fliss falou inesperadamente, antes que Arlene tivesse chance, ainda segurando uma compressa avermelhada de bandagens no pescoço cortado. — Ela salvou minha vida hoje. Aquele homem teria cortado minha garganta, e ela avançou para me proteger. Ela protegeu todos nós. Ela poderia ter saído correndo pela porta da frente e deixado todos nós pra trás, mas não fez isso. Ela lutou. — Olhando em volta no círculo. — Ela lutou por nós e, se não fosse pelo golpe de home run da Bea, ela teria *morrido*. Então eu também não quero entregá-la. Por causa dela, minha filha ainda tem uma mãe.

O marido de Fliss fez um movimento convulsivo repentino, puxando sua esposa para ele como se precisasse do calor dela junto ao seu corpo *naquele instante*. O dr. Dan não era tão bonito assim, pensou Arlene, ainda que fosse médico. Mas aquele movimento instintivo e protetor lhe dava vontade de cuspir e unhar. Ciúme, não uma boa qualidade para uma garota, mas ela jamais conseguia afastar isso quando via alguém como Fliss. Por que algumas garotas conseguiam tudo e outras não conseguiam nada?

Foco, Arlene, ela disse a si mesma. Ela seria a secretária do HUAC que ajudou a revelar uma espiã comunista; teria sua foto na *LIFE* e pretendentes em fila do lado de fora da porta. Nenhum deles jamais a chamaria de...

— Alguns de vocês deveriam tentar pensar como americanos leais aqui — disse Arlene, para interromper seu próprio pensamento, cruzando os braços. — É de *espionagem* que ela é culpada. Isso não significa nada?

— Eu teria cometido espionagem para sair do inferno de onde escapei. — A velha voz rouca de Reka com seu pó de páprica do Leste Europeu em torno das vogais, as mãos nodosas manchadas de tinta no colo. — Teria feito isso num piscar de olhos se me valesse uma passagem para cá. Não precisei, mas teria feito. — Reka olhou para Grace. — Eu também não quero que ela seja presa.

— Se ela queria sair do próprio país, poderia ter solicitado vir para cá legalmente... — alguém começou.

— *Como?* — A palavra saiu de Grace e Reka simultaneamente. Foi Reka quem continuou: — Como ela poderia ter vindo pra cá legalmente? A URSS não a teria deixado sair. Mesmo que tivesse deixado, este país a teria aceitado? Eu tive problemas para ser aceita aqui legalmente, e olha que eu tinha um patrocinador no Senado e estava fugindo de *Hitler*.

Arlene plantou as mãos nos quadris.

— Então você vai deixar uma traidora sair impune só porque gosta dela?

— Sinceramente, sim. Eu sou uma velha egoísta desse jeito mesmo.

— Isso é muito maior do que apenas nós — falou Nora, ainda embalando Angela, que havia caído em um sono exausto em seu ombro. — Alguém considerou o lado nacional das coisas? Meu Jesus Cristinho, este país só agora está se livrando de McCarthy, os julgamentos, as acusações, as denúncias. Se aparecer nos jornais que uma agente soviética foi descoberta em Washington, D.C., este país vai entrar em *erupção*. Nunca, jamais estaremos livres do Tail Gunner Joe. Ou de suas listas ou de seus conselhos de revisão de lealdade ou de suas investigações...

— Mas ele estava *certo*. — Arlene sentiu que sua voz ficava mais alta. — Ele estava certo, *há* comunistas escondidos à plena vista!

— Não é ilegal que a Grace tenha sido comunista. — Inesperadamente, essa era Claire. Aquela vaca estúpida, parada ali com o queixo cerrado. — Não importa as idiotices que o McCarthy andou martelando; não é ilegal. Este é um dos princípios básicos do americanismo: o direito de ter crenças impopulares...

— Você está citando Margaret Chase Smith de novo — murmurou a elegante sra. Sutherland ao seu lado (o que ela estava fazendo ali, afinal?).

— Pois é, eu acabei entendendo a velha Maggie. E, se ela estivesse aqui, diria que ninguém deveria ser amarrado a uma cadeira elétrica só por causa de uma crença. Ela diria que isso é antiamericano, e estaria certa.

Nora assentiu.

— Todo dia eu vou para o trabalho e passo pela Constituição em sua vitrine. A Declaração de Direitos. As coisas que defendemos...

— Responsabilizar criminosos é o que defendemos — gritou Arlene.

— ...e talvez ela tenha cometido um crime aqui espionando, mas entregá-la provavelmente significará uma punição desproporcional ao crime. Por causa deste clima em que vivemos.

— Vamos deixar os tribunais decidirem...

— Não sei se posso fazer isso — disse Nora, teimosamente. — Se for entre tirar a escolha dos tribunais não entregando a Grace, ou entregá-la e ignorar o fato de que essa decisão provavelmente a fará ser executada *e* desencadeará mais uma reação violenta contra inocentes neste país... bem, ambas as escolhas cruzam os limites da lei. Mas eu sei qual tem mais chance de prejudicar alguém. Provavelmente de prejudicar *muitas* pessoas.

Arlene se virou para Harland.

— Diga que você não está levando isso a sério. — Aquele rato não pôs um anel em seu dedo, mas tinha trabalhado para Hoover. Ele não poderia...

Mas ele estava parado com aquela pasta de arquivo nas mãos, parecendo desesperadamente perturbado.

— Antes que nos percamos demais no lado ético elevado das coisas, lembrem-se de que temos um corpo lá em cima. — Xavier Byrne falou, aquele que diziam ser uma espécie de gângster. Ele estava com as mãos nos bolsos, olhando em volta friamente para o círculo de pessoas, e Arlene se lembrou com um aperto de inveja daquele diamante do tamanho de uma moeda de dez centavos que ele pusera na mão de Nora uma vez, antes que a idiota o devolvesse. — Chamem ou não a polícia, o que vocês vão fazer em relação ao maldito corpo? E não me peçam para cuidar disso — acrescentou, seco. — Estou fora desse ramo para sempre.

Nora semicerrou os olhos para ele, mas não disse nada.

— Podemos dizer que é um ladrão e que nós agimos em legítima defesa? — Fliss sugeriu, parecendo hesitante. — Se ele é um espião soviético, não há família ou amigos para contradizer nada do que dissermos sobre ele... certo?

Arlene teve a sensação familiar de que fios quentes de raiva estavam se enterrando pelo fundo de seus olhos até o cérebro. Só que dessa vez não era por causa de uma pergunta do tipo *Como uma tonta como Nora Walsh consegue um diamante de cinco quilates de um homem em apenas dois meses quando eu não consigo fazer o Harland me pedir em casamento depois de dois anos?* Era porque elas não conseguiam ver o que estava bem na frente de todo mundo, aquelas ridículas arrogantes que achavam que eram tão melhores do que ela. Boas demais para serem amigas de Arlene Hupp, mas não boas demais para serem amigas de uma vagabunda esquerdista.

— Outra coisa a considerar — acrescentou Xavier. — Como acham que vai repercutir pra vocês terem vivido aqui com uma espiã vermelha por quatro anos? Pensem em como a polícia vai ver isso. Nora não está errada, as manchetes vão pôr McCarthy e sua engrenagem de acusação em movimento, tudo outra vez. Empregos serão perdidos. Checagens de segurança. — Olhando para Harland. — Pensem nisso.

— A polícia não iria... — começou Arlene.

— Sim, eles iriam. — Xavier interrompeu Arlene. — Eu fiquei um ano dentro de Lorton e não estou muito interessado em dar aos rapazes de azul uma desculpa para me mandar de volta. Então, se formos votar aqui...

— Nós não vamos *votar*! — gritou Arlene. — Você é alguma espécie de criminoso, o que afinal está fazendo...

— Cale a boca. — Ele a encarou com olhos duros, até ela ficar quieta. Então olhou em volta para os outros. — Eu voto para não contarmos nada para a polícia.

— O criminoso é a favor da opção ilegal, que novidade — retrucou Harland. Eles começaram a discutir e Pete se levantou de repente e foi até a cozinha, onde o ouviram se movimentando, conversando brevemente com seu pai e com Lina. Ele voltou com um copo de uísque e o entregou a Grace.

— O que você está fazendo? — indagou Arlene. — Todos nós sabemos que você tem uma quedinha imbecil por ela, Pete, mas isso não significa ficar de quatro para a espiã comunista...

— Ela está cansada e sofrendo e está na minha casa. — Pete cruzou os braços. — Não vou deixar ninguém ficar sem uma bebida e um mínimo de decência sob o meu teto.

— Pete... — Harland começou.

— Não. — O pomo de adão de Pete oscilou quando ele engoliu, mas ele estava falando muito firme. — Até minha mãe voltar, eu sou o Nilsson que está no comando desta casa, e não vou deixar a sra. Grace ser maltratada. Também voto para não a entregarmos — acrescentou ele, beligerante. — Voto para denunciarmos uma tentativa de assalto, deixar removerem o corpo daquele lunático do chão lá em cima e esquecer que esta noite inteira aconteceu. Porque... porque vocês são família, e isso *ainda* inclui ela.

Eles vão deixá-la escapar, pensou Arlene. A sensação do fio incandescente serpenteando pelo seu cérebro ficou ainda mais forte. *Eles vão amolecer e deixá-la* escapar. *Uma espiã soviética!* Grace March, Galina, como quer que seja o nome russo dela, ia sair livre e com ela todas aquelas ideias semiformadas que Arlene tinha apenas começado a imaginar: sua promoção no HUAC (quem sabe seu chefe finalmente parasse de convidá-la para jantar, ele, um homem casado, e apenas lhe desse o *aumento* a que ela fazia jus desde um ano atrás); os apertos de mão e as congratulações do próprio presidente Eisenhower (*Você é uma jovem muito corajosa, srta. Hupp!*); a fila de bons partidos convidando-a para jantar (*Quero apresentá-la a minha mãe, ela está louca para conhecer a heroína do momento!*). Uma escada para subir nessa vida frustrante que se tornou um atoleiro quando deveria ter sido um escape. Ela pensou que havia se livrado de tudo quando pegou o ônibus para fora de Lampasas: para longe do rancho de perus, para longe da falta de amigos, para longe do Incidente, rumo às luzes brilhantes da capital da nação. Mas acabou aterrissando bem no meio de outra vida que ela não suportava. Um quarto alugado e um emprego sem futuro trabalhando para um homem casado com mãos bobas, e ainda sem amigos.

Vagabunda esquerdista. Vagabunda esquerdista.

— Com licença — murmurou Arlene, saindo da sala, mas ninguém estava prestando atenção nela mesmo. Ainda estavam todos falando sobre aquilo, discutindo aquilo, *persuadindo* a si mesmos a oferecer a mão da misericórdia à Vermelha encharcada de sangue no centro deles, e Grace estava silenciosamente ouvindo-os decidir seu destino. Ninguém viu quando Arlene entrou pisando duro na sala de jantar decorada com a porcelana fina e os galhos de folhas de outono, agarrou um guardanapo dobrado da mesa espalhando os talheres, enfiou o pano engomado na boca até os molares e gritou.

O NOME DELE ERA LES, LESTER GIBBONS, PARAQUEDISTA, 82ª DIVISÃO Aerotransportada de Fort Bragg. Arlene estava alimentando os perus (como ela odiava essa tarefa, o jeito que eles usavam as garras e gritavam) quando viu os paraquedas começarem a desabrochar no céu azul do Texas. Como todos ficaram boquiabertos! Ela sabia que havia uma simulação de guerra planejada, mas ouvir seus pais falando na mesa de jantar sobre os papéis assinados de Fort Bragg para autorizar o uso das terras do rancho em manobras era uma coisa. Ver tanques e caminhões entrando pela cidade com a falsa bandeira da República Popular da Gloriosa Nação Agressora era algo muito diferente.

Alguns de seus vizinhos estavam assustados, Arlene se lembrava disso. Quando o diretor do conselho escolar foi preso em uma simulação diante do tribunal no dia seguinte e foi anunciado que escolas e igrejas seriam fechadas até que todos os professores e clérigos fossem checados, algumas crianças choraram. Mas Arlene, segurando sua mochila do ensino médio enquanto um oficial com uma braçadeira da República Popular falava algo sobre *romper os laços com os quais os imundos capitalistas belicistas de Wall Street escravizaram o povo do Texas*, olhou para aqueles jovens paraquedistas de cabelo curto, a maioria se esforçando para não rir do ridículo de tudo aquilo, e apenas pensou: *Finalmente!* Alguns homens por perto que não eram peões de fazenda queimados de sol ou garotos cheios de espinhas que ela conhecia desde o ensino fundamental. Ela fez um gesto com as pontas dos dedos (recém-esmaltadas com Cutex Old Rose) para o mais próximo, e ele veio animado até ela mais tarde.

— Oi — disse ele, com um falso sotaque russo, sorrindo. — Eu sou Ivan. Quem é você, garota americana?

— Não é russo que você deveria ser. — Arlene riu.

— Bem, não. Nós somos um Estado totalitário chamado Agressor, surgido da Europa Central para atacar os Estados Unidos — recitou ele. — A esta altura, nós supostamente já controlamos a Flórida e a Nova Inglaterra e começamos nosso ataque ao Texas jogando uma bomba atômica no dia de Corpus Christi... Não ria — ele a repreendeu. — Isso é coisa séria.

— Nós precisamos estar preparados para uma possível invasão comunista — Arlene concordou, achando surpreendente as coisas estúpidas que os homens do Exército podiam inventar, e ser pagos para isso, e ainda conseguir parecer solenes.

— Então, mais ou menos soviéticos que nós somos pelas próximas semanas — Me-Chame-de-Ivan falou. — Eu sou Les, Les Gibbons, de Santa Barbara. — E foi isso, e Arlene estava sonhando com praias e laranjais da Califórnia, uma casinha em uma base do Exército grande o suficiente para um paraquedista e sua esposa e bebês. Tudo que precisava fazer era laçar o paraquedista; e Arlene era uma garota de fazenda; ela sabia usar um laço. E Les caiu direto em seus braços, os dois se esgueirando depois do toque de recolher, rindo sobre se isso contava como *confraternização* ou não.

— "Faça os invasores se sentirem indesejados", disse Arlene, lendo em voz alta um folheto de propaganda distribuído por um movimento de resistência simulado de Lampasas. — "Disseram a eles que seriam bem recebidos. Ignorá-los ajudará a baixar seu moral..."

— Aqui está outra coisa que você pode ajudar a baixar — murmurou Les, colocando a mão dela na parte da frente da calça dele, e Arlene realmente pensou que estava a caminho de um diamante de um quarto de quilate e de um telefonema de conheça-minha-noiva para os pais dele em Santa Barbara. Até O Incidente, o dia em que ela deu a volta pelos fundos do bar onde Les e alguns amigos gostavam de ficar quando não estavam de serviço e os ouviu conversando do lado de fora, com cigarros pendurados nos lábios. Um dos amigos de Les perguntando sobre *a garota do rancho de perus... Darlene?* Ela reduzindo o passo, segurando a torta de mirtilo que tinha feito naquela tarde, sorrindo para ouvir o que ele diria sobre ela.

— Ela é legal — Les disse, sem corrigi-los sobre seu nome. — O tipo de vagabunda esquerdista. Está na cara que ela rolaria com um Ivan de verdade se ele chegasse de paraquedas, de tão desesperada que está.

Eles ainda estavam rindo quando Arlene virou a esquina e esmagou a torta na cabeça de Les.

Na verdade, tudo aconteceu para o melhor, Arlene pensava no momento. Ela fez as malas assim que as aulas acabaram (muito depois que os soldados da falsa República Popular foram expulsos da cidade pelas forças contrárias de Fort Hood) e foi para Washington, D.C., onde sabia que poderia se sair muito melhor do que com um paraquedista idiota que mal havia saído do treinamento básico. E ela aprendeu algo com toda a experiência: os homens podiam ser horríveis, mas como teria sido pior se fossem homens soviéticos reais, inimigos reais. Les e seus amigos, furiosos e cobertos de mirtilos, não tinham sido tão ruins. Eles só a haviam empurrado um pouco entre eles (para ela não poder arranhá-los com as unhas); eles haviam esfregado um punhado de torta no rosto dela (como menininhos brincando com areia na praia); eles a haviam xingado (*vagabunda esquerdista, vagabunda esquerdista*). E talvez "esquerdista" fosse um pouco duro, afinal Arlene não era simpatizante dos comunistas, mas ela *de fato* tinha agido como uma vagabunda. Ela mesma tinha causado isto: ser empurrada atrás de um bar, ter um botão da blusa arrebentado. Ela havia se soltado deles e corrido para casa aos soluços, mirtilos no cabelo, mas não podia dizer que não havia *aprendido*. Homens não eram confiáveis, mas, depois que se sabia disso, só se tinha a si própria para culpar se as coisas dessem errado.

Conhece algum simpatizante comunista, srta. Hupp?, o entrevistador havia perguntado quando Arlene se candidatou para o grupo de datilografia do HUAC, claramente já apreciando seu rabo de cavalo bem-feito e tornozelos recatadamente cruzados. *Não podemos empregar ninguém aqui, nem mesmo a datilógrafa mais humilde, que tenha lealdade questionável.*

Eu não me relaciono com esse tipo de gente, Arlene respondera prontamente. *Só um esquerdista faria isso.* E ela viu o olhar de aprovação que isso lhe rendeu. Ou a promoção que ganhou por informar sobre a datilógrafa que disse que sua irmã foi colocada na lista negra de professores de segunda série em Massachusetts por simpatizar com o socialismo. Ela havia aprendido a lição: nada de confraternização. Fazer os invasores se sentirem indesejados. Não ser uma vagabunda esquerdista.

Bem, a Briarwood House tinha uma invasora entre eles, e talvez ninguém mais soubesse o que fazer, mas Arlene Hupp entendia qual era o seu dever.

— AH, VOCÊS AINDA ESTÃO DISCUTINDO? — PERGUNTOU, DOCEMENTE, voltando à sala de visitas. Grace continuava sentada em seu banco, as mãos em volta do copo de uísque, mas alguém (provavelmente o apaixonado Pete) havia colocado um xale sobre seus ombros. O resto do Clube Briar se mantinha de pé em um círculo, como se estivessem em um grupo de estudo da Bíblia, aparentemente debatendo o que iam fazer com o corpo lá em cima. — Já fizeram sua votaçãozinha? — indagou Arlene, quando eles finalmente se viraram para olhá-la. — Pois fiquem sabendo que não faz diferença. Eu acabei de chamar a polícia.

Por um momento, ela saboreou aquilo, os olhares perplexos nos rostos. *Isso vai ensinar vocês a não me ignorarem*, Arlene pensou, erguendo o queixo. *Não preciso de* amigos *para fazer o que é certo.*

— O que você disse a eles? — Bea disparou. — O que você disse?

— Eu só disse pra eles mandarem um policial imediatamente. — Porque, se tivesse começado com *Eu peguei uma espiã soviética*, achariam que ela estava louca ou bêbada. — Disse que houve uma situação terrível na Briarwood House, e eles falaram que um policial estaria aqui assim que...

Reka atravessou a sala, surpreendentemente rápida para aquelas pernas velhas, e deu um tapa no rosto de Arlene com tanta violência que ela perdeu o equilíbrio e caiu com força no tapete cor de bile da sra. Nilsson. Ela ficou ali sentada, com os ouvidos zumbindo, uma das mãos na bochecha dolorida, quase chocada demais para falar. Reka a teria agredido de novo, mas Pete a puxou para trás e, então, ninguém mais estava olhando para Arlene. Estavam todos olhando para Grace.

Grace tirou o xale, pousando o copo com as mãos só um pouco trêmulas.

— É melhor eu me apressar — disse ela, pragmática. — Eu tenho dinheiro, o suficiente para uma tintura de cabelo e uma nova identificação se conseguir sair de Washington.

Você não vai sair de Washington, Arlene queria gritar. *Você não estará segura* em lugar nenhum. *Seu rosto vai estar em todas as primeiras páginas do país em 24 horas.* Mas o Clube Briar estava se juntando em volta dela quietamente, todos falando ao mesmo tempo. A *sala* inteira parecia se curvar em torno dela de maneira protetora.

— ...não precisa fugir — dizia Joe. — Nós só vamos comunicar o assalto e o corpo e deixar o resto de fora...

— ...nós todos vamos dizer que a Arlene está mentindo — Pete acrescentou. — Em quem você acha que eles vão acreditar, quando todos nós...

— Eu não *acredito* nisso — Arlene disse muito alto, mas ninguém prestou atenção. Bea estava pegando o xale de Grace; Fliss estava acalmando Angela, que tinha começado a chorar outra vez. Grace estendeu a mão para tocar o cabelo da menina enquanto ela era levada para a cozinha, e Fliss não se esquivou. Mesmo aqueles que pareciam um pouco incomodados (Harland, o dr. Dan) estavam *deixando isso acontecer.* — Não acredito mesmo nisso — repetiu Arlene. — Seus *traidores.*

Grace tentou convencê-los:

— Eu não posso ficar — disse ela, olhando para o círculo à sua volta. — Nada vai impedir a Arlene de contar, e quando ela contar...

— Isso mesmo. — Arlene percebeu que ainda estava sentada no chão. Nem mesmo Harland, com suas maneiras de cavalheiro da Virgínia, tinha se aproximado para lhe oferecer a mão. Sua bochecha ardia com o tapa de Reka enquanto ela se levantava sozinha. — Eu vou contar e, se vocês não me apoiarem, vou denunciar todos vocês também. — *É bom que aquele policial chegue aqui logo*, pensou Arlene, olhando para os rostos cheios de desprezo. — Por que vocês não ficam do meu lado? — ela gritou, olhando cada um deles novamente. — Por que não fazem o que é certo? Eu só estou fazendo *o que é certo*, por que vocês me odeiam? — Seu momento de triunfo já estava se desfazendo como um redemoinho de poeira em um vento quente do Texas, e por que isso sempre acontecia? Por que tudo sempre se transformava em poeira quente nas suas mãos?

Vagabunda esquerdista. Ela sentiu o fio incandescente começar a serpentear de novo por seu cérebro, sentiu a espessura sufocante subir pela garganta... e então a campainha tocou.

Todos ficaram paralisados.

— Não pode ser a polícia — disse Joe. — Foi muito rápido... — Mas Arlene atravessou a sala correndo, escapando entre Bea e Nora.

— Não se *atreva* — gritou Bea, tentando agarrar o braço dela, mas Arlene se esquivou e correu pelo saguão, o coração batendo forte. Reforços, finalmente. Apoio. A polícia, pelo menos, saberia que ela tinha feito a coisa certa. Eles a *elogiariam* por isso.

— Graças a Deus... — Arlene começou, abrindo a porta. Mas o homem que cambaleava na soleira não usava um uniforme azul da polícia, e estava definitivamente bêbado. — Você é um detetive? — Arlene arriscou, olhando para o amarfanhado terno caro de três peças.

— Eu sou Barrett — disse ele, falando tão arrastado que ela não conseguiu entender nada do sobrenome. Mas o resto ficou claro. — Aquela minha puta, ela está aqui. — *Minhaputa, eshtáqui.* — Ela pegou um táxi pra cá, a governanta ouviu o endereço. — *Taxshi, governanta, enderecho.* — Onde você está escondendo ela?

— Quem? — A pele de Arlene se arrepiou. — Que puta?

— Eu sei que ela eshtáqui...

— Com licença. — A voz firme de Harland soou atrás de Arlene. — Isso é algum mal-entendido. Nós não precisamos de...

Barrett qualquer-que-seja-seu-nome empurrou Arlene da frente.

— É com você que ela está fodendo?

Harland arregalou os olhos.

— O quê?

— O quê? — repetiu Arlene, acrescentando: — *Quem?*

— Ela está fodendo com alguém — o homem bêbado murmurou, cambaleando para a frente. O cheiro de uísque quase fez Arlene engasgar. — Eu sei que está...

— Quem é você? — Arlene agarrou o braço dele, tentando evitar que aquela noite saísse dos trilhos. — Você não pode ser da polícia, você...

Ele a acertou na garganta com um soco rápido e fácil, como se fosse um golpe que estivesse acostumado a desferir muitas vezes e no lugar certo.

— Vagabunda — disse ele, sem a menor cerimônia, e essa foi uma palavra que ele não arrastou para dizer, como se a usasse muito. Arlene se viu deslizando pela parede de painéis de madeira em direção ao chão, a garganta queimando, enquanto o homem investia contra Harland.

— Olha aqui... — Harland começou, avançando, e então um punho roçou seu rosto de traços definidos, Arlene viu através dos olhos turvos. Não foi forte o suficiente para derrubá-lo, mas ele tropeçou e bateu na mesinha lateral, as pernas finas do móvel se enroscando nas dele, e caiu. O homem bêbado deu uma joelhada em sua cabeça e cambaleou em direção à sala de visitas, e Harland, que tinha começado a se levantar, caiu de novo.

Arlene gritou, mas o homem chamado Barrett a ignorou.

— Eu sei que você está aí — falou arrastado em uma voz cantada enquanto invadia a sala de visitas. — Sei que você está aí, sua *puuuuuuta*... — Só que o nome dele não era Barrett, Arlene sabia. Porque ele estava procurando por *Grace*, não estava? Claro que estava. Quem ia saber com quantos outros ela havia sido enviada de Moscou? Um estava morto lá em cima, e aqui estava outro. Tudo isso tinha a ver com Grace, a espiã, Grace que tinha começado como Galina, então quem poderia saber com que nome *Barrett* tinha começado? Provavelmente *Boris*.

— Não — disse Arlene, a voz rouca, conseguindo se levantar. — Você trate de sair daqui. Esta é uma casa *americana*, seu canalha comunista...

Mas ele já tinha desaparecido na sala de visitas e, um momento depois, houve uma comoção lá dentro.

— Sua *puta de merda*... — e o grito aterrorizado de uma mulher. Arlene ainda estava com dificuldade de respirar, sua garganta em fogo onde ele a havia atingido, mas foi cambaleando atrás dele, tropeçando em Harland, que estava atordoado, tentando se levantar. — Fique aí — Arlene arfou para Fliss, que tinha vindo correndo até a porta da cozinha com Angela no colo, Lina e o sr. Nilsson logo atrás. Mais tarde eles aplaudiriam Arlene por isso, garantir que as crianças fossem mantidas longe da violência. Ela avançou, irrompendo pela porta, quase caindo de novo sobre o taco de Bea.

E sim, ela estava certa, o bêbado estava tentando chegar em Grace. Todos na sala haviam recuado, Pete puxando Nora para trás dele, Bea mancando e entrando na frente de Reka, mas o recém-chegado ignorou todos eles, olhando na direção da lareira para Grace. Grace, que tinha Claire atrás dela segurando a trêmula sra. Sutherland em braços protetores. Grace, que dizia com sua voz suave:

— Calma, está tudo bem...

Vagabunda esquerdista. A cabeça de Arlene latejava. Sua garganta gritava.

— Sua piranha — o russo continuava dizendo —, sua maldita puta ingrata — e seu inglês era tão perfeito quanto o de Grace, mas Arlene não se deixava mais enganar agora. Espiões em toda a nossa volta, comunistas em toda a nossa volta. Debaixo de cada pedra. McCarthy estava certo.

— Cale essa boca e se sente. — Xavier Byrne veio por trás e agarrou o homem com uma chave de braço, falando com ele com uma notável calma. — Você não vai pôr as mãos em ninguém nesta sala. *Sente-se...*

O homem estava contido, mas não aceitava se sentar, rosnando, tentando chegar em Grace, que continuava ali de pé na frente de Claire e da sra. Sutherland. Arlene não hesitou. Mais uma ameaça, mais um invasor, e o Clube Briar provavelmente votaria para deixar *este* ir embora também.

Mas não quando ela estava ali.

— Eu sei o que você é — ela gritou, pegando o taco de Bea do chão. O russo conseguiu soltar um dos braços e se virou para ela. Por um instante, seu rosto, furioso, bonito, enganosamente americano típico, pareceu o rosto de Les Gibbons em Lampasas.

Vagabunda esquerdista. E o fio incandescente se enterrando na têmpora de Arlene soltou uma faísca final e explodiu dentro de seu crânio.

— *Volte para MOSCOU* — ela gritou e girou o taco.

MAIS UMA VEZ, TODOS ESTAVAM OLHANDO PARA ELA, OS ROSTOS PÁlidos, boquiabertos. *Isso,* Arlene pensou, ignorando o corpo caído a seus pés, sentindo algo quente escorrer pela lateral de seu rosto. O taco estava coberto de sangue. *Olhem para mim: a heroína do dia.* O presidente Eisenhower ia pôr uma medalha nela no jardim de rosas da Casa Branca: a secretária do HUAC que abateu um espião vermelho.

Ela percebeu que tinha dito isso em voz alta, porque Grace lhe lançou um olhar estranho e avançou lentamente, como se estivesse se aproximando de um animal selvagem.

— Arlene — disse ela, estendendo o braço e soltando os dedos de Arlene do taco ensanguentado. — Este não é... um espião vermelho.

Arlene levantou o queixo. Ela sabia o que sabia.

— Não. — A elegante sra. Sutherland veio de trás de Grace, não tão elegante mais, seu vestido de linho framboesa todo amassado, o cabelo caindo sobre os olhos assustados. Aqueles olhos fixos no corpo desabado aos pés delas, o crânio esmagado sobre o tapete. — E-e-este é...

Ela tremia tanto que não conseguiu dizer mais nenhuma palavra. De repente, ela desceu sobre os joelhos, tremendo, apoiando-se em Claire, que a segurou antes que ela caísse completamente, e Arlene olhou de um rosto para outro.

— Por que vocês estão com essas caras?

— Hum — disse Pete. — Você sabe quem é o senador Sutherland, não sabe?

— O que isso tem a ver com...

— Esse é o filho dele. — Pete engoliu em seco, olhando para Sydney. — O marido dela.

— O quê? — Arlene arregalou os olhos. — O quê?

Nora parecia que ia vomitar, mas deu um passo à frente.

— Então agora temos dois corpos nesta casa...

— Um de um agente soviético — disse Reka — e um do filho de um senador...

— ...e a polícia está a caminho — Bea concluiu.

Eles se entreolharam, e foi quando Arlene desligou. Quando tudo fugiu dela em um tumulto de vozes. Quando voltou a si, estava sentada em uma cadeira de espaldar reto na cozinha, as crianças agora retiradas dali, o cheiro de peru queimado em seu nariz. Sozinha, é claro. *Por que estou sempre sozinha?*, ela pensou, estupidamente. *Não importa o que eu faça, não importa o quanto eu tente, estou sempre sozinha.*

Mas um braço quente deslizou em volta de seus ombros, e Arlene levantou os olhos marejados e viu o olhar castanho-dourado de Grace. Ela não estava mais com o vestido de tafetá vermelho manchado de sangue, mas com um vestido velho de estampas florais que não tinha uma única gota de sangue, e seu cabelo e rosto tinham sido lavados.

— Arlene — disse ela, e havia uma onda de atividade em torno delas (alguém sussurrando *Já sumiram com as roupas?*; e outra voz *A polícia, acho que eles chegaram...*), mas Arlene não conseguia desviar a atenção daqueles calmos olhos castanho-dourados. — Arlene — disse Grace —, me escute e faça tudo que eu disser, e nenhuma de nós irá para a prisão.

Capítulo 9

DIA DE AÇÃO DE GRAÇAS, 1954

— Então foi isso que aconteceu? — pergunta o detetive.

O ex-agente do FBI Harland Adams assente, e a casa relaxa com tanto alívio que as tábuas do assoalho da sala de estar rangem sob as botas de todos.

— Foi isso que aconteceu, senhor.

O detetive resmunga, satisfeito por finalmente ter uma testemunha cooperativa.

— Faça o relato mais uma vez, sr. Adams.

Harland conta tudo de novo, seco, sem hesitação, e a casa tem que admirar sua compostura. Ele está tenso, mas fazendo o seu melhor ao relatar a história: a preparação do Dia de Ação de Graças em pleno andamento, a chegada recente ao grupo do sr. e da sra. Sutherland.

— Amigos de família dos Orton — ele explica — por intermédio das esposas, o senhor entende, ambas sendo inglesas, é claro que se conhecem. — O estranho entrando de repente, claramente bêbado, agitando uma foice do galpão do jardim, tentando assaltar todos eles. Uma confusão, o pobre Barrett Sutherland pegou um taco para defender a sra. Felicity Orton, vejam aquele corte no pescoço dela, ele sem dúvida salvou a vida dela intervindo daquele jeito, embora o ladrão tenha virado o taco contra ele. O estranho, em pânico por tê-lo matado, fugiu para o alto da casa.

— E foi o senhor quem o seguiu, sr. Adams?

— Sim. Houve uma luta. — Indicando o hematoma sob o olho, o galo atrás da cabeça, o sangue seco na frente de sua roupa. — Consegui pegar a foice e usá-la contra ele, senhor. Havia algumas mulheres atrás de mim, eu não podia deixar que ele as machucasse.

— Os outros vão corroborar sua versão dos acontecimentos? As mulheres estão basicamente histéricas...

— Nervos femininos — diz Harland, sem pestanejar. — Naturalmente, todas estão em choque.

Quanto mais chocadas nos mostrarmos, melhor, tinham concordado todas as mulheres do Clube Briar enquanto montavam a história. *Chorem o máximo possível.* E não é que elas fizeram mesmo, a casa pensou com admiração, tendo-as visto ser chamadas uma por vez para interrogatório. Nora derramou lágrimas de lady em um lenço de renda, Claire berrou e fungou, Reka caiu em balbucios húngaros incoerentes. Fliss fez a inglesa angustiada por excelência, toda educada e nervosa; Sydney teve um ataque histérico completamente sincero. Bea não conseguiu chorar, mas ficou mexendo o joelho machucado até quase desmaiar de dor. Em comparação com as mulheres soluçantes da casa, Pete parece um modelo de masculinidade jovem e responsável, o dr. Dan, um veterano do Exército de olhos lúcidos, o sr. Nilsson, um pai preocupado e Harland, um leal patriota americano.

O que é mais importante? Que todos contem a mesma história.

— Sou a última a ser interrogada, detetive? — pergunta Grace. A essa altura, o homem parece exausto de tantas lágrimas e drama, sem falar no avançado da hora. — Deve ser quase quatro da manhã — diz Grace, com um olhar solidário para o relógio.

— Mais uma depois da senhora... — Consultando suas anotações. — A srta. Arlene Hupp?

— Vou ver se consigo tirá-la da cama. Ela estava tendo uma crise histérica tão violenta que o dr. Dan lhe deu um comprimido.

A ideia de mais uma mulher tendo um ataque histérico do outro lado da mesa está claramente fazendo a cabeça do detetive latejar.

— Falaremos com ela amanhã se precisarmos de esclarecimentos — decide ele. — Foi muito prestativa, sra. March.

Muito prestativa, ecoa a Briarwood House, dando a Grace a coisa mais próxima de um abraço que consegue: um certo envolvimento caloroso da atmosfera da casa em volta dela como um cobertor macio, um lugar de abrigo. No começo da confusão, quando os segredos de Grace foram revelados, a casa havia pensado *Não vou deixar levarem você, eu prometo*, e enviado o pensamento como uma flecha em direção à sua moradora favorita que estava ali sentada trêmula, seu passado exposto para todos verem. Porque a Briarwood House não se importa se Grace é uma comunista, uma espiã, ou uma mulher totalmente capaz de abrir a garganta de um homem com uma foice. Grace é a pessoa que trouxe vida à casa. Grace faz parte da casa.

Não vou deixar levarem você. Eu vou te proteger. Mas Grace protegeu a si própria. Protegeu a Briarwood House. E a casa é grata por isso.

Tudo provavelmente vai ficar bem. A casa até consegue ter um certo otimismo cauteloso sobre a perspectiva de acabar virando um showroom de móveis. Se Grace e o restante dessas pessoas conseguem escapar de duas acusações de assassinato e da investida de um espião vermelho, certamente um compromisso de venda não será tão difícil de anular.

— Sinto muito que o senhor tenha sido tirado de seu Dia de Ação de Graças, detetive. — Os olhos de Grace são tão calorosamente solidários que o detetive não consegue deixar de sorrir de volta. — O senhor deve estar exausto. *E* morrendo de sede, depois de ficar falando a noite toda. Posso lhe oferecer um chá de sol?

GRACE PASSOU MUITO TEMPO, DURANTE AS SEMANAS QUE SE SEGUIRAM, na sala de estar com Arlene. Arlene largou o emprego no HUAC, não queria ficar sozinha em seu quarto, tremia se tivesse que ir à sala de visitas ou à cozinha, mas a sala de estar na parte da frente da casa, onde Grace havia espalhado almofadas confortáveis e fofas e colocado grandes buquês de girassóis nas janelas amplas voltadas para a praça, era segura. Ela ficava ali sentada fazendo um quebra-cabeça ou olhando uma revista, e Grace se sentava com ela e escutava. Não só Arlene, pois ela raramente saía de seu torpor, mas todos os demais.

— Você está sempre escutando. Acho que isso veio do seu velho emprego — disse Pete, com a intenção de fazer uma piada. Ele ainda estava tentando encaixar o que sabia sobre ela agora em algum contexto da vida cotidiana, e Grace lamentava que tivesse que ser assim.

— Pete — disse ela apenas —, eu sempre escuto porque fui criada em um estado policial. Quando a gente vive com medo, está sempre escutando.

— Acho que nunca pensei sobre isso. — Ele enfiou as mãos nos bolsos. — Nós... nós temos muita sorte de viver aqui, não temos?

— Temos — concordou Grace. Ela sentiria falta desse lugar. Então, enquanto podia, ela se sentava no parapeito ensolarado da janela e absorvia tudo.

Viu Xavier Byrne vir tocar a campainha à procura de Nora, o dogue alemão chamado Duke na coleira. Os três sentaram-se no degrau de cima da escada da varanda, fora da casa; era instintivo, Grace sabia, discutir assuntos perigosos do lado de fora, onde suas palavras podiam desaparecer no céu em vez de pairar em torno dos lustres, que talvez estivessem grampeados. (Quando se havia crescido na União Soviética, sempre se pressupunha que os lustres estivessem grampeados.) Através das cortinas esvoaçantes, Grace ouvia a voz baixa de Nora, falando com muito cuidado.

— Por quanto tempo você acha que o caso vai... se arrastar?

— Vamos ver. — Xavier parecia calmo como sempre. — A polícia gosta de Harland como o herói da história.

— Eu soube que o senador Sutherland está fazendo um escândalo. Ele insiste que não pode ter sido um simples assalto, insiste que tem alguma coisa estranha com *Bob McDowell*. — Mesmo aqui, Nora não disse o nome *Kirill*. Grace aprovava sua cautela. *Você teria sido uma boa espiã, Tipperary.*

— Deixe o senador gritar. Ele está desconfiado de inimigos políticos, mas nós dois sabemos que essa linha não vai levar a lugar nenhum.

Nora soltou o ar, parecendo trêmula. Xavier pegou a mão dela, acariciando-a com o polegar. Grace sorriu ao ver Nora apertar a mão dele também, com força.

— Soube que chamaram você para mais interrogatórios.

— Que não os levaram a lugar nenhum — disse Xavier, despreocupado. — Eu não tinha uma única gota de sangue em mim e tinha todos os motivos para estar lá naquela noite. Apenas um cara visitando sua namorada.

Nora parecia cautelosa.

— É isso que você é?

— Agora sim. Passei dois anos depois que saí de Lorton me desvencilhando. Sou um empresário agora, Nora.

— É o que você sempre disse que era antes.

— Agora é *tudo* o que eu sou. Até parei de jogar pôquer. O clube é só um clube de jazz atualmente.

— Você fez tudo isso para me ter de volta? — Voz oscilante, defensiva. — Porque eu não pedi a você. E com certeza não prometi que voltaria se você fizesse isso.

— Não. Eu fiz isso por mim. Um ano trancado, a gente tem tempo de pensar. Não vou voltar para uma cela. Nunca mais. Senti muita falta da minha casa, senti muita falta do meu cachorro. Não vale a pena.

— Então você é alguém que cumpre a lei só para ficar fora da cadeia? Xavier, eu não sei quanto isso vale se você ainda for o homem que vai matar a sangue-frio se encontrar um jeito de escapar impune.

— Não sou. Estou fora disso. E pode me dar todos os olhares céticos que quiser, mas sabe que eu não minto pra você.

Uma pausa.

— O que sua família disse quando você...

— Eles entendem. A maioria sai em algum momento; é esperado.

Grace se inclinou mais na janela, ouvindo. Ela se lembrou de Nora dizendo uma vez, quase desesperada: *Meu Jesus Cristinho, ele é pior que ópio. Não consigo tirar ele das minhas veias por nada.*

— É sobre isso que eu vim falar com você no Dia de Ação de Graças. Antes de sermos interrompidos. — Xavier se abaixou, afagou as orelhas de Duke onde a enorme cabeça do cachorro repousava sobre os sapatos T-strap de Nora. Ele falou por algum tempo, a voz baixa demais para

Grace escutar, e a resposta de Nora foi inaudível. *Pelo menos falem mais alto para eu conseguir ouvir,* Grace desejou silenciosamente, mas Xavier foi embora logo depois, e o rosto pensativo de Nora não revelou nada.

A recém-enviuvada Sydney Sutherland apareceu uns dias depois, bela em chiffon preto e um chapéu preto de aba larga, e puxou Grace de lado sem um pingo do desconforto que os outros ainda demonstravam.

— Eu tenho uma dívida com você — disse ela, deslizando as alças de sua bolsa preta de couro envernizado do próprio punho para o de Grace. — E devo a Arlene, mesmo sabendo que ela não tinha exatamente intenção de me fazer nenhum favor.

Grace olhou dentro da bolsa. Rolos de dinheiro presos com elástico, muitos deles. Ela se surpreendeu.

— Eu não achei que você tivesse acesso a esse nível de recursos.

— Não como esposa. — Os olhos de Sydney estavam escondidos atrás de grandes óculos escuros pretos. — Como viúva, humm, não exatamente também... Mas é incrível o efeito que as lágrimas de uma viúva podem ter sobre os funcionários de um banco.

— Como está seu filho?

— Arrasado. Ele amava o pai. — Os óculos saíram então, fechando-se com um clique. — Quando a investigação e o funeral estiverem concluídos, vou levar o Bear para ver a avó em Hamilton. Praias quentes, limonada e piqueniques em família...

— Humm. O senador Sutherland não vai se opor? — Grace não achava que um velho fanático que tinha acabado de perder o filho estaria muito disposto a deixar seu único neto ser carregado para as Bermudas.

— Não estou preocupada com meu sogro. — Pela primeira vez, a viúva sra. Sutherland sorriu. — Sei umas coisas sobre o filho dele. Se ele não quiser que sejam reveladas à imprensa e arruínem o legado da família, não vai brigar comigo pela guarda do Bear.

Grace sorriu.

— Aproveite as Bermudas, Comprida.

Sydney beijou o rosto dela com uma aragem de perfume Joy e subiu a escada para ver Claire, deixando Grace olhando para a bolsa de couro envernizado cheia de dinheiro em seu braço. Certamente isso abria algumas portas.

Ela viu dias depois Claire subir os degraus com um brilho no rosto, colocando o que parecia ser um pedido de passaporte na bolsa. Observou quando Fliss e o dr. Dan saíram para remover os pontos do corte no pescoço de Fliss. E Grace certamente fez questão de presenciar quando John Nilsson voltou de Nova York para conversar com os filhos. Ele os levou ao Crispy Biscuit para tomar sundaes com calda de chocolate, mas primeiro se aproximou de Grace, movendo-se com cautela, sem piscar, como quando alguém se aproxima de uma ameaça.

— Céus — brincou Grace. — Você não está vindo atrás de um urso.

— Um urso russo — retrucou ele.

Grace não conseguiu conter uma risada.

— Touché. Embora minha mãe sempre tenha dito que, onde ela cresceu, o símbolo era um rouxinol. Um humilde, inofensivo e cantante rouxinol.

— Você cantou uma música muito boa na outra noite. — O sr. Nilsson pigarreou. — Meu filho também tem cantado; cantado os seus louvores, me contando tudo que você fez por ele e pela Lina desde que se mudou para cá. Então...

— Então — Grace ecoou — por que cargas d'água você nunca visitou esses seus filhos maravilhosos nos últimos anos?

Ele ficou em silêncio por um longo instante.

— Eu estava em Saipan durante a guerra — disse ele, por fim, uma das mãos abrindo e fechando reflexivamente. — Fuzileiros navais. Vi mulheres e crianças japonesas pulando do penhasco Banzai para não serem levadas como prisioneiras... Voltei muito perturbado. Minha esposa disse que eu era má influência, os médicos concordaram, então fui embora. Achei que as crianças estariam melhor sem mim.

Desculpas, pensou Grace, ainda que não totalmente sem compaixão.

— Bem, seus filhos não poderiam ter mãe pior neste momento do que a sua esposa. Já pensou nisso?

Grace não sabia o que ele disse aos filhos no Crispy Biscuit, mas Lina voltou com um sorriso cauteloso e chocolate no queixo, e Pete parecia uma década mais novo, como uma criança outra vez.

— Ele falou que nunca recebeu nenhuma das cartas que eu escrevi. Ficou *chocado* por saber que escrevi pra ele até alguns anos atrás. E... — Pete engoliu em seco como se estivesse tentando não chorar. — E ele disse que não vai deixar a mamãe vender a casa.

— Ela quer fazer *o quê?* — Grace se espantou.

— A mamãe disse que recebeu uma oferta, de uns... ah, sei lá, quem liga? O papai me disse que a casa está no nome dele e, se a Lina e eu quisermos ficar aqui, não tem a menor chance de ele assinar a venda. — A mão de Pete foi sorrateira até o pilar da escada e lhe deu uma palmadinha como se fosse um cachorro. — Não consigo me imaginar morando em outro lugar.

Essa foi por pouco, pensou Grace. *Imagina só não ter mais a Briarwood House!* Todo o Clube Briar fez questão de escutar quando o sr. Nilsson levou a ex-esposa à sala de visitas para algumas palavras bem escolhidas. Era como se até a própria casa estivesse se inclinando para ouvir, não que fosse difícil, do jeito que a sra. Nilsson gritava.

— Ele está dando uma surra nela — Nora sussurrou para Reka, animada. — Disse que vai se mudar de volta para Washington para poder visitar as crianças todo fim de semana.

— Pelo jeito ele esteve enviando dinheiro por *anos*, e ela descontava os cheques e nos dizia que ele nunca contribuiu com um centavo...

— ...e ele diz que o Pete vai voltar para a escola no próximo semestre e o que ela pensou quando fez ele largar...

— Parece que as coisas estão mudando por aqui — disse Joe na tarde seguinte, quando chegou cauteloso durante a saída diária da sra. Nilsson para compras. — Eu não tive que entrar escondido. Pete me disse que eu podia simplesmente subir.

— Fico feliz que você quis vir. — Grace abriu mais a porta do seu apartamento, sorrindo. — Achei que você estaria nervoso por ter se relacionado com uma espiã vermelha.

— Eu sempre soube que tinha alguma coisa estranha em você. — Ele estendeu a mão, pôs uma mecha de cabelo atrás da orelha dela. — Só não sabia que era *tão* estranha.

Grace lhe deu um beijo demorado e o puxou para dentro.

Mais uma semana se passou, e Grace estava na sala de estar alimentando o gato ruivo (ele não era mais proibido de entrar; a Crocheteira tinha perdido terreno em *muitas* coisas ultimamente) quando Harland apareceu, o paletó jogado sobre um ombro, seu rosto de linhas definidas sem um sorriso quando Grace fez sinal para ele entrar.

— Parece que você não anda dormindo bem — observou.

— Não — disse ele, seco, girando o chapéu entre as mãos.

— Não desperdice seus pesadelos, Harland. — Ela não ia perder um minuto de sono pelo fato de Kirill ter sido removido deste mundo, ou Barrett Sutherland. Às vezes, ela acordava no meio da noite e tinha que checar se suas mãos não estavam cobertas de sangue, se não havia uma foice com lâmina ensanguentada caída no chão... Mas, depois disso, apagava a luz e voltava direto para a terra dos sonhos.

Ela nunca havia matado ninguém em seu país, apesar de toda a violência das ruas geladas e destruídas de Leningrado durante a guerra. Nunca matou ninguém como espiã, também. Agora, ela havia feito isso, mas não tinha do que se arrepender. Kirill poderia ter fugido com ela, poderia tê-la deixado em paz, poderia tê-la atacado sem atacar as pessoas desta casa... Um milhão de chances de viver alguma versão do sonho americano, e aquele canalha idiota, de alguma forma, estragou todas elas.

Mas Harland ainda parecia perturbado e Grace sentia muito por isso, mesmo não podendo lamentar o fato de ele ter assumido o crédito oficial por despachar Kirill. Era a melhor jogada que tinham; todos sabiam que um ex-agente do FBI seria tratado de forma diferente em uma cena de crime. E ele foi, e todos estavam colhendo os benefícios: iam escapar, ela pensou. Ela havia pintado as mãos de vermelho com o sangue de um inimigo, mas ia se safar.

— Achei que você gostaria de saber sobre o... o arquivo — Harland continuou. Grace assentiu, as pontas dos dedos ainda lembrando aquele logotipo da Lockheed em relevo. — Eu me livrei dele. Esfreguei cada página na frente e atrás três vezes para remover qualquer impressão digital, fiz um pacote anônimo e enviei de volta para o lugar de onde veio. Três camadas de segurança, marcado como confidencial... Tomei todas as precauções em que pude pensar. Espero que seja o suficiente.

Grace achava que seria. Que peso a menos ter aquele arquivo fora de suas mãos. A casa inteira parecia mais leve, mais ensolarada, como se uma nuvem tivesse deslizado da frente do sol.

— Obrigada, Harland.

Os olhos dele voltaram-se para os dela, retendo-os com um esforço. Como se ele estivesse olhando através da íris como por uma janela, para ver se conseguia ter um vislumbre de Leningrado.

— O Hoover teria posto uma auréola na minha cabeça se eu tivesse dito a verdade. Mas nem tem a ver com elogios; era o meu *trabalho* contar. — Voz quase inaudível: — Por que eu não consegui fazer isso, Grace?

Porque você é um ser humano, Grace queria dizer. *Porque você entendeu que essa é uma questão mais complicada do que pessoas como McCarthy ou Hoover gostam de pensar.*

Quem merecia viver ali. Quem merecia uma segunda chance. Quem merecia chamar a si próprio de cidadão desse grande, falho e complicado país.

Seus amigos tinham decidido que ela merecia. Como ela *os* merecia, isso nunca ia saber.

Harland saiu e, mais tarde, Grace o viu caminhando em direção ao Prospect Park com Bea, de mãos dadas, provavelmente para fazer uns arremessos no campo de beisebol com a luva que estava embaixo do braço de Bea. A bola batendo com um ruído seco na luva ao céu crepuscular... Grace ficou sentada junto à janela por mais um tempo, pensando em seus amigos. Pensando no que acontecia quando se parava de apenas se deixar levar pelo momento; quando se tinha que pensar além de *Será que nós vamos sair desta?* e passar para *O que vem agora?*.

Ela já sabia.

***

NOITE DE QUINTA-FEIRA. O PRIMEIRO JANTAR DO CLUBE BRIAR DESDE que receberam a notícia de que o caso estava encerrado e ninguém (apesar dos protestos de um certo senador da Virgínia) estava sendo procurado em conexão com as mortes de Barrett Sutherland e de um andarilho chamado Bob McDowell. A qualquer momento, Grace sabia, o Clube Briar estaria subindo para o seu quarto de paredes verdes. Ela havia deixado uma panela de canja de galinha no fogareiro e um buquê de girassóis.

O táxi já estava esperando do lado de fora; Grace colocou sua mala nele e voltou para pegar uma última caixa. Levantando-a sob um braço, viu-se parando nos degraus da varanda e olhando para a porta da frente.

— Bem — disse ela, em voz alta, olhando para a Briarwood House —, acho que este é um adeus.

A casa não respondeu, claro. Mas Grace sempre havia falado com ela mesmo assim, desde o início, desde o dia em que chegou com o mesmo casaco cor de camelo e a boina vermelha que usava agora.

— Gostaria de não ter que ir — Grace disse para a casa. Mas o segredo dela era grande demais para tantas pessoas guardarem, e seria mais fácil mantê-lo se ela estivesse fora de vista. E precisava ser mantido, porque todos estavam até o pescoço nele agora.

E, se houvesse mais consequências de Moscou, se Kirill tivesse informado algo aos superiores antes de vir até aqui e encontrar a morte, ela não deixaria que isso recaísse sobre seus amigos. Ia desaparecer de novo. Afinal, ela era boa nisso.

— Para onde, senhora? — perguntou o taxista.

— Union Station — respondeu Grace. Arlene já estava sentada no banco de trás, passiva como uma criança. Parecendo desarrumada como tantas vezes nos últimos tempos, cabelo despenteado, olhando pela janela. Grace não podia dizer que gostava de Arlene Hupp, mas, se Arlene desmoronasse sob o peso do que tinha feito e desabafasse com alguém, isso tornaria a vida muito incômoda para todos na Briarwood House. E ela levava todo o jeito de quem ia desmoronar, então Grace achou que seria melhor levar a infeliz junto, dar a ela um novo começo e garantir que continuasse inteira. Não deveria ser muito difícil. — Essa garota está tão desesperada por uma amiga que eu poderia tomá-la sob meus cuidados e fazê-la saudar a foice e o martelo no período de um mês — Grace disse à casa. — Ainda bem que eu só quero doutriná-la sobre ter um pouco de empatia.

As cortinas tremularam, quase como se a casa estivesse rindo. Grace sorriu, pousando a mão na porta.

A caixa de papelão em seus braços balançou indignada com batidas vindas de dentro.

— Quietinho aí — ela repreendeu. Vermelho não tinha ficado muito satisfeito em se ver atraído para uma caixa e ter a tampa fechada sobre sua cabeça, mas de jeito nenhum Grace o abandonaria.

O taxista a esperou entrar no carro, caixa de gato e tudo, e a porta se fechou. Arlene olhou para Grace, os olhos baços, mas com algo desesperado por trás de seu olhar silencioso. *Nós vamos consertar isso*, Grace pensou. Ela não achava que um dia teria uma família. Enterrar uma família inteira em Leningrado havia matado seu desejo de filhos, de um marido, de qualquer coisa mais permanente do que amantes e amigos e o calor fácil do companheirismo. Mas ainda mantinha seu desejo de alimentar e consertar pessoas. Por que não começar com a infeliz, detestável e destroçada Arlene?

— Vamos comer um jantar delicioso na Union Station — sugeriu. Arlene Hupp precisava de muitas coisas, mas o que precisava primeiro era de *alimentação*.

Uma faísca frágil se acendeu naqueles olhos opacos e solitários.

— Eu estou de dieta...

— Nunca mais diga isso, Arlene.

O táxi se afastou do meio-fio e desceu a Briar Street em direção à Wood. Grace olhou pela janela traseira, lembrando-se do dia em que chegara ali. Desejando desesperadamente não ser encontrada, desejando um lugar para deitar a cabeça. Subindo aqueles degraus com uma bolsa na mão e uma vida inteira de segredos nas costas.

Desejando. Só desejando.

— Boa noite — disse Grace March em voz alta, enquanto a Briarwood House deslizava para o passado.

A casa responde: *E boa sorte.*

Boa Noite e Boa Sorte da Briarwood House

Champanhe ou prosecco
St. Germain ou outro licor de flor de sabugueiro
Vodca
Suco de limão

1. Encha uma taça flûte até a metade com champanhe ou prosecco.
2. Adicione uma dose de St. Germain e uma dose de vodca.
3. Adicione um pouco de suco de limão, ajustando a doçura a gosto.
4. Enfeite com uma espiral de casca de limão e beba para comemorar a partida de velhos amigos ou a chegada de novos, enquanto ouve "Come On-a My House", de Rosemary Clooney.

Epílogo

Pete

MAIO DE 1956

— Esperamos que considere ficar com o quarto, srta. Graves — disse Pete, tentando não olhá-la demais. A possível inquilina era incrivelmente bonita, baixa, com covinhas e ondas de cabelo castanho--dourado. Pete desconfiava que sempre teria uma queda por cabelos castanho-dourados em mulheres. Pelo menos essa srta. Linda Graves, recém-chegada a Foggy Bottom com um diploma da escola de secretariado e procurando um emprego na capital, tinha exatamente a idade dele, 19 anos. Embora ainda estivesse terminando o ensino médio, recuperando o tempo que havia perdido, Pete achou que seria legal ter uma pensionista da idade dele em casa.

— É menor do que eu esperava, mas é tão bonito... — Ela pareceu encantada ao ver a trepadeira de flores que crescia pela parede desde o primeiro andar, acompanhando-a com as pontas dos dedos enluvados por três lances de escada até Pete abrir a porta do 4B e ela ver as paredes verdes aconchegantes em que a trepadeira florescia numa explosão de cores até o teto inclinado. — Quem pintou?

— Uma antiga inquilina. — Pete já sabia que não ia mencionar que um homem havia morrido no 4B. Algumas casas podiam ficar assombradas por tamanha violência, mas não aquela: o antigo quarto de Grace brilhava tranquilo, vivo com sol e calor, praticamente sussurrando *Seja bem-vinda!*. — Quer ficar e conhecer as outras inquilinas? Temos um clube de jantar semanal nas quintas-feiras...

Quando desceram a escada conversando, Pete sabia que Linda Graves ficaria com o quarto. E isso era bom; a casa andava rangendo um pouco desde que Fliss e o dr. Dan se mudaram de volta para Boston. Eles já tinham pegado o trem para uma visita: Angela estava ficando mais comprida e magricela, o dr. Dan parecia terrivelmente cansado com as longas horas que vinha trabalhando na clínica de mulheres e Fliss confessou que estava farta até os ossos do jeito que algumas de suas colegas enfermeiras a censuravam por trabalhar tendo uma filha em casa, mas suas covinhas voltavam a aparecer sempre que ela falava da pesquisa de fertilidade que estava ajudando a conduzir.

— Eu não entendo o que é essa pílula feminina — confessou Pete, e Fliss só pareceu achar graça:

— Você vai ficar muito feliz com ela daqui a alguns anos.

— Veja isto! — exclamou Linda Graves, ao notar o grande quadro pendurado na sala de estar. — Que pintura interessante.

— Foi pintado por uma antiga residente. — Pete olhou para o retrato que Reka tinha feito do Clube Briar em Nova York no primeiro Bake-Off de Lina, todas olhando para a Estátua da Liberdade. Harland tinha conversado com o pai de Pete sobre pegá-lo emprestado: havia rumores de uma grande exposição de arte abstrata que sairia em turnê pela Europa. *A Nova Pintura Americana*, Harland disse que a exposição se chamaria, e que isso seria um tapa na cara dos soviéticos, que estavam sempre alardeando a superioridade da liberdade artística em Moscou. Pete não entendia muito bem o que alguém como Harland tinha a ver com turnês de arte, já que ele trabalhava para algum ramo da CIA agora, mas não era da conta dele. Só desejava que essa pintura fosse selecionada. Reka teria ficado muito feliz. Ele ainda não conseguia acreditar que ela se fora; um infarto durante a noite, do nada, na primavera passada. Havia uma simpática viúva morando nos aposentos de Reka agora, uma mulher que tinha perdido o marido na Segunda Batalha de Seul e trazia tortas de maçã para os jantares de quinta-feira, mas o apartamento 2B ainda cheirava a tinta a óleo e Pete ainda ficava com um grande nó na garganta sempre que passava pela porta.

Pete apresentou a srta. Graves à sua mãe, que começou a explicar as regras da casa, que eram em número muito menor ultimamente. Todas as pensionistas agora sabiam (porque Pete lhes disse) que podiam passar por cima dela e falar direto com o pai dele, que tinha o próprio apartamento a quatro quarteirões de distância, mas aparecia todas as noites para ver o que precisava ser consertado, conferir o dever de casa de Lina e decidir eventuais controvérsias. Era comum haver controvérsias, porque sua mãe estava sempre arrumando brigas, e talvez não fosse a melhor coisa ter pais que brigavam muito, mas Pete achou que poderia aguentar isso: pelo menos agora ele e Lina tinham alguém brigando do lado *deles*. Seu pai podia não ser perfeito, mas estava falando em corrigir cirurgicamente os olhos de Lina para ninguém mais a chamar de vesga, e insistiu que Pete não precisaria mais trabalhar na Moonlight Magnolias; disse também que não ia despejar nenhuma inquilina só por deixar ocasionalmente pegadas de lama no corredor ou receber de vez em quando um convidado depois das sete horas.

— Eu não vou tolerar seu pai interferindo — sua mãe tinha protestado, mas Pete revidou no mesmo instante:

— Por interferir você quer dizer se interessar por nossa vida? Depois de você ter nos dito durante anos que ele não se importava conosco?

— Eu sabia que você ia ficar do lado dele! Eu sabia! — Sua mãe arrumava tanta briga com Pete como com seu pai ultimamente, ou pelo menos tentava, mas Pete tinha aprendido a ignorá-la. A casa inteira tinha, na verdade. Toda a atmosfera do lugar havia melhorado. Pete não admitiria isso por nada, mas às vezes se pegava falando com a casa quando não havia ninguém por perto. Um *Você não se sente melhor agora?* sempre que consertava um pilar solto do corrimão, ou um *Pronto, não é bom assim?* quando as flores da sala de estar eram trocadas. E, às vezes, podia jurar que a Briarwood House dava uma espécie de rangido satisfeito em resposta.

Linda Graves estava perguntando à mãe de Pete sobre os horários das refeições, então ele fez um aceno e foi pegar a correspondência no saguão. Um panfleto de propaganda para Bea; ele o guardaria até que ela voltasse da viagem de avaliação de um arremessador em Bowie; seu último candidato potencial tinha sido tomado dela por um colega olheiro dos Senators que achava que a srta. Verretti deveria se limitar a servir o café, e Bea faria de tudo para que ele não pegasse o próximo. Uma daquelas cartas para Lina dos outros competidores do Pillsbury Bake-Off; ele a separou com um sorriso. Lina já havia preparado seu formulário de inscrição da divisão júnior para o concurso deste ano e disse, com o queixo erguido (ajustando e reajustando sua receita de Bolo Ondulado de Framboesa), que desta vez *ia ganhar*... Um catálogo para Nora; Pete separou este também. Ele ficara com receio de que Nora também fosse embora, agora que aquele grande diamante reapareceu em seu dedo, mas "Não, eu definitivamente vou continuar aqui", ela garantiu com alegria, servindo seu colcannon no jantar da última quinta-feira e, embora ficasse fora até tarde muitas noites, estava usando o diamante na mão *direita* e não na esquerda, então quem poderia saber o que estaria acontecendo ali.

Pete examinou o restante da correspondência, esperando que houvesse um cartão-postal de Claire, mas ela era uma péssima correspondente. Só receberam uma nota rápida desde que ela se mudara, com um carimbo postal exótico das Bermudas e uma fotografia: Claire sorrindo em um biquíni vermelho, que fez Pete corar (todo aquele cabelo ruivo e todo aquele peito claro), sentada em um cais diante de uma enorme casa verde-clara, o braço em volta de um garotinho bronzeado e sorridente. Devia ter sido sua chefe, a sra. Sutherland, quem tirou a foto; dava pra ver sua sombra alta e esguia sobre o cais. *Muito legal da parte dela ter oferecido a Claire o emprego de secretária pessoal*, pensou Pete, ainda que não soubesse muito bem o que a secretária pessoal de uma viúva de político de Washington de fato *fazia* nas Bermudas.

Bem no fundo da pilha de correspondências, Pete o viu: um cartão--postal sem assinatura mostrando a Ponte do Brooklyn em Nova York, endereçado a ele em uma caligrafia feminina redonda e bem conhecida.

Querido Pete Martelo,

Escrevendo às pressas — prazo para entregar ilustrações de um livro infantil. E ajudando nos preparativos do casamento da Arlene. Que se passa entre mulheres americanas e casamentos? Já comentei como o noivo dela é horrivelmente sem graça? Ela o conduz como um cachorrinho e ele parece bem feliz.

Transmita o meu carinho ao Clube Briar. Queria que você estivesse aqui!

Notas históricas

Pela primeira vez, começo minhas observações históricas com um alerta: leitores que gostam de pular direto para o fim e ler as notas primeiro, parem por aqui: isso *vai* arruinar a grande reviravolta de *Os segredos do Clube Briar*.

Para os que já terminaram o livro, continuem lendo...

"De onde você tirou a ideia?" é uma das primeiras perguntas que me fazem sobre como este livro surgiu. *Os segredos do Clube Briar* nasceu de um conjunto de inspirações em um ano de pandemia: um ensaio de Laurie Colwin, uma foto no Instagram, uma série japonesa na Netflix e uma nota de rodapé dos tempos de faculdade do meu marido.

Em *Alone in the Kitchen with an Eggplant* (Sozinha na cozinha com uma berinjela), da excelente coleção de ensaios *Home Cooking*, a escritora de culinária Laurie Colwin escreveu com humor e emoção sobre seu tempo como uma jovem sem dinheiro de vinte e poucos anos vivendo num apartamento do tamanho de um armário de vassouras em Nova York, conseguindo alimentar seus amigos igualmente sem dinheiro numa cozinha compacta composta por uma minigeladeira, um fogareiro e um escorredor de pratos no banheiro. Reli muito esse ensaio durante a pandemia, choramingando: eu adoraria poder cozinhar alegremente em um fogareiro e escorrer espaguete na minha banheira se pudesse estar cercada por pessoas queridas, barulho de pratos raspados e garrafas de vinho semiesvaziadas. *Isso poderia dar um livro?*, pensei. *Uma estranha chega à cidade e une colegas de moradia com jantares semanais em seu apartamento minúsculo?* Perspectivas bem baixas para um livro de Kate Quinn, no entanto; ninguém sendo bombardeado, preso ou baleado.

A ideia não ia embora. Ela continuava falando comigo quando vi uma foto no Instagram de uma gloriosa sala de paredes verdes, teto inclinado e ângulos estranhos, que havia sido pintada com trepadeiras e flores exuberantes: a sala do campanário da Sleeper-McCann House em Massachusetts, caso você queira pesquisar no Google. *Este é o quarto*, pensei. *A misteriosa recém-chegada pinta a trepadeira quando se instala aqui!* A ideia realmente ganhou vida quando comecei a ver a série *Midnight Diner* da Netflix, em que um cozinheiro enigmático de Tóquio observa os problemas de uma série de clientes em seu restaurante noturno: *Cada capítulo poderia ser uma mulher diferente na pensão — e poderia haver receitas!* Ainda não é um grande enredo, no entanto.

E então meu marido, cujos estudos de graduação foram em Relações Internacionais/Segurança Externa e Inteligência, com foco na Europa Oriental pós-Segunda Guerra Mundial através do bloco pós-soviético, soltou por acaso uma informação enquanto eu assistia a um episódio de *The Americans*. Ele disse que os espiões infiltrados interpretados por Matthew Rhys e Keri Russell provavelmente teriam abandonado sua missão e desaparecido na vida real. "Você sabe quantos agentes infiltrados os soviéticos perderam dessa maneira? Aqueles que foram enviados deram uma olhada em volta, perceberam que estavam muito bem aqui, desapareceram silenciosamente e seus supervisores nunca mais os encontraram. Até talvez seus netos fazerem um teste no Ancestry por pura diversão e se perguntarem por que metade de seu DNA era russo se a vovó e o vovô supostamente nunca saíram de Iowa?"

Para tudo. Apertei pausa na TV, lâmpadas explodindo dentro da minha cabeça. "Conte mais."

Um livro nasceu.

Grace

É DIFÍCIL DETERMINAR EXATAMENTE QUANDO OS SOVIÉTICOS COMEçaram seu programa de infiltração de espiões, nos quais jovens soviéticos leais e com habilidades linguísticas impecáveis eram treinados em cidades cenográficas simuladas para se parecerem com cidades do Meio-Oeste dos Estados Unidos. Esses locais aparentemente existiram: os aprendizes praticavam inglês e conhecimento da vida norte-americana até que pudessem se passar com perfeição por Bob e Betty da rua ao lado, então eram inseridos (às vezes sozinhos, às vezes em pares como casais) nos EUA para coletar e passar informações. Grace é fictícia, portanto dei a ela um histórico — primeiro como uma mulher de ascendência ucraniana cuja família morreu no Holodomor, a terrível fome antropogênica que matou milhões na Ucrânia; depois como sobrevivente do cerco de Leningrado, um período de três anos em que mais de um milhão de pessoas morreram de fome, doenças e bombardeios — o que formou uma base lógica para ela se juntar à porcentagem de agentes infiltrados que decidiram que uma vida falsa nos Estados Unidos era melhor do que uma vida real como espiã soviética. É impossível saber quantos tomaram essa decisão, porque os fatos (mesmo após a ampla recuperação/venda de informações depois da queda da URSS) permanecem incompletos. Más notícias frequentemente não eram comunicadas internamente por causa da mentalidade de atirar-no-mensageiro que permeava a KGB; a própria ideia de espiões infiltrados que haviam abandonado sua missão era um constrangimento que deveria ser varrido para baixo do tapete, mesmo nas partes mais secretas dos arquivos da KGB. Talvez 20 a 30 por cento dos espiões infiltrados tenham se rebelado, mas esse número pode ser maior; nas palavras de um agente desertor semelhante na série de comédia *Sleepers* dos anos 1990, exaltando sua nova vida no Ocidente: "Eu ganho trezentas mil libras por ano; tenho um apartamento na cidade, uma casa de campo, uma fila de namoradas e meio cavalo de corrida.

Acha que vou desistir de tudo isso por uma tigela de repolho roxo e uma quitinete em Vladivostok?" Eu escrevi sobre espiões soviéticos maus (*O código da rosa*) e escrevi sobre mulheres más escondidas na vida da classe média norte-americana típica (*A caçadora*), mas aqui escrevi sobre uma boa mulher que abandona a espionagem pela vida suburbana comum e não se arrepende de nada.

Philip e Elizabeth de *The Americans* estão envolvidos em operações mais vistosas e letais do que a maioria dos espiões soviéticos infiltrados, que operavam discretamente como coletores de informação, e eles foram inseridos na sociedade americana nos anos 1960 e trabalharam até a década de 1980; mas eu não queria pisar nesse território. A década de 1950 me interessava muito mais como pano de fundo: que época melhor (ou pior) para um espião soviético tentar desaparecer nos Estados Unidos do que nos primeiros dias da Guerra Fria, quando a URSS era o grande inimigo maligno à espreita no horizonte da consciência do público, quando a Lockheed e a Base Aérea Edwards estavam de fato envolvidas em projetos de aviação ultrassecretos na corrida espacial com os soviéticos, e quando McCarthy trovejava na imprensa sobre comunistas infiltrados na vida do país? Assim, a Ameaça Vermelha se tornou o pano de fundo deste livro: aquele período em que o senador júnior de Wisconsin divulgou muitas listas de supostos comunistas e o esforço resultante para erradicá-los destruiu incontáveis vidas, a maioria delas totalmente inocente. Juramentos de lealdade e checagens de antecedentes para suspeitos simpatizantes comunistas não eram novidade (o Programa de Lealdade foi instituído em 1947 pelo governo Truman), mas, sob McCarthy, um político demagogo e agressivo com uma capacidade assustadora de provocar histeria pública, a caça às bruxas atingiu seu ápice. Pessoas inocentes na indústria do entretenimento, no sistema educacional e no governo foram pressionadas a jurar lealdade e denunciar seus colegas; aqueles que não o fizessem enfrentavam perda de emprego, lista negra e prisão. Mesmo um interesse fugaz no passado pelo comunismo ou socialismo poderia ser catastrófico, apesar do fato de que tal censura a crenças pessoais era, e é, totalmente contra a Constituição americana. McCarthy acabou sendo derrubado pela própria incapacidade de sustentar suas alegações, pelos esforços concentrados de pessoas íntegras como o jornalista da CBS Edward R. Murrow, que trabalhou incansavelmente para expor sua falta de credibilidade, e pelos julgamentos televisionados em que foram ditas as famosas palavras: "O senhor não tem nenhum senso de decência?" Ficou claro para a nação que ele não tinha e ele logo saiu de circulação, censurado pelo Senado, sua base de poder perdida, mas deixou atrás de si uma palavra — macartismo — que simboliza para sempre o uso de práticas ilegais e inescrupulosas para perseguir inocentes.

Pete & Lina

A CULTURA POP DIRIA QUE NÃO HOUVE MELHOR ÉPOCA PARA SER criança ou adolescente nos Estados Unidos do que os anos 1950. (Um adolescente branco de classe média, pelo menos.) Mas, por trás dos sorvetes com root-beer, um refrigerante de casca de raiz de sassafrás, e dos jogos de beisebol nos campos de areia que marcam nossa visão idealizada da vida dos anos 1950, havia aspectos menos plácidos. A Segunda Guerra Mundial perdurava como uma ressaca, o movimento pelos direitos civis ganhava força e a bomba atômica mudava a face da ciência, da política e do mundo. Daí a insistência dos anos 1950 de enterrar a cabeça na areia e manter firmemente os olhos nos prazeres do presente: vida familiar, entretenimento e fingir gostar de alguns pratos culinários verdadeiramente bizarros, como a Candle Salad (Salada de vela) e o Chipped Beef De Luxe (carne seca com maionese). Washington, D.C., pareceu um ótimo cenário para examinar essa década: longe da capital sofisticada que é hoje, era então uma cidade sulista bastante sonolenta, em que a segregação reinava, policiais e criminosos se misturavam no Pete Dailey's para tomar cerveja, e senadores e juízes se reuniam no Martin's Tavern (que ainda existe, com seus assentos onde JFK supostamente pediu Jackie em casamento!)

para beber martínis Garotos como Pete cresciam fascinados por Mickey Spillane, cuja prosa destituída de sentimentalismo vendia como água; pelas promessas de Wernher von Braun de que o homem logo pousaria na lua; e pela tela da televisão onde William Holden interpretava heróis de guerra e Lucille Ball atraía mais espectadores do que o presidente Eisenhower. Meninas como Lina ficavam grudadas em *The Adventures of Ozzie and Harriet*, absorvendo a imagem da família suburbana ideal administrada por uma mãe amorosa de avental e salto alto. E meninos *e* meninas com inclinação culinária sonhavam em entrar no concurso Pillsbury Bake-Off. Muito antes de Mary Berry e Paul Hollywood hipnotizarem os espectadores modernos em *The Great British Bake Off*, a Pillsbury realizava seu concurso anual que exaltava cozinheiros amadores, celebrando uma centena de competidores rigorosamente escolhidos (incluindo jovens de 12 a 17 anos) em Nova York para competir pela versão dos anos cinquenta do prêmio Star Baker. A competição, na época como agora, era acirrada: sem fundos de torta molhados!

Nora

WASHINGTON, D.C., NÃO ERA UMA CIDADE MAFIOSA COMO NOVA YORK ou Las Vegas, mas tinha sua parcela de crime organizado: a saber, a família Warring de Foggy Bottom, que comandava a rede clandestina de bebidas durante a Lei Seca, depois o esquema clandestino de apostas nos anos 1940 e 1950. Xavier Byrne é uma composição fictícia de dois homens muito reais. O primeiro deles é Joe Nesline, um jogador de cartas profissional de nervos de aço que trabalhava para os Warring e frequentava vários "bottle clubs" em Washington. O segundo é Emmitt Warring, o cérebro pragmático e de fala mansa da família que usava um solitário de diamante de cinco quilates, morava na Macomb Street com um dogue alemão chamado Duke e foi assaltado em sua casa sob a mira da arma de George "Mad Dog" Harding em 1951. Harding trabalhou por pouco tempo para a família Warring, mas foi demitido por falta de controle (ele foi preso por sequestrar e agredir a namorada, depois tentar invadir o quarto de hospital dela com flores, uma história descrita pela imprensa como "Tática de Conquista do Homem das Cavernas"). A vingança de Harding ao roubar Emmitt Warring durou pouco; ele foi baleado em um clube por Joe Nesline, que foi absolvido de assassinato, mas cumpriu um ano de pena por porte de arma letal. Nora é baseada em duas mulheres: Mary Healy, uma garota de Foggy Bottom que alcançou a posição de secretária pessoal do diretor-executivo dos Arquivos Nacionais e que foi ameaçada de perder o emprego se não rompesse um envolvimento romântico com um dos Warring (o que ela fez), e a namorada de longa data de Emmitt Warring, que viveu com ele por quase trinta anos, mas manteve o próprio apartamento, o próprio nome e o próprio status legal separado dele durante todo o longo romance. Na minha opinião, Nora fará o mesmo — embora ela vá se tornar a primeira mulher chefe de Prédios e Terrenos dos Arquivos Nacionais, ao contrário de Mary Healy, que, por ser mulher, teve o cargo mais alto negado. A Constituição, a Declaração de Direitos e a Declaração de Independência residem nos Arquivos Nacionais até hoje em exposição pública.

Reka

"POR QUE VOCÊ SIMPLESMENTE NÃO FOI EMBORA?" É A PERGUNTA feita com frequência a judeus, socialistas e outros alemães sobreviventes de populações-alvo quando o Terceiro Reich de Hitler começou a tornar a vida insustentável nos anos 1930. Mas, como tentei mostrar por meio da fictícia Reka, a emigração não era fácil. Não só era difícil deixar uma cidade que, antes de Hitler, havia sido conhecida por sua exuberância e tolerância, como outros países, incluindo os Estados Unidos, com frequência exigiam dinheiro e patrocínio das pessoas que solicitavam asilo. Uma vez do outro lado do mar, os refugiados lutavam com barreiras linguísticas e preconceitos anti-imigrantes — e isso sem contar a possibilidade de patrocinadores inescrupulosos se apossarem de seus objetos de valor, o que de fato acontecia. A família Sutherland é fictícia, mas seus pecados não: alguns soldados norte-americanos cometeram crimes de guerra em seu avanço pós-Normandia em direção a Berlim, como atirar em prisioneiros desarmados; e patrocinadores de muitas nações se aproveitavam dos refugiados que eles deveriam ajudar. A experiência de Reka é parcialmente inspirada na história de uma amiga da família cujos parentes judeus enviaram objetos de valor antes de eles próprios embarcarem para o outro lado do mundo, conforme incentivado por um patrocinador da África do Sul, mas este morreu em um acidente e seus filhos tomaram a decisão de ficar com todo o carregamento de objetos de valor para si, não enviar mais ajuda e condenar uma família inteira na Alemanha aos campos de concentração. Reka pelo menos consegue escapar com vida e recuperar seus pertences roubados: seus esboços são baseados em desenhos reais que Gustav Klimt fez em preparação para suas muito anunciadas (também muito condenadas) Pinturas da Faculdade. As pinturas foram supostamente queimadas em Schloss Immendorf em 1945 por forças alemãs em retirada; se sobreviveram, nunca mais foram vistas, e existem agora apenas em alguns esboços e fotografias. Quanto à carreira artística da própria Reka, pode parecer inusitado que a CIA tenha financiado arte moderna como um golpe na guerra cultural contra a URSS, mas é verdade: fundos do governo enviaram uma coleção sensacional de arte expressionista abstrata chamada *The New American Painting* em turnê pela Europa, constituída de obras de Pollock, Rothko e muitos outros. Uma artista mulher foi representada na coleção: Elaine de Kooning, que se especializava em retratos abstratos, incluindo uma famosa representação de JFK nos anos 1960. O trabalho de Reka é baseado no dela.

Fliss

ENQUANTO A SEGUNDA GUERRA MUNDIAL DOMINOU TODA A DÉCADA de 1940, a Guerra da Coreia foi tratada com um dar de ombros coletivo por muitos estadunidenses da década de 1950 — exceto aqueles que tinham entes queridos envolvidos. Médicos eram particularmente necessários, o que resultou na lei conhecida como Doctor Draft (recrutamento de médicos), e aqueles enviados para unidades M.A.S.H. ou hospitais mais permanentes em bases na Coreia ou no Japão podiam passar anos sem ver a família. Como esposa de oficial da Marinha, longas separações e mobilizações não são novidade para mim, mas mulheres como Fliss não tinham nem sequer ligações telefônicas regulares, uma situação difícil para qualquer esposa de militar, principalmente para uma que sofria de depressão e se sentia ainda mais deslocada durante o baby boom por querer parar em um único filho. Fliss tornou-se, portanto, os olhos perfeitos para examinar um dos maiores avanços da década: a pílula anticoncepcional. Supressores de fertilidade eram debatidos e estudados há décadas, mas ensaios clínicos foram finalmente realizados nos anos 1950, quando o extraordinário dr. John Rock foi recrutado para a causa: um especialista em fertilidade que realmente declarou que a religião era um cientista muito ruim e cuja fé católica não interferia em sua crença na contracepção como auxílio à saúde feminina. A pílula anticoncepcional não foi criada sem controvérsia — o envolvimento de Margaret Sanger e sua adesão ao movimento eugênico; a inscrição de mulheres institucionalizadas em testes pelo médico supervisor delas sem obter seu consentimento; mulheres porto-riquenhas recrutadas como sujeitos de teste sem o conhecimento de que estavam recebendo um medicamento experimental — mas o dr. Rock se juntou ao projeto com a plena convicção de que o acesso à contracepção era fundamental para a saúde e a felicidade integral das mulheres. Inserido aqui como um parente da fictícia Fliss, ele conduziu os primeiros testes para o que viria a se tornar a pílula anticoncepcional moderna, rotulados oficialmente como testes de fertilidade para contornar a lei de Massachusetts. Como resultado, mulheres como Fliss e Sydney puderam optar por não participar da explosão de nascimentos pela qual os anos 1950 são famosos. Como estrangeira inglesa, Fliss também era um bom par de olhos para examinar a segregação norte-americana; a Grã-Bretanha certamente não era isenta de racismo, mas este não era institucionalizado da mesma forma que o sistema dos Estados Unidos. Homens como Claude Cormier (eu o tornei um veterano dos Tuskegee Airmen como uma homenagem a um dos mais corajosos e condecorados grupos de caças constituído inteiramente por negros na Segunda Guerra Mundial) serviram seu país com honra, foram enaltecidos na Europa, depois voltaram para casa para ser tratados como lixo. Leitores de olhos afiados também podem ter notado que a tia inglesa Beth de Fliss é uma das minhas heroínas de *O código da rosa*!

Bea

COMO QUALQUER UM QUE TENHA ASSISTIDO AO FILME OU À SÉRIE DE TV *Uma equipe muito especial* sabe, jogadoras de beisebol foram convocadas durante a Segunda Guerra Mundial para formar a All-American Girls Professional Baseball League, mantendo a população entretida enquanto os jogadores das equipes masculinas de beisebol iam lutar. A AAGPBL continuou após a guerra, mas, no início dos anos 1950, seu público estava diminuindo e o televisionamento dos jogos de beisebol fazia com que mais pessoas passassem a assistir em casa do que nos estádios. O ano de 1954 representou o fim da liga e eu sempre me perguntei como isso teria afetado as mulheres que tiveram que pendurar as chuteiras. A ambição de Bea de se tornar olheira não é um sonho impossível: apesar de os esportes profissionais serem um enclave masculino, a ex-estrela do beisebol e softbol Edith Houghton se tornou a primeira olheira da liga principal de beisebol em 1946, viajando pela Pensilvânia para contratar talentos para os Phillies. E, em 17 de abril de 1953, Mickey Mantle realmente fez um dos maiores home runs da história do beisebol em um jogo no Griffith Park contra os Senators!

Claire

DENTRO DA AMEAÇA VERMELHA, OUTRA PERSEGUIÇÃO ACONTECIA: A Ameaça Lilás, em que cidadãos LGBTQIA+ eram perseguidos quase com o mesmo entusiasmo que os comunistas. Homens gays constituíam a maior parte dos acusados, mas lésbicas também perderam empregos e meios de vida. Claire é fictícia, mas sua história ecoa a luta desesperada por sobrevivência de muitas famílias depois da crise de Wall Street. Como diversas jovens da época, ela migrou para Washington, D.C., em busca dos empregos de escritório no governo disponibilizados para jovens mulheres durante e após a guerra, ajudando a criar a imagem da garota de carreira urbana. Urbanas, mas, muitas vezes, ainda provincianas e preconceituosas: E. Frederic Morrow, consultor do Departamento de Comércio e, mais tarde, o primeiro homem negro a ocupar um cargo executivo na Casa Branca, comentou que a maioria das secretárias brancas do grupo de datilógrafas do escritório se recusava a trabalhar pra ele, ao mesmo tempo que ele era rotineiramente insultado e marginalizado pela administração que deveria, supostamente, solicitar sua opinião. Ele viria a se tornar o primeiro vice-presidente negro do Bank of America e escreveria vários livros, entre eles *Black Man in the White House*. A outra chefe de Claire, a senadora Margaret Chase Smith, do Maine, é uma figura histórica igualmente impressionante. Uma voz solitária a falar no plenário do Senado contra McCarthy, ela fez o famoso discurso de Declaração de Consciência expondo quatro princípios básicos do americanismo: o direito de criticar, de manter crenças impopulares, de protestar e de ter pensamento independente. Um McCarthy enfurecido fez o possível para destruí-la, mas ela sobreviveu a ele, permanecendo senadora até 1973.

Comentou-se que, se um homem tivesse feito o pronunciamento de Declaração de Consciência, ele teria sido o próximo presidente.

Arlene

O EXÉRCITO DOS EUA REALMENTE REALIZOU GRANDES SIMULAÇÕES de guerra no coração do Texas, encenando a invasão comunista e depois a retomada da cidade de Lampasas? Sim, isso aconteceu: Operação Longhorn, uma ocupação simulada completa, com propaganda simulada, prisões simuladas e transmissões simuladas nos meios de comunicação. Como Arlene comenta, é realmente incrível as coisas estúpidas para as quais o Exército deste país conseguiu obter aprovação e financiamento e depois implementar com a maior cara de seriedade.

Como sempre, fiz pequenas alterações no registro histórico para servir ao enredo. O assassinato de George Harding e o julgamento subsequente de seu assassino foram adiantados para comprimir a linha do tempo. Duas fontes entraram em conflito quanto à data precisa dos ensaios de controle de natalidade do dr. Rock; escolhi a data anterior, pois se adequava melhor à história. O tumulto no Chickland Club ocorreu como descrevi (um tumulto em um clube inter-racial, a polícia relutantemente escoltando vários casais inter-raciais para um local seguro, COMUNISTA rabiscado nas janelas), mas um ano antes; da mesma forma, a invasão da cidade de Lampasas aconteceu um pouco mais tarde do que sugeri aqui. A exposição de arte que Reka vai ver em Nova York foi muito real, mas ocorreu em junho, não em outubro. Não consegui determinar se uma inglesa teria permissão para entrar para o Corpo de Enfermeiras Cadetes dos Estados Unidos, então a admissão de Fliss nessas fileiras é um palpite de minha parte, e o trabalho clandestino de Claire como garota pinup atômica é outro palpite. Vencedoras de concursos de beleza competiam para serem coroadas "Miss Atômica" e dançarinas burlescas posavam com trajes de banho minúsculos e adereços de cabeça em forma de cogumelo, mas, sendo a natureza humana o que é, sem dúvida houve versões proibidas para menores. Por fim, alguns detalhes do Pillsbury Bake-Off de 1954 foram alterados para se adequar à história: na realidade, a competição ocorreu no fim do ano e não consegui determinar se amigos e familiares de fato podiam acompanhar ao vivo seus entes queridos competindo no salão de baile do Waldorf-Astoria.

A maioria dos escritores que conheço, inclusive eu, tem um livro da pandemia — o livro em que despejamos toda a incerteza e obscuridade que estávamos sentindo durante o lockdown. Gosto de pensar em *Os segredos do Clube Briar* como o meu livro pós-pandemia, um romance que surgiu de uma necessidade desesperada de luz, de conexão, de amizade. Uma necessidade (como a de Grace) de se reunir em volta da mesa, alimentar e consertar pessoas. Espero que tenham gostado do resultado.

Agradecimentos

Devo agradecimentos a muita gente que me ajudou durante a escrita deste livro. Às pessoas que me deram detalhes "de dentro" sobre o Pillsbury Bake-Off, Earl Koteen (filho da vencedora do Bake-Off de 1954, Dorothy Koteen) e Debbie, do adorável blog Culinary Cellar. A Bob McDowell, que ganhou o sorteio "tenha um personagem com seu nome" no Southwest Florida Reading Festival e não se importou nem um pouco que um espião russo assassino usasse seu nome como identidade falsa; e Elizabeth Bandyk, que ganhou um prêmio semelhante no Amelia Island Book Festival e que espero que sorria ao se encontrar nestas páginas como uma arremessadora de bolas rápidas da liga de beisebol. À fabulosa escritora Adrianna Cuevas, que tive a sorte de conhecer no Southwest Florida Reading Festival, e cuja menção casual da Operação Longhorn subitamente deu uma reviravolta em todo o meu arco de personagem para Arlene. Obrigada, Adrianna, por me enviar todos aqueles artigos por e-mail para eu poder desmontar meu fim planejado e montá-lo outra vez. À igualmente fabulosa escritora Erin Litteken, pela leitura beta com um prazo apertado e por me ajudar a refinar os detalhes da herança ucraniana de Grace. A Kevan Lyon, agente literário extraordinário; minha editora, Tessa Woodward; e a toda a fabulosa equipe da William Morrow. A Stephanie Dray (agradecimentos extras por sua exposição sobre a importância de documentos constitucionais, um monólogo que dei direto para Nora!) e Lea Nolan, minhas maravilhosas parceiras críticas que usaram sua caneta vermelha em meu rascunho e o tornaram algo infinitamente mais legível. Obrigada à escritora de livros de receitas best-seller do *New York Times* e blogueira de culinária Natasha Kravchuck, do Natasha's Kitchen, por permitir o uso de suas deliciosas receitas de rassolnik e medovik. E, sempre, obrigada ao meu marido, Overseas Gladiator, que atuou como caixa de ressonância, cozinheiro de teste e autor de todas as outras receitas deste livro.

Este livro foi composto na tipografia Adobe Garamond Pro
em corpo 12/16, e impresso em papel off-white
no Sistema Cameron da Divisão Gráfica
da Distribuidora Record.